CLARA WEISS

Milchsblut

D1875100

GOLDMANN
Lesen erleben

Clara Weiss

MILCHSBLUT

Kriminalroman

GOLDMANN

Originalausgabe

Die Zitate aus der *Legenda Aurea* stammen aus:
Jacobus de Voragine, *Legenda aurea*,
deutsch von Richard Benz, Eugen Diederichs Verlag, Jena 1925.

Dieses Buch ist auch als E-Book erhältlich.

FSC
www.fsc.org
MIX
Papier aus verantwortungsvollen Quellen
FSC® C014496

Verlagsgruppe Random House FSC® N001967
Das FSC®-zertifizierte Papier *Pamo House* für dieses Buch
liefert Arctic Paper Mochenwangen GmbH.

1. Auflage
Taschenbuchausgabe November 2015

Dieses Werk wurde vermittelt durch die Literarische Agentur Michael Gaeb.

Umschlaggestaltung: UNO Werbeagentur, München
Umschlagmotiv: plainpicture / Willing-Holtz
FinePic®, München
CN · Herstellung: Str.
Satz: omnisatz GmbH, Berlin
Druck und Bindung: GGP Media GmbH, Pößneck
Printed in Germany
ISBN: 978-3-442-48360-0
www.goldmann-verlag.de

Besuchen Sie den Goldmann Verlag im Netz:

Nachdem der Eindringling die Haustür hinter sich geschlossen hat, bleibt ihr nicht viel Zeit. Aus ihrem Versteck im ersten Stock hört sie, wie er sich die Schneeflocken von der Jacke klopft. Sie hat ihn erwartet.

Während er den Reißverschluss öffnet, spannt sie den Hahn und legt das Jagdgewehr an. Er zieht die Jacke aus und schüttelt sie kurz, bevor er sie an die Garderobe hängt. Sie riecht die Kälte, die er mit hereinbringt. Klar und scharf kriecht sie ihre Nase hinauf.

Die Stiefel muss er bereits vor der Tür ausgezogen haben, denn beinah lautlos schlüpft er in die Hausschuhe neben dem Läufer. Sie hört den Filz an seinen Füßen über den Boden gleiten. Die untersten Stufen der Holztreppe knarzen, als er zu ihr heraufsteigt. Viel zu laut für diesen Abend, an dem das Haus auf einer Insel der Stille gefangen scheint. Nicht einmal die Bäume draußen im Wald rauschen jetzt noch.

Ihre Sinne sind hellwach, alles in ihr ist darauf ausgerichtet, diesem Geräusch ein Ende zu bereiten. Als sie hört, wie der Eindringling die oberste Stufe erreicht, späht sie mit angehaltenem Atem, ohne einen Laut von sich zu geben, um die Ecke. Ihr Blick fällt auf seine grauen verschlissenen Filzhausschuhe. Sie wartet nicht länger, tritt aus ihrem Versteck und hält ihm das Gewehr vor den Kopf.

Das Gesicht, in das sie blickt, ist ihr fremd. Doch sie weiß, wen sie vor sich hat, und zögert nicht.

Mit einem einzigen Schuss tötet sie ihren Mann. Als sein massiver Körper zusammensackt und rückwärts die Treppe hinunterpoltert, will sie nur, dass der Lärm verstummt. Dass der Schrecken der vergangenen Tage vorbei ist. Dass endlich Ruhe einkehrt.

Doch die Stille in dem großen, leeren Haus währt nur einen Augenblick. Sie wird von einem stummen Aufschrei in ihrem Herzen beendet. Langsam geht sie die Stufen hinab, sucht mit tastenden Fußspitzen Halt. Panik steigt in ihr auf, wird größer mit jedem Schritt, den sie sich die Treppe hinabschiebt. Das Gewehr gleitet ihr aus der Hand und bleibt vor ihren Füßen liegen. Ihr wird übel, sie muss sich am Geländer festhalten.

Ihre Tat muss das Bewusstsein des Toten noch gestreift haben. Denn nicht nur seine Augen sind aufgerissen, auch der Mund ist weit geöffnet. Wie der eines ungläubig Staunenden.

Mit einem Mal versteht sie die stumme Frage des Sterbenden, und sie erkennt ihren Fehler, der sie zu einer Verbrecherin gemacht hat. Und zu einer ewig Trauernden.

Falls der Mann, der in Kürze ihr Haus betreten wird, ihr die Zeit dazu lässt.

Montag

Elvira stellte die leere Kaffeetasse auf den Frühstückstisch. Von der Eckbank blickte sie hinaus in den verhangenen Herbsttag. Ein matter Feuerball durchstach das Himmelsgrau hinter den Bergen. Sie konnte ihren Sohn und ihren Vater draußen im Stall und in der Scheune bei der Arbeit hören. Es gab immer etwas zu tun. Sieben Tage die Woche. Seit fünfzig Jahren lebte sie nun schon in dem abgelegenen Bauernhaus, und dies war die erste Lektion gewesen, die das Leben sie gelehrt hatte.

Schwaches Sonnenlicht fiel auf den Hof. Elvira fühlte sich kraftlos. Ob das an der besonderen Stimmung des Kathreinstags lag, der den Menschen befahl, zur Ruhe zu kommen? Mit ihm begann die Adventszeit, es durfte gebacken werden, aber nicht mehr getanzt.

An dem Tag, an dem ihr Mann zurückgekehrt war, hatte das gleiche schwefelhelle Licht geherrscht. Wie am heutigen Morgen hatte die Sonne die Nebeldecke nur mühsam durchdrungen und ein kränkelndes Gelb über die verdorrten Weiden und auf die grauen Bergwände geworfen. Es war der fünfundzwanzigste November gewesen. Genau ein Jahr war seither vergangen.

Auf dem Tisch vor ihr stand noch immer das Frühstücksgeschirr. Hans hatte vor einer Viertelstunde das Haus verlassen und drehte seine übliche Morgenrunde durch den Wald, bevor er sich ins Arbeitszimmer zurückziehen und seinem Lebenswerk widmen würde, dem Klinikbau. Ihr Sohn und ihr Vater waren schon eine ganze Weile vor ihm aufgestanden. Matthias mistete den Stall aus, und der Alte werkelte trotz seiner kaputten Knie und seiner schlechten Augen am Traktor herum, mit dem die zwei gleich zum Acker wollten. Sie mussten die letzten Kartoffeln einsammeln und für den Winter in der Scheune einlagern. Die beiden hatten sich damit abgefunden, dass Hans ihnen so gut wie nie zur Hand ging, sondern an seinem Schreibtisch größere Pläne verfolgte.

Elvira gab sich einen Ruck und stand auf. Sie räumte den Tisch ab und fegte die Brotkrumen von der karierten Plastiktischdecke in die hohle Hand, bevor sie sie in die Schüssel mit den Küchenabfällen rieseln ließ. Mit einem Lappen wischte sie die Kaffeeringe von der Tischdecke. Kühe und Hühner waren längst versorgt, der Feriengast war gut untergebracht.

Der Herr war vorgestern eingetroffen und hatte am zweiten Abend lediglich um eine dickere Bettdecke gebeten. Ein Städter eben, ein voll ausgerüsteter Wanderer mit Sportbekleidung und Rucksack, der daheim wahrscheinlich bei geschlossenem Fenster und mit aufgedrehter Heizung schlief.

Bis sie das Mittagessen zubereiten musste, blieb ihr eine knappe Stunde. Sie beschloss, kurz bei ihrer Freundin Resi vorbeizuschauen und sich ein paar Handarbeitshefte zu borgen. Jetzt, da die Tage kürzer und die Abende länger wurden, hatte sie wieder mehr Zeit zum Häkeln.

Vor der Tür wartete Ludwig, als hätte er gewusst, dass sich Elvira die Beine vertreten wollte. Sie tätschelte ihm den Kopf, und zufrieden trottete der betagte Berner Sennenhund neben seinem Frauchen aus der Hofeinfahrt.

Elviras Blick wanderte über das Haus ihres Nachbarn. Überall bröckelte der Putz, die Malereien um Tür und Fester waren verblichen, die Fensterrahmen spröde und verzogen. Hinter einer Scheibe wurde eine Hand sichtbar, die die schmuddelige Spitzengardine ein Stück zur Seite zog. Das Gesicht vom Zauner-Peter tauchte auf. Der mürrische Witwer mit den buschig grauen Augenbrauen war Resis Bruder. Elvira nickte zum Gruß, doch der Kopf war schon wieder verschwunden.

Auf dem Weg die Hangstraße hinauf atmete sie tief durch, und die frostige Morgenluft strömte ihr kitzelnd durch die Nase direkt in die Seele, wie sie es sonst nur von weiß verschneiten Wintertagen kannte.

Sie blickte in den aufklarenden Himmel und klopfte Ludwig auf den Rücken. »Sonne und Kälte beschert sie uns, die heilige Katharina. Muss ein zwiegespaltenes Frauenzimmer gewesen sein.«

Zweimal schon hatte Elvira geklopft, aber nichts und niemand rührte sich. Seltsam, sie konnte sich nicht erinnern, dass die Resi in die Stadt runtergewollt hätte. Sonst hätte sie doch vorher gefragt, ob sie Elvira etwas mitbringen sollte.

Während Ludwig an der Tür schnupperte, drehte sich Elvira um und suchte das Grundstück mit den Augen ab. Von hier aus konnte man beinah den gesamten Weiler überblicken.

Resis Haus war das höchstgelegene und befand sich zurückversetzt an einem bewaldeten Hang. Etwa fünfzig Meter die Straße runter stand eine Kapelle – weiß getüncht und kaum größer als ein Mann, mit einem Miniatur-Glockenturm auf dem Schindeldach, einem schwarzen Holzkreuz und einem vergitterten Eingangsbogen, durch den man den mit Plastikblumen geschmückten Altar erkennen konnte. Einst hatte der Zauner-Anton die kleine Kirche bauen lassen, Resis Vater. Wann hatte die Glocke in dem Türmchen wohl zuletzt geläutet? Die letzten Jahre gewiss nicht, dachte Elvira. Vor einiger Zeit war sie bei Nacht gestohlen worden. Gleich hinter der nächsten Gabelung lag rechts der Hof vom alten Peter und fast direkt gegenüber Elviras Haus. Hundert Meter weiter Richtung Osten befand sich am Ende der Straße auch schon das letzte Anwesen des Weilers, der Landgasthof der Wenzel-Schwestern. Kein Mensch war weit und breit zu sehen.

Elvira hörte ein gedämpftes Rumpeln im Haus. Sie klopfte ein drittes Mal. Nichts. Sie musste sich getäuscht haben.

Früher war sie manchmal zusammen mit der Resi in die Stadt gefahren, aber Elvira mochte den Trubel nicht, die vielen Leute. Sie blieb lieber hier oben, in ihrer ruhigen, abgeschiedenen Welt, umgeben von mehr Vier- als Zweibeinern. Mit den Tieren kam sie zurecht, die zeigten stets ihr wahres Gesicht, und man wusste immer, woran man war.

Hilfesuchend sah sie zu ihrem Hund. »Der Resi wird doch nichts passiert sein? Nicht, dass die beim Fensterputzen von der Leiter gestürzt ist und sich nicht mehr regen kann …«

Ludwig schnaubte weiße Atemwolken in die Novemberluft.

»Hast ja recht, wer putzt bei der Kälte schon Fenster!«

Trotzdem ging Elvira langsam um das Haus herum und lugte durch die Scheiben. Der vor vielen Jahren aufwendig renovierte Bauernhof war viel zu groß für eine alleinstehende Frau. Die Resi kam mit der Arbeit gar nicht mehr nach. Vielleicht sollte sie dem Hubert einmal ins Gewissen reden, wenn er das nächste Mal seine Mutter besuchte, überlegte Elvira. Andererseits wusste sie, wie starrköpfig die Jungen ihre Augen vor den Problemen der Alten verschlossen. Ihr Jochen fand ja auch kaum mehr als zweimal im Jahr den Weg hier herauf.

In den Zimmern war es dunkel. Die Stube war aufgeräumt, die Wolldecke auf dem Kanapee zusammengelegt, in der Küche stapelte sich das Frühstücksgeschirr in der Spüle. Mehr konnte Elvira durch die schmutzigen Scheiben nicht erkennen.

»Fenster hat sie jedenfalls keine geputzt, Ludwig.«

Nachdem sie das Haus umrundet hatte und erneut unschlüssig vor der Eingangstür stand, hörte sie es wieder, das Rumpeln. Sie bemerkte die Anspannung des Hundes.

»Ich werd lieber mal reingehen und nachschauen«, sagte sie.

Falls die Resi da war, würde die Tür offen stehen. Das war hier oben tagsüber so üblich, schließlich kannte man einander. Elvira mochte es nicht sonderlich. Besonders unwohl fühlte sie sich in der Hauptsaison, wenn die Urlauber bei ihr ein und aus gingen. Da wusste sie oft gar nicht, wen sie im Flur traf, und fühlte sich wie eine Fremde im eigenen Haus. Weil es ihr zu mühsam war, die vielen Namen den Gesichtern zuzuordnen, hatte sie es sich zur Gewohnheit gemacht, die Gäste einfach mit »die Herrschaften« anzusprechen. »Haben die Herrschaften gut geschlafen? Ist die Bettdecke warm genug, oder möchten die Herrschaften eine dickere?« Das gefiel den Leuten, und Elvira musste sich nicht das Hirn zermartern.

Sie drückte den Rücken durch und stieg die zwei Steinstufen zur Haustür hinauf. Ludwig war hin- und hergerissen. Einerseits war er neugierig und wollte ihr beistehen, andererseits schien er sich zu fürchten. Er ging hinter Elvira in Deckung.

Entschlossen drückte sie die Klinke und schob die massive Eichentür auf. Im selben Moment ertönte drinnen ein Kreischen. Entsetzt sprang Elvira zur Seite, als der Teufel höchstselbst an ihr vorbeizischte. Sie hielt den Atem an und schlug die Hand vor die Brust. Erst als Ludwig der Kreatur hinterherbellte, die in die Büsche davonschoss, erkannte sie Resis Kater.

Es dauerte einen Moment, bis sich Elvira wieder gesammelt hatte. »Jessas, Ludwig, was ist denn in den gefahren?«

Sie wandte sich erneut dem Haus zu und trat vorsichtig ein. »Du bleibst draußen!«, befahl sie dem Hund.

»Resi, bist du droben?«, rief sie die Treppe hinauf.

Das Haus blieb stumm.

Im Flur hing Resis Wintermantel an der Garderobe, und auf dem Brett darüber lagen ihre Wollhandschuhe, ein Regenschirm und der braune Filzhut vom Franz. Elvira wusste, dass die Resi oben noch einen ganzen Schrank voll mit den Sachen ihres verstorbenen Mannes hatte. Der alte Peter hatte nichts davon haben wollen.

Elvira fand es etwas unangenehm, in dem leeren Haus an dem Hut eines Toten vorbeigehen zu müssen. Jetzt wurde sie auch noch abergläubisch, dachte sie verärgert über sich selbst und verscheuchte das mulmige Gefühl.

Die Küchentür war angelehnt. Durch den Spalt drang der Duft eines deftigen Mittagessens.

Sie trat ein und wurde umhüllt von heimeliger Wärme. Auf dem Herd stand ein großer Topf. Kartoffeln, stellte sie fest, als sie kurz den Deckel hob. Warmer Dampf schlug ihr entgegen. Der Schweinsbraten stand noch im ausgeschalteten Ofen.

Aber ja, zum Peter wird sie sein, dachte Elvira. Hin und wieder brachte die Resi ihrem Bruder etwas Warmes vorbei. Auch wenn die beiden kein besonders inniges Verhältnis hatten, sah sie ab und an bei ihm nach dem Rechten. Immerhin war er über siebzig, und so ein langes Leben hier oben ging an keinem spurlos vorüber.

Elvira nahm sich eine von den warmen Kartoffeln, schloss

draußen die Tür und kehrte dem Haus den Rücken. Dann würde sie eben mit Ludwig eine Runde um den See laufen und auf dem Rückweg noch mal bei ihrer Freundin vorbeischauen.

»Komm, Ludwig, auf geht's!«

Der Hund schien froh, von hier wegzukommen. Er war unruhig, bellte kurz und sprang an Elvira hoch, was sonst gar nicht seine Art war.

Sie schlugen den Feldweg nach links ein und durchquerten einen Forst. Es roch nach Moos und Tannenharz. Elvira fröstelte, obwohl ihre Beine in Wollstrumpfhosen steckten. Einmal glaubte sie, Schritte hinter sich zu hören, und drehte sich um. Aber niemand war zu sehen.

Herrlich still war es um diese Jahreszeit. Auf den Feldern arbeitete kaum noch jemand, Wanderern begegnete man so gut wie nicht mehr. Selbst die Vögel waren fast verstummt, sparten sich ihre Kräfte für den Winter auf. Die wenigen Geräusche kamen von Ludwig, der am Waldrand über vertrocknete Blätter, Nadeln und Hölzer stromerte – und von einem Auto, das irgendwo hinter dem Wald durch den Weiler brummte. Ein Windstoß fuhr in eine Buche über ihnen. Ein gekräuseltes Blatt landete auf Elviras Kopf und blieb auf ihrem einst braunen Dutt liegen, der inzwischen von grauen Strähnen durchzogen war.

Als sie das Gehölz hinter sich ließen, kehrte die Sonne zurück. Vor ihnen lag der See. Erst wirkte er nur wie ein trauriger Teich, verschämt eingebettet in weite Wiesenhänge, dunkle Waldflecken und stählerne Bergketten. Aber mit jedem Schritt dehnte er sich in alle Richtungen aus. Der Himmel färbte sein Wasser eisblau.

Elvira trat so dicht an das Ufer des Moorsees, dass er fast ihre Schuhspitzen berührte. Einem friedlich schlafenden Riesen gleich atmete er regelmäßig ein und aus, wobei er sich bei jedem Atemzug ein wenig zusammenzog, um sich sofort darauf wieder auszudehnen. Sie starrte in ihr eigenes Gesicht. Interessiert musterte sie die unscharfen Züge, die das Wasser zurückwarf. Ob sich das Wesen eines Menschen tatsächlich an seinem Äußeren ablesen ließ? Selbst in dem klaren Bild ihres Badezimmerspiegels erkannte sie sich meist nicht wieder.

Natürlich wusste sie, dass sie graugrüne Augen hatte, die vielleicht nicht mehr ganz so strahlten wie noch vor einigen Jahren. Wenn sie genau hinschaute, erkannte sie gelbe Sprenkel in der Iris, umschlossen von einem blauvioletten Kranz. Sie wusste, dass ihre Nase gerade war und weder zu groß noch zu klein, ebenso ihr Mund, der auf sie keinesfalls sinnlich, aber auch nicht verkniffen wirkte. Über dem linken Mundwinkel befand sich ein kleines Muttermal, aus dem zwei winzige durchscheinende Härchen sprossen. Ihr Kinn, durchaus energisch für das einer Frau, war mit den Jahren aus der Form geraten – das Schicksal aller beleibten Menschen. Falten hatten sich um Mund- und Augenwinkel in die Haut gegraben und zwischen den Augenbrauen eine Furche gebildet.

Die Perlenohrringe, die da im Wasser glitzerten, hatte ihr Hans vor vielen Jahren zur Verlobung geschenkt. Seit einem Jahr trug Elvira sie wieder.

Sie kannte die Linien und Flächen ihres äußeren Ichs zur Genüge, trotzdem spürte sie bei jedem Blick in den Spiegel den Wunsch, diese Einzelheiten in ihrer Gesamtheit verstehen zu können. Doch je länger sie ihr Gesicht betrachtete, desto mehr verlor sie sich darin.

Ein Blatt segelte aufs Wasser und zerbrach ihr Spiegelbild.

Sie wich zurück, sah kurz nach Ludwig und ging auf dem Uferpfad weiter, der über einen steilen Hang in den Wald hineinführte. Die Kälte kroch unter ihren Mantelkragen und in ihre Ärmel, und sie beschleunigte ihre Schritte.

Wellenförmig schlängelte sich der Weg durch den dichten Wald, der nur noch einmal zum See hin aufriss. Die Lichtung verwandelte sich im Sommer zur Badewiese. Ein verwitterter Holzsteg führte über ein Geflecht aus toten Seerosen.

Plötzlich streifte Elviras Blick etwas Seltsames am Ende der Lichtung. Es gelang ihr nicht gleich, das Ungewohnte dingfest zu machen. Doch dann wanderten ihre Augen zu dem bemoosten Sockel eines Wegkreuzes. Dort stand eine Glasvase mit Blumen. Chrysanthemen in Gelb und Violett.

Friedhofsblumen, schoss es Elvira durch den Kopf. Ein großer, dichter Strauß. Die Blütenfarben wirkten aufdringlich und unpassend in der verdorrten Landschaft. Als lehnten sich die Blumen gegen das Sterben auf, das der Herbst mit sich brachte.

Elvira glaubte sich zu erinnern, schon einmal im Spätherbst Blumen vor dem Steinkreuz gesehen zu haben. Wenn sie sich recht entsann, hatte sie sogar die Resi darauf angesprochen und gefragt, ob sie wisse, von wem die Blumen waren. Aber die Resi hatte nichts bemerkt und sich auch nicht gewundert. Elvira nahm sich vor, später einen Blick in ihre alten Tagebücher zu werfen.

Immer mehr spürte sie die Kälte, die der Wald verströmte. Sie schlang die Arme um die Brust. Ludwig war schon vorausgelaufen. Auch ihm behagte dieser Ort nicht. Mit einem Blick nötigte er Elvira weiterzugehen.

Endlich lag der Wald hinter ihnen, und sie waren zurück auf der Hangstraße. Elvira scheuchte Ludwig noch einmal hinauf zu Resis Haus. Inzwischen war diese sicher wieder daheim.

Diesmal wartete Elvira nur kurz, nachdem sie geklopft hatte, und drückte gleich die Klinke. Doch die Tür war auf einmal abgesperrt. Erst jetzt bemerkte Elvira den Zettel, der mit einem Klebestreifen daran befestigt war. »Bin in die Stadt. Gruß, Therese« war mit Kugelschreiber daraufgekritzelt.

Kopfschüttelnd trat Elvira den Heimweg an. Sie musste sich sputen, die Männer waren sicher schon hungrig. Es passte gar nicht zur Resi, so überstürzt aufzubrechen. Immerhin war das Essen noch im Ofen gewesen, als Elvira in die Küche gekommen war. Sie wurde aus der ganzen Sache nicht schlau.

Brauner Dunst hing in der Küche. Die Fleischpflanzerl waren auf einer Seite angebrannt. Elvira war mit ihren Gedanken woanders gewesen. Aber das störte Matthias und den Vater nicht sonderlich. Schweigend schoben sie sich einen Bissen nach dem nächsten in den Mund und verschlangen zwischendrin noch einen Berg Kartoffelsalat, den Elvira am Vorabend zubereitet hatte. Lediglich Hans kratzte mit dem Messer die schwarze Kruste von den Pflanzerln ab.

»Bist du mit dem Holz bald fertig?«, fragte Elvira ihren Sohn.

Der grunzte nur mit vollem Mund und nickte.

Dabei wusste sie, dass noch ein riesiger Haufen in der Scheune lag, der gespalten und gestapelt werden musste. Der Junge hatte das Holz vor mehr als zwei Monaten mit dem Traktor aus dem Wald geholt, und seitdem war nichts passiert. Zwar lebten sie nicht mehr wie früher vom Holzverkauf und mussten im Winter im Haus nur die Ölheizanlage anschalten, aber der Kachelofen in der Stube verbrauchte einiges. Und auch die Winterurlauber schätzten es, wenn sie in der Gästestube im zweiten Stock den Holzofen anschüren konnten.

»Die Türen und Fenster müssen heuer auch noch abgedichtet werden. Damit können wir nicht noch ein Jahr warten, es zieht durch alle Ritzen!« Sie seufzte. »Hast du schon genug Streugut für den Hof besorgt? Und einen neuen Heizlüfter brauche ich, damit mir die Hände beim Melken nicht immer so klamm werden.«

Matthias verdrehte lediglich die Augen und aß weiter.

»Frostschutzmittel für den Traktor fehlt auch noch«, fügte Elviras Vater hinzu. »Und der Stall ist auch noch lange nicht winterfest.«

Matthias tat, als würde er den Alten nicht hören.

Elvira hatte eingesehen, dass es nichts brachte, sich aufzuregen. Dann schaltete ihr Sohn nur auf stur und zog sich noch mehr zurück. Wenn doch noch der Jochen da wäre! Der war ihr früher oft eine Hilfe gewesen. Ganz anders war er als sein zwei Jahre jüngerer Bruder, der mit fast dreißig immer noch dazu neigte, sich zu verzetteln. Jochen war vorausschauend und konnte zupacken. Aber er hatte beizeiten das Weite gesucht und war in die Stadt gegangen, wo er eine Lehre zum Automechaniker gemacht hatte. Hier oben schaute er nur an Weihnachten vorbei und zu Elviras Geburtstag im Juli.

Auf die anderen beiden Männer im Haus konnte sie auch nicht zählen. Ihr Vater war kaum noch belastbar und seit letztem Winter etwas wunderlich. Hans sprach von beginnender Altersdemenz, wogegen sich Elvira anfänglich gewehrt hatte. Die Leute hier oben wurden alt und vielleicht auch verrückt, »dement« war hier bisher keiner geworden. Aber der Hans war ja ein Studierter.

Verstohlen musterte Elvira ihren Mann von der Seite, die graugrünen Augen, die lange, gerade Nase und den schmalen Mund. Ihr Blick verweilte auf den spärlichen Resten seiner Kopfbehaarung, den deutlichen Falten um Augen und Nasenflügel und den hellen Härchen, die aus seinen Ohren sprossen. Die Zeit ging an niemandem spurlos vorüber.

Ihre Gedanken reisten ein Jahr zurück zu jenem Tag, als er nach all der Zeit plötzlich vor ihr gestanden hatte.

Damals hatte sie am Küchenfenster gestanden und den gelben Lieferwagen um die Ecke biegen sehen. Schnell hatte sie ihre Strickjacke übergeworfen, um vor zur Straße zu laufen. Bestimmt hatte der Paketbote das Päckchen mit ihrem Stickgarn wieder nur am Straßenrand neben dem Briefkasten vom alten Peter abgelegt, anstatt es ihr ins Haus zu bringen.

Auf dem Weg über die spiegelglatte Fahrbahn stürzte sie fast. Sie blieb kurz stehen, um den Schreck zu verdauen. Nicht einmal einen Arzt gab es hier draußen. Nur Pfarrer Wilms nahm regelmäßig den Weg aus dem Dorf den Berg herauf auf sich.

Elvira wollte gerade mit leeren Händen zurück ins Haus gehen, da sah sie ihn.

Er kam über das bereifte Stoppelfeld neben dem Landgasthof gestapft. In seinem dunklen Mantel ähnelte er den Krähen, die auf der Suche nach den letzten Körnern über das abgeerntete Feld spazierten und ihm gelassen aus dem Weg sprangen. Die Herbstsonne umrahmte seine markante Gestalt und blendete Elvira. Zuerst erkannte sie ihn nicht. Sein Gang hatte etwas Angespanntes, Konzentriertes. Doch dann stieg ein Bild aus ihrem Gedächtnis auf, denn der Mann drehte das linke Knie beim Gehen leicht nach außen. Eine Erinnerung streifte sie.

Als sie einander gegenüberstanden, suchten beide nach Worten. Elvira unternahm schließlich den ersten Versuch. »Lang ist's her …«, sagte sie, und er verstand die Frage, die dieser Satz bedeutete.

»Ich weiß, ich muss dir einiges erklären«, erwiderte er.

Stumm sahen sie einander an.

Sie spürte in ihrem Innern nach, ob sein Gesicht etwas in ihr wachrief. Zuerst war da nur eine große Leere, doch dann stürzte ein Schwall aus Trauer, Wut und Hoffnung über sie herein.

Dass sie ihn so musterte, war ihm offenbar unangenehm. Nervös rieb er sich die Hände. »Ja, dreißig Jahre sind's jetzt fast, ich weiß. Aber wollen wir nicht ins Haus? Kalt ist's hier draußen.«

Sie raffte ihre Strickjacke vor der Brust und ging ihm voraus über den Hof. Vorsichtig, um nicht zu stürzen.

Als sie die Tür öffnete, drehte sie sich noch einmal zu ihm um und nickte, bevor sie in die Wärme des Hauses hereinrief: »Vater, Bub, der Hans ist zurück.«

Er hatte ihren durchdringenden Blick bemerkt und sah fragend zurück. Elvira fühlte sich ertappt und wandte sich schnell von ihrem Ehemann ab.

»Die Sommergäste sind heuer viel zu lange geblieben«, beeilte sie sich zu sagen. »Deshalb sind wir mit den Vorbereitungen für den Winter in Verzug.« Selbst im Oktober hatten sich dank des ungewöhnlich warmen Herbstes noch Urlauber angemeldet. »Ich kann mich auch nicht daran erinnern, wann wir zuletzt einen Novembergast hatten. Die Winterurlauber kommen doch sonst nicht vor Weihnachten oder Neujahr.«

»Du hast recht«, meinte Hans. »Hat er dir erzählt, was er hier treiben will?«

»Er will die Berge in aller Ruhe und Abgeschiedenheit genießen, ohne die üblichen Touristenhorden.« Wenn es nach Elvira gegangen wäre, hätte sie überhaupt keine Zimmer vermietet. Die fremden Gesichter im Haus machten sie nervös.

»Nächstes Jahr wird alles anders.« Hans spießte eine Kartoffelscheibe auf. »Ich hab euch ja erklärt, dass wir dann nicht mehr auf die Feriengäste und ihr Geld angewiesen sind.«

Ja, das hatte er. Und zwar noch am selben Tag, als er zu seiner staunenden Familie zurückgekehrt war. Elvira spürte wieder die Verwirrung und Anspannung, die sie empfunden hatte, als sie Hans damals ohne viele Worte hereingeführt hatte.

Still stand sie neben ihm, bis er seine Jacke abgelegt hatte. Dann begleitete sie ihn in die Küche.

»Setz dich doch«, bot sie ihm an, und er nahm unsicher Platz. Da sie nicht wusste, was als Nächstes zu geschehen hatte, wandte sie sich wieder zur Tür. Sie merkte, dass sie Unterstützung brauchte. »Ich werd noch mal nach dem Vater und dem Matthias rufen, anscheinend sind sie nicht im Haus.«

Eilig lief sie über den Hof. Sie fand die beiden in der Scheune. »Ihr müsst kommen, der Hans ist zurück!«

Matthias und der Alte standen wie festgenagelt da und sahen sie ungläubig an.

Flehend deutete Elvira zum Haus, und die beiden folgten ihr. Einer stummen Prozession gleich zogen sie in die Küche ein und setzten sich steif zu Hans um den Tisch.

Mit aufrechtem Rücken saß er da und holte tief Luft.

»Ich weiß, es gibt viel zu erklären. Ich erwarte nicht, dass ihr mich nach all der Zeit mit offenen Armen empfangt. Wo soll ich anfangen?« Er rutschte ein Stück auf seinem Stuhl nach vorn. »Vor ein paar Wochen sind meine Eltern auf grausame Weise ums Leben gekommen, wie ihr wisst. Ich kann immer noch nicht glauben, dass sie so nachlässig waren und den Unfall selbst verursacht haben. Auch wenn sie nicht mehr die Jüngsten waren. Man wirft doch keine brennende Zigarette in den Mülleimer! Nun gut, ich sollte wissen, zu welchen bösen Streichen das Alter fähig ist, schließlich habe ich seine Unzulänglichkeiten zu meinem Beruf gemacht. Aber wenn es die eigenen Eltern betrifft, will man es nicht wahrhaben. Ich kann einfach nicht begreifen, dass sie nicht mehr da sind.« Er rieb sich mit den Fingern über die Schläfen.

»Für uns war's auch ein großer Schock. Was für ein Leid!«, meinte Elvira mitfühlend.

»Gleich nach dem Unglück war ich auf dem abgebrannten Hof. Die Bilder werde ich nie vergessen.« Hans hielt noch immer den Blick gesenkt.

»Warum warst du dann nicht auf der Beerdigung? Hast deine alten Leut allein zum Herrn raufgeschickt, wo sie auf seine Gnade hoffen müssen!« Elviras Vater musterte den Schwiegersohn unverhohlen.

»Vater, ich bitt dich«, sagte Elvira, »er wird schon seine Gründe haben.«

»Natürlich hat er seine Gründe! Die hat heutzutage jeder«, ereiferte sich der Alte, »aber davon will ich gar nichts hören. ›Du sollst Vater und Mutter ehren‹, heißt es noch immer, heute so wie einst.«

Hans schluckte. »Damals habe ich es nicht gewagt, euch und der Gemeinde unter die Augen zu treten. Mir war klar, was ihr von mir haltet. Ihr habt ja recht, ich will meine Schuld gar nicht kleinreden. Auch wenn ich manches erklären kann … Außerdem wollte ich die Trauerfeier nicht stören. Ich wäre mir fehl am Platz vorgekommen, immerhin hatte ich meine Eltern schon länger nicht besucht.«

»Allerdings!« Aufgeregt rutschte der Alte auf seinem Stuhl hin und her.

»Das bereue ich sehr. Aber ich weiß, dass Gott sie nach ihrem Tod bei sich aufgenommen hat und dass sie auch ohne meine Gebete ihren Platz an seiner Seite finden werden.«

»Darauf wirst wohl vertrauen müssen«, sagte der Vater lehrmeisterhaft. »›Doch solltest du dich um dein eigenes Seelenheil sorgen, denn die Augen des Herrn schauen an allen Orten beide, die Bösen und die Frommen.‹«

Ängstlich sah Elvira zu Matthias, der bisher noch keinen Ton von sich gegeben hatte. Mit zusammengezogenen Augenbrauen blickte er auf seine Hände, die ineinander verkrampft auf dem Tisch lagen.

»Wer kann schon von sich sagen, dass sein Gewissen völlig rein ist?«, gab sie versöhnlich zu bedenken. »Wer möchte einen Kaffee? Und eine Brotzeit schadet jetzt wahrscheinlich auch nicht, oder?«

Hans nickte erleichtert, die beiden anderen zeigten keinerlei Reaktion, blieben aber immerhin auf ihren Plätzen sitzen. Dankbar, etwas tun zu können, erhob sich Elvira von der Eckbank und begann in der Küche herumzuklappern.

Das gemeinsame Essen lockerte die Stimmung ein wenig. Wortreich versuchte Hans, sich ihnen zu erklären. Er beteuerte, dass er seine lange Abwesenheit zutiefst bereue, dass er sich seit seinem Weggang zu sehr in die Arbeit verstrickt habe – zuerst in das Medizinstudium und dann in seine Karriere als Neurologe. Dass er viel wiedergutzumachen habe. Damit die vielen Jahre nicht sinnlos gewesen seien, wollte er sein Wissen, seine Erfahrung, aber auch seine Ersparnisse und sein Erbe nutzen, um das Leben betagter Menschen zu verbessern. Und um seiner Heimat etwas zurückzugeben. Er plante, auf dem abgebrannten Hof seiner Eltern ein Altenheim mit einer angegliederten Klinik für Demenzkranke zu errichten.

Und er wollte für den Schaden, den er Elvira und seinen Söhnen zugefügt hatte, aufkommen, soweit das ging, indem er von nun an da wäre und für sie sorgte. Wahrscheinlich sei der Tod seiner Eltern, so fügte er hinzu, ein Wink des Schicksals gewesen – ein grausamer Wink, zugegeben –, ein Fingerzeig Gottes, der ihn seiner eigentlichen Bestimmung zugeführt habe.

Nach seiner Rede herrschte erneute Stille. Aber selbst wenn seine Zuhörer nicht restlos von seinen Reuebekundungen und Bußegelübden überzeugt waren, erhob keiner Einwand. Sie nahmen das Gesagte hin und akzeptierten so seine Beichte, mit der Folge, dass sie ihm ihre Absolution gewähren mussten.

»Wir sind keine Unmenschen, ein jeder hat eine zweite Chance verdient«, entschied Elviras Vater großmütig über ihren Kopf hinweg.

Sie ahnte, dass seine Beweggründe weniger christlich waren, als sie klangen. Sie hatte genau gemerkt, wie er bei den Wörtern »Ersparnisse« und »Erbe« aufgehorcht hatte.

Inzwischen hatte die Mittagssonne dem Straßenfrost zugesetzt, und so lief Hans runter zur Landstraße, wo er sein Auto am Morgen abgestellt hatte, weil es den Weg bergauf über das Eis nicht geschafft hätte. Vorsichtig steuerte er den neuen schwarzen Volvo auf den Hof.

Elvira hätte nicht genau sagen können, wie stark sie ihren Mann in all den Jahren vermisst hatte. Dazu hatte sie zu gut gelernt, ihre Gefühle zu kontrollieren, alles Schmerzhafte zu verdrängen. Einerseits war ihr Herz glücklich über die unverhoffte Wendung, die ihre Zukunft nahm, andererseits hatte es Angst davor, zu tief in der Vergangenheit zu graben.

Sie beobachtete vom Haus aus, wie er einen großen Koffer aus dem Wagen nahm, und ihr wurde bewusst, dass er allenfalls eine Teilbeichte abgelegt hatte. Die wirklich wichtigen Fragen hatten sie am Küchentisch ausgespart. Doch dazu würden sie sicher noch Gelegenheit finden. Inständig hoffte sie, dass sich ihre Zuversicht auszahlte und sie den Mann zurückbekam, den sie vor so langer Zeit verloren hatte. Und ihre Söhne den Vater, den sie nie gehabt hatten.

An der Tür nahm sie Hans ein zweites Mal in Empfang und führte ihn mit seinem Koffer ins Schlafzimmer. Er brachte den kalten Geruch der Fremde mit herein.

Elvira schrak aus ihren Gedanken hoch. Matthias hatte sein Besteck auf den leeren Teller fallen lassen. Er schob den Stuhl zurück und ging zum Kühlschrank, um sich ein Bier zu holen. Mit vorwurfsvollem Blick verfolgte sie, wie er einen großen Schluck nahm und sich wieder setzte. Aber sie hütete sich davor, etwas zu sagen.

Er sah hinaus in die Sonne. »Bei dem Wetter könnte man glatt noch mal die Kühe auf die Alm jagen.«

»Täusch dich nicht, Bub«, sagte der Vater und zog umständlich eine Dose Schnupftabak aus seiner Hose. »Der Frost ist im Anmarsch. Die Tiere spüren das, die stehen im Stall schon viel enger beieinander.«

Das war Elvira am Morgen beim Melken ebenfalls aufgefallen.

»›Wie am Tag von Sankt Kathrein, so wird's den ganzen Winter sein‹, hieß es schon früher«, sagte der Alte.

»Na, dann brauchen wir uns ja keine Sorgen zu machen.« Matthias nahm die Bierflasche und verließ die Küche. Elvira beobachtete, wie er sich draußen auf die sonnenbeschienene Bank an der Hauswand setzte.

Der Alte klopfte sich ein Häufchen Tabak in die Kuhle zwischen Daumen und Zeigefinger. »Na, wie geht der Bau voran? Ihr solltet schauen, dass ihr die letzten frostfreien Tage ausnutzt und so weit wie möglich kommt. Ist der Boden erst mal hart, können die Arbeiter nichts mehr tun.« Diesmal waren seine Bedenken an seinen Schwiegersohn gerichtet, von dem er allerdings nur einen unwirschen Blick erntete.

»Vater, du weißt doch, dass der Hans erst mit dem Architekten alles vorbereiten muss, bevor sie mit dem Bauen anfangen können. Sie haben den Sommer über das Grundstück vermessen und Pläne erstellt. Als Nächstes müssen sie den verbrannten Hof abreißen. Und die Genehmigungen von den Behörden fehlen auch noch.«

»Jaja, schon gut. Vom Planen allein ist halt noch niemand zum Ziel gekommen«, sagte der Alte und schickte heiser hinterher: »›Der Herr macht alles zu bestimmtem Ziel, auch den Gottlosen für den bösen Tag.‹« Er zog den Tabak zuerst ins linke, dann ins rechte Nasenloch und wischte sich mit dem Handrücken die verbliebenen Krümel von der Nase.

Elvira warf Hans, der noch den letzten Bissen seines Mittagessens zerkaute, einen flehenden Blick zu.

»Lass gut sein, Vater«, sagte dieser schließlich fast mitleidig. Er schob seinen Teller beiseite und griff nach seiner Pfeife. Ohne Eile klopfte er sie über dem Aschenbecher aus und stopfte frischen Tabak hinein. Er zündete sie an, zog einmal daran und ging nach oben in sein Arbeitszimmer.

Elvira und der Alte blieben zurück, in einer süßlichen Wolke aus blauem Rauch.

Sie stand in der blassen Nachmittagssonne und hängte Wäsche auf die Leine, die zwischen der Scheune und dem Birnbaum gespannt war. Selbst wenn das Bettzeug im Freien nur langsam trocknete, war das immer noch besser, als es in der Scheune aufzuhängen, wo das Heu und die Streu für den Stall lagerten. Ludwig trabte heran, streckte auf einem sonnigen Grasflecken neben dem Wäschekorb alle viere von sich und gähnte.

Während sie drei Holzklammern auf ein Laken steckte, wanderte ihr Blick über die Leine zum Haus. Es war ein großes, altes Bauernhaus, gebaut vor fast zweihundert Jahren, um mit viel Leben gefüllt zu werden und mindestens drei Generationen zu beherbergen. Drei Generationen waren sie tatsächlich, aber zu viert waren sie einfach zu wenige für die vielen Räume. Manchmal hatte Elvira das Gefühl, im Bauch eines riesigen Walfischs zu leben.

Ein Bündel Sonnenstrahlen fiel auf die weiß verputzte Außenwand und die dunkelgrünen Läden. Die Fassade war schon reichlich angegraut und die Zierbögen um die Fenster waren im Laufe der Zeit verblasst. Hans hatte versprochen, im nächsten Jahr einen neuen Anstrich vornehmen zu lassen.

Ganz oben im zweiten Stock waren alle Fenster geschlossen. Die große Ferienwohnung stand schon seit gut vier Wochen leer. Im ersten Stock war ein Fenster gekippt. Es gehörte zur Küche der kleineren Wohnung, die der Wanderer aus dem Norden bezogen hatte. Auf derselben Etage befanden sich noch ein Ferienapartment mit Küchenzeile und Dusche sowie das Zimmer von Matthias und das Arbeitszimmer von Hans.

Durch seine Scheibe drang der Schein der Schreibtischlampe. Der Bau des Altenheimes verschlang mehr Zeit als die Errichtung eines Hotels auf dem Mond, wie er selbst oft sagte. Ein Jahr hatte er nun schon hier zugebracht, ohne dass er sichtbar vorangekommen wäre. Noch immer war das Baugrundstück nicht mehr als eine verkohlte Ruine.

Aber Hans war zuversichtlich, dass sie bald mit den Abrissarbeiten beginnen konnten. Elvira würde drei Kreuze machen, wenn es endlich so weit wäre. Nicht weil sie wie ihr Vater am Vorhaben ihres Mannes zweifelte, sondern weil der Anblick des zerfallenen Hofs sie jedes Mal aufs Neue verstörte. Wenn man runter ins Nachbardorf fuhr, waren im Tal, etwa einen Kilometer vor dem Ortseingang, rechter Hand zwischen zwei Waldflecken die verbrannten Gebäude, die Baumskelette und die schwarze Wiese zu sehen.

Noch gut erinnerte sich Elvira an jenen Morgen im letzten Herbst, als die völlig verstörte Resi hereingeplatzt war und berichtet hatte, dass in der Nacht der Holzer-Hof abgebrannt war. Meterhoch seien die Flammen gewesen, bis ins Dorf sichtbar. Irgendwann gegen Ende der Nacht hatte der Wind den Rauch ins Dorf getrieben und die Bewohner geweckt, doch da war es längst zu spät gewesen. Der alte Tierarzt war zusammen mit seiner Frau, Resis Schwester Barbara, im Bett bis zur Unkenntlichkeit verbrannt, ihr Vieh qualvoll im Stall verendet.

Mit einem kräftigen Ruck an zwei Zipfeln glättete Elvira einen Kopfkissenbezug und schüttelte die beklemmenden Bilder ab, bevor sie das nasse Stück Stoff über die Leine legte. Eine Spinne krabbelte an ihrem eigenen Faden nach oben und huschte über die Leine davon. Am Himmel waren Wolken aufgezogen, die immer näher an die Sonne heranrückten.

»Was meinst du, Ludwig, ob es doch noch regnen wird und ich die Wäsche wieder abnehmen muss?«

Der Hund, die Schnauze zwischen den Vorderpfoten, blickte ratlos auf, während über seinem Kopf eine Fliege ziellos ihre Kreise zog.

»Wahrscheinlich hätt' ich sie gleich in der Scheune aufhängen sollen. Dort bedient sich wenigstens kein dahergelaufener Verrückter dran.«

Im Sommer waren bei der Resi über Nacht zwei Wäschestücke von der Leine verschwunden, ein Rock und eine Bluse. Elvira konnte sich zwar nicht vorstellen, was jemand damit anfangen wollte, dennoch beschlich sie seither ein ungutes Gefühl, wenn sie ihre Wäsche draußen im Hof aufhängte.

Später stand sie an der Straße und kehrte die letzten Blätter aus der Einfahrt, als im Dämmerschein ein Mann auf einem klapprigen Fahrrad um die Ecke bog. Die Sonne war hinter die Berge gekrochen, und der Himmel verdüsterte sich zusehends. Es roch nach feuchtem Laub und Mist.

Der Mann trug einen dunkelblauen Arbeitskittel und einen grauen Filzhut. Sobald er Elvira bemerkte, verlangsamte er seine Fahrt. Unsicher blickte sie ihm entgegen und nickte vorsorglich in seine Richtung. Er grüßte zurück und stieg wenige Schritte vor ihr vom Rad. Sein Kittel war fleckig, die Schuhe waren verdreckt.

»Ein schöner Tag heut, nicht wahr?« Er war nicht mehr der Jüngste, das Gesicht mit den grauen Bartstoppeln von Furchen und Runzeln durchzogen.

»Wenn's nur so bleiben tät'. Aber der Winter kommt bestimmt …«

»Wie geht's dem Vater? Hab ihn schon lang nicht mehr in der Wirtsstube gesehen.« Seine wässrigen Augen funkelten schelmisch. Krähenfüße zierten ihre Ränder. Sein linkes Lid zuckte nervös, eine Eigenheit, die Elvira nicht zum ersten Mal an ihm wahrnahm.

»Gut, gut, danke der Nachfrage. Neulich lag er einige Tage mit einer schlimmen Erkältung im Bett, aber es geht ihm schon wieder besser.«

Hin und wieder ging ihr Vater am späten Nachmittag die Straße vor zum Landgasthof der Wenzel-Schwestern, wo er ein Bier trank und manchmal auch auf eine Partie Schafkopf blieb. Aber letzte Woche hatte eine heftige Erkältung zuerst ihn und dann den Hans niedergestreckt.

Endlich wusste Elvira, wen sie vor sich hatte. An seinem krummen Rücken, den schiefen Zähnen und der Lücke links oben hätte sie den Michael längst erkennen müssen. Er half als Knecht bei den Wenzel-Schwestern aus, die neben dem Gastbetrieb auch noch einen Hof samt Kuhstall bewirtschafteten, weshalb mehr Arbeit anfiel, als die beiden älteren Frauen bewältigen konnten.

»Bestell der Gabi und der Elisabeth einen Gruß«, sagte Elvira erleichtert. »Vielleicht schaut der Vater die Tage mal wieder vorbei.«

»Geht nicht, bis Weihnachten sind Ferien. Ich komm nur einmal die Woche vorbei, öfters brauchen sie mich nicht. Ist mir gar nicht recht. Wovon soll ich denn die nächsten vier Wochen leben? Darüber macht sich keiner Gedanken. Aber so war's ja schon immer«, meinte er noch, bevor er weiterradelte.

Elvira begann mit dem Besen das Laub auf der Straße zu kleinen Haufen zusammenzufegen. Drüben beim Peter brannte Licht, und sie fragte sich, ob die Resi mittlerweile zurück war. Ihr selbst hätte es gar nicht gefallen, erst im Dunkeln aus der Stadt zurückzukommen, aber die Resi war da weniger empfindlich. Immerhin wohnte sie allein, da gewöhnte man sich wohl besser einige Ängste ab. Oder man suchte sich einen neuen Mann. Aber davon wollte die Resi nichts wissen.

Sie verstand bis heute nicht, wie Elvira es hatte zulassen können, dass der Hans wieder bei ihr eingezogen war. Nach allem, was vorgefallen war. Nach all den Jahren, in denen er kein Sterbenswort von sich hatte hören lassen. »Meinst du wirklich, seine Reue ist echt?«, hatte sie immer wieder gefragt. »Wie kannst du ihm nur verzeihen?«

Wenn Elvira diesen Fragen nachging, fand sie immer neue Antworten, nie jedoch eine endgültige. Wie hätte sie auch erklären sollen, dass sie damals fast darauf gewartet hatte, dass der Hans sie verlassen würde. Lange davor schon hatte sie begriffen, wie unerträglich die Stille und die Enge, die ihr Herz besetzt hatten, auch für ihn sein mussten. Daher hatte sie auch nichts unternommen, als er eines Nachts aus dem Bett kroch, seine Sachen vom Stuhl nahm und aus dem Schlafzimmer schlich.

Wie ein Stein lag sie da und horchte in den Flur hinaus, wo die Dielen leise knarrten, während er sich anzog, in seine Schuhe schlüpfte und seine Jacke überwarf. Kurz darauf fiel die Haustür ins Schloss. Ein Luftstrom zog durch die Türritze ins Schlafzimmer, unangenehm kalt, und die Gardine vor dem geöffneten Fenster bauschte sich auf. Dann war der Moment vorüber gewesen, alles war wie zuvor.

Elvira fuhr zusammen. Sie hörte Schritte hinter sich, drehte sich mit dem Besen in der Hand um und sah einen Mann auf sich zukommen.

»Guten Abend«, sagte der Wanderer fröhlich.

»Grüß Gott, der Herr«, erwiderte Elvira schnell und versuchte, ihren Schreck zu verbergen. »Hatten Sie einen schönen Tag?«

Voller Begeisterung schilderte ihr der Mann seine Tagestour, beschrieb die anspruchsvolle Route, die spektakuläre Aussicht und lobte die guten Einkehrmöglichkeiten.

Sie zwang sich, interessiert zuzuhören und an den richtigen Stellen seines Vortrags zu nicken. Dabei konzentrierte sie sich auf seinen gepflegten ergrauten Spitzbart, den er anscheinend regelmäßig mit der Schere zurechtstutzte.

Als der Mann mit seinem lindgrünen Rucksack kurz darauf im Haus verschwand, schlug Elvira den Weg zur Scheune ein. Mit Schaufel und Eimer ging sie zurück zu den Blätterhäufchen, die sie am Rand der Hofeinfahrt zusammengefegt hatte. Eins nach dem anderen beförderte sie in den großen Eimer und trug die Ladung zum Misthaufen. Beim letzten Laubhaufen glitt ihr Blick erneut über den abgewirtschafteten Hof ihres Nachbarn. In der letzten Zeit bekam man den alten Peter nur noch selten zu Gesicht.

Für einen Moment war seine gebeugte Gestalt als Schatten in der erleuchteten Stube zu erkennen, dann verschwand der Umriss. Wahrscheinlich hatte er sich auf dem Sofa niedergelassen, um die Zeitung zu lesen. Viel mehr blieb einem Greis hier oben ja auch nicht. Die Jungen hielt schon lange nichts mehr an diesem gottverlassenen Ort, wie sie sagten. Denen war es zu eintönig und still. Allein der Matthias war noch da. Mit seinen fast dreißig Jahren war er mit Abstand der Jüngste. Selbst Ludwig gehörte inzwischen zum alten Eisen.

Nur Alte gab es noch in dieser abgeschiedenen Gegend, die so rau und unwirtlich war und zum Leben reichlich ungeeignet, aber dafür wie gemacht – Elvira spähte ein letztes Mal durch Peters Scheibe –, um in aller Ruhe zu sterben.

Kurz bevor sie mit dem Melken fertig war, hörte Elvira, wie die Haustür zufiel. Ein Motor wurde gestartet, ein Auto rollte vom Hof. Das musste der Spitzbart sein. Bestimmt fuhr er zu dem kleinen Laden runter ins Dorf. Gleich darauf brummte der Traktor über die Einfahrt zur Scheune. Der Stallboden zitterte.

Elvira klopfte der dicken Roswitha auf die Flanke und sah noch einmal zu den anderen Kühen. Träge und zufrieden bewegten sie ihre käuenden Mäuler. »Schlaft gut, meine Lieben.« Durch den kurzen Gang eilte sie in die Waschküche, hängte Melkschürze und Strickjacke an den Haken und wusch sich die Hände. Auf dem Weg in die Küche band sie sich die Schürze um und begann das Abendbrot zu richten.

Draußen war es stockfinster. Über dem Esstisch glomm das orangegelbe Licht der Lampe gegen die Schwärze an, die durchs Fenster hereinkroch. Elvira verteilte das Geschirr auf dem Tisch, goss eine Kanne Tee auf und holte Schinken und Käse aus dem Kühlschrank.

Als Erster kam der Vater herein. Gebeugt von dem langen Tag schlurfte er über den Holzboden und zog geräuschvoll einen Stuhl unter dem Tisch hervor, ehe er sich umständlich setzte.

»Was machen die Hände, Vater?«

»Herrje, was sollen die schon machen? Arbeiten tun sie, von früh bis spät.« Der Alte sprach nicht gerne über seine Gicht.

Elvira ging raus in den Flur. »Hans, Abendbrot!«

»Der Herr Doktor braucht halt immer eine Extraeinladung.« Matthias schlängelte sich an ihr vorbei in die Küche.

Elvira schenkte den dampfenden Tee ein. Matthias nahm einen Umweg über den Kühlschrank, bevor er sich mit einer Flasche Bier in der Hand auf der kurzen Seite der Eckbank niederließ.

Nach einer Weile kam auch Hans die Treppe runter und brachte einen Schwall kühler Luft mit herein. Sein Tee war inzwischen kalt.

Der Alte bedachte ihn mit dem üblichen Spott. »Selbst der Tod kommt pünktlicher als bestimmte Leut.«

Unwillkürlich musste Elvira an das Wegkreuz am See denken. An das leblose Steinkreuz, das Wanderern seit Jahr und Tag Orientierung bot und über Nacht zu einer Art Grabmal geworden war, mit Blumen geschmückt. Sie verschränkte die Arme vor der Brust und trat einen Schritt näher an den warmen Herd.

Nachdem sich Matthias und der Alte endlich vor den Fernseher in der Stube nebenan gesetzt hatten und Hans im Arbeitszimmer verschwunden war, schlich Elvira ins Schlafzimmer und schloss die Tür hinter sich.

Sie zog die unterste Schublade der Wäschekommode auf. Ordentlich standen hier dicht an dicht ihre Tagebücher, eines für jedes Jahr. Mittlerweile füllten sie zwei Reihen in dem geräumigen Fach. Elvira kaufte sie im Schreibwarenladen unten in der Stadt, immer im selben Format, aber jedes war in einen anderen Stoff eingebunden. Mit dem Zeigefinger fuhr sie über die Bücher und begann zu zählen. Dreiundzwanzig – so viele Jahre führte sie also schon Buch. Im Grunde, seit die Buben aus dem Gröbsten raus waren und sie am Abend wieder eine halbe Stunde für sich hatte. Indem sie das Alltägliche notierte, brachte sie Ordnung in ihr Dasein. Wie ein Haken in einer Gebirgswand boten ihr die Aufzeichnungen Halt, erlaubten ihr, kurz durchzuatmen, einen Überblick zu gewinnen.

Andere Leute machten Fotos und klebten sie in ein Album – zu viel Gefühlsduselei für einen nüchternen Menschen, wie Elvira es war. Sie führte lieber Buch. Notierte praktische Dinge wie Einkaufslisten, die Öffnungszeiten der neuen Postfiliale im Nachbardorf oder die Impftermine für die Kälber, machte einen kurzen Eintrag zum Wetter oder zu sonstigen Vorkommnissen. Abend für Abend nahm sie in der Küche ihr Buch vom Regalbrett über der Eckbank, wo es ein ganzes Jahr über neben der Kaffeemühle stand, bis es im Januar zu seinen Vorgängern in die Kommode wanderte.

Elvira zog das erste Büchlein heraus und überblätterte mehrere lange und kurze Einträge, bis sie im letzten Viertel angekommen war. Der vorangegangene fünfundzwanzigste November war ein Sonntag gewesen. Sie las, was sie vor genau einem Jahr zu Papier gebracht hatte. Aber ja, es war der Tag, an dem Hans zurückgekehrt war. Noch am Morgen hatte sie daran zurückgedacht. Gewöhnlich machte sie sonntags einen langen Spaziergang mit Ludwig um den See, aber angesichts der turbulenten Ereignisse hatte sie damals darauf verzichtet.

Sie legte das Buch neben sich aufs Bett und griff nach dem nächsten schmalen Band. Den fünfundzwanzigsten November des Jahres davor, einen verregneten Freitag, hatte Elvira genutzt, um mit der Resi in die Stadt zu fahren. Sie schlug auch dieses Buch zu und begann Band drei durchzublättern. Schon war sie kurz davor, ihre Suche als Wahn abzutun, als ihre Augen an einigen Zeilen hängen blieben.

Am Spätnachmittag mit Ludwig in den Wald. Weil es gar so frostig ist, will ich bald kehrtmachen. Der Hund hört nicht gleich, und als er endlich kommt, trägt er etwas im Maul. Es ist eine weiße Lilie. Eine majestätische Blüte an einem langen, festen Stiel. Seltsam, solche Blumen wachsen nirgends am See, schon gar nicht zu dieser Jahreszeit.

Aufgeregt schlug sie das nächste Büchlein auf – nichts. Auch das vom Jahr davor hielt keine Überraschung bereit. Die viele Arbeit hatte es ihr an jenen beiden gewöhnlichen Wochentagen nicht erlaubt, den Hof zu verlassen. Erst in Buch Nummer sechs wurde sie wieder fündig.

Blauer, leicht bewölkter Himmel, angenehme zwölf Grad. Der Vater hat sich auf dem Hof den Knöchel verstaucht, muss mehrere Tage liegen. Nach dem Mittag Sonntagsspaziergang mit Ludwig um den See. Einen Silberreiher im Schilf gesehen, schneeweiß mit gelbem Schnabel. Vor dem Steinkreuz stand eine Vase mit Dahlien in Rosa und Violett. Abends hat der Vater gegrantelt, weil er nicht aufstehen darf, und der Matthias war auch schlecht gelaunt, weil wieder was mit dem Motor vom Traktor ist.

Die Schlafzimmertür wurde aufgerissen, und vor ihr stand Hans. Erschreckt klappte sie das Buch zu und legte es neben sich, als hätte er sie bei etwas Verbotenem ertappt.

»Im Arbeitszimmer ist's ziemlich frisch geworden, da wollt ich mir einen warmen Pullover holen. Was treibst du denn hier in der Kälte?«, fragte er.

»Ach, nur ein bisschen Ordnung schaffen …«

Sobald Hans wieder draußen war, machte Elvira weiter.

Sechsmal fand sie nichts, sechsmal war sie nicht zum See gelaufen. Doch dann wieder ein Sonntag und eine Notiz von einer Vase mit frischen Blumen am Sockel des Wegkreuzes. Diesmal blaue Astern.

Danach nahm sie sich die restlichen Jahrgänge vor. Immer weiter begab sie sich zurück in die Vergangenheit. Ein Buch nach dem anderen wanderte neben sie auf die Bettdecke, wo sich inzwischen drei schiefe Stapel auftürmten. Erneut musste sie sechs Bücher durchkämmen, bis sie zu einem Samstag kam und einen weiteren Hinweis entdeckte – eine lange Flasche mit weißen Lilien. Ganze achtzehn Jahre lag jener Samstag zurück.

Da ging anscheinend irgendjemand jedes Jahr am fünfundzwanzigsten November zu dem Kreuz am See, um eine Vase mit Blumen hinzustellen.

In der Schublade waren noch fünf Bücher verblieben, doch Elvira fand nichts mehr zu den mysteriösen Blumen. Aber irgendetwas stimmte mit den Eintragungen nicht. Da war ein Freitag, gefolgt von einem Donnerstag, einem Mittwoch, dann – wohl aufgrund eines Schaltjahres – einem Montag und einem Samstag. Der Sonntag dazwischen fehlte. Zwei Schaltjahre so nah beieinander? Das war kaum möglich.

Sie kontrollierte im Rückwärtslauf die Jahreszahlen auf der ersten Seite jedes Buchs, um sicherzustellen, dass sie in der richtigen Reihenfolge vorgegangen war. Dann klappte sie die fünf Bücher auf und legte sie nebeneinander. Die Reihenfolge stimmte. Doch zwischen dem vorletzten und dem letzten Notizbuch lag ein Abstand von zwei Jahren. Das vorletzte oder vielmehr das zweite Tagebuch war nicht mehr da.

Elvira kramte in der Schublade, wühlte unter und zwischen der Wäsche, zog Laken und Kissenüberzüge heraus. Aber nichts hatte sich darunter versteckt. Das Buch war weg.

Auch später im Bett überlegte sie noch lange, wo es stecken konnte. Doch das einzige Ergebnis ihrer Grübeleien war, dass sie immer wacher wurde. Bald war alle Müdigkeit wie weggefegt, und so lag sie da und wartete darauf, dass ihr Mann ins Bett kam.

Losgelöst und unwirklich erschien ihr im Rückblick jener ausgelassene erste Mai, als sie beim Tanz angesprochen worden war von dem Burschen mit den blonden Haaren, die sie an ein gemähtes Kornfeld hatten denken lassen. Gerade mal sechzehn war sie damals gewesen, und die Erinnerung wirkte fremd wie eine Geschichte, die ihr ein anderer erzählt hatte.

Er hatte sie angelächelt, und sie hatte zurückgelächelt, ohne ihn zu erkennen. Doch da es damals nicht üblich war, dass die jungen Leute derart ungezwungen aufeinander zugingen, ahnte sie gleich, dass sie ihn schon einmal getroffen haben musste. Verzweifelt kramte sie in ihrem Gedächtnis, bis er auf sie zutrat und sie erlöste. »Wie geht es eurem Kalb?«, fragte er, und Elvira konnte ihn endlich als den Sohn des Tierarztes einordnen.

In den folgenden Wochen kam der schmächtige Bursche häufig auf den Hof und wich irgendwann nicht mehr von ihrer Seite. Mit ihren strahlenden graugrünen Augen und dem langen braunen Flechtzopf war sie durchaus eine ansehnliche Erscheinung. Bei seinem Werben bewies Hans einen langen Atem, was ihr ein Gefühl von Sicherheit gab. Seinem Durchhaltevermögen war es auch zu verdanken, dass sie knapp zwei Jahre später heirateten.

Doch mit der Geburt der Söhne kehrte die alte Unsicherheit zurück. Obwohl Elvira eine große Liebe zu den hilflosen kleinen Wesen empfand, fühlte sie sich seltsam abgegrenzt von ihnen. Anders als die anderen konnte sie keinerlei Ähnlichkeit zwischen sich und ihren Söhnen entdecken, und sie fragte sich, wie sie eine gute Mutter sein sollte, wenn sie ihre eigenen Kinder nicht als solche erkannte. Wie sie die beiden beschützen sollte, wenn sie selbst so verloren dastand zwischen all den vielen Menschen in dieser Welt.

Die Angst brachte sie dazu, sich immer mehr zurückzuziehen. Ihre Schweigsamkeit wirkte auf die meisten verstockt und eigenbrötlerisch. Und Hans trieb sie damit aus dem Haus. Als gefühlskalt hatte er sie einmal bezeichnet, bevor auch er sich vor ihr verschlossen hatte.

Elvira hörte Schritte vor der Schlafzimmertür und das Quietschen der Klinke. Geräuschlos drehte sie sich zum Bettrand. Während Hans neben ihr unter seine Decke kroch, achtete sie darauf, gleichmäßig zu atmen. Erst als sie ein ähnlich ruhiges Schnaufen von ihrem Mann vernahm, fand sie allmählich in den Schlaf. Einträchtig lagen sie Seite an Seite, aber es waren Welten, die sie trennten.

Dienstag

Im Schlafzimmer war es stockfinster, als Elvira die Augen aufschlug. Nicht der schmalste Lichtschimmer drang durch die Fensterscheiben. Wie immer war sie vor dem Wecker aufgewacht. Selbst in der düsteren Jahreszeit konnte sie sich auf ihre innere Uhr verlassen. Neben sich hörte sie ein gedämpftes Schnarchen. Hans schlief wie gewöhnlich den Schlaf des Gerechten. Den Kopf von ihr abgewandt, hatte er sich tief in sein Kissen gegraben. Er würde erst aufstehen, wenn der Morgen dämmerte, was noch gut zwei Stunden dauerte.

Sie kroch unter der Daunendecke hervor und schlüpfte in ihre Latschen. Leise ging sie ins Bad, wusch sich und zog sich an, dann brachte sie Ludwig, der noch auf seiner Wolldecke im Hausflur döste, einen Napf mit Futter und eine Schüssel mit frischem Wasser. Sie öffnete die Tür, ließ ihn hinaus und lüftete kurz durch, während der Hund seine Notdurft verrichtete.

Die Kühe erwarteten sie schon. Ungeduldig scheuerte die dicke Gerda mit ihrem Hintern am Gitter entlang. »Schon gut, kommst ja gleich an die Reihe.« Besänftigend klopfte Elvira ihr auf die Stirn. In der morgendlichen Frische des Stalls verströmten die Körper der Tiere eine angenehme Wärme, aus ihren Nüstern drangen helle Atemwolken.

Später würde der Milchsammelwagen auf den Hof rollen, der alle zwei Tage im Weiler vorbeikam. Der Fahrer befüllte den Tank mit der Milch, für die Elviras Familie keine Verwendung hatte. Die Zeiten, in denen sie selbst Butter und Käse gemacht hatten, waren lange vorbei.

An diesem Morgen wollte es überhaupt nicht hell werden. Das Dämmerlicht schaffte es kaum über die Berge, deren Gipfel von Wolken umschlungen waren. An einigen Stellen lag der graue Teppich so tief, dass sogar die Baumwipfel darin feststeckten. Auf der Leine hing die steif gefrorene Wäsche, überzogen von einem silbern schimmernden Raureifpelz. Die Luft war dicht und schneidend. Es roch nach Winter.

Kaum hatten die Männer den Frühstückstisch verlassen, ging Elvira zur Resi. Sie war neugierig, warum ihre Freundin gestern so plötzlich in die Stadt gefahren war, außerdem musste sie ihr unbedingt von den Blumen am Kreuz berichten, die anscheinend jedes Jahr am Kathreinstag dort standen.

Der Raureif des frühen Morgens war verschwunden, doch nach ein paar Metern – sie war gerade auf der Höhe der Kapelle – rieselte etwas Weißes auf ihre Nasenspitze. Erstaunt blickte sie nach oben. Der erste Schnee war jedes Jahr aufs Neue etwas Besonderes, auch wenn er heuer recht lange auf sich hatte warten lassen. Er machte den Herbst schlagartig zum Winter und läutete die karge, eintönige Zeit ein.

Die Wolken über ihnen waren dick und bleischwer. Sie ließen fast kein Licht mehr durch. Der Wald zu ihrer Rechten wirkte mit einem Mal noch finsterer.

Vor Resis Haus beschlich Elvira eine dunkle Ahnung. Aus keinem der Fenster drang Licht. Nur der Ordnung halber klopfte sie kurz und drückte sofort die Klinke. Die Haustür war noch immer verriegelt. Die Resi war wohl über Nacht bei ihren Kindern geblieben. Aber warum hatte sie Elvira nichts von ihren Plänen erzählt?

»So was Komisches, Ludwig. Da werden wir wohl mal beim Peter nachfragen müssen.« Elvira mied den alten Kauz, so gut es ging. Aber diesmal kam sie um einen Besuch bei ihm nicht herum. Er konnte ihr bestimmt sagen, wann die Resi zurückkehrte – allein weil er dann endlich wieder ein warmes Essen auf den Tisch bekam.

Durch die schmutzigen Scheiben seines Hauses war die spärlich beleuchtete Stube zu erkennen. Elvira erinnerte sich, dass sie am frühen Morgen schon Licht bei ihm gesehen hatte. Der Alte war anscheinend vor dem ersten Hahnenschrei aufgestanden.

Von oben kommend mussten Ludwig und sie das halbe Haus umrunden, bis sie vor der Tür standen. Diesmal wunderte sie sich nicht, als sie auf ihr Klopfen keine Antwort bekam. Der Alte war nicht mehr sonderlich gut zu Fuß unterwegs und außerdem auch noch schwerhörig. Daher ging Elvira einfach hinein, nachdem sie Ludwig befohlen hatte, draußen zu warten.

Drinnen schlug ihr ein schaler, abgestandener Geruch entgegen. Es stank nach dem Essen mehrerer Tage, verrottetem Gebälk und alten Abwasserrohren. Und nach etwas Unbekanntem, Unbestimmbarem. Elvira musste sich regelrecht zwingen, den schmalen Hausflur weiter vorzugehen.

Obwohl sie die Haustür einen Spalt offen ließ, blieb es drinnen dunkel. Auf dem Holzboden herrschte Chaos. Schuhe und Gummistiefel lagen zwischen Eimern, Stiegen und Körben mit Holzscheiten herum. Nachdem sie vergeblich nach dem Lichtschalter getastet hatte, beschloss sie, sich zu dem schmalen Lichtstreifen vorzuarbeiten, der aus der angelehnten Stubentür drang. Schritt für Schritt schob sie sich vorwärts.

Sie blieb kurz stehen, um in die völlige Geräuschlosigkeit hineinzuhorchen. Das bewohnte Haus blieb unnatürlich still. Entgegen aller Angst trieb irgendetwas sie dazu weiterzugehen. Einen Schritt später hätte sie vor Schreck fast aufgeschrien. Direkt neben ihr ertönte ein ohrenbetäubendes Scheppern. Ludwig bellte vor der Tür laut auf. Sie sprang zur Seite, dennoch streifte etwas Hartes, Spitzes ihr Gesicht und krallte sich in ihren Dutt. Bevor die Klaue sie ganz umklammern konnte, wich Elvira zurück.

Es dauerte einen furchtbar langen Moment, bis sie erkannte, dass sie eines der Geweihe an der Wand berührt hatte, nachdem sie mit dem Fuß gegen einen großen Topf auf dem Boden gestoßen war. Vermutlich gehörte er der Resi.

»Schon gut, Ludwig, beruhig dich«, zischte sie dem Hund über die Schulter zu.

Sie schlängelte sich an dem Topf und anderen, nicht erkennbaren Gegenständen vorbei bis zur Stubentür. Aus irgendeinem Grund, der ihr selbst nicht einsichtig war, klopfte sie noch einmal an. Dann schob die die Tür auf.

Einen winzigen Augenblick lang glaubte Elvira, das fahle Licht aus der verstaubten, stoffbezogenen Deckenlampe blende ihre Augen, und sie hielt sich schützend eine Hand vors Gesicht. Doch in Wirklichkeit war sie geblendet von dem Grauen, das sich vor ihr auftat. Durch die Finger erfasste sie zunächst nur ein Ungetüm, ein völlig überdimensioniertes Wesen. Mit schmerzverzerrtem Gesicht und weit aufgerissenen Augen, die aus den Höhlen getreten waren, starrte es sie an.

Nach und nach zerfiel das grausame Mosaik in seine Einzelteile. Wie gelähmt stand sie da. Langsam glitt ihre Hand vom Gesicht, ihr Arm sackte hinab, baumelte kraftlos herunter. Nur allmählich begriff Elvira, was sie da sah.

Auf dem Sofatisch lag ein Wagenrad. Elvira hatte es zuletzt in der Scheune des Alten gesehen. Die Stube wurde völlig vereinnahmt von dem Koloss aus dunkelbraunem Holz, dessen Durchmesser gut anderthalb Meter betragen musste. Der geschundene Körper, der daraufgeschnürt war, wirkte zierlich und dürr. Wie ein vertrocknetes Insekt lag der alte Mann da, die verdrehten Gliedmaßen an Radkranz und Speichen gebunden. Sein Rücken bäumte sich in der Mitte des Rads über der Nabe auf, als stünde der Körper des Toten noch immer unter Spannung.

Der Alte war kein sonderlich großer oder breiter Mensch gewesen, aber auf diesem hölzernen Monstrum war er nur noch ein ausgemergeltes Männlein. Seine Arme und Beine waren vom Rumpf abgespreizt und ragten ein Stück über das Wagenrad hinaus. Elviras Augen wanderten über die zerschmetterten Klumpen aus Knochen und Sehnen. Die Hände des Alten waren so heftig malträtiert worden, dass lediglich blutige Stümpfe zurückgeblieben waren. Zerfetzt hingen die Unterarme des Toten über den Metallreifen des Rads. Wie bei einer Marionette baumelten die Füße in einem unnatürlichen Winkel über den Rand. Sie schienen nur noch durch einen dünnen Faden mit den zertrümmerten Schienbeinen verbunden, deren Knochen spitz aus dem zerrissenen Hosenstoff ragten. Die Hose, die einmal dunkelblau gewesen sein musste, war tiefrot.

Der schmutzige rotbraune Farbton setzte sich im ganzen Raum fort. Unter dem Sofatisch auf dem beigen Wollteppich, der gierig das viele Blut aufgesaugt hatte. Auf den Holzdielen daneben, wo die Lachen bereits eingetrocknet waren. Sogar an der Wand, wo kleine und große Spritzer ein bizarres Muster auf der Blumentapete bildeten.

In Elviras Kopf wollte sich kein klarer Gedanke formen. Ihr Körper zitterte, ihre Augenlider flatterten. Die Eindrücke stürmten auf sie ein wie eine Lawine, die einen Felshang hinabdonnert, und drohten sie zu zermalmen. Ungläubig starrte sie den alten Peter an, als könnte er noch erklären, was sich an diesem Ort ereignet hatte. Sein Gesicht war bis zur Unkenntlichkeit verzerrt. In seinem Schädel, zwischen den schütteren Haaren, klaffte eine tiefe Wunde. Die wenigen grauen Strähnen darum waren krustig verklebt.

Auf einmal erkannte Elvira den Ursprung jenes Gestanks, der das ganze Haus erfüllte und der sie schon an der Tür hatte zurückweichen lassen. Es war der Geruch menschlicher Angst. Ihr Blick verschwamm, und sie merkte, wie ihre Knie nachgeben wollten.

In diesem Moment war Ludwig neben ihr und bellte mit aller Kraft. Wie in Trance löste sie sich von dem unfassbaren Bild und drehte sich langsam um. Der Hund hörte nicht auf zu bellen, bis sie sich in Bewegung setzte. Sie stolperte über ein Paar Pantoffeln und wäre fast gestürzt. Dann endlich stand sie im Freien, in der unerbittlich kalten Winterluft, die ihr wie eine Messerklinge in die Lunge stach und zugleich wie eine Erlösung erschien.

Unwirklich und bedrohlich kreiste das Blaulicht über den Hof. Elvira fragte sich, wozu das jetzt noch nötig war. Einer der Polizisten schien ihre Gedanken zu lesen und ging zu dem Fahrzeug, um das Licht auszuschalten. Neben dem Streifenwagen vor Peters Haus standen ein dunkler BMW und ein Rettungswagen. Auch der war reichlich zu spät, dachte Elvira voller Verzweiflung. Selbst vor drei Stunden, als er hier eingetroffen war, war es längst zu spät gewesen.

Sie nahm die gefrorenen Wäschestücke von der Leine und schichtete sie im Korb wie Wellpappe aufeinander. In fünf Minuten, um vierzehn Uhr, sollten sie sich alle zu einer polizeilichen Befragung in der Schänke des Landgasthofs einfinden. Sie war gerade zusammen mit dem Vater, Hans und Matthias dorthin aufgebrochen, als sie sich in der Einfahrt suchend nach Ludwig umgeschaut hatte. Dabei war ihr Blick auf die Wäsche gefallen, die seit gestern auf der Leine hing. Trotz des Schnees, trotz der Kälte und trotz allem, was in der Zwischenzeit vorgefallen war. Elvira hatte das Gefühl gehabt, sofort etwas an diesem Zustand ändern zu müssen.

Die Männer hatten sie nur verständnislos angeblickt, als sie ihnen erklärt hatte, dass sie noch schnell die Wäsche in die Scheune bringen wolle und die drei schon einmal vorgehen sollten. Matthias hatte kurz protestiert, doch Elvira hatte so halsstarrig reagiert, dass die anderen nur die Schultern gezuckt und sie allein zurückgelassen hatten.

Mechanisch legte sie ein Wäschestück auf das nächste. In ihrem Kopf herrschte immer noch ein heilloses Durcheinander. Trotzdem war sie froh, einen Moment für sich zu sein. Die letzten Stunden waren ein hektisches Chaos gewesen.

Matthias hatte sie irgendwann am Küchentisch entdeckt, wo sie nach ihrer Rückkehr aus Peters Haus zusammengesunken dagehockt hatte. Speiübel war ihr gewesen. Mehr oder weniger geduldig hatte er sie gelöchert. Nur nach und nach war es ihr gelungen, stockend einige Fragmente des Gesehenen wiederzugeben. Erst wollte der Junge ihr nicht glauben und eilte schon zur Tür, aber Elvira mobilisierte ihre letzten Kräfte und hielt ihn zurück. Sie wollte nicht, dass ihr Sohn sah, was sie gesehen hatte, auch nicht Hans oder der Vater. Schließlich gab Matthias ihrem Flehen nach und rief die Polizei.

Es dauerte genau fünfzehn Minuten, bis der Streifenwagen den Berg hinaufgerast kam. Noch bevor Elvira den Beamten draußen vor dem Haus ihres toten Nachbarn von ihrer Entdeckung berichten konnte, war ihr Vater zur Stelle. Von der Scheune aus war er über den Hof gehastet, um sich hinter den beiden Polizisten in Peters Haus zu drängen. Während die Beamten in der offenen Stubentür stockten, versuchte der Vater, an ihnen vorbei einen Blick auf den Ort des Verbrechens zu erhaschen. Das wenige, was er sehen konnte, versetzte ihm einen Schlag. Mit offenem Mund wich er zurück. Erst jetzt bemerkten ihn die beiden Polizisten, und der eine fuhr ihn an: »Was haben Sie hier zu suchen? Verlassen Sie sofort den Tatort!« Doch da hatte Elvira schon ihren Sohn hinterhergeschickt, der den Alten am Arm nach draußen zerrte.

In der Zwischenzeit war die allgemeine Aufregung wohl auch bis in das Arbeitszimmer ihres Mannes raufgedrungen, denn Hans kam neugierig über den Hof. Widerwillig berichtete Elvira noch einmal, was sie schon Matthias und der Polizei erzählt hatte. Hans wirkte gefasst. Der Alte dagegen bekreuzigte sich ununterbrochen und faselte in einem fort etwas vom Teufel und von seinen Gehilfen.

Als Elvira den Wäschekorb in der Scheune abstellte, umfing sie der vertraute Geruch von Heu, Holz und Motoröl. Sie würde die Sachen nachher hier drinnen aufhängen, wenn der Reif von den Laken und Bezügen getaut war. Jetzt musste sie schleunigst zur Befragung in den Landgasthof, sonst dachte die Polizei noch, sie hätte etwas zu verbergen.

Sie rief Ludwig bei Fuß und eilte über den Hof auf die Straße. Dem Polizisten, der vor Peters Grundstück abgestellt war und sie misstrauisch musterte, nickte sie im Vorbeigehen kurz zu. Die Tür zum Haus stand offen. Mindestens ein halbes Dutzend Männer mussten sich mittlerweile darin befinden.

Elvira wandte sich ab und folgte der Straße zum Landgasthof. Noch immer fielen Flocken vom Himmel, mehr als am Vormittag. Unter anderen Umständen und in einer anderen Verfassung hätte sie die besondere Schönheit des ersten Schnees zu würdigen gewusst. Wie gezuckert wirkte die Wassertränke, die, aus einem Baumstamm geschnitzt, zur Zierde an der Straße vor dem Gasthof stand.

Zwar hatte Elvira die heftige Panik vom Vormittag überwunden, aber beim Blick auf den Streifenwagen vor dem Eingang zum Gasthof verstärkte sich das beklemmende Gefühl, das sich seither nicht abschütteln ließ.

Auf der Fußmatte vor der Tür klopfte sie kurz ihre Schuhe ab, bevor sie mit Ludwig hineinging. Die Gaststube mit den zehn Holztischen war recht dunkel, dafür aber gemütlich gehalten. Vor dem langen Tresen im Eingangsbereich reihten sich fünf Barhocker aneinander.

Die Wenzel-Elisabeth stand hinter dem Tresen und richtete ein Tablett mit mehreren Tassen Kaffee her. »Grüß dich, Elvira«, sagte sie. »Schön, dass du mal wieder bei uns vorbeischaust, obwohl der Anlass freilich furchtbar ist.«

Elvira nickte betreten. »Du sagst es.« Sie hatte Schwierigkeiten, die beiden Schwestern auseinanderzuhalten. Nur an ihrem Damenbart hatte sie die Elisabeth erkannt. »Hat die Polizei schon mit der Befragung begonnen?«

Elisabeth deutete mit dem Kopf zu dem Tisch in der hintersten Ecke, wo ein Polizist einem Mann gegenübersaß, von dem Elvira nur den Rücken sah. »Der hat grad den Michael am Wickel. Den mussten wir extra herbestellen. Der ist ja zurzeit nur montags hier, weil wir doch Ferien haben. Der Gasthof ist eigentlich geschlossen.«

»Ach ja, stimmt«, meinte Elvira abwesend. Ihr Blick war zu dem großen Tisch vor dem Tresen gewandert, um den sechs Leute saßen. Sie mochte keine Menschenansammlungen, und eine Gruppe von sechs Personen fiel für sie bereits in diese Kategorie. Noch weniger mochte sie es, zu einer solchen Gruppe dazuzustoßen. Sie fühlte sich dann immer wie ein Eindringling, ein ungebetener Gast.

Die anderen hatten sie noch gar nicht bemerkt. Mit gesenkten Häuptern und hochgezogenen Schultern saßen sie da. Elvira spürte die allgemeine Angespanntheit, das Unwohlsein. Nur wenige Sätze wurden gewechselt, der Ton der stockenden Unterhaltung war zurückhaltend und gedämpft. Sie schnappte Worte wie »Unfassbar!«, »Und das hier draußen!«, »Eine Schande ist das!« auf.

Da blickte einer aus der Runde auf. »Mutter, komm, setz

dich her.« Matthias zog einen freien Stuhl herbei und rückte selbst ein Stück zur Seite.

Ein Mann in Polizeiuniform mit Schnauzbart sprang auf und streckte Elvira eine Hand entgegen. »Hauptkommissar Lothar Gruber. Bitte nehmen Sie Platz.« Da entdeckte er Ludwig. »Aber wären Sie bitte so gut, das Tier vorher rauszubringen? Ich habe eine Hundehaarallergie.«

Verunsichert schaute Elvira an sich herab. Sie hatte Ludwig ganz vergessen. Weil er fast immer bei ihr war, nahm sie seine Anwesenheit oft gar nicht wahr.

Da die Frage des Polizisten nicht wie eine Frage geklungen hatte, führte sie Ludwig hinaus in den Gang. »Bleibst schön sitzen, bis ich fertig bin.« Vor die Tür wollte sie ihn bei diesen Temperaturen nicht schicken. Der Hund war trotzdem beleidigt und fügte sich, ohne sie noch eines Blickes zu würdigen.

Zurück in der Gaststube nahm Elvira still auf dem freien Stuhl Platz. Ihr gegenüber saß der Polizist, rechts neben ihm Elviras Vater und der Hans, links, mit ihrem im Nacken streng zusammengebundenen grauen Haar, Elisabeths Schwester Gabi und daneben, im Talar unverkennbar, Pfarrer Wilms.

»Grüß euch«, sagte Elvira in die Richtung der beiden.

»Schlimm ist das«, erwiderte die Gabi nur und schüttelte den Kopf.

»Dass der Herrgott irgendwann ein Schaf von hier oben zu sich rufen würde, war nur eine Frage der Zeit. Seid ja alle keine Lämmer mehr …« Offenbar sollte dies eine Anspielung auf den Altersdurchschnitt im Weiler sein, dabei gehörte der Pfarrer selbst zu den Betagteren. Elvira schätzte, dass er die achtzig in nicht allzu ferner Zukunft erreichen würde.

»Dass er jedoch einen Schlächter entsenden würde, bestürzt mich zutiefst«, fuhr der Alte salbungsvoll fort. »Selbst wenn der Peter ein alter Dickschädel war, muss man ihm denselben doch nicht gleich einschlagen.«

Gabi schluchzte laut auf, und auch die anderen zuckten zusammen.

Elvira fragte sich, ob dieser Gedankengang seinem selbstgefälligen Humor entsprang oder ob er einfach nur in verqueren Bildern laut gedacht hatte. Was hatte der Pfarrer hier draußen verloren? Wie hatte er überhaupt von dem Verbrechen erfahren? Und woher wusste er so genau, wie der alte Peter ums Leben gekommen war? Vermutlich hatte ihn die schiere Neugier aus dem Dorf heraufgetrieben, nachdem er von irgendwoher die Neuigkeit erfahren hatte. In seiner Vierhundert-Seelen-Gemeinde kannte er jeden Einzelnen. Seit Jahr und Tag fuhr er in seinem weinroten Ford von Dorf zu Dorf, besuchte, gratulierte, feierte, kondolierte und kümmerte sich. Was das anging, ließ er sich nichts nachsagen.

Elisabeth trat mit dem Tablett an den Tisch. »Magst auch einen Kaffee, Elvira?«

»Nein, vielen Dank.« Sie war ohnehin schon viel zu nervös.

»Mein Kollege wird Sie gleich nacheinander befragen«, wandte sich der Hauptkommissar an Elvira. »Wie ich eben schon gesagt habe: Machen Sie sich keine Sorgen, Sie sind hier erst mal nur als mögliche Zeugen geladen. Die Angelegenheit wird allerdings ein Weilchen dauern, tut mir leid. Aber so ist nun mal der Ablauf.«

Elvira wunderte sich, warum er sich nicht an den Befragungen beteiligte. Dann ginge es immerhin doppelt so schnell. Aber wahrscheinlich wollte er sicherstellen, dass sie sich hier am Tisch nicht untereinander absprachen. Oder er hoffte, nebenbei etwas Wichtiges aufzuschnappen.

»Am besten machen wir gleich mit Ihnen weiter, Frau Holzer. Schließlich haben Sie den Toten gefunden.«

Elviras Magen krampfte sich zusammen, Schweißperlen traten auf ihre Stirn.

Hinter ihr kam der Michael herüber und blieb grinsend neben dem Tisch stehen. »Also ich war's nicht. Der Peter hat zwar mal die Reifen von meinem Radl zerstochen und behauptet, ich würd Kartoffeln von seinem Acker stehlen, aber deshalb bringe ich noch lange keinen um.«

Schwerfällig erhob sich Elvira. »Na, dann will ich mal ...« Hilfesuchend blickte sie noch einmal in die Richtung ihrer Männer. Doch die hockten nur stumm und ausdruckslos auf ihren Stühlen. Wahrscheinlich war ihnen die Anwesenheit des Beamten nicht geheuer.

Der Polizist an dem kleinen Tisch in der Ecke stellte sich ihr nicht vor. Er stand weder zur Begrüßung auf, noch gab er Elvira die Hand. Desinteressiert starrte er durch seine randlose Brille auf den Bildschirm seines Laptops. Bläuliches Licht verfing sich in seinen Brillengläsern und ließ ihn noch unzugänglicher wirken.

Elvira kam sich vor wie in einer Amtsstube und nahm verunsichert Platz. Zwischen ihnen als Barriere befand sich statt einer Schutzscheibe der aufgeklappte Computer des Polizisten.

»Bitte zuerst Ihren Namen, Ihr Geburtsdatum, Ihre Anschrift und so weiter.«

Nachdem die Formalitäten erledigt waren, befragte er Elvira detailliert zu den Ereignissen der letzten Stunden. Sie begann mit der verschwundenen Resi und endete mit dem unbeschreiblichen Grauen, das sich ihr im Haus ihres Nachbarn dargeboten hatte. Sie versuchte, die richtigen Worte zu finden für Dinge, die sich jeder Beschreibung entzogen.

Der Mann protokollierte Elviras Aussage und stellte immer wieder kurze Zwischenfragen, zeigte sonst aber keinerlei Reaktion oder gar Mitgefühl. Er sah kaum von seinem Bildschirm auf, und Elvira wurde immer unsicherer. Ihre Stimme wurde leiser und leiser und war am Ende nur noch ein Flüstern.

»Wer ist denn nur zu so was fähig?« Sie unterdrückte ihre Tränen. »Wie gekreuzigt hat er auf dem großen Wagenrad gelegen.«

»Hatte Herr Zauner neben seiner Schwester noch weitere Verwandte?«, fragte der Polizist sachlich.

»Nur den Josef in der Stadt, seinen jüngeren Bruder. Aber der ist alles andere als gut beieinander und lebt im Pflegeheim, weil sich seine Frau nicht mehr um ihn kümmern kann. Seine Schwester, die Holzer-Barbara, ist bei dem Brand auf ihrem Hof letztes Jahr ums Leben gekommen.« Elvira schluckte und überlegte weiter. »Die Resi, also die Therese Buchleitner, hat zwei Kinder, aber die haben mit ihrem Onkel seit Jahren nichts mehr zu tun. Und dann, ja, freilich, die Elisabeth und die Gabi Wenzel hier, das sind – oder waren – seine Kusinen. Die Mutter der beiden und der Vater vom Peter, das waren Geschwister.«

»Und Sie sind sich sicher, dass Sie nicht auch irgendwie mit Herrn Zauner verwandt oder verschwägert sind?«

Elvira ahnte, worauf die Frage hinauslief. Für die großspurigen Städter waren sie hier draußen noch immer Hinterwäldler, die Inzucht betrieben. »Ja. Oder besser: Nein, wir sind nicht verwandt … Nur indirekt, also dritten oder vierten Grades, wie man so sagt, weil ja dem Peter seine Schwester, die Holzer-Barbara, meine Schwiegermutter war«, antwortete sie beschämt. Ihre Hände lagen auf dem Tisch wie die einer gehorsamen Schülerin, die nichts zu verbergen hat.

Der Beamte sagte einen Moment nichts. Dann fragte er: »Was meinen Sie, wann wird Frau Buchleitner wohl zurück sein, damit wir mit ihr reden können? Oder haben Sie vielleicht ihre Handynummer oder die Telefonnummer ihrer Kinder?«

Elvira verneinte, woraufhin der Polizist sie kurz erstaunt ansah. Dann besann er sich und tippte etwas in seinen Computer.

»Wir wohnen so nah beieinander, da geht man einfach bei dem andern vorbei, wenn man mit ihm sprechen will. Ein Handy hat die Resi, glaub ich, gar nicht«, schob Elvira hinterher und bestätigte damit wahrscheinlich nur die Vorurteile des Mannes. »Eigentlich ist die Resi ja auch meist daheim. Dass sie zwei Tage zu ihren Kindern fährt, ohne vorher Bescheid zu geben, ist schon sehr ungewöhnlich. Ich hoffe, ihr ist nichts geschehen …«

»Keine Sorge, wir kümmern uns darum. Wir werden Frau Buchleitner kontaktieren und sie über den Tod ihres Bruders unterrichten.«

Elvira wusste nicht, ob sie darüber erleichtert sein sollte. Allein die Vorstellung war furchtbar. Aber früher oder später musste es die Resi ja erfahren, und es war fraglich, ob man eine solche Nachricht überhaupt schonend überbringen konnte.

»Hat es zuletzt Streitigkeiten innerhalb der Familie des Opfers gegeben? Menschen, die etwas gegen Peter Zauner hatten? Ihn nicht mochten?«

»Nein.« Elvira zögerte. »Das heißt, kleinere Zankereien hat es natürlich immer wieder gegeben. Vor allem zwischen dem Peter und der Resi …«

Der Polizist betrachtete sie auf einmal aufmerksam über den Rand seiner Brille hinweg.

»Aber das waren alles harmlose Geschichten«, beeilte sich Elvira zu erklären, »so wie sie in jeder Familie vorkommen. Na ja, der Peter war eben ein ziemlicher Grantler …«

Der Beamte atmete hörbar aus. Er hatte zu seinem alten Desinteresse zurückgefunden. »Das war's erst mal, Frau Holzer. Bitte halten Sie sich in den kommenden Tagen zu unserer Verfügung. Wir werden bestimmt mit weiteren Fragen auf Sie zukommen. Und geben Sie uns Bescheid, sollten Sie verreisen wollen.«

Elvira nickte und erhob sich langsam. Sie war in ihrem ganzen Leben noch nie über die nächste Großstadt hinausgekommen. Aber das würde sie diesem Mann ganz bestimmt nicht auf die Nase binden.

»Moment, warten Sie.« Dem Beamten war wohl noch etwas eingefallen. Angestrengt suchte er in seinem Computer.

Elvira blieb hinter dem Stuhl stehen, die Lehne mit beiden Händen umfasst. Sie kannte diesen Typ Mensch oder vielmehr Mann, der wahrscheinlich aus einfachen Verhältnissen stammte und stolz darauf war, es trotzdem zu etwas gebracht zu haben. Er glaubte, alles durch eigene Kraft erreicht zu haben, allein dank seines starken Willens und großen Ehrgeizes. Leute wie Elvira hielt er für rückständig.

Auch der Hans hatte solche Anwandlungen, selbst wenn er sich inzwischen bemühte, die Menschen hier oben so zu akzeptieren, wie sie waren. Zumindest äußerlich hatte er sich in die Gemeinschaft eingefügt, dachte Elvira, als sie einen Blick über die Schulter warf. Wie fast alle Bauern trug er eine Strickweste über dem karierten Hemd. Seine Lodenjacke hing über der Rücklehne seines Stuhls, vor ihm auf dem Tisch lag der braune Filzhut. Nur im Arbeitskittel sah man ihn nie – was ihn von einem echten Bauern unterschied.

Trotzdem, er hatte sich verändert. Er war nicht mehr der Mann, der im Kaschmirmantel übers Feld zu ihnen heraufgekommen war. Der nach wenigen Tagen einen Internetanschluss eingerichtet hatte. Der dafür gesorgt hatte, dass mehrere Sorten Schwarztee in der Küche standen. Der nur einen einzigen Koffer dabeigehabt hatte, dafür aber mehrere Bücherkartons. Mit ihnen hatte er ein Stück seiner bisherigen Welt an diesen abgelegenen Flecken gerettet. Doch die hiesige Welt war eigensinnig und unverrückbar. Die Uhren liefen nicht schneller, und die Kartoffeln wurden nicht dicker, nur weil man durch das Internet mit allen Kontinenten verbunden war. Hier oben bestimmten immer noch die Berge den Lauf der Dinge. Das hatte inzwischen auch der Hans einsehen müssen.

»Genau, hier steht's«, sagte der Polizist und holte Elvira aus ihren Gedanken zurück. Offenbar hatte er gefunden, wonach er gesucht hatte. »Herr Hofer hat zu Protokoll gegeben, dass er gestern gegen achtzehn Uhr Licht in der Wohnstube des Peter Zauner gesehen habe. Er sei auf seinem Fahrrad vorbeigefahren, als Frau Therese Buchleitner gerade das Haus ihres Bruders betreten habe.«

Elvira war verunsichert und verstand erst gar nichts. Sie kannte keinen Herrn Hofer und wollte schon nachfragen, als ihr einfiel, dass der Michael mit Nachnamen so hieß. Sie hatte ihn gestern Nachmittag beim Laubfegen getroffen, so gegen vier. »Ja, das Licht habe ich auch gesehen«, überlegte sie laut. »Am Nachmittag schon. Aber die Resi? Das kann nicht sein …«

»Es gibt momentan keinen Grund, an Herrn Hofers Aussage zu zweifeln«, sagte der Beamte sachlich und fügte nach einer kurzen Pause hinzu: »Wir werden die Angaben überprüfen.« Er blickte ein letztes Mal über den Rand seines Laptops. »Vielen Dank noch mal, Frau Holzer.«

Elvira musste plötzlich dringend zur Toilette und schob sich an den leeren Stühlen und den anderen Wartenden vorbei aus der Wirtsstube. Als Nächster war der Matthias dran.

»Bei mir geht's schnell«, hörte sie ihn noch laut sagen, »ich hab nix gesehen und nix gehört.«

Als sie von der Toilette kam, fing Pfarrer Wilms sie im Gang ab.

»Jaja, so manch einer scheidet mit Pauken und Trompeten aus dem Leben … Er soll auf ein Wagenrad gebunden gewesen sein …« In seinen kleinen Augen schimmerte Sensationslust. Fasziniert und scheinbar entsetzt zugleich schüttelte der Alte den Kopf. »Wann hat man so was zuletzt gehört?«

Elvira hatte ihn noch nie leiden können. Er wirkte immer wie ein altes Waschweib auf sie. Schamlos nutzte er seine Position als Geistlicher aus, um in den Seelen der Menschen die Abgründe zu besehen und in ihren Häusern nach Dreck zu suchen. Die Gläubigen und die Frommen langweilten ihn, er hielt sich an diejenigen, die ihm Kurzweil und Unterhaltung bescherten.

»Sag, Elvira, glaubst du auch wie dein Vater, dass der Teufel die Hände im Spiel hatte, oder war es Menschenwerk?«, raunte er und kam ihr dabei unangenehm nah. In seinen Mundwinkeln hatten sich Speichelbläschen gebildet, sein Atem roch nach Hochprozentigem. Obwohl sein Gesicht so zerknittert war wie die Wäsche in Elviras Scheune, war sein Geist hellwach und frisch. Sie wusste, dass er genauso wenig an den Teufel glaubte wie sie.

Bevor sie eine Antwort parat hatte, kam ein leicht schwankender Mann aus der Gaststube. »Ah, unser lieber Herr Pfarrer … Immer zur Stelle, wenn seine Schäfchen in Not sind.« Sein linkes Augenlid zuckte noch stärker als sonst, es hatte fast etwas Herausforderndes. Anscheinend hatte sich der Michael heute ein Bier mehr als üblich genehmigt. Freundschaftlich klopfte er Pfarrer Wilms auf den Rücken. »Ich wollt Sie schon immer mal fragen, wie's der liebe Gott mit den Armen und Rechtschaffenen hält. Müssen die erst über den Jordan paddeln, oder hat unsereins noch im Diesseits eine Chance? Ich hab's nämlich nicht so mit dem Wasser …« Grinsend entblößte er sein schwarzes Gebiss. »Aber das verstehen Sie sicherlich, Sie wissen ein gutes Tröpfchen ja auch zu schätzen …«

Elvira nutzte den Moment und stahl sich davon.

Als sie den Hund eine halbe Stunde später an der Tür auflas, wirkte er immer noch beleidigt. Zu dritt traten sie in die weiße Novemberwelt, und Matthias hakte sich bei seiner Mutter unter. Das hatte er schon seit Jahren nicht mehr getan.

»Der Wagen vom Pfarrer wird bestimmt auch bald vom Herrgott erlöst.« Grinsend deutete er auf den klapprigen Ford, der neben dem Streifenwagen parkte. »Der Schnee, den unser Herr da oben vom Himmel schickt, wird der Rostlaube ordentlich zusetzen.«

Elvira verstand, dass er sie damit aufmuntern wollte, obwohl ihm selbst nicht leicht ums Herz sein konnte.

Hans hatte sie nach Hause geschickt und wollte zusammen mit dem Vater nachkommen, sobald sie ihre Aussage gemacht hatten.

Elvira war ihm dankbar gewesen, froh, den angespannten Gesichtern und bohrenden Fragen entfliehen zu können. Hoffentlich fanden sie den Täter bald.

Zum Abschied hatte Hans wie nebenbei den Arm um Elvira gelegt und ihr zu verstehen gegeben, dass sie sich keine Sorgen machen solle. Fast erschrocken war sie zusammengezuckt. Solche vertrauensvollen Gesten waren nicht üblich zwischen ihnen, meist mieden sie jeglichen Körperkontakt. Die Nächte, in denen sie unter der Decke im Dunkeln zusammenrückten und zaghaft, ja fast verschämt, die Nähe des anderen suchten, waren rar. Es waren lautlose Minuten, in denen Hans seine Pyjamahose abstreifte, Elviras Nachthemd hochschob und sich auf sie rollte. Mehr verwundert als erregt nahm sie den vorgegebenen Rhythmus auf und bewegte sich mit ihm. Sein leises Stöhnen wurde geschluckt vom Rascheln der Decke und vom Knarren des Bettgestells. Meist fand Elvira sogar Gefallen an dieser seltsamen Form der Zusammenkunft, doch dann war es auch schon wieder vorbei, und Hans kramte umständlich ein Papiertaschentuch aus seinem Nachtschränkchen. Elvira hatte jedes Mal das Gefühl, er würde sich gleich bei ihr entschuldigen.

Körperliche Nähe, überlegte Elvira, war im Grunde etwas, was, seit sie denken konnte, nie in ihrem Haus existiert hatte. Vielleicht war der frühe Tod ihrer Mutter daran schuld, die wenige Tage nach Elviras Geburt an einer Infektion gestorben war. Den Vater hatte das kleine Mädchen daraufhin als einen zurückhaltenden, nachdenklichen und bisweilen auch traurigen Mann kennengelernt. Elvira konnte sich nicht daran erinnern, wann sie ihn zuletzt umarmt oder wann sie als Kind auf seinem Schoß gesessen hatte.

Ihre eigenen Söhne hatte Elvira später in den Schlaf gewiegt, wenn sie nachts Albträume gehabt hatten, und auf den Arm genommen und getröstet, wenn sie sich wehgetan hatten, wenn sie hingefallen waren und sich die Knie aufgeschürft oder sich wie der Jochen als neunjähriger Bub beim Sturz vom Apfelbaum einen Schneidezahn abgebrochen hatten. Aber das war schon lange her. Und so hatte dieser schreckliche Vorfall wenigstens etwas Gutes, dachte Elvira, die Familie rückte näher zusammen, wie es sich in der Not gehörte.

Arm in Arm ging sie mit Matthias das kurze Stück Straße zurück. Der dünne Schneefilm auf dem Asphalt hatte sich zu einer geschlossenen Decke verdichtet und setzte sich an den Schuhsohlen fest. Ludwig tänzelte darüber, als müsse er sich noch daran gewöhnen. Obwohl erst Nachmittag, war es schon fast völlig dunkel. Vom Himmel fielen unaufhörlich dicke Flocken.

Die Ermittler waren noch immer in Peters Haus zugange. Matthias und Elvira blickten nicht hin, als hätten sie mit der ganzen Angelegenheit nichts zu schaffen.

Daheim ging Elvira als Erstes in die Scheune, um sich um die Wäsche zu kümmern. Ludwig hatte sie ins warme Haus geschickt. Die nackte Glühbirne über ihr flackerte schwach und warf tiefe Schatten. Die Strohballen, Werkzeuge und Maschinen, selbst die Leiter zum Heuboden schienen sich zu bewegen, wirkten mit einem Mal lebendig. Als es über ihr laut knackte, kehrte die furchtbare Angst vom Vormittag zurück. Elvira hielt inne und lauschte angespannt. War da was? Wahrscheinlich nur eine Maus, beruhigte sie sich.

Wieder das Knacken. Elvira zwang sich, zur Leiter zu gehen und auf den Heuboden hinaufzuspähen. Es war nichts zu erkennen. Sie ärgerte sich über ihre Schreckhaftigkeit und ging zum Wäschekorb zurück, um ihre Arbeit schnell zu Ende zu bringen. Kalt war's hier drinnen, wie ihr erst jetzt auffiel. Immerhin, nun blieb es still.

Das unheimliche Gefühl wollte dennoch nicht weichen und

verfestigte sich zu einem Gedanken, den sie bisher verdrängt hatte. Hier draußen lief ein Mörder herum. Ein Mensch, der einem anderen das Leben genommen hatte. Auf unvorstellbar brutale, widerwärtige Weise. Aber war ein Mensch überhaupt zu so etwas fähig? Oder konnte dies nur ein Monster? Oder doch der Teufel? Selbst wenn der Täter längst über alle Berge war – er war hier gewesen. War an ihrem Haus vorbeigelaufen. Hatte in ihre Fenster geschaut. Hatte den Tod in ihr Leben gebracht.

Elvira warf den letzten Bettbezug über die Leine und hastete zum Scheunentor. Sie schob es einen Spaltbreit auf, knipste das Licht aus, schlüpfte hinaus und verriegelte es wieder. Erleichtert stapfte sie durch den Schnee ins Haus.

Am späten Nachmittag klingelte das Telefon. Es war schon nach fünf, Hans und der Vater waren vor einer Stunde aus dem Landgasthof zurückgekehrt. Elvira ging in den Flur, wo der Apparat seinen Platz auf einem alten Schränkchen mit einer weißen Häkeldecke hatte.

Sie hatte Angst, dass es einer der beiden Polizisten war, der noch etwas von ihr wissen wollte. Zurückhaltend meldete sie sich und war überrascht, die Stimme ihres Gastes zu hören. Umständlich entschuldigte er sich für die Störung und brachte sein Anliegen vor. Elvira bemühte sich, der wirren Geschichte zu folgen, und hatte am Ende immerhin verstanden, dass der Mann am Fuß der Soiernspitze festsaß, weil sein Auto nicht ansprang.

»Oje, soll ich Ihnen die Nummer vom Abschleppdienst raussuchen?«, fragte sie.

»Nein, nein, vielen Dank. Dort habe ich längst angerufen. Die sind alle im Einsatz und bis Mitternacht ausgebucht, weil so viele Unvernünftige noch immer mit Sommerreifen unterwegs sind.«

»Ach, du meine Güte.« Elvira blickte durch das vergitterte Flurfenster in den Hof. Noch immer fiel Schnee.

»Und die Taxis aus der Stadt wollen heute Abend nicht mehr so weit raus, angeblich weil noch nicht überall gestreut ist. Ich solle doch einen Abschleppwagen rufen …« Er hüstelte spöttisch. »Daher auch meine Frage … oder vielmehr Bitte:

Könnte mich vielleicht einer von Ihnen abholen? Wenn man langsam fährt, dürfte das kein Problem sein.«

Elvira überlegte kurz. Sonderlich sicher sah es da draußen zwar nicht mehr aus, aber sie konnten den armen Mann wohl kaum in den Bergen seinem Schicksal überlassen. »Warten Sie, ich hol mal meinen Sohn.« Sie legte gerade den Hörer beiseite, als Hans die Treppe runterkam.

»Was ist passiert?«, fragte er besorgt.

Elvira berichtete ihm von der vertrackten Lage ihres Feriengastes.

»Ich fahr schnell hin. Wo ist der Mann denn?«

»Auf einem Parkplatz im Soierntal. Genau weiß ich's nicht. Meinst du nicht, die Straßen sind zu rutschig?« Ängstlich sah sie ihren Mann an.

Doch Hans hatte schon nach dem Hörer gegriffen und redete mit dem Feriengast. Kurz darauf legte er auf, schlüpfte in seine Schuhe, warf sich die Jacke über und war aus dem Haus.

Elvira schickte ihm noch ein »Fahr vorsichtig!« hinterher, obwohl die Haustür längst zugefallen war. Auch wenn sie sich Sorgen um ihn machte, war sie ihm dankbar, dass er den Wanderer nicht einfach seinem Schicksal überließ.

Anderthalb Stunden später war Hans immer noch nicht zurück. Gemeinsam mit Matthias und ihrem Vater saß Elvira beim Abendbrot. Auf dem Platz ihres Mannes warteten ein sauberer Teller und eine leere Teetasse.

»Eigentlich müsste er längst wieder hier sein«, sagte sie. »Vom Soierntal braucht man höchstens zwanzig Minuten. Bei dem Schnee vielleicht dreißig.«

»Du weißt doch nicht mal genau, wo der Mann geparkt hat«, wandte Matthias ein. »Vielleicht dauert's inzwischen ja auch vierzig Minuten. Vierzig hin und vierzig zurück. Weniger ist der Schnee jedenfalls nicht geworden.« Er deutete mit dem Kopf zum Fenster.

»Hoffentlich hat's unterwegs keinen Unfall gegeben.« Elviras Blick folgte dem ihres Sohnes. Hinter der Scheibe, im Schein des Küchenlichts, rieselten dicke Flocken auf das Fensterbrett.

»Der Junge wird sich schon zu helfen wissen«, meldete sich der alte Vater zu Wort. Seit dem Vorfall im Nachbarhaus hatte er kaum etwas gesprochen. »Der ist mehr auf Zack als wir alle zusammen.«

Elvira wusste nicht, wie sie diesen Satz deuten sollte. Ihr Vater schwieg wieder, kaute umständlich auf seinem Schinkenbrot herum und starrte vor sich hin.

In letzter Zeit verhielt er sich Hans gegenüber immer seltsamer. Sicher, ihr Vater hatte mit seinen Anschuldigungen nie hinterm Berg gehalten und war mit seinem Schwiegersohn im vergangenen Jahr bestimmt nicht zimperlich umgegangen. Das war nun mal seine Art. Seit einigen Wochen allerdings hatte er sich merklich zurückgezogen, und aus den offenen Angriffen war stummes Misstrauen geworden. Manchmal betrachtete er Hans am Tisch aufmerksam von der Seite, so als suchte er in den Zügen seines Schwiegersohns nach der Antwort auf eine Frage, die er sich im Stillen stellte.

Eines Abends hatte sich Elvira daher ein Herz gefasst und Hans unter vier Augen darauf angesprochen. Der hatte nur betreten genickt. Verhaltensauffälligkeiten seien oft das erste Symptom einer beginnenden Demenz, hatte er erklärt. Es sei nicht ungewöhnlich, wenn alte Menschen bei fortschreitender kognitiver Beeinträchtigung grantig und misstrauisch würden.

So traurig es auch war – Elvira hatte Hans in seiner Einschätzung recht geben müssen. Ihr Vater hatte in den vergangenen Monaten deutlich abgebaut, hatte Dinge verlegt, seinen Hut nicht mehr gefunden, einmal sogar seine Gummistiefel. Er hatte Namen verwechselt und mehr als einmal vergessen, das Scheunentor zu schließen, als es geregnet hatte.

»Warum hat sich eigentlich die Resi vorhin im Gasthof nicht blicken lassen?«, fragte der Alte unvermittelt. »Gehen die Herren aus der Stadt davon aus, dass eine Schwester ihren Bruder nicht ins Grab bringen kann, oder haben sie sie längst weggesperrt?«

»So fix haben die nun auch wieder nicht ausgesehen. Außerdem waren wir nicht als Verdächtige geladen, sondern als Zeugen«, belehrte Matthias seinen Großvater.

»So ein Quatsch! Verdächtig ist hier jeder. Wie hat unser Herr seinerzeit schon zu seinen Jüngern gesagt: ›Und euer einer ist ein Teufel.‹«

Früher hatte der Vater nicht so viel vom Teufel gesprochen, dachte Elvira. Leise sagte sie: »Die Resi ist gestern Hals über Kopf in die Stadt gefahren.«

Matthias, die Bierflasche schon am Mund, hielt inne. »Wieso Hals über Kopf?«

»Na ja, als ich gestern Vormittag kurz bei ihr war, stand das Mittagessen auf dem Herd, aber sie war nicht da. Eine Stunde später klebt ein Zettel an der Tür, dass sie in die Stadt ist. Und heute früh war sie immer noch nicht zurück. Deswegen bin ich ja zum Peter rüber. Um ihn zu fragen, ob er weiß, wann die Resi wiederkommt.«

»Vielleicht ist was mit dem Josef.« Der Vater schmierte sich ein zweites Schinkenbrot.

Elvira erschrak. Wenn jetzt nicht nur der Peter, sondern

auch noch Resis Bruder Josef im Altenheim gestorben wäre … Um Himmels willen, die Arme! Erst vor einem Jahr war ihre Schwester Barbara auf ihrem Hof verbrannt. Wie sollte ein einzelner Mensch so viel Unglück verkraften?

»Die Polizei glaubt allerdings, dass die Resi gestern Abend drüben beim Peter war«, sagte sie.

Die beiden Männer blickten sie fragend an.

»Der Michael hat sie gestern Abend ins Haus gehen sehen.«

»Was hat denn der Michael beim Peter zu suchen gehabt? Die beiden waren sich doch noch nie grün.« Dem Alten fiel ein Stück Brot auf den Oberschenkel, und Elvira sah, dass auf seiner speckigen Hose zwei dicke Butterflecken prangten. Er ließ sich immer mehr gehen. Vielleicht fiel es ihm auch gar nicht mehr auf.

»Nein, der Michael ist nur am Haus vorbeigekommen, abends auf dem Heimweg.«

»Und da hat der neugierige Kerl natürlich nichts Besseres zu tun, als bei fremden Leuten durchs Fenster zu spitzen.« Der Vater lachte auf. »Beim Karteln muss man sich auch vor ihm in Acht nehmen, der schaut einem ständig ins Blatt.«

Matthias war ausnahmsweise mit seinem Großvater einer Meinung. »Dabei ist er blind wie ein Maulwurf. Der sieht ja beim Radeln nicht mal die Schlaglöcher vor sich. Und falls doch, dann wahrscheinlich doppelt, so benebelt, wie der immer ist.«

Elvira blickte auf die Bierflasche in der Hand ihres Sohnes.

»Man sollte schon wissen, wann man genug hat«, sagte dieser und nahm einen großen Schluck. »Dass die Polizei den Michael befragt hat, war reine Zeitverschwendung. Da hätten die genauso gut unsere dicke Gerda hernehmen können.«

Wahrscheinlich hatte sich der Michael geirrt, dachte Elvira. Er hatte irgendwen ins Haus vom Peter gehen sehen und angenommen, dass es die Resi war. Aber wenn es nicht die Resi gewesen war, wer dann? Ihr wurde flau. Höchstwahrscheinlich derjenige, der den Peter … Sie wagte nicht, diesem Gedanken weiter nachzugehen. Bestimmt hatte der Michael nur einen Schatten wahrgenommen, und sein Hirn hatte ihm einen Streich gespielt, versuchte sie sich einzureden. Doch der leise Zweifel wollte nicht weichen.

Bleib ruhig drinnen. Ich will nur kurz auf dem Hof nach dem Rechten sehen«, sagte sie zu Ludwig, der sich von seiner Decke erhoben hatte und sich streckte.

Der Abendbrottisch war aufgeräumt, Elvira warf ihren Mantel über und griff zu Schal und Mütze, bevor sie die Tür aufmachte. Ein heftiger Windstoß drückte eine Welle aus kalter Luft und Schneeflocken ins Haus. Sie fegten ihr ins Gesicht, so dass sie den Kopf zur Seite drehen musste.

Draußen sah sie nichts. Nur Schwärze und Schnee. Wie Schmirgelpapier schliffen die rauen Kristalle über ihre Wangen und brannten in den Augen. Elvira hielt den Kopf gesenkt, während ihre Stiefel bis über die Knöchel in den weichen Teppich sanken.

Aus der Scheune holte sie den Schneeschieber und fing an zu schippen. Normalerweise war das Männerarbeit, aber Elvira war froh, etwas tun zu können. Unbarmherzig zerstörte das Kratzen des Holzes auf dem Asphalt die Stille des Abends.

Nachdem sie die halbe Einfahrt geräumt hatte, legte sie eine kurze Pause ein. Sie schnaufte heftig und stemmte den linken Arm in die Hüfte. Drüben beim Peter war es finster. Die Ermittler waren abgerückt. Alles sah aus wie immer. Still und friedlich, dachte Elvira. Doch mit einem Schlag kehrten die Bilder zurück, und die Angst fraß sich in ihren Kopf. Mit beiden Händen umfasste sie den Griff der Schneeschaufel und arbeitete weiter.

Als sie die Straße erreichte, fuhr ihr eine Bö in die Seite, und sie machte einen Schritt, um nicht das Gleichgewicht zu verlieren. Die Straße war gleichmäßig mit Schnee bedeckt. Geräumt oder gar gestreut hatte hier noch niemand. Es würde garantiert bis in die frühen Morgenstunden dauern, ehe der Schneepflug aus der Gemeinde zu ihnen heraufkam. Zwei breite Rinnen ließen erkennen, dass vor nicht allzu langer Zeit ein Auto vom Landgasthof her über den frisch gefallenen Schnee gerollt war. Vermutlich die Polizisten oder Pfarrer Wilms.

Der Wind peitschte frostige Schneewolken heran, schliff die Flocken zu harten Körnchen, die Elvira wie Nadelspitzen ins Gesicht stachen. Um Himmels willen, dachte sie, der Hans wird's keinesfalls mehr bis nach Hause schaffen! Sie wusste nicht mal, ob er eine Decke im Auto hatte.

Da leuchteten zwei Punkte an der Gabelung auf, etwa dreißig Meter entfernt. Sie wuchsen zu gelben Kegeln heran, die sich gemächlich durch das Schneetreiben schoben, bis sie Elvira erreichten. Im Schritttempo bog Hans in die Einfahrt.

Elvira ging im Schein der Rücklichter hinter dem Wagen her und stellte den Schneeschieber an der Hauswand ab. Als Hans vor der Garage hielt, eilte sie herbei, um das Tor zu öffnen. Während der Wagen in die Garage rollte, klopfte sie sich unter dem Dachvorsprung vorm Haus den Schnee vom Mantel. Aus der Beifahrertür stieg der Wanderer, Hans kam von der anderen Seite um das Auto herum und schloss das Garagentor. Elvira fiel sein steifer Gang auf. Sein linkes Knie war leicht nach außen gedreht, und er humpelte unmerklich.

Mit eingezogenen Köpfen hasteten die beiden Männer zum Haus.

»Da seid ihr ja endlich!«, rief Elvira erleichtert, während sie ihnen die Tür aufhielt. »In letzter Minute.«

»Das kann man wohl sagen.« Der Feriengast wollte seine Stiefel abklopfen, aber Elvira winkte ab.

»Schnell, kommt rein! Den Schnee wisch ich nachher weg.« Sie schloss die Tür. »Da wart ihr aber lange unterwegs«, sagte sie leichthin.

»Ja, die Sichtverhältnisse sind immer schlechter geworden, von den Straßenverhältnissen gar nicht zu reden. Nur ein, zwei Zentimeter mehr, und wir hätten festgesessen«, erwiderte Hans nüchtern.

»Ihr Mann ist sehr ruhig und gleichmäßig gefahren. Ich ziehe meinen Hut.« Der Spitzbart nahm seine Mütze ab und deutete eine Verbeugung an. Er schlüpfte aus seiner Jacke und rieb sich Arme und Hände. Obwohl er so lange im geheizten Auto gesessen hatte, wirkte er völlig durchgefroren. Aus seiner Jackentasche fielen Wollhandschuhe, die im Gegensatz zu seiner restlichen Ausrüstung nicht wirklich schneetauglich aussahen. Da hatte er wohl am falschen Ende gespart.

»Danke. Ich wollte nur vermeiden, dass wir die Nacht frierend zwischen Füchsen und Wölfen verbringen müssen«, wehrte Hans ab, sichtlich peinlich berührt.

Oder zwischen anderen Ungeheuern, die irgendwo da draußen lauern, dachte Elvira fröstelnd.

Nachdem der Feriengast sich auch noch einmal bei ihr bedankt hatte, stieg er die Treppe hinauf. Die angebotene Tasse Tee lehnte er ab.

»Ganz herzlichen Dank, aber ich will Ihre Gastfreundschaft nicht überstrapazieren. Sie möchten jetzt bestimmt Ihre Ruhe. Nach all dem, was heute vorgefallen ist …« Er lächelte Elvira freundlich an. »Ich werde noch schnell heiß duschen, und dann nichts wie in die Federn.«

Auf dem Weg in die Küche erklärte Hans Elvira, dass er

den Urlauber während der Autofahrt über das Verbrechen ins Bild gesetzt hatte. »Die Polizei hatte mich nach ihm gefragt. Sie wollten wissen, ob wir zurzeit Gäste beherbergen, und haben seinen Namen notiert. Morgen wollen sie noch mal vorbeikommen und ihn befragen. Das habe ich ihm ausgerichtet. Er muss sowieso hier auf den Abschleppdienst warten, um den Fahrer zu seinem Wagen zu lotsen.«

Elvira nickte lediglich. Auch sie wollte nur noch ins Bett.

Im finsteren Schlafzimmer trat sie ans Fenster und blickte hinaus in die bedrohlich weiße Welt. Sie spürte, dass etwas unwiederbringlich zerstört war, dass das halbwegs sichere Fundament, auf dem ihr Leben geruht hatte, Risse bekommen hatte. Gefährlich große Risse.

Der Schnee hatte sich über Sträucher gelegt, an Zaunlatten gelehnt und um Baumstämme geschlungen. Er vereinnahmte alles, beanspruchte jedes Fleckchen für sich. Er gaukelte der Betrachterin hinter der Scheibe Sanftmut vor, doch in Wirklichkeit war er eine gefühllose, eiskalte Masse. Er schob sich über alles und jeden, der nicht schnell genug nach drinnen flüchtete.

Er war wie das Böse, das sich nur wenige Meter von hier ereignet hatte. Das sich ausdehnte und an die Herzen der Menschen ringsum klopfte. Sie würden sich schutzsuchend zurückziehen und verschließen. Und in der dunklen Kammer ihrer Herzen würden Angst und Misstrauen wachsen wie Schimmel in einem ausgekühlten, schlecht gelüfteten Raum.

Mittwoch

Elvira kippte die Schüssel mit Küchenabfällen auf den Misthaufen, dessen Ausdünstungen sich durch die Schneedecke fraßen und breite Krater bildeten. Am frühen Morgen hatte es aufgehört zu schneien. Die ganze Welt war weiß umhüllt. Die einzige Ausnahme bildete der nackt glänzende Streifenwagen, der soeben aus der Einfahrt rollte. Ob die beiden Polizisten von dem Spitzbart etwas Neues erfahren hatten?

Während sie zurück im Haus Stiefel und Mantel ablegte, bestätigte Hans neben ihr am Telefon einen Termin mit dem Architekten. Sie wunderte sich, dass er im Flur sprach und nicht in seinem Arbeitszimmer, aber wahrscheinlich hatte es gerade geklingelt, als er in der Küche gewesen war. Der Mann am anderen Ende hatte eine laute, unsympathische Stimme. Jovial und überaus geschäftstüchtig tönte sie aus dem Hörer. Elvira war froh, mit dem Bau der Klinik und vor allem mit den vielen damit befassten Menschen nichts zu tun zu haben.

Hans legte auf und ging nach oben, seine Schuhe hatte er schon an. »Ich muss zu einer erneuten Ortsbegehung, es sind noch einige Details zu klären. Danach fahre ich wahrscheinlich noch mit dem Architekten in sein Büro. Kann also länger dauern«, erklärte er Elvira im Hinaufgehen.

»Dann hebe ich dir was vom Mittagessen auf«, sagte sie, doch er war schon in seinem Zimmer verschwunden.

Wenn er etwas zu erledigen hatte, dann war es meistens von jetzt auf gleich. Es gab Tage, da saß er nur in seinem Arbeitszimmer, telefonierte, plante und grübelte, und Tage, an denen er gleich nach dem Frühstück in die Stadt fuhr und erst am Abend wiederkam.

Elvira wollte gerade in die Küche, als ihr Vater zusammen mit Matthias aus seiner Kammer kam und zur Garderobe ging. Statt Arbeitskittel und Blaumann trugen sie saubere Hemden und waren gekämmt. Der Vater hatte seine fleckenlose dunkelbraune Strickjacke über die Schultern geworfen.

»Was habt ihr denn vor?«, fragte sie verwirrt.

Matthias sah auf. »Na zum Doktor fahr ich den Großvater, runter in die Stadt.«

Elvira brauchte einen Moment, um sich zu erinnern, dass ihr Vater heute um elf einen Kontrolltermin beim Arzt hatte. Seine Gichtanfälle waren in den letzten Jahren immer heftiger geworden. Anfangs hatte Elvira noch versucht, seine Ernährung gemäß den ärztlichen Empfehlungen umzustellen. Aber der Alte hatte nur geschimpft, als sie fettarme Wurst, mageres Fleisch und Gemüse aufgetischt hatte. Er wollte seinen Schinken und zum Mittag am liebsten Schweinsbraten mit Kruste. Seither beschränkte sie sich darauf, ihn an seine Tabletten zu erinnern.

»Jaja, ich weiß schon«, sagte Elvira schnell.

Der Arzttermin war ihr entfallen, weil sie die letzten beiden Abende nicht in ihr Buch geschaut, geschweige denn etwas darin notiert hatte. Die seltsamen Entdeckungen vom Montag hatten sie so sehr aufgewühlt, dass sie danach keine Muße dazu gehabt hatte. Und gestern Abend war sowieso alles anders gewesen. Wie hätte sie in Worte fassen sollen, was sie an diesem Tag gesehen und erlebt hatte?

»Habt ihr die Versicherungskarte eingesteckt?«, fragte sie.

»Ja, wir machen das ja nicht zum ersten Mal.« Matthias

klang genervt. Tatsächlich brachte er seinen Großvater regelmäßig zum Arzt, da Elvira nur ungern Auto fuhr.

Kaum war die Tür hinter den beiden ins Schloss gefallen, waren gehetzte Schritte auf der Treppe zu hören. Hans stürmte herunter, eine Aktenmappe unter dem Arm. »Bis später.« Er schnappte sich seine Jacke und war ebenfalls weg.

Im Haus wurde es still.

Die Ruhe umfing Elvira wie ein Korsett. Jemand schien die Schnüre daran so fest zuzuziehen, bis ihr die Luft wegblieb. Das Blut wich aus ihrem Kopf, schwarze Punkte tanzten vor ihren Augen. Rasch lehnte sie sich gegen die kühle Wand. Wie ein Kind, das schwimmen lernt, konzentrierte sie sich darauf, tief ein- und auszuatmen. Langsam beruhigte sich ihr Körper.

Da polterte es über ihr. Sie zuckte zusammen. Waren das Schritte? Ein durchdringendes Piepen ertönte, dann eine tiefe Stimme. Einen Augenblick herrschte Panik in ihrem Kopf, bis ihr einfiel, dass der Feriengast noch oben war. Allmählich führte sie sich wirklich auf wie ein hysterisches Weib!

Sie trug die Abfallschüssel in die Küche und spülte sie mit warmem Wasser aus. Auch wenn die Männer frühestens in ein, zwei Stunden aus der Stadt zurückkamen, war es Zeit, das Mittagessen vorzubereiten.

Elvira schälte gerade Kartoffeln, als sie ein anschwellendes Geräusch hörte, das zu einem anhaltenden Dröhnen wurde. Durch die Gardine beobachtete sie, wie ein Abschleppfahrzeug die Straße heraufkam und in ihrer Einfahrt zu wenden versuchte. Kurz darauf wurde die Klinke gedrückt, und ein kantiger Kopf mit Spitzbart erschien im Türspalt. »Entschuldigen Sie, aber wir stecken in der Klemme … Könnten Sie uns vielleicht helfen?«

Überrascht starrte Elvira den Mann an, während sie sich die Hände an ihrer Schürze abwischte.

Er trat einen Schritt in den Raum und blieb mit seinem Rucksack im Türrahmen hängen. Verlegen wiederholte er seine Frage: »Könnten Sie bitte kurz mit rauskommen? Der Abschleppwagen hat sich verkeilt. Wenn er jetzt noch in einem der Schneehaufen stecken bleibt, ist die Katastrophe perfekt.«

»Gewiss, ja.« Elvira folgte ihrem Gast durch den Flur, wo sie noch schnell in Mantel und Stiefel schlüpfte. Auch Ludwig kam mit raus.

Der Fahrer saß fluchend hinter dem Steuer.

»Am besten, Sie gehen auf die Straße«, rief der Feriengast Elvira über den Motorenlärm hinweg zu. »Ich bleibe hier und stelle sicher, dass der Mann Ihren Kirschbaum verschont.«

Mit Ludwig im Schlepptau stapfte Elvira den bebenden Koloss entlang, der wie ein Wal in ihrer Einfahrt gestrandet war, und postierte sich auf der Straße.

Es folgten mühsame Minuten, in denen Elvira und der Spitzbart den Fahrer durch Winken und Gestikulieren dirigierten, bis er mit dem schweren Wagen endlich wieder auf der Straße stand.

Lindner bedankte sich, öffnete die Beifahrertür und schwang sich auf den Sitz. Nasser Schnee spritzte unter den breiten Reifen des davonfahrenden Wagens nach hinten, und Ludwig machte einen Satz zur Seite. Noch lange hörten sie das Monstrum den Hang hinabrollen, bis es endlich die Landstraße erreicht hatte.

Wie zwei vergessene Reisende standen sie auf der verlassenen Straße. Der Wind fuhr ihnen in den Rücken und fegte an ihnen vorbei. Dort, wo er die Wolkendecke auseinanderriss, blitzten stahlblaue Himmelsflecken auf.

Aber er blies nicht nur kalte Luft heran. Ludwig fuhr herum und stellte die Ohren auf. Ohne Vorwarnung stürmte er davon.

»Halt, bei Fuß! Was ist denn in dich gefahren? Hier geht's lang!« So ein eigenwilliges Verhalten kannte Elvira gar nicht von ihm.

In einiger Entfernung blieb er stehen und sah sie herausfordernd an.

»Du führst dich ja auf wie ein Halbstarker. Wirst auf deine alten Tage doch nicht noch zum Mäusejäger werden! Jetzt komm her, es reicht!«

Aber der Hund verharrte stur.

»Ludwig, ich muss das Mittagessen machen. Spazieren gehen wir am Nachmittag.«

Er antwortete mit einem fast schon wütenden Bellen.

»Schon gut, von mir aus. Du deinen Willen und ich meine Ruh«, verspottete Elvira den aufgebrachten Hund und folgte ihm.

Ludwig wartete, bis sie auf seiner Höhe war, dann lief er wieder ein paar Schritte voraus, immer die Straße entlang.

Der Wind blies ihr eisig ins Gesicht. Eine Hand hatte sie in die Manteltasche gesteckt, mit der anderen hielt sie den Kragen zusammen. Sie schalt sich, in der Hektik vorhin auf Handschuhe und Mütze verzichtet zu haben. Ihre Ohren begannen dumpf zu schmerzen. Dennoch hörte auch sie mit einem Mal, was Ludwig zu vernehmen schien. Es klang, als würde in der Ferne jemand schreien.

Mit jedem Meter, den sie zurücklegten, wurden die Laute deutlicher. Sie verschmolzen zu einem unmelodischen Klagelied, zu einem Gesang der Ausweglosigkeit, dessen Verzweiflung der Wind wellenförmig übers Land schickte.

Elviras Schritte verlangsamten sich, als wollte eine unsichtbare Macht sie am Weitergehen hindern. Es war die Angst, die pure, lähmende Angst, die sie zurückhielt. Sie blieb stehen und rang nach Atem.

Ludwig sah sich um und bellte.

Da bemerkte sie aus dem Augenwinkel, wie sich im Bruchteil einer Sekunde auf dem verschneiten Acker neben ihr eine weiße Masse verdichtete und in Bewegung setzte. Mit lautem Flügelschlag erhoben sich gleißend helle Wesen und stiegen schrill krächzend in den Himmel. Es waren unzählige Möwen, die auf dem Feld wohl nach Körnern und Saatgut gesucht hatten. Wie gebannt verfolgte Elvira das Schauspiel. Einen derart großen, dichten Schwarm hatte sie hier oben noch nie gesehen. Die Vögel schlossen sich im Flug zusammen und spiegelten am Himmel das Weiß der Erde.

Der Schreck rüttelte Elvira wach, und sie beeilte sich, zu Ludwig aufzuschließen. Vor ihnen war schon die Ziertränke zu sehen. Das Klagelied hatte sich zu markerschütternden, unmenschlichen Hilfeschreien ausgewachsen, und Elvira verstand mit einem Mal, dass es Tiere waren, die ihrem unbändigen Schmerz Ausdruck verliehen.

»Die Kühe, Ludwig!«, rief sie. »Die Kühe!«

Der Hund schien längst Bescheid zu wissen.

Elvira trippelte über die Straße. Dort, wo kein Streugut lag, blieb der verharschte Schnee wie Lehmklumpen an ihren Sohlen kleben. Im Nacken spürte sie Schweiß, und sie verfluchte ihren schweren Körper.

Endlich erreichten sie die Einfahrt des Landgasthofs. Das Brüllen der Kühe war unerträglich. Der Hof, in dem am Vortag noch das Einsatzfahrzeug der Polizei und der alte Ford des Pfarrers geparkt hatten, war leer.

Gemeinsam mit Ludwig betrat Elvira den Gasthof und rief

nach den Wenzel-Schwestern, in Richtung Gaststube, Küche und hinauf in den ersten Stock. Sie erhielt keine Antwort. Dafür waren die Kühe selbst hier drinnen zu hören.

Die Angst drohte Elvira zu überwältigen. Wieder hatte sie ein unverriegeltes Haus betreten, dessen Bewohner nicht reagierten. Ihre Knie wurden weich. Nein, diesmal würde sie nicht weitergehen, sagte sie sich. Sie würde zurück nach Hause laufen und sich nicht um fremde Angelegenheiten kümmern. Daheim warteten genug Sorgen auf sie.

Auf wackeligen Beinen schlich sie über den Gang zurück zur Haustür. Sie ließ Ludwig hinaus und folgte ihm mit eingezogenem Kopf. Auf dem Hof umfing sie sogleich wieder das ohrenbetäubende Muhen. Elvira musste stehen bleiben, die Welt um sie herum drehte sich. Gewiss, sie wollte nur noch nach Hause, aber sie brachte es nicht übers Herz, die Tiere ihrem Schicksal zu überlassen.

Als sie den dunklen Stall betrat, hätte sie sich am liebsten die Ohren zugehalten. Sie hatte das Gefühl, dass die Schreie ihr das Trommelfell zerrissen. Zuerst erkannte sie kaum etwas. Nur spärliches Licht fiel durch die Luken in der Stallmauer. Allmählich aber gewöhnten sich ihre Augen an die Düsternis. Sie sah die langen Tränken rechts und links des Gangs, die Gitterboxen dahinter, das Stroh auf dem Boden. An der Decke überall versprengt große schwarze Flecken. Die verlassenen Nester der Schwalben. Und sie sah die Kühe, gut zehn auf jeder Seite, die ihre Mäuler aufrissen vor Schmerz.

Elvira ahnte den Grund bereits, bevor sie vor die Boxen trat. Sie blickte an den Tieren herunter und entdeckte die bis zum Bersten geschwollenen Euter. Sie schimmerten leuchtend rosa, dunkle Adern traten durch die Haut hervor. Man konnte von Glück reden, wenn die Euter noch nicht entzündet waren.

Warum nur taten die Gabi und die Elisabeth ihren Tieren so etwas an? Wo steckten sie überhaupt? Offenbar waren die Kühe heute noch nicht gemolken worden und vermutlich ebenso wenig am Abend zuvor. Wie konnte man nur so grausam seine Pflicht vernachlässigen? Wenn nicht bald jemand den Tieren Erleichterung verschaffte, würden sie an dem Milchstau in ihren Eutern erkranken und womöglich elend verenden.

Elviras Augen blieben an einem großen, unförmigen Haufen am Ende des Gangs hängen. Ihre Füße setzten sich ohne ihr Zutun in Bewegung und steuerten auf das Etwas zu. Ludwig, der bisher nicht von ihrer Seite gewichen war, hatte anscheinend seinen Mut aufgebraucht und blieb verstört zurück. Mit jedem Schritt schärften sich Formen, Farben und Konturen. Aus dem einen Haufen wurden zwei. Zwei Haufen, die sich zu länglichen Leibern ausdehnten.

Dass Elvira auf zwei Menschen starrte, wurde ihr erst bewusst, als sie direkt über ihnen stand. Nein, es waren keine zwei Menschen, es waren zwei Körper.

In Elviras Ohren begann es zu rauschen. Nach und nach ebbten alle Geräusche ab, es wurde still. Wie in einer Taucherglocke hörte sie nur noch das monotone Pochen ihres eigenen Herzens. Während ihr Gehör ihr den Dienst versagte, arbeiteten die Nervenstränge zwischen Augen und Hirn auf Hochtouren. Innerhalb weniger Sekunden erfasste sie das gesamte Bild des Grauens.

Die zwei Körper lagen nah beieinander auf dem betonierten Mittelgang in einer riesigen Pfütze aus blassem Rot, die an den Rändern in die Gitterroste abgeflossen und zum Großteil getrocknet war. Sie waren zusammengekrümmt, und ihre Kleidung war vollgesogen mit dem Blut, das wie ein Gebirgsbach aus ihnen geströmt sein musste.

Aber Elvira erkannte noch etwas anderes. Die Körper waren nicht mehr intakt. Als hätte ihr jemand einen Schlag in die Magengrube versetzt, japste sie nach Luft und beugte sich gerade noch zur Seite, bevor sie sich übergab. Die Toten besaßen keinen Kopf mehr.

Es dauerte einen weiteren Wimpernschlag, bis Elvira die zwei Bündel etwa einen Meter neben den grausam zugerichteten Leichnamen als die Köpfe der Wenzel-Schwestern ausgemacht hatte. Krustig verklebte Haare auf Schädeln, die nichts Menschliches mehr an sich hatten. Weit aufgerissene Augen in fahlen, blutbesudelten Gesichtern, die an Schaufensterpuppen erinnerten.

Elviras Blick klammerte sich an zwei Milchkannen aus Edelstahl fest, gleich dahinter im Gang. Daneben lagen, nachlässig hingeworfen, das Melkzeug und ein Milchsieb. Die Kannen waren leer. Jetzt erst verstand Elvira, wo die riesige Lache herkam. Wer auch immer die beiden Frauen enthauptet hatte, musste danach mehrere Liter Milch über sie gekippt haben. Milch, die sich mit ihrem Blut zu einem widerlichen hellroten See vermischt hatte.

Eine über alle Maßen große Angst, die sie zu ersticken drohte, erfasste Elvira. Irgendwer zog sie von hinten am Rock, und sie fuhr wie vom Donner gerührt herum.

Ludwig hatte sie wachgerüttelt. Allmählich drang der Lärm der verzweifelten Kühe wieder in ihr Bewusstsein, ihr Weitblick schärfte sich, ihr Geruchssinn kehrte zurück. Die Tiere schrien noch immer mit aller Kraft. Elvira roch ihre süßlichen Ausdünstungen, das stechende Gas ihres Kots, das ranzige Fett der verschütteten Milch, die sich mit dem Blut und dem satten Geruch des Todes zu einem beißenden Gestank vermischt hatten.

Sie musste hier raus. Sofort. Bevor sie selbst an Ort und Stelle verendete. Der Weg bis zur Stalltür zog sich endlos in die Länge. Aber irgendwann standen Ludwig und sie draußen, in der weißen, unberührten Winterwelt.

Der Kontrast hätte nicht schärfer sein können. Einen seligen Augenblick lang erschien Elvira das Gesehene völlig unwirklich und unmöglich. Doch der letzte unbeschadete Teil ihres Verstands trieb sie zum Handeln. Den Blick starr nach vorne gerichtet, hetzte sie mit Ludwig aus der Einfahrt. Sie musste Hilfe holen.

Doch wen sollte sie rufen? Erst jetzt realisierte sie eine erschütternde Tatsache: Sie war hier draußen mutterseelenallein.

Tränen liefen Elvira über die Wangen, während sie nach Hause eilte. Die Sicht verschwamm. Land, Berge und Himmel schlossen sich zusammen zu einem Ozean aus tosendem Weiß. Sie wäre gern darin ertrunken.

Ein hässlicher schwarzer Fleck hinderte sie daran. Kurz vor ihrem Grundstück tauchte er aus dem konturlosen Nichts auf und schlug wild mit den Flügeln. Gleich einem riesigen Raben krächzte er laut und trippelte über den Schnee auf sie zu. Erschreckt wischte sich Elvira die Augen und blieb stehen.

»Wo sind denn alle hin?« Aufgebracht stürmte ihr Pfarrer Wilms mit offenem Mantel und mit rudernden Armen entgegen. »Euer Haus steht offen, aber keine Menschenseele ist daheim! Ich habe schon das Schlimmste befürchtet!«

Elvira brachte keinen Ton heraus.

»Was ist denn los? Du bist ja so weiß wie der Putz von unserem Gotteshaus!«

Elvira schüttelte nur den Kopf. Sie hatte einen Kloß im Hals.

»Mädchen, beruhige dich.« Er tätschelte ihr die Schulter. »Wo kommst du eigentlich her?«

Ihrer Kehle entrangen sich undeutliche Laute.

»Von den Wenzel-Schwestern?« Der Wind fuhr in sein dünnes graues Haar, das er quer über den Kopf zu kämmen pflegte, und stellte es auf.

Sie nickte.

»Was ist passiert?«

»Die Kühe … die Kühe …«

Der Kirchenmann verlor die Geduld. »Komm, lass uns erst mal reingehen. Hier draußen in der Kälte holen wir uns noch den Tod.« Besitzergreifend legte er den Arm um Elvira und schob sie vorwärts.

Sie bemühte sich, nicht zu sehr zu wanken und zugleich der drängenden Umarmung zu entkommen, ohne dabei auszugleiten. Bedächtig und mit nach unten gerichtetem Blick setzte sie einen Fuß vor den anderen.

Der weinrote Ford des Pfarrers parkte als einziges Auto vor ihrem Haus. Die anderen würden so schnell nicht zurückkommen.

Als sie in der Küche standen, wusste Elvira nicht, was als Nächstes zu tun war. Sie nahm den nassen Lappen aus der Spüle und wischte fahrig über die saubere Plastikdecke auf dem Küchentisch.

»Jetzt setz dich erst mal und trink einen Schluck«, sagte der Kirchenmann, rückte ihr einen Stuhl zurecht und schob sie darauf. Aus dem Aufsatz der Anrichte, der hinter rot-weiß karierten Gardinen einen Teil des Geschirrs beherbergte, nahm er ein Glas und füllte es mit Wasser. »Hier. Und nun erzähl mir noch mal in Ruhe, was passiert ist.« Er ließ sich an der Stirnseite des Tischs nieder.

Elvira leerte das Glas in einem Zug. Sie sammelte sich und berichtete, was sie gesehen hatte, abgehackt und in dünnen Worten.

»Die Gabi und die Elisabeth?« Pfarrer Wilms sprang von seinem Stuhl auf. »Ermordet? So wie der alte Peter?«

»Ja … Nein.« Sie rang nach Worten. »Sie sind furchtbar zugerichtet …«

Der Pfarrer überlegte einen Moment. »Wir müssen die Polizei verständigen.« Er setzte sich wieder und sah Elvira eindringlich an. In seinen kleinen Augen über den tiefen Tränensäcken loderte eine jungenhafte Aufregung. »Du rufst an, ich gehe vor zum Gasthof und sorge dafür, dass niemand das Haus oder den Stall betritt.«

»Wer soll denn …?« Elvira wusste nicht, was sie von dem Vorschlag halten sollte.

»Was weiß ich? Es könnten Wanderer vorbeikommen oder Winterurlauber, die eine Unterkunft suchen. Die brüllenden Kühe könnten sie dazu bringen, in den Stall zu schauen.«

»Aber … Was, wenn derjenige, der den beiden das angetan hat, noch in der Nähe ist?«

»Ich habe keine Angst vor dem Teufel.« Der Alte stand wieder auf und reckte die Brust. »Der soll es ruhig bei mir versuchen!«

Mit diesen Worten ließ er Elvira sitzen und eilte davon.

Elvira vergrub den Kopf in den Händen und zwang sich, klar zu denken. Sie musste handeln. Zum Telefon gehen und die Polizei anrufen. Oder doch zuerst den Tierarzt? Schließlich waren die Schwestern tot, und die Kühe lebten. Sie hatte noch immer ihre markerschütternden Schreie im Ohr.

Sie ging in den Flur und wählte die 110. Als sich die Notrufzentrale meldete, war sie so perplex, dass sie nicht wusste, wo sie anfangen sollte. »Bitte kommen Sie … Hier draußen ist wieder etwas Schlimmes passiert«, entfuhr es ihr.

Die Person am anderen Ende, geschult im Umgang mit panischen Anrufern, entlockte ihr ruhig und sachlich alle notwendigen Angaben.

Elviras Wangen glühten, als sie auflegte. Als Nächstes war der Tierarzt an der Reihe. Aus ihrem Adressbuch suchte sie die Telefonnummer des Nachfolgers von Hans' Vater heraus und stammelte etwas von Euterentzündung und Notfall. Der Tierarzt war verwirrt, versprach aber, sofort loszufahren.

Eine Viertelstunde später hörte Elvira die Polizei den Hang heraufrasen. Von drinnen sah sie zwei Einsatzautos, gefolgt von einem Notarztwagen, und direkt dahinter einen schwarzen Geländewagen. Er gehörte dem Tierarzt.

Sie setzte sich zurück an den Küchentisch und wartete. Ihr Blick klammerte sich an den großen Zeiger der Küchenuhr, der quälend langsam vorrückte. Nach einer weiteren Viertelstunde hörte sie, wie jemand die Haustür öffnete.

Bleich betrat der Pfarrer die Küche. Das Entsetzen stand ihm ins Gesicht geschrieben. »Wieso straft unser Herr diesen Ort so hart? Was haben ihm die Menschen hier getan, dass er es dem Leibhaftigen erlaubt, in ihren Häusern sein Unwesen zu treiben?«, murmelte er.

Elvira hätte ahnen müssen, dass der Alte seine Neugier nicht zügeln konnte und in den Stall gehen würde. »Was haben die Polizisten gesagt? Glauben sie, es war derselbe, der … den Peter …« Wieder fehlten ihr die Worte.

»Vom Hof gejagt haben sie mich.« Die Farbe kehrte in sein Gesicht zurück. »Ich solle ihre Arbeit nicht behindern und womöglich noch Spuren verwischen. Diese Überheblichkeit werden sie noch bitter bereuen!« Er hatte sich in Rage geredet. Offenbar hatte ihn die Kränkung durch die Beamten mehr mitgenommen als der Anblick der getöteten Frauen.

»Oje, der Tierarzt«, kam es Elvira in den Sinn, »dann haben sie den wohl auch wieder weggeschickt.«

»Nein, der durfte bleiben. Das Muhen der Kühe hat die Herren aus der Stadt bei der Arbeit gestört.«

Elvira konnte es ihnen nicht verdenken. »Möchten Sie einen Kaffee?«, fragte sie, um ihn zu besänftigen.

»Ja, bitte. Und einen Obstbrand, sei so gut.«

Aus dem Vitrinenschrank in der Stube holte sie die Flasche mit dem klaren Zwetschgenbrand und füllte ihm ein Schnapsglas, das er sofort hinunterstürzte.

»Ein Anblick war das …« Er schüttelte sich, und Elvira wusste nicht, ob diese Reaktion seiner Erinnerung oder dem Hochprozentigen geschuldet war. »So was hab ich mein Lebtag noch nicht gesehen. Wie Schlachtvieh sind sie verblutet. Die beiden haben doch niemandem etwas zuleide getan!«

Elvira unterdrückte ein Schluchzen, während sie sich daranmachte, den Kaffee aufzubrühen.

»Welcher vermessene Zeitgenosse spielt sich hier nur zum Richter auf, wenn es nicht gar der Leibhaftige persönlich ist?« Pfarrer Wilms schenkte sich nach. Im nächsten Moment war das Glas auch schon wieder leer. »Wer ist dieser Henker, der zuerst den Peter rädert und dann die Gabi und die Elisabeth enthauptet?« Erneut griff er nach der Flasche, hielt jedoch abrupt inne und stellte sie zurück auf den Tisch.

Vor dem Haus waren Schritte zu hören, gleich darauf wurde die Tür geöffnet. Elvira und der Pfarrer blickten einander an. Doch niemand kam in die Küche. Stattdessen begann die Treppe zu knarzen.

»Wer ist das?«, fragte Pfarrer Wilms.

»Unser Feriengast.« Elvira nahm zwei Kaffeegedecke aus der Anrichte und blickte auf die Uhr. Natürlich, die Straßen waren wieder befahrbar, und seit seinem Aufbruch war eine gute Stunde vergangen. Eine Zeitspanne, die sich für Elvira durch das Erlebte zu einer Ewigkeit ausgedehnt hatte.

»Ein Urlauber? Zu dieser Jahreszeit?«

»Ist so ein Naturbursche aus dem Flachland, den es bei Wind und Wetter in die Berge zieht. Sagt, dass er Ruhe sucht und die Abgeschiedenheit schätzt. Der war im Sommer schon mal bei uns.« Sie stellte die Tassen und den Kaffee auf den Tisch, legte Löffel dazu und schenkte ein, bevor sie sich setzte. »Möchten Sie Milch und Zucker?«

Mit zusammengekniffenen Lippen schüttelte der Pfarrer den Kopf. »Leute gibt's …« Er gehörte zu den Menschen, die ihre Heimat liebten, aber nicht die Anbetung nachvollziehen konnten, mit denen so mancher Fremde den Bergen begegnete.

Gleichzeitig nahmen er und Elvira einen Schluck von ihrem Kaffee.

»Da ist der Ruhesuchende ja in eine schöne Geschichte reingeraten. Hat die Polizei auch mit ihm gesprochen?«, wollte der Alte wissen.

Elvira nickte. »Ja, sie haben ihn heute Morgen besucht.«

»Und was hatte er zu sagen?«

»Das weiß ich nicht.«

»Wo war er denn gestern, der gute Mann?«, fragte der Kirchenmann in inquisitorischem Ton.

»Er war den ganzen Tag wandern, irgendwo im Soierntal.« Sie erzählte ihm auch, wie Hans ihn nach Hause geholt hatte.

»Noch interessanter ist allerdings die Frage …«, dachte der Alte laut nach, »…wo er am Montag war. Da war er doch schon hier, oder?«

»Ja, er ist am Samstag angereist. Am Montag« – Elvira musste eine Weile überlegen –, »da war er ohne Auto fort. Als er nach Hause kam, hat es schon gedämmert. Sie glauben doch nicht etwa …?«

»Glauben, glauben – papperlapapp«, ereiferte sich der Pfarrer, »ich glaube an die Heilige Dreifaltigkeit! Aber das hindert mich nicht daran, mit offenen Augen durchs Leben und den Dingen auf den Grund zu gehen.«

»Der Peter ist doch erst gestern gest… ich meine, ums Leben gekommen. Ich habe ihn gestern Vormittag in seinem Haus gefunden.«

»Da irrst du dich, Kindchen. Das Verbrechen wurde weit vor Mitternacht begangen.«

»Woher wissen Sie das?«

»Liebe Elvira, ich spreche viel mit den Menschen. Ich gehe zu ihnen, höre mir ihre Sorgen an und gebe ihnen Rat. Oft vertrauen sie mir Dinge an, die nicht für aller Ohren bestimmt sind.« Der Pfarrer war in seinem Element. Für einen Moment genoss er Elviras Staunen, bis er den Vorwurf in ihrem Blick erkannte. »Das Beichtgeheimnis würde ich natürlich nie verletzen! Sobald ein Sünder mir etwas anvertraut, sind meine Lippen hernach versiegelt bis ans Ende meiner Tage.«

Elvira nickte eilig, obwohl sie sich nicht sicher war, ob sie seinen Worten Glauben schenken konnte.

»Wer auch immer hier sein Unwesen treibt, hat in jedem Fall vorgestern den Peter getötet und gestern die Wenzel-Schwestern«, folgerte Pfarrer Wilms.

»Wieso gestern?«

»Denk doch mal nach! Hätten die Kühe so gebrüllt, wenn sie nur heute Morgen nicht gemolken worden wären? Nein, die standen schon die ganze Nacht mit vollem Euter da.« Unter seinen dichten Augenbrauen sah der Pfarrer sie eindringlich an. »Wie heißt er eigentlich, euer geschätzter Gast«, fragte er weiter.

Elvira musste erst einen Moment überlegen. »Joachim Lindner.«

Der Alte merkte auf. »Joachim Lindner«, wiederholte er. »Der Name sagt mir was …«

Ein Auto bog in den Hof und kam zum Stehen. Wagentüren wurden zugeschlagen. Ob das die Polizei war? Doch dann hörte Elvira vertraute Stimmen. Ihr Puls beschleunigte sich. Was sollte sie den beiden nur erzählen?

»Mutter!«, rief Matthias noch im Flur. »Wo steckst du?« Bevor Elvira antworten konnte, ging die Küchentür auf. »Herrschaftszeiten, kaum dass wir hier rauffahren, kommt uns schon wieder die Polizei entgegen! Was haben die denn immer noch hier verloren? Der Täter ist ja wohl längst über alle Berge.« Erst jetzt bemerkte er den Pfarrer. »Grüß Gott. Was verschafft uns so ehrenwerten Besuch?«

Hinter ihm kam der Vater in Pantoffeln hereingeschlurft. Während sich Matthias leutselig grinsend auf der Eckbank niederließ, blieb er feindselig mitten im Raum stehen.

Pfarrer Wilms sah kurz zu Elvira, wie um ihr Einverständnis zu erbitten, dann ergriff er das Wort und verkündete in gewichtigem Ton: »Ich würde euch die Nachricht wirklich gerne ersparen … Es hat sich wieder etwas Furchtbares ereignet. In nächster Nähe. Zwei Menschenleben wurden ausgelöscht.« Er machte eine dramaturgische Pause, und Elvira fragte sich, ob diese seinem Schmerz geschuldet war oder ob er es schlicht und ergreifend genoss, seine Zuhörer auf die Folter zu spannen. »Eure Mutter und Tochter«, er musterte die beiden Männer, »war die arme Seele, die die Gabi und die Elisabeth tot auf dem Stallboden gefunden hat. Ich selbst habe

Elvira verstört und halb erfroren auf der Straße entdeckt und zurück in die warme Stube geführt. Bevor ich mich persönlich an jenen unglückseligen Ort begeben und mit eigenen Augen vom Ausmaß der heimtückischen Schandtat überzeugt habe.«

Matthias' Grinsen zerfiel, seine Gesichtszüge erschlafften. Der Vater stand da wie vom Donner gerührt. Eine Weile herrschte Schweigen. Der Kirchenmann ließ seine Worte wirken.

»Der Ludwig hat mich hingetrieben. Er hat's gespürt. Und dann hab ich die Kühe brüllen gehört. So laut haben sie gebrüllt. Da konnt ich doch nicht einfach umkehren und so tun, als wär nichts.« Elvira hatte das Gefühl, sich für das Gesehene entschuldigen zu müssen.

»Das gibt's doch nicht. Das … das glaub ich nicht«, murmelte Matthias dieselben beschwörenden Worte wie nach der Todesnachricht am Tag zuvor, so als könnte er damit der Wirklichkeit trotzen. Er hatte die Ellbogen auf den Tisch gestemmt und das Gesicht in den Händen vergraben.

Der Vater dagegen zeigte keinerlei Reaktion. Elvira fragte sich, ob er überhaupt begriffen hatte, was geschehen war. Es war, als hätte er sich abgeschottet, als wäre er in eine andere Welt abgetaucht. Plötzlich jedoch ging ein Ruck durch seinen Körper, und er schien aus einem Traum zu erwachen. Er sah kurz in die Runde, so als nähme er die Küche und die drei Menschen darin erst jetzt wahr. Dann drehte er sich um und verließ den Raum. Die anderen starrten ihm hinterher.

Pfarrer Wilms betrachtete seine Mission anscheinend als erfüllt, denn er erhob sich. »Lasst den Kopf nicht hängen. Solche Missetaten bleiben nicht lange ungesühnt. Es ist die Pflicht der Lebenden, ihren Gott zu ehren, indem sie ihr Tagwerk erfüllen. Gott will nicht, dass ihr Trübsal blast. Aber seid wachsam und misstrauisch. Das Böse trägt oft ein freundliches Gesicht zur Schau.«

Mit offenem Mund sah Matthias zu ihm auf. Wahrscheinlich war ihm die Geschwindigkeit, mit der die Gedanken des Geistlichen die Richtung wechselten, zu groß. Elvira staunte ebenfalls, wie einfach die jüngsten Vorfälle von dem Pfarrer abprallten und wie mühelos er zur Tagesordnung überging. Anscheinend legte man sich irgendwann ein dickes Fell zu, wenn man wie er ständig mit dem Elend und dem Leid dieser Welt konfrontiert wurde.

»Ich muss mich sputen«, erklärte er. »Um vier werde ich eine Messe für die Verstorbenen abhalten. Auch wenn die Herren von der Staatsgewalt vor lauter Spurensichern und Obduzieren verhindern, dass die Toten gesalbt und beerdigt werden können, werde ich dafür Sorge tragen, dass Gott sich ihrer geschundenen Seelen annimmt.« Herausfordernd reckte er das Kinn.

»Um vier schon«, entgegnete Elvira nur.

»Ja denkst du denn, nach dem Abendbrot käme noch jemand in die Kirche, Kind? Ich sehe euch dann also nachher?« Seine Worte waren weniger Frage als Befehl.

Elvira nickte, während sich Matthias sträubte. »Was ist, wenn uns die Polizei nachher sprechen will? Die werden uns sicher noch einmal befragen wollen.«

»Dann müssen sich die Herren eben ein Weilchen gedulden. Die Toten haben schließlich auch ihre Rechte«, fegte der Pfarrer den Einwand vom Tisch. »Schönen Dank für den Kaffee.« Er war schon an der Küchentür. Elvira erhob sich und wollte ihn hinausbegleiten, aber er wehrte ab. »Ich find alleine raus.«

Sie setzte sich zurück an den Tisch zu ihrem Sohn.

»Was ist genau passiert?«, fragte er mit monotoner Stimme, nachdem die Haustür ins Schloss gefallen war.

Behutsam wählte Elvira ihre Worte. Sie sprach leise und stockte oft. Sie wollte ihrem Sohn nichts verheimlichen, aber sie hätte ihm gern diese grausame Geschichte erspart.

Hinterher spürte sie keinerlei Erleichterung, nur bleierne Müdigkeit. Am liebsten hätte sie sich ins Bett gelegt und geschlafen. Bis dieser Albtraum vorbei wäre.

Matthias hatte sich zurückgelehnt und die Hände auf die Oberschenkel gelegt, während er ihr zuhörte. Jetzt schüttelte er wieder nur den Kopf. Auch ihm war das alles längst zu viel geworden. »Welches kranke Hirn kommt auf so was?« Er sprang auf und ging zum Kühlschrank, um sich ein Bier zu holen. Dann überlegte er es sich anders. »Muss noch zum Traktor. Motoröl nachfüllen und nach den Kolben schauen. Der raucht in letzter Zeit so dunkelblau«, brummte er beim Rausgehen.

Elvira hörte ihn im Flur rascheln und poltern, ehe sie durchs Fenster sah, wie er in Stallkleidung und Gummistiefeln durch schmächtige Schneeflocken in die Scheune eilte.

Schwerfällig lehnte sie sich gegen die Anrichte. Jeder hatte seine eigene Art, mit den Vorfällen klarzukommen. In ihrer Familie schien man es allerdings vorzuziehen, die Dinge mit sich auszumachen. Ihre Männer zogen sich am liebsten zurück oder waren gar nicht erst da. Elviras Angst und Niedergeschlagenheit verschmolzen zu Zorn.

Warm strömte das Blut durch ihren Körper, und sie lief unruhig zum Herd. Noch immer lagen die geschälten Kartoffeln in dem Topf mit kaltem Wasser. Mit dem Hackbraten hatte sie noch nicht einmal angefangen. Das Mittagessen hätte längst auf dem Tisch stehen müssen. Ach, sollten die Männer doch selbst kochen! Ihr war der Appetit gehörig vergangen.

Sie stürzte ins Freie. Diesmal war sie es, die voranstürmte, und Ludwig derjenige, der überrascht Schritt zu halten versuchte. Mit jedem Meter, den Elvira schnaufend durch den Wald stapfte, verrauchte ihr Zorn, kehrten Angst und Vernunft zurück. War es klug, allein hier draußen unterwegs zu sein? Was, wenn der Täter ein Auge auf sie geworfen hatte? Vielleicht war sie ja die Nächste auf seiner Liste? Falls er sich hier oben von Hof zu Hof vorarbeitete, war es nur eine Frage der Zeit, bis Elviras Familie an der Reihe war. Alle seine Opfer waren allein zu Hause gewesen, niemand hatte ihnen beistehen können. In Elviras Haus dagegen herrschte meist reges Treiben. Das würde einem Eindringling mit bösen Absichten die Sache erschweren. Aber hier draußen im Wald war sie mutterseelenallein. Es gäbe keine Zeugen, niemand würde etwas sehen oder hören.

Sie drehte sich zu Ludwig um. Er war eine treue Seele, im Grunde seines Wesens jedoch viel zu friedfertig, um sie auf Gedeih und Verderb zu verteidigen. Nein, wenn dieser Jemand auch ihr nach dem Leben trachtete, hätte sie hier zwischen den hohen dunklen Bäumen nicht die geringste Chance.

Und wenn schon, sagte sie sich, wer würde sich wirklich grämen, wenn sie nicht mehr da wäre? Sie malte sich aus, wie ihre Familie mit der Situation umgehen würde. Würden die Männer lange um sie trauern? Wahrscheinlich würden sie den Verlust verdrängen, und der Alltag hätte sie bald wieder. Das Leben ohne Elvira würde ihnen einiges abverlangen, weshalb sie sich schnell nach einer neuen Lösung umschauen müssten. Sie brauchten eine Frau, die den Haushalt zusammenhielt. Vielleicht würde ihr Jüngster ja doch noch auf Brautschau gehen. Oder der Hans nahm sich eine neue Frau. Derzeit war die Auswahl an Heiratskandidatinnen nicht groß, aber sobald die Klinik eröffnet wäre, kämen bestimmt Ärztinnen und Pflegerinnen in die Gegend.

Vorübergehend könnten die drei sich ja die Monika ins Haus holen. Die stets gut gelaunte Hausfrau aus dem Nachbardorf, die in den Sommermonaten bei ihnen aushalf, wenn es hoch herging, hatte schon oft bewiesen, dass sie zupacken und gut mit Männern umgehen konnte. Zu gut, wenn Elvira es sich genau überlegte. Monikas offenherziges Verhältnis mit Matthias kam ihr in den Sinn und trieb ihr trotz der Kälte die Schamesröte ins Gesicht.

Im Juli hatte sie die beiden bei etwas überrascht, was sich am helllichten Tag und noch dazu unter ihrem Dach wirklich nicht schickte. Außerdem war die Monika verheiratet und viel zu alt für ihren Sohn, mindestens zehn Jahre, schätzte Elvira. Danach war sie dem Matthias eine Weile aus dem Weg gegangen, peinlich berührt, aber auch wütend. Sie empfand es als Unverschämtheit, der eigenen Mutter so etwas zuzumuten. Matthias hatte völlig verständnislos auf ihr Verhalten reagiert. Natürlich hatte sie den Vorfall nicht offen zur Sprache gebracht. So etwas verschwieg man, bis es irgendwann hoffentlich in Vergessenheit geriet.

Elvira ließ den Wald hinter sich und ging weiter bis zum Ufer des Sees. Mit den Augen versuchte sie, die ganze Spannbreite des beruhigenden Panoramas zu erfassen. Der Himmel schimmerte gelblich und schickte zwischen den metallisch aufblitzenden Schneeflocken ein milchiges Licht herab, das von dem Moorsee geschluckt wurde. Wie ein Chamäleon wechselte er die Farben. Heute trug er ein blass türkisfarbenes Kleid zur Schau.

Elviras Blick glitt über das unergründliche Gewässer. Beinah leblos wirkte der See. Doch er war die Heimat von Karpfen, Schleien, Hechten und vielen anderen Fischen, die unter seiner Oberfläche fraßen, sich vermehrten, einander töteten.

Ihr Blick verlor an Schärfe, sie sog das blaugrüne Farbenmeer in sich auf. Bis eine kleine hektische Bewegung sie aus ihrer Versenkung riss.

Dort, am anderen Ufer, sprang ihr etwas ins Auge und buhlte um ihre Aufmerksamkeit. Ja, es sprang tatsächlich. Auf dem Holzsteg vor der Badewiese hüpfte ein Männlein auf und ab und warf die Arme in die Luft. Für einen Moment glaubte sich Elvira im Märchen. Vor ihr vollführte das hinterlistige Rumpelstilzchen seinen hämischen Tanz.

Ungläubig starrte sie übers Wasser. Der Mann auf der anderen Seite tanzte gar nicht, er winkte. Als er sich dabei ein Stück zur Seite wandte, konnte Elvira auf seinem Rücken einen hellen Punkt ausmachen. Einen lindgrünen Rucksack. Es war ihr Feriengast. Was hatte er auf dem Steg verloren? Sie hatte vorhin gar nicht bemerkt, dass er das Haus verlassen hatte.

Sie hob die Hand und winkte zurück.

Die Bewegungen seiner Arme veränderten sich, und Elvira verfolgte, wie seine rechte Hand eine Wurfbewegung vollzog. Zwischen unzähligen winzigen Schneeflocken entdeckte sie einige größere weiße Punkte am Himmel. Da waren sie wieder, die Möwen. Der Mann am anderen Ufer fütterte sie, und wie einen alten Freund umkreisten sie ihn und schnappten im Flug zu.

Elvira wandte sich um. Mit einem Mal wollte sie nur noch nach Hause. Den ganzen Heimweg über begleitete sie das Kreischen der Möwen. Ihre hungrigen Schreie gellten von den Berghängen wider.

Hans war schon daheim, als Elvira mit Ludwig zurückkam. Ein zarter Frühlingsduft durchwehte das Haus. Vielleicht hatte er ihr Blumen aus der Stadt mitgebracht, so wie er es manchmal tat. Sie erwartete ihn in der Küche, voller Angst, ihm die Neuigkeiten überbringen zu müssen. Als er eintrat, erkannte sie jedoch sofort an seinem Gesichtsausdruck, dass er bereits Bescheid wusste. Auch wenn ihr dieses Gefühl irgendwie unpassend erschien, spürte sie eine gewisse Erleichterung.

Er steckte seine Pfeife an und erzählte ihr von dem Streifenwagen auf dem Hof bei seiner Rückkehr und dass sich die beiden Polizisten von gestern nach ihr erkundigt hätten. Als er daraufhin nachgefragt habe, worum es gehe, habe ihn der Beamte, der sich gestern als Lothar Gruber vorgestellt hatte, von den unglaublichen neuerlichen Begebenheiten in Kenntnis gesetzt. »Sie wollen später noch mal vorbeischauen«, endete er, und das Entsetzen stand ihm im Gesicht geschrieben.

Die Erleichterung verließ Elvira sofort wieder. Womit hatte sie auch gerechnet? Natürlich musste sie noch einmal bei der Polizei aussagen, sie war die Erste am Tatort gewesen.

»Willst du dich nicht zu mir setzen?«, fragte Hans unvermittelt. »Die ganze Zeit rennst du durch die Gegend. Kochst und putzt und machst und tust. Das kann nicht gut sein.«

Er sah sie besorgt an, und Elvira bemerkte, dass sie noch immer an der Spüle stand und sich fortwährend an der Schürze die Hände abrieb, die längst trocken waren.

»Komm, setz dich. Ich mach uns einen Tee.« Er legte die qualmende Pfeife in den Aschenbecher, stand auf und rückte einen Stuhl für sie zurecht.

Doch sie wollte nicht untätig herumhocken. Sie holte das Hackfleisch aus dem Kühlschrank, vermengte es mit Semmelbröseln, Eiern, Zwiebeln und Speck. Nachdem sie den Braten in den Ofen geschoben hatte, scheuerte sie die Anrichte und die Spüle so lange, bis kein Krümel und auch kein Spritzer mehr zu sehen war. Wie gerne wäre sie mit den Bildern in ihrem Kopf genauso verfahren.

Hans hatte ihr die ganze Zeit stumm zugesehen. »Elvira, bitte … Du kannst nicht ewig so weitermachen, das hält kein Mensch auf Dauer durch.« Er schenkte ihr ein schiefes Lächeln, und sie fügte sich.

Sobald sie saß, merkte sie, wie müde sie war. Ihr Oberkörper sackte in sich zusammen, ihre Knie schmerzten, die Muskeln in ihren Schenkeln zuckten, und sie starrte kraftlos auf die Plastiktischdecke, deren Blumenmuster zu einem schmutzig bunten Flickenteppich verschwamm.

Hans setzte Teewasser auf.

»Hast du mit unserem Urlauber schon über die Schwestern gesprochen?«, fragte Elvira leise. Ihre Hände lagen schlaff in ihrem Schoß.

»Hat er denn nichts davon mitbekommen? Er war doch die ganze Zeit über hier«, wunderte sich Hans.

Elvira verneinte und erzählte von Joachim Lindners Fahrt mit dem Abschleppdienst und wie sie ihn später am See entdeckt hatte. Wie ein wütender Zwerg hatte er auf der anderen Seite des Sees mit den Armen rumgefuchtelt, dachte sie. So als wollte er ihr irgendetwas zeigen. Ein Frösteln befiel sie, obwohl der Ofen mit dem dampfenden Hackbraten die Küche inzwischen fast in eine Sauna verwandelt hatte. Der strenge Geruch von schmorendem Fleisch breitete sich aus.

Angestrengt überlegte sie, in welchem Augenblick der Spitzbart vorhin das Haus verlassen haben konnte. Die Küche lag so, dass Elvira normalerweise nichts entging. Da musste sich einer schon sehr bemühen, damit sie nichts von seinem Kommen oder Gehen mitbekam. Ihr fiel ein, dass er am Mittag auch ziemlich geräuschlos zurückgekommen war. Der Pfarrer und sie waren regelrecht zusammengezuckt, als er die Haustür geöffnet hatte. Kein Auto, geschweige denn einen Abschleppwagen, hatte man vorher gehört.

»Was hat er denn am See gemacht?«, wollte Hans wissen. Er ging zum Fenster, um es weit zu öffnen. Im Gegensatz zu Elvira schien er die Hitze im Raum auch als solche zu empfinden.

»Hat sich wohl die Beine vertreten. Ein Auto hat er ja momentan nicht. Sein Wagen steht jedenfalls nicht hier. Wird wohl in der Werkstatt sein.«

Hans setzte sich wieder. »Und da kreiselt er also um den See.«

Elvira kam ein seltsamer Gedanke. »Vielleicht ist er ja derjenige, der …« Sie brach ab. Kurz war sie versucht gewesen, Hans von dem Blumenfund vor dem steinernen Kreuz zu erzählen, aber irgendetwas hielt sie davon ab.

»Derjenige, der …?« Hans sah sie forschend an.

»Ach, nichts. Ich dachte nur … Ich habe mich bloß gefragt, warum sich die Möwen so lange hier oben bei uns rumtreiben. Fische werden sie bei den Temperaturen kaum noch zu fassen kriegen. Bald wird der See ohnehin zufrieren. Aber wenn jemand die Vögel regelmäßig mit Brot versorgt, ist's nicht verwunderlich.«

Der Wasserkessel begann zu pfeifen, und Hans nahm ihn vom Herd.

»Wie unser Gast wohl die Neuigkeiten aufnehmen wird? Nach der Sache mit dem alten Peter hat er ja einen ganz gefassten Eindruck gemacht«, meinte Elvira. »Hast du dich mal mit ihm unterhalten? Gestern auf der Fahrt zum Beispiel?«

»Ja, sicher.« Hans goss eine Kanne mit feinstem Hochland-Darjeeling auf. »Ich habe ihm berichtet, was vorgefallen ist, und er war sichtlich schockiert.«

Was hatte Elvira auch anderes erwartet? Die Männer hatten sich gewiss auf die Fakten beschränkt und ihre Betroffenheit mit einem bedeutungsschweren Nicken bekundet. Dennoch war dieser Herr Lindner Elvira nicht ganz geheuer. »Weißt du denn jetzt Genaueres über ihn? Hat er dir von seiner Familie erzählt? Wie er lebt, was er so macht?«

»Seit wann interessierst du dich für unsere Gäste? Das passt gar nicht zu dir.« Amüsiert stellte Hans zwei Teegedecke auf den Tisch.

»Der Pfarrer hat heute gesagt, dass ihm der Name Lindner bekannt vorkommt. Vielleicht hatte er früher schon hier in der Gegend zu schaffen.« Elvira rieb sich die verkrampften Hände.

»Der Pfarrer war schon wieder hier?« In seiner Stimme schwangen Verwunderung und Empörung. »War er ebenfalls im Gasthof? Also war er womöglich schon vor dir dort!«

»Nein, er kam mir entgegen, als ich nach Hause gelaufen bin.«

»Dann wird es ihn ja richtig gewurmt haben, wieder nur aus zweiter Hand von dem Doppelmord zu erfahren«, spottete Hans.

»Er hat die Schwestern mit eigenen Augen gesehen«, korrigierte Elvira ihn zögerlich und erzählte von dem Alleingang des Pfarrers.

»Diese neugierige Elster. Der muss seine Nase aber auch überall reinstecken.« Hans goss den goldgelben Tee durch ein Sieb in die Tassen. Die erlesenen Blätter hatten genau drei Minuten gezogen. Dank seines untrüglichen Gespürs brauchte Hans dafür keine Uhr. »Was den Lindner angeht, täuscht sich der Alte bestimmt. Der hat im Juli schon mal bei uns Urlaub gemacht. Du erinnerst dich doch?«

Elvira nickte, obwohl es nicht der Wahrheit entsprach. Sie wusste es zwar, aber sie erinnerte sich nicht. Bei seiner Ankunft am Samstag hatte Joachim Lindner von den wunderschönen Sommertagen in ihrem Haus geschwärmt, und Elvira hatte so getan, als würde sie mit Freude an seinen Besuch zurückdenken. Dabei konnte sie sich beim besten Willen nicht mehr an sein Gesicht erinnern.

»Vielleicht ist ihm unser Pfarrer damals zufällig über den Weg gelaufen und hat ihn zu einem Gespräch genötigt.« Hans trat hinter Elvira und legte ihr die Hände auf die Schultern. »Mach dir nicht so viele Gedanken. Die Polizei wird dieses Schwein sicher bald finden.«

Die Berührung überraschte Elvira. Unmerklich zuckte sie zusammen, als hätten seine Hände einen Stromstoß durch ihren Körper geschickt. Sie hoffte, dass er es nicht mitbekommen hatte, und blieb steif sitzen, den Rücken an die Stuhllehne gepresst.

»Du hast dir schon immer zu viele Sorgen gemacht«, fuhr Hans sachte fort. »Seit ich dich kenne, treibt dich eine ständige Angst um. Du hast eine Mauer um dich errichtet, dich abgekapselt. Es hat mich fast verrückt gemacht, das mit anschauen zu müssen. Ich bin nie wirklich zu dir vorgedrungen. Damals nicht und jetzt auch nicht. Die erste Zeit habe ich es noch versucht, lange habe ich gehofft – doch irgendwann habe ich aufgegeben.« Seine Stimme brach. »Wir hatten nur einander. Am Anfang war das wunderbar, frisch Verliebte genügen nun mal sich selbst. Aber irgendwann wird jedes Paar vom Alltag eingeholt. Dann reicht die Liebe nicht mehr aus, dann braucht man mehr vom Leben.«

Hans hörte sich ganz anders an als sonst. Elvira hatte das Gefühl, ein Unbekannter stünde hinter ihr, und eine Gänsehaut kroch ihren Rücken hinab. Es war das erste Mal, dass ihr Mann von damals sprach. Von der Zeit, als verborgen in seinem Innern der Entschluss gereift war, sie still und heimlich zu verlassen. Bisher hatte er geschwiegen. Und sie hatte ihn nie gefragt.

Seine Stimme klang rau und belegt, als er weitersprach. »Ich wollte einfach mehr vom Leben. Neue Leute kennenlernen, Neues erleben. Hier oben gab es nur uns und die Alten. Wir hatten keine Freunde, haben nie etwas unternommen. Wie auch, hier draußen? Aber wir hätten weggehen und irgendwo ein neues Leben anfangen können.« Er räusperte sich. »Doch du hast kaum einen Fuß vor die Tür gesetzt. Der Hof war deine Welt, er war alles, was du wolltest, und alles, was du brauchtest. Es hat eine Weile gedauert, bis mir klar war, wie tief deine Angst vor dem Leben ist. Ich habe mich lange Zeit bemüht, dir zu helfen. Aber du hast weder mich noch sonst wen an dich rangelassen. Ich war jung damals, viel zu jung. Viel zu verstockt und unerfahren.«

Elvira hatte all das damals gar nicht so heftig empfunden. Es stimmte, sie hatte sich verkrochen, doch so war sie nun mal, sie kannte sich selbst nicht anders. Die Hände ihres Mannes, die noch immer auf ihren Schultern lagen, lasteten wie Steine auf ihr.

»Irgendwann habe ich es einfach nicht mehr ausgehalten«, fuhr Hans fort, »ich musste hier raus. Zum Bauer habe ich nicht getaugt, und einen zweiten Tierarzt brauchte hier oben auch niemand. Mein Vater war ja noch gut beieinander. Ich wollte in die Stadt, zum Studieren. Sobald die Berge hinter mir lagen, wusste ich, dass ich das Richtige getan hatte. Ich fühlte mich frei, wie neugeboren.«

»Wovon hast du damals gelebt?«, flüsterte Elvira kaum hörbar.

»Anfangs haben mich meine Eltern unterstützt«, gestand Hans. Als Elvira schlucken musste, erklärte er schnell: »Ich weiß, sie haben euch nichts davon erzählt. Nicht mal, dass sie wussten, wo ich war. Sie hielten es für das Beste, nicht in alten Wunden zu stochern. Sie haben nie gutgeheißen, was ich getan habe, trotzdem haben sie mich immer unterstützt. Ich war ihr Sohn … Vielleicht haben sie mich ja auch verstanden.«

Elvira nickte stumm.

Langsame, schwere Schritte arbeiteten sich die Treppe hinab. Danach wurde es still. Offenbar stand jemand im Flur und lauschte.

»Später habe ich dann kleinere Jobs an der Uni und im Krankenhaus übernommen. Damit bin ich ganz gut über die Runden gekommen«, redete Hans weiter. Er schien nichts von den Geräuschen mitbekommen zu haben. »Glaub mir«, er holte tief Luft, »es ist mir alles andere als leichtgefallen, euch zu verlassen. Ich habe gelitten wie ein Hund, mein Gewissen hat mich gequält. Aber ich konnte nicht anders. Die Enge hier oben hat mir die Luft abgeschnürt. Wir haben über so vieles nie geredet. All das Unausgesprochene erdrückt einen irgendwann.«

Elvira wusste nicht, was sie sagen sollte. Seine offenen Worte hatten sie überrascht und eingeschüchtert. Ihr Brustkorb verengte sich, ihr wurde flau. Sie begann zu frieren und verschränkte die Arme vor der Brust.

»Das Fenster ist ja noch auf.« Hans ließ die Hände von Elviras Schultern gleiten und wandte sich um.

Der Wind blies einen Schwall Schneeflocken herein. Sie rieselten auf die Fensterbank und auf den Holzboden, wo sie sofort schmolzen. Hans wollte das Fenster gerade schließen, da hörten sie draußen jemanden durch den Schnee stapfen.

»Seien Sie gegrüßt! Mmh, aus Ihrer Küche duftet es ja herrlich«, ertönte eine bekannte Stimme.

»Grüß Gott. Das Kompliment gebe ich gerne an meine Frau weiter«, sagte Hans freundlich. Seine Miene wurde ernst, und er fügte hinzu: »Herr Lindner, bitte kommen Sie doch kurz rein. Leider hat es einen neuen Vorfall gegeben, und wir möchten Sie gern informieren, bevor die Polizei es tut.«

Elvira starrte auf die zwei unangerührten Tassen vor ihr, wo sich auf dem kalten Tee breite bräunliche Schollen gebildet hatten. Das flaue Gefühl in ihrem Magen verwandelte sich in Übelkeit.

Das kleine Gotteshaus war völlig ausgekühlt. Die abgestandene Kälte war durchdringender als die Winterluft draußen und schlich vom Steinboden die alten hölzernen Bänke hinauf, wo sie der versammelten Gemeinde unter Mäntel und Jacken kroch. Der Geruch nach frischem Schnee hatte es nicht durch das hohe Portal nach drinnen geschafft, obwohl die verzogene Holzpforte etliche Ritzen hatte. Stattdessen stach ihnen kalter Weihrauch in die Nase, vermischt mit dem Gestank des Dungs, der vielen Bauern noch an den Gummistiefeln klebte.

Elvira hatte neben ihren Männern in der vierten Reihe Platz genommen. Sie saß am Mittelgang neben ihrem Vater, gefolgt von Matthias, Hans und Joachim Lindner. Die Kirchturmglocke schallte noch immer durchs Tal. Sie hatte schon geläutet, als sie vor einer Viertelstunde am Anger geparkt hatten. Sie waren mit zwei Autos gekommen. Matthias hatte Elvira und seinen Großvater chauffiert, Hans war mit dem Feriengast gefahren, der aus Respekt vor den Toten an der Messe teilnehmen wollte.

Dumpf dröhnte das Glockengeläut im Bauch der Kirche wider. Elvira sah sich um. Die letzten Kirchgänger trudelten durch das Portal ein und senken sofort das Haupt. Vor dem Weihwasserbecken blieben sie stehen, benetzten kurz die Fingerspitzen und bekreuzigten sich. Die Männer nahmen ihre Hüte ab.

Die Reihen waren gut gefüllt. Das ganze Dorf schien dem Aufruf des Pfarrers gefolgt. Elvira spürte, wie ein Gefühl der Beklemmung sie einzuschnüren begann. Es widerstrebte ihr körperlich, von so vielen Menschen umringt zu sein.

Sie drehte sich um, in der Hoffnung, dass die Resi und ihre Kinder aus der Stadt gekommen waren. Doch sie blickte nur in stumme, verschlossene Gesichter. Sie erkannte niemanden.

In der Reihe hinter ihr begann eine Frau leise hinter vorgehaltener Hand zu lachen. Unter ihrem offenen Mantel trug sie ein dunkelblaues Trachtenkleid, dessen Ausschnitt etwas zu tief für den Anlass war.

»Was starrst mich denn so an, ohne ein freundliches Grüß Gott? Hab ich dir etwa was getan? Oder ist dir eine einfache Magd den Gruß nicht wert?«

Die Frage war scherzhaft gemeint, doch der Spott in den Worten der Frau entging Elvira nicht. Ihre Fröhlichkeit war genauso unecht wie ihre schwarz gefärbten schulterlangen Haare und die rot geschminkten Lippen, die an den Rändern von kleinen Fältchen durchzogen waren. Es war das Gesicht einer Frau, die mit aller Macht versuchte, jünger auszusehen.

Nun drehten sich auch die Männer neben Elvira um, und die Frau sprach sie in vertraulichem Ton an. »Hält sich wohl für was Besseres, eure Elvira?«, fragte sie keck, bevor sie mit einem Mal ernst wurde und die Augen verängstigt aufriss. »Bei euch droben ist ja ganz schön was los! Fürchtet ihr euch denn gar nicht, dass ihr die Nächsten seid? Ich an eurer Stelle würd ja lieber heut als morgen das Weite suchen.«

»Und wo sollen wir bitte unterkommen, gute Monika?«, blaffte Elviras Vater. »Bei dir und deinem treusorgenden Gatten?«

Für einen Moment verschlug es der Monika die Sprache.

Doch dann siegte die Neugier, und sie zischte: »Wisst ihr denn wirklich nicht, wer es war? Irgendwer muss den Kerl doch gesehen haben!« Das Kopfschütteln, das sie zur Antwort bekam, enttäuschte sie. Sie wirkte fast beleidigt.

»Wo ist eigentlich der Johannes?«, fragte Matthias und deutete auf den freien Platz neben ihr. »Auch im Schützenverein hab ich ihn schon länger nicht gesehen.«

»Der hat's mit der Bandscheibe und kann grad nur liegen.« Mit einer lockeren Handbewegung tat Monika das Thema ab, und ihr Lächeln kehrte zurück. »Die Ehemänner sind heutzutage auch nicht mehr das, was sie mal waren.« Ungeniert lachte sie Matthias an und besaß sogar die Unverfrorenheit, Hans zuzuzwinkern.

Elvira beschloss, die schamlose Person zu ignorieren, und drehte sich wieder nach vorn. Sie freute sich schon auf den Tag, an dem sie der Monika sagen würde, dass sie ihre Hilfe nicht länger brauchten, weil sie keine Zimmer mehr vermieteten.

Es war düster in dem Kirchenschiff, das nur schwach von vereinzelten elektrischen Wandleuchten erhellt wurde. Auf dem Altar und den Stufen davor brannten große weiße Kerzen. Ihre Flammen bogen sich flackernd, sobald ein Nachzügler das Kirchentor öffnete. Durchscheinendes Wachs rann an den Seiten hinab.

Eine Seitentür ging auf, und Pfarrer Wilms betrat seine Bühne. Das Gemurmel verebbte.

Er war in ein schwarzes Gewand gehüllt, verziert mit prachtvollen Ornamenten aus schimmerndem Brokat, im Violett der Demut und Trauer und im Schwarz der Buße und Sühne. Mit durchgedrücktem Rücken und gemessenen Schrittes trat er vor den Gläubigen an den Altar. Hinter ihm her, im viel zu langen weißen Chorrock, schlurfte ein krumm gewachsener Messdiener.

Das Geläut der Sterbeglocke verstummte. Auf der Empore hinter der Gemeinde erbrauste die Orgel. Elviras Nackenmuskeln zogen sich zusammen.

Die Anwesenden erhoben sich von den kalten Bänken. Der Pfarrer stimmte das *Dies irae* an, und die Kirchengemeinde lauschte versteinert den lateinischen Silben. Elvira erinnerte sich vage, dass es in dem Requiem um die Angst und den Schrecken ging, die das Jüngste Gericht verbreitete. Ein Auftakt wie ein Paukenschlag.

Über dem Pfarrer, an silbernen Drahtseilen befestigt, schwebte ein riesiges hölzernes Kruzifix samt Christus.

Etwas anderes allerdings zog Elviras Aufmerksamkeit auf sich. Erst streiften ihre Augen es nur beiläufig, dann verfing sich ihr Blick in der finsteren Szenerie des großen, dunklen Ölgemäldes schräg hinter dem Altar.

Mechanisch öffnete sie die angeschlagene Seite im Gotteslob und fiel in den Gesang der Gläubigen ein, während sie weiter das Bild auf dem Mauervorsprung fixierte. Eine Frau war darauf abgebildet.

Beim Gebet schmerzten Elviras Knie auf dem Büßerbrett, und sie zählte die Holzwurmlöcher in den Bänken, um sich abzulenken. Leise stöhnend erhob sie sich und bat im Chor mit den anderen: »Herr, erbarme dich unser.«

Aber auch das viele Stehen bekam ihr nicht. Als ihr schwindelig wurde, klammerten sich ihre Augen hilfesuchend an das Gemälde. Einer Lichtgestalt gleich wurde die unnahbare Frau darauf angestrahlt, während die Welt um sie herum einzig aus schwarzen Schatten bestand. Über ihrem Scheitel war ein dünner Strahlenkranz angedeutet.

Elvira folgte der Predigt des Pfarrers lediglich mit halbem Ohr. Erst als er den Römerbrief mit den Worten »Gott wird jedem vergelten, wie es seine Taten verdienen« zitierte, merkte sie auf. Er sprach vom Fegefeuer, von der Hölle, der ewigen Qual, dem endlosen Leiden. Seine letzten Worte hallten in Elviras Kopf wider und verbanden sich mit dem Bildnis der einsamen Frau, gefangen in ihrer dunklen Welt.

Nach der Predigt verschmolz Elvira mit der Menge der Gläubigen. Tief und monoton murmelten sie das Vaterunser, feine Atemwolken verflüchtigten sich in der frostigen Kirchenluft. Ernst, ja fast abschätzend blickte die Frau von dem Gemälde auf die betenden Menschen vor sich herab. Als könnte sie in ihre Herzen schauen und wüsste mehr über sie, als ihnen lieb sein konnte.

Ihr Vater brummte etwas, das Elvira nicht gleich verstand. Als sie ihn fragend ansah, deutete er mit dem Kopf auf das Ölgemälde, das sie die ganze Zeit schon in seinen Bann gezogen hatte. »Schaut ganz schön verächtlich, unsere heilige Katharina, was?«, sagte er. »Als wollt' sie uns alle anklagen. Dabei haben wir ihren Tod gewiss nicht verschuldet.« Es klang beinah empört.

Elvira fühlte sich ertappt und nickte nur, auch wenn sie nicht begriff, weswegen der Alte so aufgebracht war.

Nachdem der Pfarrer das Brot gebrochen hatte, reihte sich die Gemeinde vor dem Altar auf. Am Ende der heiligen Kommunion setzte die Orgel wieder ein und entließ die Menschen aus der Kirche.

Wie zufällig streifte die Monika im Hinausgehen mit der Schulter Matthias, bevor sie grußlos verschwand.

Durch die offene Pforte strömte ihnen die kristallklare Luft entgegen. Obwohl das Zwielicht des ausgehenden Tages gerade erst verloschen war und keine Flocken mehr fielen, roch die Luft schwarz wie die Nacht und weiß wie Schnee. Sie riss Elvira aus dem Dämmerzustand, in den die Totenmesse sie versetzt hatte.

Auf einmal begriff sie, was sie soeben verstört hatte. Während des Abendmahls hatte sie dicht vor dem Altar gestanden und es deutlich sehen können. Auf dem Gemälde mit der Heiligen war im Hintergrund weder eine Landschaft noch das Gemäuer eines Palastes, einer Kirche oder eines Tempels zu sehen. Die Frau ohne Lächeln hockte steif und leicht verdreht auf einem Kissen vor einer nackten, dunklen Wand. Mit der rechten Schulter lehnte sie an einem monströsen Wagenrad, aus dem spitze eiserne Dornen ragten. Ein Teil des Radkranzes war herausgebrochen. Ihre Finger ruhten fast zärtlich auf einem zweiten Gegenstand. Auf den ersten Blick wirkte es, als spielte sie Harfe oder hielte eine Gitarre in der Hand. Doch der Gegenstand war lang und dünn, schimmerte silbern. Es war die scharfe Klinge eines Schwerts.

Elviras Mund wurde trocken, und ihr Herz setzte einen Schlag aus. Hatte ihr die Einbildung einen Streich gespielt? Nein, es gab keinen Zweifel, das Ölbild hatte sich mit jedem Detail in ihre Netzhaut eingebrannt. Die heilige Katharina war umgeben von jenen schrecklichen Werkzeugen, mit denen der alte Peter und die Wenzel-Schwestern ermordet worden waren. Von einem Rad und einem Schwert.

»Schneidend, nicht wahr?«

Elvira fuhr herum. Der Pfarrer stand neben ihr. Artig nickten ihm die Menschen zu, während sie an ihm vorbei nach Hause trotteten.

Entgeistert sah sie ihn an.

Da streckte er ihr die Hand entgegen. »Die eisige Kälte,

meine ich. Der Gottesacker wird zufrieren, bevor wir die Toten beerdigen können.«

Eine erschreckende Leere erfasste Elvira. Ihre Gedanken wirbelten darin herum – eine Totenmesse ohne Prozession, ein Abschied ohne Särge, drei ermordete Menschen ohne Mörder …

»Einen angenehmen Abend noch«, stammelte sie.

»Ich komme bald wieder zu euch rauf«, versprach Pfarrer Wilms und drückte etwas zu fest ihre Hand.

Als die Polizei vorfuhr, war es fast Abend. Finsternis war längst über die Berge gekrochen, und mit ihr der Frost. Elvira drehte die Heizung im Flur höher.

Gern hätte sie ausgiebig gelüftet, um den Bratendunst zu vertreiben, aber im Moment ertrug sie nicht einmal den Gedanken an die Kälte.

Daher bat sie die beiden Polizisten eilig ins Haus und drückte die Tür schnell hinter ihnen gegen eine Schneebö zu.

Die Herren aus der Stadt rümpften prompt die Nase. Wahrscheinlich fühlten sie sich erinnert an die abgestandene Luft in Peters Haus, dachte Elvira. Vielleicht hatte sich dieser Geruch in ihrem Kopf bereits verbunden mit dem Geruch ländlicher Rückständigkeit. Oder, noch schlimmer, mit dem des Todes.

Unschlüssig blieben die uniformierten Herren im Flur stehen.

»Bitte, legen Sie doch ab«, sagte Elvira und sah erst jetzt, dass keiner der beiden einen Mantel trug.

»Danke, aber wir kommen direkt aus dem warmen Auto«, sagte der Beamte mit dem Schnauzbart und nieste laut nach einem Seitenblick auf Ludwig.

Lothar Gruber hieß er, wie Elvira sich erinnerte, er war derjenige mit der Hundehaarallergie. Sie registrierte seinen ausladenden Bauch unter der dünnen Uniformjacke und schätzte, dass er etwa in ihrem Alter war.

Er blickte zur Garderobe und kratzte sich an der Stirn, wobei er kurz zu überlegen schien, ob er seine Mütze absetzen sollte. Er entschied sich jedoch dagegen. Vermutlich weil sein ernster Auftrag größtmögliche Autorität verlangte.

Der blasse Polizist mit der randlosen Brille stand nur stumm da. Er war hager und musste einige Jahre jünger als sein Vorgesetzter sein. Elvira hatte schon immer Probleme gehabt, das Alter ihrer Mitmenschen zu schätzen. Über der Schulter trug er eine schmale schwarze Tasche. Wie schon bei ihrer ersten Begegnung machte er einen äußerst wortkargen Eindruck.

Als sich die beiden in der Küche an den Tisch setzten, fiel Elviras Blick auf die kleinen Pfützen, die sie hinterlassen hatten. Normalerweise zog hier oben jeder die Schuhe an der Haustür aus, vor allem bei einem solchen Wetter. Am liebsten hätte Elvira gleich zum Putzlappen gegriffen und ihnen hinterhergewischt, aber sie konnte sich gerade noch bremsen.

»Möchten die Herrschaften etwas trinken? Einen Kaffee vielleicht oder ein Glas Wasser?«, fragte sie.

»Nein, danke«, antwortete Gruber und entschied für seinen Kollegen gleich mit. »Wir möchten Ihnen gerne ein paar Fragen stellen zu dem Doppelmord an Elisabeth und Gabriele Wenzel«, kam er stattdessen umgehend zur Sache. »Sie waren schließlich die Erste am Tatort und haben die Polizei alarmiert.«

Der andere Beamte, der sich auf die Eckbank gezwängt hatte, holte seinen Computer heraus und startete ihn. Die Finger auf den Tasten, wartete er darauf, dass Elvira ihre Aussage machte.

»Haben Sie denn schon die Resi … also die Therese Buchleitner benachrichtigt? Wie geht es ihr und ihrer Familie in der Stadt?«, fragte Elvira und brachte die Männer damit für einen Moment aus dem Konzept.

Die beiden wechselten einen stummen Blick, erst dann antwortete Gruber ausweichend: »Wir haben Frau Buchleitner nicht bei ihren Kindern angetroffen. Wir gehen aber davon aus, sie in Kürze ausfindig machen zu können.«

»Oje!« Elvira schlug die Hände vors Gesicht. Die unheilvolle Ahnung, die sie schon die ganze Zeit mit sich herumtrug, verdichtete sich zu schwarzer Angst. »Ist sie etwa verschwunden?«

»So kann man es ausdrücken. Aber bitte bleiben Sie ruhig. Wir haben bereits alle Hebel in Bewegung gesetzt, um den Aufenthaltsort von Frau Buchleitner zu ermitteln«, spielte Gruber die Angelegenheit herunter.

»Aber was, wenn ihr etwas zugestoßen ist? Wenn sie womöglich sogar …« Elvira stockte der Atem. Sie ließ sich auf den freien Stuhl an der Längsseite des Tischs sinken.

»Bitte, Frau Holzer, das sind alles nur Spekulationen, die momentan niemandem weiterhelfen. Wichtig ist jetzt vor allem, dass Sie uns beschreiben, was Sie heute Morgen im Landgasthof gesehen haben.«

Elvira sammelte sich, versuchte, Resis Verschwinden einen Moment auszublenden und in klaren Worten zu berichten, was sie im Stall der Schwestern gesehen und gehört hatte. Der Mann am Computer protokollierte alles mit.

Lothar Gruber unterbrach sie kein einziges Mal und nickte, als sie geendet hatte. Er wirkte zufrieden. Danach wollte er allerdings noch wissen, wieso sie überhaupt zum Landgasthof gegangen war, und Elvira erzählte von den brüllenden Kühen.

Die Beamten waren erstaunt, dass man das Vieh so weit gehört hatte.

»Bis hierher?«, fragte Gruber, und selbst sein Kollege hob eine Augenbraue, während er in die Tasten hämmerte.

Bevor Elvira erklären musste, dass sie dem Drängen Ludwigs gefolgt war, lenkte der Polizist jedoch selbst ein. »Andererseits … vorstellbar ist das durchaus. Das ohrenbetäubende Gemuhe, das die Viecher veranstaltet haben, war ja nicht auszuhalten.« Er schüttelte den Kopf, dann sagte er: »Wo waren Sie gestern nach der Befragung im Gasthof?«

»Hier daheim.«

»Den ganzen Nachmittag und den ganzen Abend? Sie haben das Haus nicht mehr verlassen?«

Elvira dachte noch einmal gründlich nach. »Nein. Nur draußen im Hof war ich, zum Schneeschippen.«

»Wann haben Sie die Opfer zuletzt gesehen?«

Verständnislos sah Elvira ihn an.

»Lebendig, meine ich«, schob der Polizist nach.

»Na gestern. Am Nachmittag, als alle im Gasthof waren.«

»Sind Sie später noch einmal dorthin zurückgekehrt?«

»Nein.«

»Wissen Sie, ob sonst jemand danach noch mal bei Elisabeth und Gabriele Wenzel war?«

Elvira verneinte erneut.

»Und heute, als Sie zum Gasthof gegangen sind, haben Sie da jemanden getroffen?«

»Nein … Nur den Pfarrer, auf dem Rückweg«, fühlte sich Elvira verpflichtet hinzuzufügen.

»Pfarrer Sebastian Wilms?«

Sie wiederholte, was sie auch schon Hans berichtet hatte: dass der Alte ihr draußen auf der Straße zum Landgasthof begegnet war und dass er sie zurück nach Hause, hierher in die Küche, begleitet hatte.

Lothar Gruber rieb sich die Nase. »Ist der Hund öfter in der Küche?«

Verwirrt starrte Elvira ihn an.

»Ihren Berner Sennenhund meine ich.« Gruber nieste.

»Nein, der hat seinen Platz im Flur«, versicherte Elvira.

Der Polizist wirkte nicht ganz überzeugt. »Den Herrn Pfarrer haben wir am Tatort vorgefunden, wo er nichts zu suchen hatte«, sagte er dann. »Es hat ihm nicht sonderlich gefallen, dass wir ihm die Trennung unserer Aufgabenbereiche deutlich gemacht haben. Aber die toten Körper fallen nun mal in unsern Bereich, er hat sich um die toten Seelen zu kümmern.«

Sie erinnerte sich, wie der Alte ihr wutschnaubend berichtet hatte, dass die Polizei ihn vom Hof gejagt hatte.

»Mit wem haben Sie bisher über den Vorfall gesprochen?«, kehrte Gruber zum Tagesgeschäft zurück.

Von draußen drang lautes Muhen herein, und die Polizisten zuckten zusammen.

Die Nadja, dachte Elvira. Sie sah auf die Küchenuhr, es war schon kurz vor sechs.

»Na, zuerst mit dem Pfarrer«, zählte sie auf, »dann mit dem Matthias, meinem Sohn, und mit meinem Vater. Später habe ich noch mit meinem Mann darüber gesprochen, der hat es aber schon von Ihnen gewusst.« Sie sah Lothar Gruber an, der kurz nickte. »Er hat es später noch unserem Gast erzählt, dem Herrn Lindner.«

»Sind die Personen jetzt alle im Haus? Wir würden gern kurz mit ihnen sprechen.«

»Ja, die müssten alle da sein.«

Wieder muhte die ungeduldige Nadja. Diesmal etwas lauter. Es klang fordernd und ungehalten.

»Die Kühe wollen gemolken werden. Ich muss in den Stall«, erklärte Elvira, und die Männer nickten eilig.

»Gehen Sie nur«, schickte Lothar Gruber sie fast bittend

weg. »Vielleicht könnten Sie vorher noch Ihren Mann zu uns bitten?« Er nieste wieder und rieb sich die Nase. Elvira verstand, dass er nur ungern die Küche verlassen wollte. »Später bräuchten wir dann noch Ihre Fingerabdrücke.«

Sie war schon aufgestanden, um Hans zu holen, und sah Gruber überrascht an.

»Keine Sorge, reine Routine. Die müssen wir von allen hier oben nehmen«, erklärte er gelassen. »Abschließend würden wir uns gerne noch ein wenig auf Ihrem Hof umsehen, wenn wir dürfen.«

Elvira fühlte sich überfordert. »Am besten klären Sie das mit meinem Mann«, sagte sie und verschwand aus der Küche.

Im Stall bei ihren Kühen ging es ihr gleich besser. Sie hockte bei der dicken, betagten Gerda, die nichts und niemand erschüttern konnte, und die Ruhe des Tiers übertrug sich auf sie. Elvira fühlte sich wohl in der unmittelbaren Nähe der großen Kuh, deren Wärme angenehm auf sie abstrahlte. Es schien der einzige Ort, an dem es momentan nicht zugig und kalt war. Die genügsamen, freundlichen Tiere glichen Heizkörpern, aus denen das Leben nur so dampfte. Ringsum waren die Stallfenster mit Kondenswasser beschlagen.

Elvira fragte sich, ob die Polizei überhaupt berechtigt war, Fingerabdrücke von ihnen allen zu nehmen. Andererseits, wer sollte das so genau wissen, und querstellen würde sich sicherlich auch niemand. Wer wollte sich schon nachsagen lassen, die Ermittlungen zu behindern? Verdächtig waren sie schließlich alle, wie ihr Vater gestern trefflich bemerkt hatte.

Nur noch in ihrem Haus herrschte Leben, in zwei der Nachbarhäuser war der Tod eingefallen, und auch im dritten war keine lebendige Seele mehr anzutreffen. Wo die Resi nur steckte?

Ein heftiger Stich fuhr Elvira ins Herz, und sie fragte sich, ob auch das Haus ihrer Freundin ein Hort des Todes war, ob die Resi genau wie die andern getötet in ihren eigenen vier Wänden lag. Dass das Haus abgeschlossen war, musste ja nicht bedeuten, dass niemand darin war. Aber bestimmt hatte sich die Polizei schon längst Zutritt verschafft und nachgesehen. Sie dachte an Resis Nachricht. Welcher Tote heftete schon einen Zettel außen an die Tür, während er drinnen längst dem Jüngsten Gericht beiwohnte?

Elvira hörte Stimmen im Hof. Der Wind wehte Wortfetzen in den Stall, die sie schließlich Hans und Lothar Gruber zuordnen konnte. Anscheinend führte Hans den Polizisten über den Hof. Im Grunde war ja auch nichts dabei. Was hatten sie schon zu verbergen? Die Stimmen entfernten sich Richtung Scheune.

Elvira wünschte ihren Kühen eine gute Nacht und beneidete sie um die friedvollen Stunden, die ihnen bevorstanden. Sie ahnte, dass sie selbst nicht zur Ruhe kommen würde. Denn mit Hereinbrechen der nächtlichen Stille würde die Angst vor dem grausamen Unbekannten in ihr wachsen wie die Dunkelheit in den Bergen, die in jede Ritze kroch und alles um sich herum verschlang.

Über den schmalen Gang zwischen Stall und Haus betrat sie die Waschküche, wo sie ihre Melkschürze an den Haken hängte und sich die Hände wusch. Gedankenverloren steuerte sie geradewegs auf die Küche zu. Erst als sie die Tür schon aufgemacht hatte, fiel ihr ein, dass hier ja die Befragungen stattfanden. Ihr Vater saß gerade dem hageren Polizisten gegenüber, der sie pikiert über den Rand seiner Brille hinweg anblickte. Der Alte fuhr auf seinem Stuhl herum, soweit es sein steifes Genick zuließ. Er rutschte mit dem Gesäß in die Richtung seines Kopfes, bis er Elvira im Blickfeld hatte. Verwirrt sah er zu ihr auf. Sie entschuldigte sich schnell und schloss die Tür wieder.

Ziellos wanderte sie über den Flur und fand sich im Schlafzimmer wieder, wo sie einen Moment nichts mit sich anzufangen wusste. Kurzentschlossen fing sie an, die Betten abzuziehen. Die waren zwar erst am Samstag dran, aber das war jetzt auch nicht mehr wichtig. Während sie mit den dicken Daunendecken kämpfte, dachte sie an ihren Vater, dem der Beamte jetzt wahrscheinlich ähnliche Fragen stellte wie ihr vorhin. Sie hoffte, dass ihn die Vorfälle nicht allzu sehr mitnahmen. Seit seiner Rückkehr vom Arzt wirkte er angeschlagen. Für gewöhnlich reagierte der Alte mit gottlosen Flüchen und Gezeter vom Teufel auf sämtliche Übel der Welt. So zahm und in sich gekehrt hatte sie ihn schon lange nicht mehr erlebt. Vielleicht war er auch noch geschwächt von seiner Erkältung. Elvira musste daran denken, morgen beim Arzt anzurufen und nach den Untersuchungsergebnissen zu fragen.

Glücklicherweise nahmen ihn nicht beide Polizisten ins Kreuzverhör, sondern nur der blasse Brillenträger. Womöglich hatte Gruber schon für sich entschieden, dass der senile Greis nicht zum Mörder taugte. Oder aber er hatte es vorgezogen, seiner allergiegeplagten Nase ein wenig frische Luft zu gönnen.

»Matthias!«, ertönte die brüchige Stimme ihres Vaters im Flur. Offenbar war er entlassen. Sie hatte eben den Kissenbezug von Hans zugeknöpft und schüttelte das Kopfkissen noch einmal auf, bevor sie es auf dem frisch bezogenen Bett drapierte.

»Matthias!« Der Alte musste husten.

Elvira lief in den Flur. »Lass nur. Ich geh rauf und hol ihn.«

Oben im ersten Stock klopfte sie gegen die Zimmertür ihres Sohnes und wartete. Seit jenem unangenehmen Erlebnis im Sommer hütete sie sich davor, unangemeldet bei ihm hereinzuplatzen. Damals hatte sie nur schnell die frische Wäsche in sein Zimmer bringen wollen. Sie hätte schwören können, dass er kurz davor rüber in die Scheune gegangen war.

Obwohl sich Elvira mit aller Willenskraft darum bemühte, die Szene aus ihrem Gedächtnis zu verbannen, tauchte auch jetzt wieder Monikas ausladendes weißes Gesäß vor ihrem inneren Auge auf. Sie sah, wie Monika auf dem Bett kniete, den Rock weit hinaufgeschoben, das Höschen in den Kniekehlen, und hörte ihr lustvolles Wimmern. Hinter ihr stand Matthias, der seine Stallhose heruntergelassen hatte. Seine Pobacken waren angespannt, während er mit schnellen, heftigen Stößen in sie eindrang. Seine rechte Hand hatte sich in ihren Brüsten verkrallt, die aus der aufgeknöpften Bluse hervorquollen, mit der Linken griff er fest in das weiche, wallende Fleisch ihres Hinterns. Monika hatte nichts von Elviras Eintreten mitbekommen. Sie warf den Kopf in den Nacken und stöhnte wie eine Besessene laut auf. Matthias bemerkte seine Mutter zwar, wirkte jedoch kein bisschen überrascht. Er ließ nicht von Monika ab, sondern stieß noch kräftiger zu, wobei er den Kopf langsam drehte und Elvira einen seltsamen Blick zuwarf. Für einen Moment hatte sie geglaubt, eine Mischung aus Triumph und Rachlust darin zu lesen. Noch heute fragte sie sich, was damals in ihn gefahren war.

Jetzt hatte sie allerdings lange genug vor seiner Tür ausgeharrt. Der Polizist wurde bestimmt schon ungeduldig. Sie klopfte noch einmal, so laut, dass man sämtliche bösen Geister mit diesem Krach vertreiben konnte, und steckte schließlich den Kopf ins Zimmer. »Matthias, beeil dich und komm runter. In der Küche wartet die Polizei und will mit dir reden.«

Drinnen war es düster. Nur die Schreibtischlampe sorgte für einen kleinen Lichtkegel. Die Fensterläden waren halb geöffnet und schlugen hin und her. Der Wind musste sie aus der Verankerung gerissen haben. In dem Zimmer herrschte ein heilloses Durcheinander. Der Schreibtisch, auf dem ein großer Bildschirm stand, war übersät mit Papieren, Kugelschreibern, CDs und Schokoriegelverpackungen. Über dem Stuhl davor hingen T-Shirts und eine Hose. Auch auf dem Boden türmte sich ein Berg alter Wäsche, daneben lagen ein paar Automagazine und eine Fernsehzeitung. Der Raum wirkte wie die Höhle eines rebellierenden Jugendlichen, nicht wie das Zimmer eines erwachsenen Mannes.

Elviras Jüngster war hier groß geworden, aber mittlerweile schienen die Proportionen nicht mehr zu stimmen. Der Raum war wie ein viel zu enger Wintermantel, aus dem Matthias längst herausgewachsen war. Doch er hatte nie den Wunsch geäußert, in ein größeres Zimmer umzuziehen.

Unter dem Schreibtisch surrte der Computer vor sich hin. Ein Windstoß riss den rechten Fensterladen zurück. Als er gegen die Hauswand krachte, klang es wie ein Gewehrschuss.

Auf dem Bett vor Elvira regte sich etwas. Sie hatte den Körper unter der Decke zuerst gar nicht wahrgenommen. Ein verquollenes Gesicht schob sich hervor und blickte ihr unwillig entgegen. Auf dem Fußboden standen zwei leere Bierflaschen.

»Was ist?« Angestrengt versuchte Matthias, die Augen – kaum mehr als zwei Schlitze – zu öffnen.

»Die Polizei will dich sprechen.« Elvira war es völlig unverständlich, wie man in einer solchen Situation ein Nickerchen machen konnte. Aber jeder ging eben anders mit den Dingen um, hatte seine eigene Methode, dem Unbegreiflichen zu begegnen. »Hast du denn gar nichts mitbekommen? Die beiden Polizisten haben uns alle schon befragt. Du bist der Vorletzte. Nach dir ist nur noch der Joachim Lindner dran, unser Feriengast.«

Elvira hielt die Tür auf, während sich Matthias aus dem Bett quälte.

»Also komm runter. Aber hak bitte vorher noch die Fensterläden ein.«

Sie wartete, bis er in seine Hausschuhe geschlüpft und zum Fenster gestolpert war. Seit fast zehn Jahren hatte sie diesen Raum weder geputzt noch seinen hygienischen Zustand kommentiert, und sie hatte nicht vor, dies heute zu ändern.

Matthias fuhr sich mit den Fingern durch die Haare und wankte an seiner Mutter vorbei die Treppe hinab. Elvira beschloss, nach ihrem Vater zu sehen, und ging ebenfalls hinunter ins Erdgeschoss.

Sie klopfte an die Tür seiner Kammer und trat sofort ein, da er ohnehin nie reagierte.

Der alte Mann saß an einem dunkelbraunen Holztisch aus früheren Tagen und starrte hinaus in die Dunkelheit. Dicke weiße Flocken prallten gegen die Scheibe und glitten nach unten. Sie schienen aus allen Himmelsrichtungen zu kommen.

Die spärlich möblierte Kammer hatte etwas von einer Mönchsklause, stellte Elvira immer wieder aufs Neue fest. Außer Tisch und Stuhl standen noch ein schmales Bett und ein dunkelgrüner, mit großen Blumen bemalter Bauernschrank darin. In der Ecke darüber hing ein hölzernes Kruzifix. Es gab weder gerahmte Fotos noch sonstige persönliche Gegenstände. Ihre unsentimentale Ader hatte Elvira anscheinend von väterlicher Seite geerbt. Lediglich auf dem Tisch vor dem Greis thronte ein altes Radio, und an der Wand neben dem Schrank hing ein Ölgemälde, auf dem die glutroten Höllentalspitzen wie züngelnde Flammen in den Himmel stachen. Ein Wanderer hatte es dem Vater vor vielen Jahrzehnten vermacht.

An der Kopfseite des Betts war eine Holzwand eingezogen, in die eine doppelte Flügeltür eingelassen war. So hatte man einst einen einfachen Wandschrank für die Mägde und Knechte gezimmert, die früher zu mehreren in diesem Raum genächtigt hatten. Als Kind hatte Elvira immer geglaubt, eine böse Waldhexe würde sich in dem Wandschrank verstecken. Wenn sie nachts ein Kratzen oder Schaben gehört hatte, war sie sich sicher gewesen, dass die Hexe ihren Schlafplatz verlassen hatte und im Haus ihr Unwesen trieb. Sie hatte sich jedes Mal die Bettdecke bis zur Nasenspitze hochgezogen und war mucksmäuschenstill liegen geblieben, damit die Hexe sie nicht bemerkte.

Als Elvira dann den Hans geheiratet hatte, hatte der Vater ihnen das Elternschlafzimmer überlassen und war in die inzwischen leerstehende Kammer gezogen. Seither nutzte niemand mehr den Stauraum hinter dem Bett. Wozu auch, seine paar Kleider hatte der Vater in den Bauernschrank geräumt. Vor der Doppeltür des Wandschranks stand ein Nachtkästchen. Elvira vermutete eine Bibel darin.

»Vater, ich bin's«, sagte sie laut.

Es dauerte einen Moment, bis er es geschafft hatte, sich auf dem Stuhl umzudrehen. »Ja, das sehe ich. Und ich höre es auch. Weder meine Augen noch meine Ohren sind so altersschwach, wie du vielleicht meinst.«

»Das behaupte ich doch gar nicht«, rechtfertigte sich Elvira. »Ich war mir nur nicht sicher, ob du mich gehört hast, und wollte dich nicht erschrecken …«

»Dafür braucht's schon mehr.« Er lachte heiser auf. »Was gibt's?«

Elvira schloss die Tür hinter sich. »Wir haben dich heute den ganzen Tag kaum gesehen. Ist denn alles in Ordnung?«

»Ich bin alt genug, um für mich selbst zu sorgen«, grummelte er. An den Härchen in seinen Nasenlöchern hingen Schnupftabakkrumen.

»Ich mein ja nur … Nach all den schlimmen Sachen, die hier oben passiert sind.« Elvira rieb sich den Arm.

»Keine Sorge, mein Kind. Du kannst getrost glauben, dass ich schon ganz andere Geschichten mitgemacht habe.« Wieder dieses spöttische Lachen.

»Ich dachte nur … Wenn einer den ganzen Tag kaum was redet und sich nach dem Mittag gleich wieder in seine Kammer zurückzieht …«

»Was heißt da, ich zieh mich zurück?«, ereiferte er sich. »Ich würd auch lieber die Sieben-Uhr-Nachrichten einschalten. Aber die Herren von der Inquisition haben sich ja in der Küche breitgemacht und mögen es bestimmt nicht, wenn einer vom Nachbarzimmer aus lauscht.« Ungehalten klopfte er auf das Radio. »Ich wollte grad schon den alten Kasten hier einschalten. Schließlich muss man doch wissen, was in der Welt passiert.«

Die Küchentür ging auf, und jemand ging die Treppe hinauf.

»Es wird nicht mehr lange dauern. Der Matthias ist eben raus aus der Küche, und jetzt kommt der Lindner dran.« Elvira deutete mit dem Kopf in den Flur.

»Ein seltsamer Kauz«, meinte der Vater.

»Findest du? Wieso?« Sie sah ihn gespannt an.

»Heut Mittag habe ich gesehen, wie er um den Misthaufen rumgeschlichen ist und einen alten Kanten Brot aufgeklaubt hat.« Missbilligend schüttelte er den Kopf. »Also so viel Geld, dass er satt wird, sollte einer, der Urlaub macht, doch haben.«

Elvira war fast ein wenig enttäuscht. »Er füttert die Möwen am See damit, Vater. Ich hab's selbst gesehen.«

»Die Möwen?« Der Alte runzelte die Stirn. Elviras Erklärung erschien ihm fast noch abwegiger als seine erste Annahme. »Der hält sich wohl für den heiligen Franz von Assisi? Womöglich will er als Nächstes die Fische vor dem Erfrieren retten.«

»Ich hab auch nicht viel für die Viecher mit ihrem lauten Gekreische übrig«, gestand Elvira. Wie weiße Todesengel kreisten sie seit Tagen über ihnen. Sonst waren es nie so viele gewesen. Und nie waren sie so lange geblieben.

»Später hat er dann eine Vase und ein paar welke Blumen in die Mülltonnen geworfen. Ich bin grad mit einem Eimer Asche raus, da hat er den Deckel von der Glastonne zugeworfen und ist an mir vorbei ins Haus. Wieso bringt jemand eine kaputte Vase mit verwelkten Blumen von einem Ausflug zurück?« Der Alte kratzte sich das unrasierte Kinn.

Elvira hatte den Atem angehalten. Sie musste ihre Gedanken ordnen und wusste gar nicht, wo sie anfangen sollte.

»Was starrst du mich so an?«, fragte er misstrauisch. »Glaubst wohl, dein alter Vater ist nicht mehr ganz richtig im Kopf, was?«

»Um Himmels willen, nein«, wehrte Elvira ab. »Nur woher hattest du die Asche? Ich dachte, du ruhst dich nach dem Arztbesuch aus.«

»Ach, von wegen!«, rief er. »Hier gibt's mehr als genug zu tun. Nur weil der Tod bei unsren Nachbarn an die Tür geklopft hat, können wir doch nicht alles stehen und liegen lassen. Außerdem gibt es in diesem Haushalt schon genügend Männer, die sich vor richtiger Arbeit drücken.«

Elvira kannte diese Anschuldigungen und wusste, dass man

am besten nicht darauf einging. Das Klügste war, abzuwarten, bis seine Wut verraucht war. Sonst geriet er nur noch mehr in Rage.

»Während du dich verdrückt hast, hab ich den Kachelofen sauber gemacht. Oben in der Gästestube hab ich die Asche gleich auch noch aus dem Ofen gefegt.«

»Aber bis Januar kommt doch gar keiner … und seit September war niemand mehr da.« Elvira war erstaunt, dass der Alte bis in den zweiten Stock hinaufgestiegen war. So viel Unternehmungsgeist hatte er schon lange nicht mehr an den Tag gelegt. Er brüstete sich zwar immer gern mit der schweren Arbeit, die er noch verrichtete, aber die oberen Stockwerke überließ er sonst bei jeder Gelegenheit Matthias.

»Umso schlimmer! Da lag sogar noch das verkohlte Holz vom letzten Winter rum. Und überall Ruß und Ascheflocken.«

Elvira wusste, dass das nicht stimmte, dennoch entgegnete sie nichts.

Da rief jemand aus dem Flur: »Frau Holzer, Sie werden noch mal gebraucht!«

Sie erkannte die Stimme von Joachim Lindner, mit dem sich der Polizist in der Küche ebenfalls nicht lange aufgehalten hatte. Aber sie hatten den Spitzbart schließlich erst am Morgen ausführlich befragt.

»Jetzt scheinen sie fertig zu sein«, sagte Elvira zu ihrem Vater und wandte sich zum Gehen. »Sobald sie weg sind, mache ich Abendbrot.«

Der Alte hatte sich schon wieder zum Fenster umgedreht und starrte reglos in das Schneegestöber.

Elvira war sich nicht sicher, ob er sie gehört hatte, und machte noch einmal einen Schritt auf ihn zu. Da sah sie, dass seine knorrigen Finger um ein Buch geschlossen waren. Es wirkte dick und schwer. Auf dem Deckel prangte in goldenen Lettern der Titel. *Legenda Aurea*. Es war eine Sammlung sämtlicher Heiligenlegenden. Elvira hatte schon als Kind darin geblättert, sich aber nicht allzu lange dafür interessiert. Viel zu schwierig war es gewesen, die alte Schrift zu entziffern, viel zu altertümlich die Sprache.

Mit kleinen Schritten ging sie rückwärts. Leise öffnete sie die Kammertür und schlich hinaus.

Joachim Lindner stand vor der geschlossenen Küchentür und sah sich in alle Richtungen nach ihr um. »Ach, da sind Sie ja. Der Herr von der Polizei möchte noch Ihre Fingerabdrücke nehmen.« Er machte ein paar Schritte auf sie zu, blieb dicht vor ihr stehen und raunte: »Sie sind die Letzte. Die anderen haben sich schon alle gebeugt.«

Er kam noch ein paar Zentimeter näher, und sie zuckte unwillkürlich zusammen. »Im Grunde ist es eine Frechheit, uns alle unter Generalverdacht zu stellen. Erst wollte ich mich weigern, aber ich glaube, die Herren Ordnungshüter sitzen am längeren Hebel. Meines Wissens ist kein dringender Tatverdacht nötig, um von jemandem Fingerabdrücke zu nehmen. Ein einfacher Tatverdacht genügt, was bedeutet, dass alle, die sich zur Tatzeit in der Nähe des Tatorts aufgehalten haben, als potenzielle Täter gelten.«

Geflissentlich nickte Elvira und rückte ein Stück von ihm ab. Sie mochte es nicht, wenn ihr jemand so nah kam.

»Das wollte ich Ihnen nur sagen, damit Sie sich keine Sorgen machen. Die Prozedur allein hat nichts zu bedeuten«, flüsterte er weiter. »Trotzdem sollten wir aufpassen, dass man uns nicht vorverurteilt und zu Verbrechern abstempelt. Sonst haben Sie hier ruck, zuck die Presse vor der Tür, die ihre sensationshungrigen Leser mit Geschichten vom Mörderhof in den Bergen versorgt.«

Entsetzt sah Elvira ihn an. An so etwas hatte sie noch gar

nicht gedacht. »Um Himmels willen, da haben Sie völlig recht«, stammelte sie und schob sich an ihm vorbei. Sie konnte nur hoffen, dass er zu dick auftrug. »Dann will ich mal«, sagte sie, lächelte dem Gast freundlich zu und ging in die Küche.

Der Polizist hatte schon alles vorbereitet. »Bitte sehr«, sagte er nur und deutete auf das Stempelkissen und das Formular auf dem Küchentisch.

Er assistierte ihr und reichte ihr anschließend ein verpacktes Reinigungstuch mit Lösungsmittel, das seinen Dienst jedoch nicht sonderlich gut versah. Während der Beamte den Laptop und diverse Formulare in seiner Tasche verstaute, ging Elvira zum Waschbecken und rückte der hartnäckigen Tinte mit Scheuermilch zu Leibe.

»So, das wär's vorerst.« Wie ein ungelenker Schüler stand der dünne Mann vor Elvira, die ihre geröteten Hände an einem Küchentuch abrieb.

Sie ging um ihn herum und öffnete ihm die Küchentür. Da wurde die Haustür so heftig aufgestoßen, dass selbst Ludwig auf seiner Decke zusammenfuhr.

Hans polterte herein. »Was für ein Sauwetter!«, schimpfte er.

Aus dem Schneetreiben hinter ihm tauchte Lothar Gruber auf. Er stellte einen Fuß auf die Eingangsstufe, kam aber nicht mehr rein. »Beeil dich, Kollege! Wenn wir nicht gleich losfahren, kommen wir hier nicht mehr weg«, rief er gegen den Wind an.

Der Polizist gehorchte und schob sich an Elvira und Hans vorbei. Er schien geahnt zu haben, dass Gruber mit der Hofbesichtigung fertig war. Die beiden wirkten perfekt aufeinander abgestimmt.

Sprachlos starrte Elvira in das dichte Schneegestöber. Seit

ihrem Spaziergang am Mittag war sie nicht mehr draußen gewesen, und so hatte sie von dem erneuten Wetterumschwung gar nichts mitbekommen. Mehrere Zentimeter Neuschnee waren gefallen. Hoffentlich kamen die beiden Polizisten die Straße heil wieder runter.

Während sich Hans fluchend auszog, blieb Elvira am Flurfenster stehen und wartete, dass die beiden Männer davonfuhren. »Die Resi ist spurlos verschwunden«, sagte sie mit bebender Stimme, ohne den Blick abzuwenden.

»Wie meinst du das?« Hans reagierte genauso ungläubig wie sie vorhin.

»Sie ist nicht bei ihren Kindern. Die Polizei sucht nach ihr.«

»Um Himmels willen!« In seinen Worten schwang Entsetzen mit. »Was können wir tun?«

Elvira zuckte ohnmächtig die Achseln. Angst und Sorge lasteten schwer auf ihrem Herzen.

Die Scheinwerfer des Polizeiautos warfen ihr gleißendes Licht auf das weiße Wüten des Himmels. Als der Wagen anfuhr, drehten die Räder durch, Schnee spritzte auf, dann fanden die Reifen Halt, und das Auto kroch davon.

»Sind sie weg?«, fragte Hans. Mitfühlend legte er ihr die Hand auf die Schulter.

Elvira nickte nur.

»Dieser Gruber ist ein durchtriebener Hund. Jeden Winkel hat er sich von mir zeigen lassen, sogar den Kartoffelkeller und den Hühnerstall wollte er sehen. Die Kälte hat den überhaupt nicht gestört.« Er rieb sich die Hände. »Dabei tut er so freundlich, als wollte er demnächst seinen Urlaub mit der Familie hier buchen.«

»Komm erst mal in die Küche und wärm dich auf«, sagte sie leise und ging voraus. »Es gibt gleich Abendbrot.«

Hans ließ sich auf die Eckbank fallen und nieste zweimal hintereinander. »Hast du ein Taschentuch?«, schniefte er.

Elvira hatte sich gerade die Schürze übergestreift und fasste in die aufgenähte Tasche. Es war tatsächlich ein halb volles Päckchen Papiertaschentücher darin, das sie Hans gab. Und etwas Kaltes, Metallenes. In ihrer Hand lag der Schlüssel für die Ferienwohnung im zweiten Stock.

Normalerweise hing er im Flur am Schlüsselbrett. Sie musste ihn in der Schürze vergessen haben, nachdem sie am Sonntagmittag oben die Zimmerpflanzen gegossen hatte. Doch dann hatte ihr Vater heute unmöglich den Kachelofen dort sauber machen können. Er hatte also gelogen. Verwirrt ließ sie den Schlüssel zurück in die Tasche gleiten.

Warum tat er das? Hatte er sich bloß wichtigmachen wollen? Aber nein, er war tatsächlich oben gewesen, wenn auch vielleicht nicht im zweiten Stock. Jetzt erinnerte sich Elvira wieder an die schwerfälligen Schritte auf der Treppe, als sie mit Hans in der Küche gesessen hatte. Die Schritte waren plötzlich verstummt, als ob jemand vom Flur aus gelauscht hätte. Es war der Vater gewesen.

Kurz darauf hatte Hans den Spitzbart draußen entdeckt und hereingerufen. Natürlich, der Vater war dem Lindner ja auf dem Weg zu den Mülltonnen begegnet.

Die Mülltonnen. Die Vase und die Blumen. Elvira wollte unbedingt mit eigenen Augen sehen, was der Alte vorhin behauptet hatte. Kurzerhand zog sie die dünne, durchsichtige Tüte aus dem Mülleimer unter der Spüle und verknotete sie. Sie war noch nicht einmal halb voll.

»Bin gleich zurück«, sagte sie nur beiläufig.

Hans deutete auf die Tüte in ihrer Hand. »Da ist doch kaum was drin.«

»Ja, aber irgendwas riecht unangenehm. Ich bring den Müll lieber raus, sonst stinkt morgen die ganze Küche.« Schon stand Elvira im Flur, warf ihren Mantel über und wunderte sich, wie leicht ihr die Lüge über die Lippen gekommen war.

Wild entschlossen stürzte sie sich hinaus in den Sturm, der ihr sofort den Atem nahm. Er verkrallte sich in ihrem Mantel und ihrem Dutt und zerrte mit aller Kraft daran. Sie fühlte sich, als wäre sie in eisiges Wasser gesprungen, und japste nach Luft. Mit gesenktem Kopf arbeitete sie sich voran. Wie ein Ertrinkender, der unter Wasser die Orientierung verliert, hätte auch sie nach wenigen Schritten beinah nicht mehr sagen können, wo vorne und hinten, unten und oben war.

Kurz vor der breiten Garagenwand flaute der Sturm ein wenig ab, und es war, als träte Elvira in eine schützende Luftblase. Sie hob den Deckel der Restmülltonne und spähte hinein. Am liebsten hätte sie laut geflucht, denn bei der Dunkelheit konnte sie kaum etwas erkennen. Sie hätte eine Taschenlampe mitnehmen müssen. Aber wie hätte das denn ausgesehen!

Angestrengt stierte sie in die Tonne, bis sie immerhin die Ascheschlieren ausmachen konnte. Darunter lagen nur ein paar Müllbeutel, von einem Blumenstrauß war nichts zu erkennen. Mit der Tüte strich Elvira die Asche beiseite. Nichts. Wer kam schon auf die Idee, welke Blumen in die Restmülltonne zu werfen? Die gehörten entweder auf den Misthaufen, oder man ließ sie gleich im Wald liegen.

Elvira klappte den Deckel zu und öffnete die Glastonne. Nichts als ein Berg grüner und weißer Flaschen, dazwischen ein paar Einweckgläser.

Eine Windbö erfasste sie, und sie schauderte. Elvira realisierte nur noch, dass keine Vase in der Tonne lag. Dann verspürte sie einen heftigen Stoß und verlor das Bewusstsein.

Ein lauter Knall ließ die Luft erzittern und hallte in Elviras Körper wider. Sie hatte das Gefühl, an den Haaren aus einem dunklen Sumpf gezogen zu werden. Mühsam rappelte sie sich auf die Knie und blickte sich um. Ein stechender Schmerz durchzuckte sie. Unwillkürlich griff sie sich an den Kopf. Doch sofort zog sie die Hand wieder von der Augenbraue zurück, nachdem sie mit der pochenden, brennenden Wunde in Berührung gekommen war. Dunkelrotes Blut lief ihre Handfläche hinab. Unglaubliche Bilder blitzten in ihrer Erinnerung auf. Sie wusste nicht, wie lange sie ohnmächtig gewesen war. Nur dass sie gestürzt sein musste.

Wieder ein Knall, diesmal noch heftiger. Sie stützte sich mit einer Hand an der Tonne ab und zog sich auf die Beine. Erst sah sie nur Flocken, winzige, schneidend scharfe Flocken, und dahinter schemenhaft das Haus, wie eine unerreichbare Burg. Dann nahm sie eine Bewegung wahr. Jemand stand mitten in der Zufahrt zur Scheune. Er hielt einen langen Gegenstand in der Hand und beugte sich über einen unförmigen Haufen.

»Er ist tot!«, hörte sie Matthias aufgeregt durch den Schneesturm schreien. »Ich hab ihn erledigt!«

Elviras Puls beschleunigte sich, und sie setzte sich in Bewegung. Mit eingezogenem Kopf, eine Hand schützend vor der verletzten Braue, kämpfte sie gegen die unerbittlichen Böen an. Als sie kurz aufblickte, sah Matthias zufällig in ihre Richtung. Erst jetzt schien er sie zu bemerken.

»Mutter!« Er stürmte ihr entgegen. Entsetzen spiegelte sich in seinem Gesicht, als er ihre blutüberströmte Wange erblickte. »Was ist passiert? Mach langsam!« Er zog ein zerknittertes Stofftaschentuch aus der Hosentasche und reichte es ihr, damit sie es auf die Wunde presste. Mit Bestimmtheit legte er den Arm um ihre Schultern und führte sie zum Haus. In der anderen Hand trug er sein Jagdgewehr.

Unter dem Dachvorsprung konnten sie Atem holen. Matthias begutachtete ihre Wunde. »Dieses Drecksviech! Ein ganz schöner Brocken, aber mit dem zweiten Schuss hab ich ihm den Garaus gemacht.« Mit dem Gewehr deutete er auf den schwarzen Haufen nur wenige Schritte entfernt.

Elvira machte sich von ihm los und wankte darauf zu. Doch selbst als sie direkt davorstand, brauchte sie einen Moment, bis sie erkannte, dass ihr Sohn einen ausgewachsenen Keiler erlegt hatte. Seine Borsten waren so lang und dicht, dass man kaum Augen oder Ohren ausmachen konnte. Aus der langen Schnauze ragten zwei gebogene gelbe Eckzähne.

»Der ist mindestens anderthalb Meter lang und bringt sicher gute drei Zentner auf die Waage.« Matthias war neben sie getreten. Aus seinen Worten sprach unverhohlener Jägerstolz. Triumphierend hielt er das Gewehr umklammert. Er musste es vor kurzem aus dem Schützenverein geholt haben. Nur seine Hausschuhe störten das Bild des Helden.

»Was hat so ein Riesenviech hier verloren?«, fragte Elvira. Für gewöhnlich bekamen sie nur selten Wildschweine zu Gesicht, die Tiere wanderten nur ungern in die Berge rauf. Und jetzt war sie auf dem eigenen Hof von einem angefallen worden.

»Der wird Hunger gehabt haben«, vermutete Matthias. »Wahrscheinlich hat ihn der Schnee überrascht.«

Hätte das tote Wildschwein nicht so furchteinflößend ausgesehen, hätte Elvira fast Mitleid mit ihm bekommen. In seinem mächtigen Bauch klafften zwei große Wunden. Der Schnee um das Tier saugte das Blut auf.

Eine kräftige Bö ließ Elvira nach hinten taumeln.

Matthias fing sie auf. »Lass uns reingehen. Um den Kadaver kümmere ich mich nachher mit dem Vater.«

Elvira lag im kalten Schlafzimmer unter ihrer Daunendecke. Den Kopf hatte sie auf zwei Kissen gebettet. Die erhöhte Position verringerte den Schmerz ein wenig. Neben ihr verbreitete die stoffbespannte Nachttischlampe einen schwach orangefarbenen Schein. Das Deckenlicht hatte Elvira nicht ertragen. Es hatte das Pochen in ihrem Schädel zu einen Dröhnen anschwellen lassen. Aber ganz im Dunkeln wollte sie auch nicht sein.

Sie hörte, wie Geschirr klapperte, Stühle gerückt wurden, Schritte auf den Dielen knarrten. Und sie nahm Geräusche wahr, die sie nicht genau zuordnen konnte, Gemurmel und gedämpftes Geflüster. Vielleicht war es aber auch nur der Wind, der noch immer fauchend um das Haus strich. Wie ein wildes, ausgehungertes Tier auf der Lauer.

Womöglich war ihr Zustand bedenklicher, als Hans vorhin zugegeben hatte. Gleich nachdem Matthias sie ins Haus gebracht hatte, war er zur Stelle gewesen. Er hatte sie beruhigt und verarztet.

»So, fertig«, hatte er gesagt und seine Utensilien verräumt.

Elviras linkes Auge wollte nicht gleich ganz aufgehen, weil der Stirnverband darüber spannte. Sie sah noch, wie er eine Nadel weglegte. Er musste ihre Wunde mit wenigen Stichen genäht haben, ohne dass sie es mitbekommen hatte.

»Dank dir«, murmelte sie und staunte, wie routiniert ihm

die Wundversorgung von der Hand gegangen war. Selbst als langjähriger Chefarzt beherrschte er noch immer das Grundhandwerk.

»Schau mich bitte mal an.« Hans blickte konzentriert auf Elviras Pupillen. »Und jetzt der Bewegung folgen.« Sein rechter Zeigefinger wanderte langsam vor ihrem Gesicht hin und her. »Ist dir schwindlig oder übel?«, wollte er wissen.

Elvira schüttelte den Kopf und bekam sofort die Quittung dafür. Messerscharf stach der Schmerz in ihrer linken Schädelhälfte. »Nein«, stöhnte sie auf. »Mir brummt nur der Kopf, und ein bisschen flau ist mir.«

»Das wird der Schock sein«, stellte Hans nüchtern fest. »Eine leichte Gehirnerschütterung wirst du dir sicher zugezogen haben. Aber nichts Bedrohliches.«

Elvira war froh. Es hätte nichts Schlimmeres für sie gegeben, als in ein Krankenhaus zu müssen. Allein die Vorstellung, mit fremden Menschen in einem Raum zu nächtigen, schnürte ihr die Kehle zu.

»Warte, ich geb dir noch was gegen die Schmerzen.« Hans verschwand und kam mit einer Tablette und einem Glas Wasser zurück. »Hier, nimm das«, sagte er, und Elvira gehorchte. »Du solltest dich dringend schonen.« Zaghaft lächelte er sie an. »Deshalb verordne ich dir hiermit strikte Bettruhe.«

»Aber das Abendbrot …« Elvira stemmte die Hände in die Matratze und machte Anstalten, sich aus dem Bett zu wuchten.

»Ich bitt dich!« Hans sah sie streng an. »Das werden wir grad noch hinkriegen. Oder traust du uns nicht mal zu, dass wir uns eine Scheibe Brot abschneiden?« Er war schon an der Schlafzimmertür, als er auflachte. »Zur Not haben wir ja noch den Keiler. Wir machen einfach ein Feuerchen und grillen ihn.«

Seitdem war fast eine Stunde vergangen. Eine Stunde der Düsternis, eine Stunde des pochenden Flüsterns in ihrem Kopf. Elvira fühlte sich wie abgeschnitten vom Leben.

Einmal hatte Matthias vorbeigeschaut. Leise hatte er die Schlafzimmertür geöffnet und den Kopf hereingesteckt, um zu fragen, ob Elvira etwas essen wolle. Aber da sich ihr Magen noch immer sträubte, hatte sie dankend abgelehnt und diesmal darauf verzichtet, den Kopf zu schütteln. Gegen ein bisschen Gesellschaft hätte sie allerdings nichts einzuwenden gehabt, aber das traute sie sich nicht zu sagen.

Gern hätte sie sich irgendwie die Zeit vertrieben, aber sie befürchtete, dass ihr der Brummschädel einen Strich durch die Rechnung machen würde. Eigentlich saß sie um diese Zeit immer in der Küche über ihrem Tagebuch. Sie hätte viel zu berichten gehabt. Und sie hätte gerne noch mal nachgeschaut. Vielleicht fand sich ja im Juli ein Eintrag zu Joachim Lindners erstem Besuch hier oben. Elvira nahm sich vor, spätestens morgen Abend danach zu suchen.

Das Kinn sank ihr auf die Brust, und sie schloss die Augen. Auf der schwarzen Netzhaut wurde der Schmerz sichtbar, der inzwischen ein wenig an Kraft verloren hatte. Er erschien als ausgefranster blassgelber Punkt. Oder hatte sie die Augen wieder geöffnet und blickte in den diffusen Schein der Nachttischlampe?

Ein Poltern weckte sie. Es war taghell, und sie lag im Bett, ohne Hans. Sie fuhr hoch und stand auf. Im Flur überkam sie die Gewissheit, dass sie allein war. Alle waren weg. Das Haus war wie ausgestorben. Eine schreckliche Ahnung breitete sich in ihr aus und lähmte ihren gesamten Körper. Sie versuchte zu schreien, doch kein Laut kam heraus. »Matthias … Hans …

Vater!«, krächzte sie schließlich. Viel zu leise. Niemand konnte sie hören. Wie versteinert stand sie da und hielt sich am Treppengeländer fest.

Wieder polterte es. Das Geräusch riss sie aus ihrer Erstarrung. Es war von draußen gekommen und hatte sich angehört, als würde etwas zuklappen. Jemand machte sich an den Mülltonnen zu schaffen. Ohne nachzudenken, lief Elvira los und riss die Haustür auf.

Draußen war niemand zu sehen. Doch sie war sich sicher, dass ihre Ohren sie nicht getäuscht hatten. Jemand schlich auf dem Hof herum und wollte dabei nicht entdeckt werden. Ein ungekannter Mut trieb Elvira aus dem Haus.

Mitten auf dem Hof blieb sie stehen und sah sich um. Ihr Blick ging zur Scheune, wo sie nichts Ungewöhnliches entdeckte. Dann weiter zum Hühnerstall, zum Kuhstall, zum Haus, zur Garage. Nichts. Doch da – was war das, da vorne auf der Straße? Die Silhouette eines Mannes, ein Schatten, der davonhuschte.

Elvira eilte hinterher. Seltsamerweise fühlte sie sich viel leichter als sonst, als hätte sie über Nacht an Gewicht verloren. Sie konnte gerade noch sehen, wie der Mann den Weg hangaufwärts einschlug, und setzte ihre Verfolgung fort. Schon war sie an der Kapelle vorbei und näherte sich Resis Grundstück. Sie hatte nicht die Zeit, sich zu wundern, dass sie nicht mal außer Atem war, als sie oben ankam.

Vor Resis Haus stand ein Mann mit einem braunen Filzhut. Elviras Herz setzte einen Schlag aus. Der Franz war zurückgekehrt, Resis verstorbener Mann. Gemächlich kam er auf sie zu, zog wenige Schritte vor ihr den Hut.

Sie starrte ihn an, suchte in seinen Zügen nach etwas Vertrautem. Doch sie erkannte ihn nicht wieder. Nichts an ihm war greifbar. Glatt und stumm wie ein Spiegel warf sein Gesicht alle Fragen, die ihr Gedächtnis stellte, unbeantwortet zurück.

»Grüß Gott, die Dame«, sprach er sie an. »Vielleicht können Sie mir weiterhelfen.« Er deutete zum Haus. »Seit Montag ist alles verriegelt und verrammelt. Dabei würde ich die Frau Buchleitner gerne sprechen.«

»Ich weiß auch nicht, wo sie ist«, stotterte Elvira.

»Schade«, entgegnete der höfliche Herr, offensichtlich nicht Resis auferstandener Ehemann. »Wir hatten nämlich einen Termin.«

Elvira wusste immer noch nicht, wer er war oder woher er kam. Seine äußere Erscheinung entsprach der eines Hiesigen, aber er redete anders.

»Einen Termin?«, ließ sie sich das hochtrabende Wort auf der Zunge zergehen.

»Ja, die Frau Buchleitner wollte mir ihren Stammbaum zeigen«, erklärte der Fremde. »Ich bin nämlich Familienforscher, und diese abgelegene Gegend ist für mich besonders interessant. Hier oben sind noch ganz ursprüngliche Familienstrukturen sichtbar, schließlich ist hier fast jeder mit jedem verwandt oder verschwägert.«

Auch wenn der Mann Elvira nett anlächelte, fühlte sie sich ungut an das erste Gespräch mit dem hageren Polizisten erinnert. Der war auch wie selbstverständlich davon ausgegangen, dass sie hier oben alle derselben Sippschaft angehörten.

Sie trat einen Schritt zurück und erwiderte kühl: »Leider kann ich Ihnen nicht weiterhelfen.«

Da nahm sie aus den Augenwinkeln eine Bewegung am Waldrand wahr und wandte sich um. Auf dem Feldweg unter den dunklen, hohen Bäumen entdeckte sie den vertrauten

Schatten. Er schien auf sie zu warten. Etwas an ihm zog Elvira magisch an. Sie ließ den Fremden einfach stehen und folgte der schemenhaften Gestalt.

Als diese aus dem Wald auf die Lichtung vor dem See trat, fiel gleißendes Sonnenlicht auf sie. Erst jetzt bemerkte Elvira, dass kein Schnee mehr lag. Es war angenehm warm. Aus dem Schatten vor ihr war eine Person geworden, die Elvira immer näher kommen ließ. Die plötzliche Erkenntnis überkam Elvira wie ein Schlag, und sie hielt inne. Vor ihr stand gar kein Mann, sondern eine Frau.

Elviras Blick schärfte sich und umfing den zierlichen Körper einer jungen Frau in einem langen, dunklen Kleid. Blondes Haar fiel über ihren Rücken bis zur Hüfte. Sie drehte sich nicht um und nahm keinen Kontakt zu ihr auf. Elvira blieb nichts anderes übrig, als ihr weiterhin auf Schritt und Tritt zu folgen.

Nur einen Augenblick später hatten sie den halben See umrundet und näherten sich der Lichtung. Die blonde Frau überquerte die Wiese. Sie trug keine Schuhe. Elvira wollte schreien, als die Unbekannte auf den Holzsteg hinauslief. Aber es war zu spät. Sie hörte nur noch ein dumpfes Platschen, doch kein Wasser spritzte auf.

Fassungslos rannte Elvira auf den Steg. Als sie das letzte der morschen Bretter erreicht hatte, spähte sie hinab in den trüben See. Nicht die leiseste Bewegung unter Wasser, nicht der kleinste Ring auf der spiegelglatten Oberfläche deutete darauf hin, dass hier eben ein Mensch hineingesprungen war. Der See hatte die Unbekannte einfach verschluckt.

Eine Welle der Verzweiflung überkam Elvira. Im selben Moment bildete sich eine Wolke über ihr und verdeckte die Sonne. Hämisch und lautstark lachte der Himmel sie aus. Sie blickte auf. Über ihr kreiste der Möwenschwarm. Keifend rissen die Vögel ihre Schnäbel auf. Elvira glaubte, sie würden jeden Moment herabstürzen, um sie zu zerhacken.

»Die wissen um das dunkle Geheimnis, das der See hütet«, ertönte eine Stimme hinter ihr, und sie fuhr herum.

»Wenn wir ihm nicht auf den Grund gehen, wird es uns irgendwann zerfleischen. So wie die Möwen über uns.« Der Mann vor ihr setzte seinen lindgrünen Rucksack ab und holte eine Tüte heraus. »Bis dahin müssen wir versuchen, sie zu besänftigen. Vielleicht sprechen sie ja sogar eines Tages mit uns und erzählen uns, was geschehen ist.« Lächelnd machte er sich daran, dicke Brotkrumen in die Luft zu werfen.

Die großen weißen Tiere stürzten gierig kreischend herab, rissen ihm das Brot direkt aus der Hand. Elvira duckte sich und hielt schützend die Hände über den Kopf, während Joachim Lindner aufrecht dastand und das Spektakel genoss.

Ein Knall zerriss die Luft. Verschreckt stoben die Möwen davon, eine einzelne weiße Feder segelte auf den Steg hinab. Noch bevor Elvira sich umgedreht hatte, hallte der nächste Schuss von den Bergwänden wider.

Wutschnaubend stand ihr Vater hinter ihnen auf der Wiese, das Jagdgewehr seines Enkels im Anschlag. »Der soll ruhig mit den Viechern reden. Verraten werden sie ihm doch nichts!«, keifte er.

»Vater, bitte beruhig dich«, rief sie ihm zu. »Ich weiß überhaupt nicht, wovon ihr alle sprecht.«

Die Welt um Elvira begann sich zu drehen. Ihr wurde schwindlig, und sie hatte das Gefühl, in einen Strudel zu geraten, der sie unaufhörlich in die Tiefe zog. Wie ein Rettungsseil fixierte sie einen kleinen, dunklen Punkt draußen auf dem See.

Mit einem Mal war es still. Die Möwen waren verschwunden, kein Laut war mehr zu vernehmen. Bis ein leises Plätschern hörbar wurde. Der dunkle Punkt war in Windeseile zu einem Boot angewachsen, aus dem zwei Ruder ragten. Zwei Männer saßen darin und hielten geradewegs auf den Steg zu. Elvira erkannte zuerst den Pfarrer an seinem schwarzen Gewand.

»Wir haben sie gefunden«, rief der andere, der die Ruder kräftig ins Wasser stieß. »Wir haben sie aus dem Wasser gezogen.«

Da erst bemerkte Elvira die junge blonde Frau, die auf den Bootsplanken lag. Lange, nasse Strähnen umrahmten ihr unschuldiges Gesicht. Ihre Augen waren geschlossen. Elvira konnte nicht sagen, ob sie tot war oder noch lebte.

»Wir haben die heilige Katharina gerettet!« Es war Hans.

Elvira stand wie angewurzelt da.

»Was starrst du so?«, fuhr der Pfarrer sie ungehalten an. »Besorg Blumen und Schnaps! Das muss gefeiert werden!« Voller Vorfreude rieb er sich die Hände. »Aber bitte«, fügte er tadelnd hinzu, »zieh dir vorher was Ordentliches an.«

Verständnislos blickte Elvira an sich hinab. Sie stand in ihrem weißen Nachthemd da.

Inzwischen hatte das Ruderboot den Holzsteg erreicht und stieß mit einem dumpfen Poltern gegen einen Pfahl. Elviras Körper erbebte, und sie merkte, dass sie fror.

Wieder polterte es. Doch diesmal war die Welt um Elvira stockfinster. Obwohl sie die Augen weit öffnete, konnte sie nichts sehen.

Sie lag in ihrem Bett. Die Daunendecke war zur Hälfte auf den Boden gerutscht. Elvira musste sich im Schlaf herumgeworfen haben. Mit der Hand angelte sie nach dem Kabel der Nachttischlampe und drückte auf den Knopf.

Als sie sich aufsetzte, kam der Schmerz in ihrem Kopf in Bewegung. Wie eine träge Bleikugel kreiselte er, bis er allmählich zum Stillstand kam. Vorsichtig tastete sie nach dem Verband über ihrem Auge. Sie senkte den Kopf und blickte an sich herab. Kein Nachthemd. Sie trug noch ihre Bluse, auf der getrocknetes Blut klebte. Selbst auf dem Rock waren rotbraune Flecken zu sehen.

Auf seiner Bettseite schlief tief und fest ihr Mann. Er lag auf dem Rücken und rührte sich nicht. Elvira betrachtete sein Gesicht. Selbst im Schlaf sah er müde aus. Offenbar war sie nicht die Einzige, die unter dem schlimmen Eindruck der letzten Tage stand. Auch wenn Hans das nie zugegeben hätte.

Rums. Da war es wieder. Hans zuckte kurz zusammen, seine Pupillen bewegten sich unter den Lidern. Dann drehte er sich auf die Seite. Elvira horchte angespannt. Sie hatte also nicht alles geträumt. Jemand machte sich mitten in der Nacht in ihrem Haus zu schaffen.

Kurz überlegte sie, ob sie Hans wecken sollte. Aber sie hatte Angst, sich zu blamieren. Schließlich hatte er ihr gerade erst vorgehalten, sie mache sich zu viele Sorgen. Und jetzt hörte sie womöglich auch noch Gespenster. Wahrscheinlich war es nur wieder ein Fensterladen.

Elvira schlüpfte in ihre Gesundheitsschuhe und holte eine Strickjacke aus dem Kleiderschrank. Geräuschlos schloss sie die Schlafzimmertür hinter sich. Im dunklen Flur blieb sie stehen und lauschte. Es war still im Haus. Nur draußen fauchte der Wind. Vor der Tür schlummerte Ludwig auf seiner Decke, sie hörte sein tiefes Schnaufen. Kein Fremder war ins Haus eingedrungen, so viel stand fest.

Da bemerkte sie den hellen Lichtschein unter der Küchentür. Sie atmete tief ein und sammelte all ihren Mut, dann drückte sie die Klinke.

Drinnen bot sich ihr ein Bild der Verwüstung. Die Küchenlampe warf ihr gnadenlos grelles Licht auf das entsetzliche Chaos. Auf dem Tisch, auf der Anrichte, auf dem Boden – überall standen Stapel aus Tellern, Tassen, Gläsern, Schüsseln und Töpfen. Die Türen der Schränke waren aufgerissen, in ihren dunklen Bäuchen herrschte gähnende Leere. Selbst das Ofenrohr war aufgeklappt, und oben auf dem Herd türmten sich Bleche, zwei Bräter und der Schmortopf. Der Besteckkasten balancierte gefährlich schief auf der Spüle. Ein Milchkännchen war auf den Boden gefallen, die Porzellanscherben in der gesamten Küche verteilt.

»Grundgütiger!«, entfuhr es ihr.

Im nächsten Moment hörte sie ein Schnaufen hinter dem Küchentisch. Sie machte einen Schritt nach vorn. Hinter einem Stuhl kniete ihr barfüßiger Vater mit rundem Rücken vor der Anrichte und stierte in das ausgeräumte unterste Fach.

»Wo sind nur die Bilder?«, murmelte er.

»Vater, was treibst du da?«, fragte Elvira verstört und knöpfte ihre Strickjacke zu.

»Sie sind nicht da. Ich kann sie nirgends finden.« Wütend knallte er die Schranktür zu, der kleine Messingschlüssel fiel aus dem Schloss.

»Wovon sprichst du? Welche Bilder?« Es war nicht das erste Mal, dass er etwas verlegt hatte. Nur dass er so ungebremst danach suchte, war neu.

»Ach, was weißt du schon?« Mit Mühe wandte sich der Alte ihr zu, ohne sie wirklich wahrzunehmen. Seine glasigen Augen unter den zottigen Brauen blickten ins Nichts.

Langsam stellte er einen Fuß auf und stemmte die Hand auf den Oberschenkel, um sich mit der anderen an der Rücklehne des Stuhls hochzuziehen. Es dauerte eine ganze Weile, bis der zweite Fuß folgte und er sich aufgerichtet hatte. Er trug einen zerschlissenen Schlafanzug, unter dem sein sehniger Körper noch hagerer als sonst hervorstach. Beim Schließen des Oberteils hatte er sich verknöpft, der Zipfel der längeren Seite steckte im Hosenbund, der kürzere hing heraus. Seine grauen Haare waren zerzaust, er wirkte unsagbar ratlos.

Elviras Blick fiel auf die Küchenuhr. Es war Viertel vor eins. »Vater, weißt du, wie spät es ist? Leg dich ins Bett, du kannst doch morgen noch suchen.«

»Nur damit ihr noch mehr von meinen Dingen versteckt!« Er begann nervös hin und her zu gehen. »Wenn man bei der Bagage nicht aufpasst, dann klaut sie einem noch die Matratze unterm Arsch weg.« Mit seinen kleinen, unsicheren Schritten verfehlte er die Geschirrtürme auf dem Boden nur knapp.

Als er mit seinem nackten Fuß auf eine Scherbe trat, bekam Elvira es mit der Angst zu tun und packte ihren Vater am Oberarm. »Geh wenigstens in die Stube, bevor du dich noch verletzt.«

Er machte sich los, aber immerhin gehorchte er.

Zum Glück hatte er sich die Lebensmittelfächer und den Kühlschrank noch nicht vorgenommen. Elvira folgte ihm und wollte ihn sanft auf das Sofa drücken. Doch er wehrte sie ab.

Rastlos blickte er sich um, als könnte er hier das Gesuchte finden. »Nein«, er schüttelte den Kopf, »ich muss ins Heim.«

Elvira erschrak und sah ihm forschend ins Gesicht. »Wie kommst du denn darauf? Was willst du denn im Heim?«

Noch nie zuvor war dieses Wort gefallen, geschweige denn dass Elvira ihrem Vater jemals damit gedroht hätte. Nicht einmal auf den Gedanken wäre sie gekommen. Hier oben wurde man daheim alt, und dort starb man auch. Einen alten oder kranken Verwandten auszuquartieren galt fast als Sünde. Elvira wusste nur zu gut, wie sehr die Resi darunter litt, dass ihr kinderloser Bruder Josef seine letzten Tage in einem Pflegeheim zubringen musste. Normalerweise blieben die Alten bis zu ihrem allerletzten Atemzug dort, wo sie immer schon gelebt hatten, gepflegt von ihren Töchtern oder Schwiegertöchtern. Seit sie denken konnte, war Elvira klar, dass sie diese Pflicht einmal für ihren Vater würde übernehmen müssen.

»Vater«, flüsterte sie daher fassungslos und legte ihm eine Hand auf die Schulter, »wir lassen dich nicht im Stich. Das weißt du doch.«

Sie fragte sich, ob er heute zum ersten Mal nachts im Haus herumspukte oder ob so etwas schon häufiger vorgekommen war. Sie hatte ihn erst einmal über Schlafstörungen klagen hören, aber das war Wochen her. Vielleicht hätte sie diesen Hinweis ernster nehmen müssen, schließlich war ihr Vater niemand, der offen über persönliche Probleme sprach.

»Was für Bilder suchst du überhaupt?«

»Was?« Er sah sie mit großen Augen an, als hätte sie den Verstand verloren. Er schien sich nicht erinnern zu können. Seine Schultern sackten nach vorn, und mit einem Mal wirkte er müde und abgespannt.

»Komm, ich bring dich zurück ins Bett. Du solltest noch ein paar Stunden schlafen. Morgen wird ein langer Tag«, redete sie mit ihm wie mit einem kleinen Kind.

Der Alte nickte und trottete in seine Kammer, während Elvira ihm besorgt folgte. Der Geruch nach altem Urin stach ihr in die Nase. Schlagartig wurde ihr klar, dass nun der Zeitpunkt gekommen war, vor dem sie sich immer gefürchtet hatte.

Hans hatte ihr vorausgesagt, was ihren Vater erwartete, wenn seine Demenz fortschritt. Er hatte von innerer Unruhe und Wutausbrüchen gesprochen, von Schlafstörungen und Orientierungslosigkeit, von Misstrauen, Angstzuständen und Wahnvorstellungen. Ein Katalog furchtbarer Symptome, der Elviras Herz dazu brachte, sich schmerzhaft zu verkrampfen. Wenn sie eine Strichliste gemacht hätte, hätte sie die meisten Punkte schon jetzt mit einem Häkchen versehen müssen.

Vielleicht fiel es ihr so schwer, diese Tatsache zu akzeptieren, weil ihr Vater noch am Anfang jenes unseligen Prozesses stand, der so viele Menschen an ihrem Lebensende allmählich auflöste, ihnen ihre Persönlichkeit nahm. In der Mehrzahl der Stunden erschien ihr Vater ihr völlig klar, sein Verstand wirkte scharf wie eh und je. Doch es gab auch diese düsteren Augenblicke, die sich in letzter Zeit häuften.

Stumm ließ er sich auf sein Bett sacken. Alle Kraft schien aus ihm gewichen, als er sich auf den Rücken legte und die Decke bis unters Kinn zog.

»Schlaf gut, Vater«, sagte Elvira leise.

Er hatte die Augen schon geschlossen und antwortete nicht mehr.

Ihr Blick wanderte durch die Kammer bis zum Tisch vor dem Fenster. Das alte Buch war noch da. Ihr Vater hatte es in die linke obere Ecke an die Wand unter der Fensterbank geschoben. Elvira klemmte sich die *Legenda Aurea* unter den Arm, löschte das Licht und schloss die Tür. Ein kalter Luftzug pfiff durch den Spalt, weshalb sie fest an der Klinke ziehen musste. Der Sturm wütete noch immer und rüttelte von allen Seiten am Haus.

Genau wie ein Haus konnte auch der Mensch nur eine gewisse Zeit lang den Stürmen des Lebens trotzen. Irgendwann bröckelte der Putz ab, gingen Leitungen kaputt, fielen Ziegel vom Dach. Der Verfall war ein schleichender Vorgang, der unbemerkt einsetzte und von da an unaufhaltsam voranschritt. Wo war der Punkt, an dem das Sterben begann?

Elvira riss sich aus ihren Gedanken und schlich durch das ausgekühlte Haus zurück ins Schlafzimmer. Auch sie war schlagartig hundemüde. Das Chaos in der Küche konnte warten, morgen war auch noch ein Tag. Fröstelnd legte sie die *Legenda Aurea* in ihr Nachtkästchen und kroch mitsamt der Strickjacke unter die Decke neben ihren schlafenden Mann.

Wie viele Jahre dem Hans und ihr wohl noch blieben?, dachte sie, ehe sie einnickte.

Donnerstag

> Katherina kommt von *katha*, das heißt gänzlich, und *ruina*, Sturz, und ist also gesprochen ein gänzlicher Sturz, denn alles Gebäude des Teufels brach in ihr gänzlich zusammen. Also fiel in ihr der Bau der Hoffart durch die Demut, die sie hatte; der Bau fleischlicher Lust durch die Jungfräulichkeit, die sie bewahrte; der Bau irdischer Begier dadurch, daß sie alles Irdische verschmähte. Oder Katherina ist gesprochen *catenula*, das ist eine Kette, darum daß sie aus ihren guten Werken gleichsam eine Kette hat gestricket, daran sie bis zum Himmel mochte emporsteigen. Dieselbe Kette oder Leiter hat vier Stufen, das ist Unschuld des Tuns, Reinigkeit des Herzens, Verachtung der Eitelkeit, Wahrheit der Rede …

Elvira verlor den Faden, der Text las sich für sie wie Latein. Sie überflog ein paar wirre Seiten, auf denen die Rede war von der mutigen Katharina und einem streitlustigen Kaiser. Ihre verletzte Schläfe pochte. Sie musste Hans nachher um eine Schmerztablette bitten.

Mit brummendem Kopf saß sie in der düsteren Küche und las bei Kerzenschein in der *Legenda Aurea*. Es war fünf Uhr früh, und der Strom war ausgefallen. Hinter den Geschirrtürmen flackerten riesige Schatten an den Wänden.

Als sie aufgewacht war und ihre Nachttischlampe nicht angehen wollte, hatte sie noch geglaubt, die Birne sei durchgebrannt. Spätestens im Flur war ihr dann jedoch klar geworden, dass es im ganzen Haus keinen Strom gab. In den Schüben der Küchenanrichte hatte sie nach einer Kerze und Streichhölzern getastet. Die Taschenlampe lag unten im Keller im Sicherungskasten, am Fuß der steilen Steintreppe. Sie hatte die Gardine zur Seite geschoben und das Gesicht der Scheibe genähert, um in die Dunkelheit zu blicken. Es war ein Weilchen her, dass sie so viel Schnee gehabt hatten, und an einen längeren Stromausfall deswegen konnte sich Elvira überhaupt nicht erinnern. So etwas hatte es seit mindestens zwanzig Jahren nicht mehr gegeben.

Vor ihr tat sich eine Wüstenlandschaft auf. Eine riesige Düne hatte sich direkt auf das Haus zugewälzt. Mannshohe Schneeverwehungen türmten sich im Hof auf, hatten sich an die Scheunenwand gelehnt und um die Obstbäume geschlungen. Selbst auf dem Fensterbrett erhob sich eine schiefe Mauer aus Schnee. Hier und dort blies der Wind kraftvoll in die weißen Hügel und wirbelte den feinen Schnee auf wie staubigen Sand. Der Sturm, der gestern Abend getobt hatte, war abgeflaut, aber das, was er über Nacht zustande gebracht hatte, war gewaltig.

Elvira ließ sich auf einen Stuhl plumpsen. Eigentlich hätte sie jetzt zu den Kühen gemusst, doch ohne elektrisches Licht war es noch viel zu dunkel im Stall, und die Kerze mitzunehmen wäre bei dem ganzen Stroh und Heu viel zu gefährlich. Also mussten die Tiere warten. Der Milchsammelwagen würde es ohnehin nicht pünktlich den Berg herauf schaffen. Es war fraglich, ob er überhaupt kam.

Ein dünnes Rinnsal auf dem Boden erregte Elviras Aufmerksamkeit. Langsam kroch es in einer Dielenritze auf sie zu. Sie verfolgte es zurück, öffnete die Kühlschranktür und sah überall Tropfen und Pfützen. Das Eisfach war abgetaut. Demnach war es bereits seit einer ganzen Weile nicht mehr in Betrieb. Sie überlegte, wann sie ihren Vater in der Küche angetroffen hatte. Kurz vor eins war das gewesen. Theoretisch konnte der Strom also schon vor vier Stunden ausgefallen sein.

Sie holte einen Lappen aus der Waschküche und breitete ihn vor dem Kühlschrank aus. Wohin nur mit den Lebensmitteln? Die meisten Sachen könnte sie in die Waschküche stellen, wo es immer recht frisch war, das Essen aus dem Eisfach lagerte sie am besten draußen, vielleicht in der Scheune.

Danach machte sie sich daran, das Geschirr zu verräumen, das ihr Vater in der Nacht aus den Schränken gezerrt hatte. Vom vielen Bücken und Aufrichten taten ihr bald der Rücken und die Knie weh, von dem Hämmern in ihrem Kopf ganz abgesehen. Außerdem wollte ihr Kreislauf noch nicht so richtig. Ein Kaffee hätte ihr jetzt sicher gutgetan.

Früher hatten sie einen Holzherd in der Küche gehabt, aber das war schon lange her. Den hätte Elvira jetzt anfeuern und darauf Wasser kochen können. Der alte, schwere Ofen, der mittlerweile wahrscheinlich als Antiquität durchging, rostete irgendwo in der Scheune vor sich hin. Normalerweise dachte Elvira nicht wehmütig an alte Zeiten zurück, doch die des Fortschritts beraubte Gegenwart zwang sie zur Untätigkeit. Was konnte sie schon tun, ohne Licht, ohne Strom?

Sie ging in den Flur und stellte die Kerze auf dem Boden vor dem Schlafzimmer ab, bevor sie hineinschlich und aus ihrem Nachtkästchen das schwere, alte Buch holte, das sie letzte Nacht ihrem Vater entwendet hatte. Hans schlief lautlos unter der dicken Daunendecke, die ihn fast komplett verbarg. Nur einmal grunzte er leise. Sachte hatte Elvira die Tür hinter sich geschlossen und war zurück in die Küche gehuscht.

»Legenda Aurea des Jacobus de Voragine« stand auf der ersten Seite des dicken Bandes. Auf den Übersetzernamen auf der zweiten Seite folgte eine Fülle an Überlieferungen, die den Namen zahlreicher Heiliger zugeordnet waren. Die einzelnen Kapitel begannen mit schön gestalteten Initialen. Elvira hatte eine ganze Weile blättern müssen, bis sie fand, wonach sie suchte. »Von Sanct Katharina« lautete die Überschrift. Ganz nah hatte sie die Kerze an das Buch rücken und sich dicht darüberbeugen müssen, um die alte Schrift entziffern zu können.

Jetzt allerdings, nachdem sie die wirre Einleitung gelesen hatte, war sie kurz davor, den Band zuzuschlagen. Die Herleitung des Namens Katharina erschien ihr reichlich seltsam, und die holprige Übersetzung strengte sie an. Ihr Interesse an der Heiligen verflog. Sie hatte schon den Buchdeckel in der Hand, als sie an einer Stelle hängen blieb, an welcher der zornige Kaiser darauf sann, die ungehorsame Katharina zu bestrafen.

> Da gab ein Richter dem wütenden König den Rat, daß er sollte in dreien Tagen vier Räder lassen machen, die mit eisernen Sägen und spitzen Nägeln wären gesäumet; die schwere Pein sollte ihren Leib zerschneiden, auf daß die übrigen Christen von der Bitterkeit eines solchen Todes würden erschreckt. Es ward geboten, daß der Räder zwei nach einer Richtung würden bewegt, zwei aber nach der andern, also daß die einen nach unten führen und die anderen ihnen entgegen nach oben, und die Jungfrau also von ihnen zerrissen würde.

Das Rad! Elvira konnte kaum glauben, was sie da las, obwohl sie es gestern bereits auf dem Gemälde in der Kirche gesehen hatte. Die Heilige war gerädert worden! Ihr Peiniger hatte eine der grausamsten Tötungsarten für sie gewählt. Und genauso war es dieser Tage dem alten Peter ergangen. Nur war Gott diesmal nicht eingeschritten und hatte auch nicht verhindert, dass ihr Nachbar an der unmenschlichen Folter gestorben war. Bei Katharina hatte der Herr dafür gesorgt, dass das Wagenrad zersplitterte. Aber was war dann mit ihr geschehen?

Die Antwort fand Elvira einige Zeilen weiter unten, wo der Kaiser zu Katharina sprach.

> »Heute noch sollst du den Göttern opfern oder dein Haupt verlieren.« Sie antwortete: »Vollbring deinen Willen an mir, denn siehe, ich bin bereit zu aller Marter.« Also ward ein Urteil über sie gegeben, daß sie enthauptet würde. Darnach schlug man ihr das Haupt ab. Da floß von ihrem Leibe Milch für Blut.

Elvira war völlig aufgewühlt. Das Schwert in der Hand der Heiligen. Die abgetrennten Köpfe der Schwestern im Stall … Die Bilder kreisten unaufhörlich in ihrem Kopf. Die Verbindung zwischen ihnen war offensichtlich. Aber noch etwas anderes entsetzte sie zutiefst. So sehr, dass sie, ohne es zu bemerken, von ihrem Stuhl aufgestanden war. Nur noch ihre Hände ruhten auf dem Tisch. Es war der letzte Satz. Sie schloss die Augen, doch noch immer hörten die Buchstaben nicht auf zu tanzen. »Da floß von ihrem Leibe Milch für Blut.« Längst hatte sie den Zusammenhang erkannt. Die verschüttete Milch im Stall! Entsetzt sank sie zurück auf den Stuhl. Eine unerträgliche Hitze durchströmte ihren Körper. Drängte hämmernd in Elviras ohnehin schon schmerzenden Kopf.

Es hatte ausgesehen, als wäre die Milch zusammen mit dem Blut aus den toten Körpern geflossen. Dieser Eindruck, so verstand Elvira nun, war keinem seltsamen Zufall geschuldet. Der Mörder hatte das Blut der beiden Frauen absichtlich mit der Milch vermengt. Nur was bezweckte er mit dieser schaurigen Inszenierung?

Mit bebenden Händen strich Elvira über das alte Buch. Fahrig blätterte sie immer wieder vor und zurück. Dabei fiel ihr Blick auf ein paar Flecken am unteren Seitenrand. Mehrfach schlug sie das Buch an anderer Stelle auf, wo die Seiten deutlich weniger schmutzig waren. Kein Kapitel war so abgegriffen wie das der heiligen Katharina. Auf der ersten Seite der Legende entdeckte sie zudem einen Knick in der oberen rechten Ecke. Ein aufgeklapptes Eselsohr.

Sollte sie ihren Vater zur Rede stellen? Ihn fragen, warum er ausgerechnet diese Legende so oft gelesen hatte? Hatte auch er womöglich einen Zusammenhang zwischen dem Martyrium der heiligen Katharina und den Morden hergestellt? Aber wie hätte er darauf kommen sollen? Über die Einzelheiten der Todesumstände wusste außer ihr nur die Polizei Bescheid – und der Pfarrer.

Außerdem schien es ihr keine gute Idee, den verwirrten Alten nach den Vorkommnissen der letzten Nacht mit ihren Fragen zu beunruhigen. Falls sie ihn wirklich darauf ansprechen wollte, müsste sie einen günstigen Moment abpassen.

Sie erhob sich und stand einen Moment unschlüssig herum. Dann beschloss sie, das Buch vorerst in ihrem Nachtkästchen zu verwahren, bevor sie es später zurück in die Kammer ihres Vaters bringen würde. Sie schlich noch einmal ins Schlafzimmer, wo sich Hans in der Zwischenzeit keinen Zentimeter gerührt zu haben schien.

Zurück im Flur merkte sie, dass es ungemütlich kalt war. Zwar trug sie noch immer die Kleidung von gestern und darüber die Strickjacke, doch die Kälte kroch ihr bis unter die Haut. Es war ein ungutes Gefühl, im eigenen Haus fast bis auf die Knochen zu frieren.

Die Heizung hätte längst anspringen müssen, irgendetwas stimmte da nicht. Matthias musste aufstehen und nach dem Rechten sehen. In technischen Belangen kannte er sich am besten aus.

Sie nahm die Untertasse mit der brennenden Kerze darauf und ging die Treppe hinauf. Das Klopfen sparte sie sich diesmal.

»Matthias … Matthias … wach auf«, zischte sie.

Er rollte sich unter der Decke herum und öffnete mit Mühe die Augen. »Was ist passiert?«, fragte er und sah sie an, als wäre sie ein Gespenst.

»Der Strom ist ausgefallen, und die Heizung geht nicht. Es wäre gut, wenn du mal im Keller nachschauen könntest.«

Schlaftrunken schob sich Matthias in T-Shirt und Unterhose aus dem Bett. Er zog eine Hose an und schlüpfte in seine Hausschuhe. »Wo ist die Taschenlampe?«, fragte er.

»Unten im Keller, im Sicherungskasten. Zieh dir lieber noch was über«, riet ihm Elvira. »Es ist eiskalt.«

Matthias zerrte einen Pullover von seinem Schreibtischstuhl.

Elviras Blick fiel auf das Gewehr, das neben dem Bett an die Wand gelehnt war. »Was hat das denn hier noch verloren?«, fragte sie.

»Das hat dir gestern immerhin das Leben gerettet.« Mit zusammengekniffenen Augen stierte er auf den eingetrockneten Blutfleck auf Elviras Rocksaum. »Hätt' ich es nicht gleich zur Hand gehabt, als ich dich im Hof schreien gehört hab, hätte der Keiler vielleicht nicht so schnell von dir abgelassen.«

»Das weiß ich ja«, lenkte Elvira ein. »Und ich bin dir auch

sehr dankbar. Aber warum hast du das Gewehr überhaupt aus dem Schützenverein mitgebracht?«

»Meinst du vielleicht, ich sitze hier rum und warte, bis dieser Irre herkommt und uns alle abschlachtet? Der größte Fehler der anderen war, dass sie nicht vorbereitet waren.« Seine Wut war noch lange nicht verraucht.

»Kannst du es nicht wenigstens in die Scheune räumen?«, schlug Elvira etwas vorsichtiger vor. Das Gewehr im Haus zu wissen gab ihr kein Gefühl von Sicherheit, im Gegenteil, sie empfand es eher als Bedrohung. Früher hatte sie selbst ein paarmal geschossen. Da ihrem Vater der Stammhalter verwehrt geblieben war, hatte er Elvira als junges Mädchen manchmal mit in den Schützenverein genommen. Sie hatte sich gar nicht so dumm angestellt, allerdings recht bald die Lust an der Sache verloren. Vielleicht auch, weil sie dem leutseligen Vereinsleben nichts abgewinnen konnte.

»In die Scheune?«, fragte Matthias empört und holte tief Luft, um zu einer Erwiderung anzusetzen.

»Schon gut, schon gut«, wiegelte Elvira ab, bevor sich ihr Sohn noch mehr hineinsteigern konnte. »Ich habe bloß Angst, dass die Polizei es entdeckt.«

»Na und? Ich habe schließlich das Recht, mich zu verteidigen. Oder glaubst du, die Herren aus der Stadt sind zur Stelle, wenn der Schlächter hier auftaucht? Siehst du da draußen irgendwo einen Streifenwagen?«

»Nein, da ist niemand, der uns beschützen könnte. Aber es wird auch so schnell niemand kommen, weder mit guten noch mit unguten Absichten.« Elvira war selbst überrascht über ihre Gelassenheit. Wahrscheinlich war die Kälte daran schuld. Oder der fehlende Kaffee. Sie musste unbedingt etwas gegen ihr Kopfweh unternehmen. Im Moment waren die kleinen Probleme einfach drängender als die großen. Selbst die Angst schrumpfte, wenn der Körper fror und schmerzte. »Wir werden froh sein müssen, wenn demnächst überhaupt irgendwer bei uns vorbeischaut«, sagte sie und deutete mit dem Kopf Richtung Fenster.

»Wie meinst du das?«, fragte Matthias und verstummte, als er eine Ahnung von dem bekam, was der noch dunkle Tag für sie bereithielt. Wie Elvira zuvor in der Küche starrte er andächtig auf eine lückenlos verhüllte Welt ohne Ecken und Kanten, ohne Gräben und Löcher. »Wahnsinn«, murmelte er.

Im Keller überprüfte er erst sämtliche Sicherungen und sah dann nach der Heizanlage, während Elvira oben an der Treppe wartete. Es dauerte nicht lange, bis er zurück war.

»Die Zündung und die Steuerung sind ausgefallen. Ohne Strom geht eben gar nichts.«

»Heißt das etwa, dass wir heute den ganzen Tag nicht heizen können?«, fragte sie entsetzt.

»Genau so ist es. Und warmes Wasser haben wir auch keins.«

Daran hatte Elvira noch gar nicht gedacht. Sie eilte in die Küche und drehte den Warmwasserhahn auf. Natürlich hatte Matthias recht, das erhoffte Wunder blieb aus. Aus der Leitung strömte eiskaltes Wasser.

»Immerhin haben wir noch den Kachelofen in der Stube«, meinte ihr Sohn hinter ihr.

»Ja, Gott sei Dank. Wir sollten gleich einheizen, bevor es unerträglich kalt wird.« Sie wollte ihn schon zum Holzholen rausschicken, als ihr einfiel, dass er gar nicht zum Schuppen gelangen würde. »Oje, vorher müssen wir uns wohl erst den Weg freigraben.«

»Dabei wird uns wenigstens warm«, meinte Matthias und ging raus zur Garderobe.

Ein aufforderndes Muhen drang vom Stall herüber. Ein bisschen würden sich die Kühe leider noch gedulden müssen, dachte Elvira. Bis die Sonne aufging, würde es noch ein Stündchen dauern. Wobei nicht sicher war, ob die Sonnenstrahlen die Wolkendecke an diesem Tag überhaupt durchdringen würden. Aber ein wenig Dämmerlicht wäre beim Melken auch schon hilfreich.

»Ich komme gleich nach und helf dir«, sagte Elvira und lief mit ihrer Kerze ins Schlafzimmer, um sich endlich umzuziehen. Leise nahm sie sich ein paar frische Sachen aus dem Schrank.

»Was ist denn los?«, fragte Hans und setzte sich verschlafen im Bett auf. »Schon in aller Herrgottsfrüh hat's überall geklappert und gescheppert. Und was willst du mit der Kerze?«

»Der Strom ist ausgefallen und die Heizung gleich mit. Über Nacht sind bestimmt anderthalb Meter Schnee gefallen.«

Vom Hof hörte man ein lautes Schaben.

»Ist der Matthias schon draußen und schippt?«, wollte Hans wissen.

»Er versucht's zumindest«, meinte Elvira und wollte zum Bad. »Ach«, sagte sie an der Tür, »hättest du noch eine Schmerztablette für mich? Mein Schädel brummt immer noch gehörig.«

»Freilich, ich bring dir gleich eine. Wie geht's dir überhaupt?« Besorgt sah er sie an.

»Bis auf die Kopfschmerzen gut. Aber ins Krankenhaus kann ich jetzt ja eh nicht mehr«, scherzte Elvira und ging hinaus.

Sie hasste es, sich mit kaltem Wasser zu waschen. Daher spritzte sie sich nur ein paar Tropfen ins Gesicht, putzte sich die Zähne und zog sich um. Genauso sehr hasste sie allerdings auch das Gefühl, ungewaschen in frische Kleider zu schlüpfen. Aber damit würde sie wohl heute leben müssen.

Als sie aus dem Bad kam, stand Hans schon angezogen und mit einer Tablette sowie einem Glas Wasser in der Hand vor ihr. Sie schrak zusammen, da sie ihn in der Finsternis nicht gleich gesehen hatte.

»Die hier sollte deine Schmerzen in spätestens zwanzig Minuten vertrieben haben. Falls nicht, nimmst du einfach noch eine. Ich leg dir die Schachtel aufs Nachtkästchen. Um den Verband kümmere ich mich nachher.« Er reichte ihr die Medizin. »So, dann will ich mal dem Matthias helfen.«

»Ich komme mit«, sagte Elvira und schluckte hastig die Tablette.

»Unsinn!«, schimpfte Hans. »Mit deinem Kopf bleibst du schön hier und legst dich wieder hin. Die Bettruhe ist noch nicht aufgehoben.«

Sie tat, wie befohlen, doch nach einer Viertelstunde hielt sie es nicht mehr aus. Zum einen ging es ihr dank der Tablette schon besser, zum anderen riefen die Kühe immer ungeduldiger nach ihr.

Sie trat hinaus in eine neue Welt, fast geblendet vom Strahlen des Schnees. Die ausklingende Nacht hatte die Schneelandschaft mit einem Blau übergossen, das zu phosphoreszieren schien. Ein frischer Wind blies ihr Schneeflocken ins Gesicht, aber er hatte nicht mehr die wilde Kraft der letzten Stunden.

Matthias hatte bereits eine breite Schneise in den Schnee gegraben. Elvira fehlten die Worte, als sie die Hügel sah, die er rechts und links von sich aufgeschüttet hatte. Sie gingen ihm bis zur Schulter, teilweise sogar darüber hinaus. Hinter ihm lief Ludwig auf und ab und schnüffelte die Schneeberge entlang, als traute er ihnen nicht.

Matthias war völlig in die Arbeit vertieft und stöhnte jedes Mal laut auf, wenn er die nächste Ladung Schnee zur Seite wuchtete. Elvira musste dreimal rufen, bis er sich umdrehte.

»Wo ist denn der Hans?«, rief sie ihm zu.

»Da vorn«, keuchte Matthias und deutete mit dem Kopf in Richtung Scheune.

Erst jetzt bemerkte Elvira ihren Mann, der sich gerade zur Scheune vorankämpfte und kaum vorwärtszukommen schien. Bei jedem neuen Schritt zog ihn der weiche Schnee erbarmungslos nach unten, als würde er durch Treibsand waten.

»Was macht er da? Das bringt doch nichts.« Elvira schüttelte den Kopf.

»Na ja«, meinte Matthias nur, »der zweite Schneeschieber steht in der Scheune. Das Streugut auch. Nicht gerade günstig heute.«

Hans stand inzwischen vor der Scheune, doch bevor er das Schiebetor öffnen konnte, musste er es mit den Händen freischaufeln. Mit aller Kraft stemmte er sich gegen das Tor, das schließlich einen Spaltbreit nachgab. Kurz darauf kam er mit einem Schneeschieber aus der Scheune, den er freudestrahlend über den Kopf hielt.

»Respekt, Vater!« Matthias klatschte dumpfen Beifall mit den behandschuhten Händen. »Jetzt musst du es mit dem Trumm bloß noch vor Einbruch der Nacht zu uns zurück schaffen«, lachte er und schüttelte die Arme aus, um sie zu lockern.

Ein warmes Gefühl stieg in Elvira auf. Nur selten sah man Vater und Sohn so gelöst und einträchtig beisammen. »Dann werd ich euch mal machen lassen«, sagte sie und ging durchs Haus in den Stall.

Drinnen war es noch immer stockfinster, aber wenigstens hatte sie jetzt eine Taschenlampe. Matthias hatte sie aus dem Keller mit raufgebracht und seiner Mutter zum Melken überlassen. Elvira legte sie so ins Stroh, dass sie einigermaßen sehen konnte. Danach säuberte sie das Euter der dicken Gerda und begann mit der Arbeit. Die Kopfschmerzen waren verflogen, trotzdem fühlte sie sich anders als sonst. Wie in Watte gepackt. Die Gedanken strömten viel langsamer durch ihren Kopf, es war, als trieben sie auf der Oberfläche eines trägen, breiten Flusses dahin. Das Gefühl war nicht unangenehm.

Als sie die Milch durch das Sieb in den Tank kippte, kam ihr, dass dies völlig sinnlos war. Ohne Strom funktionierte auch die Kühlung nicht, was bedeutete, dass Elvira die Milch im Grunde wegkippen konnte. Der Molkereifahrer durfte ihnen die ungekühlte Milch gar nicht abnehmen, so waren die Hygienevorschriften.

In der Küche traf sie auf Matthias, der einen großen Korb Holz hereingeschafft hatte.

»Wunderbar«, sagte sie. »Ich werd gleich in der Stube einheizen und dann Frühstück machen.«

»Ist gut«, meinte Matthias, »aber lass dir ruhig Zeit. Wir wollen noch die Einfahrt freischaufeln, damit wir irgendwann wieder vor zur Straße kommen. Besser jetzt als später, wenn womöglich noch mehr Schnee gefallen ist.«

… sind über Nacht bis zu anderthalb Meter Schnee gefallen. Zahlreiche Hilfskräfte waren im Einsatz, um Menschen in liegen gebliebenen Fahrzeugen zu versorgen. Doch aufgrund der gewaltigen Schneemengen waren die Räumdienste vielerorts gezwungen, ihre Arbeit einzustellen, um sich nicht selbst in Gefahr zu bringen. Unter dem Gewicht der Schneemassen sind Bäume umgeknickt und auf die Straßen gestürzt, Strommasten wurden beschädigt, und Hochspannungsleitungen sind gerissen. Etliche Ortschaften in den höheren Lagen sind noch immer von der Außenwelt abgeschnitten. Für einige Gebiete wurde Katastrophenalarm ausgelöst. Außerdem besteht höchste Lawinengefahr. Ein Skifahrer wird vermisst …

»Donnerwetter!«, entfuhr es Joachim Lindner. »Katastrophenalarm – das heißt, die Hilfskräfte sind nicht mehr Herr der Lage. Da muss erst Unterstützung anrücken, bevor uns hier jemand ausgraben kommt.«

Er stand neben Hans, Matthias und Elvira in der Kammer des Alten. Obwohl es hier drinnen eiskalt war, war die Luft stickig und abgestanden wie in einem klammen Kellerraum. Die vier umringten den Greis, der vor ihnen am Tisch saß, die Hand noch immer am Drehknopf seines Radios.

Vor ein paar Minuten hatte er alle in Erstaunen versetzt, als er einen Satz Batterien aus seinem Nachtkästchen geholt hatte. »Auch ein kurzsichtiger Alter besitzt hin und wieder ein bisschen Weitsicht«, hatte er gemeint und die Aufmerksamkeit genossen, während er das laute Rauschen durchsuchte, bis er schließlich auf einem Regionalsender die Nachrichten um neun Uhr dreißig hereinbekam.

Er schien zu spüren, dass die anderen ihn oft nicht mehr für voll nahmen, dachte Elvira. Diese Erkenntnis, die ihm vermutlich in seinen lichten Momenten kam, musste schmerzhaft für ihn sein.

Der Nachrichtensprecher berichtete unterdessen von Wahlen, Unruhen und einem Bürgerkrieg in einem fernen Land. Dann horchten alle auf, als der Name der Stadt unten im Tal fiel und von einem Verbrechen die Rede war, bei dessen Aufklärung die Polizei um Mithilfe bat. Im Pflegeheim Sankt Nikolaus sei am Vortag ein brutaler Mord an einem Einundsiebzigjährigen begangen worden. Pflegerinnen hätten den Patienten am Nachmittag mit schwersten Verletzungen in seinem Bett vorgefunden. Sämtliche Wiederbelebungsmaßnahmen seien erfolglos geblieben. Die Polizei suche nun nach Zeugen, die während der Mittagszeit eine oder mehrere unbekannte Personen bemerkt hätten, die sich Zutritt zu dem Heim verschafft hatten. Der Nachrichtensprecher nannte eine Telefonnummer, unter der man die Ermittler kontaktieren konnte, und übergab an die Kollegin mit der Wettervorhersage.

»Tja, das Böse regiert überall«, stellte Elviras Vater nüchtern fest. »Nicht nur hier oben bei uns.«

»Meinen Sie denn nicht, dass der Mord in der Stadt etwas mit den Verbrechen bei Ihnen zu tun haben könnte?«, fragte Joachim Lindner aufgeregt.

Matthias grinste. »Ganz bestimmt. Der Mörder schafft es wegen dem vielen Schnee nicht mehr bis zu uns rauf und macht darum jetzt unten im Tal weiter.«

»Gestern Mittag lag noch nicht so viel Schnee«, korrigierte Hans seinen Sohn.

»Vielleicht ist es eine Bande, die in der ganzen Gegend Menschen über sechzig aus dem Verkehr ziehen will …«

»Matthias!« Elvira verstand nicht, was in den Jungen gefahren war. »Das ist nicht lustig, sondern geschmacklos.«

»Wobei, wenn man den Gedanken Ihres Sohns einmal weiterspinnt …« Joachim Lindner hatte offenbar einen Sinn für schwarzen Humor. »Nicht dass am Ende gar die Regierung dahintersteckt. Schließlich gibt es immer mehr Alte in diesem Land, Vater Staat würde also in jedem Fall ordentlich profitieren.« Er lachte trocken auf.

»Vater Staat vielleicht schon, nur mein Vater nicht«, gab Matthias mit einem spöttischen Seitenblick auf Hans zurück. »Dem würde die zahlende Kundschaft für sein Altenheim wegbrechen.«

»Immerhin gibt es Menschen, die mich für das, was ich tue, bezahlen wollen. Das kann wahrlich nicht jeder in dieser Runde von sich behaupten«, reagierte Hans gelassen auf die Anfeindungen seines Sohns. Es war ihm ein Dorn im Auge, dass Matthias keinen angesehenen Beruf erlernt hatte, wie Elvira wusste.

»Die Frage ist nur, wann dich jemals wer bezahlen wird«, mischte sich nun auch noch der Alte ein. »Momentan zahlst doch immer nur du, und das nicht zu knapp. Selbst wenn mir noch ein paar Tage auf unserer schönen Erde vergönnt sein sollten«, sein Profil wirkte hart und unnahbar, »werde ich wohl nicht mehr miterleben, dass du an der Ruine was verdienst.«

Die Harmonie, die Elvira an diesem Morgen verspürt hatte, war verflogen. Die alten Fronten, die der Schnee kurz zugedeckt hatte, waren wieder sichtbar, nachdem sich alle mit viel Mühe darangemacht hatten, sie freizuschaufeln.

Doch Elvira kam nicht dazu, diesen Zustand zu bedauern. In ihr arbeitete es. Durch ihren Kopf spukten noch immer die Sätze des Nachrichtensprechers und besonders ein Name. Der Mord an dem alten Mann hatte sich im Pflegeheim Sankt Nikolaus ereignet. Elvira kannte das Heim, dort war Resis Bruder Josef seit seinem Schlaganfall untergebracht. Zusammen hatten Resi und sie den armen Tropf, der im Rollstuhl saß und kaum noch sprechen konnte, einmal zum Kaffee besucht. Es war furchtbar gewesen, mit anschauen zu müssen, wie er mit seiner verkrümmten, zittrigen Hand versucht hatte, den Kuchen auf die Gabel zu laden, um sie sich dann umständlich in den schiefen Mund zu schieben.

Das Blut pochte in ihren Schläfen, als sie überlegte, dass Joachim Lindner recht haben konnte mit seiner Vermutung, dass ein Zusammenhang zwischen den Verbrechen in ihrer Nachbarschaft und dem Mord in der Stadt bestand. Aber sie scheute sich davor, den Gedanken auszusprechen. Wahrscheinlich hatte sie Angst, dass ihre Befürchtung, einmal in Worte gefasst, zur unumstößlichen Gewissheit wurde.

»Nachdem wir nun also von offizieller Stelle bestätigt bekommen haben, dass wir von der Außenwelt abgeschnitten sind, sollten wir eventuell einige praktische Vorkehrungen treffen«, durchbrach Joachim Lindner das feindselige Schweigen. Sicher war es für ihn als Außenstehenden unangenehm, in derart festgefahrene Familienstreitigkeiten zu geraten. »Wir sollten in jedem Fall den Weg zum Schuppen und die Zufahrt zur Straße freihalten. Für Wärme im Haus ist ja inzwischen einigermaßen gesorgt, und Holz gibt es zum Glück reichlich, wenn ich das richtig verstanden habe?«

Die Reaktion der Männer auf Lindners etwas pathetische Ansprache war ein schlichtes Nicken.

»Dann bleibt nur noch das Thema Essen. Vielleicht sollten wir die Lebensmittel rationieren. Wer weiß, wann wir wieder ins Dorf zum Einkaufen kommen?«

Damit sprach er einen Gedanken aus, der Elvira auch schon beschäftigt hatte. Natürlich waren einige Vorräte im Haus, aber die frischen Lebensmittel gingen allmählich zur Neige. Vor allem weil heute Donnerstag war, der Tag, an dem sie normalerweise mit Matthias zum Großeinkauf fuhr.

»Gewiss, jeder Esser mehr bedeutet am Ende weniger für alle«, erwiderte ihr Vater und schaute zu dem Gast auf.

Elvira erschrak und blickte betreten zu Boden.

»Wir brauchen ja nicht gleich den Teufel an die Wand zu malen«, versuchte Hans die Situation zu retten. »Ich kann mir nicht vorstellen, dass wir noch lange ohne Strom sind. Die setzen doch alles daran, die Versorgung so schnell wie möglich wiederherzustellen.«

»Dein Wort in Gottes Ohr«, höhnte der Alte, »aber den Teufel lass gefälligst aus dem Spiel!« Er hob mahnend den Zeigefinger, während seine Augen blitzten. »Der ist grad anderweitig beschäftigt.«

Joachim Lindner ignorierte die Feindseligkeiten des Greises geflissentlich. Beinah fröhlich gab er zu bedenken: »So ein Stromausfall hat ja auch sein Gutes. Man lernt viele Dinge neu schätzen, wird sich erst bewusst, in welchem Luxus man lebt. Die zahllosen Annehmlichkeiten, über die wir gar nicht mehr nachdenken, bekommen einen ganz neuen Stellenwert: Licht, Wärme, Essen und Trinken, Information, Unterhaltung – alles immer und überall, rund um die Uhr und im Überfluss.« Er suchte in der Runde nach Zustimmung, und als sein Blick auf die zusammengezogenen Brauen von Matthias fiel, fügte er eilig hinzu: »Hier oben ist das vielleicht nicht ganz so extrem wie bei uns in der Stadt. Trotzdem bietet einem so ein unvorhergesehenes Ereignis die Möglichkeit, sich auf das Wesentliche zu besinnen. Irgendwie hat es ja auch was Romantisches: Kerzen statt Halogen. Eine einfache Brotzeit statt eines Gourmetmenüs …« Er bemerkte das Fettnäpfchen und entschuldigte sich umgehend bei Elvira. »Bitte verstehen Sie mich nicht falsch, Ihr Frühstück vorhin war auch ohne Kaffee hervorragend, ich danke nochmals für die Einladung. Ich wollte nur sagen, dass das Leben sozusagen entschleunigt wird.«

Der Gesichtsausdruck von Matthias hatte sich immer noch nicht verändert, im Gegenteil. Er sah aus, als würde er trotz größter Bemühungen kein einziges Wort verstehen.

Elvira fand, dass er oft noch wie das bockige Kind von früher wirkte. Sobald Fremde anwesend waren, beteiligte er sich kaum an den Gesprächen und beschränkte sich darauf, finster dreinzublicken. Die generelle Scheu vor den Menschen hatte er wahrscheinlich von ihr geerbt, aber in seinem Alter, dachte Elvira, hätte er sich ruhig ein bisschen zusammenreißen können.

»Womöglich entdeckt man sogar völlig neue Fähigkeiten an sich selbst.« Joachim Lindner gab nicht auf. »Man muss zum Beispiel Holz hacken lernen – was Sie alle im Gegensatz zu mir natürlich wie aus dem Effeff beherrschen. Man macht ein Feuer, schmilzt den Schnee und hat etwas zu trinken. Und wenn es hart auf hart kommt, muss man in der Lage sein, wilde Tiere eigenhändig zu töten.« Inzwischen wirkte er fast ein wenig aufgekratzt. Den Stromausfall schien er als großes Abenteuer zu betrachten.

Elvira fragte sich, wo er gestern Abend gewesen war, als Matthias den Keiler auf dem Hof erlegt hatte. Die Gewehrschüsse konnte er unmöglich überhört haben. Den ganzen Abend hatten sie ihn weder gesehen noch gehört. Vorhin, als er in die Küche gekommen war, hatte er sich lediglich mit einem besorgten Blick auf ihren Verband erkundigt, wie sie sich die Verletzung zugezogen habe. Ausweichend hatte Elvira geantwortet, sie sei ausgerutscht und gestürzt, als sie den Müll wegbringen wollte. Über den Keiler hatte sie kein Wort verloren. Joachim Lindner hatte mitfühlend genickt und ihr geraten, sich zu schonen. Ob er mitbekommen hatte, dass sie vor ihrem Sturz die Mülltonnen inspiziert hatte?

»Natürlich ist das Jagen nicht jedermanns Sache«, hörte Elvira ihn weiterreden. »Man muss ein anderes Lebewesen töten, damit man selbst weiterleben kann. Eine brutale und blutige Angelegenheit. Aber nur so kann man sich selbst retten … und verhindern, dass die Gemeinschaft sich selbst zerfleischt und einer den andern anfällt.« Sein Spitzbart zitterte erregt.

Bestürzt blickten ihn alle an. Eine unheimliche Spannung lag in der Luft. Was wollte er damit sagen? Oder hatte er sich nur von seinen eigenwilligen Gedanken mitreißen lassen?

»So weit wird es sicher nicht kommen«, sprach Hans beruhigend. »Sie werden sehen: In ein, zwei Stunden gehen die Lichter wieder an, und im Haus wird es warm.«

»Glauben Sie wirklich?« Joachim Lindner wirkte fast ein wenig enttäuscht. »Wie dem auch sei, bis Montag wollte ich ohnehin bleiben. Falls wir bis dahin noch immer eingeschneit sein sollten, hänge ich einfach ein paar Tage dran. Sie haben doch nichts dagegen?«, fragte er mit einem Augenzwinkern in Elviras Richtung.

»Nein, gewiss nicht. Haben Sie denn überhaupt so lange

frei?« Sie war von sich selbst überrascht, schließlich war es nicht ihre Art, den Gästen derart persönliche Fragen zu stellen. Aber der Drang, mehr über diesen Mann zu erfahren, war einfach zu groß. »Ich meine … haben Sie denn keine dringenden Verpflichtungen, beruflich oder familiär?« Zum Glück sah in dem schwachen Morgengrau niemand, dass sie rot wurde.

»Wie komisch, so etwas Ähnliches hat mich die Polizei auch gefragt.« Lindner lachte, ganz und gar nicht beleidigt. »Sie haben ja recht. Man will schließlich wissen, mit wem man unter einem Dach lebt. Besonders nach dem, was sich in den letzten Tagen hier zugetragen hat.« Sein Lachen verstummte. »Nein, auf mich wartet leider niemand. Meine Frau ist letztes Jahr gestorben, seitdem lebe ich allein. Kinder haben wir keine.«

Jetzt fühlte sich Elvira noch schlechter. »Oh, das tut mir leid …«

Joachim Lindner winkte ab. »Schon in Ordnung. Das Leben geht weiter, wie man so schön sagt.«

Elvira erschrak, als sie in den Gesichtern der anderen nicht eine Spur von Mitleid las.

»Ich arbeite als freischaffender Journalist«, fuhr Lindner fort, »daher kann ich mir meinen Tag frei einteilen.« Als er Elviras perplexen Gesichtsausdruck sah, ergänzte er: »Keine Angst, ich bin für Reisen und Kulturgeschichte zuständig, nicht für die brandheißen News. Aber ich weiß, wie die Kollegen aus den anderen Ressorts arbeiten. Daher sollte man immer aufpassen, wem man was erzählt … Selbst wenn es sich um die Polizei handelt.«

»Aha, der Herr ist also ein Schreiberling«, kommentierte Elviras Vater und beäugte den Gast noch kritischer.

»Wie meinen Sie das … man sollte der Polizei nicht alles erzählen?« Auch das Misstrauen von Matthias war geweckt.

»Nein, nein, so habe ich das gar nicht gesagt! Natürlich sollte man die Polizeiarbeit keinesfalls behindern und immer wahrheitsgemäß antworten. Aber man darf auch nicht zu vertrauensselig sein.« Lindner fühlte sich wohl in die Enge gedrängt. »Die Polizei ist nun mal nicht immer dein Freund und Helfer, sondern Teil eines riesigen Apparats, in dem es nicht selten korrupt zugeht und viele in erster Linie nach dem Motto handeln: Jeder ist sich selbst der Nächste. Da werden auch schon mal vertrauliche Informationen weitergegeben.«

Elviras Vater nickte. Es war das erste Mal, dass er einer Meinung mit dem Spitzbart schien.

»Aber wenn Ihre Befürchtungen zutreffen und wir hier Schnee kochen und Wild erlegen müssen, wird uns auch so schnell niemand unangenehme Fragen stellen«, sagte Hans, »weder die Presse noch die Polizei.« Er wirkte aufgeräumt und gut gelaunt, und Elvira war ihm dankbar, dass er immer wieder versuchte zu vermitteln. Das Letzte, was sie in dieser Situation gebrauchen konnten, waren Spannungen und Missmut.

»Zu essen haben wir jedenfalls erst einmal genug«, wechselte sie das Thema und fing an, die Vorräte aufzuzählen.

»Damit kommen wir sicher einige Tage über die Runden«, erwiderte Lindner, der fast ein wenig traurig darüber schien. »Nur was Warmes wird's halt nicht geben.« Wenigstens ein Punkt, den er auf seiner Liste der Entsagungen verbuchen konnte.

»Wenn man seinerzeit auf mich gehört hätte, stünden wir jetzt nicht vor diesem Problem«, wandte Elviras Vater mit Genugtuung ein. »Strom fließt eben nicht einfach aus der Wand.«

Sie wusste, worauf er hinauswollte. »Vater, es ist mehr als drei Jahrzehnte her, dass wir den Holzherd gegen einen Elektroherd getauscht haben«, fuhr sie ihn ungehalten an. »Seitdem war ich jeden einzelnen Tag froh, dass wir nicht mehr mit dem alten Ding kochen müssen.«

»Sie haben noch einen Holzherd in der Scheune?« Joachim Lindners Interesse war geweckt.

»Ja, mein Vater konnte sich von dem guten Stück bisher nicht trennen«, antwortete Elvira noch immer verärgert und auch ein wenig beschämt.

»Meinen Sie, der funktioniert noch?«, hakte der Gast weiter nach.

Elvira zuckte mit den Schultern.

»Was soll daran nicht mehr funktionieren?«, sagte Matthias. »Das Ding wird verrostet und verdreckt sein, aber kaputtgehen kann da nicht viel.«

»Dann können wir ihn doch wieder in Gebrauch nehmen!«

»Wie soll das gehen? Wir haben doch gar keine Vorrichtung mehr für das Ofenrohr. Wohin soll denn der Rauch abziehen?« Elvira hoffte, den Mann mit ihrem Einwand bremsen zu können.

»Dann stellen wir ihn eben dort auf, wo der Rauch niemanden stört.« So schnell gab er nicht auf.

»Sie wollen in der Scheune kochen?« Elvira war entsetzt. »Das ist doch viel zu gefährlich.«

Lindner blieb stumm. Dieses Argument schien ihn endlich überzeugt zu haben. Aber Elvira sah ihm an, dass es in seinem Kopf noch arbeitete. Am Ende würde er noch vorschlagen, draußen im Schnee zu kochen!

»Na ja, versuchen könnten wir's«, murmelte Matthias.

»Bist du denn von allen guten Geistern verlassen?«, fuhr Elvira ihn an.

»Natürlich nicht in der Scheune«, entgegnete er ruhig, »aber in der Waschküche könnt's gehen. Dort ist genug Platz, unter dem Kippfenster zum Beispiel.« Er überlegte einen Moment. »Wenn wir da das Ofenrohr rausstecken und die Öffnung abdichten, kann der Rauch raus, und es kommt keine Kälte rein.«

Hans nickte. »Warum eigentlich nicht? Könnte in der Tat klappen.«

Verwundert blickte Elvira in die Runde. Die Männer waren sich offenbar einig. Wenn es um eine warme Mahlzeit ging, war ihnen anscheinend keine Idee zu weit hergeholt und keine Mühe zu groß.

Umgehend zogen sie sich etwas über und stürmten zur Scheune. Selbst Elviras Vater schien neue Lebensgeister in sich zu spüren. Eilig versuchte er, in seine Jacke zu kommen. Elvira half ihm, als er im rechten Ärmel feststeckte, und stützte ihn, während er in seine Stiefel stieg.

Vom Küchenfenster aus verfolgte sie, wie die vier in der Scheune verschwanden und eine gute Viertelstunde später mit dem Koloss aus Gusseisen und Schamotte durch das Tor gewankt kamen.

Elvira staunte nicht schlecht über ihren Vater. Auch wenn sie glaubte, dass die jüngeren Männer ihm zuliebe ein paarmal öfter absetzten, hätte sie ihm diese Bärenkräfte nicht mehr zugetraut. Der Alte war zäh und willensstark.

Am Ende standen sie in der Waschküche, erschöpft, aber zugleich auch stolz. Über den Boden zog sich eine Spur aus Schneematsch, als sie den Herd unter das kleine Fenster rückten.

Joachim Lindner klopfte den anderen anerkennend auf die Schulter. »So, dann kann's ja losgehen. Das Mittagessen ist gerettet.«

Elvira verstand, dass diese Aufforderung ihr galt. »Vorher

muss ich den Ofen aber noch sauber machen. Wer weiß, wer außer Spinnen und Insekten darin über die Jahre ein Zuhause gefunden hat?«, scherzte sie, obwohl ihr gar nicht danach war.

Nachdem sie fast eine Stunde damit beschäftigt gewesen war, das alte Ungetüm zu putzen, brachte Matthias das Ofenrohr an und half ihr dabei, den Herd in Betrieb zu nehmen. Elvira hatte nur noch eine vage Erinnerung daran, wie er funktionierte, aber gemeinsam bekamen sie es hin. Im Bauch des Ungetüms knackte und pfiff das Holz, und zuweilen ratterte es so heftig, dass Elvira Angst bekam, der Ofen würde ihr gleich um die Ohren fliegen.

Als sie in die Küche ging, um Töpfe und Pfannen zu holen, hörte sie ein lautes Grunzen aus der Stube. Ihr Vater lag schlafend auf dem Sofa. Die mollige Wärme des brennenden Kachelofens hatte ihn wohl zu einem Nickerchen eingeladen. Sein Kopf ruhte unbequem auf der harten Armlehne, weshalb sein Gesicht selbst im Schlaf einen angespannten Ausdruck hatte. Seine Augen waren zusammengekniffen, die faltigen Mundwinkel um die geöffneten, eingefallenen Lippen zuckten. Er sah abgekämpft aus, obwohl er an diesem Morgen lange in den Federn gelegen hatte. Aber die letzte Nacht hatte ihre Spuren hinterlassen. Ob er sich überhaupt noch daran erinnerte? Elvira hatte nicht den Mut gefunden, ihn darauf anzusprechen. Bestimmt hätte er sie völlig verständnislos angeblickt. Oder es wäre ihm furchtbar peinlich gewesen.

Geräuschlos zog sie sich zurück, holte die Taschenlampe und stieg mit einem Topf und einem Schöpflöffel die Kellertreppe hinab. Auf dem Weg zu dem Steinguttopf, in dem das Sauerkraut lagerte, kam sie an dem Vorraum für die Heizungsanlage vorbei, wo heute alles still war. Kein Knacken oder Knistern drang heraus. Gleich dahinter, im ersten von vier Kellerräumen, lagerte ein Großteil der Vorräte. Mit der Taschenlampe leuchtete sie die Regalreihen entlang. Es roch modrig, der schwere Duft älterer Äpfel hing in der feuchtkalten Luft. Hier gab es wirklich noch genügend Konserven und Einweckgläser, davon könnten sie im Notfall wochenlang leben.

Elvira hörte ein seltsames Kratzen und hielt inne. Es hatte ganz nah geklungen. Sie spitzte die Ohren. Da war es schon wieder. Als schabte jemand mit einem stumpfen Gegenstand über die Kellerwand.

Die Waldhexe!, schoss es ihr durch den Kopf. Mit einem Schlag war Elvira wieder das kleine Mädchen, das sich ängstlich unter der Bettdecke verkroch.

Eilig legte sie die Taschenlampe zur Seite und schöpfte eine große Portion Sauerkraut aus dem Topf. Vor lauter Hektik klatschte Kraut zu Boden, Saft tropfte hinterher, aber Elvira kümmerte sich nicht weiter darum. Sie wollte nur zurück nach oben, so schnell es ging.

An der Tür des Vorratsraums streifte der Lichtkegel der Taschenlampe für einen Moment etwas Dünnes, Langes auf dem Boden. Elvira schrak zurück, als vor ihren Füßen etwas vorbeihuschte. Sie schrie auf und ließ den Löffel fallen. Um Himmels willen, sie hatten eine Ratte im Haus!

Sobald der Schnee geschmolzen war, musste sich jemand darum kümmern, bevor sich das Viech ins Gebälk fraß und womöglich noch vermehrte. Angeekelt klaubte Elvira den Löffel auf und stürzte die Treppe hinauf. Sie beschloss, den anderen vorerst nichts von der Ratte zu erzählen. Schließlich wollte sie ihnen nicht den Appetit verderben.

In der Hofeinfahrt war eine Bewegung auszumachen. Eine dunkle Gestalt bog von der zugeschneiten Straße auf ihr Grundstück.

Elvira stand im Flur und spähte nach draußen. Sie hatte gerade den Arzt anrufen wollen, um nach den Blutwerten ihres Vaters zu fragen, doch die Telefonleitung war tot.

Diesmal erkannte sie den Rabenmann in seinem schwarzen Mantel sofort, obwohl die breiten Gestelle an seinen Füßen eher Krallen ähnelten als den Schuhen eines Menschen.

Langsam stakste er durch die Schneise zum Haus, die die Männer in den tiefen Schnee gegraben hatten. Nach einigen Schritten hielt er an, bückte sich, um sich umständlich ein Paar alte Schneeschuhe von den Füßen zu schnallen. Er klopfte sich den Schnee von der Hose und kam direkt auf Elvira zu.

Sie ahnte, dass er Neuigkeiten brachte. Und sie ahnte, dass es keine guten Neuigkeiten waren.

»Jedes Mal kommst du mir entgegen«, schnaufte der Alte und lupfte seine Kappe, als sie ihm öffnete. »Hast wohl schon auf mich gewartet?«

Elvira lächelte ihm freundlich zu, obwohl sie das Gefühl hatte, dass eher das Gegenteil der Fall war. Immerzu tauchte der Kirchenmann unangekündigt bei ihnen auf. »Wie ist das nur möglich?«, rief sie ihm ungläubig entgegen, während sie ihn hereinwinkte. Zwar war er in jungen Jahren angeblich ein begnadeter Skifahrer gewesen, aber dass er sich mit seinen fast achtzig Jahren den steilen Berg heraufgekämpft hatte, grenzte in ihren Augen an ein Wunder. Er musste mindestens zwei Stunden durch den Tiefschnee gestapft sein.

»Da staunst du, nicht wahr?« Pfarrer Wilms hatte seine Schneeschuhe draußen an der Hauswand abgestellt und betrat den Flur. »Was Glaube, Mut und Willenskraft so alles bewirken«, scherzte er und klopfte die Baskenmütze aus, bevor er sie auf die Garderobe legte. »Nein, im Ernst: Ich bin den Südhang rauf. Aus Erfahrung weiß ich, dass dort weniger Schnee liegt.«

»Aber es besteht höchste Lawinengefahr! Im Radio haben sie gesagt, dass mindestens ein Mensch vermisst wird.«

»Mädchen, du bist doch aus der Gegend! Der Hang ist bewaldet, da ist noch nie eine Lawine abgegangen.«

Elvira konnte nur den Kopf schütteln über so viel Eigensinn und Unvernunft. Das hätte sie allerdings besser gelassen, denn so weckte sie nur den Schmerz, der noch immer hinter ihrer Schläfe döste. Sie berührte das Pflaster, das Hans vorhin, nachdem er den Verband entfernt hatte, über die Wunde geklebt hatte.

»Hast du dir was getan, Kind?« Mit zusammengekniffenen Augen starrte der Alte sie an. Schon witterte er die nächste Neuigkeit. »Du siehst aus, als hätte dir jemand übel mitgespielt. Hat dich irgendwer angegriffen?«

Elvira erzählte ihm von dem wild gewordenen Keiler, während sie ihm aus dem Mantel half.

»Der Teufel in Gestalt eines Wildschweins«, murmelte der Pfarrer. »Unser Herr scheint beschlossen zu haben, diesem Ort einige harte Prüfungen aufzuerlegen. Und ich befürchte fast, dass es nicht die letzte war.«

Mit großen Augen sah Elvira ihn an und wartete darauf, dass er sich näher erklärte.

»Was ist, willst du mich nicht in die gute Stube bitten?«, fragte er stattdessen.

Ausnahmsweise setzten sie sich um den Sofatisch im Wohnzimmer, auch wenn der Pfarrer eigentlich lieber in der Küche saß. Der Esstisch war das Zentrum des Hauses, hier wurde gegessen, hier wurden die wichtigen Entscheidungen besprochen, hier spielte sich das Leben ab. Pfarrer Wilms war gern Teil dieser trauten Einheit.

»Wir haben keinen Strom, und die Heizung ist auch ausgefallen, aber zum Glück haben wir ja noch den Kachelofen«, sagte Elvira.

Der Pfarrer nickte. »Unten im Dorf waren wir heute Nacht auch ohne Strom, allerdings nur für ein paar Stunden.«

Elvira brachte ihm ein Glas Wasser. Kaffee und ein Gläschen Hochprozentigen nehme er auch gern, aber nicht sofort, hatte er erklärt. Erst brauche er ein paar Minuten zur Erholung. Seine Gesichtshaut schimmerte rötlich vor Kälte und Anstrengung.

»Habt ihr im Radio auch von der neuerlichen blutigen Tragödie gehört?«, kam er auf den Grund seines Besuchs zu sprechen.

Elvira stockte und verneinte. Sie hätte selbst nicht sagen können, warum sie log.

»In der Stadt hat sich ein weiterer Mord ereignet, der in Verbindung mit den Verbrechen hier oben steht, mein Kind«, sagte der Pfarrer mit unheilschwangerer Stimme und setzte sich kerzengerade auf.

Elvira rutschte ein Stück zurück, weil sie Angst hatte, dass er gleich ihre Hand nehmen würde.

»In den Zeitungen steht zwar nur Josef Z., aber aus sicherer Quelle weiß ich, dass jemand den alten Zauner-Josef umgebracht hat.«

Ein entsetztes »Oh Gott!« entfuhr Elvira, auch wenn der Pfarrer nur bestätigte, was sie bereits vermutet hatte.

»Man hat ihn gestern Nachmittag tot in seinem Zimmer im Pflegeheim gefunden. Es war sofort klar, dass er keines natürlichen Todes gestorben sein kann, wie man so schön sagt.« Der Pfarrer rückte nach vorn bis zur Sesselkante und griff nun doch quer über den Sofatisch nach Elviras Hand. »Ich würde dir das alles gern ersparen, aber ich bin der Meinung, dass du Bescheid wissen musst. Du kennst die Opfer dieser Schandtaten besser als die meisten anderen und warst jedes Mal als Erste vor Ort. Gemeinsam können wir die Machenschaften dieses Teufels ergründen. Wenn wir nur lange genug nachdenken, wird Gott uns auf die richtige Fährte schicken. Mit seiner Hilfe können wir Licht ins Dunkel bringen. Die Polizei mit ihrem profanen Ermittlungs-Einmaleins wird nie zum Ursprung des Bösen vordringen. Deshalb müssen wir selbst nachdenken und selbst handeln.«

Elvira zog ihre Hand sanft unter der des Pfarrers hervor und erhob sich. »Ich mach uns erst mal einen Kaffee.« Ihr war auf einmal viel zu heiß in der Stube, und sie bekam Atemnot.

Ohne einen klaren Gedanken fassen zu können, begann sie in der Küche herumzuhantieren und hätte sich fast an dem siedenden Kaffeewasser verbrannt.

Zurück in der Stube, stellte sie dem Pfarrer zu seinem Kaffee noch einen Schnaps auf den Sofatisch. Die Tür zur Küche ließ sie weit offen, damit kühlere Luft in die Stube strömte. Diesmal nahm sie im Sessel auf der anderen Tischseite Platz, außerhalb der Reichweite des Gastes.

»Zum Wohl«, murmelte der Pfarrer, bevor er den Obstbrand in einem Zug trank. Ohne Umschweife nahm er den Faden seines Berichts wieder auf. »Bäuchlings hat er auf seinem Bett gelegen, blutüberströmt. Das Hemd war auf dem Rücken völlig zerrissen, überall hatte er tiefe Wunden.«

Sprachlos vor Entsetzen drückte sich Elvira gegen die Rückenlehne.

»Das Pflegepersonal dachte zuerst, er sei erstochen worden. Aber dann bemerkten sie die langen Striemen auf seiner Haut. Jemand hatte ihn zu Tode gepeitscht. Während der Tortur muss er einen Herzinfarkt erlitten haben, der ihn schließlich erlöst hat.«

Elvira brachte noch immer kein Wort heraus. Ihre Kehle war ausgetrocknet und wie zugeschnürt. Mit zitternder Hand führte sie die Kaffeetasse zum Mund und nahm einen viel zu heißen Schluck. Sie musste husten.

»Ich behellige dich mit diesen schauerlichen Einzelheiten, die mir übrigens von vertrauensvoller Seite zugetragen worden sind, wobei ich keine Namen nennen darf, weil sie mich nicht losgelassen haben. Sie haben so lange in mir gegärt, bis mir etwas aufgegangen ist.« Er deutete auf sein Glas, und Elvira stand mit wackeligen Knien auf, um ihm nachzuschenken. »Natürlich stand von Anfang an außer Zweifel, dass ein Zusammenhang zwischen den drei Verbrechen besteht, schließlich waren die Opfer alle miteinander verwandt. Aber dann ist mir eine weitere Verbindung in den Sinn gekommen.« Wieder stürzte er das klare Getränk in einem Zug hinunter.

»Die heilige Katharina«, brach es aus Elvira heraus.

Der Pfarrer sah sie überrascht an, und sie hätte sich am liebsten auf die Zunge gebissen. »Woher weißt du …?« Er musterte sie, als nehme er sie gerade zum ersten Mal wirklich wahr.

»Das Bild in der Kirche, hinter dem Altar«, erklärte Elvira und verschwieg vorsichtshalber ihre Nachforschungen in der *Legenda Aurea*.

Pfarrer Wilms nickte. »Sankt Kathrein oder auch Katharina von Alexandrien, Nothelferin und Beschützerin der Mädchen, Jungfrauen und Ehefrauen. Das Gemälde stammt aus dem sechzehnten Jahrhundert, von keinem Geringeren als Caravaggio.« Er lächelte kurz. »Natürlich hängt in unserem Gotteshaus nicht das Original, sondern nur eine – keinesfalls wertlose – Reproduktion aus dem vorletzten Jahrhundert. Erst am Sonntag habe ich sie aus der Sakristei geholt, um sie den Menschen zu zeigen, wenn ich in der Predigt daran erinnere, dass wir tags darauf, am fünfundzwanzigsten November, der heiligen Katharina gedenken. Sie ist uns ein Vorbild für die Standhaftigkeit im Glauben. Sie gibt uns Licht und Kraft in dunklen Zeiten.«

Ja, dunkel war es allerorten, dachte Elvira. Nicht nur das Jahresende nahte und mit ihm die Wintersonnenwende, auch die Ereignisse der jüngsten Vergangenheit wirkten wie von einer dunklen Kraft getrieben. Es fiel ihr wie Schuppen von den Augen. Vor drei Tagen war der Kathreinstag gewesen. Jener Tag, an dem die Blumen vor dem Wegkreuz gestanden hatten. Wieso hatte sie nicht eher daran gedacht?

»Wie gut kennst du ihr Martyrium?«, wollte der Pfarrer wissen.

»Sie wurde gerädert und später mit einem Schwert enthauptet. Dabei ist Milch statt Blut aus ihrem Körper geflossen«, antwortete Elvira, während sie in ihren Sessel zurücksank. Sofort erschienen wieder die unbeschreiblichen Bilder vor ihrem geistigen Auge.

Der Pfarrer nickte ungeduldig. »Als der römische Kaiser Maxentius ein Götzenopfer von unserer Katharina verlangte, weigerte sie sich und versuchte stattdessen, diesen Heiden zu bekehren. Sie wollte, dass er seinem Aberglauben abschwor.

Daraufhin lud er fünfzig seiner klügsten Philosophen ein, die Katharina widerlegen sollten. Doch ihr Glaube war so fest und unbeirrbar, dass sie die Philosophen bald überzeugte, die sich daraufhin ebenfalls zum Glauben an den einen Gott bekannten. Darüber war der Kaiser so erbost, dass er die weisen Männer verbrennen ließ. Und er befahl seinen Folterern, Katharina zu rädern und zu vierteilen.«

Er machte eine Pause, um zum ersten Mal während seiner Rede Luft zu holen, wie es Elvira schien. »Deshalb herrscht vom fünfundzwanzigsten November bis zu den Heiligen Drei Königen Tanzverbot. Alle Räder sollen stillstehen, selbst die Spinnerinnen durften früher nicht weiterarbeiten. Demzufolge darf auch nicht im Kreis getanzt werden. Das Verbot ist eine der wenigen Erinnerungen an die heilige Katharina in der heutigen Zeit.«

Elvira nickte wie eine folgsame Schülerin.

»Am Ende hat ihr jedoch nicht das Rad den Tod gebracht«, fuhr der Pfarrer mit schwerer Stimme fort, »denn es zerbrach und tötete stattdessen ihre Folterer. Und so ließ der Kaiser ihr mit dem Schwert den Kopf abschlagen. Doch wie überrascht waren alle, als sie sahen, dass aus der Wunde kein Blut strömte, sondern Milch. Engel stiegen vom Himmel herab und trugen den Leib der Toten auf den Berg Sinai. Nachzulesen in der *Legenda Aurea*, der Goldenen Legende. So und nicht anders lautet das Martyrium der heiligen Katharina, nicht wahr?«

Wieder nickte Elvira.

»Das ist so weit allerdings nur die halbe Wahrheit. Eines fehlt in deiner Aufzählung«, sprudelte es aus ihm heraus. »Du hast eine Station ihres Leidenswegs ausgespart, von der du natürlich nichts wissen kannst, wenn du nur das Gemälde kennst. Ich selbst hatte es fast vergessen, aber eine unbestimmte Erinnerung ließ mir keine Ruhe. Deshalb habe ich mein Heiligenlexikon gewälzt, und in der Tat, da stand es …« Er krallte die Hände in die Tischkante, als müsse er sich zwingen, nicht aufzuspringen. »Bevor sie mit dem Rad und dem Schwert traktiert wurde, hat der Kaiser ihr die Kleider vom Leib reißen und sie mit Skorpionen schlagen lassen.«

»Er hat was getan?«, fragte Elvira entsetzt.

»Sie wurde mit bleikugelbesetzten Geißeln ausgepeitscht.«

In ihrem Kopf drehte sich alles. Sie war zutiefst schockiert über diese neuerliche Grausamkeit. Zugleich verstand sie nicht, wieso ihr diese beim Lesen in der *Legenda Aurea* entgangen war. Wie hatte sie so etwas Furchtbares nur überlesen können? Wahrscheinlich, weil sie den Text nur überflogen und sich zu sehr auf das Rad und auf das Schwert konzentriert hatte.

Im Gegensatz zu ihr hatte Pfarrer Wilms zu alter Ruhe zurückgefunden. Bedächtig wiegte er den Kopf. »Ich weiß, das klingt unvorstellbar grausam, und man kann beinah nicht glauben, dass ein Mensch eine solche Tortur derart lange übersteht. Aber so lautet die Legende. Der Kaiser ließ sie auspeitschen, doch ihre Wunden verheilten. Er ließ sie rädern, doch das Rad zerbrach. Er ließ sie enthaupten, doch nicht Blut strömte aus ihrem Körper, sondern Milch.«

»Aber dann stimmt die Reihenfolge nicht.« Elvira war fast froh über den Funken Logik, der den wirren Bildern in ihrem Kopf entsprang.

»Wie meinst du das?« Zum ersten Mal an diesem Tag war Pfarrer Wilms aus dem Konzept geraten.

»Na, der Peter ist als Erster gestorben, er wurde gerädert, dann hat er die Gabi und die Elisabeth enthauptet, aber erst gestern hat er den Josef mit der Peitsche ums Leben gebracht.«

Der Pfarrer trank zur Abwechslung einen Schluck Kaffee

und dachte nach. »Vielleicht«, gab er zu bedenken, »ist unser Teufel Pragmatiker, und die Chronologie ist ihm nicht allzu wichtig, solange der Zusammenhang in irgendeiner Form hergestellt ist. Oder es war ihm, warum auch immer, nicht möglich, den Josef vor den anderen zu töten. So ein Wagenrad lässt sich nun mal nicht unbemerkt in ein Pflegeheim schaffen, dafür ist Milch im Kuhstall ständig verfügbar.«

Elvira nickte. Sie musste an die Resi denken. Ob sie inzwischen von dem gewaltsamen Tod ihrer älteren Brüder erfahren hatte? Wo steckte sie nur? Womöglich war sie vor dem skrupellosen Täter geflohen, weil sie mehr über ihn wusste als sie alle. Vielleicht sogar mehr als die Polizei. Weil sie erfahren hatte, dass sie die Nächste auf seiner Liste war. Oder war es längst zu spät und nur noch eine Frage der Zeit, bis eine weitere grausame Nachricht die Runde machte? Elvira hielt die Luft an, um den furchtbaren Gedanken zu unterbinden.

Der Pfarrer unterbrach ihr schmerzliches Grübeln. »Es gibt da noch etwas, das mir seit heute Nacht durch den Kopf geht.« Er hielt sich an dem leeren Schnapsglas fest. »Du weißt, dass der Peter, der Josef, die Barbara und die Resi noch eine Schwester hatten?«

Elvira horchte auf. Sie brauchte einen Moment, um sich zu erinnern. Natürlich, die Resi hatte es mal erwähnt. Die Schwester der vier hatte sich vor Ewigkeiten mit den Eltern überworfen und war vom Hof gegangen, weil sie große Schande über die Familie gebracht hatte. Seither hatte niemand mehr von ihr gehört. Elvira hatte mehr erfahren wollen, aber Resi hatte schnell das Thema gewechselt. Sie wisse nicht viel darüber, sie sei damals keine zehn Jahre alt gewesen. Ihre Eltern und älteren Geschwister hätten die Schwester danach mit keinem Wort mehr erwähnt.

»Ja, die Resi hat mir erzählt, dass ihre ältere Schwester im Streit das Haus verlassen hat«, antwortete Elvira.

Pfarrer Wilms sah sie einen Moment an, bevor er erwiderte: »Sie ist nicht mehr zurückgekommen. Man hat sie wenige Tage später im See gefunden.«

»Im See?«, fragte Elvira verstört. »Tot?«

Der Alte nickte. »Sie hat sich wohl ertränkt.«

Elvira konnte nicht glauben, was sie da hörte. Während die Neuigkeit in ihr Bewusstsein drang, begann sie zu begreifen, warum in Resis Familie jedes Wort über die Schwester vermieden worden war. Man hatte sie totgeschwiegen, weil sie tatsächlich tot war. Ihr Selbstmord musste ein herber Schlag für alle gewesen sein.

Der Freitod galt hier seit jeher als große Sünde vor dem Schöpfer. Nur warum hatte ihr die Resi dieses tragische Schicksal der Schwester verheimlicht? Oder wusste sie am Ende selbst nichts davon?

»Der Vorfall hat sich ereignet, kurz bevor ich als junger Mann meine Stelle in der Gemeinde angetreten habe. Mein Vorgänger breitete den Mantel des Schweigens darüber, und auch im Dorf tuschelten die Leute nur hinter vorgehaltener Hand. Es war wie eine unausgesprochene Abmachung, an die sich alle hielten. So geriet die traurige Angelegenheit bald in Vergessenheit«, führte Pfarrer Wilms aus. »Heute Nacht, als ich schlaflos in meinem Bett lag und über den jüngsten Vorkommnissen grübelte, kehrte die Erinnerung mit einem Mal zurück. Sobald wir wieder Strom hatten, bin ich rüber in die Pfarrei und habe mir das alte Sterberegister vorgenommen.« Scheppernd stellte er das Glas zurück auf den Tisch. Es klang wie ein Tusch. »Ich musste nicht lange suchen. Vor genau einem halben Jahrhundert bin ich fündig geworden.«

Das erklärte auch, warum Elvira nichts von dem Vorfall mitbekommen hatte. Sie war damals noch kein Jahr auf der Welt gewesen.

»Die Tote wurde am Nachmittag des zwanzigsten Dezember ohne Geleit und Zeremoniell ganz hinten auf dem Gottesacker bestattet. Ein einfaches Holzkreuz kennzeichnet ihr Grab, nicht mal ihr Name steht drauf. Der findet sich nur im Sterberegister: Zauner, Katharina.« Der Pfarrer blickte Elvira fest in die Augen und spürte der Wirkung seiner Worte nach. »Nun wissen wir also mehr über unsere heilige Katharina.«

»Was erzählen Sie da?«, stieß Elvira hervor. Sie versuchte sich zu erinnern, ob die Resi in dem kurzen Gespräch den Namen ihrer Schwester erwähnt hatte. Gut möglich, dass sie von einer Katharina, Kathi oder Käthe gesprochen hatte, aber der Name war so gewöhnlich, dass Elvira ihn sich nicht gemerkt hatte. »Sie meinen, Resis tote Schwester hat etwas mit den Morden hier draußen zu tun?«

Erst jetzt bemerkte sie, dass jemand im Türrahmen stand.

»Ich dachte, das Feuer ist bestimmt schon runtergebrannt«, sagte Matthias, bevor er den Besucher mit einem misstrauischen »Grüß Gott, der Herr Pfarrer« begrüßte, das alles andere als gastfreundlich klang. Er pfefferte einen Armvoll Holzscheite in den Korb neben dem Kachelofen und öffnete die Ofenklappe. Mit dem Schürhaken verteilte er die Glut und legte zwei Scheite nach. »Auf dem Herd kocht was über, Mutter«, sagte er beiläufig. »Da hat's grad ordentlich gezischt.«

Unsicher erhob sich Elvira, und es sah aus, als versuchte sie, etwas von sich abzuschütteln. »Ich geh mal schnell rüber«, erklärte sie ihrem Gast verwirrt und verließ die Stube.

Matthias folgte ihr und drückte in der Waschküche die Tür

hinter ihnen zu. Auf dem Holzherd stand ein Topf mit siedendem Wasser, der aber weit davon entfernt war, überzukochen.

»Was will der denn schon wieder hier?«, flüsterte er viel zu laut. »Der ist ja aufdringlicher als die Polizei! Wie ist er überhaupt hierhergekommen … mit dem Beistand seines Herrn einfach kurz vorbeigeschneit?«

Elvira war froh über die letzte Frage ihres Sohns, die sie problemlos beantworten konnte.

Ungehalten schüttelte Matthias den Kopf. »Der ist doch nicht mehr ganz bei Trost.« Seine Augen verengten sich. »Oder führt er was im Schilde? Den Anstieg nimmt man doch nicht auf sich, wenn man keinen Zweck verfolgt. Was will der Kerl von uns, Mutter?«

Elvira suchte nach Worten, weil sie auf die Schnelle nicht entscheiden konnte, was sie ihrem Sohn anvertrauen oder zumuten wollte. Ausweichend flüsterte sie, dass sich Pfarrer Wilms in seiner Rolle als Seelsorger einfach große Sorgen um sie alle mache. Immerhin seien sie die Letzten, die hier oben noch lebten.

»Nach dem Rechten schauen – von wegen!«, wetterte Matthias. »Aushorchen will er uns. Dem geht's doch nur darum, so allwissend zu sein wie sein Herr, der alles sieht und nichts verhindert. Dann kann er sich unten im Dorf damit brüsten, mehr zu wissen als die Polizei.«

Elvira ermahnte ihren Sohn, ruhiger zu sprechen. »Wenn du weiter so schreist, weiß bald das ganze Dorf, dass in unserem Haus Gotteslästereien betrieben werden.«

»Wahrscheinlich hat er sogar darauf gehofft, uns alle erstochen und erschlagen vorzufinden. Dann hätte er herumerzählen können, dass er dem Leibhaftigen persönlich in die Augen geblickt hat.«

»Matthias, es reicht!« Elvira verstand nicht, was in ihren Sohn gefahren war.

»Du findest, dass ich übertreibe?« Herausfordernd funkelte er sie an, aber wenigstens hatte er die Stimme gesenkt. »Mag sein. Trotzdem möchte ich nicht, dass dieser neugierige Kerl ständig hier reinplatzt und seine unheilvollen Botschaften verkündet oder dich wie ein Großinquisitor ausquetscht.« Er holte kurz Luft und raunte: »Erinner dich an das, was der Lindner gesagt hat. Wir sollten uns gut überlegen, wem wir was erzählen.« Aufgebracht drehte er sich um und ließ Elvira stehen.

»Wohin willst du?«, rief sie ihm nach.

»Zum Hühnerstall«, kam es knapp von der Haustür zurück, die gleich darauf ins Schloss fiel.

Oje, die Hühner hatte Elvira ganz vergessen. Die armen Viecher brauchten dringend Futter und Wasser und sicherlich auch Luft und Licht.

Pfarrer Wilms tat, als hätte er von der lauten Diskussion in der Waschküche nichts mitbekommen. Elvira schenkte ihm Kaffee nach und setzte sich zögerlich wieder auf ihren Sessel. Ein unangenehmer Moment der Stille entstand.

Er nahm einen Schluck Kaffee und wollte gerade den Faden wieder aufnehmen, als Schritte auf der Treppe zu hören waren.

Der Spitzbart gesellte sich zu ihnen und nahm auf dem Sofa Platz. Oben sei es selbst im Bett zu kalt zum Lesen, erklärte er und zeigte sich erstaunt über den Besuch. Während er den Pfarrer zur allgemeinen Lage unten im Dorf löcherte, kam der ungläubig wirkende Hans herein. Kurz darauf stand auch Elviras Vater in der Tür, mürrisch und mit matt schimmernden Augen, wie so oft in den letzten Tagen.

Gut aufgelegt beantwortete Pfarrer Wilms sämtliche Fragen und fühlte sich geehrt ob der Bewunderung. Auf die heilige Katharina kam er nicht mehr zu sprechen. Elvira versorgte alle mit Kaffee und Tee. Die Flasche mit dem Obstbrand stand inzwischen auf dem Tisch, zu drei Vierteln geleert, umringt von leeren Schnapsgläsern.

Einzig Matthias ließ sich nicht blicken. Elvira befürchtete schon, dass er im Hühnerstall erfroren war. Als er endlich hereinkam, saßen die andern schon eine gute Stunde beisammen. Im Stehen trank er seinen Kaffee und wärmte die Hände an der heißen Tasse. In seinen Haaren glitzerten getaute Schneeflocken.

»Ich muss gleich noch mal raus, Schnee schippen. Während es sich die Herren hier drinnen gemütlich machen«, sagte er in gedämpftem Ton zu Elvira, »schneien wir nämlich mehr und mehr ein.«

Prompt sprang Joachim Lindner auf und ging zum Fenster. »Sie werden den Abstieg wohl um ein Stündchen verschieben müssen«, sagte er über die Schulter zu Pfarrer Wilms, der gerade angekündigt hatte, aufbrechen zu wollen. »Da draußen sieht man momentan nicht die Hand vor Augen.«

Nun blickten auch die anderen hinaus, auf eine Flockenwand so dicht wie weißes Papier. Himmel und Erde waren eins.

Die Männer beratschlagten sich und entschieden, dass sich der Pfarrer vorerst nicht hinauswagen konnte. Man nahm wieder um den Sofatisch Platz.

Allein Matthias traute sich hinaus in den Sturm. Joachim Lindner folgte ihm kurz darauf, um sein Pflichtbewusstsein zu demonstrieren. Nach einer Viertelstunde kamen sie jedoch schon zurück, außer Atem und mit geröteten Gesichtern. Vorerst waren sie alle zur Untätigkeit verdammt.

Elvira spürte, wie ihr allmählich die Decke auf den Kopf

fiel. Das Eingesperrtsein und der Mangel an frischer Luft bekamen ihr nicht. Kurzentschlossen stieg sie die zwei Stockwerke hinauf zur Ferienwohnung. Zwischen dem größeren der beiden Schlafzimmer und dem Bad befand sich eine schmale, verriegelte Tür. Elvira zog einen Schlüssel aus ihrer Schürze und schaltete die Taschenlampe ein. Mit ihren fülligen Hüften passte sie gerade so in den engen Treppenschacht, der hinauf zum Speicher führte. Mühsam erklomm sie die steile Treppe und fand sich im kalten Dachstuhl wieder.

Sie wusste nicht, wann sie zum letzten Mal hier oben gewesen war. Aber vorhin war ihr eingefallen, dass noch irgendwo zwei Öllampen sein mussten. Nachdem es nicht so aussah, als würde der Stromausfall heute noch behoben, hatte sie beschlossen, sich auf die Suche danach zu machen.

Einzig das Giebelfenster ließ ein wenig Licht herein, die Dachluke war schneebedeckt. Der Kegel der Taschenlampe wanderte über alte Stühle, Skier und Stöcke, ein Snowboard, das Matthias zuletzt wohl vor zehn Jahren benutzt hatte, einen Schwarz-Weiß-Fernseher, über alte Möbel und staubige Kisten. Auf ihnen thronten ein Kerzenständer, ein altes schwarzes Telefon und krumme Stapel aus vergilbten Büchern. Daneben standen drei uralte Pappkoffer, ein bunt lackiertes Schaukelpferd und eine Wiege aus morschem Korbgeflecht.

Elvira nahm sich einige der Kisten vor, förderte jedoch nur aussortierten Hausrat zutage. In einer Truhe fand sie sogar Kinderkleidung. Erst dachte sie, die Sachen gehörten Jochen oder Matthias, doch dann sah sie, dass es Mädchenkleider waren. Ein kleines Dirndl in Rot und Grün mit weißer Bluse und spitzenbesetztem Schürzchen und andere bunte Kleider, kariert und gepunktet, sowie ein gelbes mit aufgestickten Kirschen um Kragen und Saum. Der Geruch von Mottenkugeln kroch ihr in die Nase.

Es waren einst ihre Sachen gewesen, seit mindestens vierzig Jahren lagen sie hier oben. Wahrscheinlich hatte ihr Vater nicht gewusst, wohin damit, und hatte sie mitsamt der Truhe hier heraufverfrachtet, wo sie niemanden störten.

Unter Skistiefeln, einem speckigen Lederrucksack und ausgedienten Kniebundhosen zog sie eine zerkratzte Holzschatulle hervor, die mit einem Schloss verriegelt war. Elvira besah sich Ober- und Unterseite, hielt sie ans Ohr und schüttelte sie. Es raschelte leise. Das Schloss hätte sich leicht entfernen lassen, aber Elvira war nicht danach, bei dieser Kälte im Glanz vergangener Tage zu schwelgen. Höchstwahrscheinlich waren uralte Zeitungsausschnitte von den Erfolgen der hiesigen Skiasse drin, die ihr Vater als junger Mann gesammelt hatte.

Die Taschenlampe flackerte, und Elvira hatte schon Angst, dass die Batterie den Geist aufgab. Eine gute halbe Stunde war inzwischen vergangen, und sie beschloss aufzugeben. Ihre Fingerspitzen waren fast taub vor Kälte.

Als sie sich zur Treppe umwandte, huschte der Lichtstrahl über zwei ellenhohe Lampen am Boden, deren bauchiges Glas in dunkelgrünes Blech eingefasst war. Jemand hatte die Öllampen einst in weiser Voraussicht gleich neben der Treppe platziert.

Auf dem Weg in die Waschküche, wo sie immer etwas Petroleum zum Putzen und zur Bekämpfung von Ungeziefer aufbewahrte, hörte sie die Männer in der warmen Stube reden. Während Elvira die Lampen befüllte, lauschte sie dem Gespräch. Joachim Lindner berichtete gerade von seinem gestrigen Abenteuer mit dem Abschleppwagen.

»Wo steht Ihr Wagen jetzt?«, drang die Stimme des Pfarrers

zu Elvira herüber. Er hatte versucht, seine Frage möglichst beiläufig klingen zu lassen. »Auf dem Hof habe ich gar kein fremdes Auto gesehen. Oder hat der Schnee es vollständig verdeckt?«, lachte er.

»Nein, nein, es steht in einer Werkstatt in der Stadt. Es ist wohl was am Motor defekt. So was dauert. Eigentlich wollte ich mir heute einen Leihwagen besorgen, den mir die Versicherung stellt, aber daraus ist ja nun nichts geworden«, antwortete Lindner auskunftsfreudig.

»Äußerst spendabel, diese Versicherungen heutzutage«, kommentierte Pfarrer Wilms. »Die haben Ihnen gestern wohl auch das Taxi finanziert, das Sie aus der Stadt hierher zurückgebracht hat?«

»Wie meinen Sie das?« Lindner stockte.

Auch Elvira verstand die Frage des Pfarrers erst nicht. Doch dann dämmerte ihr, worauf der alte Fuchs hinauswollte. Der Spitzbart war gestern Nachmittag zu Fuß zurückgekommen. Darüber hatte sich Elvira auch schon gewundert.

»Ich war gestern zufällig hier, als Sie zurückgekehrt sind. Sie haben doch hoffentlich nicht in der Stadt stundenlang auf den Bus warten müssen?«, gab sich Pfarrer Wilms besorgt.

»Aber nein!«, erwiderte Lindner erheitert. »Ich musste überhaupt nicht warten. Ich war gestern gar nicht in der Stadt. Der Fahrer des Abschleppwagens hat mich auf dem Rückweg unten an der Landstraße abgesetzt und ist mit meinem Auto in die Stadt weitergefahren. Ich bin dann bis zum Haus gelaufen. Der arme Mann wollte sich die Tortur ersparen, mit seinem riesigen Vehikel ein zweites Mal hier hochzukurven.«

»So, so, verstehe«, gab der Alte zurück.

Er klang wenig überzeugt, wie Elvira fand. Sie fragte sich, ob den anderen das Misstrauen in seiner Stimme ebenfalls auffiel.

Ein Tropfen Petroleum fiel auf die Bodenfliesen, und sie wischte den Klecks mit einen Küchentuch weg. Dabei fiel ihr auf, wie düster es schon wieder geworden war. Sie ging in die Küche und schaute auf die Wanduhr. Kurz vor vier! Wenn der Pfarrer noch runter ins Dorf wollte, musste er sich schleunigst auf den Weg machen.

Zaghaft steckte Elvira den Kopf in die Stube. »Draußen wird's langsam dunkel«, meinte sie in Richtung des Pfarrers.

Die anderen begriffen nicht gleich, worauf sie hinauswollte, und sahen sie fragend an.

Der Kirchenmann dagegen verstand ihren Hinweis sofort. »Ich danke dir, Kind, dass du dich so um mein Wohlergehen sorgst«, erwiderte er, obwohl er keineswegs dankbar wirkte. Fast widerwillig stemmte er sich hoch. »Dann will ich mal.«

»Sie können ruhig sitzen bleiben. Das wird heut nichts mehr«, stellte Hans nach einem kurzen Blick zum Fenster nüchtern fest. Der Schneesturm war kein bisschen abgeflaut, mit aller Kraft rüttelte er an Bäumen und Zäunen.

Pfarrer Wilms ließ sich sogleich wieder in die Polster sinken. »Oje, dann stecke ich wohl fest«, meinte er mit aufgesetzter Verzweiflung.

Eine Pause entstand, und alle Augen richteten sich auf Elvira. Ihr war klar, dass sie etwas sagen musste. »Sie können natürlich hierbleiben«, versicherte sie dem ungebetenen Gast eilig. »Das Haus ist schließlich groß genug. Sie können in dem Ferienapartment im ersten Stock übernachten.«

»Ich möchte wirklich niemandem zur Last fallen«, wandte der Alte mit falscher Bescheidenheit ein, so als hätten er oder die Hausbewohner eine andere Wahl.

»Wo denken Sie hin?«, erwiderte Elvira, ganz die gastfreundliche Hausfrau.

»Dann muss ich mich meinem Schicksal wohl fügen.« Entspannt lehnte sich Pfarrer Wilms zurück, jedoch nicht ohne sich zuvor aus der Schnapsflasche noch ein Gläschen eingeschenkt zu haben. »Zum Wohlsein«, prostete er den Umsitzenden zu und meinte mit einem Zwinkern: »Den Straßenverkehr kann ich ja heut nicht mehr gefährden.«

Als ob ihn das jemals vom Trinken abgehalten hätte, dachte Elvira und sagte: »Die Leute im Dorf werden sich bestimmt fragen, wo Sie sind.«

Der Pfarrer trank genüsslich und wischte sich über den Mund. »Das glaube ich kaum. Von denen war keiner auf der Straße, als ich aufgebrochen bin. Und meine Haushälterin hat heute frei. Auf mich wartet niemand.«

»Dann geh ich mal rauf und richte alles für Sie her«, sagte Elvira und ließ die Männer in der Stube zurück.

Es behagte ihr überhaupt nicht, die Nacht mit dem alten Schnüffler unter einem Dach verbringen zu müssen. Und sie wollte sich gar nicht vorstellen, wie Matthias reagierte, wenn er davon erfuhr. Als sie die Treppe hinaufstieg, hörte sie Schritte in seinem kleinen Reich. Er war wohl von der Scheune aus direkt in sein Zimmer gegangen.

Elvira ließ die Tür des freien Apartments weit aufstehen, um die abgestandene kalte Luft in den Flur entweichen zu lassen. Mit einem Staublappen wischte sie schnell über die Möbel, ehe sie das Bett bezog.

Wer hätte gedacht, dass sie an diesem Tag einen weiteren Besucher unterbringen müsste? Die Häuser um sie herum waren leer. Sie waren ausgestorben – ein Wort, das Elvira nicht mal denken wollte und das ihr dennoch in den Sinn kam. Nur an ihre Tür hatte das Schicksal bisher nicht geklopft. Sie lebten auf einer Insel, umgeben von weißem Nichts. Während sie sich von der Außenwelt abgeschnitten wähnten, war überraschend ein Spaziergänger vorbeigekommen und hatte sich bei ihnen einquartiert. Er hatte Neuigkeiten mitgebracht, schlimme Neuigkeiten, aber so immerhin eine dünne Verbindung zur restlichen Welt hergestellt.

Nachdem das Abendbrotgeschirr abgewaschen war und die Männer wieder in die Stube gewandert waren, nahm Elvira ihr Tagebuch vom Regalbrett und rückte die Ölleuchte heran. Es war düster und kühl, lediglich die Holzfeuer in den Öfen umgab ein schmaler Ring aus Wärme. Sie fühlte sich wie in einer großen, unwirtlichen Höhle.

Schnell überblätterte sie die letzten drei Tage und begann die Seite für den heutigen Tag mit kurzen Sätzen zu füllen. Der ereignisreiche Wintereinbruch musste schließlich festgehalten werden. Beim Schreiben bemerkte sie, wie sich das Durcheinander der letzten Stunden fast wohltuend von den verstörenden Ereignissen davor abhob, die sie noch immer nicht in Worte fassen konnte. Aus diesem Grund unterließ sie es auch, die Neuigkeit niederzuschreiben, die Pfarrer Wilms in seinem Gepäck gehabt hatte. Das Schreiben tat ihr gut, doch am Ende ihres Berichts merkte sie, wie ihre Augen brannten. Das fehlende Licht und die trockene, kalte Luft waren schuld. Sie legte den Stift beiseite und schlug das Buch zu.

In der Waschküche nebenan knackte es laut, die sterbende Glut musste das letzte verkohlte Holzscheit zerteilt haben. Elvira fuhr aus ihrem Dämmerzustand hoch. Sie horchte in die Stube hinüber, wo Joachim Lindner gerade einen Vortrag über den Klimawandel, die Erderwärmung und die damit verbundenen Naturkatastrophen hielt. Dazwischen krächzte Elviras Vater etwas von den biblischen Plagen, und Pfarrer

Wilms predigte salbungsvoll von der Verantwortung, die der Mensch gegenüber Gottes Werk hätte. Nach wenigen Sätzen hatte er jedoch den Faden verloren, sodass der Spitzbart wieder das Wort ergreifen konnte. Als er von den Überschwemmungen letzten Sommer in Norddeutschland redete, von denen er dank seines sonnigen Urlaubs hier oben kaum etwas mitbekommen hatte, fiel Elvira wieder ein, dass sie sich vorgenommen hatte, in ihrem Buch nach ihm zu suchen.

Sie blätterte den Juli durch und fand eine ganze Reihe von Einträgen zu den Ferienaufenthalten verschiedener Gäste. Am zwanzigsten Juli war Lindners Name zusammen mit dem eines Ehepaars und dem einer Familie mit zwei Kindern vermerkt, die alle an diesem Tag angereist waren. Das Einzige, was darüber hinaus noch über ihn zu lesen war, fand sich fünf Seiten weiter unter dem darauffolgenden Donnerstag: *Spitzbart hat mit Hans zehnprozentigen Rabatt ausgehandelt und bereits Anzahlung für letzte Novemberwoche geleistet.*

Müde schlug Elvira das Buch ein weiteres Mal zu. Sie spürte, dass die Kopfschmerzen zurückkehrten, und beschloss, ins Bett zu gehen, auch wenn es zeitig war. Auf ihrem Nachtschränkchen lag noch die Tablette vom Morgen. Daneben stand ein Glas Wasser. Sie spülte die Tablette herunter und kroch fröstelnd unter die kalte Bettdecke.

Sobald sie jedoch mit geschlossenen Augen dalag, war ihre Müdigkeit verflogen, und sie fühlte sich putzmunter. In ihrem Geist blitzten helle Bilder auf, die sich keineswegs von der Schwärze um sie herum einschüchtern ließen. Die Gedanken tanzten wild in ihrem Kopf umher und torkelten immer wieder unangenehm gegen Stirn und Schläfe. Vor allem jene, die sie eben noch in der Küche in eine abgelegene Ecke verbannt hatte, wollten von allen Seiten besehen werden.

Die Verbindung zwischen den grausamen Verbrechen und der heiligen Katharina war nicht länger zu leugnen. Am Montag, dem Gedenktag der Heiligen, war nicht nur die Resi verschwunden, sondern auch der Peter ermordet worden. Konnte es ein Zufall sein, dass am selben Tag die Blumen vor dem Steinkreuz gestanden hatten? An jenem See, in dem sich einst das verzweifelte Mädchen das Leben genommen hatte?

Elvira riss die Augen auf und starrte in die Finsternis. Was für eine furchtbare Geschichte. Und niemand hatte sie je erzählt. Hätte nicht der umtriebige Pfarrer in dem alten Register gestöbert, wäre sie vielleicht für immer in Vergessenheit geraten. Andererseits versuchte anscheinend jemand mit allen Mitteln, das Schicksal der jungen Frau dem Vergessen zu entreißen. Warum nur? Was verband ihn mit ihr? Um ihn zu finden, mussten sie mehr über das Mädchen erfahren. Aber die einzige Person, die mehr über die tote Katharina wissen konnte, hatte sich in Luft aufgelöst. Wo steckte die Resi nur? Je angestrengter Elvira über das Verschwinden ihrer Freundin nachdachte, desto weniger ergab alles einen Sinn. Wieso war sie nur so plötzlich in die Stadt aufgebrochen?

Die Stadt wuchs in Elviras Vorstellungswelt zu einem Schreckgespenst heran, mit steilen Dächern und grauen Straßenschluchten. Zwischen berghohen Hauswänden verlor sie die Resi aus den Augen und stürzte ab in ihre eigene Vergangenheit.

Sie fand sich wieder an einem Tag, der weit zurücklag. Aber die Erinnerung daran schnürte ihr die Kehle heute noch genauso heftig zu wie damals die unmittelbaren Minuten der Panik. An einem sonnigen Nachmittag im Frühling war sie mit ihren beiden kleinen Söhnen zum Einkaufen in der Stadt gewesen. Sie brauchte neue Schuhe und Hosen für die Buben, die wie Unkraut in die Höhe schossen. Jochen, der Ältere, verlor jedoch schnell die Lust am Umziehen und Anprobieren. Mitten in der Einkaufsstraße warf er sich auf den Gehsteig und trommelte wütend mit den Fäusten auf den Boden. Elvira konnte ihn nur besänftigen, indem sie ihm eine Tüte Bonbons versprach. Er hörte zwar auf zu weinen, weigerte sich jedoch standhaft, auch nur ein einziges weiteres Geschäft zu betreten. Elvira sah keine andere Möglichkeit, als ihn kurz allein auf dem Spielplatz in dem kleinen Park neben dem Schuhladen zu lassen. Sie hoffte, dass ihn Rutsche, Sandkasten und Schaukel für zehn Minuten bei Laune halten würden.

Hektisch stürmte sie mit Matthias, der noch im Kinderwagen saß, in den Laden und war bald darauf mit einem Schuhkarton zurück.

Auf dem Spielplatz wurde Elvira förmlich erschlagen von dem Gewusel und Gewimmel. Die ersten warmen Sonnenstrahlen des Jahres hatten ganze Kinderscharen auf die Straße gelockt. Ausgelassen tobten sie durch den Sand und auf dem Klettergerüst herum, während die Mütter schwatzend beieinanderstanden oder auf den umstehenden Bänken in der Sonne hockten. Das quirlige Treiben war Elvira zuvor gar nicht aufgefallen. Wahrscheinlich war sie im ersten Moment nur froh darüber gewesen, dass ihr Großer nicht alleine spielen musste.

Jetzt aber stand sie vor dem wilden Durcheinander wie eine Almbäuerin, die in der bunt gefleckten Herde des Nachbarn nach einem ausgebüxten Kalb suchen muss. Panisch huschten ihre Augen umher. Über Mädchen mit Eisflecken auf gepunkteten Kleidern und rosa Schleifen im Haar. Über Buben in kurzen Hosen mit zerschrammten Knien und Dreck im Gesicht. Vor lauter Angst konnte sie sich nicht einmal mehr daran erinnern, was sie Jochen am Morgen angezogen hatte. Die braune Hose mit dem rot-blau gestreiften Pullover? Oder doch die grüne Hose mit dem Flicken auf dem Knie und darüber das gelbe Hemd?

Nervös begann sie mit dem Kinderwagen auf und ab zu gehen, während sie jeden Winkel des Spielplatzes absuchte. Wo war Jochen? Hatte er sich versteckt? War er davongelaufen? Hatte ihn womöglich gar jemand weggelockt? Kalter Schweiß trat auf ihre Stirn, und sie griff sich immer wieder an den Hals, wo sich ein schmerzhafter Kloß gebildet hatte. Minuten vergingen, die ihr wie Stunden vorkamen. Sie roch die Abgase der Straße und musste husten. Mit ihrem Mantel war sie viel zu dick angezogen für diesen warmen Tag. Sie glaubte, keine Luft mehr zu bekommen.

Noch immer lief sie von der einen Seite des Spielplatzes zur andern und wieder zurück und lenkte so allmählich die Aufmerksamkeit der anderen auf sich.

»Kann ich Ihnen helfen?« Eine junge Frau blickte sie freundlich an.

»Nein, danke«, stotterte Elvira. »Es ist nichts … Ich suche nur meinen Großen … Aber der wird hier schon irgendwo zwischen den anderen Kindern stecken …«

»Wie alt ist er denn?«, fragte die andere Frau nun besorgt. »Wie sieht er denn aus, was hat er an?«

Elvira schluckte, und gerade als sie antworten wollte, erhob sich ein kleiner Junge nur wenige Schritte von ihr entfernt aus dem Sand und kam auf sie zu.

»Wann gehen wir endlich, Mama?«, quengelte er. »Du hast versprochen, dass wir Bonbons kaufen.«

Fast erschreckt wich Elvira einen Schritt zurück. Wie war das möglich? Wieso hatte sie ihn nicht gesehen?

»Na dann«, sagte die Frau neben Elvira ebenso überrascht. Mit einem letzten skeptischen Blick ging sie zu den anderen Müttern zurück.

Jochen hatte von der ganzen Aufregung gar nichts mitbekommen. Er hielt sich an der Lenkstange des Kinderwagens fest, und sie verließen den Spielplatz. Er trug die zerschlissene braune Cordhose und seinen blau-roten Lieblingspullover. Seine dunkelblonden Haare waren genau wie die seines kleinen Bruders kurz geschnitten, den Nacken entlang, rund um die Ohren und zwei Zentimeter über den Augenbrauen. Das erledigte Elvira in regelmäßigen Abständen selbst. Wieso nur hatte sie ihren eigenen Sohn nicht wiedergefunden? Alles an ihm war doch wie immer!

Noch lange nach diesem Vorfall hatte Elvira immer wieder darüber nachgedacht und war zu dem Schluss gekommen, dass die Stadt sie einfach überforderte, mit ihren zahllosen Häusern, Straßen, Läden und Autos und den Tausenden Gesichtern.

Danach war sie nie wieder mit den Buben zum Einkaufen gefahren, weil die unergründliche Angst, dass sie sie dort verlieren könnte, sie nicht mehr losgelassen hatte. Vielleicht war es der Resi ja genauso ergangen, und sie war einfach von der Stadt verschluckt worden. Elvira sah es genau vor sich, das tiefe schwarze Loch, und sie konnte nicht verhindern, dass auch sie hineinrutschte.

Freitag

Steh auf und komm mit! Da schleicht jemand über den Hof«, drängte Elvira, die aus dem Stall direkt in das Zimmer ihres Sohns gehastet war.

Einen Moment starrte Matthias sie ungläubig an, doch dann schwang er sich aus dem Bett, zog sich schnell etwas über und griff nach seinem Gewehr.

Noch immer gab es keinen Strom, nur jede Menge Neuschnee. Ein guter halber Meter musste über Nacht gefallen sein. Große Flocken pendelten senkrecht vom Himmel, als wären sie auf Schnüre gezogen. Es war windstill.

Im Halbdunkeln hatte sich Elvira ein halbe Stunde zuvor mit der Taschenlampe in den Stall vorgewagt und die in Fleisch und Blut übergegangenen Handgriffe verrichtet. Von den Kopfschmerzen des vergangenen Tages war nur noch ein leichtes Hämmern zu spüren. Fast wäre sie weggedämmert, wenn sie nicht ein Flüstern im Schnee gehört hätte. Sie hielt den Atem an, horchte angestrengt in die Stille. Eine ganze Weile tat sich nichts, und sie wollte schon weitermelken, doch dann hörte sie es wieder. Ein Wispern im Schnee.

Gelassen kauten die Kühe vor sich hin und bliesen warmen Dampf aus den Nüstern. Elvira erhob sich geräuschlos und schlich zur Stalltür. Ängstlich presste sie ein Ohr an das kalte Holz. Das Flüstern war gar kein Flüstern. Jemand stapfte leise durch den weichen Neuschnee und wollte nicht gehört werden.

Oder täuschte sie sich, und es war nur ein Tier? Vielleicht war aber auch einer der Männer aufgestanden und wollte rüber zur Scheune. Doch niemand würde sich ohne Not so langsam durch den Schnee bewegen. Es sei denn, er wollte sich nicht verraten.

Elvira drehte den Schlüssel, der innen in der Stalltür steckte, und wollte nachschauen. Doch sie hatte nicht mit dem Schneeberg gerechnet, der von draußen gegen die Tür drückte. Nur einen winzigen Spalt brachte sie die Tür auf, viel zu wenig, um irgendetwas erkennen zu können.

Das Einzige, was Elvira in der Dunkelheit hatte ausmachen können, war ein gelblicher Schein gewesen. Der dünne Strahl einer Taschenlampe.

Jetzt hasteten sie und Matthias die Treppe hinab. Eilig stiegen sie in ihre Stiefel und warfen sich ihre Mäntel über. Mit einem Zeichen befahl Elvira Ludwig, der schwanzwedelnd aufgesprungen war, im Haus zu bleiben. Leise schloss sie die Tür hinter sich und ihrem Sohn.

Die Schneewüste wirkte rein und unberührt. Wären da nicht die Fußspuren im frischen Schnee gewesen. Sie waren riesig und unförmig, ausgestanzt von einem seltsamen Sohlenprofil.

»Wer hat denn solche Füße?«, raunte Elvira.

Matthias zog eine Taschenlampe aus seinem Mantel und beleuchtete die tief eingegrabenen Stiefelabdrücke, die Richtung Scheune verliefen.

»Die sind ja mehr eckig als rund. Da weiß man gar nicht, wo vorne und wo hinten ist«, sagte sie.

Ihr Sohn schwieg und starrte weiter auf die Spuren. »Aus einem einfachen Grund«, antwortete er schließlich, »weil nämlich jeder Abdruck nach vorne und nach hinten geht.«

»Was meinst du damit?«

»Damit meine ich, dass wir zu spät kommen. Wer auch immer in aller Herrgottsfrühe über unseren Hof spaziert ist – er ist längst wieder verschwunden. Für seinen Rückzug hat er einfach die Spuren vom Hinweg benutzt. So hat er Kraft gespart und war außerdem schneller.«

Elvira spürte keinerlei Enttäuschung, nur tiefe Erleichterung. »Und was wollte er hier?«

»Das werden wir gleich sehen.«

Sie folgten den Schuhabdrücken und standen kurz darauf vor der Scheune. Allerdings endeten die Spuren nicht vor dem Tor, sondern führten nach rechts an der Mauer entlang bis zur Seitenwand, an der mehrere Meter Holz aufgestapelt waren. Der weggefegte Schnee ließ erkennen, wo sich der Fremde an den Scheiten bedient hatte.

»Der Ärmste«, lachte Matthias, »an dem feuchten Zeug wird er nicht viel Freude haben.« Sie selbst verfeuerten das Holz, das in der Scheune lagerte. Das Tor hatte Matthias vor dem Zubettgehen noch verriegelt.

Sie stapften zurück und wollten schon wieder ins Haus gehen, als sie sahen, dass die Schuhabdrücke auch nach links um die Scheune führten.

»Was hatte er denn da noch verloren?«, wunderte sich Elvira und fand die Antwort auf ihre Frage nach wenigen Metern.

Die Spur führte zum Hühnerstall. Das Gatter stand halb offen, Hühnermist und Federn lagen im Schnee. Der Eindringling hatte es eilig gehabt.

Mit der Taschenlampe leuchtete Elvira zwischen die aufgeschreckten Tiere. »Ein gutes Dutzend Eier hat er wohl mitgenommen«, stellte sie fest.

»Ob er mit denen und dem nassen Holz lange über die Runden kommt?«, überlegte Matthias. »Ich schätze, er wird bald wieder bei uns auftauchen.«

Elvira sah ihrem Sohn in die Augen. »Glaubst du, es war …?«

Matthias hielt ihrem Blick stand. »Wir müssen wohl davon ausgehen. Wer sonst sollte uns hier oben bestehlen? Jedenfalls sind wir jetzt im Vorteil«, mit beiden Händen umfasste er das Jagdgewehr. »Kälte und Hunger scheinen ihn aus seinem Versteck zu treiben. Er wird unvorsichtig. Das ist unsere Chance.«

Eine bedrohliche Chance. Elviras Hals war wie zugeschnürt.

»Ich werde ein Auge auf den Hof haben«, sagte Matthias. »In einer Stunde wird es zwar hell, aber wer weiß, vielleicht hält ihn das nicht von seinem nächsten Raubzug ab.«

»Immerhin ist er allein, und wir sind zu mehreren«, versuchte Elvira die Situation in beruhigende Worte zu fassen.

»Ja, warten wir's ab. Den nächsten Besuch wird er uns nicht wieder grußlos abstatten.«

Tatsächlich mussten sie nicht allzu lange warten.

Die Stimmung am Frühstückstisch war gedrückt. Es wollte kein richtiges Gespräch aufkommen, ein jeder hing seinen Gedanken nach. Hatte der Stromausfall gestern noch als Ablenkung von den Schrecken der vergangenen Tage hergehalten, sorgte er nun schon spürbar für Verdruss. Auf die Dauer war das Leben ohne Strom schlicht zu dunkel und zu kalt.

»Was schaust du die ganze Zeit raus?«, fragte Hans irgendwann seinen Sohn. »Falls du Besuch erwartest, wirst du wohl enttäuscht werden.« Er zwinkerte kurz in die Runde, doch niemand lachte.

»Draußen ist ein Dieb unterwegs«, gab Matthias sachlich zurück, und alle bis auf Elvira sahen ihn ungläubig an.

Sogar sein Großvater war aus seinem Halbschlaf erwacht, und seine trüben Augen blitzten auf. Elvira fragte sich, ob er vergangene Nacht wieder durchs Haus gegeistert war. Sie hatte zwar nichts gehört, aber sie hatte auch wie ein Stein geschlafen.

»Ein Dieb? Hier oben? Bei den Schneemassen?«, fragte der Spitzbart ungläubig.

Elvira nickte. »Ja, beim Melken habe ich gehört, wie draußen jemand rumgeschlichen ist. Aber wir waren zu spät. Wir haben nur noch die Spuren im Schnee gefunden.«

»Wie haben sie ausgesehen?«, fragte Hans.

»Ziemlich breit und unförmig«, berichtete Elvira.

»Der Klumpfuß«, unterbrach ihr Vater sie heiser, »der Klumpfuß des Satans.«

»Wenn du meinst, dass der Teufel schon so arm dran ist, dass er durch den Schnee stapfen muss, um sich Holz und Eier zu besorgen …«, spottete sein Enkel.

»Da hat es einer auf unser Holz und unsere Eier abgesehen?« Hans schüttelte den Kopf. »Wer sollte das sein?«

»Der Satan wohl kaum«, antwortete Matthias. »Die Spuren sahen ziemlich menschlich aus, würde ich sagen.«

»Seid euch mal lieber nicht zu sicher. Das Böse zeigt sich in mannigfacher Gestalt. Es täuscht uns und führt uns an der Nase herum. Ihr werdet schon sehen!«, raunte der Alte.

»Es könnte also durchaus derjenige sein, der dieses schreckliche Unheil hier heraufgebracht hat?«, folgerte Pfarrer Wilms, ohne auf die Worte des Alten einzugehen, und blickte gespannt von Matthias zu Elvira.

Sie nickte mit besorgtem Blick.

»Dann zieht er seine Kreise also mittlerweile auch um dieses Haus. Und sie werden immer enger«, meinte Joachim Lindner mit bebender Stimme.

»Wer sagt uns denn, dass es ein Mann ist?«, wandte der Pfarrer ein.

»Abdrücke von Frauenstiefeln waren das jedenfalls nicht«, entgegnete Matthias.

»Wir sollten sie uns genauer ansehen«, sagte Lindner und hatte sich schon erhoben.

»Das bringt nichts mehr.« Matthias deutete mit dem Kopf nach draußen, wo es noch immer schneite. »Inzwischen sind knapp zwei Stunden vergangen, da wird kaum noch was zu erkennen sein.«

Enttäuscht setzte sich der Spitzbart wieder.

»Wir müssen wachsam sein«, sagte Pfarrer Wilms. »Lasst uns nachdenken, wie wir am besten vorgehen.«

»Genau«, rief Lindner, »wir brauchen einen Plan! Wir müssen den Hof bewachen. Dabei sollten wir uns abwechseln, denn wir wissen nicht, wie lange wir durchhalten müssen. Außerdem sollten wir möglichst unauffällig vorgehen. Nur so haben wir die Chance, diesen Kerl zu stellen.«

»Der Mann ist ein skrupelloser Mörder«, wandte Hans skeptisch ein.

»Ich weiß, ich weiß.« Lindner rieb sich die Wangen, auf die kleine rote Flecken getreten waren. »Sie haben recht. In erster Linie müssen wir dafür sorgen, dass er uns nicht zu nahe kommt. Dass unser Haus sicher ist.«

»Wenn es dafür nicht schon zu spät ist«, sagte Elviras Vater, plötzlich wieder müde, und schlürfte den kalten Rest aus seiner Kaffeetasse.

Die Angst fing an, in Elviras Körper zu kribbeln, und sie konnte nicht länger sitzen. Sie sprang auf. »Ich mach uns noch eine Kanne Kaffee.«

Als sie in der Waschküche den Wasserkessel auf den Holzofen stellte, hörte sie Ludwigs Krallen auf dem Holzboden im Flur klackern und ein unwirsches Bellen. Sie ging zu ihm.

»Was hat er?«, rief Hans alarmiert aus der Küche.

Sie hörte, wie eilig ein Stuhl nach hinten geschoben wurde. Wahrscheinlich Matthias, der zum Fenster stürzte.

»Es ist nichts«, sagte Elvira laut, während sie Ludwig den Rücken tätschelte. »Ich hab nur vergessen, ihn rauszulassen.«

Der Stuhl wurde wieder an den Tisch gerückt, die Männer redeten weiter. Ihr Gemurmel begleitete Elvira bis zur Haustür, wo sie Ludwig in die Kälte entließ.

Sie wollte die Tür gerade schließen, da sah sie eine dunkle Gestalt vorn an der Straße stehen.

Die Männer verbrachten den restlichen Vormittag in der Küche. Neben Kaffee und Tee hatte auch die Flasche mit dem Obstbrand ihren Weg auf den Tisch gefunden.

»Sie haben alle Kühe vom Wenzel-Hof abgeholt?«, fragte der Spitzbart erstaunt.

»Wer soll sich denn jetzt noch um die Tiere kümmern?«, erwiderte Hans. »Wenn keiner den Hof bewirtschaftet, kann sich auch niemand um das Vieh kümmern.«

»Gibt es keine Angehörigen? Was wird denn jetzt aus dem Landgasthof? Man kann ein so großes Anwesen doch nicht einfach sich selbst überlassen?«

Hans zuckte die Schultern.

»Die Wenzel'sche Familienlinie ist eine tote Linie. Ausgestorben sozusagen«, schaltete sich Pfarrer Wilms ein. »Jetzt, da der alte Peter nicht mehr ist, ist die Resi als die Kusine der Schwestern das letzte verbliebene Familienmitglied.«

Elvira schluckte. »Geht es den Tieren wieder gut?«, fragte sie. »Hat jemand ihre Entzündungen behandelt?«

»Gewiss«, meinte Michael, und es war offensichtlich, dass ihn diese Frage keinen Deut interessierte.

Seit Elvira ihn vor einer halben Stunde hereingelassen hatte, damit sich der durchgefrorene Knecht in ihrem Haus aufwärmte, galt seine Aufmerksamkeit ausschließlich den Wurstbroten seiner Gastgeberin, ihrem heißen Kaffee und dem Hochprozentigen.

Bestimmt hatte der Tierarzt dafür gesorgt, dass die Kühe gut untergebracht waren, hoffte Elvira.

»Wenn die Viecher noch da wären, hätte ich wenigstens Milch gehabt«, jammerte der ungebetene Gast und nieste, ohne sich die Hand vor den Mund zu halten. Der ganze Tisch war mit feinen Tröpfchen besprenkelt.

Elvira holte ihm ein Papiertaschentuch von der Anrichte, und er schnäuzte sich ausgiebig.

»Keinen Krumen Brot hatten die geizigen Weibsbilder mehr im Haus. Nur noch verschimmelten Käse und ranzige Butter. Die haben den kompletten Kühlschrank leer gemacht, bevor sie das Zeitliche gesegnet haben. Obwohl – viel war da ja noch nie drin. Deswegen sahen sie auch aus wie zwei klapprige Mähren. Und den Kellerschlüssel hatten sie immer gut versteckt, damit niemand an ihre Vorräte konnte.«

Joachim Lindner war der Einzige, der sich über Michaels Schimpftirade wunderte. Die anderen kannten die undankbare Ader des Knechts, den nicht einmal der Tod seiner Brotgeberinnen davon abhielt, über die beiden herzuziehen.

»Wieso bist du dann überhaupt zum Gasthof, wenn du weißt, dass dort nichts zu holen ist?«, fragte Hans mit schiefem Lächeln. Er hatte sich seine Pfeife angesteckt und blies grauen Qualm in die Küche. Die Schneeflocken draußen ließen kaum Licht herein. In der Mitte des Tischs flackerte eine Kerze und fraß gierig den Pfeifenrauch. »Aus alter Verbundenheit wirst du dir nicht die Mühe gemacht haben, hier rauszukommen, das Polizeisiegel aufzubrechen und die Spuren auf dem Hof zu verwischen.«

»Ach was, die Polizei«, wiegelte Michael ab, »die hatte ihre Arbeit doch längst erledigt, als ich vorgestern spät nach der Messe in den Gasthof bin.« Wieder nieste er und kam nicht auf die Idee, sich das Taschentuch vors Gesicht zu halten. »Die machen doch bloß Dienst nach Vorschrift, befragen ein paar Leute, stellen das Haus auf den Kopf und nehmen mit, was wertvoll ist. Den restlichen Tag rühren sie keinen Finger und freuen sich auf ihren Feierabend. Um einen armen Angestellten, der am Monatsende keinen Cent von seinem wohlverdienten Lohn bekommt, kümmert sich natürlich keiner. Die zwei Weibsbilder lachen sich wahrscheinlich gerade ins Fäustchen, weil sie mich nicht mehr ausbezahlen mussten.«

»Ich vermute, die Schwestern hätten es vorgezogen, Ihnen Ihr Gehalt auszuhändigen, anstatt auf bestialische Weise ermordet zu werden«, brach es aus Lindner heraus, der nicht mehr an sich halten konnte.

»Das kann nur wer sagen, der sich hier oben nicht auskennt«, gab Michael verächtlich zurück.

»Dann hast du also schauen wollen, ob noch Geld im Haus ist«, stellte Hans nüchtern fest.

»Schmarrn! Ich hab geschaut, ob ich was Essbares find und einen warmen Platz zum Schlafen – was denkt ihr denn!«, erwiderte der hagere Junggeselle empört.

Jeder der Anwesenden, einschließlich Joachim Lindner, ahnte, dass er das ganze Haus nach Barem abgesucht hatte.

»Die Welt ist kalt und ungerecht, da muss unsereins versuchen, irgendwie über die Runden zu kommen. Meine Hauswirtin hat mich einfach auf die Straße gesetzt, weil ich ein paar Tage mit der Miete im Rückstand war. Dass mich die Gabi und die Elisabeth nicht ausbezahlt haben, hat die nicht interessiert.« Er fuhr sich durch die strähnigen, schulterlangen Haare, während sein Augenlid zuckte. »Wo hätt ich denn sonst hinsollen?«

Elvira vermutete, dass es nicht nur um ein paar Tage ging.

Es war ein offenes Geheimnis, dass der Michael einen Großteil seines schmalen Lohns in der Wirtsstube im Dorf ließ.

»Ihr seht mir hoffentlich nach, dass ich eine Handvoll Eier und einen Rucksack mit Holz bei euch mitgenommen habe? Sobald ich mein Geld bekommen hab, werd ich euch die Kosten erstatten«, sagte er lächelnd und ließ seine braunen Zähne mit der schwarzen Lücke links oben sehen.

»Lass gut sein.« Hans winkte ab.

»Wenn sich die beiden Weiber mehr um ihr Holz gekümmert hätten, hätt ich's sicher noch ein Weilchen drüben ausgehalten. Bin ja ein genügsamer Mensch. Stromausfall hin oder her. Aber das bisschen Brennholz, das sie für den Ofen in der Gaststube besorgt hatten, war ruck, zuck aufgebraucht.«

Garantiert war es seine Aufgabe gewesen, sich um das Holz für den Winter zu kümmern, dachte Elvira.

»Keinen Tag länger konnt ich in dem eisigen Gasthof bleiben, und runter ins Dorf kommt man zurzeit ja nicht.« Wieder zeigte er sein schadhaftes Gebiss. »Daher wär's nett, wenn ich bei euch unterkommen könnt. Natürlich nur, bis die Wege wieder einigermaßen frei sind.«

»Freilich«, erwiderte Elvira und fügte im Namen aller hinzu: »Wir setzen dich in so einer Situation doch nicht vor die Tür.«

Matthias und ihr Vater hatten die ganze Zeit keinen Ton von sich gegeben. Elvira ging davon aus, dass diese Einladung nicht unbedingt ihrem Wunsch entsprach, aber was hätten sie gegen die Bitte vorbringen können?

»Ich dank euch schön«, sagte Michael. »Da drüben hätt ich mir sicher den Tod geholt.« Wie zum Beweis nieste er noch einmal herzhaft und griff dankbar nach dem wärmenden Schnaps, den der Pfarrer ihm reichte.

Elvira richtete ihm oben im zweiten Stock die große Ferienwohnung für die Nacht. Nachdem Matthias ihr einen Korb Holz raufgebracht hatte, lüftete sie kurz durch und schürte den Kachelofen an.

Sie war froh, einen Moment allein zu sein – so weit von den anderen entfernt, wie es momentan möglich war. Zu siebt hatten sie um den Tisch gesessen, vier Personen auf der Eckbank, drei auf den Stühlen. Selbst in friedvollen Zeiten mochte Elvira es nicht, wenn sich zu viele Leute in ihrer Küche tummelten. Jetzt, da die Enge und die Bedrohung von außen sie alle zu Gefangenen machten und die Kälte sie auf den wenigen warmen Quadratmetern zusammentrieb, hielt Elvira es kaum noch in ihrem eigenen Haus aus. Sie hatte das Gefühl, erdrückt zu werden.

Als sie den Michael vorhin draußen im Schnee entdeckt hatte, war ihr Herz für einen Moment stehen geblieben. Zuerst hatte sie nur einen schiefen Rumpf samt kleinem Kopf gesehen und an die düsteren Prophezeiungen ihres Vaters denken müssen. Bis sie erkannt hatte, dass die Beine des Mannes fast bis zur Hüfte im Schnee steckten. Mühsam hatte er sich zum Haus vorgekämpft und dabei alles andere als bedrohlich gewirkt – die Hosenbeine voller Schnee, den buckligen Oberkörper in einen schäbigen Mantel gehüllt, auf dem Rücken einen leeren Lederrucksack. Die zusammengekniffenen Augen in dem unrasierten runzligen Gesicht hatten Elvira bittend angeblickt.

Jetzt schüttelte sie das Bett für ihn auf, obwohl es ein ungutes Gefühl in ihr wachrief, den einfältigen Säufer unter dem eigenen Dach zu wissen.

Nachdem alles für den neuen Gast vorbereitet war, ging sie wieder nach unten. Im ersten Stock hörte sie Schritte im

Arbeitszimmer. Hans hatte sich in sein Reich zurückgezogen. Auf der unteren Treppe schallte ihr aus der Küche Michaels Stimme entgegen. Offenbar hatte er sich bereits von den Strapazen erholt und fühlte sich in ihrem Heim mittlerweile wie zu Hause.

»Also wenn ihr mich fragt, dann war's die Resi«, raunte er den anderen zu.

»Wie kommen Sie denn darauf?«, hörte Elvira den Spitzbart interessiert fragen.

»Am Montagabend hab ich sie noch von der Straße aus beim Peter in der Stube gesehen, und kurze Zeit später war sie über alle Berge. Und wir wissen ja alle, was dem alten Grantler an jenem Abend zugestoßen ist …«

»Sie glauben wirklich, dass seine Schwester – eine immerhin nicht mehr ganz junge Frau – zu einer solch brutalen Tat imstande war?«

»Wenn du wüsstest, wozu die Weiber hier oben imstande sind!«, rief der Knecht lachend.

»Bist du dir denn sicher, dass du richtig geschaut hast? Auf die Entfernung und von draußen durch die Scheibe – da kann man leicht jemanden verwechseln«, wandte der Pfarrer etwas leiser, jedoch deutlich hörbar ein.

»Ich bin vielleicht alt, aber blöd bin ich nicht«, ereiferte sich Michael. »Ich weiß ganz genau, was ich gesehen habe! Im Gegensatz zu ein paar anderen Leuten hier oben.« Er senkte die Stimme, und Elvira ging an Ludwig vorbei ein paar Schritte näher zur Küche. »Dem, was der alte Herr hier so erzählt, würd ich schon lange nicht mehr trauen. Wo er geht und steht, sieht er den Teufel und schwafelt den lieben langen Tag vom Satan und seinen Gehilfen.«

Elvira stand nun direkt vor der angelehnten Tür. Ihr Vater

war anscheinend nicht mehr in der Küche, wenn der Michael so ungeniert über ihn herzog.

»Aber der war ja immer schon sonderbar«, lästerte Michael weiter, »grüßt einen erst, wenn man direkt vor ihm steht, und glotzt vorher nur argwöhnisch. So als müsst er sich erst mal überlegen, ob man auch ein Grüß Gott verdient hat. Anstarren tut der dich, als wollt er dich bis auf die Seele durchleuchten.«

»Da hast du nicht ganz unrecht«, sagte Pfarrer Wilms amüsiert. »Selbst mir traut er bis heute nicht über den Weg.«

»Und seine Elvira ist auch nicht besser. Wenn man der irgendwo begegnet, tut sie so, als würd sie einen nicht sehen, und geht schnell weiter. Oder sie zieht die Augenbrauen hoch und bleibt wie angewurzelt stehen. Keinen Schritt kommt sie einem entgegen, und auf ein Gespräch lässt sie sich auch nur ein, wenn's gar nicht anders geht.«

»Du mauserst dich noch zum Menschenkenner, mein Lieber«, erwiderte der Pfarrer und lachte leise.

Michael fühlte sich bestätigt und legte noch eine Schippe drauf. »Verstockt ist die wie eine störrische Ziege, wenn man sie auf der Straße trifft. Hier drinnen ist sie immerhin ein wenig zahmer.«

»Also ich kenne sie nur als freundliche und zuvorkommende Person«, wandte da der Spitzbart ein. Seiner Stimme war anzuhören, dass ihm das Gespräch unangenehm war.

»Reichlich zugeknöpft ist die, wenn du mich fragst. So als hätt sie was zu verbergen«, deutete Michael vielsagend an.

»Worauf wollen Sie hinaus?«, fragte Joachim Lindner.

»Das würd mich auch interessieren«, sagte Pfarrer Wilms, dem seine Neugier anzuhören war.

»Ja, habt ihr euch denn noch nicht gefragt, warum dieses Haus hier bisher als einziges verschont geblieben ist?«

»Sie meinen, hier wurde deshalb bisher niemand ermordet, weil der Mörder einer der Hausbewohner ist?«, fragte Lindner empört, und auch Elviras Herz hämmerte wild.

»Das habe ich so nicht gesagt«, erwiderte Michael, wobei er nicht sonderlich überzeugend klang. »Aber seltsam ist das Ganze doch schon, müsst ihr zugeben …«

»Du glaubst, der Mörder hat – falls er nicht unter diesem Dach wohnt – die Menschen in diesem Haus bisher aus einem bestimmten Grund ausgelassen?« Pfarrer Wilms versuchte, den Gedanken des Knechts zu folgen, und es klang, als fände er Gefallen an dieser Möglichkeit.

Joachim Lindner mahnte zur Besonnenheit. »Sie sollten vorsichtig sein mit solchen Behauptungen. Haltlose Verleumdungen stiften nur Unfrieden und spielen am Ende dem wahren Verbrecher in die Hände.«

»Vielleicht weiß der Michael ja mehr als wir. Vielleicht beruhen seine Annahmen auf Tatsachen, die wir nicht kennen?« So schnell wollte der Pfarrer nicht aufgeben. Sein ermittlerischer Ehrgeiz war entfacht.

Doch der Knecht schien die Lust verloren zu haben. Oder er wollte nicht weiterreden. »Ach, was weiß ich!«, polterte er. »Schaut sie euch doch nur an! Der verschrobene Alte und seine kaltherzige Tochter mit ihrem faulen Bub und dem feinen Gatten, der sie erst sitzen lässt und dann, nachdem er es in der weiten Welt zu nichts gebracht hat, wie ein räudiger Köter auf den Hof zurückkommt! Die haben doch alle Dreck am Stecken!«

Elvira stand wie gelähmt vor der Küchentür. Im Stillen verfluchte sie das alte Lästermaul. Doch noch mehr verfluchte sie ihre eigene Feigheit, die sie daran hinderte, diesen bösartigen Kerl zur Rede zu stellen.

»Jetzt gehen Sie eindeutig zu weit!«, maßregelte ihn der Spitzbart. »Ich finde, Sie vergreifen sich ganz schön im Ton. Und das ganze Haus kann Sie hören. Außerdem – wer sagt Ihnen denn, dass nicht etwa ich etwas mit der Sache zu tun habe? Oder der Herr Pfarrer? Und woher sollen wir eigentlich so genau wissen, dass nicht sogar Sie der Gesuchte sind?«

»Diese Angst kann ich euch leider nicht nehmen.« Michael lachte trocken auf.

Im selben Moment wurde die Haustür aufgestoßen, und Elvira fuhr zusammen. In der Küche wurde es mit einem Schlag still.

Matthias kam herein und klopfte sich den Schnee von den Kleidern. Er war so damit beschäftigt, dass er seine Mutter gar nicht bemerkte.

Elvira wurde klar, was für eine seltsame Figur sie abgab, wie sie da an ihrer eigenen Küchentür lauschte. Schnell legte sie die Hand auf die Klinke, als hätte sie gerade hineingewollt. Nur war sie so perplex, dass sie kurz anklopfte, bevor sie die Tür aufmachte.

Ertappt starrten sie die drei Männer in der Küche an.

»Entschuldigung«, stieß sie reflexhaft hervor, »ich wollte nur nachschauen, ob es hier unten noch warm genug ist.«

Ihre Gäste schwiegen verdattert.

»Ich hab dir im zweiten Stock ein Bett hergerichtet, Michael. Eingeheizt ist auch schon. Also wenn du dich ausruhen möchtest …«

»Recht schönen Dank, liebe Elvira«, säuselte der alte Knecht. Steif erhob er sich, nicht ohne zuvor sein Schnapsglas zu leeren. »Wenn die Herren mich bitte entschuldigen, aber nach den Unannehmlichkeiten der letzten beiden Nächte kann mir ein Stündchen Schlaf sicher nicht schaden.«

Elvira ging ihm voran die Treppe hinauf.

»Du jagst einen alten Mann aber ganz schön weit rauf«, stöhnte er und blies ihr seinen Schnapsatem in den Nacken.

»Im ersten Stock ist leider alles belegt, da ist der Pfarrer untergekommen.«

»Is' scho recht«, murmelte Michael und nieste kräftig.

Unwillkürlich zog Elvira den Kopf ein.

»Warum hast du denn ein Pflaster am Kopf?«, wollte er neugierig wissen, als sie oben in der Ferienwohnung standen. »Der Bluterguss sieht ja ganz schön heftig aus.«

»Ach«, winkte Elvira ab, »das sieht schlimmer aus, als es ist. Ich bin im Hof ausgerutscht und hab mir den Kopf an der Mülltonne angeschlagen.«

Enttäuscht und alles andere als überzeugt nickte er. »Du solltest besser auf dich aufpassen.« Aus seiner Stimme sprach falsche Besorgnis. »Gerade jetzt müssen wir gut aufeinander Acht geben. Vor allem aber müssen wir zusammenhalten.« Beschwörend blickte er ihr in die Augen.

»Neben dem Waschbecken findest du zwei Handtücher«, sagte Elvira. »Warmes Wasser gibt es zurzeit leider nicht.« Sie musterte seine verdreckte Gestalt.

»Kein Problem, die Körperpflege kann warten«, erwiderte Michael und wandte sich dem frisch bezogenen Bett zu. »Erst mal werd ich mich aufs Ohr hauen.«

»Gib Bescheid, wenn du noch was brauchst.« Elvira war schon an der Tür.

»Elvira!«, rief er ihr nach. »Da wär in der Tat noch was …«, druckste er plötzlich kleinlaut herum. »Du weißt ja, dass die Gabi und die Elisabeth mir meinen Lohn schuldig geblieben sind. Und weil ich euch hier nicht ewig zur Last fallen will, wollt ich fragen, ob du mir vielleicht aushelfen könntest.

Du verstehst schon … Sobald man wieder runter ins Dorf kommt, werd ich mich auf den Weg machen. Nur kann ich halt schlecht mit leerem Säckel bei meiner Hauswirtin auftauchen. Die kennt kein Mitleid und lässt mich auf der Straße erfrieren. Ein ganz und gar gefühlloses Frauenzimmer ist das. Du dagegen hast ein gutes Herz und hilfst einem Menschen, wenn er in Not ist …« Er hatte den Kopf schiefgelegt und sah sie aus traurigen Augen an. »Natürlich zahl ich's dir zurück, sobald ich wieder Arbeit hab. Du weißt ja, dass ich keiner bin, der auf der faulen Haut liegt. Aber das Glück ist halt leider nicht immer mit den Tüchtigen …«

»Schon gut«, wand sich Elvira aus der unangenehmen Situation heraus. »Die Finanzen verwaltet bei uns der Hans, musst du wissen. Ich werd ihn fragen und schauen, was sich machen lässt.« Ihr schlechtes Gewissen versetzte ihr einen Stich, und sie sagte schnell: »Ich muss runter und mich ums Essen kümmern. Damit wir alle was Warmes in den Magen bekommen.«

»Jaja, ich versteh schon«, grummelte Michael, und seine vom Selbstmitleid verwässerten Augen wurden zu trotzigen Schlitzen. »Du möchtest gern, kannst aber nicht. So wie's immer ist. Lass gut sein.«

Elvira sah eine unterdrückte Wut in seinen Pupillen aufblitzen.

Sie erinnerte sich, wie er im Frühjahr dem Peter auf offener Straße fast an die Gurgel gesprungen war, weil der ihn einen Einbrecher genannt hatte. Der Alte hatte den Michael dabei erwischt, wie er sich an seinem Scheunentor zu schaffen machte – angeblich um nachzuschauen, ob der alte Kutschwagen noch fahrtüchtig war. Er wolle ein paar Urlauber durch die Gegend fahren, hatte er behauptet.

Der Peter nahm ihm die Geschichte nicht ab und stempelte ihn zum Lügner ab, woraufhin der Knecht in Rage geriet.

Nur das energische Einschreiten von Elviras Mann verhinderte Schlimmeres. Hans kam gerade zufällig von seinem morgendlichen Waldspaziergang zurück. Er trennte die beiden Streithähne und brachte Michael zur Räson, der schließlich schimpfend auf seinem Fahrrad davonfuhr.

Elvira hatte den Vorfall völlig erschreckt vom Hof aus beobachtet und erinnerte sich auch jetzt noch gut an Michaels Wutausbruch. Er war förmlich aus der Haut gefahren und nicht mehr wiederzuerkennen gewesen. Seine Unberechenbarkeit hatte ihr Angst gemacht.

»Ruh dich ein wenig aus. Ich geb dir Bescheid, wenn das Essen fertig ist«, sagte sie, während sie die Treppe runterging.

Er starrte ihr nach, ohne etwas zu erwidern.

Aufgeregtes Bellen drang vom Flur in die Küche.

»Was ist denn da los? Der macht doch sonst nicht so einen Krach.« Elvira ging hinaus.

Der Hund lag nicht auf seiner Decke. Er war unten im Keller. Noch immer bellte er, völlig außer sich.

Elvira lief zur Treppe. »Ludwig, um Himmels willen, was treibst du denn da unten?«

»Angst und Schrecken verbreiten«, kam prompt die Antwort aus der Tiefe. »Ehrlich gesagt, weiß ich es auch nicht. Er ist mir nachgelaufen, und jetzt bellt er wie ein Verrückter.« Hans stand im Vorratsraum und suchte ein paar Lebensmittel für das Mittagessen zusammen.

»Ach so, ja«, rief Elvira zurück. »Da unten ist eine Ratte. Die wird er aufgespürt haben, und nun will er uns davon berichten.« Sie stieg ein paar Stufen hinab. »Schon gut, Ludwig, wir haben dich verstanden.«

»Eine Ratte?« Hans kam ihr entgegen, mehrere Einmachgläser unter dem Arm und in den Händen. »Warum hast du denn nichts gesagt?«, fragte er.

»Ich habe sie auch erst gestern entdeckt, als ich das Sauerkraut geholt habe.«

Ludwig war Hans gefolgt und bellte ihn an.

Elvira griff den Hund am Halsband und schleifte ihn zur Haustür. »Beruhig dich endlich!« Sie gab ihm einen Klaps auf das Hinterteil.

Nur widerwillig ließ er sich auf seiner Decke nieder.

»Ich werde mich um das Viech kümmern«, meinte Hans. »Dieser schmutzigen Biester wird man nur Herr, wenn man ihnen sofort den Garaus macht. Sonst richten sie sich in ihrem eigenen Dreck gemütlich ein, und man wird sie nie mehr los.«

Im Haus war es ruhig geworden. Die Tür war ein paarmal gegangen, seither war nichts mehr zu hören. Selbst die Kühe gaben keinen Ton von sich. Die Stille war fast gespenstisch.

»Ein Spukschloss könnt nicht unheimlicher sein, Ludwig«, sagte Elvira leichthin in den Flur, obwohl ihr ganz anders zumute war. Sie hielt nach dem Hund Ausschau, fand ihn aber nicht. Die graue Wolldecke war leer.

»Ludwig, wo treibst du dich denn nur wieder rum?«, rief sie durch das Treppenhaus, dabei war ihr Hund alles andere als ein Herumtreiber, sondern döste meist zufrieden vor der Haustür.

»Ludwig?« Sie stieg ein paar Stufen zum Keller hinab. Von unten drang ein leises Rascheln herauf. »Bist du da unten?«

Nein, das konnte er nicht gewesen sein. Das Geräusch glich eher dem Schaben der widerlichen Ratte. Elvira traute sich nicht weiter und machte kehrt.

War der Hund etwa mit einem der Männer nach draußen gegangen? Sie öffnete die Haustür und spähte in die finstere Kälte. Nichts war zu sehen oder zu hören.

Gerade wollte sie sich etwas Warmes überwerfen, um rauszugehen, da kam Matthias herein, über und über weiß bepudert. Den Hund hatte er nicht im Schlepptau.

»War der Ludwig bei dir?«

»Nein. Ist er denn nicht hier?« Matthias blickte auf die leere

Decke. »Als ich vorhin raus in die Scheune bin, lag er noch da, so wie immer«, meinte er.

»Hast du deinen Vater gesehen?«, fragte Elvira.

»Der wird in seinem Zimmer sein. Da hat eine Kerze hinter der Scheibe geflackert, als ich eben über den Hof bin.«

»Ob der Lindner ihn mitgenommen hat?«, dachte sie laut.

»Den Ludwig? Kann ich mir nicht vorstellen.« Matthias zog sich die weiße Mütze vom Kopf.

Oben wurde eine Tür geöffnet, und Hans kam herunter. »Ist das Essen schon fertig?«

»Der Ludwig ist verschwunden«, entgegnete Elvira.

Hans sah sie erstaunt an, und noch während die drei überlegten, wo der Hund stecken könnte, waren Schritte vor der Tür zu hören. Die Klinke wurde gedrückt, die schwere Holztür aufgeschoben.

»Na, das nenn ich ein Empfangskomitee«, sagte der Feriengast. Auch er sah aus wie ein Schneemann, selbst sein Spitzbart war weiß. »Oder wollten Sie gerade einen Suchtrupp nach mir losschicken?«

»Kann man sich denn draußen überhaupt fortbewegen?«, wollte Elvira wissen. Sie fragte sich, wo Lindner die ganze Zeit gewesen war. »Der Schnee ist doch viel zu hoch, da sinkt man bestimmt ständig ein.«

»Ach, das geht schon irgendwie«, winkte Lindner ab. Er verzog den Mund zu einem gequält wirkenden Lächeln, und Elvira sah, dass er vor Kälte schlotterte.

»Sie sind aber ordentlich durchgefroren.«

»Kann man so sagen«, gab Lindner leicht verschämt zu. »Vielleicht hab ich's etwas übertrieben.«

Unweigerlich fühlte sich Elvira an den Dienstagabend erinnert, als ihr Gast nach seiner Wanderung und der Autopanne schlotternd heimgekommen war. Nicht einmal die lange Fahrt mit Hans hatte ihn damals aufgewärmt.

»Haben Sie den Ludwig irgendwo gesehen?«, fragte Matthias.

»Ihren Hund?«, fragte Lindner voller Erstaunen zurück. »Ist er etwa weggelaufen?«

»Das wissen wir nicht«, antwortete Hans. »Meine Frau kann ihn jedenfalls nicht finden.«

Lindner fasste sich an die Stirn. Er schien einen Moment zu überlegen. »Aber ich habe ihn eben noch bellen gehört … dachte ich. Als ich über den Hof gelaufen bin.«

»Sie meinen draußen?« Hoffnung schimmerte in den Augen von Hans auf.

Wieder überlegte Lindner. »Ich hätte schwören können, dass das Bellen aus dem Haus kam.«

Elvira schüttelte den Kopf. Sie wusste nicht, was sie davon halten sollte. Entweder hatte sich der Spitzbart getäuscht, oder er hatte das Geräusch falsch zugeordnet, und Ludwig steckte irgendwo da draußen fest.

»Kommt so was denn öfter vor?«, erkundigte er sich besorgt.

»Nein, nie«, sagte Elvira. »Das ist auch gar nicht seine Art.«

Zu viert blickten sie auf die leere Decke und schwiegen.

»Dann werde ich mich mal warm einpacken und ihn suchen gehen«, sagte Hans.

»Meinst du wirklich?«, fragte Elvira, doch insgeheim hätte sie ihn am liebsten umarmt. »Es ist stürmisch und hundekalt.«

»Du sagst es.« Hans lachte und zog sich an. »Auch für einen Hund ist es nicht gerade gemütlich da draußen.«

»Ich komme mit«, sagte Matthias.

Joachim Lindner zögerte kurz. »Wenn Sie wollen, könnte ich natürlich auch noch mal mit raus …«

»Nein, lassen Sie nur«, lehnte Hans ab. »Es ist nicht mehr lange hell, und wir haben nicht genügend Taschenlampen.«

»So lange werdet ihr hoffentlich nicht brauchen«, meinte Elvira.

Vater und Sohn verließen das Haus.

»Ich drücke Ihren Männern beide Daumen.« Lindner stieg die Treppe zu seinem Apartment hinauf. »Sie werden das arme Tier schon wohlbehalten nach Hause holen.«

Mehr als eine Stunde war vergangen, und die weich gekochten Kartoffeln brutzelten schon eine Weile mit der Fleischwurst, den Champignons und den Erbsen aus dem Keller in der Pfanne vor sich hin. Irgendwann hielt Elvira es nicht mehr drinnen aus, zog sich an und ging hinaus auf den dunklen Hof.

Niemand war zu sehen. Sie war völlig allein. Das Haus wirkte wie ausgestorben. Der zweite Stock, wo Michael schlief, war finster, ebenso das Zimmer von Pfarrer Wilms. Die Kammer ihres Vaters konnte sie von dieser Hofseite nicht einsehen. Lediglich durch das Küchenfenster drang Licht, genauso wie aus Lindners Ferienwohnung. Und aus der Scheune.

Elvira bemerkte einen matten Schein, der aus dem Spalt zwischen dem Schiebetor und der Scheunenmauer kroch.

Das Tor war nicht verriegelt. Es kostete Elvira einige Kraft, es aufzuschieben. Schnee versperrte den Weg.

Drinnen hatte sie schon die Hand auf dem Schalter, um das Licht auszuknipsen, als ihr einfiel, dass es gar keinen Strom gab. Sie sah sich nach der Lichtquelle um und entdeckte die Taschenlampe auf der Motorhaube des Traktors. Matthias musste vergessen haben, sie auszuschalten.

Sie wollte gerade danach greifen, als ihr Blick etwas Seltsames streifte. Es hing an der gegenüberliegenden Scheunenwand. Auf Zehenspitzen mühte sie sich, über die Motorhaube zu spähen, doch das wuchtige Fahrzeug versperrte ihr die Sicht. Sie ging ein Stück um den Traktor herum.

Das seltsame Etwas war auf zwei Haken gespießt und hing an einem langen Brett zwischen dem Spaten, einer Laubsäge und anderen Gerätschaften. Noch aus der Entfernung konnte Elvira erkennen, dass es ein haariger Pelz war. Ihr Herz setzte einen Schlag aus. Es war das Fell eines toten Tiers.

Hinter ihr quietschte es, und sie fuhr herum.

Ein Mann hatte das Tor weiter aufgeschoben, war aber noch nicht in die Scheune getreten. Das Licht der Taschenlampe beleuchtete nur seine Schuhspitzen.

Elvira wich einen Schritt zurück und stieß gegen den mächtigen Hinterreifen des Traktors.

»Wie sagt man so schön? Den Letzten beißen die Hunde«, schnarrte eine Stimme aus dem Dunkeln.

»Wie bitte?«, stammelte Elvira.

Der Mann trat auf sie zu, und sie erkannte seinen Spitzbart.

»Entschuldigen Sie, ich weiß, mein Humor ist fehl am Platz.« Er grinste verlegen. »Aber als ich Ihnen eben in der Küche Gesellschaft leisten wollte, habe ich festgestellt, dass keiner mehr im Haus ist.« Er betrachtete seine Schuhe. »Oder haben sich Ihr Vater und die beiden anderen Gäste noch immer in ihren Zimmern verkrochen?«

Elvira nickte.

»Nach den jüngsten Ereignissen kann einem ganz schön unheimlich zumute werden, in diesem großen, dunklen Haus. Finden Sie nicht auch?«

Erneut nickte sie.

Joachim Lindner kicherte leise. »Da habe ich einfach mal die Flucht nach vorne angetreten und nachgesehen, wo Sie stecken. Jetzt, nachdem endlich wieder warmes Blut durch meine Adern strömt.«

Elvira nickte noch immer. Sie war sich nicht sicher, ob er in diesem Moment das dunkle Fell hinter ihr fixierte, aber es kam ihr so vor.

»Was machen Sie hier?«

»Das Licht ausschalten.«

Er stutzte kurz, dann sagte er: »Seien Sie mir bitte nicht böse, aber sobald das Wetter es zulässt, werde ich meine Sachen packen und in Richtung Heimat aufbrechen. Ich habe zwar bis Montag gebucht, aber es drängt mich nach Hause.«

»Ja, natürlich, das verstehe ich voll und ganz«, stieß Elvira eilig hervor.

»Bevor ich fahre, wollte ich allerdings noch unter vier Augen mit Ihnen sprechen.« Er trat näher an Elvira heran.

Sie schob ihren Rücken an dem Traktorreifen vorbei und wich zurück.

»Ich will noch etwas zu Ende bringen.«

Vorsichtig machte sie ein paar Schritte rückwärts und war sich bewusst, dass sie sich damit auf das tote Tier zubewegte.

»Gestern habe ich über das Jagen gesprochen, das in schwierigen Zeiten verhindert, dass die ausgehungerte Gemeinschaft sich selbst zerfleischt.«

Elvira schluckte und ließ ihn weiterreden.

»Sozusagen die einzige Chance, um zu überleben … Aber ich habe nicht alles gesagt, was mir auf der Seele brennt …«

Ihr Hals war trocken wie Schmirgelpapier.

»Was haben Sie nicht gesagt?«, dröhnte es plötzlich hinter Joachim Lindner.

Hinter ihm stand Hans, die Mütze tief in die Stirn gezogen, eine Taschenlampe in der Hand.

Der Spitzbart fuhr herum.

Elvira holte tief Luft. Ihr war, als hätte sie die ganze Zeit vergessen zu atmen.

»Nun ja«, stammelte Lindner, darum bemüht, Zeit zu gewinnen und der veränderten Situation Herr zu werden. »Sie müssen wissen, dass ich im Grunde nichts für blutige Spektakel übrighabe.« Er trat einen Schritt zurück, so dass er nun genau zwischen Hans und Elvira stand. »Außerdem bin ich der Meinung, dass nur ein äußerster Notfall grobe Gewalt gegen Mensch und Tier rechtfertigt. Daher hat es mich zutiefst schockiert oder vielmehr« – er suchte nach dem geeigneten Wort – »verstört, miterleben zu müssen, wie ein hilfloses, verzweifeltes Tier auf Ihrem Hof mit größter Brutalität getötet wurde.«

Hans starrte ihn wortlos an.

»Bitte verstehen Sie mich nicht falsch, ich möchte Ihre Familie nicht anklagen. Sie alle haben sicherlich einen anderen Bezug zur Natur und zur Tierwelt als ich. Bestimmte Prinzipien der Humanität sind für mich eben auch auf Tiere übertragbar.« Mit dem Fuß schob er ein paar Strohhalme auf dem Scheunenboden zusammen. »Natürlich war es eine heikle Situation, trotzdem frage ich mich, ob es nicht auch anders gegangen wäre.«

»Wovon reden Sie?«, fragte Hans.

»Ich weiß, das Leben Ihrer Frau war in Gefahr«, mitfühlend blickte er zu Elvira. »Aber ein weiterer Schuss in die Luft hätte sicher ausgereicht, um das verängstigte Tier in die Flucht zu schlagen. Vielleicht hätte sogar ein Stock oder eine Mistgabel genügt. Ein paar Hiebe oder Stiche wären für das Tier immer noch besser gewesen, als aufgespießt an einem Haken zu enden.« Er deutete mit dem Kopf auf das schlaffe Fell an der Wand hinter Elvira.

Sie drehte sich um und konnte endlich mehr erkennen. Jetzt sah sie die langen dunklen Borsten in dem dichten, verschmutzten Pelz. Wie hatte sie das tote Monstrum nur für ihren Hund halten können?

»Mit Verlaub, Herr Lindner, selbst in Großstädten macht die Polizei mit Schusswaffen Jagd auf Wildschweine«, wandte Hans mit ruhiger Stimme ein. »Mit Schlagstöcken allein nimmt niemand den Kampf gegen die wild gewordenen Biester auf.«

»Sie haben Matthias mit dem Keiler geholfen?« Elvira war erstaunt. Sie erinnerte sich, dass er sich besorgt erkundigt hatte, woher die Wunde an ihrem Kopf stamme. Daher war sie davon ausgegangen, dass er von dem Vorfall nichts mitbekommen hatte.

»Nein, leider nicht«, erwiderte der Spitzbart ein wenig beschämt. »Ich gebe zu, dass ich das hätte tun müssen. Aber die Schüsse haben mich verschreckt, und im nächsten Moment hatte Ihr Sohn das Tier schon erlegt, wie ich von meinem Fenster aus sehen konnte.«

Ein Feigling also, dachte Elvira, der sich im Nachhinein moralisch überlegen fühlte.

»Was ist mit Ludwig?«, wandte sie sich an ihren Mann.

Er schüttelte den Kopf. »Ich habe ihn nicht gefunden. Ich weiß nicht einmal, wohin er gelaufen sein könnte.«

Sie spürte, wie ihr Tränen in die Augen traten.

»Vielleicht hatte Matthias ja mehr Glück«, sagte Hans aufmunternd.

»Wart ihr denn nicht zusammen unterwegs?«

»Wir haben uns recht schnell getrennt, um in verschiedenen Richtungen zu suchen. Bei dem tiefen Schnee kommt man sonst nicht weit.«

»Dann lasst uns nachsehen, ob er endlich zurück ist. Nicht dass wir später auch noch nach ihm suchen müssen«, sagte Elvira mit einem Anflug von Panik in der Stimme.

Sie nahm die Taschenlampe vom Traktor und trat vor den beiden Männern auf den dunklen Hof. Hans verließ als Letzter die Scheune und schloss das Schiebetor.

Hoffentlich war dem Hund nichts zugestoßen, dachte Elvira auf dem Weg zum Haus. Der Gedanke ließ sie nicht los, dass Ludwig irgendwo verletzt oder leblos in der Kälte lag, nachdem er von einem Tier angefallen worden war. Oder von einem Menschen …

Fast gleichzeitig betraten Michael, der alte Vater und der Pfarrer die Küche. Sie hatten das Essen wohl gerochen, oder der Hunger hatte sie geweckt und hergetrieben. Hans und Matthias, die schon fertig waren, saßen schweigend und niedergeschlagen am Tisch. Auch Matthias hatte den Hund nicht gefunden.

»Mit finanzieller Unterstützung kann ich nicht dienen«, sagte Pfarrer Wilms gedämpft, aber ungehalten, während er Michael die Küchentür aufhielt. »Die Almosen werden an eine zentrale Stelle weitergeleitet und von dort unter den Bedürftigen verteilt.« Das vorletzte Wort betonte er unüberhörbar. »Dennoch werden wir natürlich niemanden auf der Straße erfrieren lassen. Ein warmes Plätzchen zum Schlafen und eine heiße Suppe lassen sich immer organisieren«, fügte er mit gönnerhaftem Lächeln hinzu, ehe sie sich setzten.

»Sag, Hans, was hast du eigentlich mit dem vielen Geld vor, das du demnächst mit all den greisen Idioten verdienst?«, begann Michael zwischen lauten Schmatzern zu sticheln.

Elviras Vater räusperte sich. »Diesen Tag werd ich wohl kaum noch erleben.« Ein Stück Kartoffel klebte ihm am Kinn.

»Die Investitionen in ein derart modernes Klinikzentrum werden sich erst auf lange Sicht amortisieren«, entgegnete Hans trocken. »Bis die Einnahmen die Ausgaben aufwiegen, werden mehrere Jahre vergehen. Gewinn wirft ein solcher Betrieb kaum ab.«

»Verstehe, man handelt ohne Eigennutz«, spottete Michael. »Dann besteht ja womöglich doch noch Hoffnung für einen armen Irren wie mich.« Er warf Elvira einen vielsagenden Blick zu. »Trotzdem wäre mir ein Scheck oder ein bisschen Bargeld lieber als ein Ganztagesplatz in deinem Luxusbau für reiche Spinner«, sagte er, wieder an Hans gewandt.

Der schaute fragend in Elviras Richtung, doch die zuckte nur die Schultern, wie um ihm klarzumachen, dass er nichts auf das Gerede des Grantlers geben solle.

»Die Menschen hier draußen müssen sich erst an eine solche Klinik gewöhnen«, erklärte Pfarrer Wilms in versöhnlichem Ton, als wäre Hans ein Fremder.

»Mit der Klinik werden wir Menschen helfen, die von ihren Angehörigen nicht betreut werden können. Gleichzeitig schaffen wir Arbeitsplätze für die Leute aus der Region. Bereichern wird sich dabei niemand«, gab Hans ungeduldig zurück.

Matthias, der wie so oft schwieg, hörte seinem Vater interessiert zu.

»Wie ich schon sagte«, meinte Michael und ließ sich von Elvira noch einmal den Teller füllen, »eine edle Tat, die sicherlich vor Gott und der Welt Anerkennung finden wird.« Den strengen Blick des Pfarrers ignorierte er. »Selbstverständlich stehen hinter der ganzen Sache Menschen, die nicht Geld, sondern nur Gutes im Sinn haben. Kein Wunder, dass es mit dem Bau so langsam vorangeht …«

Elviras Vater gluckste belustigt, woraufhin er sich an seinem letzten Bissen Fleisch verschluckte. Ein heftiger Hustenanfall folgte.

Elvira stand auf und brachte ihm ein Glas Wasser.

»Auch ein Idiot spricht hin und wieder weise«, murmelte der Alte.

Hans erwiderte nichts mehr und begann seine Pfeife zu stopfen.

»Wo ist eigentlich der freundliche Herr aus dem Norden?«, fragte der Pfarrer.

»Er ist erschöpft und ruht sich aus«, antwortete Elvira. »Wenn die Straßen morgen wieder frei sind, will er mit dem ersten Bus abreisen.«

»Er ist erschöpft? Hat er Dinge getan, von denen wir nichts mitbekommen haben?« Aus der Stimme des Pfarrers sprach Spott, aber auch Misstrauen. Er wandte sich an den Knecht: »Oder bist du ihm eben zu dicht auf die Pelle gerückt und hast ihn verschreckt?« Ein Grinsen huschte über sein Gesicht. »Von deiner herzerweichenden Elendsgeschichte hat er sich ja ziemlich bedrängt gefühlt …«

»Was soll das?«, fauchte Michael ihn an. »Das war ein Gespräch unter vier Augen, das niemanden etwas anging. Den hinterlistigen Lauscher bestraft der liebe Gott, ist es nicht so?«

»Der Ludwig ist verschwunden«, verkündete Elvira unvermittelt, um den Kampf der Streithähne zu schlichten, und für einen Moment herrschte tatsächlich Ruhe. »Von euch hat ihn wohl keiner gesehen?«

Michael schüttelte unbeteiligt den Kopf, während er schmatzend die letzten Bissen verschlang. Elvira ahnte, dass ihn die Geschicke der Tiere noch weniger bekümmerten als die seiner Mitmenschen.

»Der Hund ist ausgebüxt?« Ihr Vater war erstaunt. »Na, der wird ja noch mal richtig unternehmungslustig auf seine alten Tage.« Ein Lächeln trat auf sein faltiges Gesicht. »Oder ist der alte Kerl schon ein wenig verwirrt im Oberstübchen?« Ernsthaft Sorgen schien er sich nicht zu machen.

»Wirklich seltsam … gerade jetzt.« Der Pfarrer kratzte sich

nachdenklich die Stirn. »Und er ist zum ersten Mal einfach so weggelaufen?«

Elvira nickte betroffen.

Um sie aufzumuntern, setzte er schnell wieder ein fröhliches Gesicht auf. »Mach dich nicht verrückt, meine Liebe, und verlier nicht die Hoffnung. Ein Hund findet selbst taub und blind noch zurück nach Hause, egal wohin es ihn verschlagen hat. Wirst sehen, morgen früh liegt er vor der Tür, als wär nichts gewesen.«

Samstag

Ich habe Spuren entdeckt«, meinte Hans am Mittagstisch. Seine Nase war rot, und er musste sich mehrmals schnäuzen. Er hatte den ganzen Vormittag nach Ludwig gesucht.

Auch Matthias und der Spitzbart löffelten mit geröteten Wangen ihre Kartoffelsuppe. Sie hatten im Hof mit dem Schneeschieber gegen den halben Meter Neuschnee gekämpft, der über Nacht erneut gefallen war. Die Gesichter der beiden alten Männer am Tisch dagegen waren aschfahl. Elviras Vater und der Pfarrer waren lieber im Haus geblieben. Genauso wie der Michael, der sich bisher noch nicht hatte blicken lassen.

Der Stromausfall dauerte nun schon den dritten Tag an, und die drei Gäste saßen weiterhin fest. Immer noch gab es weder Licht noch warmes Wasser oder eine funktionierende Heizung. Die Düsternis und die Kälte schlugen allen aufs Gemüt. Vor allem Elviras Vater sah erschöpft und verschlafen aus, ein Bild, das allmählich zur Gewohnheit wurde.

»Oben auf der Hangstraße, in der Nähe von Resis Haus, sind verwehte Pfotenabdrücke im Schnee. Ich bin mir ziemlich sicher, dass sie von einem Hund stammen«, redete Hans weiter. »Hinter dem Haus verlieren sie sich in Richtung Wald.«

Elvira war wie elektrisiert von diesem Lebenszeichen. Gleichzeitig fragte sie sich, was Ludwig dort oben verloren haben konnte und warum er nicht nach Hause zurückgefunden hatte. Sie war froh, dass alle drei Männer gleich noch mal rauswollten, um weiter nach ihm zu suchen.

Als die sechs nach dem Essen noch bei Kaffee und Schnaps zusammensaßen, verkündete Matthias, dass der Holzvorrat allmählich zur Neige gehe. Sie waren nun mal nicht darauf eingestellt, gleich mehrere Öfen Tag und Nacht zu befeuern.

»Seit gestern Mittag verheizt auch noch unser neuer Gast eine ordentliche Menge oben unterm Dach«, meinte er mit einem missfälligen Blick hinauf zur Decke. »Wo steckt der überhaupt?«

Elvira beschloss, nach dem verschollenen Knecht zu schauen. So lange schlief doch kein Mensch.

Sie verließ die Küche und ging das kalte Treppenhaus hinauf. Einige Stufen vor dem obersten Treppenabsatz blieb sie stehen, um durchzuatmen. Da entdeckte sie etwas.

Am Rand der vorletzten Stufe, direkt an der Wand, schimmerte etwas Kleines, Rundes. Schnaufend machte sie zwei Schritte zurück, um sich besser bücken zu können, und hob das Geldstück auf. Eine Zwei-Euro-Münze. Ein Grinsen huschte über ihr Gesicht. Hatte der alte Schnorrer doch noch eine Geldquelle aufgetan? Eine derart ergiebige, dass er es nicht geschafft hatte, den ganzen Batzen in sein Zimmer zu tragen?

Sie klopfte zweimal laut an die Tür, erhielt jedoch keine Antwort. Da die Ferienwohnung nicht verschlossen war, trat sie ein. Die Vorhänge waren zugezogen. Stickige Kälte umfing sie. Sie musste nicht in den Ofen schauen, um zu wissen, dass die Glut vor Stunden erloschen war.

Als sie in die Schlafstube trat, meinte sie, die Umrisse des Knechts im Bett zu erkennen.

»Entschuldige, Michael, geht's dir nicht gut?«, fragte sie mit hohler Stimme. »Wir haben uns Sorgen gemacht, daher wollt ich …« Sie beugte sich vor und merkte, dass sie sich getäuscht hatte. Vor ihr lag bloß die aufgebauschte Daunendecke.

Auch im Badezimmer war niemand. Sie ging durch die Wohnräume und zog die Vorhänge auf, damit Licht hereinkam. Außer dem ungemachten Bett und der Asche im Kachelofen entdeckte sie keinerlei Hinterlassenschaften des Knechts. Aber er hatte ja auch nichts bei sich gehabt, als er gestern vor der Tür gestanden hatte. Nichts bis auf die Kleider an seinem Leib. Und den schäbigen Lederrucksack, mit dem er am Morgen das Holz gestohlen hatte, fiel Elvira ein. Sie warf noch einmal einen Blick in alle Räume und Schränke, doch sie fand ihn nicht.

Konnte es sein, dass der Michael in aller Frühe heimlich aufgebrochen war? Nur wohin? War er den beschwerlichen Weg runter ins Dorf, wo er keine Bleibe mehr hatte? Hatte ihm jemand so viel Geld gegeben, dass er seine Mietschulden begleichen konnte? Oder war er, aus welchem Grund auch immer, zurück in den Gasthof der toten Schwestern?

Die fünf Männer in der Küche zeigten sich überrascht von der Nachricht, dass Michael verschwunden war. Sie suchten in der Scheune und im Stall nach ihm, doch es war, als hätte sich der Knecht in Luft aufgelöst.

Hans meinte, er, Joachim Lindner und Matthias könnten bei ihrer Suche nach Ludwig gleich mitschauen, ob sie irgendwelche Spuren von Michael entdeckten. Spontan schloss sich Pfarrer Wilms den dreien an. Er schwafelte etwas von Bewegung als Lebenselixier und Dienst am Mitmenschen und prahlte mit seinen Schneeschuhen. Wahrscheinlich aber wurde er hauptsächlich von seiner Neugier und der strahlenden Sonne nach draußen gelockt.

Elvira war froh, dass alle mitgingen und nur ihr Vater im Haus blieb. Vor allem Joachim Lindners Anwesenheit bescherte ihr seit dem Vorfall in der Scheune ein gewisses Unwohlsein.

Als sie weg waren und ihr Vater sich in seine Kammer zurückgezogen hatte, setzte sich Elvira an den Küchentisch und schenkte sich den letzten Rest des inzwischen kalten Kaffees ein. Er schmeckte fürchterlich. Sie brauchte einen Moment, um zur Ruhe zu kommen und um nachzudenken. Sollte sie den Männern nicht besser bei ihrer Suche helfen? Doch in dem tiefen Schnee würde sie wegen ihres Übergewichts kaum mit den anderen Schritt halten können.

Der Neuschnee war ihrer aller Feind. Er hinderte sie am Fortkommen und hatte viele der Spuren bereits ausgelöscht. Er verdeckte, verbarg, vergrub. In dem Maße, in dem sich das weiße Nichts ausbreitete, griff das Verschwinden immer weiter um sich. Erst Ludwig und jetzt auch noch der Michael. Nicht zu vergessen die Resi. Sie war die Erste gewesen.

Wie konnte das alles sein? Würden sie bald wieder auftauchen? Lebendig und unversehrt? Liebend gern hätte Elvira einen Hellseher oder ein schlaues Buch befragt.

Bei diesem Gedanken fiel ihr ein, dass sie womöglich ein solches Buch besaß. Vielleicht sollte sie sich die Mühe machen, noch einmal genauer darin zu lesen. Aufgrund der gestelzten alten Sprache hatte sie möglicherweise ein weiteres wichtiges Detail in der Leidensgeschichte der heiligen Katharina übersehen. Von der Stelle mit der Peitsche hatte ihr auch erst der Pfarrer berichtet. Da war es gar nicht so unwahrscheinlich, dass ihr noch mehr entgangen war.

Sie stand auf und ging ins Schlafzimmer, wo die *Legenda Aurea* seit vorgestern im Nachtschränkchen vor sich hin schlummerte. Hoffentlich hatte ihr Vater sie noch nicht vermisst. Sie ließ sich mit dem Buch auf dem Bett nieder. Natürlich hätte sie lieber in der warmen Küche als im eisigen Schlafzimmer gelesen, aber sie wollte nicht das Risiko eingehen, von ihrem Vater dabei überrascht zu werden. Wie ein übergroßer Backstein drückte sich der abgegriffene Band in ihren Schoß, während sie die Seiten des Katharinenkapitels aufschlug.

Zweimal kämpfte sie sich durch die lange, schwer verständliche Legende, ohne auf einen neuen Hinweis zu stoßen. Angestrengt konzentrierte sie sich darauf, nicht ständig den Faden zu verlieren, doch sie entdeckte nicht einmal die Stelle mit der Peitsche.

Aber gerade als sie das Buch zuschlagen wollte, saugten sich ihre Augen an einem einzelnen Wort fest. Pfarrer Wilms, fiel ihr plötzlich ein, hatte etwas von bleikugelbesetzten Geißeln, die Skorpione hießen, erzählt. Genau in dem Absatz, in dem Katharina dem ungläubigen Kaiser versicherte, dass ihre Liebe zu dem einzigen Gott durch nichts ins Wanken gebracht werden könne, weder durch irdischen Ruhm noch durch Folter, fand sich der Beweis:

> Antwortete die Jungfrau: »Wisse, ich habe mich Christo gegeben zu einer Braut, der ist mein Ruhm und meine Liebe, meine Süßigkeit und mein Ergötzen, von des Liebe mag mich weder Schmeicheln noch Pein scheiden.« Da ward der Kaiser zornig und ließ sie nackend ausziehen und mit Scorpionen schlagen und darnach in einen finsteren Kerker schließen.

Was stand da? Mit weit aufgerissenen Augen hangelte sich Elvira aufgeregt die folgenden Zeilen entlang:

> Da aber der Kaiser geboten hatte, daß sie zwölf Tage ohne Speise bleibe, sandte ihr Christus eine weiße Taube vom Him-

mel, die stärkte sie mit himmlischer Speise. Darnach kam der Herr selber zu ihr mit der Menge der Engel und Jungfrauen und sprach zu ihr: »Tochter; erkenne deinen Schöpfer; für des Namen du gar einen mühseligen Kampf hast an dich genommen: sei unverzagt, denn ich bin mit dir.«

Verwirrt griff sich Elvira an die Stirn und schüttelte den Kopf. Aber es gab nichts daran zu rütteln: Es hatte eine weitere Leidensstation im Martyrium der heiligen Katharina gegeben. Eine Leidensstation, die Elvira überlesen hatte, weil sie ihr angesichts der anderen abscheulichen Folterarten, die der Kaiser später noch ersonnen hatte, womöglich auf den ersten Blick vergleichsweise harmlos erschienen war.

Aber was hatte das zu bedeuten? War es möglich, dass der Mörder von Peter, Josef und den Wenzel-Schwestern die Resi entführt und eingesperrt hatte? Hatte der verschwundene Michael womöglich etwas damit zu tun?

In Elvira begann es zu arbeiten. Gedanken und Bilder flackerten in ihrem Kopf auf wie Flammen eines wütenden Feuers, und so bemerkte sie erst nach einer Weile, dass ihr Oberkörper vor Kälte zitterte. Eisiges Entsetzen ließ ihr Blut erstarren und griff nach ihrem Herzen.

Sie versteckte die *Legenda Aurea* wieder im Nachtkästchen und ging in die Waschküche, wo sie sich vor dem Holzofen aufwärmte. Kurz gab sie der Versuchung nach und lehnte sich mit dem Hintern dagegen, doch die heiße Emaille brannte sofort durch den Stoff ihres Rocks, und Elvira sprang nach vorn. Wo konnte die Resi nur stecken?

»Eingeschlossen in einem finsteren Kerker …«, überlegte sie. Einem Menschen, der zu derart grausamen Taten fähig war, war vieles zuzutrauen. In den Kerker einer Burg oder eines Schlosses hatte er die Resi sicher nicht geworfen. Aber vielleicht hatte er sie draußen in einer Höhle im Wald festgekettet oder in einer Grube versteckt …

Die Vorstellung trieb Elvira kalten Schweiß auf die Handflächen. Angespannt rieb sie über ihre Oberschenkel und dachte nach. Nein, die Resi sollte nicht erfrieren. Er wollte, dass sie Hunger litt. Wenn die heilige Katharina tatsächlich zwölf Tage ohne Essen eingesperrt war, wollte er sicher nicht das Risiko eingehen, dass sein Opfer nach kurzer Zeit erfror. Das Schicksal, das er für sie vorgesehen hatte, war ein anderes: Sie sollte langsam verhungern.

Nur wo konnte sie dann sein? Dunkle Räume fanden sich überall – so wie es im Wald und in den Bergen etliche Höhlen gab, gab es in den Häusern Keller und unter den Scheunen Kartoffellager. Resis Verlies lag höchstwahrscheinlich ganz in der Nähe. Der skrupellose Mörder, überlegte Elvira weiter, war bei jeder seiner Taten recht pragmatisch vorgegangen, zumindest was die Wahl des Ortes betraf. Er hatte seine Opfer immer dort umgebracht, wo er sie angetroffen hatte. Demnach musste er die Resi in den nächstbesten Keller gesperrt haben. Das hieße, in den Keller ihres eigenen Hauses.

Der Gedanke war so erschreckend, dass sich Elvira setzen musste. Sie ließ sich am Küchentisch nieder und trank einen großen Schluck von dem kalten Kaffee, weil ihre trockene Kehle furchtbar kratzte. Was aber war mit dem Zettel an Resis Haustür? Sicher, es war die Handschrift ihrer Freundin gewesen, aber hatte sie die Nachricht aus freien Stücken verfasst? Hatte sie überhaupt jemals geplant, in die Stadt zu fahren? Womöglich, so kam es Elvira nun, hatte sie an diesem Tag keinen einzigen Schritt vor die Tür gemacht.

Einen Augenblick war sie fassungslos. Dieser Kerl konnte die Resi doch nicht in ihrem eigenen Haus gefangen halten … Außerdem – die Polizei war dort gewesen, hatte das ganze Haus durchsucht. Aber konnte man sich darauf verlassen? Hatten die Beamten wirklich gründliche Arbeit geleistet?

Elvira erhob sich, etwas drängte sie hinaus. Es gab nur eine Möglichkeit, die Wahrheit herauszufinden: Sie musste nachschauen gehen.

Wie von Zauberhand hatte die strahlende Sonne die öde Schneelandschaft in eine funkelnde Märchenwelt verwandelt. Ihre helle Kraft besaß etwas Befreiendes und zugleich Unwirkliches. Für einen Moment machte sie alles, was geschehen war, und alles, womit sich Elvira den Kopf zermarterte, zu albernen Hirngespinsten.

Schritt für Schritt kämpfte sie sich durch das knirschende Weiß voran. Schnee war nur beim Betrachten still, dachte sie, sobald man sich bewegte, waren die Geräusche ohrenbetäubend. Die stumpfe Schneedecke quietschte und knarzte wie Styropor. Elvira bekam eine Gänsehaut.

Nach wenigen Metern begann sie unter ihrem dicken Mantel zu schwitzen, während sie bei fast jedem Schritt bis zu den Knien einsank. Ihr Rock bauschte sich über dem Schnee auf und hatte bald einen weißen Rand, an dem immer größere Schneeklumpen klebten.

Sie schnaufte wie eine Dampflok. Alle paar Minuten blieb sie stehen, um wieder zu Atem zu kommen und ihren Puls zu beruhigen. Nach einer gefühlten Ewigkeit hatte sie es die Hangstraße bis zur Hälfte hinauf geschafft. Zeit für die nächste Pause. Gierig holte sie Luft und sah sich um. Vor und hinter ihr waren zahlreiche Stiefelabdrücke, die sie immer wieder für ihre eigenen Schritte nutzte. Hier war Hans heute entlanggegangen und in der Zwischenzeit vielleicht auch die anderen Männer. Am Wegrand, wo der Schnee noch nicht so zertreten war, entdeckte sie die breiten netzartigen Spuren der Schneeschuhe des Pfarrers.

Sie wandte sich nach allen Seiten, konnte aber keinen der Männer entdecken. Gerne hätte sie jemanden bei sich gehabt, wenn sie Resis Haus betrat. Aber falls ihre Nachbarin wirklich in ihrem eigenen Keller steckte, zählte jede Minute, und sie durfte nicht länger warten. Wie hätte sie den anderen überhaupt auf die Schnelle den Grund ihrer schrecklichen Vermutung erklären sollen?

Sie stapfte weiter. Von der Bank am Straßenrand war nichts weiter zu sehen als ein weicher, sanft geformter weißer Hügel, Auch die kleine Kapelle lag gut verborgen im Schnee, und der Glockenturm auf dem spitzen Dach steckte unter einer mächtigen Haube. Ein kleiner Batzen hatte sich allerdings schon gelöst und war auf das Dach hinabgestürzt. Dicke Tautropfen gruben sich in die dichte, glitzernde Watte.

Mit jedem Schritt kam sie Resis Grundstück näher, und ihre Beklommenheit wuchs. Unwillkürlich wurde sie langsamer. Der Schnee schien sie daran hindern zu wollen, das Haus zu betreten, es war, als würden Bleigewichte an ihren Stiefeln kleben.

Da entdeckte sie auch die Pfotenabdrücke eines Tieres. Es schienen tatsächlich Ludwigs Spuren zu sein. Wohin führten sie? In den Wald, hatte Hans erzählt. Hoffentlich hatten die Männer ihn inzwischen aufgespürt.

Im gleißenden Sonnenlicht erhob sich vor Elvira die Silhouette von Resis Bauernhaus wie eine verlassene, abweisende Trutzburg. Elvira konnte förmlich hören, wie sie ihr drohend zuflüsterte, dass sie fernbleiben solle.

Auf den breiten Steinstufen zur Haustür blieb sie stehen, um erneut Luft zu holen. Mit schweißnassen Fingern kramte sie in ihrer Manteltasche nach dem Ersatzschlüssel, den Resi ihr vor Jahren überlassen hatte und der seither daheim am Schlüsselbrett hing.

Sie zögerte einen Moment, als sie das papierne Polizeisiegel bemerkte, das über Tür und Rahmen geklebt war. Aber es war längst aufgerissen. Irgendjemand war hier gewesen, nachdem die Beamten das Haus durchsucht hatten.

Elvira schloss auf und drückte die breite eiserne Klinke. Ängstlich stolperte sie in das düstere, ausgekühlte Haus. Drinnen kam es ihr kälter vor als vor der Tür. Der Kontrast zu der sonnigen Winterwelt draußen hätte nicht krasser sein können.

Als der fahle Lichtkegel ihrer Taschenlampe aufflackerte, fiel hinter ihr die Tür in Schloss, und das Haus sog den letzten Rest der reinen Schneeluft ein. Im Gegenzug atmete es einen beißenden Geruch aus, der Elvira wie fauler Essig in die Nase stach.

Entsetzt hielt sie sich den Ärmel vor Nase und Mund. Sie kam zu spät, war ihr erster, erschütternder Gedanke. Diesen verwesenden Körper konnte niemand mehr retten.

Sie wollte auf der Stelle kehrtmachen, doch mehrere braune Haufen vor der Treppe hielten sie zurück. Mit der Taschenlampe leuchtete sie den Boden ab. Auf den Dielen waren kleine Pfützen zu erkennen, und den hellen Läufer zierten große gelbe Flecken.

Das war kein Leichengestank! Das war der stille Protest eines Hundes, den man hier gegen seinen Willen eingesperrt hatte. Es musste Ludwig gewesen sein.

»Ludwig?«, rief sie flehend in das kalte Nichts, und ihre bebende Stimme hallte blechern wider.

Aber sie ahnte bereits, dass er nicht mehr hier war. Derjenige, der ihn an diesen Ort verschleppt hatte, hatte ihn längst weggeschafft und vermutlich tief in den Wald hineingezerrt.

»Resi?«, rief sie zaghaft hinterher, das Wort war kaum mehr als ein Flüstern.

Voller Angst wartete sie einige Sekunden ab. Als das Haus unnachgiebig stumm blieb, musste sie sich wohl oder übel ihrer Furcht stellen. Sie zwang sich weiter durch den Flur bis zu der Tür, hinter der es hinab zum Keller ging. Einen Moment wünschte sie, die Tür wäre verschlossen. Doch sie ließ sich widerstandslos öffnen.

»Resi?« Mit der rechten Hand umkrallte Elvira das Holzgeländer, während sie sich vorsichtig die Steinstufen hinabschob.

Im Vorratskeller erwartete sie eine Überraschung, auf die sie in keiner Weise vorbereitet war. Überall lagen Scherben und klebrige Essensreste herum, ein Regal mit Einweckgläsern war verschoben, eine Leiter umgekippt.

»Um Gottes willen!«, entfuhr es ihr. Mit der Taschenlampe beleuchtete sie das ganze Chaos und fand nur eine Erklärung dafür. Hierher hatte der Täter die Resi am Montag geschleift, als er Elvira vor dem Haus gehört hatte. Er hatte sie oben, wahrscheinlich in der Küche, überwältigt und in den Keller gezerrt, wo sie keinen Mucks von sich geben durfte. Doch sie hatte sich gewehrt.

Erschüttert blickte sich Elvira ein zweites Mal um. Die Resi war nicht mehr da. Sicherlich war dem Mann klar gewesen, dass die Polizei hier bald nach ihr suchen würde.

Auch in dem zweiten Kellerraum war keine Spur von ihrer Freundin. Nur Putzzeug und Gerümpel. Elvira wusste nicht, ob sie enttäuscht oder erleichtert sein sollte.

Mit einem Mal wollte sie nur noch raus aus diesem unheilvollen Haus. Hastig stieg sie die Stufen hinauf, rannte durch den stinkenden Flur und stand im Freien. Mit einem Ruck zog sie die Tür des einsamen, verwahrlosten Hauses hinter sich ins Schloss.

Sie hatte noch versucht, Ludwigs Spuren zu folgen, das Vorhaben aber bald abgebrochen. Viel zu wirr war der Verlauf der Pfotenabdrücke auf den ersten Blick. Bestimmt hatte sich der Hund immer wieder gesträubt, war zur Seite oder nach hinten ausgebrochen. Dennoch musste die Person, die ihn weggelotst hatte, ein vertrauter Mensch gewesen sein. Anders war nicht zu erklären, wieso sich der kräftige Ludwig nicht stärker zur Wehr gesetzt hatte.

Am Waldrand hatte Elvira kehrtgemacht. Der Schnee schien undurchdringlich, die Dunkelheit zwischen den hohen Bäumen wirkte gespenstisch. Ratlos trat sie den beschwerlichen Heimweg an.

Auf halber Strecke machte sie eine kurze Rast. Ein Windhauch blies eine große Ecke Schnee vom Dach der Kapelle, der sich vor Elviras Augen in der Luft zu einer weißen Gardine aus Hunderten glitzernder Kristalle auffächerte, die gemächlich zu Boden rieselten. Vor dem Gitter zum Altarraum hatte das Tauwasser bereits einen breiten Krater in den Schnee gefressen. In dieser kurzen Zeit – wie war das möglich?

Elvira machte ein paar Schritte auf die Kapelle zu. Nein, nicht das Tauwasser hatte diese Kuhle in den Schnee gefräst, dafür war sie viel zu groß und zu breit. Jemand hatte den Schnee zur Seite geschaufelt und den Eingang zur Kapelle ein Stück freigelegt. Auf dem Weg hinauf war sie achtlos daran vorbeigestapft, aber jetzt, von oben kommend, war deutlich zu sehen, dass der Schnee, der sich vor dem Gitter auftürmte, aus zwei gelockerten Haufen bestand. Dazwischen klaffte eine erkennbare Delle.

Als Elvira dicht vor dem seltsamen Wall stand, sah sie, dass das schmiedeeiserne Gitter einen Spaltbreit geöffnet war. Jemand hatte das große Vorhängeschloss aufgestemmt, es baumelte über einer Gitterstrebe.

Vor dem Altar, der in die Rückwand der Kapelle gemauert war, stand eine Gebetsbank. Eine heruntergebrannte Kerze und eine alte, zerfledderte Bibel lagen darauf. Eben noch hatte Elvira auf den blendend weißen Schnee geblickt, jetzt starrte sie in ein dunkles Loch. Ihre Netzhaut flimmerte rot. Zuerst erkannte sie nur die Umrisse eines großen Gegenstands, doch dann merkte sie, dass sie sich täuschte. Es war gar kein Gegenstand, sondern ein Mensch.

Schief und unnatürlich nach links gebeugt, lehnte er an der Rückwand, den Kopf vor dem Kruzifix. Die hohen Schneehaufen rechts und links von ihm, die bis zu seiner Hüfte reichten, stützten ihn. Ohne sie wäre er zweifellos umgekippt, denn aus eigener Kraft konnte er nicht mehr stehen. Er war tot.

Elvira schrie auf und hielt sich erschreckt die Hand vor den Mund. Die Kapelle war zu einer Grabstätte geworden. In seinem verdreckten Arbeitskittel, der abgewetzten Hose und den verschmierten Stiefeln grinste ihr höhnisch der Michael entgegen.

Seine Arme hingen schlaff herab, nur die Hände waren seltsam verkrampft, wie knotige Klauen. Über dem fleckigen Kragen seines Kittels waren am Hals großflächige rotblaue Flecken zu sehen. Blutergüsse. Der Mörder hatte sich nicht die Mühe gemacht, die Todesmale zu verbergen. Vielmehr ruhte Michaels Kopf leicht nach hinten gekippt an der Kapellenwand, so dass die Würgemale noch stärker zur Geltung kamen.

Das Gesicht des Toten war vollkommen erloschen. Die Muskulatur war so spannungslos, dass die Falten der vertrockneten Haut weniger tief und sogar die Krähenfüße an den Augen wie ausradiert schienen. Ein dichter Schleier lag über den Augen, die auf unnatürliche Weise aus den Höhlen hervorgequollen waren. Elvira schluckte angewidert. Wie wässrige Fischaugen glotzten sie ins Leere.

Geradezu grotesk wirkte das schaurige Grinsen in dem ansonsten völlig leblosen Gesicht. Die Lippen waren weit auseinandergezogen, die Mundwinkel nach oben gebogen. In der schmalen Öffnung zwischen den Lippen schimmerte etwas.

Für Zähne aus Edelmetall hatte der Michael nie genug Geld besessen. Nur was glänzte dann in seinem Mund?

Elvira überwand ihren Ekel und reckte den Kopf näher zum Gitter. Schlagartig wusste sie, was sie da sah. Erst vorhin, zu Hause auf der Treppe, hatte sie es gefunden. Der Tote hatte den ganzen Mund voller Münzen. Sein Mörder hatte ihm das Maul damit gestopft.

Sie wandte sich ab und schöpfte Atem. Michael Hofer war nicht einfach nur erwürgt worden. Er war an dem Geld erstickt, um das er so schamlos gebettelt hatte.

Mit unsicheren Rückwärtsschritten entfernte sie sich von dem grausigen Ort. In einer hohen Schneeverwehung blieb sie stecken und stürzte. Sie strampelte mit den Beinen, ruderte mit den Armen und hatte das Gefühl, sich immer tiefer in das weiche Nichts zu graben. Panisch zappelte sie im Schnee, bis sie wieder auf die Beine kam.

Als sie nach ein paar Metern noch einmal ängstlich zur Kapelle blickte, sah sie nur noch das Weiß der Schneehaufen, die den Eingang fast gänzlich verdeckten. Ihr wurde klar, dass der Mörder die Haufen aufgetürmt hatte, um den Zugang zum Altarraum wieder zuzuschütten. Wahrscheinlich hatte er gehofft, dass sein Opfer erst gefunden würde, wenn der Schnee größtenteils getaut wäre.

Elvira hatte seinen Plan vereitelt.

Völlig außer sich stolperte und schlitterte sie nach Hause. Wer hatte den Michael so grausam ermordet? Hatte auch er etwas mit der toten Katharina Zauner zu schaffen gehabt? In der Katharinenlegende stand nichts von Geld oder Münzen. Doch es sah ganz danach aus, als wäre ihm seine Geldgier zum Verhängnis geworden.

Elvira fragte sich, wen er alles mit seinen Geldproblemen belästigt hatte, und kam zu dem Schluss, dass er es wahrscheinlich bei allen im Haus versucht hatte. Aber war dadurch einer von ihnen verdächtig? Wem konnte sie überhaupt noch trauen? Oder war der Mörder aus der Stadt zurückgekehrt, nachdem er sich zuletzt den Josef vorgenommen hatte? Schlich er erneut hier oben umher, um weitere Opfer zu quälen?

Vor der Hofeinfahrt traf sie die vier anderen. Sie hatten überall nach Ludwig und Michael gesucht – vergeblich.

»Wo kommst du denn her?«, fragte Hans besorgt. »Du bist ja kreidebleich.«

Voller Entsetzen starrte Elvira die Männer an und blieb einen Moment stumm. Dann brach es aus ihr heraus: »Ich hab ihn gefunden! Den Michael! In der Kapelle!«

Die anderen blickten sie bestürzt an, keiner schien sie zu verstehen.

»Was treibt der gottlose Hallodri bei der Kälte in der Kapelle?« Pfarrer Wilms schüttelte den Kopf.

»Er ist …« Elviras Schluchzen erstickte ihre Worte. »Er ist tot.«

Hans nahm sie in die Arme und strich ihr über den Rücken.

»Um Himmels willen!«, rief der Spitzbart. »Nimmt dieser Albtraum denn gar kein Ende!«

Matthias hatte sich schon in Bewegung gesetzt.

Die ungewohnte Geste ihres Mannes ließ Elviras Schluchzen verstummen. Sie hatte sich wieder im Griff und löste sich unsicher aus seiner Umarmung.

»Gut, lasst uns nachschauen gehen«, meinte Hans.

Zu fünft stiefelten sie die Hangstraße hoch. Elvira hielt nur mühsam Schritt. Sie schwitzte und fror zugleich.

Ein paar Meter vor der Kapelle blieb sie stehen, während die Männer einer nach dem anderen in den höhlenartigen Altarraum spähten.

»Was hat er da im Mund?«, fragte Pfarrer Wilms.

Joachim Lindner drängte sich an ihm vorbei. »Münzen … das sind Münzen!«

»Pfui Teufel!« Der Pfarrer schüttelte den Kopf und wandte sich ab. »Was für ein widerlicher Einfall.«

»Was tun wir jetzt mit ihm?«, fragte Matthias. Angespannt stampfte er auf der Stelle.

»Wie ärgerlich, wir haben immer noch kein Netz.« Der Spitzbart hielt sein Handy in alle Richtungen und tippte zwischendurch wild darauf herum. »Nicht mal einen Notruf kann man absetzen. Zustände wie im letzten Jahrhundert sind das.« Seine Sympathie für die abgeschiedene Bergwelt war augenscheinlich aufgebraucht.

»Am besten, wir lassen ihn erst mal hier«, schlug Hans vor.

»In der Kälte?«, stieß Elvira hervor, nachdem sie die ganze Zeit kein Wort herausgebracht hatte.

»Er ist tot«, versuchte Hans sie zu besänftigen.

»Die Kälte wird ihn in gewisser Weise konservieren«, überlegte der Spitzbart. »Das könnte der Polizei später von Nutzen sein. Außerdem verwischen wir dann keine Spuren.«

Die anderen waren einverstanden.

»Hoffentlich lässt sich die Polizei bald wieder hier oben blicken. Es wird Zeit, dass sich jemand um uns kümmert.« Hans schaute sich um. Er wirkte verängstigt.

Es war das erste Mal, dass man ihm seine Furcht ansehen konnte. Aber er hatte recht. Sie waren dem mordenden Herumtreiber schutzlos ausgeliefert. Falls nicht gar am Ende einer von ihnen für diesen Wahnsinn verantwortlich war …

Elvira blickte unter halb geöffneten Lidern in die Runde. Dabei merkte sie, dass auch die anderen einander argwöhnisch beäugten.

»Dann können wir ja jetzt zurückgehen und weiter abwarten«, meinte Matthias sarkastisch.

Da ihnen tatsächlich nichts anderes zu tun blieb, machten sie sich auf den Heimweg.

»Wieso warst du überhaupt bei der Kapelle?«, fragte Hans.

Elvira erzählte, dass sie Ludwigs Spuren gefolgt, allerdings nicht allzu weit gekommen sei. Es war die Wahrheit. Die halbe Wahrheit. Von den Spuren in Resis Haus und ihrem Gang in den Keller sagte sie lieber nichts.

Kurz vor ihrem Haus wartete Pfarrer Wilms auf sie und bat sie mit gedämpfter Stimme, einen Moment stehen zu bleiben. Die anderen waren schon fast an der Haustür.

»Eines will mir nicht in den Kopf: Was hat Michaels Tod mit der Legende der heiligen Katharina zu tun?«, raunte er. »Weißt du die Antwort, mein Kind?« In seinen grauen Augen blitzten Neugier und Misstrauen.

»Nein«, wehrte Elvira eilig ab. »Kommen Sie, die anderen halten uns die Tür auf.«

Matthias und der Spitzbart waren schon drinnen. Nur Hans stand noch auf der Schwelle und blickte ihnen aufmerksam entgegen.

Könntest du bitte Gott für einen Moment aus dem Spiel lassen«, polterte Hans am Küchentisch. Sein Ärger galt nicht dem Kirchenmann, sondern Elviras Vater, der wieder einmal auf den Zorn des Herrn zu sprechen gekommen war. »So kommen wir nicht weiter. Wahrscheinlicher ist, dass die Toten irgendetwas getan haben, wofür der Täter sie nun bestraft.«

»Wie meinst du das?«, fragte Matthias. Er lehnte ein Stück von der Gruppe entfernt an der Anrichte. »Glaubst du, die hatten alle Dreck am Stecken? Wenn das so ist, müssen wir uns keine Sorgen machen und sind fein raus.« Er lachte laut auf, aber es klang alles andere als fröhlich.

»Wer hier ohne Sünde sei, der werfe den ersten Stein«, sagte der Alte und funkelte Hans aus zusammengekniffenen Augen an.

Der hielt dem Blick stand. »Wir können gerne eine Rechnung aufstellen. Ich bin gespannt, wer von uns am Ende vor deinem Herrn besser abschneidet.«

»Bitte, bitte, mäßigt euch«, ging der Pfarrer dazwischen. »Gott führt keine Listen. Wer seine Sünden aufrichtig bereut, dem wird er vergeben.«

»Wer redet denn von Gott?«, wandte Joachim Lindner ein. »Mir erscheint die Theorie, dass der Teufel hier die Hände im Spiel hat, allmählich gar nicht mehr so abwegig …«

Die anderen sahen ihn überrascht an. Matthias war die Kinnlade ein Stück weit runtergerutscht. Jetzt schien er endgültig davon überzeugt, dass Lindner nicht mehr alle Tassen im Schrank hatte.

»Wie um alles in der Welt soll ein ganz gewöhnlicher Mensch dazu fähig sein, vier Personen auf so unmenschliche Art ums Leben zu bringen?«, fragte der Spitzbart in die Runde. »Ganz zu schweigen von dem armen Alten in der Stadt, der keiner Fliege mehr ein Bein ausreißen konnte. So kaltblütig, bösartig und erbarmungslos geht kein Mensch zu Werke, das kann nur der Sohn der Verdammnis gewesen sein!« Seine Stimme überschlug sich fast, und bei den letzten Worten hatte er sogar mit der Faust auf den Tisch gehauen.

Elvira horchte auf. Woher wusste ihr Feriengast von dem Mord an Josef Zauner? Bisher war sie davon ausgegangen, dass nur sie und Pfarrer Wilms darüber im Bilde waren. Hatte noch jemand außer ihr die Verbindung zwischen dem Mordopfer aus den Radionachrichten und Resis Bruder im Pflegeheim hergestellt? Oder hatte der Pfarrer geplaudert, und die neue Schreckensbotschaft hatte die Runde gemacht?

Sie sah zu dem Gottesmann hinüber, doch es gelang ihr nicht, seinen Blick einzufangen. Zumindest wirkten die anderen nicht weiter verwundert über Lindners Bemerkung.

»Freilich, der Teufel war's«, spottete Matthias. »Dann müssen wir ab sofort nur gut Türen und Fenster verrammeln und genügend Gebete sprechen, damit er uns verschont.«

Für einen Moment schwiegen alle, und Elvira stand auf, um für Kaffee und Tee zu sorgen.

»Was, wenn sich dieser Teufel längst unter uns befindet …« Provozierend schaute Matthias in die Runde. »Wer sagt euch denn, dass er nicht in meinen Leib gefahren ist und mich zum Mörder gemacht hat?«

Die anderen saßen wie vom Donner gerührt da.

»Oder dass er dich zu diesen Verbrechen zwingt … oder dich … oder dich …« Er deutete der Reihe nach auf seinen Großvater, seinen Vater und seine Mutter. »Vielleicht steckt er ja auch in der Gestalt eines scheinheiligen Priesters und hat dadurch doppelt so viel Spaß.«

Pfarrer Wilms zischte empört: »Junge, deine Fantasie geht wohl mit dir durch. Pass auf, dass du dich nicht vergaloppierst. Mit derartigen Dingen scherzt man nicht.«

Doch Matthias hörte ihm gar nicht zu. »Nicht zuletzt sollten wir vielleicht unseren Gast näher unter die Lupe nehmen …«

Lindner hob überrascht den Kopf.

»Am Ende ist Ihre Theorie vom Teufel nur ein geschicktes Ablenkungsmanöver. Schon seltsam, dass ausgerechnet in der Woche, in der Sie hier aufkreuzen, unsere Nachbarn ihr Leben aushauchen. Wer sagt uns denn, dass Sie tatsächlich wandern waren? Können Sie uns beweisen, dass Sie in der Zeit nicht ganz andere Sachen getrieben haben?«

Pfarrer Wilms, der sich wieder beruhigt hatte, sah gespannt zwischen dem Ankläger und dem Angeklagten hin und her. Diese Vorstellung war genau nach seinem Geschmack.

Elvira dagegen war schockiert. So hatte sie ihren Sohn noch nie erlebt! Was war nur in ihn gefahren?

Doch wie erschrak sie erst, als sie in Joachim Lindners Gesicht sah. Eine nur mühsam unterdrückte Wut war darin zu lesen. Gleichzeitig glaubte sie, eine tiefe Verletztheit in seinen Zügen zu erkennen. Sie warf ihrem Sohn einen warnenden Blick zu.

Aber der ging nicht darauf ein. Viel zu sehr war er in Fahrt. »Was wissen wir schon über Sie? Gar nichts! Welcher normale Mensch wandert denn zu dieser Jahreszeit ohne Zweck und Ziel durch die Gegend?«

Der Spitzbart hatte genug. Er sprang von seinem Stuhl auf und stürzte auf Matthias zu. »So, so, ich soll's also gewesen sein, ja?« Er schäumte geradezu. Weiße Speichelbläschen traten auf seine Lippen. »Du glaubst, ich hasse die Menschen hier oben so sehr, dass ich sie umbringe?« Sein Gesicht war nur noch wenige Zentimeter von dem seines Gegenübers entfernt.

Matthias wollte zurückweichen, aber die Anrichte in seinem Rücken versperrte ihm den Weg. »Schauen Sie sich doch nur mal an! Völlig abwegig ist das nicht«, entgegnete er.

Falls er beabsichtigt hatte, einen Witz zu machen, war ihm dieser völlig misslungen, denn Lindner kochte nur noch mehr. Mit einem Mal schien er völlig die Kontrolle zu verlieren. Blitzschnell griff er an Matthias vorbei nach dem großen Brotmesser, das auf einem Holzbrett auf der Anrichte lag.

»Nennt ihr das Gastfreundschaft?«, keifte er. »Einen unbescholtenen Urlauber zu verspotten? Ihm allen Ernstes einen Serienmord zu unterstellen?« Seine Hand krampfte sich um das Messer und kam dem Gesicht von Matthias gefährlich nahe.

Elvira schrie auf.

Eine gefühlte Ewigkeit später ging Hans endlich dazwischen. Er packte Lindner von hinten und schlug ihm das Brotmesser aus der Hand, während er ihm den rechten Arm verdrehte.

»Matthias, es reicht! Du spinnst wohl!«, brüllte er seinen Sohn an.

Mit einem stumpfen Geräusch fiel das Messer auf den Holzboden.

»Ist ja gut«, blaffte der, nachdem er den ersten Schrecken abgeschüttelt hatte. »An der Wahrheit ist hier ja wohl niemand interessiert. Nur immer schön das Maul halten und hoffen, dass der Teufel bloß nicht an unsere Tür klopft!« Damit stürmte er aus der Küche und schlug die Tür hinter sich zu.

Joachim Lindner sank völlig entkräftet zurück auf seinen Stuhl. Er wirkte nur mehr wie eine leere Hülle.

Pfarrer Wilms und Elviras Vater hatten das Schauspiel schweigend und mit verschränkten Armen verfolgt. Sie sagten auch jetzt kein Wort. Elvira brachte ebenfalls keinen Ton hervor. Ihr saß noch immer die Furcht in den Gliedern.

Hans sah sie aufmunternd an. »Wie wär's mit einer kleinen Stärkung? Ich denke, unsere Nerven und Mägen könnten etwas zu essen vertragen.«

Als es dämmerte, stand Elvira in der Waschküche und machte für alle Apfelpfannkuchen, obwohl ihr einmal mehr nicht nach Essen zumute war. Die Männer hätten sicher etwas Deftiges bevorzugt, doch das war ihr egal. Nach der Vorstellung von vorhin war sie noch immer ganz aufgewühlt. Ihre Hände wollten ihr kaum gehorchen.

Womöglich hatten die zwei Streithähne einfach nur überreagiert. Trotzdem wollte die Angst nicht weichen. War Lindners Ausraster reine Selbstverteidigung gewesen, oder hatte Matthias mit seiner Anklage einen wahren Kern berührt? Falls dem so war, schien es in jedem Fall klüger, mit Fingerspitzengefühl vorzugehen. War ihrem Sohn eigentlich bewusst, in welche Gefahr er sie damit brachte?

Sie lud die Pfannkuchen auf eine Platte und trug sie in die Küche. Die Männer aßen, ohne ein Wort zu verlieren, und zogen sich im Anschluss sofort zurück.

Auch Elvira ging früh ins Bett. Während Hans noch in seinem kalten Arbeitszimmer hockte, kroch sie unter ihre Daunendecke.

Doch statt des Schlafs kam die Panik. Die wohlige Wärme verwandelte sich in schweißnasse Hitze, und Elvira strampelte sich frei. Wie konnte sie nur so ruhig daliegen, wenn unter ihrem Dach ein Mörder schlief? Wahrscheinlich schlief er nicht einmal. Wenn er sich in ihrem Haus versteckt hielt, dann sicherlich, um hier in Ruhe seinen Plan zu Ende zu bringen.

Was sollte sie nur tun?

Unruhig wälzte sie sich hin und her. Minuten und Stunden voller Angst vergingen, bis Hans irgendwann hereinschlich, sich im Dunkeln auszog und unter seiner Decke verschwand. Als sie glaubte, dass er endlich eingeschlafen war, stand sie leise auf und huschte barfuß aus dem Schlafzimmer.

Im Treppenhaus war es still. Auf Zehenspitzen ging sie zum Flurfenster und spähte in die Nacht. Zarte Eisblumen hatten sich die ausgekühlten Scheiben hochgerankt. Auch draußen schien alles ruhig. Aber vielleicht stapfte der Mörder noch immer durch den Schnee und würde früher oder später versuchen, in ihr Haus einzudringen?

Elvira überprüfte, ob die Haustür verschlossen war. Danach tapste sie mit nackten Fußsohlen durch die Finsternis in die Waschküche und in den Stall, um auch die anderen Türen zu kontrollieren. Alle Ausgänge waren verriegelt. Mit eisigen Füßen kroch sie zurück ins Bett. Am liebsten hätte sie sich mit Hans im Schlafzimmer eingesperrt, aber es gab keinen Schlüssel für diese Tür.

Sie ahnte allerdings, dass keine Tür und keine Mauer denjenigen würde abhalten können, der entschlossen war, seine grausame Mission zu Ende zu bringen.

Sonntag

Elvira hatte gerade die Ofenklappe geöffnet, um nachzusehen, ob die Glut über Nacht ausgegangen war, als ein krächzender Schrei aus dem Innern des Hauses ertönte, gefolgt von einem Poltern und einem mächtigen Schlag. Wie angewurzelt blieb sie vor dem Herd hocken.

Sie wusste sofort, dass etwas Furchtbares geschehen war. Sie wusste, dass der Moment gekommen war, in dem das Unheil Einzug in ihr Haus hielt. Doch sie brachte nicht die Kraft auf, sich zu bewegen. Selbst die kleinste Regung kostete sie unvorstellbare Mühe. Wie in Zeitlupe erhob sie sich und machte sich auf den Weg in den Flur. Sie hatte das Gefühl, dass Minuten vergingen.

Vor Ludwigs leerer Decke lag jemand. Widerstrebend näherte sie sich. Es war der knochige Leib eines Greises. Kopf und Oberkörper waren auf dem Boden aufgeschlagen, Beine und Füße lagen auf den unteren Treppenstufen, die Arme unter der verdrehten Hüfte. Ihr Vater hatte es nicht mehr geschafft, den Aufprall mit den Händen abzubremsen. Aus seinem Hinterkopf floss das Blut in einem schmalen Rinnsal zwischen zwei Holzdielen entlang, bevor es sich in einer Bodenvertiefung zu einer dunkelroten Lache sammelte.

Elvira stand über ihm und spürte kaum Verzweiflung oder Überraschung. Alles wurde überlagert von dem dumpfen Gefühl, dass eingetreten war, worauf sie die ganze Zeit gewartet hatte. Langsam beugte sie sich hinab, legte ihre Hand an seine

Wange und drehte mit leichtem Druck sein Gesicht. Sie wusste sofort, dass er tot war.

Seine glasigen Augen starrten an ihr vorbei ins Leere, und sie fragte sich, ob es ihre Aufgabe war, sie zu schließen. Doch ein plötzlicher Widerwille hielt sie davon ab. Schnell nahm sie die Hand von der eingefallenen Wange und trat einen Schritt zurück.

Auf einmal standen die anderen da. Elvira hätte nicht sagen können, wann sie gekommen oder ob sie schon vor ihr da gewesen waren. Sie machte ihnen Platz.

»Was ist passiert?«, fragte der Spitzbart entsetzt.

»Er muss die Treppe runtergefallen sein«, gab Hans die offenkundige Antwort. Er ging neben Elviras Vater auf die Knie und fühlte nach Puls und Atmung. Schließlich schüttelte er den Kopf.

»Hättst nicht besser aufpassen können, alter Dickschädel?«, murmelte Matthias bestürzt.

Eine Welle des Schmerzes überrollte Elvira. Sie schluchzte laut auf. Pfarrer Wilms schlug ein Kreuz und brummte einige unverständliche Verse. Eine Weile schwiegen alle.

»Man fällt doch nicht im eigenen Haus einfach so die Treppe runter. Der Mann war noch gut zu Fuß«, sagte Joachim Lindner fassungslos.

»Sie werden es nicht glauben«, erwiderte der Pfarrer, »aber Stürze im Haushalt passieren wahrlich nicht selten, erst recht wenn man schon älter ist.« Er atmete schwer aus.

»Vielleicht ist er ja über das Scheit hier gestolpert.« Hans richtete sich auf und hielt ein schweres Stück Holz in die Höhe, das neben dem Toten auf der Treppe gelegen hatte. Das lange Scheit hätte wahrscheinlich nur mit Mühe in den Kachelofen gepasst.

»Wie kommt das Ding denn auf die Treppe?«, fragte der Spitzbart.

Alle Augen waren auf den schweigsamen Matthias gerichtet.

»Was schaut ihr mich so an?«, blaffte er. Tränen der Trauer und der Wut glänzten in seinen Augen. »Ich hab den Korb mit dem Holz hier unten im Flur abgestellt. Da steht er doch!« Er deutete neben das Garderobenschränkchen. »Wenn dann irgendein Idiot ein Scheit rausnimmt und auf die Treppe legt, kann ich nichts dafür. Ich war's jedenfalls nicht!«

Die andern schwiegen skeptisch.

»Was hat er überhaupt oben gewollt?«, fragte Elvira schließlich leise.

»Vielleicht wollte er im zweiten Stock den Ofen anschüren, weil der Michael die Ferienwohnung nicht mehr beheizt. Deshalb hat er das Scheit selber mit raufgenommen«, überlegte Hans.

»Das kommt mir völlig abwegig vor«, wandte Lindner ein. »Wir haben doch gestern erst besprochen, dass wir mit dem Holz sparsam umgehen müssen. Wieso sollte er da ein leerstehendes Apartment beheizen wollen? Noch dazu mit einem einzigen Stück Holz! So was macht keiner, der noch klar bei Verstand ist.«

Hans nickte vielsagend.

Es erschien unsinnig, dachte auch Elvira, aber nicht gänzlich unwahrscheinlich, wenn man den geistigen Zustand des Alten in letzter Zeit in Betracht zog.

Der Pfarrer blickte sie und Hans aufmerksam an.

»Was sollen wir jetzt tun?«, fragte Elvira. Ihre Worte klangen fremd, teilnahmslos. Wieder ein Toter, genau wie gestern. Wieder dieselbe Frage.

»Theoretisch müssten wir jetzt einen Arzt verständigen«, meinte Joachim Lindner.

»Einen Arzt für einen Toten …« Matthias lachte trocken auf. »Wir können ja nicht mal die Polizei zu einem Ermordeten schicken.«

»Deswegen sagte ich ja: theoretisch.« Lindner ließ sich nicht aus der Ruhe bringen. »Auch wenn ein Arzt nichts mehr ausrichten kann, muss jemand den Tod Ihres Vaters amtlich attestieren und einen Totenschein ausstellen«, sagte er.

»Kannst du das nicht machen, das mit dem Totenschein?«, fragte Elvira Hans.

Er schüttelte den Kopf. »Als naher Angehöriger wäre das keine gute Idee. Außerdem bin ich kein praktizierender Arzt.«

»Sobald das Telefon wieder geht oder das Mobilfunknetz verfügbar ist, sollten wir einen Notarzt rufen«, beharrte Lindner. »Und natürlich die Polizei, damit sie sich um den Knecht vom Landgasthof kümmert.«

»Und was machen wir so lange mit meinem Vater?« Verzweiflung schlich sich in Elviras Stimme. »Wir können ihn doch nicht einfach hier liegen lassen.«

»Natürlich nicht«, erwiderte der Pfarrer entschieden. »Wir werden ihn auf sein Bett legen und ihn herrichten, wie es sich gehört, damit seine Seele in Würde den Körper verlassen kann.«

»Soweit ich weiß, darf man eine Leiche nicht berühren oder gar herumtragen, solange der Tod nicht offiziell festgestellt worden ist«, wandte Lindner vorsichtig ein. »Nicht dass einem nachträglich noch etwas angehängt wird …«

»Unsinn!«, keifte ihn der Pfarrer an. »Der Tote ist schließlich kein Mordopfer. Oder sehen Sie das anders? Wie soll denn seine Seele ihren Frieden finden, wenn wir ständig über seinen geschundenen Körper klettern müssen?«

Auch die anderen fanden die Vorstellung unerträglich, den Toten auf unabsehbare Zeit in seinem Blut vor der Treppe liegen zu lassen.

Nachdem sie sich mit einem kurzen Nicken verständigt hatten, hoben Hans und Matthias Elviras Vater an den Schultern und Beinen an und trugen ihn in seine Kammer. Die anderen folgen ihnen wie eine kleine Prozession. Neben dem Bett blieben die beiden zögernd stehen. Sie trauten sich augenscheinlich nicht, den blutenden Körper auf die helle Bettwäsche zu legen. Schnell holte Elvira ein gefaltetes Laken, das sie über das Kopfkissen breitete. Endlich ruhte der Tote auf seiner Schlafstätte, und die Gruppe bildete einen Halbkreis um sein Bett. Bleischweres Schweigen erfüllte den Raum.

Wie um die Anwesenden zu erlösen, fing Pfarrer Wilms an, ein Gebet zu murmeln, und schlug erneut das Kreuz. Als er geendet hatte, begann er die gefalteten Hände zu reiben und sagte laut an alle gewandt: »Während ich den Verstorbenen zusammen mit Elvira wasche und umkleide, kann sich der Rest darum kümmern, dass dieses Haus endlich wieder warm wird. Später wird noch genug Zeit sein, sich von dem Toten zu verabschieden.«

Tatsächlich war es noch immer frostig kalt im Haus, da sich bisher niemand um die Öfen gekümmert hatte. Folgsam verließen Hans, Matthias und Joachim Lindner die Kammer.

Elvira holte aus der Waschküche einen alten Putzlappen und einen Eimer mit kaltem Wasser und besah sich den Flur. Auf der Treppe war kein Blut, nur auf dem Boden davor. Eilig wischte sie es von den Dielen. Als sie den Lappen ein letztes Mal über dem Eimer auswrang, hatte sich das Wasser rostbraun verfärbt.

Mit einem kleinen Handtuch und einer Schüssel mit kaltem Wasser trat sie an das Totenbett. Sie drehte den Kopf ihres Vaters ein Stück zur Seite und tupfte zunächst das frische Blut ab, das weiterhin aus der Wunde sickerte. Bald darauf schon versiegte die Blutung. Wahrscheinlich weil sein Herz nicht mehr schlug.

Während sie Haare und Kopfhaut des Toten notdürftig reinigte, breitete der Pfarrer ein weißes Tuch auf dem Nachtkästchen aus. Beiläufig zog er das Schubfach auf und holte die Bibel heraus, als sei es völlig selbstverständlich, dass ein jeder dort die Heilige Schrift verwahrte. Er legte sie auf das Tuch. Dann verließ er die Kammer und kehrte kurz darauf mit dem dreiarmigen Kerzenständer aus der Stube zurück. Die Kerzen darauf brannten bereits, als er den Leuchter neben die Bibel stellte. Über allem wachte das hölzerne Kruzifix in der Zimmerecke.

Gemeinsam entkleideten Elvira und der Pfarrer den Verstorbenen und zogen ihm saubere Festtagskleidung an, ehe sie ihm noch ein Kissen zwischen Brust und Kinn schoben, damit sein Unterkiefer nicht immer wieder aufklappte.

Nachdem sie die anstrengende Prozedur hinter sich gebracht hatten, fragte der Pfarrer die verdutzte Elvira nach etwas Öl aus der Küche. »Niemand kann genau sagen, wann die Seele aus dem Körper fährt. Darum will ich den Toten salben«, erklärte er.

Als Elvira ihm eine Tasse mit Sonnenblumenöl brachte, weihte er es, benetzte die Fingerspitzen damit und verrieb es auf der Stirn und in den Handflächen ihres Vaters, während er zu ihm sprach, von Erbarmen und von der Kraft des Heiligen Geistes. Er bat den Herrn um Barmherzigkeit, Rettung und Gnade und um die Befreiung von den Sünden. Seine Worte wurden von einem hässlichen Kratzen gestört. Einer der

Männer war wohl draußen mit dem Schneeschieber zugange, obwohl es über Nacht nicht mehr geschneit hatte. Lediglich am Morgen waren einige wenige Flocken gefallen, bevor der Himmel aufgeklart war.

Nachdem die Salbung vollzogen war, wollte Elvira mit der Tasse zurück in die Küche. Doch der Kirchenmann griff sie am Ärmel und hielt sie zurück.

Er trat nah zu ihr heran. »Es gibt noch etwas, das ich gern unter vier Augen mit dir bereden möchte.«

Unwillkürlich blickte Elvira zu ihrem toten Vater, der ungerührt an die Decke starrte, und nickte dem Pfarrer zu, erwartungsvoll und ängstlich zugleich.

»Ich hab heute früh gehört, wie sich dein Vater und dein Mann gestritten haben.«

Wieder nickte Elvira. »Das kommt …«, sie schluckte, »das kam leider öfter vor. Meist wegen dem Bau der Klinik.« Sie fragte sich, ob sie dem Pfarrer wieder einmal zu viel erzählte. »Es ist halt nicht immer friedlich zugegangen, wenn die beiden in der Küche waren.«

»Sie haben nicht hier unten gestritten«, meinte der Pfarrer eindringlich. »Dein Vater war oben.«

»Beim Hans?«, fragte sie ungläubig.

»Ja, er ist ins Arbeitszimmer und hat ihn sich ordentlich zur Brust genommen.«

»Wie meinen Sie das?«

»Na ja, er hat ihm vorgeworfen, dass er sich in etwas verrannt hätte und das völlig Falsche tun würde.«

Im Flur waren Schritte zu hören. Sie kamen aus dem Keller und verschwanden in der Küche.

Der Pfarrer senkte verschwörerisch die Stimme. »Dass er ihn durchschaut hätte, hat er dem Hans gesagt und ihn als selbstgerecht beschimpft. Keiner kann die Uhr zurückdrehen und noch mal von vorn anfangen, hat er gerufen. Außerdem hat er wohl rausgefunden, was der Hans mit dem Klinikbau auf dem abgebrannten Holzer-Hof in Wahrheit bezweckt.«

»Was sollte das sein? Worauf wollte er hinaus?«

»So genau habe ich das alles nun auch wieder nicht verstanden«, ruderte der Pfarrer zurück. »Am Anfang hat er sehr leise und einigermaßen besonnen geredet, dann wurde er immer aufgeregter. Er hat sich regelrecht in die Angelegenheit reingesteigert.«

Elvira verstand, dass der Pfarrer an der Tür gelauscht hatte. In seinem Apartment auf der anderen Flurseite konnte er unmöglich einzelne Wörter aus dem Arbeitszimmer gehört haben.

»Hat der Hans ihn denn nicht beruhigen können?«

»Seine Worte habe ich leider kaum verstanden«, antwortete der Pfarrer kleinlaut. »Er hat nur einmal laut aufgelacht, als der Alte das vierte Gebot zitiert hat. Du sollst Vater und Mutter ehren.«

Auch wenn er sein Leben hier oben damals hingeworfen hatte, den Kontakt zu seinen Eltern hatte der Hans immer aufrechterhalten, dachte Elvira. Und selbst wenn er stets gefasst über den schrecklichen Brand sprach, wusste sie, dass es in ihm drin ganz anders aussah.

»›Junge, das bringt sie auch nicht wieder!‹, hat der Alte gerufen. Mehr hab ich nicht mehr gehört. Wenig später hat es dann im Treppenhaus gepoltert.«

Elvira nickte. Im Geiste hörte sie noch einmal den dumpfen Aufprall.

»Warum hat dein Mann eben mit keinem Wort erwähnt, dass sein Schwiegervater noch kurz zuvor bei ihm war?«

Elvira wusste es auch nicht. Vielleicht war es ihm unangenehm, dass der Vater alte Geschichten aufgewärmt hatte. Vielleicht fand er den Streit aber auch nicht der Rede wert, da der Alte ihn in letzter Zeit fast täglich wegen aller möglichen Kleinigkeiten angegangen hatte. »Der Hans wird schon seine Gründe haben«, sagte sie nur. Wieder hatte sie das Gefühl, höchstens einen Bruchteil der Dinge zu erfassen, die um sie herum geschahen.

»Wenn du meinst …«, gab der Pfarrer enttäuscht zurück, und Elvira spürte deutlich, dass er mit ihrer Antwort nicht zufrieden war. Er würde der Sache bestimmt nachgehen, davon war sie überzeugt.

»Dann lass uns mal schauen, ob jemand in der Zwischenzeit für unser leibliches Wohl gesorgt hat«, meinte er und ging ihr voraus in die Küche, wo sie wohlige Wärme und der würzige Duft von gebratenem Speck empfingen.

»Ich habe mir erlaubt, einige letzte Vorräte zusammenzusuchen, um uns ein Omelett zu braten«, rief Joachim Lindner erstaunlich fröhlich aus der Waschküche herüber.

Elvira wunderte sich immer wieder, wie einfach er über die Tragödien hinwegging, die sich hier oben ereigneten. Als wäre er nicht mehr als der Zuschauer eines spannenden Films. Aber vielleicht war sein aufgesetzter Frohsinn ja auch nur ein Mittel, die eigene Angst zu überspielen. Und bisweilen war wohl auch für manche der Hunger schlichtweg stärker als Furcht und Trauer.

»Brot haben wir keins mehr, aber zum Glück noch einige Vorräte«, plapperte er drauflos. »Ihr Mann hat mir eine Kiste mit Eiern, Zwiebeln und einem Stückchen Speck aus dem Keller gebracht. Eine wahre Schatzkiste! Die Stärkung wird uns allen nach diesem Morgen guttun.«

Er holte Hans und Matthias vom Hof, die verschwitzt die Küche betraten.

Elvira blickte hinaus in die weiße Trostlosigkeit. Ohne das Licht der Sonne war alles völlig farblos. Die Dämmerung war unbemerkt durch den Morgen gezogen. Heute zählten sie bereits Tag vier des Stromausfalls. Und noch immer waren sie gefangen in diesem weißen Nichts, das kaum mehr zu ertragen war.

»Der Schnee schmilzt«, meinte Hans da. »Wir haben die Autos befreit und die Schneise im Hof erweitert, damit die Einfahrt möglichst schnell wieder befahrbar ist. Wenn es weiter so taut, können wir bald wieder runter ins Dorf.«

»Wirklich?« Der Pfarrer stand vom Küchentisch auf und sah hinaus.

»Ja, das Thermometer ist auf vier Grad plus geklettert. Wenn wir Glück haben und die Sonne später noch rauskommt, ist der Schnee bald verschwunden und der ganze Spuk vorbei«, sagte Hans schroff und sprach damit die Hoffnung aller aus.

»Wenn es nicht wieder anfängt zu stürmen, wage ich später vielleicht sogar den Abstieg«, meinte der Kirchenmann.

Elvira konnte nicht sagen, ob er froh darüber war oder nicht.

Bevor Pfarrer Wilms nach dem späten Frühstück das Haus verließ, zählte er Elvira noch auf, was alles zu regeln sei. Die Sterbeurkunde für ihren Vater müsse sie selbst mit dem Totenschein beantragen, um den Bestatter könne er sich kümmern. Auch die Polizei wollte er informieren, sobald er unten im Tal war, und dem Notarzt Bescheid geben.

Elvira begleitete ihn noch vor die Tür, wo er sich die Schneeschuhe unter die Stiefel schnallte. Auf der Schwelle sah sie hinüber zum Haus vom alten Peter. Der hohe Schnee auf dem Dach wurde allmählich hart und fiel in sich zusammen. Er bildete geschwungene breite Linien, die wie die Bodenschichten eines Steinbruchs aufeinander ruhten.

Obwohl in diesem Moment die Sonne durch die Wolken drang, verdüsterte sich der Blick des Pfarrers, als er sich von Elvira verabschiedete. »Sei auf der Hut«, raunte er ihr zu. »Seit gestern wissen wir, dass der Teufel noch immer hier draußen rumschleicht. Lass dich ja nicht von seinem harmlosen Antlitz in die Irre führen.«

Dann stapfte er über den weitgehend geräumten Hof davon. Als er auf die Straße abbog, verschwand er für einen Moment hinter einer hoch aufgeschütteten Schneemauer, bevor seine rabenhafte Gestalt erneut auftauchte und allmählich an Größe verlor.

Elvira schloss von innen die Haustür und lehnte sich dagegen. Es war das erste Mal, dass sie an diesem Tag zur Ruhe kam. Nun hatte das Schicksal ihr nicht nur die Mutter, sondern auch den Vater genommen. Mit ihm war eine ganze Generation von hier oben verschwunden. Jetzt waren der Hans und sie die Ältesten im Weiler, und nur noch Matthias folgte ihnen nach. Der Tod hatte dem Leben fast sämtliche Trümpfe abgenommen und hielt alle Asse in der Hand.

Der schreckliche Gedanke überkam sie, dass sie ihren Vater nie wirklich gekannt hatte. Damit einher ging die Gewissheit, sämtliche Gelegenheiten, ihm näherzukommen, vertan zu haben. Still und heimlich hatte sich die letzte Chance davongestohlen. War ungenutzt verstrichen. Diese Unumstößlichkeit trieb ihr Tränen in die Augen.

Etwas zog sie in die Kammer ihres Vaters. Wahrscheinlich war es der Gedanke, dass der Tote nicht so lange allein bleiben sollte. Ein seltsamer Gedanke, der dennoch nicht weichen wollte.

Sie ließ sich auf dem Stuhl neben dem Totenbett nieder, auf dem vorhin der Pfarrer gesessen hatte. Die Kerzen auf dem Nachtschränkchen brannten noch immer. Durchscheinendes Wachs war auf das weiße Tuch getropft, einige Spritzer zierten den schwarzen Einband der Bibel.

Pfarrer Wilms hatte ihr nahegelegt, dem Verstorbenen während der Totenwache aus der Bibel vorzulesen. Doch Gottes Wort war ihr nie so leicht über die Lippen gekommen wie ihrem Vater. Er hatte sich und sein Leben darin wiedergefunden. Gerade in letzter Zeit, als sein Geist neue, sicherlich beängstigende Pfade beschritten hatte, waren ihm die bekannten Geschichten aus dem Alten und dem Neuen Testament zum Rettungsseil geworden.

Die Kerzenflammen zuckten, und Elvira blickte erschreckt zu dem Aufgebahrten hinüber. Ihr war, als hätte er sich gerade bewegt und erschöpft ausgeatmet. Doch vermutlich war es nur ein kalter Luftzug gewesen. Elvira wollte nach der Bibel greifen und sah, dass auch der Wandschrank hinter dem Nachtkästchen mit Wachsspritzern übersät war.

Vorsichtig, damit die Kerzen nicht noch mehr tropften, zog sie das Nachtschränkchen einige Zentimeter zur Seite. Da entdeckte sie einen Papierschnipsel, der aus dem Schlitz zwischen den beiden Schranktüren hervorragte. Sie griff danach, doch der Widerstand, den sie fühlte, sagte ihr, dass es kein abgerissener Papierfetzen war, sondern eine Ecke, die zu einem festen Blatt Papier gehörte, das im Innern des Wandschranks feststeckte.

Sie wunderte sich, weil sie bisher geglaubt hatte, dass ihr Vater nichts darin verwahrte. Immerhin waren das Bett und das Nachtkästchen so davorgeschoben, dass man gar nicht an den Schrank herankam. Andererseits – ihr Vater hatte erst vor drei Tagen unter Beweis gestellt, wie viel Kraft noch in seinen Armen gesteckt hatte, als er den Herd mit den anderen über den Hof getragen hatte.

Die Doppeltür des Wandschranks war zugesperrt. Elvira musste nicht lange nach dem Schlüssel suchen. Sie ruckelte an der verzogenen Schublade des Nachtkästchens und wurde wie erwartet fündig. Der silberne Schlüssel hatte wahrscheinlich über Jahre dort gelegen, gleich neben der Bibel und der Dose mit dem Schnupftabak.

Allerdings ließ sich der Schrank nur einen Spaltbreit öffnen, weil seine linke Tür an das Nachtkästchen stieß und die rechte gegen das Kopfende des Betts. Das Blatt segelte hinab, und Elvira musste sich umständlich bücken, um das glatte, steife Papier, das kaum größer als ihre Handfläche war, herausziehen zu können. Es war eine alte Schwarz-Weiß-Aufnahme, deren

Kontraste zu verschwommenen Grautönen verlaufen waren. Ein Fremder war darauf zu sehen. Das Foto musste im Hof aufgenommen worden sein. Elvira erkannte im Hintergrund den knorrigen Kirschbaum in der Einfahrt, ein ganzes Stück kleiner und weniger ausladend, und unscharf in der Ferne Peters Haus. Etwas jedoch fehlte.

Konzentriert starrte sie darauf, und es dauerte eine ganze Weile, bis ihr klar wurde, dass die Garage nicht zu sehen war. Elvira überlegte. Es war kurz vor der Geburt ihres Ältesten gewesen, dass Hans und ihr Vater die Garage errichtet hatten. Das Foto war also gut dreißig, vielleicht sogar vierzig Jahre alt.

Der Mann auf dem leicht verwackelten Bild kam auf den Betrachter zu, allerdings ohne ihn direkt anzuschauen. Elvira hielt es sich dicht vor die Augen, doch sie erkannte die Person darauf nicht.

Sie drehte es um und staunte. Das Foto war beschriftet. Allerdings waren nicht wie sonst häufig Ort und Anlass auf der Rückseite vermerkt, sondern ein Name samt detaillierten Angaben zum Äußeren der abgelichteten Person. Elvira hatte kein Problem, die verwischte Handschrift ihres Vaters zu entziffern:

Wenzel Xaver: gedrungen, Schulterhöhe, hervorstehender Bauch, Haare weißgrau gelockt, kein Bart, Narbe auf der linken Kinnseite, redet viel, ziemlich hohe Stimme.

Überrascht drehte Elvira das Foto wieder um und erhob sich, wobei ihre Knie laut knackten. Der Mann auf dem Foto war der Vater der Wenzel-Schwestern. Sie konnte sich kaum an ihn erinnern, allerdings war er bereits vor mehr als zwanzig Jahren gestorben.

Sie fragte sich, ob noch mehr Fotos in dem Wandschrank waren. Sie blies die Kerzen aus und zog das Nachtschränkchen ein Stück weiter in den Raum. Diesmal ohne auf das tropfende Wachs zu achten. Allerdings blockierte das Bett noch immer die rechte Schranktür. Elvira blickte unschlüssig auf ihren Vater, doch schließlich trat sie ans Fußende seiner letzten Ruhestätte und zog kräftig daran. Einen Moment tat sich gar nichts, dann machte das Bett einen quietschenden Satz über die Dielen. Der Tote zuckte zusammen.

»Verzeih, Vater«, murmelte Elvira.

Zwar hatte sie das Bett nur einige Zentimeter bewegt, konnte aber nun die rechte Schranktür wenigstens ein Stück weit öffnen. Sie hoffte inständig, dass es keinem der Männer in den Sinn käme, gerade jetzt nach ihr oder dem Verstorbenen zu schauen.

Ihre Enttäuschung war groß, als sie in den leeren Wandschrank blickte. Drei lange Holzbretter, rau und unbehandelt, unterteilten das Schrankinnere in vier hohe Fächer. Sie wollte sich schon abwenden, da erspähte sie im vorletzten Fach einen großen braunen Umschlag. Er war unverschlossen und an der Öffnung stellenweise eingerissen, weshalb mehrere Fotos daraus hervorlugten. Ihr Vater musste den Umschlag mehr als einmal zur Hand genommen haben.

Sie zog die Bilder heraus, es mochte ein knappes Dutzend sein.

Auf dem ersten kam wieder jemand auf den Betrachter zu, ohne in die Kamera zu blicken. Auch dieses Bild war auf dem Hof aufgenommen worden.

Holzer Anton, las Elvira auf der Rückseite, *mager, groß, gebeugter Rücken, dunkelbraunes Haar, dunkler Schnauzbart, Nasenhöcker, raucht viel, redet wenig und hat es meist eilig.*

Ihr Schwiegervater! Aufmerksam betrachtete sie das Foto, hielt es sich erneut direkt unter die Nase. Er trug eine große

Ledertasche und war wohl in seiner Funktion als Tierarzt auf den Hof gerufen worden. Es kam ihr vor, als sähe sie ihn zum ersten Mal. Wie lange war es her, dass sie ihm zuletzt begegnet war?

Das nächste Bild rief keinerlei Erinnerung wach:

Moser Andreas: dickleibig, durchschnittliche Größe, keine Haare mehr, eng stehende Augen, keine Wimpern, bartlos, helle Haut mit breiten Sommersprossen, selbstgefälliger Possenreißer.

Elvira überlegte, ob sie den Namen schon mal gehört hatte, konnte sich jedoch nicht entsinnen. Vielleicht war der Mann einer der Käufer, die ihnen früher in größeren Mengen Holz abgenommen hatten.

Es folgten zwei Männer und eine Frau, deren Namen Elvira ebenfalls nichts sagten. Dann der Zauner-Peter, zu dem ihr Vater notiert hatte: *etwas mickrig geraten, trotzdem kräftige Oberarme, buschige Augenbrauen, tiefe Stirnfalte, dichter schwarzer Bart, lange Haare in den Nasenlöchern, trägt selbst sonntags Stallkleidung, Grantler.*

Dann jemand, der ein altes Fahrrad in den Hof schob:

Hofer Michael: hager und bucklig, zerzauste, schulterlange Haare, unrasiert, Zahnlücke links oben, kneift die Augen zusammen, wenn er einem begegnet, bräuchte wohl eine Brille, stinkt nach Schnaps, trinkt und redet zu viel.

Schon damals hatte der Knecht wohl auf dem Wenzel-Hof gearbeitet, dieser armselige Tagedieb, der es nie zu einem eigenen Hof gebracht hatte und der viel zu früh dem Alkohol verfallen war. Nun war er tot, genauso tot wie ihr Vater.

Sie ließ die Fotos sinken und blickte auf den Toten hinab. Wozu hatte er diese Bilder gemacht? Wieso hatte er sie so minutiös beschriftet und dann jahrzehntelang aufbewahrt? Hatte ihn etwa schon in jungen Jahren sein Gedächtnis im Stich gelassen? Elvira überlegte, ob die Altersdemenz, die Hans diagnostiziert hatte, wirklich auf ihren Vater zugetroffen hatte. Anscheinend hatte er schon vor langer Zeit Probleme gehabt, die Menschen um sich herum auseinanderzuhalten. Er war noch keine vierzig gewesen, als er diese Fotos gemacht hatte. Oder gab es einen anderen Grund für dieses seltsame Personenarchiv? Hatte er den Abgebildeten misstraut und deshalb diese Sammlung zusammengetragen?

Sie studierte den Gesichtsausdruck und die Gangart der Menschen auf den Fotos genauer. Es wirkte so, als wären sie heimlich abgelichtet worden, vielleicht vom Flurfenster aus. So ließ sich auch erklären, warum die Sammlung fast ausschließlich aus Bildern von Männern bestand. Frauen waren kaum auf den Hof gekommen, weil sie seit jeher daheimblieben und ihrer Arbeit nachgingen.

Das letzte Bild warf jedoch sämtliche Theorien Elviras über den Haufen. Es war weder auf dem Hof entstanden, noch zeigte es jemanden, der auf das Haus zulief, noch blickte die Person unwissend an dem Fotografen vorbei.

Im Hintergrund war ein helles, zweistöckiges Gebäude zu sehen. Schmucklos wirkte es, beinah nackt. Es war keines der Häuser hier oben im Weiler und mit Sicherheit auch keines von denen unten im Dorf. Vor der Hauswand saß ein gescheckter Mischlingshund und blickte aufmerksam in die Richtung des Fotografen, dessen Kamera zwei lächelnde Kinder eingefangen hatte. Ein Junge und ein Mädchen, Hand in Hand, bestimmt keine zehn Jahre alt.

Sie waren fast gleich groß, der Junge überragte das Mädchen nur um wenige Zentimeter. Er trug eine kurze Latzhose und hatte ein aufgeschürftes Knie. Seine kurzen hellen Haare waren verstrubbelt und passten nicht ganz zu seinen ernst, fast erwachsen blickenden Augen. Elvira sah, dass sein Lächeln etwas Fragendes hatte. Das Mädchen neben ihm trug ein kurzes Sommerkleid und blickte ihn verstohlen an. Ihre schulterlangen Haare waren dunkler als die seinen. Auch ihr breites Lächeln kam nicht von Herzen, eine große Schüchternheit war darin zu lesen.

Etwas an dem Bild machte Elvira stutzig, doch sie konnte sich keinen Reim darauf machen. Die Beschriftung auf der Rückseite bestand im Gegensatz zu den bisherigen nur aus wenigen Wörtern. Sie brauchte einen Moment, um die verlaufenen Buchstaben zu entziffern. *Bruder und Schwester*, las sie. Darunter fand sich, anders als bei den anderen Fotos, eine Angabe zu Ort und Zeit. Die Jahreszahl war jedoch so verschmiert, dass Elvira nur die ersten beiden Ziffern erkennen konnte. Dahinter folgten zwei Wörter, die sie mit einiger Anstrengung schließlich als *St. Anna* deutete.

Elvira war ratlos. Was sollte sie mit den Aufnahmen tun? Offenbar hatten sie eine besondere Bedeutung für ihren Vater gehabt. Sie fragte sich, ob er oft in diese sonderbare Erinnerungswelt zurückgereist war.

Erst da fiel ihr die Nacht auf den Donnerstag ein, als sie ihren verwirrten Vater zwischen den Geschirrbergen in der Küche überrascht hatte. Verzweifelt hatte er nach etwas gesucht und dabei etwas von Bildern gemurmelt, was Elvira als Hirngespinst abgetan hatte. Konnte es sein, dass er diese Fotos gesucht hatte? Hatte er sich nicht mehr daran erinnert, wo er sie hingelegt hatte, oder hatte ein anderer den Umschlag im Schrank versteckt?

Elvira spürte eine Welle der Wut in sich aufsteigen. Da lag er, schweigsam und friedlich, direkt neben ihr, und entzog sich den vielen Fragen, die sie ihm gern gestellt hätte.

»Da hast du mir ja ein schönes Erbe hinterlassen«, schimpfte sie leise.

Sie wollte die Fotos in den braunen Umschlag zurückschieben, da spürte sie in der Falte am unteren Rand etwas Kleines, Hartes. Sie fuhr mit der Hand tief in den Umschlag und zog einen winzigen Schlüssel heraus. Sie musste nicht lange überlegen, um zu wissen, in welches Schloss er wohl passte. Noch gut erinnerte sie sich an das Papierrascheln, als sie gestern das hölzerne Kästchen auf dem Dachboden geschüttelt hatte. Wie viele Fotos sich wohl darin noch befanden? Kurz war sie versucht, ihrer Neugier nachzugeben und gleich auf den Speicher hinaufzusteigen, doch etwas hielt sie zurück. Sie hatte das Gefühl, dass es besser wäre, wenn die anderen nichts davon mitbekamen. Wie hätte sie ihnen erklären sollen, was es mit den seltsamen Fotos auf sich hatte, wenn sie selbst keine plausible Antwort darauf hatte?

Sie legte den Umschlag mit den Fotos und dem kleinen Schlüssel in die Schublade, wo sie auch den Schlüssel für den Wandschrank verstaute. Dann schob sie die Lade fest zu und rückte zuerst das Nachtkästchen und danach das Bett möglichst geräuschlos an ihren jeweiligen Platz zurück.

Gerade als sie die Hände von den Bettpfosten nehmen wollte, brüllte eine tiefe Männerstimme über den Flur. Elvira fühlte sich ertappt und sprang einen Schritt zurück. Entsetzt starrte sie ihren Vater an. Sie war der felsenfesten Überzeugung, dass er spätestens jetzt wieder zu sich kommen und aufwachen würde. Doch er lag noch immer reglos da. Das angsteinflößende Brüllen dagegen riss nicht ab.

Mit eingezogenem Kopf wagte sich Elvira vorsichtig hinaus.

Das Geschrei war nicht zu ertragen. Aber die verzerrte,

scheppernde Stimme wollte nicht zu der Monotonie der unverständlichen Worte passen.

Erst jetzt begriff Elvira. Sie hielt sich die Ohren zu und rannte durch den Flur in die Stube. Sie drückte auf den Aus-Knopf des Fernsehers, um dem Sprecher das Wort abzuschneiden, der die neuesten Nachrichten in die Welt hinausposaunte.

Keuchend ließ sie sich in den Sessel fallen. Die abrupte Stille verschaffte ihr eine unglaubliche Erleichterung. Noch bevor sie ihre Gedanken sortiert hatte, blieb ihr Blick an der Küchenlampe hängen, deren helles Strahlen durch die geöffnete Tür bis in die düstere Stube vordrang. Der Strom war wieder da.

Elvira sprang auf und stürmte die wenigen Schritte in die Küche. Ungläubig begutachtete sie das Wunder und knipste mindestens drei Mal das Licht aus und wieder an. Das Surren aus der gegenüberliegenden Ecke sagte ihr, dass die Lampe sie nicht täuschen wollte. Der Kühlschrank war wieder angesprungen.

Es dauerte nicht lange, bis auch die anderen sich in der Küche einfanden.

»Wir haben wieder Strom«, verkündete Elvira das Offensichtliche.

»Das wurde auch Zeit«, brummte Matthias. »Ich hatte schon das Gefühl, die hätten uns absichtlich vom Netz genommen.«

»Wieso sollten sie so etwas tun?«, fragte Hans.

»Na ja, nachdem überall um uns herum das Licht ausgegangen ist, waren wir vielleicht die Letzten auf der Liste.«

»Auf welcher Liste?« Allmählich hatte Elvira genug von den Verschwörungstheorien ihres Sohnes. Er führte sich auf wie ein Teenager, der zu viele spannende Filme sah. Außerdem gefiel es ihr nicht, wie lapidar er die Todesfälle in der Nachbarschaft kommentierte.

»Ach, ist nur so eine Idee«, sagte Matthias schnell, dem der Unmut seiner Mutter nicht entgangen war.

»Ich find's ja fast ein bisschen schade, dass wir wieder Teil der hochtechnologisierten Welt sind«, meinte Lindner mit einer Spur Ironie. »Wir haben mit dem alten Herd doch ganz ordentlich improvisiert.«

Niemand erwiderte etwas. Die grausame Entdeckung gestern und das Unglück vom heutigen Morgen steckten allen noch in den Gliedern.

»Was war das eigentlich gerade?«, wollte Hans schließlich wissen. »Hat jemand den Fernseher angemacht oder war der noch an?«

»Die Küchenlampe habe ich eingeschaltet«, sagte Lindner mit stolzem Blick zur Decke. »Damit wir gleich merken, wenn der Strom zurück ist, und nicht wie ahnungslose Maulwürfe weiterhin im Dunkeln sitzen. Den Fernseher habe ich nicht angefasst. Vermutlich eine Fehlprogrammierung, manche Geräte schalten sich selbst auf voller Lautstärke ein, wenn die Stromzufuhr länger unterbrochen war.«

»Wie dem auch sei«, kürzte Hans Lindners Ausführungen ab. »Wir haben wieder Licht und Wärme.«

»Und Kontakt zur Außenwelt.« Lindner zog sein Handy aus der Hosentasche und präsentierte die drei schwarzen Balken auf dem Display.

»Ich geh mal die Heizungsanlage kontrollieren«, meinte Matthias. »Da muss sicher einiges neu eingestellt werden.«

»Lass nur, ich mach das schon«, erwiderte Hans und stand schon an der Kellertreppe. »Sieh du lieber nach, ob nicht noch mehr Geräte von selbst angesprungen sind. Nicht dass uns gleich die Sicherungen durchbrennen und wir wieder ohne Strom dastehen!«

»Was ist mit dem Vater?«, fragte Elvira überfordert. »Wir müssen doch jemanden benachrichtigen, dass er verunglückt ist.«

Die anderen schienen den Alten mit einem Mal völlig vergessen zu haben. Aus den Augen, aus dem Sinn, dachte Elvira. War ihnen der Tod inzwischen schon so sehr zur Gewohnheit geworden, dass sie ihn in eine dunkle Kammer verbannen und ignorieren konnten? Oder fürchteten sie sich davor, dem Vater an seinem Totenbett einen letzten Besuch abzustatten? Zumindest von Hans und Matthias hätte sie sich das erhofft. Aber vielleicht erwartete sie wieder einmal zu viel.

»Die Polizei müssen wir auch rufen, draußen im Schnee steckt schließlich noch ein Toter«, fügte sie beinah empört hinzu.

»Das erledige ich, sobald ich die Heizung kontrolliert habe.« Hans war schon halb die Treppe hinab. »Auf zwei Minuten mehr oder weniger kommt es jetzt auch nicht mehr an.«

Noch immer erstaunt über den Pragmatismus der Männer, verschwand Elvira in der Küche und begann den Kühlschrank wieder einzuräumen. Der Spitzbart nutzte währenddessen die wiedergewonnene Kommunikationsfreiheit und führte oben in seinem Zimmer mehrere Telefonate. Er hatte schließlich einiges zu berichten.

Die Sachen aus dem Gefrierfach standen noch in der Scheune. Draußen im Hof hatten die aufgeschütteten weißen Wände noch nichts an Höhe eingebüßt, sondern wirkten genauso bedrohlich wie zuvor und engten den Bewegungsradius auch weiterhin ein. Obwohl der Kontakt zur Außenwelt wiederhergestellt war, hatte Elvira noch immer das Gefühl, völlig abgeschnitten zu sein.

Als sie mit dem Lebensmittelkorb aus der Scheune kam,

hörte sie ein tiefes Brummen in der Ferne. Wenn der Wind, der die Wolken über die Berggipfel scheuchte, es nicht gerade übertönte, trug er es in Wellen heran. Elvira blieb stehen und sah nach oben. Erst war nichts zu erkennen, dann stieg ein dunkler Fleck aus dem Tal auf und mischte sich unter die Wolkenfetzen. Bevor diese ihn mit sich reißen konnten, löste er sich aus ihrer Umklammerung und flog gegen ihren Strom, genau auf Elvira zu.

Sie stellte den Korb ab und hielt sich die Ohren zu, während sie gebannt zu dem Rettungshubschrauber hinaufblickte, der nur wenige Augenblicke später über ihr in der Luft stand. Nach einer halben Ewigkeit setzte er sich wieder in Bewegung, kreiste zwei Runden über den Hof, drehte ruckartig ab und verschwand hinter einer Hangkuppe.

Elvira löste sich aus ihrer Starre und trug den Korb ins Haus. In der Küche beschloss sie jedoch kurzerhand, die Lebensmittel allesamt in den Müll zu verfrachten, da sie aufgetaut und somit unbrauchbar waren.

Noch immer glaubte sie, das ohrenbetäubende Dröhnen zu hören. Draußen war allerdings nichts zu sehen. Was hatte der Hubschrauber hier verloren gehabt? War er auf der Suche nach vermissten Wanderern oder Skifahrern? Ein erschreckender Gedanke durchzuckte sie. Hoffentlich war dem Pfarrer beim Abstieg nichts passiert!

Natürlich hatte niemand daran gedacht, die Mülltonnen freizuräumen. Indem sie eine Schneise zur Scheune und zur Einfahrt gegraben hatten, hatten die Männer rund um die Garage vielmehr einen hohen Schneewall aufgeschüttet.

Elvira holte sich einen Schneeschieber und machte sich an die Arbeit. Da die Sonne den Schnee verhärtet hatte, gelang es ihr nicht, ihn von oben abzutragen. Stattdessen schabte sie ein breites Loch in die verkrustete Wand vor den Tonnen. Schwitzend kratzte sie sich Zentimeter um Zentimeter voran und war so vertieft, dass sie gar nicht merkte, wie die Männer auf den Hof gestapft kamen.

»Nicht erschrecken«, sagte jemand in ihrem Rücken und bewirkte damit genau das Gegenteil. Sie fuhr herum, wobei ihr der Schneeschieber aus der Hand glitt und scheppernd zu Boden fiel. Während sie ihn aufhob, starrte sie die Gestalten an, als wären sie soeben vom Himmel gefallen.

»Entschuldigen Sie, Frau Holzer, aber wir wurden benachrichtigt, dass sich gestern hier oben ein neuerlicher Mord ereignet hat sowie heute in Ihrem Haus ein weiterer Todesfall«, sagte der Polizist mit dem Schnauzbart. Schnee klebte an seinen Hosenbeinen. Neben ihm standen zwei kräftige Männer in Rettungskleidung.

Jetzt verstand Elvira. Der Hubschrauber. Nur wie hatten die Männer es geschafft, so schnell nach dem Anruf von Hans hier heraufzufliegen? Wo waren sie überhaupt gelandet?

Sie versuchte, sich an Grubers letzte Worte zu erinnern, und nickte. »Ja, aber wir konnten niemanden verständigen.« Sie hatte den Eindruck, sich verteidigen zu müssen.

»Das bei Ihnen im Haus heute war ein Unfall, ja?«, fragte Gruber und ließ Elvira nicht aus den Augen.

»Ja, mein Vater ist die Treppe runtergestürzt. Wir konnten nichts mehr für ihn tun.« Trotzdem fühlte sie sich mit einem Mal schuldig.

»Und Sie selbst haben sich dabei auch verletzt?«

Elvira verstand nicht, worauf der Polizist hinauswollte. Und es war ihr unangenehm, dass er ihr so fest in die Augen sah.

Gruber tippte sich gegen die Stirn.

Erst da begriff sie. Sie ahmte seine Geste nach und berührte die Stelle über ihrer Augenbraue. »Ach, das! Nein, das ist schon vor ein paar Tagen passiert«, versuchte sie zu erklären. Sie hatte ganz vergessen, dass sie noch immer das Pflaster trug. »Ein Keiler hat mich im Hof angegriffen, und dabei bin ich gestürzt.«

Grubers Miene zeigte keinerlei Regung, während er kurz nickte.

Da bemerkte Elvira, dass die beiden Sanitäter eine Trage hielten. »Ich glaube nicht, dass Sie meinen Vater ins Leben zurückholen können«, sagte sie leise. »Er war gleich tot.«

»Woher wissen Sie das?«, fragte Gruber sofort.

Elvira stockte. »Das war … offensichtlich«, stotterte sie. »Außerdem … mein Mann ist Arzt. Er hat den Tod festgestellt.«

»Verstehe«, erwiderte der Polizist alles andere als überzeugt. »Dann wollen wir uns mal ein Bild von der Lage machen.«

Verwundert über Grubers offenkundiges Misstrauen, reagierte Elvira nicht gleich, weshalb dieser etwas deutlicher wurde. »Wir würden gerne in Ihr Haus.«

Elvira stellte den Schneeschieber an der Wand ab und hielt den Männern die Tür auf. Die Sanitäter mit der Trage gingen voran, gefolgt von Lothar Gruber und einem vierten Mann. Erst jetzt nahm Elvira ihn wahr, dabei musste er die ganze Zeit hinter den Rettungskräften gestanden haben.

Als er mit seinem kleinen Koffer an ihr vorbei hineinging, nickte er ihr zu. »Richard Weber«, murmelte er zwischen geschlossenen Zähnen hindurch. Mit seinem grauen Bürstenhaarschnitt und der gerümpften Nase erinnerte er Elvira an einem Igel.

»Unser Fallanalytiker«, holte Lothar Gruber das Versäumnis nach, den Kollegen vorzustellen. »Während wir die Lebenden befragen, hält er Zwiesprache mit den Toten und entlockt ihnen ihre letzten Geheimnisse.« Sein geschwollener Tonfall machte deutlich, was er von dieser Arbeitsweise hielt. »Fast wie Ihr Herr Pfarrer, der uns ja wieder einmal zuvorgekommen ist und den Tatort schon besichtigt hat, wie ich gehört habe.«

Elvira fragte sich, worauf er hinauswollte. Wie hatte er überhaupt von Pfarrer Wilms' Besuch bei ihnen erfahren?

»Ich sehe mir Opfer und Tatort einfach nur etwas genauer an«, sagte Richard Weber in Richtung des Kollegen von der Mordkommission und machte sich an die Arbeit.

Seine Worte schwirrten durch Elviras Kopf. »Aber warum dieser Aufwand?« war alles, was sie hervorbrachte.

»Reine Routine«, antwortete Gruber ungeduldig. »Immerhin sind in Ihrer Nachbarschaft vier Menschen durch Fremdeinwirkung ums Leben gekommen. Da werden Sie verstehen, dass wir den tödlichen Unfall in Ihrem Haus genauer unter die

Lupe nehmen müssen.« Er nieste und blickte auf Ludwigs leere Decke. »Wo ist der Hund?«

»Verschwunden. Seit vorgestern.«

»Aha«, meinte Gruber nur beiläufig. »Wollen wir?«

Elvira öffnete die Tür zur Kammer ihres Vaters und war überrascht, Matthias am Bett des Toten vorzufinden.

Erschreckt sah er sie an, und seine Augen wurden noch größer, als sich die vier Männer hinter Elvira in den Raum schoben.

Konnte es wirklich sein, dass er sie nicht kommen gehört hatte? War er so versunken gewesen in die Zwiesprache mit dem Toten? Elviras Blick wanderte unwillkürlich zu dem Nachtschränkchen. Die Schublade war einen Spaltbreit aufgezogen, obwohl sich Elvira daran erinnerte, sie vorhin fest zugeschoben zu haben.

Die Männer murmelten einen Gruß, und Gruber forderte Elvira und Matthias auf, ihm die Ereignisse vom Morgen zu schildern.

»Sie waren auch diesmal wieder die Erste vor Ort, Frau Holzer, und haben den Toten vor der Treppe gefunden?«, fragte er abschließend.

»Ja, das habe ich. Aber die anderen waren auch schon die Treppe runter«, verteidigte sie sich.

»Sie und der gute Pfarrer Wilms …«, murmelte Gruber vielsagend, und es hatte den Anschein, als mache er sich eine Notiz im Geiste.

Mehr wollte er nicht wissen. Als er dann auch noch sie und Matthias bat, den Raum zu verlassen, hatte Elvira das ungute Gefühl, dass ein ungeheuerlicher Verdacht auf ihr lastete. Was, wenn Gruber erst erfuhr, dass sie auch den Michael gefunden hatte? Oder wusste er etwa schon davon?

Sie beobachtete, wie der Fallanalytiker seinen Koffer auf den Tisch vor dem Fenster wuchtete und eine Kamera hervorholte.

Matthias war schon vorausgegangen. Sie hörte, wie er die Küchentür zuwarf. Elvira hingegen zögerte noch. Auf der Schwelle drehte sie sich noch einmal um und ging zu Lothar Gruber zurück. Erst sah er sie irritiert an, dann jedoch wirkte er gespannt.

»Wissen Sie schon mehr über das Verschwinden der Frau Buchleitner?«, fragte sie.

Die Miene des Polizisten veränderte sich. Aus Aufmerksamkeit wurde Abwehr. Offenbar hatte er sich etwas anderes von ihr erwartet. Vielleicht hatte er gar auf ein Geständnis gehofft.

»Bitte verstehen Sie, dass wir keine Informationen über laufende Ermittlungen herausgeben können«, antwortete Lothar Gruber in kühlem Beamtendeutsch.

Elvira verstand, dass dies zweierlei bedeutete: Zum einen war die Polizei bei der Suche nach Resi noch keinen Schritt vorangekommen, zum anderen gehörte sie selbst weiterhin zum Kreis der Verdächtigen. Ihr Hals wurde eng.

»Pfarrer Wilms meint, dass die Taten dem Martyrium der heiligen Katharina ähneln«, sagte sie leise.

»Bitte wem?«

Elvira wäre am liebsten zurückgerudert, doch nun war es zu spät. »Dem Leidensweg der heiligen Katharina von Alexandrien.« Sie musste einfach wissen, ob die Polizisten dieser Verbindung nachgingen. Auch wenn sie ahnte, dass Gruber sich weiterhin bedeckt halten würde.

»So, so, dem Leidensweg der heiligen Katharina …« Er klangt genervt. »Worauf wollte der Herr Pfarrer denn mit diesem Hinweis konkret hinaus?«, fügte er leicht ungehalten hinzu.

»Laut ihm ist auch die heilige Katharina enthauptet worden. Und aus ihrer Kehle ist Milch statt Blut geströmt.« Elvira holte Luft. »Wie bei den Wenzel-Schwestern …«

Gruber schaute sie ungläubig an, und sein Kollege ließ die Kamera überrascht sinken. »Milch statt Blut? Aus den Körpern der ermordeten Frauen?«

»Ja … nein …«, stotterte Elvira verunsichert. »Im Stall standen doch zwei Milchkannen. Jemand hat die Kuhmilch zu dem Blut gekippt. Na ja, und bevor sie enthauptet wurde, wurde die heilige Katharina gerädert …«

»Man hat sie zweimal ermordet?« Der Fallanalytiker war auf einmal ganz Ohr.

»Nein, nicht ganz. Ihre Peiniger haben sie auf ein großes Rad gebunden, doch Gott hat das Rad zerbrechen lassen. So ähnlich ist es ja auch dem Zauner-Peter ergangen …« Elvira merkte, dass sie sich bei ihren Ausführungen verrannt hatte. »Also, nicht dass Gott bei ihm ebenfalls das Rad zerbrochen hätte. Das war schließlich noch ganz und der Peter am Ende tot.«

Ihr war bewusst, wie wirr ihre Worte klangen. Dementsprechend wirkten die beiden Polizisten nur wenig überzeugt von der Theorie des Pfarrers.

Elvira unternahm einen letzten Versuch. »Die Heilige wurde in der Legende außerdem ausgepeitscht und in einen Kerker geworfen. Und die Resi ist ja nun seit fast einer Woche verschwunden … Da könnte es doch sein …«

»Dass jemand Ihre Nachbarin in einen Kerker geworfen hat?« Lothar Gruber schnappte nach Luft.

»Nicht unbedingt in einen Kerker, aber vielleicht in einen anderen dunklen Raum …«

»Welche Überraschung hält der Tote in der Kapelle für unsere Kollegen bereit? Wurde er gekreuzigt, gesteinigt oder gevierteilt?« Gruber verlor endgültig die Geduld. »Oder kommt so etwas in Ihrer Legende nicht vor?«

Eingeschüchtert schüttelte Elvira den Kopf. Sie gab auf. Von den Münzen in Michaels Mund erwähnte sie lieber nichts. Die passten ja tatsächlich nicht in das Legendenmuster, und die Polizei würde sie noch früh genug entdecken.

Lothar Gruber atmete laut aus, als müsste er sich zur Ruhe zwingen. »Frau Holzer, das alles muss für Sie erschütternd gewesen sein. Man darf keinesfalls unterschätzen, welche Auswirkungen der Anblick derartig brutaler Gewaltverbrechen hat«, versuchte er behutsam auf Elvira einzugehen.

Sein Kollege war wieder voll und ganz mit seiner Kamera beschäftigt und machte unablässig Fotos. Das Klacken der Kamera irritierte Elvira zusätzlich.

»Damit will ich eigentlich nur sagen, Frau Holzer«, Grubers Schnurrbart bildete eine ernste, gerade Linie, »dass Sie Ihre Erlebnisse nicht alleine verarbeiten sollten.« Er machte einen Schritt auf sie zu, seine Stimme wurde sanfter. »Wir können Ihnen professionelle Hilfe anbieten, eine sogenannte Trauma-Expertin, die Erfahrung hat mit Menschen unter Schock und daher ganz anders auf Sie eingehen kann.«

Elvira wusste nicht, wie sie darauf reagieren sollte. Und so nickte sie nur und schwieg.

»Überlegen Sie es sich.« Mitleidig legte er den Kopf leicht schief und schob hinterher: »Das gilt natürlich auch für die anderen Angehörigen, Betroffenen und Augenzeugen. Den werten Herrn Pfarrer eingeschlossen.« Er war offensichtlich froh, das Thema damit abgehakt zu haben. »Und nun würden wir gerne in Ruhe unserer Arbeit nachgehen.«

Glauben die, dass wir ihn umgebracht haben? Und den Michael gleich noch dazu?«, zischte Matthias in der Küche. Seine Halsschlagader war deutlich erkennbar.

»Nach dem, was in unserer Nachbarschaft passiert ist, müssen sie einfach jede Möglichkeit in Betracht ziehen«, antwortete Elvira müde.

»Aha, dann suchen sie den Mörder unserer Nachbarn also auch hier bei uns, interessant! Nur sind sie immer erst dann zur Stelle, wenn's nichts mehr zu tun gibt!« Seine Wut ebbte einen Moment ab, und er überlegte. »Wie sind die überhaupt so schnell hier raufgekommen?«

»Hast du den Hubschrauber vorhin nicht gehört?«, fragte Elvira.

»Wo soll denn bei dem meterhohen Schnee ein Hubschrauber landen?«

»Auf dem Kartoffelacker.« Hans trat in die Küche. Er hatte noch seine Jacke an. »Unten auf dem Acker stehen zwei Helikopter. Da liegt übrigens gar nicht so viel Schnee. Wahrscheinlich hat der Wind den Schnee den Hang runter bis in die Bäume geweht.«

»Wieso zwei?«, wollte Matthias wissen, und auch Elvira wunderte sich.

»Der zweite ist etwas später gelandet. Die Mannschaft ist gleich zur Kapelle marschiert.«

Angespannt saßen sie am Küchentisch, tranken Kaffee und

Tee. Während Hans sich seine Pfeife ansteckte, hörten sie draußen im Flur die Beamten reden.

»Was ist jetzt? Nehmen wir ihn mit oder nicht?«, war Grubers Stimme zu hören, gefolgt von undeutlichem Gemurmel.

Ohne anzuklopfen, riss er die Küchentür auf. »Frau Holzer, wir wären dann so weit.« Er grüßte Hans mit einem Nicken und fügte nach einem genervten Schulterblick hinzu: »Sobald der Kollege fertig ist, können wir los.«

Elvira versuchte an ihm vorbeizuspähen und entdeckte Richard Weber, der gerade Fotos vom Treppenhaus machte.

»Wir möchten Ihren Vater gerne mitnehmen«, brachte Gruber in sensiblem, aber bestimmtem Ton vor.

»Wieso das denn?«, rief Matthias, bevor Elvira reagieren konnte.

»Sie werden verstehen, dass wir den Toten unter den gegebenen Umständen obduzieren müssen.«

»Woher sind Sie sich denn so sicher, dass wir ihn ermordet haben?«

»Das sind wir überhaupt nicht«, antwortete Gruber ruhig. »Wir wissen bislang nur, dass er nicht eines natürlichen Todes gestorben ist. Das verpflichtet uns, genauer hinzuschauen.«

Er ließ ihnen noch einige Minuten, um sich von dem Toten zu verabschieden. Dann schickte er seine beiden Begleiter mit der Bahre in die Kammer. Der Fallanalytiker war inzwischen schon gegangen, wahrscheinlich zu den Kollegen an der Kapelle.

»Sind Sie so weit gut versorgt, oder soll ich Ihnen jemanden mit ein paar Lebensmitteln vorbeischicken?«, fragte Gruber versöhnlich, nachdem die Sanitäter den Toten hinausgetragen hatten.

Elvira lehnte dankend ab.

»Spätestens morgen werden die Straßen wieder frei sein«, prophezeite er in der Tür. »Die Räumfahrzeuge arbeiten sich nach oben vor, und die Wettervorhersage ist günstig.« Eine Ladung Schnee klatschte hinter ihm vom Dach. »Sehen Sie, es taut gewaltig. Stufe fünf auf der Gefahrenskala für Dachlawinen!«, scherzte er und eilte den anderen hinterher.

Nach ein paar Schritten blieb er noch einmal stehen und drehte sich um. »Eines noch: In Kürze werden ein paar Kollegen vorbeikommen, um Sie zum Unfallhergang und zum Mord an Michael Hofer zu befragen. Halten Sie sich bitte bereit. Das Prozedere kennen Sie ja schon.«

Völlig überrumpelt blieben Elvira und die Männer im Haus zurück. Sie setzten sich wieder an den Küchentisch, auf dem noch immer die Tassen mit dem längst kalt gewordenen Tee und Kaffee standen. Von nun an würde ein Platz frei bleiben. Elvira konnte es einfach nicht begreifen, und ihr Herz wog schwer wie ein Stein. Es war alles viel zu schnell gegangen. Gestern noch hatte ihr Vater gelebt, und soeben hatte er für immer das Haus verlassen. Jenes Haus, in dem er seit seiner Geburt jeden einzelnen seiner Tage zugebracht hatte.

Der Spitzbart kam die Treppe herunter und gesellte sich zu ihnen. Er war leiser als sonst und ungewöhnlich zurückhaltend. Er habe nicht stören wollen, um die Angehörigen in Ruhe Abschied nehmen zu lassen, erklärte er.

Ob der Abtransport ihres Vaters ein Abschied zu nennen war?, fragte sich Elvira und blickte nach draußen. Wenn ja, war es ein grausiger Abschied. Aus einiger Entfernung war das Brummen des Hubschraubers zu hören, der die Bergwelt erzittern ließ und sich in den hellblauen Nachmittagshimmel erhob.

In ein paar Tagen würde die Beerdigung sein. Gruber hatte

vorhin noch betont, dass sich dann für sämtliche Bekannte, Freunde und Angehörige ein weiteres Mal die Gelegenheit böte, dem Verstorbenen Lebewohl zu sagen. Ob ihm bewusst gewesen war, wie höhnisch seine Worte in Elviras Ohren klangen? Die wenigen Menschen, die der Alte außerhalb seiner Familie gekannt und mit denen er seine Tage hier oben zugebracht hatte, waren so gut wie alle aus dem Leben gerissen worden. Übrig waren nur noch seine Tochter, sein Schwiegersohn und sein jüngster Enkel. Was für eine beschämend kleine Trauergesellschaft. Elvira sah das triste Bild schon vor sich.

Um Himmels willen, durchfuhr es sie, sie hatte ihren anderen Sohn ganz vergessen! Sie musste sofort den Jochen benachrichtigen. Schließlich war sein Großvater gestorben, jener Mann, der ihn nach Hans' Verschwinden wie ein Vater aufgezogen hatte.

Sie stürzte in den Flur zum Telefon. Obwohl sie kaum mehr als zwei-, dreimal im Jahr seine Nummer wählte, kannte sie sie auswendig.

Nach dem dritten Tuten nahm Jochen ab. Es war Freitagnachmittag, er hatte sicher schon Feierabend. Als er seinen Namen nannte, hörte sie gedämpften Autolärm im Hintergrund. Ob er am offenen Fenster stand und rauchte?

Sie hatte sich keine Worte zurechtgelegt, dazu hatte sie keine Zeit mehr gehabt. Auch hatte sie sich nicht überlegt, wie sie ihrem Sohn die Nachricht am schonendsten überbrachte. Daher kam sie wahrscheinlich schneller zum Punkt, als es gut gewesen wäre.

Jochen, der nicht einmal dazu gekommen war, sie richtig zu begrüßen, verstummte.

Elvira glaubte gar, die Leitung wäre wieder tot. »Jochen?«, rief sie in den Hörer. »Bist du noch dran?«

»Jaja, ich bin noch dran«, antwortete er mit kratziger Stimme, bevor er wieder schwieg.

Eine unangenehme Pause entstand, und Elvira überlegte krampfhaft, was sie noch hinzufügen könnte. Im Grunde war alles gesagt, zumindest was den Vorfall hier im Haus betraf. Die Morde hatte sie nicht erwähnt, um ihren Sohn am Telefon nicht noch mehr zu verstören. Vielleicht wusste er ja schon aus der Zeitung davon? Fast hoffte Elvira es, denn sie hatte ihre Rolle als Unheilsüberbringerin allmählich satt.

»Ich rufe dich an, sobald der Termin für die Beerdigung feststeht«, schlug sie schließlich vor.

»Ist gut«, meinte er nur.

»Na dann, mach's gut«, sagte sie.

»Mach's gut.«

Nachdem sie aufgelegt hatte, blieb Elvira noch eine Weile vor dem Telefon stehen. Sie hatte keine Ahnung, was in ihrem Sohn in diesem Moment vorging. Im Gegensatz zu Matthias, der zwar oft aufbrausend war, bei dem man aber wenigstens wusste, woran man war, wirkte Jochen stets ruhig und überlegt. Elvira hätte schon lange nicht mehr sagen können, was ihn bewegte. Es war ein schreckliches Gefühl, das sie an eine andere düstere Zeit erinnerte. Genau so hatte sie sich gefühlt, als Hans damals einfach gegangen war. Sein Fehlen hatte eine Leere in ihr hinterlassen, die sich in ihrem Bauch ausgedehnt und wie ein Magengeschwür angefühlt hatte. So wie vor Jahren sein Vater hatte nun der Jochen das Band zu seiner Familie durchtrennt, wenn auch nicht so vollständig und abrupt. Elvira hoffte, dass auch er irgendwann den Weg zurück finden würde.

Als sie vom Melken zurück ins Haus kam, hatte die Dämmerung alles Licht vertrieben. Mit einem Schlag war es dunkel. Sie tastete nach dem Lichtschalter im Flur und erschrak, als sie ihn drückte, denn im selben Moment klingelte das Telefon. Wie angewurzelt blieb sie stehen und wartete ab. Das Läuten hörte nicht auf, schien vielmehr mit jedem Mal dringlicher zu werden. Anscheinend wusste der Anrufer, dass jemand im Haus war.

Elvira wollte den Unbekannten nicht länger warten lassen und eilte zum Telefon. Nach dem sechsten Klingeln nahm sie ab.

»Himmelherrgott, wo steckt ihr denn alle?«, polterte Pfarrer Wilms durch den Hörer. »Man macht sich ja Sorgen!«

»Ich war im Stall«, sagte Elvira entschuldigend.

»Und die anderen?«

»Der Hans und der Matthias sind auf dem Hof.« Sie bemerkte die Schneepfützen auf dem Boden. Erst vorhin hatte sie gewischt. Nachdem die Polizisten gegangen waren, die sie anderthalb Stunden getrennt voneinander vernommen hatten. »Oder irgendwo im Haus. Und unser Feriengast ist in seinem Zimmer. Er hat mich um die Rechnung gebeten und sogar schon ein Taxi bestellt. Sobald es das erste Räumfahrzeug hier raufgeschafft hat, lässt er sich abholen.«

»So, so.« Der Pfarrer überlegte einen Moment. »Dann bist du also allein. Keiner hört dir zu?«

»Nein, hier ist sonst niemand.«

»Dann pass auf: Als ich heut Mittag bei euch aufgebrochen bin, ist mir jemand hinterhergelaufen.«

»Ihnen ist jemand gefolgt?« Elvira sog die Luft durch den Mund ein und vergaß fast, wieder auszuatmen.

»Erst war es nur ein ungutes Gefühl. Auf einem so tief verschneiten Hang hat man ja kaum Augen und Ohren für etwas anderes als den sichersten Weg. Man setzt einen Fuß vor den anderen, hangelt sich von Baum zu Baum und …«

»Und dann haben Sie ihn gesehen«, flüsterte Elvira voller Ungeduld.

»Gesehen ist zu viel gesagt. Da waren Geräusche hinter mir, die nicht zu dem Knirschen und Knacken meiner Schritte gepasst haben. Aber so ein alter Mann wie ich ist nun mal keine Berggämse. Jedes Mal, wenn ich stehen geblieben bin, um mich umzudrehen, schien alles still und friedlich hinter mir.«

Elvira war enttäuscht und erleichtert zugleich. Wahrscheinlich hatte Pfarrer Wilms bloß ein Tier aufgescheucht.

»Instinktiv bin ich schneller gegangen und dabei ein ganzes Stück vom Weg abgekommen. Gott sei Dank kam ich am Ende trotzdem unten an der Landstraße raus. Mein Verfolger hat sich wohl selbst überschätzt oder vielmehr den Schnee unterschätzt. Er hatte sicher keine Schneeschuhe an und ist beim Laufen tief eingesunken. Als die Straße in Sicht war, hat er aufgegeben. Ich konnte nur noch seinen Schatten erhaschen. Auf dem Weg zum Dorf kam ein Räumfahrzeug vorbei, und ich habe den Fahrer um sein Handy gebeten, um die Polizei über alles zu informieren.«

»Verstehe«, murmelte Elvira. Mehr als einen Schatten hatte er also nicht gesehen. »Haben Sie der Polizei erzählt, dass

Sie verfolgt wurden?«, fragte sie, obwohl sie die Antwort bereits ahnte.

Verächtlich blies er die Luft durch die zusammengepressten Zähne. »Mit den wichtigen Herren aus der Stadt bespreche ich nur noch das Allernötigste. Sie haben mir mehr als einmal zu verstehen gegeben, was sie von mir halten. Ich habe sogar gehört, wie einer von ihnen mich als Schwätzer und Wichtigtuer bezeichnet hat. Doch darüber sehe ich gelassen hinweg. Allerdings haben fehlender Respekt und Ignoranz die Männer von der Staatsgewalt bisher nur auf den Holzweg geführt. Daher müssen wir selbst nach den Antworten suchen. Und vor allem unser Leben selbst schützen, hörst du?« Der Pfarrer befürchtete offenbar, dass Elvira den Ernst der Lage verkannte. »Sei vorsichtig«, warnte er sie noch einmal eindringlich. »Irgendwer läuft da draußen rum, du solltest deine Tür gut verschließen!«

»Das werde ich«, antwortete sie artig, als wollte sie einen übermäßig besorgten Verwandten beschwichtigen.

»Deshalb habe ich aber gar nicht angerufen«, redete er einfach weiter. »Ich habe Neuigkeiten, was unsere Heilige betrifft.« Holz quietschte auf Holz. Offenbar hatte er sich einen Stuhl herangezogen.

Elvira war so überrascht, dass sie stumm abwartete, bis er weitersprach.

»Sie war im Grunde gar keine Heilige«, fuhr er in süffisantem Ton fort. Die Bedrohlichkeit war aus seiner Stimme gewichen. »Hast du dich bisher gar nicht gefragt, welche Schande sie über ihre Familie gebracht haben könnte? Was so gewichtig gewesen sein könnte, dass die junge Katharina nicht mehr damit leben konnte? Warum ihr der See als einziger Ausweg erschienen ist?«

Das hatte sich Elvira in der Tat noch nicht gefragt, denn es gab immer Dinge, die einen Menschen verzweifeln ließen. In jeder Familie spielten sich im Verborgenen Tragödien ab, die so vielfältig waren wie die Menschen, die daran zugrunde gingen. Aber wenn sie den anzüglichen Unterton des Pfarrers richtig deutete, konnte sie erahnen, worauf er hinauswollte.

»Vermutlich hat sie ihre Ehre befleckt und war als Unverheiratete ein Liebesverhältnis eingegangen«, riet sie und traf prompt ins Schwarze.

»Genau so war's. Allerdings sind solche Fehltritte so alt wie die Menschheit selbst und weder damals noch heute ein Grund, seinem Leben ein Ende zu setzen. Brenzlig wird's erst, wenn aus der verbotenen Liebe eine Frucht erwächst, sozusagen als sichtbarer Beweis des Vergehens.«

»Sie meinen, Katharina war schwanger?«, fragte Elvira erschüttert.

»Nein, das war sie nicht.« Pfarrer Wilms machte eine seiner dramaturgischen Pausen. »Nicht mehr. Sie hatte das Kind schon zur Welt gebracht.«

Wieder war Elvira sprachlos.

»Ich war mir nicht ganz sicher, ob ich meinem Gedächtnis trauen konnte. Daher habe ich auf dem Weg ins Dorf noch mal versucht, mich an das zu entsinnen, was vor fünfzig Jahren geschehen ist. Oder was die Leute damals geredet haben. Vor meiner Haustür war ich mir dann ziemlich sicher.« Er räusperte sich. »Zwar ist im Geburts- und Sterberegister kein Neugeborenes vermerkt, aber das muss nichts heißen. Also habe ich einige Amtsbrüder aus der Umgebung gebeten zu recherchieren, und siehe da – vor ein paar Minuten habe ich einen Anruf von meinem geschätzten Kollegen aus der Stadt bekommen.«

Es knisterte und knackte in der Leitung.

»Elvira, bist du noch dran?«

»Ja«, antwortete sie leise.

»In dem Jahr nach Katharinas Tod wurde in der Kirche meines Amtskollegen ein kleiner Junge auf den Namen Simon Zauner getauft«, nahm der Pfarrer den Faden wieder auf. »Angaben zu den Eltern gibt es keine, es steht lediglich ›Unbekannt‹ dahinter. Nur zum Verbleib gibt es einen Eintrag: Städtisches Kinderheim St. Anna.«

Elvira wurde heiß und kalt zugleich. Was hatte der Pfarrer da gerade erzählt? Sie war sich nicht sicher, die überraschenden Neuigkeiten komplett verstanden zu haben. »Katharina hat einen unehelichen Sohn zur Welt gebracht, und ihre Familie hat ihn ins Heim gegeben?«

»Es sieht ganz danach aus.«

»Was ist aus ihm geworden?«

»Das kann ich dir nicht sagen. Darüber führt die Kirche nicht Buch.«

Hatten die Resi und ihre Geschwister damals gewusst, dass in einem Kinderheim in der Stadt ihr Neffe aufwuchs? Die Resi war selbst noch ein Kind gewesen, ihre Schwester und ihre Brüder bereits erwachsen. Es war nur schwer vorstellbar, dass sie davon nichts mitbekommen hatten.

»Denken Sie, dieser Simon hat etwas mit den schlimmen Ereignissen der letzten Tage zu tun?«, fragte Elvira aufgewühlt.

»Gut möglich, aber ich möchte nicht vorschnell den Stab über ihn brechen. Das Richten überlasse ich anderen, am liebsten natürlich unserem Herrn im Himmel.«

Elvira sah förmlich vor sich, wie sich der Alte selbstgefällig auf seinem Stuhl zurücklehnte.

»Nichtsdestotrotz sollte man diesen Simon Zauner ausfindig machen und ihm einige Fragen stellen.« Der Pfarrer überlegte einen Moment. »Falls er noch am Leben ist.«

»Sie meinen, auch er ist tot?«

»Die Möglichkeit besteht durchaus. Niemand hier scheint je von ihm gehört zu haben. Vielleicht ist er schon vor Jahren verstorben oder gar Opfer dieses unerklärlichen Kreuzzugs gegen die Hinterbliebenen der armen Katharina geworden«, gab Pfarrer Wilms zu bedenken.

»Vielleicht weiß die Polizei bereits mehr über ihn. Womöglich haben sie ihn schon gefunden.«

»Das wage ich zu bezweifeln«, sagte er überheblich und lachte.

Elvira war selbst nicht überzeugt von ihrem Einwand. Vielmehr hatte es den Anschein, als sei die Polizei noch weit entfernt von der Aufdeckung dieser grausamen Verbrechensserie, als liefen die Ermittlungen noch immer in alle möglichen Richtungen. Mit Entsetzen wurde ihr bewusst, dass sie kaum noch glaubte, die Männer könnten die Resi retten.

Der Pfarrer seufzte. »Mir wird nichts anderes übrigbleiben, als weiterhin die Fühler auszustrecken. Sobald ich mehr weiß, werde ich unsere Staatsdiener selbstverständlich an meinen Ermittlungsergebnissen teilhaben lassen. Sofern sich die Herren überhaupt dafür interessieren und mich nicht wieder wie eine lästige Fliege verscheuchen.«

Elvira konnte sich vorstellen, welche Genugtuung ihn allein bei der Vorstellung überkam, den Polizisten sein Wissen zu präsentieren.

»Aber bis dahin müssen wir Augen und Ohren offen halten«, raunte er ernst in den Hörer. »Bewahr dir dein Misstrauen und sei aufmerksam«, ermahnte er sie ein letztes Mal. »Ich melde mich wieder.« Damit legte er auf.

Elvira stand reglos im Flur, den Hörer noch immer am Ohr, während in ihre Gedanken allmählich Bewegung kam. Worte und Bilder überschlugen sich. Vor allem ein Bild nahm immer genauere Gestalt an – das eines hellen Gebäudes, vor dem ein Junge und ein Mädchen Hand in Hand in eine Kamera lächelten. Es war das Foto, das sie in dem braunen Umschlag hinter dem Bett ihres Vaters gefunden hatte. *St. Anna* hatte auf der Rückseite gestanden. Das nüchterne zweigeschossige Haus mit den vielen Fenstern war ein Kinderheim.

Leise legte sie den Hörer auf und schlich in die Kammer ihres toten Vaters. Sie wollte das Foto unbedingt noch einmal genauer anschauen, denn sie erinnerte sich, dass ihr beim ersten Betrachten etwas daran aufgefallen war. Die Eingebung war allerdings so flüchtig gewesen, dass Elvira sie nicht hatte greifen können.

Sie ruckelte an der schiefen Schublade des Nachtkästchens, bis sie aufging. Tatsächlich, sie hatte sich nicht getäuscht. Jemand hatte den Umschlag herausgenommen, kurz bevor sie am Nachmittag mit Gruber und seinem Begleiter hier gewesen war.

Sie dachte an den überraschten Blick ihres Sohnes, als sie den Raum betreten hatte. Er hatte allein am Totenbett gesessen. Allerdings konnte sie sich nicht entsinnen, dass er etwas bei sich gehabt hätte, als er wutentbrannt in die Küche gestürmt war. Und für seine Hosentasche war der große zerknitterte Umschlag eindeutig zu groß gewesen.

Ein lautes Motorengeräusch war vor dem Haus zu hören, und Elvira trat ans Flurfenster. Ein monströses Fahrzeug mit einer breiten Schaufel vor der Fahrerkabine kämpfte sich in der Dunkelheit durch die weichen Schneemassen. Die Straßen waren wieder befahrbar, sie waren wieder Teil der Welt!

Sie deckte gerade den Abendbrottisch, als der Spitzbart in die Küche kam.

»Nehmen Sie doch Platz, Herr Lindner. Ich bin fast fertig, die beiden anderen werden auch gleich dazustoßen«, forderte sie den Urlauber auf.

»Nein, danke, ich möchte Ihnen nicht noch mehr Umstände bereiten«, lehnte Joachim Lindner ab. »Ich will nur noch schnell die Rechnung begleichen. Das Taxi wird in Kürze hier sein.« Er wirkte angespannt und hatte es eilig.

»Natürlich«, sagte Elvira. »Dann ruf ich schnell meinen Mann, der ist bei uns für die Finanzen zuständig.«

Lindner nickte, wobei er alles andere als begeistert wirkte.

Sie war gerade auf dem Weg hinauf ins Arbeitszimmer, als ein Auto auf den Hof bog. Überrascht ging sie ein paar Treppenstufen zurück und spähte hinaus. Es war kein Taxi, sondern ein Streifenwagen, der durch den Schneematsch auf das Haus zuschlingerte.

Was wollte die Polizei schon wieder von ihnen? Eine nervöse Angst stieg in ihr auf. Sie ging zur Tür und hielt sie den drei Männer in Uniform auf, noch bevor diese das Haus erreicht hatten.

»Da wären wir schon wieder, Frau Holzer.« Lothar Grubers Schnauzbart bewegte sich kaum, kein Lächeln zeichnete sich darunter ab. Elvira war sofort klar, dass sein Auftrag sehr dringlich war.

Eilig schritten er und seine beiden Begleiter an Elvira vorbei.

»Ist der Herr Lindner noch da?« Grubers Blick wanderte wie von selbst zu Ludwigs leerer Decke, doch sogleich sah er wieder auf. »Wir würden gern noch mal mit ihm sprechen.«

Elvira führte die Herren in die Küche, wo der Spitzbart neben dem Tisch stand und wartete.

»Herr Lindner, ich muss Sie bitten mitzukommen«, setzte Gruber in offiziellem Beamtenton an. »Sie stehen unter dringendem Tatverdacht, die Morde an Peter Zauner, an Gabriele und Elisabeth Wenzel sowie an Michael Hofer begangen zu haben.«

Joachim Lindner wich einen Schritt zurück und stieß mit dem Gesäß an die Tischkante. Die Abendbrotteller klirrten. Er war völlig fassungslos und brachte kein Wort hervor.

»Wir haben einen Handschuh mit Ihren Fingerabdrücken in der Kapelle gefunden«, erklärte Gruber. Vielleicht hoffte er, auf diese Weise an Lindners Vernunft und Kooperationsbereitschaft appellieren zu können. »Unter dem Schneewall, der um den Ermordeten errichtet war, falls es Sie interessiert. Wahrscheinlich haben Sie ihn verloren, während Sie den riesigen Schneeberg vor der Kapelle um den Toten geschaufelt haben. Beim Suchen haben Sie ihn dann dummerweise immer tiefer im Schnee vergraben.«

»Was habe ich?«, fragte der Spitzbart. Seine Stimme klang belegt.

»Reichlich kurios, nicht wahr?«, meinte Gruber. »Dass wir mittlerweile in der Lage sind, Fingerabdrücke von einem Handschuh zu nehmen, der genau das verhindern soll. Leider haben Sie sich beim Kauf für beste Outdoor-Qualität und damit für das falsche Material entschieden. Für unsere Experten war es nicht besonders schwer, die Abdrücke auf dem glatten Softshell-Handschuh kenntlich zu machen. Waren bestimmt ziemlich teuer …«

»Meine Handschuhe?« Lindner wurde blass. »Ja, die habe ich verloren, allerdings schon vor ein paar Tagen. Die habe ich erst eine Woche vor meinem Urlaub gekauft. Ich habe sie höchstens ein-, zweimal getragen, dann waren sie weg. Muss sie irgendwo verlegt haben. Aber ganz gewiss nicht in der Kapelle. Dort bin ich nie gewesen.« Seine Lippen bebten, sein Spitzbart zitterte. Panisch huschten seine Augen hin und her.

Grubers Kollegen musterten ihn genau. Sie registrierten jede seiner Regungen, selbst die kleinste. Die beiden wirkten wie sprungbereite Raubkatzen, die ihrem Opfer jede Fluchtmöglichkeit verstellten und nur auf eine falsche Bewegung warteten, damit sie es anfallen konnten.

»Als wir daraufhin Ihr Auto in der Werkstatt inspiziert haben, haben wir noch einige andere äußerst aufschlussreiche Beweismittel gefunden.« Gruber schaute Lindner erwartungsvoll an, in dessen Gesicht jedoch nur völliges Unverständnis zu lesen war. »Ich bitte Sie, Herr Lindner! Um den Ahnungslosen zu mimen, ist es jetzt wohl ein wenig zu spät.«

»Was wollen Sie von mir?«, rief er. Speicheltröpfchen spritzten aus seinem Mund. »Ich habe niemandem etwas getan!« Als könnte er Lothar Gruber damit überzeugen, machte er einen Schritt auf ihn zu.

Sofort bauten sich seine Kollegen rechts und links von ihm auf. »Nur mit der Ruhe!«, meinte einer von ihnen alles andere als ruhig.

»Auch wenn Sie weiterhin alles abstreiten, werden sich der Vorschlaghammer und die Axt aus Ihrem Kofferraum nicht einfach in Luft auflösen.« Lothar Gruber klang, als redete er mit einem Kind. »Genauso wenig wie das Blut der Opfer, das daran klebt.«

»Aber ich war's nicht! Ich habe nichts damit zu tun. Und ich kann Ihnen beim besten Willen nicht sagen, wie die Sachen in meinen Kofferraum gekommen sind.« Lindners Stimme war nur noch ein Flüstern.

»Gewiss«, meinte Lothar Gruber. »Es ist Ihr gutes Recht, weiterhin auf Ihre Unschuld zu pochen, und Sie dürfen sich gerne einen Anwalt nehmen. Ich möchte Ihnen nur klarmachen, dass Sie anhand der erdrückenden Beweislage des Vierfachmordes bezichtigt werden, weswegen wir Sie nun bitten möchten, uns zu begleiten.«

Mit offenem Mund stand Joachim Lindner da und hätte sich wahrscheinlich keinen Zentimeter bewegt, wenn ihn die Polizisten nicht an den Oberarmen aus der Küche geschoben hätten.

Im Flur kam er wieder zu sich. »Kann ich noch einmal rauf in mein Zimmer, um ein paar Dinge mitzunehmen?«

Gruber verneinte freundlich. »Ein Kollege wird Ihnen morgen alles Notwendige bringen.« Er wandte sich an Elvira. »Wo ist der Schlüssel zu der Ferienwohnung?«

Sie räusperte sich und deutete auf das Schlüsselbrett neben der Garderobe. »Der hängt immer hier.«

»Würden Sie bitte nach oben gehen und abschließen?«

Er folgte Elvira in den ersten Stock, ließ sich von ihr den Schlüssel aushändigen, nachdem sie abgesperrt hatte, und klebte ein Siegel über Tür und Rahmen. »Kein Unbefugter darf die Wohnung betreten. Die Spurensicherung wird sich die Räume so schnell wie möglich vornehmen«, erklärte er auf dem Weg nach unten.

Draußen schoben sie Joachim Lindner auf die Rückbank

des Streifenwagens. Eingekeilt zwischen den beiden Polizisten saß er stocksteif da, als hätte er sich seinem Schicksal ergeben.

Elvira, die ungewollt Zeugin dieser schauerlichen Enthüllungen geworden war, wollte gerade die Haustür schließen, als sich Lothar Gruber noch einmal zu ihr umdrehte und ihr zu verstehen gab, dass sie noch warten sollte. Er öffnete die Beifahrertür, holte etwas heraus und stapfte durch den aufgeweichten Schnee auf sie zu, zwei durchsichtige Plastiktüten in der Hand.

»Sind das womöglich Ihre Sachen?«, fragte er und streckte sie ihr hin. »Bevor ich eine Laboruntersuchung in Auftrag gebe, frage ich lieber zuerst bei Ihnen nach.«

»Was ist das?« Elvira stand da, als hielte er ihr eine giftige Schlange unter die Nase.

»Soll ich die Sachen aus den Tüten holen, damit Sie sie genauer betrachten können? Dann brauche ich allerdings ein Paar Schutzhandschuhe.« Leicht genervt wollte er schon zum Auto zurückgehen.

»Nein, warten Sie.«

Elvira nahm ihm die durchsichtigen Päckchen aus der Hand und betrachtete sie genauer. Im Grunde wusste sie längst, was sie da in den Händen hielt. Den festen roten Stoff mit den Streublumen und den feinen weißen Baumwollstoff mit den dunkelblauen Pünktchen hatte sie mehr als einmal gesehen.

Sie nickte, und eine scharfe Kälte kroch ihren Rücken hinab. »Ein Rock und eine Bluse«, murmelte sie. »Wo haben Sie die Sachen gefunden?«

»Im Kofferraum von Herrn Lindners Wagen.« Gruber war zufrieden. »Also hatte ich recht. Ihr Gast hat sich, aus welchem Grund auch immer, an Ihrem Kleiderschrank bedient. Damit können wir uns die Laboruntersuchungen sparen.«

»Nein«, widersprach Elvira, und Grubers Stirn legte sich in Falten. »Die Kleider stammen nicht aus meinem Schrank. Sie gehören der Therese Buchleitner.«

Lothar Gruber sah Elvira verblüfft an, und ihr wurde schmerzhaft klar, dass die Polizei noch immer nicht wusste, wo ihre verschwundene Nachbarin steckte.

»Der Rock und die Bluse sind allerdings nicht erst jetzt entwendet worden«, erklärte sie weiter. »Sie wurden im Sommer von ihrer Wäscheleine gestohlen.«

»Verstehe«, meinte Gruber, und auf seiner Miene spiegelte sich Überraschung. Er bemühte sich augenscheinlich, die neuen Informationen in seinem Kopf zu sortieren. »Im Sommer, sagen Sie …«

»Im Juli, genau genommen«, präzisierte Elvira.

Grubers Augen begannen zu funkeln. »Joachim Lindner war im Sommer schon mal Gast in Ihrem Haus. Im Juli, richtig?«

Sie nickte.

»Ich danke Ihnen, Frau Holzer.« Der Polizist mit dem Schnauzbart drückte ihre Hand und eilte zum Wagen.

Elvira stierte auf die nasse Spur, die die Reifen des Polizeiautos im aufgeweichten Schnee hinterließen. Das rote Licht der Rückleuchten spiegelte sich darin.

Obwohl ihr entsetzlich kalt war, schaffte sie es nicht, die Haustür zu schließen. Wie festgefroren verharrte sie im Türrahmen und beneidete Lothar Gruber um die Ordnung in seinem Kopf. Für ihn hatte sich das Mosaik längst zusammengefügt. Elvira dagegen stand nach allem, was sie eben gehört hatte, vor einem Berg aus blutigen Scherben, ohne zu wissen, wo sie mit dem Aufräumen anfangen sollte.

Matthias kam aus der Scheune gelaufen, als hätte er dort

die ganze Zeit auf der Lauer gelegen. »Haben die grad den Lindner verhaftet?«, fragte er staunend.

»Lass uns reingehen«, antwortete Elvira nur. »Ich friere.«

Doch es war nicht die Abendluft, die sie erschaudern ließ. Es war eine Kälte, die von innen kam und in ihren Adern durch den gesamten Körper kroch.

Montag

Das Wasser wurde heißer und heißer, während es auf Elviras Kopf und ihre Schultern prasselte. Sie hatte den Warmwasserhahn voll aufgedreht. Der äußere Schmerz lenkte sie von dem in ihrem Inneren ab, ließ sie einen kurzen Augenblick die leere Kammer ihres Vaters, das einsame Haus ihrer Freundin, die verlassene Decke ihres Hundes und all die anderen traurigen und schrecklichen Bilder vergessen. Erst als sie es nicht mehr aushielt, drehte Elvira das kalte Wasser auf.

Viel länger als nötig blieb sie unter der Dusche, schrubbte ihre Haut, bis sie brannte. Schwaden aus warmem Dampf hüllten sie ein, als sie sich abtrocknete, und verwandelten den Badezimmerspiegel in eine blinde, nutzlose Oberfläche. Mit dem Handtuch wischte sie darüber, bis ihr Gesicht darin erschien.

Es wirkte kaum verändert. Bis auf das große schmutzig braune Pflaster über ihrer Augenbraue. Mit einem Ruck riss sie es ab und musste vor Schmerz die Zähne zusammenbeißen. Darunter trat eine hässliche rosa Narbe zutage, umrahmt von einer blaugrünen Schwellung. Die Haut darum war kreideweiß.

Doch die Wunde war nur ein kleines Detail in dem ansonsten unveränderten Ganzen, wie Elvira fand. Sie fragte sich, was sie erwartet hatte. Dass die vergangenen Tage in irgendeiner Weise Spuren hinterlassen hatten? Dunklere Schatten unter den Augen, eine steilere Furche über der Nasenwurzel, einen schiefen Zug um den Mund? Nichts an den altbekannten Zügen, den oft studierten Partien, den Haaren und Ohren war wirklich neu, nichts war hinzugekommen. Im Gegenteil, etwas fehlte.

Winzige Wassertropfen setzten sich erneut auf das Glas und zerfraßen vom Rand her ihr Spiegelbild. Die Feuchtigkeit staute sich noch immer in dem kleinen Badezimmer. Bevor der Wasserdampf das Abbild ihres Gesichts völlig unkenntlich machte, entdeckte sie das unscheinbare Loch in ihrem linken Ohrläppchen. Der Perlenstecker war herausgefallen.

Es war ein seltsamer Anblick, ihr ganzes Bild war verrutscht, stimmte nicht mehr. Seit Hans ihr die Ohrstecker zur Verlobung geschenkt hatte, hatte sie sie stets getragen, an jedem einzelnen Tag. Sie gehörten zu ihrem Gesicht wie das Muttermal über dem linken Mundwinkel.

Gebückt, die Hände auf den Fliesen, suchte sie den gesamten Boden ab, ohne Erfolg. Vermutlich hatte sie den Stecker im Bett verloren. Ihr Rücken knackte, als sie sich wieder aufrichtete. Sie schüttelte das Duschhandtuch aus, hängte es zum Trocknen auf und ging im Bademantel ins Schlafzimmer.

Ein feuerroter Sonnenaufgang begrüßte sie. Sie sah hinauf zu den Bergspitzen, hinter denen der Himmel zu glühen schien. Das kräftige Morgenrot warf flammende Zeichnungen an die Wand.

Sie hatte gerade die Bettdecken zurückgeschlagen und tastete das Bettlaken ab, als Hans eintrat.

»Was machst du da?«, fragte er. Die Morgensonne blendete ihn so stark, dass er die Augen zusammenkneifen musste.

»Ich suche meinen Ohrstecker. Den muss ich heut Nacht im Schlaf verloren haben.«

»Meinst du den hier?« Zwischen Daumen und Zeigefinger hielt Hans ein goldenes Stäbchen mit einer weißen Perle. »Den Verschluss hab ich auch gefunden. Der lag gleich daneben, auf dem Fußboden im Bad.«

»Seltsam, da hab ich doch grad alles abgesucht«, meinte Elvira. »Wahrscheinlich ist er eben aus dem Handtuch gefallen.« Strahlend ging sie ihrem Mann entgegen. »Da bin ich dir wohl ein zweites Mal zu Dank verpflichtet.«

Er sah sie fragend an, verstand nicht sofort, was gemeint war. »Gern geschehen«, antwortete er nur und nickte beiläufig, während er ihr den Ohrstecker gab.

Elvira roch den markanten Duft seines Rasierwassers, das er schon vor dreißig Jahren aufgetragen hatte. Jedes Mal rief es eine Flut von Erinnerungen in ihr wach.

Zärtlich strich Hans ihr über das nasse Haar und setzte das schüchterne Lächeln des Jungen auf, der er früher einmal gewesen war.

Die Rechnung hat er natürlich nicht mehr bezahlt, nehme ich an«, meinte Matthias bissig. Er hatte die Hände in das Lenkrad gekrallt und blickte konzentriert durch die Windschutzscheibe, während er das voll beladene Auto die Landstraße hinaufsteuerte.

Zum Glück ging es rauf und nicht runter, dachte Elvira, als der Motor vor einer steilen Haarnadelkurve abstarb und sie einen halben Meter zurückrutschten. Sonst wären sie mitsamt ihren Einkäufen wahrscheinlich noch im Straßengraben gelandet.

»Nein.« Ängstlich hielt sie sich am Sicherheitsgurt fest. »Ich wollte grad den Hans holen, damit er die Abrechnung macht, als die Polizei vor der Tür stand.«

Matthias gab kräftig Gas, ließ die Kupplung kommen und löste die Handbremse. Sie schossen nach vorn und meisterten die Kurve mit letzter Not. Gut, dass ihnen niemand entgegenkam.

Hans und Matthias hatten die Enthüllungen der Polizei überrascht, aber keineswegs fassungslos zur Kenntnis genommen. Elvira war erstaunt, wie abgebrüht sie auf die Ungeheuerlichkeiten reagiert hatten. Immerhin hatten sie tagelang einen Mörder in ihrem Haus beherbergt. Wahrscheinlich lag es daran, dass keiner der beiden sein Entsetzen dem anderen gegenüber eingestehen wollte. Und die eigene Unzulänglichkeit. Denn keiner von ihnen war Lindner auf die Schliche gekommen oder hatte etwas gegen die schwelende Bedrohung unter ihrem Dach unternommen.

»Glaubst du, er war's?«, fragte Matthias. Er wandte den Blick nicht von der Straße.

Elvira zögerte. »Die Polizei hat seinen Handschuh in der Kapelle gefunden und die Waffen der ersten beiden Morde in seinem Auto.«

»Dann hat er also am Montag den Peter umgebracht, am Dienstag dann die Gabi und die Elisabeth …«

Erneut blitzten die grässlichen Bilder vor Elviras innerem Auge auf: die geschundene Leiche auf dem Wagenrad, die verrenkten Körper neben den brüllenden Kühen. Milch und Blut, vermischt miteinander. Milchsblut – süßer Lebensanfang und jähes Lebensende.

Die Stimme ihres Sohnes schob sich in ihre Gedankenwelt. »Ist der Lindner denn am Montagabend nach seiner Bergtour noch mal aus dem Haus? Wieso hat denn niemand was davon mitbekommen?«

Elvira musste einen Moment überlegen. »Als ich im Stall zum Melken war, ist er mit dem Auto weggefahren. Du bist mit dem Vater kurz darauf mit dem Traktor vom Acker wiedergekommen. Ich hab angenommen, dass er zum Einkaufen fährt. Später hat er uns ja auch erzählt, dass er am Montag Vorräte besorgt hat.«

»Er muss in jedem Fall mit dem Auto losgefahren sein und es dann nicht weit von Peters Grundstück abgestellt haben«, dachte Matthias laut nach.

»Aber am Dienstagabend«, wandte Elvira ein, »hat er mit seinem kaputten Auto im Soierntal festgesteckt, und der Hans musste ihn abholen.«

»Weißt du denn, wie lange er dort schon saß? Vielleicht ist

sein Wagen kurz zuvor noch problemlos gelaufen. Die Geschichte mit dem Motor kann genauso gut ein Ablenkungsmanöver gewesen sein, und er hat das Auto manipuliert.«

Elvira erinnerte sich, wie Hans mit dem Spitzbart an jenem Abend durch den dichten Schneefall nach Hause gekommen war. Lindner war völlig durchgefroren gewesen und sofort nach oben gegangen, um heiß zu duschen. Sie erinnerte sich auch noch an seine dünnen Wollhandschuhe. Wo hatte er damals die teuren Winterhandschuhe gehabt?

»Was ist mit dem Mord am Josef?«, fragte Matthias unvermittelt.

»Dazu hat der Gruber aus irgendeinem Grund nichts gesagt.«

»Wahrscheinlich fehlen ihm noch Beweise. Wenigstens bei dieser Tat scheint unser Gast saubere Arbeit geleistet zu haben«, spottete er. »Den Josef hat er am Mittwoch getötet, nicht wahr? Fast jeden Tag ein neues Opfer …«

»Ja, um die Mittagszeit, haben sie in den Nachrichten gesagt.« Elvira ging in Gedanken fünf Tage zurück. »Da hat sich der Lindner von dem Abschleppwagen zu seinem kaputten Auto bringen lassen. Angeblich ist er aber danach nicht mit in die Werkstatt in der Stadt gefahren, sondern hat sich auf der Landstraße absetzen lassen. Danach ist er gleich hergekommen. Zu Fuß …«

»Wer's glaubt …« Matthias lachte auf. »Wie er wohl den Josef getötet hat?«

Mit einer Peitsche, hätte Elvira fast gesagt. Aber dann fiel ihr ein, dass sie von diesem grausigen Detail nur durch Pfarrer Wilms wusste und dass sie bisher niemandem davon erzählt hatte. Sie rieb sich die Stirn. »Ich verstehe aber immer noch nicht, was er mit Resis Sachen wollte.«

»Um so einen Irren zu verstehen, braucht es wahrscheinlich eine ganze Kompanie Ärzte und Seelenklempner. Bestimmt hat noch nicht einmal die Polizei verstanden, welcher Teufel den Kerl geritten hat.«

»Ob er etwas mit Resis Verschwinden zu tun hat?«

»Davon kann man wohl ausgehen. Und vermutlich auch mit dem von Ludwig …«

»Glaubst du wirklich?« Elvira richtete sich kerzengerade auf. »Warum sollte er sich an einer unschuldigen Kreatur vergreifen?«

»Weil der Hund vielleicht irgendetwas entdeckt hat. Oder weil er im Weg war«, sagte Matthias nüchtern. Er war einen Moment still und dachte nach. »Heißt das, du glaubst, seine menschlichen Opfer waren nicht unschuldig?« Er warf einen interessierten Seitenblick auf seine Mutter. »Womit wir beim Kern der Angelegenheit wären … Was haben diese Menschen getan, dass Lindner sie unbedingt aus dem Verkehr ziehen wollte?«

Elvira hatte eine Vermutung, aber sie scheute sich noch immer, sie ihrem Sohn preiszugeben.

»Oder war es pure Mordlust, und wir standen auch noch auf seiner zufälligen Liste?« Matthias schrak zurück, als eine Ladung Schnee von einer Tanne direkt vor seinem Gesicht auf die Windschutzscheibe klatschte. »Kruzifix!«, schimpfte er, bevor er sich wieder im Griff hatte. »Dann wäre es allerdings ziemlich unlogisch, dass der Lindner extra in die Stadt gefahren ist, um den alten Josef zu ermorden.«

Sie bogen von der Landstraße in die schmale Bergstraße ein. Im ersten Gang und mit röhrendem Motor schaffte Matthias es irgendwie, den Wagen den Hang hinaufzujagen, über Schneereste und Rinnsale aus Tauwasser hinweg.

Elvira merkte, wie ihre Beklemmung mit jedem Meter wuchs, den sie sich ihrem Haus näherten. Sie wünschte, die Fahrt würde ewig dauern.

Als Matthias direkt vor der Haustür parkte, kam Hans heraus, um ihnen beim Tragen behilflich zu sein. Gemeinsam schleppten sie Kisten und Tüten in die Küche, und Hans brachte die Vorräte in den Keller.

Ludwig war noch immer nicht wieder da, und Elvira fragte sich, wie viele Tage sie wohl noch an seine Rückkehr glauben würde. Wann erstarb das schmerzhafte Hoffen? Wann stellte sich die erdrückende Resignation ein? Wie lange würde sie wohl noch beten, dass sie ihre Freundin Resi gesund und lebendig wiedersah? Ihr Herz krampfte sich zusammen.

Kurz nach dem Mittagessen verließen Hans und Matthias beinah gleichzeitig das Haus. Hans fuhr in die Stadt zu einem längeren Termin mit dem Architekten, und Matthias wollte neue Dichtungen für die Fenster und Türen sowie einige andere Dinge besorgen. Danach wollte er gleich weiter in den Schützenverein, wo heute irgendeine Wahl stattfand. Elvira wunderte sich, dass er das Haus ohne sein Gewehr verließ. Anscheinend brauchte er es heute nicht im Verein. Trotzdem hätte er es mitnehmen und dort lassen können. Elvira wollte ihm noch hinterherlaufen, da bog er schon im Auto aus der Einfahrt.

So schickte sie ihrem Sohn nur mit erhobener Hand einen Gruß hinterher, den er nicht mehr sah, und ging in den Hühnerstall, wo sie die Tiere fütterte und fast ein Dutzend Eier einsammelte. Viel zu viele, dachte sie auf dem Weg zurück ins Haus. Sie hatten keine Gäste mehr und waren nur noch zu dritt, was sollten sie da mit so vielen Eiern?

Als sie die Haustür öffnete, fiel ihr Blick auf Ludwigs verlassene Decke. Daneben standen ordentlich aufgereiht die Hausschuhe der Männer, sogar die Filzpantoffeln ihres Vaters waren noch darunter. Elvira hatte sie wohl, ohne nachzudenken, an ihren angestammten Ort gestellt. Mit einem Schlag fühlte sie eine brennende Einsamkeit.

Aber sie war nicht nur allein in diesem großen Haus, wie ihr im selben Moment bewusst wurde, sie war völlig allein auf weiter Flur. Kein Mensch außer ihr war mehr hier oben im Weiler. Ein nahezu ausgestorbener Ort.

Dass dafür allein Joachim Lindner verantwortlich sein sollte, erschien ihr noch immer ungeheuerlich. Wie konnte ein einzelner Mensch so viel Furcht und Trauer säen? Die Polizei würde sicher alles daransetzen, ihm seine letzten Geheimnisse zu entlocken. Aber würde er ihnen auch verraten, wo die Resi steckte?

Elvira erinnerte sich, wie er nach dem Abendbrot hin und wieder mit Hans beisammengehockt und ihn zu Land und Leuten befragt hatte. Sie selbst hatte einen tiefen Widerwillen verspürt gegenüber seiner interessierten, wissbegierigen Art. Heute wusste sie, warum. Es war etwas Aufgesetztes, Falsches daran gewesen.

Sie sah noch vor sich, wie er Hans im Juli auf der Bank an der Hauswand bei einem Glas Rotwein seine Anteilnahme ausgesprochen hatte, nachdem er ihn gedrängt hatte, die Geschichte seiner armen Eltern zu erzählen. Er hatte alles über die Holzers wissen wollen, hatte sich fasziniert von dem Alltag des Landtierarztes gezeigt und sich bis ins letzte Detail den Brand beschreiben lassen. Er hatte sogar die Unglücksstelle besichtigen wollen. Hans hatte befremdet reagiert und sich dann für eine freundliche, aber ausweichende Antwort entschieden.

Gedankenverloren stand Elvira noch immer in der offenen Haustür. Sie blickte über den Hof hinüber zu Peters Haus. Die weiße Last auf dem Dach war zusammengeschrumpft, von der krummen Regenrinne hingen riesige spitze Eiszapfen herab, die in der Mittagssonne herausfordernd funkelten. Ein kalter Windhauch umfing Elvira, und sie erstarrte.

Natürlich! Warum war sie nicht eher darauf gekommen? Der Holzer-Hof! Er war eine Ruine, ein Ort, um den sich niemand kümmerte. Früher hatte dort ein großes Haus gestanden, mit einem Stall, einer Scheune und … einem Keller.

Auch wenn die Mauern eingestürzt waren, hieß das nicht, dass der Keller zerstört oder komplett verschüttet war. Elvira musste sofort hin!

Ein Kribbeln im Nacken und in den Beinen befiel sie. Sie ging zur Garderobe, als ihr einfiel, dass gar kein Auto mehr da war. Zu Fuß war der Weg viel zu weit. Verzweifelt ließ sie die Hand mit dem Mantel sinken.

In diesem Moment hörte sie das Brummen eines Motors, und ein Wagen kam von der Landstraße herauf. Irgendwann konnte sie ihn sehen. Es war der weinrote Ford des Pfarrers.

Was wollte der denn schon wieder? Hatte er etwa weitere Neuigkeiten?

Bei einer Tasse Kaffee erkundigte sich Pfarrer Wilms, wie es Elvira seit dem Ableben ihres Vaters ergangen sei. Er war nicht erstaunt darüber, dass die Polizei den Toten mitgenommen hatte. Erst als er sich einen Schnaps genehmigte, kam er jedoch zum eigentlichen Grund seines Besuchs.

»Die Polizisten sind also am Abend wiedergekommen und haben den Herrn Lindner verhaftet?«, fragte er mit weit aufgerissenen Augen. Selbst seine Ohren schienen gespitzt. Er hatte natürlich davon erfahren, und jetzt wollte er einen Bericht aus erster Hand.

Elvira befriedigte seine Neugier und gab die Geschehnisse des gestrigen Abends wieder.

Immer wieder schüttelte er den Kopf. »Er ist mir ja von Anfang an reichlich suspekt vorgekommen, aber diese ungeheuerlichen Taten hätt ich ihm wahrlich nicht zugetraut.«

»Aber warum hat er das alles getan?«

»Das weiß Gott allein.« Der Pfarrer gönnte sich ein zweites Gläschen.

Elvira war unruhig und unzufrieden. Zu viele Fragen waren offen. Was verband Lindner mit der Legende der heiligen Katharina? Kannte er sie überhaupt? Obwohl, die *Legenda Aurea* hatte die ganze Zeit im Haus gelegen. Auf dem Tisch ihres Vaters. Lindner konnte jederzeit darin gelesen haben.

»Meinen Sie denn, er hat die Zauner-Katharina gekannt oder irgendwie von ihr erfahren?«, fragte sie den Pfarrer.

»Das wird hoffentlich die Polizei herausfinden.« Er stellte sein Glas ab und rieb sich die Hände. »Gut möglich, dass er auch unseren Simon Zauner kennt oder gekannt hat …«

»Was ist mit der Resi? Wenn die Polizei noch mehr Zeit verstreichen lässt, wird auch sie sterben! Falls sie nicht längst tot ist …«

»Was redest du da?« Der Pfarrer sah sie an, als hätte nicht er, sondern Elvira zu tief ins Glas geschaut. »Du glaubst, die Resi ist in Gefahr? Wie soll Joachim Lindner sie denn umbringen, wenn er hinter Gittern sitzt?«

Elvira zögerte nicht länger. Sie erzählte ihm, was sie in der Legende der heiligen Katharina über die Einkerkerung der armen Frau gelesen hatte. Sie vertraute ihm auch ihre Überzeugung an, dass die Resi seit letztem Montag eingesperrt in einem Kellerloch saß. Selbst wenn sie sich in der Gegenwart des Pfarrers nie sonderlich wohlfühlte, war er doch der einzige Mensch, mit dem sie darüber sprechen konnte.

Nach wenigen Sätzen unterbrach er sie ungehalten. »Freilich, den Absatz kenne ich. Immerhin hab ich die *Legenda Aurea* mehr als einmal studiert.« Es gefiel ihm nicht, dass Elvira ihn, wenn auch unausgesprochen, bezichtigt hatte, eine wichtige Stelle überlesen zu haben. »Du hast die Legendensammlung hier?«, wollte er wissen.

»Ja, sie liegt bei meinem Vater in der Kammer.«

»Wann hast du darin gelesen?«

»Vor ein, zwei Tagen«, erwiderte Elvira ausweichend.

Missbilligend schnalzte der Alte mit der Zunge. »Warum hast du denn nicht eher mit mir darüber gesprochen?«

»Der Lindner hat den Hans einmal genauestens über den Holzer-Hof ausgehorcht«, sagte Elvira, ohne seine Frage zu beantworten.

»Du meinst …?« Der Pfarrer leckte sich über die trockenen Lippen. Er schenkte sich nochmals nach und stürzte den Schnaps herunter. »Du meinst, er hat die Resi auf dem abgebrannten Holzer-Hof versteckt?«

Elvira nickte. Je länger sie darüber nachdachte, desto naheliegender erschien es ihr. »Der Hof ist nicht allzu weit weg. In gut einer halben Stunde ist man hin- und zurückgefahren. Außerdem konnte er sicher sein, dass niemand dort nach ihr suchen würde.«

Der Pfarrer ließ diesen unfassbaren Gedanken sacken. »Er hat sie in ein verkohltes Loch gesteckt, damit sie dort jämmerlich verhungert.«

»Ja, eine schreckliche Vorstellung«, stimmte Elvira zu.

»Ob er in den letzten Tagen noch einmal dort war und sich an ihrem schleichenden Tod ergötzt hat?« Pfarrer Wilms lehnte den Kopf gegen die Wand und starrte nach oben, als würde er von dort eine Antwort erwarten.

»Es muss furchtbar kalt dort sein. Hoffentlich ist sie nicht längst erfroren.« Ein Schauder überlief Elvira, und sie verschränkte die Arme vor der Brust.

»Kommt darauf an, wie geschützt der Keller ist und wie tief er im Erdreich liegt.«

»Bitte, lassen Sie uns hinfahren und nachschauen!« Mit flehendem Blick sah sie den Alten an.

Sie hätte es vorgezogen, ohne ihn loszufahren. Elvira wusste nicht, warum, aber am liebsten hätte sie dem Alten nichts von ihrem Verdacht erzählt. Doch er hatte ein Auto, und sie durften keine Zeit mehr verlieren.

»Nun gut …« Pfarrer Wilms zögerte einen Augenblick. »Du hast recht. Fahren wir!«

Die Fahrt verlief schweigend. Elvira blickte nervös aus dem Seitenfenster, und Pfarrer Wilms sah immer wieder hektisch nach rechts und nach links, als hätte er Angst, dass ihm etwas entgehen könnte. Erst jetzt überlegte Elvira, dass er eigentlich viel zu viel getrunken hatte, um noch fahren zu dürfen. Doch es war sicher nicht das erste Mal, dass er sich nicht darum scherte, und sie tat es in diesem Moment genauso wenig.

Obwohl die Straßen wieder frei waren und sie nur knapp zwanzig Minuten bis zu ihrem Ziel im Tal brauchten, kam Elvira die Strecke endlos vor. In jeder einzelnen Minute schwankte sie zwischen Hoffen und Bangen. Schreckliche Bilder zogen vor ihrem inneren Auge auf. Denn so viel stand fest: Selbst wenn sie das große Glück hätten, die verschleppte Resi noch rechtzeitig zu finden, würde sie in einem fürchterlichen Zustand sein.

Pfarrer Wilms, der eben noch rasant zwischen den hohen Tannen entlanggerast war, verlangsamte das Tempo, als die schwarzen Ruinen des Holzer-Hofs in Sicht kamen. Er bog rechts ab auf den holprigen Zufahrtsweg, und beinah zaghaft schaukelten sie auf das verwaiste Grundstück zu.

Auf einem braunen Stück Wiese hielten sie, stiegen aus und betraten die unwirklich scheinende zerborstene, schmutzig schwarze Welt. Elviras Herz begann wild zu hämmern, während sie auf die leblose Wüstenlandschaft ringsum starrte, in der nur die Schneereste hell schimmerten. Dort, wo die Bäume und der Zaun nicht völlig niedergebrannt waren, ragten sie wie gespenstische, finstere Skelette auf.

Zum ersten Mal sah sie den fast komplett bis auf die Grundmauern niedergebrannten Hof nicht nur aus der Ferne und war erschüttert von der unbändigen Gewalt, mit der das Feuer alles Leben an diesem Ort ausgelöscht hatte. Hier war wirklich der Teufel am Werk gewesen.

Den Pfarrer überkam anscheinend ein ähnlicher Eindruck, denn er bekreuzigte sich.

Respektvoll, fast schon ehrfürchtig gingen sie auf die traurige Ruine zu. Von dem großen Bauernhaus stand nur noch eine Hälfte der Fassaden. Schwarze Fensterrahmen mit zersprungenen Scheiben empfingen die Ankömmlinge wie wütend aufgerissene Mäuler mit spitzen Zähnen. Daneben und dahinter stachen verkohlte Balken in den klaren Himmel. Auch das Dachgebälk war nur noch zum Teil vorhanden, auf den spärlichen Streben lagen kaum mehr als ein paar Handvoll verrußter Ziegel.

Dort, wo einmal die Haustür gewesen sein musste, flatterte ein zerrissenes rot-weißes Absperrband. Polizei oder Feuerwehr hatten es wohl nach ihrer ergebnislosen Untersuchung der Brandursache gespannt, um damit vor der Einsturzgefahr der Gebäudereste zu warnen. Überall lag Schutt herum, dazwischen verkohlte Möbel, bedeckt mit schwarzen Strohflocken, angesengten Stoffresten, durchweichten Papierfetzen, nasser Asche. Nirgends, so schien es, konnte man hintreten.

Elvira wagte sich als Erste zwischen die Schutthalden des früheren Wohnbereichs. Umständlich kletterte sie über die Reste eines Stuhls. Pfarrer Wilms folgte dicht hinter ihr. Überall knackte aufgeweichtes Holz, bröselte Mauerwerk herab. Der geschmolzene Schnee hatte die Ruine in einen glitschigen Müllberg verwandelt.

Der ölige Geruch von altem Ruß setzte sich in Elviras Nase fest. Es war, als wäre das alles verschlingende Feuer erst gestern erloschen.

»Wo soll denn hier der Eingang zum Keller sein?«, stöhnte der Pfarrer.

Elvira versuchte angestrengt, sich zu erinnern. Sie war vor ihrer Hochzeit nicht allzu oft auf dem Hof ihrer Schwiegereltern gewesen, ihr war es lieber gewesen, wenn Hans sie besuchen kam. Auch während ihrer kurzen Ehe hatte sie es, so gut es ging, vermieden, bei den Holzers vorbeizuschauen. Nur an den Geburts- und Feiertagen war sie hin und wieder nicht darum herumgekommen.

»Am Ende des Flurs, glaube ich, bei der Waschküche«, überlegte sie. »Waren Sie früher denn nicht auch hin und wieder hier?«

Der Pfarrer zuckte die Schultern und grinste. »Mich führen die Leute entweder in die Stube oder ans Krankenbett, nicht unbedingt in den Keller.«

»Gewiss.« Elvira nickte. »Es würde uns ohnehin nicht weiterhelfen. Man erkennt ja nicht mal mehr, wo ein Raum aufhört und der nächste anfängt.«

In der Tat war es alles andere als einfach, sich auf der Schutthalde zu orientieren. Es war schon schwierig genug, das Hauptgebäude von den Wirtschaftsräumen und angrenzenden Stallungen zu unterscheiden.

»Ja, es ist aussichtslos. Woher wollen wir wissen, ob da vorne oder da drüben nicht schon der Stall anfängt?« Frustriert deutete Pfarrer Wilms mit dem Kopf in eine unbestimmte Richtung.

Ziellos stolperten sie weiter durch das Labyrinth, bis Elvira stehen bleiben musste, um Luft zu holen.

»Ich denke, wir sollten umkehren«, sagte der Pfarrer. »Dieser ganze Dreck und dieser Ruß …« Theatralisch hielt er sich den Mantelärmel vor die Nase. »Wir werden den Keller nie finden.«

»Nur noch ein paar Schritte«, bat Elvira und ging weiter voraus.

Widerstrebend folgte ihr der Alte.

Nach ein paar weiteren Metern – inzwischen war auch sie davon überzeugt, dass sie den Kellereinstieg nicht mehr entdecken würden – stießen sie plötzlich im hinteren Teil des ehemaligen Haupthauses auf einen Mauerrest. Er war beklebt mit einem löchrigen Streifen zerplatzter, schwarz verschmierter Fliesen. Gleich dahinter tat sich eine freigeräumte, von Schutthaufen begrenzte Fläche auf. Jemand hatte Steine, Holz und verbrannte Möbel beiseitegeschafft, um eine steinerne Treppe freizulegen, die hinab ins Erdreich führte. An der rechten Seite des Schachts ragte eine rostige Geländerstange nach oben wie die Schwanzspitze eines giftigen Skorpions.

»Hier ist es!«, rief Elvira mit bebendem Herzen. »Er hat den Treppenzugang freigeräumt! Er war unten!«

Gemeinsam spähten sie in den Abgrund.

»Wir können da nicht runter. Wir haben kein Licht«, stellte Pfarrer Wilms fest.

Aus der Innentasche ihres Mantels zog Elvira eine Taschenlampe hervor. »Daran habe ich vorhin zum Glück noch gedacht.« Sie stieg die erste Stufe hinab und merkte, wie ihre Knie weich wurden. »Dann wollen wir mal«, sprach sie sich selbst Mut zu.

»Kommt gar nicht in Frage!«, empörte sich der Pfarrer hinter ihr. »Einer von uns muss oben bleiben, falls etwas einstürzt oder Schutt nachrutscht. Oder«, schob er vage nach, »falls sonst etwas Unvorhergesehenes passiert. Nur so können wir Hilfe holen.«

»Da haben Sie wohl recht«, gab Elvira zu und wollte alleine weiter.

»Nein, bleib du erst mal oben«, bestimmte der Pfarrer kurzerhand. »Um mich wär's weniger schade. Außerdem«, er grinste schief, »bin ich schmaler als du und passe besser durch enge Gänge.«

Also gab sie nach, nicht ungern, wie sie sich eingestand. Schon in dem steilen Treppenschacht schnürte ihr eine heftige Platzangst den Atem ab. »Gut, dann gehen Sie«, sagte sie leise, stieg wieder hinauf und übergab ihm die Taschenlampe.

Der Pfarrer blickte sie ernst an, in seinen Augen war eine große Anspannung zu lesen. Dann wandte er sich ab, bekreuzigte sich, knipste die Lampe an und schritt vorsichtig in den Keller hinab.

Elvira sah ihm hinterher. Bald wurde der Schein der Taschenlampe von der Düsternis verschluckt.

Statt des Lichts drangen nun gedämpfte Geräusche aus dem Schacht. Ein hohles Scheppern, ein Schaben. Die Minuten verstrichen, die unheimlichen Laute ebbten ab und schwollen wieder an. Sosehr sich Elvira bemühte, sie vermochte nicht genau auszumachen, woher sie kamen. Irgendwann war sie sich nicht einmal mehr sicher, dass sie aus dem Keller heraufdrangen. Fast schien es, als klirrte und kratzte etwas hinter ihr. Sie fuhr herum. Aber es war nur ein flüchtiger Schatten, der die tote Landschaft für einen Moment in Bewegung versetzte. Sie blickte in den Himmel, auf der Suche nach einer Wolke oder einem Vogel, der die Sonne gestreift hatte. Außer zarten, reglosen Schleierwolken war jedoch nichts zu sehen.

Ihr fiel ein, dass sie noch nicht einmal ein Handy bei sich hatte. Im Notfall würde es gar nicht so leicht sein, Hilfe zu holen. Trotz der kühlen Herbstluft begann sie zu schwitzen.

Kurz war es still. Um sie herum, über ihr, unter ihr. Sie beugte sich nach vorn und starrte in den Schacht.

»Herr Pfarrer?«, rief sie zaghaft. »Ist alles in Ordnung da unten?«

Keine Antwort.

Verängstigt fasste sich Elvira an den Hals. »Herr Pfarrer!«, rief sie nochmals, diesmal deutlich lauter. »Können Sie mich hören?«

Unten schepperte es, jemand stöhnte, doch es kam keine Reaktion auf ihre Frage. Wieder schien eine Ewigkeit zu vergehen.

Irgendwann wusste Elvira nicht mehr weiter. Sie nahm ihren Mut zusammen, ging auf den Schacht zu und stieg ein paar Stufen hinab.

Glücklicherweise wurde sie in diesem Moment erlöst, denn von unten drang ein Schnaufen herauf. Gleich darauf wurde eine schwarze Kappe sichtbar, begleitet von dem Lichtschein der Taschenlampe.

»Ist sie unten?«, fragte Elvira atemlos, obwohl sie sich kaum von der Stelle bewegt hatte.

Heftig keuchend trat ihr der Pfarrer gegenüber, und sie erschrak. Die Haare, die Kappe und sein Mantel waren schwarz und grauweiß gesprenkelt. Ein breiter schwarzer Striemen zog sich über seine Stirn, Rußflocken klebten auf seiner linken Wange und der Nase.

Er schüttelte den Kopf. »Da unten überlebt keine Kreatur. Nicht mal eine Ratte würde es länger als einen Tag dort aushalten.« Ein Hustenanfall hinderte ihn am Weiterreden.

»Was haben Sie dann so lange dort getrieben?«

»Mich vorangekämpft«, erklärte er, sobald er den Hustenreiz ein wenig unter Kontrolle hatte, und fügte laut schnaufend hinzu: »Falls unser Herr Lindner tatsächlich jemals dort unten war, hat ihn entweder die Kraft oder die Lust verlassen. Das viele Löschwasser hat etliche Gegenstände und jede Menge Schutt nach unten gespült. Der Boden ist matschig, und man muss höllisch aufpassen, dass man nicht ausrutscht und stürzt.« Er deutete auf seine verschmutzten Schuhe. »Ich habe versucht, ein paar größere Teile beiseitezuräumen, um möglichst weit voranzukommen. Mit der Taschenlampe war das allerdings gar nicht so einfach.« Er hüstelte wieder. »Wenn du mich fragst, hatte der Lindner nie vor, die Resi hier zu verstecken. Oder aber er hat seine Pläne geändert.«

Elvira war noch nicht restlos überzeugt. »Sind Sie ganz sicher, dass sie nicht doch irgendwo da unten steckt? In irgendeinem versteckten Winkel?«

»Ich bin mir ziemlich sicher«, antwortete der Alte schroff.

Auch wenn ihr wahrlich nicht danach war, unternahm sie einen letzten Versuch. »Vielleicht sollte ich doch noch mal selbst …«

»Liebes Kind«, schnitt Pfarrer Wilms ihr reichlich genervt das Wort ab, »da unten steckt sicher kein lebendiger Mensch, und für eine Tote brauchen wir unser Leben nicht aufs Spiel zu setzen. Die kann auch wer anders rausholen.«

Sie schluckte. So kannte sie den Pfarrer gar nicht. Sonst war er doch immer so besorgt um die Toten und ihre Seelen. Doch was konnte sie schon einwenden?

Stumm traten sie den Rückweg an.

Insgeheim war Elvira heilfroh, die schauerliche und nicht ungefährliche Ruine hinter sich zu lassen. Doch zugleich spürte sie eine große Ratlosigkeit und Leere in sich aufsteigen.

Als das Auto vom Hof zurück auf die Straße rollte, warf keiner von ihnen einen Blick zurück.

Kaum hatte der Pfarrer Elvira vor ihrem Haus abgesetzt, verabschiedete er sich auch schon. Wichtige Termine riefen ihn zurück ins Dorf, immerhin habe er mehr als eine Beerdigung vorzubereiten.

Elvira sah ihm nach, bis der weinrote Wagen verschwunden war. Dann ging sie in das leere Haus.

Scheppernd krachte die Tür ins Schloss. War dieses Geräusch immer schon so laut gewesen, oder lag es nur daran, dass Elvira völlig allein war? War es die Leere, die in dem großen Gemäuer widerhallte? Sie lauschte den abebbenden Schwingungen, bis Stille einkehrte. Bis nur noch das Schaben der Ratte zu hören war. Ihr wurde klar, dass sie nicht völlig allein war. Es hausten sehr wohl noch andere Wesen unter diesem Dach, kleinere und größere, sichtbare und unsichtbare. Vielleicht hatte auch die Waldhexe schon ein warmes Plätzchen für den bevorstehenden Winter gefunden und es sich in einem dunklen Winkel gemütlich gemacht.

Nachdem sie sich ausgezogen und die Taschenlampe in den Sicherungskasten zurückgelegt hatte, sah sie, dass das rote Lämpchen des Anrufbeantworters blinkte. Sie drückte die Abspieltaste und hörte anfangs nicht mehr als ein lautes Rauschen. Sie glaubte schon an eine Störung in der Leitung, als eine verzerrte Stimme aus der Ferne erklang und das Rauschen zerteilte.

»Herr Holzer, ich grüße Sie. Ich weiß, Sie sind ein vielbeschäftigter Mann, trotzdem will ich noch einmal den Versuch wagen, Sie zu erreichen …«

Auch wenn die Stimme blechern aus dem Apparat hallte, erkannte Elvira sofort an seinem jovialen Geschäftston den Architekten. Wahrscheinlich war er gerade in seinem Auto unterwegs gewesen und hatte über die Freisprechanlage telefoniert.

»Da Sie mobil nicht zu erreichen sind, dachte ich, ich probier's mal bei Ihnen daheim. Aber auch damit habe ich wohl kein Glück.« Der Mann bemühte sich vergeblich, den ungehaltenen Unterton in seiner Stimme zu verbergen. »Nachdem Sie unseren Termin am Mittwoch so kurzfristig abgesagt und sich danach nicht mehr bei mir gemeldet haben, wollte ich nun doch noch einmal nachfragen, wann wir uns endlich an die konkrete Bauplanung machen können. Auch mein Terminkalender ist gut gefüllt.« Er machte eine gewichtige Pause und räusperte sich. »Da wir bisher nur die Bauruine und die Kellerräume besichtigt haben, drängt allmählich die Zeit. Rufen Sie mich doch bitte zeitnah zurück, sonst werden wir in diesem Jahr nicht mehr mit der Umsetzung beginnen können. Bis dann!« Damit legte er auf.

Der Anrufbeantworter brauchte einen Moment, bis er sich mit einem Piepton ausschaltete. Elvira zuckte zusammen. Sie versuchte zu begreifen, was sie da gerade gehört hatte, und fragte sich, ob sie womöglich etwas falsch verstanden hatte. Ob diese merkwürdige Nachricht gänzlich ihrer Fantasie entsprungen war. Aber nein, sie hätte nur noch einmal den Knopf des Anrufbeantworters drücken müssen, um die Stimme des Architekten erneut zu hören.

Zwar war der Mann akustisch etwas schwer zu verstehen gewesen, aber die Aussage seiner Worte war klar und deutlich gewesen. Elvira konnte sie drehen und wenden, wie sie wollte: Hans hatte sich am Mittwoch nicht mit dem Architekten getroffen.

Nun musste sie für sich entscheiden, was sie davon halten sollte. War es schlimm, dass er einen Geschäftstermin hatte platzen lassen? Im Grunde ging es sie nichts an, er war ihr keinerlei Rechenschaft schuldig. Sie hatte mitbekommen, wie Hans den Termin am Telefon vereinbart hatte, was aber noch lange nicht hieß, dass er ihr mitteilen musste, wenn er diesen wieder absagte. Andererseits überlegte sie, ob sie es in der gegenwärtigen Situation nicht doch beunruhigend finden sollte, wenn ihr Mann einen Termin in der Stadt vortäuschte. Aber hatte er das überhaupt getan? Oder war er an dem Tag aufgebrochen, um den Architekten zu treffen, und ihm war etwas Wichtiges dazwischengekommen? Nur was konnte das gewesen sein? Und warum hatte er später nichts davon erzählt? Hatte er es absichtlich verschwiegen, oder hatte er es in der allgemeinen Aufregung vergessen?

Etwas anderes war jedoch eindeutig beunruhigend. Aus den Worten des Anrufers war unmissverständlich hervorgegangen, dass Hans auch jetzt nicht bei ihm war. Hätten die beiden heute einen Termin gehabt, hätte der Architekt gar nicht anrufen müssen. Ihr Mann hatte sie und Matthias angelogen. Warum tat er das?

Sie starrte nach draußen, und ihre Augen versuchten, in dem Nachmittagsgrau Halt zu finden. Noch immer war es mild, und der Schnee taute, doch inzwischen lagen große, dunkle Wolken über den Bergen auf der Lauer. Sie hatten sich in der letzten Stunde zusammengebraut und würden sicherlich bald Regen ins Tal schicken, der, wenn sie Pech hatten, hier oben als Schnee herabfiel.

Irgendwo da draußen, in dieser ungemütlichen Welt, irrte Ludwig umher, dachte Elvira, als ihr Blick auf die leere Decke fiel. Vielleicht war er noch am Leben, und seine arme Hundeseele bangte mit letzter Hoffnung, dass ihm jemand zu Hilfe kam. Währenddessen hockte sie untätig hier zu Hause. Allein. Sie wusste längst nicht mehr, wem sie noch trauen konnte. Ihr eigener Mann hatte sie angelogen. Es war an der Zeit, dass sie etwas unternahm.

In all den Jahren war Ludwig nie von ihrer Seite gewichen, hatte all ihre Launen, Unzulänglichkeiten und Ängste geduldig hingenommen. Wenn sie ehrlich zu sich selbst war, musste sie sich eingestehen, dass er ihr ein treuerer Freund gewesen war als jeder andere hier im Haus.

Anstatt sich nur weiter voller Selbstmitleid im Kreis zu drehen, musste sie die Dinge endlich selbst in die Hand nehmen. Sie musste jene Gedanken zulassen, die sie bisher so erfolgreich verdrängt hatte. Sie musste dort Ordnung schaffen, wo sie sich nie hingetraut hatte.

Für einen Moment schloss Elvira die Augen und konzentrierte sich ganz auf das undurchdringliche Grau in ihrem Kopf. Sie durfte nicht darauf warten, dass es sich von selbst lichtete. Sie musste die verriegelte Rumpelkammer ihrer wirren Gedankenwelt betreten, die trüben Fenster aufreißen und Licht hineinlassen. Sie musste all die Dinge, die sie eilig in das dunkle Zimmer geschoben hatte, eins nach dem anderen zur Hand nehmen, die dicke Staubschicht davon entfernen und mutig betrachten.

Ihre Hand schloss sich fest um das Geländer, und sie blickte die steile Treppenflucht hinauf. Konnte es sein, dass Hans sie heute nicht zum ersten Mal belogen hatte? Sie ahnte, dass sie mit dieser Frage eine Tür aufgestoßen hatte. Die Tür zu jenem viel zu lange verschlossenen Raum, dessen Dimensionen sie nicht überblicken konnte und in dem sie Gefahr lief, sich zu verlieren.

Ihr schwerfälliger Körper setzte sich träge in Bewegung, und sie merkte, wie ihre Füße Stufe um Stufe den Weg ins Obergeschoss erklommen. Was trieb ihr Mann dort oben, tagein, tagaus? Was war mit seinen Plänen für das Altenheim und die Klinik? Wie weit war er wirklich damit? Hatte ihr Vater doch nicht so unrecht gehabt, wenn er den Hans als Faulpelz und Schmarotzer beschimpft hatte?

Elvira tat etwas, das sie noch nie getan hatte. Sie betrat unangekündigt das Arbeitszimmer ihres Mannes.

Diesmal klopfte sie nicht an, um ihm zu sagen, dass das Essen fertig sei. Sie ging auch nicht mit dem Staubsauger oder einem Tuch hinein, nachdem sie ihn vorher gefragt hatte, ob sie mal eben kurz durchsaugen oder Staub wischen dürfe. Nein, diesmal betrat sie dieses fremde Reich heimlich und mit der vagen Absicht, mehr über den Mann zu erfahren, mit dem sie seit gut dreißig Jahren verheiratet war.

Eine Wolke aus kaltem Pfeifenrauch schlug ihr entgegen, und einen Augenblick fragte sie sich erschreckt, ob Hans in der Zwischenzeit nicht doch zurückgekehrt war. Seine Anwesenheit schien fast mit Händen greifbar. Unwillkürlich wandte sie sich um und spähte die Treppe hinab. Doch niemand außer ihr war im Haus.

Sie verharrte auf der Schwelle und ließ den Blick schweifen. Das Zimmer war klar strukturiert und wirkte großzügig. Im Gegensatz zu den anderen Räumen strahlte es eine gewisse Modernität aus, was in erster Linie an den hohen, verglasten Regalschränken aus hellem Holz lag, die sich Hans hatte liefern lassen. Dazu passend hatte er einen kleinen, runden

Tisch mit zwei unbequem aussehenden verchromten Stühlen bestellt, die er vor dem Fenster zu einer Besprechungsecke gruppiert hatte. Allerdings hatte hier bisher keine einzige Besprechung stattgefunden, soweit sich Elvira erinnern konnte.

Ein sandfarbener Teppich bedeckte die alten Dielen und verlieh dem Raum einen eleganten Anstrich. Das einzige rustikale Element war der lange, breite Schreibtisch aus massiver Eiche. Eindrucksvoll thronte er mitten im Arbeitszimmer. Auf der Glasplatte, die das alte Holz schützte, standen der Computer-Bildschirm, die zweite Telefonstation, eine Schreibtischlampe und einige Bücher. Die schwere Tischplatte ruhte auf zwei tiefen Schränkchen, deren Schubladen mit Schnitzereien verziert waren. Hans hatte das schöne Möbelstück aus seinem Elternhaus retten können. Es hatte schon seinem Vater treue Dienste geleistet und war wie durch ein Wunder von den Flammen verschont geblieben.

Elvira gab sich einen Ruck und betrat den Raum. Ihre Schritte wurden von dem weichen Bodenbelag geschluckt. Es war, als ginge sie auf Watte. Als sie am Schreibtisch vorbeilief, knackte es laut, und sie erschrak. Dabei hätte sie die Stelle eigentlich kennen sollen. Eines der Dielenbretter hatte sich verzogen und bildete eine leichte Kuhle, die jedes Mal knarzte, sobald man darüberging. Elvira war schon unzählige Male mit dem Staubsauger darübergefahren.

Der Schreibtisch war penibel aufgeräumt, kein loses Blatt lag herum, kein Notizzettel war irgendwohin geheftet, kein Stift auf der Arbeitsfläche abgelegt. Hans war ein ordnungsliebender Mensch, der strukturiertes Arbeiten dem kreativen Chaos vorzog.

Sie durchquerte das Zimmer bis zu der Wand mit den Regalen. Enzyklopädien, allgemeine Nachschlagewerke und medizinische Fachbücher reihten sich aneinander, auf mehreren geraden Stapeln lagen Medizinerblätter, Forschungsmagazine, psychologische Journale und einige Tageszeitungen. Im hinteren der beiden Regalschränke, auf dem zweiten Brett von oben, standen fünf dunkelgraue Ordner, in denen Hans sämtliche Unterlagen zu seinem Bauvorhaben abheftete. Sie waren fein säuberlich beschriftet: »Architekt / Planung« stand auf dem ersten, auf dem zweiten »Bauamt / Genehmigungen«, dann »Bank«, »Personal« sowie »Klientel / Sponsoren«.

Elvira war gespannt. Sie kam sich vor, als würde sie Neuland betreten. Auch wenn sie befürchtete, nur wenig von dem zu verstehen, was sich in den Ordnern befand. Bisher hatte sie sich stets aus allem rausgehalten, was das Bauprojekt ihres Mannes betraf. Sie hatte immer das Gefühl gehabt, dass es ihren Horizont bei weitem überstieg. In ihrem Kopf türmten sich so viele Fragen auf, dass sie gar nicht gewusst hätte, mit welcher zu beginnen. Daher hatte sie es lieber gleich sein lassen, wahrscheinlich auch, um ihre Unbedarftheit zu verstecken. Erst jetzt erkannte sie, dass sie damit ihrer Verantwortung nicht gerecht geworden war – der Verantwortung, sich für sämtliche Belange der Familie zu interessieren, zu wissen, womit der andere seine Zeit verbrachte, was ihn bewegte, was ihm Sorgen bereitete, was ihm wichtig war.

Sie öffnete die Glastür und fuhr mit den Fingern über die Ordner, von denen jeder einzelne akkurat mit der Vorderkante des Regalbretts abschloss. Spontan schob sie den Zeigefinger in die runde Öffnung des ersten Ordners, der die Beschriftung »Architekt / Planung« trug, und zog ihn heraus.

Schon bevor sie ihn in der Hand hielt, wusste sie, dass nichts darin war. Trotzdem klappte sie ihn auf. Kein einziges Blatt

Papier war darin abgeheftet. Der Ordner war leer, nichts weiter als eine nackte Hülle.

Als hätte sie den verlassenen Kokon eines giftigen Käfers berührt, stellte Elvira ihn schnell wieder ins Regal und zog die Hand zurück. Sie zögerte kurz, doch sie musste sich Gewissheit verschaffen. Einen nach dem anderen nahm sie sich daraufhin die restlichen vier Ordner vor. Sie waren alle leer.

Wie ein sturer Bauer, der sein Heu erntet, obwohl er die Gewitterwolken kommen sieht, misstraute Elvira dem Offensichtlichen noch immer und ging zum Schreibtisch zurück. Hektisch zog sie sämtliche Schubladen auf, doch außer einigen Kugelschreibern und Büroklammern, Pfeifentabak, Streichhölzern und einem Blechkästchen fand sie nichts.

Im Stillen formulierte sie die erschreckende Wahrheit, die ihr den Boden unter den Füßen wegzuziehen drohte: Hans hatte nie gearbeitet. Zumindest nicht in diesem Raum und sicherlich nicht an der Planung eines Klinikbaus für Alte und Demenzkranke. Noch erschreckender als diese Erkenntnis war allerdings die Frage, die sich daraus ergab: Was hatte er dann all die Tage, Wochen und Monate hier oben getrieben? Wie eine Theaterkulisse aus Pappmaschee hatte ihm dieses durchdacht gestaltete und täuschend echt eingerichtete Arbeitszimmer dazu gedient, eine Rolle zu spielen, etwas zu verkörpern, das er gar nicht war.

Elvira hörte ein Geräusch und stürzte zur Tür. Gleich einer Einbrecherin im eigenen Haus spähte sie durch den Spalt die Treppe hinab. Nichts rührte sich, sie musste sich getäuscht haben. Schwankend kehrte sie zum Schreibtisch zurück, um die Schubladen wieder zuzuschieben. Das silberfarbene Blechkästchen weckte ihre Neugier. Sie nahm es heraus und zog den breiten Deckel ab. Ein brauner Umschlag und ein Buch kamen zum Vorschein. Sie griff nach dem Umschlag, den sie erst am Vortag in der Hand gehalten hatte, und leerte den Inhalt auf dem Tisch aus. Vor ihr fächerten sich die Fotos auf, klirrend fiel der kleine Schlüssel auf die gläserne Schreibtischplatte. Sie schob den Bilderstapel noch weiter auseinander, bis sie jene Aufnahme gefunden hatte, die ihr seit gestern nicht mehr aus dem Kopf ging.

Als das Bild vor ihr lag, hielt sie für einen Moment die Luft an, in dem wirkungslosen Versuch, ihren Herzschlag zu verlangsamen. Vorsichtig zog sie es zwischen den anderen Schnappschüssen hervor. Sie dachte an den Anruf des Pfarrers zurück und zwang sich, ihre Gedanken in geordnete Bahnen zu lenken. Ihre Augen ruhten auf dem städtischen Kinderheim St. Anna. Dorthin hatten Katharinas Eltern den unehelichen Sohn ihrer Tochter gegeben, nachdem sich die junge Frau im See ertränkt hatte. Was hatte dieses Bild in der seltsamen Sammlung ihres Vaters verloren, und warum hatte Hans es gestern zusammen mit den anderen Fotos an sich genommen und ebenfalls versteckt? Er musste es dem Toten gestohlen haben, als er ihm einen letzten Besuch abgestattet hatte.

Angestrengt starrte Elvira auf die vergilbte Aufnahme. Der Junge mit dem traurigen Lächeln war höchstwahrscheinlich Katharinas Sohn. Simon Zauner. Aber wer war das Mädchen? Die verblassten Farben flossen ineinander und begannen vor ihren Augen zu flimmern.

Ihr Blick fiel auf das Buch in der Blechkiste. Es war das Tagebuch, das aus ihrem Schlafzimmer verschwunden war. An dem Stoffeinband hatte sie es sofort erkannt. Es war der zweite von vierundzwanzig Bänden. Die Einträge darin hatte sie vor dreiundzwanzig Jahren niedergeschrieben.

Mit zittrigen Händen schlug sie es im hinteren Viertel auf. Der fünfundzwanzigste November, der Tag der heiligen Katharina, war in jenem Jahr auf einen Sonntag gefallen.

Die Wörter aus blauer Tinte begannen in ihren Händen zu taumeln, und Elvira musste das Buch auf den Tisch legen, um lesen zu können, was sie damals mit ihrer ordentlichen Handschrift zu Papier gebracht hatte:

Heut ist Sankt Kathrein. Matthias ist wieder gesund, die Mittelohrentzündung ist hoffentlich ausgestanden. Nach dem Mittagessen mit dem Hund zum See. Dicker Nebel lag über dem Wasser. An der Badewiese hab ich einen ziemlichen Schreck bekommen. Auf dem Steg stand ein Mann und hat irgendwas in den See geworfen. Seine Füße steckten im Nebel, und er sah aus wie ein Zwerg auf dem Wasser. Als er mich gesehen hat, ist er fort. Hab ihn gegrüßt, weil ich dachte, dass ich ihn kenne. Er hat nur genickt, hatte es wohl eilig. Als er weg war, bin ich auf den Steg und hab nachgeschaut, was er da gemacht hat. Drei gelbe Dahlien sind noch auf dem See getrieben.

Später seh ich unter dem Wegkreuz die gleichen Blumen. Fünf gelbe Dahlien in einer Glasvase. Wer war der Mann? Für wen waren die Blumen? An irgendwen hat er mich erinnert, vielleicht an den Hans, aber beschwören könnt ich's nicht.

Elvira blickte auf, und ihre Augen verloren an Schärfe, sie starrte ins Nichts. Angestrengt versuchte sie, die Vergangenheit heraufzubeschwören, doch sie erinnerte sich weder an den damaligen Tag noch an das Gesicht des jungen Mannes. Simon Zauner. Sie hatte ihn gesehen. Sie war Simon Zauner schon einmal begegnet. Vor dreiundzwanzig Jahren war er ihr über den Weg gelaufen, und sie hatte ihn gegrüßt.

Eine brennende Kälte kroch ihre Wirbelsäule hinab. Ihr wurde klar, dass sie längst noch nicht alles verstanden hatte. Auf dem Schreibtisch vor ihr funkelte der silberne Schlüssel. Es half nichts: Wenn sie der Wahrheit auf den Grund gehen wollte, müsste sie noch einmal auf den Speicher hinauf.

Doch zuerst ging sie nach unten, um den Schlüssel für den Dachboden zu holen. Außerdem brauchte sie die Taschenlampe aus dem Sicherungskasten, denn elektrisches Licht gab es da oben nicht. Kurz darauf stand sie schnaufend auf den rauen Holzbrettern des Speichers und war beinah froh über die erschöpften Geräusche, die aus ihrer Kehle kamen. Sie übertönten für einen Moment das Schweigen des Hauses.

Sie ließ die Taschenlampe über die Kisten streifen, bis sie die Truhe mit der Kinderkleidung wiederfand. Unter dem gelben Kleid mit den aufgestickten Kirschen holte sie das Holzkästchen hervor. Sie fischte den winzigen Schlüssel aus ihrer Schürzentasche und beugte sich hinab. Eine Spinnwebe streifte ihr Gesicht, und Elvira schreckte zurück. Doch das fragile Netz zerfiel sofort.

Der Schlüssel hatte leichtes Spiel, die Schatulle sträubte sich nicht und ließ sich trotz der rostbesetzten Scharniere ohne Widerstand aufklappen. Doch es waren keine Fotos darin. Auch keine vergilbten Zeitungsausschnitte, die ihr Vater vor langer Zeit gesammelt hatte. Es war ein ganz besonderer Schatz.

Elvira nahm die dünnen, gefalteten Blätter in die Hand

und richtete den Schein der Taschenlampe darauf. Dunkle, gekrümmte Buchstaben auf durchscheinendem Papier. Es waren Briefe.

Hektisch beleuchtete sie ein Blatt nach dem anderen. Es waren drei Briefe in einer ihr unbekannten Schrift. Sie hatten alle etwas gemein, wie Elvira feststellte, als sie die Seiten auseinanderfaltete: Die Briefe waren an sie adressiert.

Wie ein kostbarer und zugleich gefährlicher Schatz kam ihr der Fund vor. Sie konnte sich nicht daran erinnern, wann sie zuletzt einen handgeschriebenen Brief erhalten hatte. Sie ließ sich auf die kalte Truhe sinken. Einen Moment lauschte sie in die Stille. Weder im Haus unten noch draußen war etwas zu hören. Ängstlich wandte sie sich der Post aus der Vergangenheit zu, die noch immer darauf wartete, dass ihre eigentliche Adressatin sie las.

Liebe Elvira,
bitte wirf diesen Brief nicht gleich ins Feuer. Ich weiß, es ist unverzeihlich, was ich Dir und den Kindern angetan habe, trotzdem bitte ich Dich, diese Zeilen zu lesen.

Inzwischen ist gut ein Jahr vergangen, und die Zeit hat sicher noch nicht alle Wunden geheilt, aber ich weiß, dass Du ein Mensch bist, der nie aufgibt. Vielleicht siehst Du längst die Vorteile des Ganzen oder bereust gar, mich je geheiratet zu haben. Ich könnte es Dir nicht verdenken.

Meine Gereiztheit und Übellaunigkeit in unseren letzten gemeinsamen Monaten waren sicher nur schwer zu vertragen. Ich hätte mich manchmal am liebsten selbst geschüttelt, aber man kann leider nicht aus der eigenen Haut. Am Ende hatte ich das Gefühl zu explodieren, und um Schlimmeres zu verhindern, bin ich gegangen.

Ich weiß, dass ich Dir noch eine Erklärung schuldig bin, auch wenn Du sie vermutlich kaum nachvollziehen kannst. Obwohl wir uns anfangs stark zueinander hingezogen gefühlt haben, sind wir doch grundverschiedene Charaktere. Dir ist es wichtig, dass die Welt verlässlich ist und eine Ordnung hat, ich dagegen fühle mich nur wirklich wohl, wenn ich ungebunden bin und Neues entdecken kann. Dass Du nur ungern aus dem Haus bist und Dich kaum getraut hast, in die Stadt zu fahren, hat mich zur Weißglut gebracht. Wie kann ein Mensch nur so ängstlich sein?, habe ich gedacht. Wie kann er sich nur begnügen mit der Eintönigkeit seiner winzigen Welt?

Du besitzt eine generelle Scheu vor den Menschen, die mir erst nach und nach bewusst geworden ist. Deine Schüchternheit ist pathologisch, wie ich als Mediziner sagen würde. Das heißt, gutes Zureden und ein starker Wille allein reichen nicht aus, um sie abzulegen. Doch all das wollte ich damals nicht wahrhaben.

Ich schäme mich, Elvira, weil ich heute weiß, dass Du nichts für diesen Wesenszug kannst. Ich hätte es damals schon ahnen müssen. Wir Menschen sind den verschiedensten Zwängen ausgesetzt, und nur selten können wir uns davon befreien. Das wird mir durch mein Studium immer klarer.

Neben der allgemeinen Medizin interessiere ich mich insbesondere für die Psychologie und die Neurologie. In Kürze werde ich ein Praktikum in einer psychiatrischen Anstalt beginnen. Ich habe das Gefühl, meine Berufung gefunden zu haben, und fiebere den Einblicken in die Geheimnisse von Körper und Geist entgegen.

Aber ich will Dich nicht langweilen, und natürlich möchte ich Dich nicht kränken mit meiner Begeisterung für mein neues Leben. Auch wenn ich nicht so weit gehe zu hoffen, dass Du *mir jemals vergibst, wünsche ich mir tief in meinem Herzen, dass Du unseren Kontakt nicht abreißen lässt und dass Du mir vielleicht einmal von Eurem Leben berichtest.*

Meine Adresse steht auf dem Kuvert. Wenn Du Dich dazu entschließen könntest, mir zu schreiben, wie es Dir und unseren Söhnen geht, wäre ich ein dankbarer Mensch.

In tiefer Verbundenheit

Hans

Langsam löste sich Elvira von den Buchstaben. Sie konnte kaum glauben, was sie da gelesen hatte, und genauso wenig konnte sie fassen, dass Hans ihr seinerzeit geschrieben hatte. Es waren Worte aus einer anderen Zeit, die sie heute zum ersten Mal zu Gesicht bekam. Drei Jahrzehnte lang hatte sie ein völlig falsches Bild von ihrem Mann bewahrt, bis er vor einem Jahr zurückgekehrt war und ihr alles erklärt hatte. Doch seine Worte hatten nicht annähernd die Kraft dieser Zeilen besessen. Warum hatte er sie nie auf die Briefe angesprochen?

Es konnte nur ihr Vater gewesen sein, der die Briefe vor ihr versteckt hatte. Warum hatte er das getan? Weil er ihr Schmerz und falsche Hoffnung hatte ersparen wollen? Eigenmächtig hatte er ihr einen Teil der Wahrheit vorenthalten. Nun war er tot, und sie konnte ihn nicht mehr zur Rede stellen.

So viele Fragen. Unheimliche Fragen, auf die vielleicht – hoffentlich – der nächste Brief Antworten bereithielt. Eilig faltete sie ihn auseinander.

Er war deutlich länger als der erste, umfasste ganze sieben Seiten, und die Schrift hatte etwas Gehetztes, fast Drängendes. Tatsächlich ging es in dem Brief nicht um ihren Mann und seine Gefühle, sondern um sie. Hans hatte eine erstaunliche Entdeckung gemacht, und Elvira hielt den Atem an, während sie die Zeilen las. An einer Stelle stockte sie und blätterte noch mal zurück, so unglaublich war das, was da stand.

Seit einiger Zeit arbeite ich in einer psychiatrischen Klinik, wo ich mit einem Patienten in Kontakt gekommen bin, der wegen eines Selbstmordversuchs eingewiesen wurde. Neben Depressionen und einer Zwangsstörung leidet er an einer Beeinträchtigung, von der ich noch nie zuvor gehört hatte.

Der Mann hatte als junger Erwachsener festgestellt, dass ihm der Umgang mit seinen Mitmenschen übermäßig schwerfiel. Als er in einem offenherzigen Moment mit seinem Bruder darüber redete, stellte er überrascht fest, dass die meisten anderen nicht unter jenem Problem litten, das ihm den Alltag so erschwerte. Sein Bruder versicherte ihm nämlich, keinerlei Schwierigkeiten damit zu haben, Bekannte und Verwandte auf der Straße zu erkennen, selbst wenn sie innerhalb einer Gruppe von Fremden waren. Auch auf Fotos, auf denen ein Freund oder eine bekannte Persönlichkeit abgebildet war, konnte sein Bruder wie aus der Pistole geschossen den dazugehörigen Namen liefern.

Erst da verstand der Mann, dass ihn das Schicksal benachteiligt hatte und er mit einem großen Defizit leben musste. Denn es war ihm so gut wie unmöglich, seine Mitmenschen anhand ihrer Gesichter zu erkennen.

Im Laufe der Zeit hatte er sich unbewusst einige Strategien für den Alltag angewöhnt, nachdem er bemerkt hatte, dass die anderen, wenn er sie nicht erkannte, oft mit Unverständnis, manchmal sogar gekränkt oder beleidigt reagierten. So blickte er auf der Straße meist zu Boden, um keine Gesichter zu streifen oder Augenpaare zu treffen, die allesamt fremd für ihn waren. Ließ sich der Blickkontakt mit einer entgegenkommenden

Person nicht vermeiden, und er hatte das Gefühl, den anderen kennen zu müssen, grüßte er vorsorglich.

Naturgemäß waren ihm deshalb größere Menschenansammlungen ein Graus, und er mied Zusammenkünfte und Feiern. Am schlimmsten waren für ihn Feste, bei denen viele Menschen zusammensaßen, da er Personen noch am ehesten an ihrer Größe, ihrer Statur oder ihrem Gang wiedererkannte. Das ging freilich nur, wenn die Leute standen. Ihr Geschlecht, ihr Alter, ja sogar ihre Stimme waren ihm leider keine verlässlichen Anhaltspunkte.

Elvira konnte kaum glauben, was sie da las. Sie ließ das Blatt sinken, um Atem zu holen. Einen Moment war sie hin- und hergerissen, kurz davor, den Brief ganz aus der Hand zu legen. Doch die Geschichte des Mannes ließ sie nicht los.

Überhaupt vermied er es, wenn es nur ging, das Haus zu verlassen. Zwar fiel es ihm auch daheim nicht leicht, seine Eltern und Geschwister zu erkennen und auseinanderzuhalten, aber hier konnte er sich immerhin an gewissen Konstanten orientieren: an der Frisur, der Kleidung oder an dem Zimmer, aus dem sie kamen. Er erinnerte sich, dass er sehr wütend werden konnte, wenn sich seine Mutter oder seine Schwester eine neue Frisur zulegten. Einmal war er schier aus der Haut gefahren, als seine Schwester sich die braunen Haare blondiert hatte.

Besuch mochte er auch nicht. Um ihn nicht zu verärgern, kündigte seine Familie alle Gäste bei ihm an und hielt spontane Besucher von ihm fern.

Außerdem verstand er nicht, wie seine Geschwister stundenlang vor dem Fernseher sitzen und sich Filme anschauen konnten. Er war von den – für ihn – immer neuen Gesichtern überfordert und bekam kein einziges Mal die Handlung zusammen. Die anderen hielten ihn für einen Eigenbrötler, und er selbst wusste damals noch nichts über seine Störung.

Während der Patient von seinem Schicksal berichtete, wurde mir abwechselnd heiß und kalt. Immer wieder, Elvira, musste ich dabei an Dich denken. Die Analogien waren geradezu frappierend. Dein Bemühen, den Blicken anderer auf der Straße auszuweichen, wo es nur ging. Deine Abneigung gegenüber Feierlichkeiten und Vereinstreffen. Deine Akribie, wenn es darum ging, mir alle paar Wochen die Haare zu schneiden. Kein bisschen durfte ich mich verändern, neue Hosen und Hemden mussten immer genauso aussehen wie die alten. Selbst bei unseren Söhnen hast Du es so gemacht.

Einmal hast Du sogar meine Mutter nicht wiedererkannt, nur weil sie im Sonntagsstaat und mit geflochtenen Haaren auf den Hof kam. Ich erinnere mich noch genau, dass es nicht nur ein kurzer Augenblick des Nichterkennens war. Völlig verwirrt hast Du erst sie und dann mich hilfesuchend angestarrt.

Damals habe ich laut gelacht über Deine vermeintliche Verwirrtheit, heute weiß ich es besser. Erst jetzt wird mir klar, wie ausweichend Du stets reagiert hast, wenn Leute zu uns kamen. Nie hast Du sie herzlich begrüßt oder mit Namen angeredet. Angestrengt hast Du sie studiert und erst mal ihnen das Wort überlassen. Es war, als würdest Du Dich im Gespräch vorsichtig vortasten. Du wusstest oft einfach nicht, wen Du vor Dir hattest. Wie ein Blinder in einem fremden Haus hast Du nach Orientierungspunkten und Stolperfallen getastet.

All das schoss mir durch den Kopf, als uns der Klinikpatient von seinem seltsamen Leiden erzählte. Prosopagnosie, diagnostizierte der Oberarzt, und übersetzte für den verständnislos dreinblickenden Mann: Gesichtsblindheit.

Auch wenn Elvira den Worten nach verstand, was Hans ihr da geschrieben hatte, sträubte sich alles in ihr dagegen, die Bedeutung dieser Worte zu begreifen. Sie prallten von ihr ab wie Pfeile von einer Rüstung aus Eisen. Doch sie spürte, dass diese Rüstung sie nicht mehr lange schützen würde.

Es gibt also einen medizinischen Begriff für Deine ausgeprägte Schüchternheit und Zurückhaltung, Elvira! Ich hatte Deine Menschenscheu völlig fehlgedeutet!

Die Störung ist übrigens nicht psychischer Art und hat weder mit Vergesslichkeit noch mit Konzentrationslücken zu tun. Vielmehr können die vielen Einzelinformationen, die der Anblick eines Gesichts liefert, nicht als Ganzes im Gehirn abgelegt und später dann mit einer Erinnerung verknüpft werden. Während manche Menschen nur leicht betroffen sind, verwechseln andere Betroffene nicht nur Personen miteinander, sondern können diese nicht einmal mehr von Gegenständen unterscheiden. Meistens ist die Störung angeboren, außerdem besteht eine große Wahrscheinlichkeit der Vererbbarkeit.

Mit diesem Wissen fiel mir wieder ein, wie schwer sich Dein Vater jedes Mal getan hat, meinen Vater zu begrüßen, wenn wir nach Eurem Vieh schauen wollten. Ich habe sein ausweichendes Verhalten immer für Zerstreutheit gehalten, doch höchstwahrscheinlich leidet er unter derselben Beeinträchtigung wie Du.

Doch die Vererbungskette setzt sich womöglich auch in die andere Richtung fort, und der Gedanke bereitet mir große Sorgen. Elvira, vielleicht sind auch unsere Söhne davon betroffen!

Das letzte Tageslicht war erloschen, um sie herum herrschte Düsternis. Der Dachboden glich einer riesigen Höhle, deren

Ausmaße nicht erkennbar waren. Elvira klammerte sich an den dünnen Strahl der Taschenlampe. Sie fühlte sich verloren und orientierungslos.

Was hatte Hans ihr da alles an den Kopf geknallt? Sie sei krank, deshalb habe er sie verlassen. Oder nein, nicht krank, sondern verrückt. Nicht richtig im Kopf. Gestört. Und das Gleiche sollte für ihren Vater sowie für Jochen und Matthias gelten.

Ihr ganzer Körper bebte, und sie versuchte, das unkontrollierte Zittern zu beherrschen, indem sie heftig den Kopf schüttelte. Vielleicht sollte sie mit seinen Briefen das tun, was Hans selbst vorgeschlagen hatte: sie ins Feuer werfen. Sie waren dreißig Jahre alt, da mussten sie jetzt auch keinen Einfluss mehr auf ihr Leben gewinnen.

Was, wenn sie die Schatulle nie gefunden hätte? Dann wären die Seiten irgendwann zu Staub zerfallen und mit ihnen eine erschreckende Wahrheit. Eine Wahrheit, die es dann nie gegeben hätte! Elvira versuchte, sich zu beruhigen. Andererseits hatte jemand die Briefe vor langer Zeit gelesen und beschlossen, sie Elvira nicht zu zeigen. Dennoch hatte er sich davor gescheut, sie zu vernichten. Er hatte sie aufbewahrt.

Er hatte nicht nur die Briefe an einem geheimen Ort verborgen, sondern all die Jahre auch heimlich eine seltsame Fotosammlung gehütet. Elvira rief sich die ungewöhnlichen Schnappschüsse ihres Vaters noch einmal ins Gedächtnis. Die ahnungslosen Besucher auf dem Hof, die er ungefragt abgelichtet hatte. Er musste die Fotos genauestens studiert haben und die detaillierten Beschriftungen auf der Rückseite hinzugefügt haben. Auf diese Weise hatte er versucht, sich die Gesichter der abgebildeten Personen einzuprägen. Das vom Vater der Wenzel-Schwestern, das vom Michael, das vom Tierarzt, dem Vater vom Hans, und viele weitere. Die Menschen um ihn herum wiederzuerkennen war offensichtlich seine große Schwäche gewesen.

Genauso wenig hatte sie selbst die Personen auf den Fotos ihres Vaters erkannt, musste sich Elvira eingestehen. Fahrig rieb sie sich über die heißen Wangen und verbarg das Gesicht in den Händen, als könnte sie so die Augen vor der schmerzhaften Wahrheit verschließen. Die Fotografierten waren während ihrer Kindheit und Jugend hier auf dem Hof ein und aus gegangen. Nach allem, was Hans geschrieben hatte, hätte ein normaler Mensch sie problemlos wiedererkannt. Wie einfach musste so ein Leben sein! Elvira hatte noch nie darüber nachgedacht. Wie auch? Bis zum heutigen Tag war ihr gar nicht bewusst gewesen, dass sie anders war als die anderen.

Wenn Hans recht hatte, dann war dies auch der Grund, warum sie nie die Begeisterung anderer für gerahmte Fotos und Fotoalben hatte nachvollziehen können. Es war ihr nie in den Sinn gekommen, ihre Liebsten mit einer Kamera zu porträtieren und die Bilder an eine Wand zu hängen. Anscheinend schlicht deshalb, weil ihr die grundlegende Fähigkeit fehlte, Erinnerungen mit Gesichtern zu verknüpfen.

Nüchtern betrachtet waren die Beobachtungen ihres Mannes kaum von der Hand zu weisen. Natürlich wusste Elvira selbst, dass sie sich unwohl fühlte, sobald irgendwo viele Menschen zusammenkamen. Manchmal verspürte sie sogar einen Anflug von Panik. Sie musste nur an den Schuhkauf in der Stadt mit ihren beiden kleinen Söhnen zurückdenken.

Sie hatte die Attacken stets auf die Platzangst geschoben, die in ihr aufstieg, sobald sie von fremden Menschen umringt war. Sie war immer davon ausgegangen, dass es den meisten anderen ähnlich erging wie ihr.

Hans hatte sie mit der Wahrheit konfrontiert. Er hatte ihr

einen Spiegel vors Gesicht gehalten. Vor ein Gesicht, das ihr wie alle anderen Gesichter immer fremd erschienen war. Ihr ging auf, dass andere Menschen einen ganz anderen Bezug zu ihrem Spiegelbild haben mussten. Wie schön musste es sein, wenn man die Person, die man daheim im Spiegel im Vorbeigehen streifte, an einem windstillen Tag auf der Oberfläche des Sees, in einem Schaufenster oder auf einem alten Foto sah, sofort als die eigene Person erkannte. Wie schön musste es sein, wenn eine Verbindung bestand zwischen den veränderlichen Zügen eines Gesichts, den Grübchen, den Falten, dem unerschöpflichen Mienenspiel und der Idee, die man von sich selbst hatte.

Mit seiner Offenbarung hatte Hans sie ganz gewiss nicht vor den Kopf stoßen wollen. Vielmehr hatte er ihr seine Hilfe angeboten. Allerdings hatte er nicht weiter ausgeführt, worin diese genau hätte bestehen können. Gab es überhaupt die Möglichkeit einer Heilung? Immerhin schien es sich nicht um eine wirkliche Krankheit, sondern nur um eine unglückliche Störung zu handeln.

Hans hatte sie gebeten, ihm zu antworten. Er hatte sich gewünscht, dass sie den Kontakt zu ihm suchte, vor allem der Kinder wegen. Nur warum hatte er so schnell aufgegeben, nachdem sie sich auch nach dem zweiten Brief nicht bei ihm gemeldet hatte? War seine Anteilnahme am Ende doch nicht so stark gewesen, wie er vorgegeben hatte?

Wieder hoffte sie darauf, die Antwort im nächsten Brief zu finden. Er lag noch immer zusammengefaltet neben ihr auf dem Boden. Sie griff nach dem verbliebenen Schreiben und musste feststellen, dass es nicht länger war als ein einzelnes Blatt. Es war der letzte Brief. Hans hatte ihr offenbar nicht mehr viel mitzuteilen gehabt.

Liebe Elvira,
alles, was es zu sagen gab, habe ich wohl gesagt. Zumindest ist das Deine Meinung, und was bleibt mir da anderes übrig, als irgendwann zu schweigen.

Ich hätte gern noch einmal mit Dir über alles gesprochen, aber Du hast mir ja klar und deutlich ausrichten lassen, dass Du daran nicht interessiert bist. Am liebsten wäre mir Dein Vater an die Gurgel gesprungen, als ich ihn letzte Woche gebeten habe, mit Dir reden zu dürfen. Ich hatte Glück, dass ich nicht vor Eurer Haustür stand, sondern nur angerufen habe.

Er hat mir ausgerichtet, dass Du eine Unterhaltsklage gegen mich planst und die Polizei einschalten wirst, sollte ich es wagen, auf den Hof zurückzukehren. Sei unbesorgt: Ich werde nicht vorbeikommen, und vor meiner finanziellen Verantwortung gegenüber meinen Kindern will ich mich auch nicht drücken. Dass Du ihnen allerdings erzählt hast, ich sei tot, hat mir einen schweren Schlag versetzt. Ich verstehe, dass Du nichts mehr mit mir zu tun haben willst, aber bisher hatte ich gehofft, dass wir beide irgendwann einen neuen Weg einschlagen könnten, dass ich unseren Söhnen eines Tages wieder so etwas wie ein Vater sein könnte.

Elvira, ich wollte Dir mit meinem letzten Brief gewiss nicht zu nahe treten! Nie wollte ich Dich belehren, bevormunden oder gar in Dein Leben eingreifen. Offenbar hast Du mich völlig missverstanden, was ich zutiefst bedaure. Auf keinen Fall will ich Dich länger belästigen oder gar ängstigen.

Vergiss dennoch bitte nie, dass meine Tür immer offen steht für Dich. Bitte zögere nicht, bei mir anzuklopfen, wenn Du eines Tages anders über mich denken solltest!

Es grüßt Dich in unerschütterlicher Hoffnung

Hans

Ihr Vater hatte sie also am Telefon verleugnet. Sprachlos ließ Elvira das Blatt sinken. Er hatte nicht nur die Briefe abgefangen und versteckt. Er hatte Hans auch am Telefon gedroht. So hatte er ihn von Elvira ferngehalten, ein für alle Mal. Er hatte ihr die Wahrheit vorenthalten, hatte an ihrer statt entschieden, was gut für sie war und was nicht. Nicht zuletzt hatte er damit verhindert, dass sich Elvira und Hans womöglich versöhnten.

Sie vergaß zu atmen. Welche Selbstgerechtigkeit hatte ihren Vater nur dazu veranlasst? Es musste sein verletzter Stolz gewesen sein und die Wut auf jenen Mann, der seine Tochter und seine Enkel einfach sitzen gelassen hatte. Nicht zuletzt musste es auch das Gefühl der Scham gewesen sein, immenser Scham.

Aber noch etwas anderes verwirrte sie. Warum hatte sich ihr Vater bei der Rückkehr seines Schwiegersohns nicht stärker gesträubt? Er hatte doch befürchten müssen, dass sich die Eheleute früher oder später über die Briefe unterhalten würden. Hatte ihn die Hoffnung, dass der reiche Heimkehrer sein Geld in den abgewirtschafteten Hof stecken würde, alles andere ausblenden lassen? Vielleicht war er vor einem Jahr aber auch bereits zu verwirrt gewesen und hatte die ganze Geschichte für sich als bloße Hirngespinste eines jungen Mediziners abgetan.

Wie viel war heute noch dran an der Diagnose des ehrgeizigen Studenten?, fragte sich Elvira. In den letzten Jahrzehnten hatte sich in der Forschung sicherlich einiges getan. Vielleicht gab es inzwischen neue Erkenntnisse? Sie musste unbedingt im Internet nachschauen. Dort, so wusste sie von Matthias, besorgte man sich heute schnell und unkompliziert Informationen über alles und jeden.

Langsam erhob sie sich von der harten Truhe. Erst jetzt

spürte sie wieder, wie eisig es hier oben war. Längst zitterte sie nicht mehr nur vor Schreck. Ihre Finger waren taub, die Beine steif. Mit der Taschenlampe in der einen und den Briefen in der anderen Hand ging sie auf wackeligen Beinen runter in das Zimmer ihres Sohnes.

Elvira machte Licht und kämpfte sich durch die Unordnung bis zu dem Schreibtisch mit dem Computer vor. Als sie ihn einschaltete, streifte ihr Blick etwas, das nicht hierhergehörte. Er blieb an einem langen, bedrohlichen Gegenstand hängen. Neben dem Tisch stand noch immer das Gewehr an der Wand. Langsam hob sie es mit der rechten Hand hoch. Mit der linken fuhr sie über die kalte, glatte Waffe aus Holz und Metall. Sie kippte den Lauf herunter und entdeckte die Patronen. Das Gewehr war geladen. Vorsichtig stellte sie es zurück.

Der Computer war inzwischen hochgefahren und surrte friedlich, auf dem Bildschirm hatte sich die blaue Startoberfläche aufgebaut, die Elvira vertraut war. Matthias hatte ihr ein paarmal gezeigt, wie sie elektronische Reservierungsanfragen und Nachrichten der Gäste abrufen konnte. Sie klickte auf das bekannte Symbol, um die Suchmaschine aufzurufen. Ein blinkender schwarzer Strich in einem weißen Balken wartete auf ihre Frage.

Da sie den griechischen Fachbegriff, den sie vorhin noch ungläubig mit stummen Lippen geformt hatte, schon wieder vergessen hatte, tippte sie mit zwei Fingern »gesichtsblind« ein. Sie klickte auf »Suchen« und war überrascht, dass es mehr als viertausend Treffer gab.

Gebannt klickte sie auf den ersten Text und begann zu lesen. Bald überflog sie kurze wissenschaftliche Artikel, Interviews mit Betroffenen und Diskussionen in Foren, in denen sich Menschen mit dieser Störung austauschten und gegenseitig um Rat fragten. Draußen wurde es stockdunkel, während für Elvira das zur Wirklichkeit wurde, was bisher nur eine vage Vermutung gewesen war: Sie war anders als die meisten anderen. Dennoch gab es zahllose Menschen, die ihr Schicksal teilten, und sie bestätigten, was Hans in seinem zweiten Brief behauptet hatte. Manche der Betroffenen verglichen die Störung mit Farbenblindheit oder Legasthenie.

Bei der Prosopagnosie, las sie außerdem nach, waren die Funktion der Augen, die Reizweiterleitung zum Gehirn und die Wahrnehmung grundlegender Merkmale wie Farben und Formen nicht gestört. Dennoch gelang es den Betroffenen nicht, Gesichter abzuspeichern und wiederzuerkennen. Den Grund dafür hatte aber anscheinend auch während der letzten dreißig Jahre niemand herausgefunden. Als Auslöser wurde eine Störung der Erbanlagen vermutet, ein defektes Gen. Elvira war sich nicht sicher, ob sie all das wirklich verstand.

Klar und deutlich verstand sie jedoch das Urteil »nicht therapierbar«. Die Störung konnte nicht geheilt, sondern im besten Fall gut bewältigt werden. Doch litten die emotionale und soziale Intelligenz meist stark darunter, verkümmerten hin und wieder sogar fast völlig. Nicht umsonst wurde die Gesichtsblindheit bei Kindern häufig mit Autismus verwechselt. Die Kleinen hielten keinen Blickkontakt und reagierten oft verschüchtert oder ablehnend auf Ansprache.

War sie selbst so ein verstocktes Kind gewesen? Die Antwort war eindeutig. Und ihre Söhne? Bei den beiden war sie sich nicht ganz sicher. Der Jochen hatte nie große Probleme mit anderen gehabt. Er war ein fröhlicher Bub gewesen und ein recht aufgeschlossener Jugendlicher. Außerdem hatte er es kaum erwarten können, sein Zuhause zu verlassen und in die Stadt zu ziehen. Beim Matthias sah es dagegen ganz anders aus. Er kam viel mehr nach ihr, und Elvira bedauerte ihn dafür. Ein schönes Erbe hatte sie ihm da mit auf den Weg gegeben!

Irgendwann brannten ihre Augen, und sie hatte genug. Sie schaltete den Computer aus und trat ans Fenster. Ihr Gesicht spiegelte sich in der Scheibe, doch Elvira sah lieber hindurch, hinaus auf den finsteren Hof. Matthias musste bald zurückkommen. Sie würde ihm viel erklären müssen.

Nur wo sollte sie anfangen? Jede Antwort, die sie an diesem Nachmittag gefunden hatte, hatte zehn neue Fragen aufgeworfen. Ihr Kopf war zum Bersten gefüllt. Die Fragen türmten sich auf, wuchsen zu einem riesigen Gebilde, bis sie umkippten und durcheinanderpurzelten: Wo steckte Hans? Warum belog und täuschte er sie? Welche Verbindung hatte er zu Simon Zauner? Warum hatte er ihr Tagebuch versteckt? Warum hatte er die Fotosammlung ihres Vaters gestohlen? Was hatte es mit der Aufnahme der beiden Kinder auf sich? Wer war das Mädchen, das neben dem kleinen Simon Zauner stand?

Es zog sie zurück zum Schreibtisch ihres Mannes, wo sie sich setzte und noch einmal das Schwarz-Weiß-Bild zu sich heranzog. Sie wusste nicht, was sie sich davon versprach. Ausgerechnet sie, die unter Gesichtsblindheit litt und nicht einmal ihre eigenen Kinder von fremden hatte unterscheiden können, starrte in einer unsinnigen Hoffnung auf einen ihr unbekannten Buben und ein ihr unbekanntes Mädchen. Die trüben Grautöne flossen ineinander, begannen vor ihren Augen zu flimmern. Sie presste die Lider fest zu.

Als sie ihre Augen wieder öffnete, fanden diese scheinbar

mühelos ihren Weg. Ihr Blick umfing die Gestalt des Jungen und wanderte weiter nach unten, bis er an seinen Füßen verharrte. Sie steckten in abgetretenen, verdreckten Lederschuhen. Doch nicht dieser mitleiderregende Anblick fesselte Elviras Aufmerksamkeit. Vielmehr war es die besondere Stellung der noch nicht ausgewachsenen Kinderfüße. In der heutigen Zeit hätte man wahrscheinlich von einer Fehlstellung gesprochen. Während der rechte Fuß relativ gerade auf dem Boden stand, wies der linke stark nach außen, als wollte er auf das Mädchen deuten.

Nicht etwa Absicht oder Zufälligkeit lag dieser seltsamen Fußstellung zugrunde, schuld war das Knie, wie auf dem Foto recht gut zu erkennen war, da der Junge eine kurze Latzhose trug. Im Vergleich zum rechten Knie, das trotz einiger verschorfter Schrammen gesund aussah, wirkte das linke verdreht. Die Kniescheibe war schief und vergrößert, vermutlich aufgrund einer Entzündung.

Behutsam legte Elvira das Foto zurück zu den anderen. Sie stemmte die Hände gegen die Kante der Tischplatte und drückte den Rücken gegen die Stuhllehne. Aber alles Festhalten nützte nichts. Die Erkenntnis überrollte sie wie ein gewaltiger Erdrutsch, der Bäume und Häuser unter sich begräbt. Der Junge auf dem Bild war Hans.

Wie oft hatte sie diesen seltsamen, leicht krummen Gang an ihm beobachtet. Besonders wenn ihm große Anstrengung oder bittere Kälte zu schaffen machte, schwoll sein linkes Knie an und behinderte ihn beim Gehen. Einem normalen Menschen wäre dies sicher nie aufgefallen, aber Elvira hatte ein besonderes Auge für die Art, wie Menschen sich bewegten. Seit heute wusste sie, warum.

Nur wie war es möglich, dass Hans als verdreckter und verarmter Junge in einem Kinderheim aufgewachsen war? Nach allem, was Elvira wusste, war er als Tierarztsohn auf dem Hof seiner liebevollen Eltern groß geworden.

Der zweite Erdrutsch folgte, und er war noch heftiger als der erste. Der Junge auf dem Foto konnte nicht Hans sein. Oder besser gesagt: Hans war nicht jener Hans, der er vorgab zu sein. Ihr Mann war nicht Hans Holzer. Oder vielmehr: Ihr Mann war nicht ihr Mann. Sie war nie mit ihm verheiratet gewesen. Der Mann, mit dem sie seit einem Jahr Tisch und Bett teilte, war ein Fremder, der einen falschen Namen trug.

Er war Simon Zauner.

Elvira griff sich an den Hals. Ihr war, als wäre eine Schlinge darum geknotet. Mit einem Mal verstand sie, warum er so verständnislos reagiert hatte, als sie sich vorhin für den wiedergefundenen Ohrstecker bei ihm bedankt hatte. Er hatte ihn ihr nie geschenkt. Auch die Erinnerung an jenen Verlobungstag teilte er nicht mit ihr, da er schlicht und ergreifend nicht der Mann war, mit dem sie sich damals verlobt hatte.

Elvira lehnte sich vor, stützte die Ellbogen auf die Tischplatte und vergrub stöhnend das Gesicht in den Händen. Der kalte Schweiß ihrer Handflächen kühlte für einen Moment ihre glühenden Wangen. Sie hatte einen Eindringling für ihren eigenen Mann gehalten.

Ihr Entsetzen verwandelte sich in Übelkeit, als ihr klar wurde, welche Tragweite ihre Blindheit und die ihres Vaters gehabt hatten. Ein Fremder hatte sich in ihr Haus geschlichen, und sie hatten ihn nicht erkannt. Genauer gesagt, hatten sie nicht erkannt, dass er ein Fremder war. Da ihnen die Gabe vorenthalten war, bekannte Gesichter von unbekannten zu unterscheiden, hatten sie ihm buchstäblich blind vertraut und ihm geglaubt, dass er jener Ehemann und Schwiegersohn war, der vor dreißig Jahren Haus, Hof und Familie den Rücken gekehrt hatte.

Was war wohl aus dem richtigen Hans geworden? Wo steckte er?

Eine gewisse Ähnlichkeit musste zwischen Hans Holzer und Simon Zauner bestehen, sonst hätten die anderen hier oben im Weiler doch sicher etwas bemerkt. Oder hatten sie nach dreißig Jahren nicht mehr sicher zu sagen vermocht, ob sich der falsche Hans im Laufe der Zeit über die Maßen verändert hatte oder ob er einfach nur alt geworden war? Sie hatten sich fatalerweise auf Elviras Urteil und das ihres Vaters verlassen und einen Mann in ihrer Mitte aufgenommen, der nur wenig später ihrem Leben auf unvorstellbar grausame Weise ein Ende gesetzt hatte.

So wie er all die Jahre seiner toten Mutter am Gedenktag der heiligen Katharina Blumen geschenkt hatte, brachte er ihr jetzt jene Menschen als Opfer dar, die seiner Meinung nach die Schuld an ihrem Tod trugen. Während alle anderen bemüht gewesen waren, die tragische Episode so schnell wie möglich zu vergessen, setzte er alles daran, Katharinas Schicksal dem Vergessen zu entreißen. Er rächte sie, indem er die verbliebenen Familienmitglieder tötete.

Elvira schob das Foto von sich. Wie sollte sie in ihrem Kopf zusammenkriegen, dass der Mann, den sie im letzten Jahr als stillen, zurückhaltenden Ehemann erlebt hatte, ein hasserfülltes Ungeheuer war, das fünf Menschen auf brutale Weise gemeuchelt hatte?

Er war nicht etwa zu ihr zurückgekehrt, um einen Fehler wiedergutzumachen, nein, er hatte ihr Zuhause noch nie zuvor gesehen und sich hier nur aus einem einzigen Grund einquartiert. Er hatte vor, den Leidensweg der heiligen Katharina in einer Art Passionsspiel nachzustellen, das aus der Überlieferung blutige Wirklichkeit werden ließ. Nicht etwa ausgebildeten Schauspielern, sondern unvorbereiteten Laien schrieb er die Märtyrerrolle auf den Leib. Sie waren Teil seines Spektakels und zugleich die Opfer seines Zorns. In gewisser Weise übernahmen sie eine Doppelrolle, waren Instrument und gleichzeitig Gegenstand seiner Rache. Sie mussten mitspielen und büßten im selben Moment mit ihrem Leben. Zu Tode gepeitscht, gerädert, enthauptet.

Wie nur hatte er es angestellt, dass keiner im Haus etwas von seinem Treiben mitbekam? Elvira schloss die Augen und presste die Handflächen gegen ihre Schläfen. Sie musste sich sammeln und versuchen, sich das ins Gedächtnis zu rufen, was ihr entgangen war.

Der alte Peter war am Montagabend getötet worden. Der Weg zum Nachbargrundstück war kurz, und der Mörder hatte gewusst, dass Elvira zum Melken in den Stall gegangen war. Er hatte mitbekommen, dass Joachim Lindner zum Einkaufen gefahren war, und ihm kam gelegen, dass Matthias und der Vater in der einsetzenden Dämmerung noch auf dem Acker zugange gewesen waren. Er war einfach über den Hof spaziert und hatte sich Zugang zum Haus ihres Nachbarn verschafft.

Sein einziger Zeuge, ging Elvira in diesem Moment auf, war der kurzsichtige Michael gewesen. Jener Mann, den er zuletzt getötet hatte.

Eine Brille hatte sich der Knecht nie leisten können, da er sein ganzes Geld fürs Kartenspielen und Biertrinken ausgab. Er war nach der Arbeit auf seinem Fahrrad vorbeigekommen und hatte zu Peters erleuchtetem Haus hinübergespäht. Dabei musste er die Umrisse einer zweiten Person erkannt haben, denn er hatte am nächsten Tag der Polizei gegenüber behauptet, die Resi sei bei ihrem Bruder gewesen. Wer sonst hätte seiner Meinung nach dem alten Griesgram einen Besuch abstatten sollen? Vielleicht war ihm später aufgegangen, dass er sich getäuscht hatte. Vielleicht hatte er deshalb sterben müssen. Weil er Simon Zauner in irgendeiner Weise gefährlich geworden war.

Am nächsten Nachmittag hatte sich der Mörder dann die Wenzel-Schwestern vorgenommen. Elvira zwang sich mit aller Kraft, nicht an die grässliche Szenerie im Kuhstall zu denken. Doch ihre Anstrengung verursachte nur das Gegenteil. Wie eben schon die schrecklichen Bilder von Peters Leiche blitzten nun auch die Bilder der schändlich zugerichteten Frauen vor Elviras innerem Auge auf.

Zur fraglichen Zeit war Simon mit dem Auto unterwegs gewesen, um den Spitzbart im Soierntal aufzulesen. Aber hatten sie, ihr Sohn und ihr Vater sich nicht beim Abendbrot darüber gewundert, wie lange er fortblieb? Nicht der fallende Schnee hatte ihn aufgehalten, Simon hatte vielmehr vorher einen Abstecher zum Hof der Schwestern gemacht, nachdem die Polizei mit ihrer Befragung dort fertig gewesen war.

Elvira erinnerte sich daran, in der Einfahrt Schnee geschippt zu haben, während sie unruhig auf die beiden Heimkehrer wartete. Die tiefen Reifenspuren auf der Straße zum Wenzel-Hof stammten demnach nicht vom Einsatzwagen der Polizisten, wie sie damals geglaubt hatte. Als die Beamten abgerückt waren, war noch kaum Schnee gefallen. Simon Zauner hatte sie hinterlassen. Auf einmal erinnerte sie sich auch wieder an den durchgefrorenen Joachim Lindner, der über eine Stunde in der Kälte auf seinen Retter gewartet haben musste.

Am Mittwoch schließlich, als Josef Zauner im Pflegeheim

in der Stadt ermordet worden war, war Elvira als Einzige daheim gewesen. Um die Mittagszeit hatte Matthias seinen Großvater zum Arzt gefahren, der Spitzbart war mit dem Abschleppwagen unterwegs gewesen, und ihr falscher Gatte hatte einen Termin mit seinem Architekten vorgeschützt. Einen Termin, der nie stattgefunden hatte.

Er war bereits daheim gewesen, als Elvira vom See zurückgekehrt war. Aufgewühlt von den entsetzlichen Ereignissen des Vormittags und dem schrecklichen Anblick, der sich ihr und Ludwig im Stall der Schwestern geboten hatte, war sie aus dem Haus gestürmt, um ihre Gedanken an der frischen Luft zu ordnen. Am Ufer des Sees hatte sie den Spitzbart aus der Ferne dabei beobachtet, wie er die Möwen gefüttert hatte. Zurück zu Hause hatte der falsche Hans sie bereits erwartet. Mit Blumen, wie sie damals für einen Moment gedacht hatte. Auch jetzt, in ihrer Erinnerung, kroch ihr der zarte Frühlingsduft noch einmal in die Nase. Doch nicht etwa ein Blumenstrauß hatte ihn verströmt, sondern die Seife aus dem Badezimmer. Simon war schon eine ganze Weile im Haus gewesen, frisch geduscht. Er musste sich ausgiebig mit jeder Menge Seife gewaschen haben.

Akribisch hatte er die Spuren seiner Taten beseitigt, hatte Blut abgeschrubbt und Flecken entfernt. Bei allem, was er getan hatte, war er planvoll und überlegt vorgegangen. Nie hatte er sich von spontanen Impulsen leiten lassen. Die Requisiten seiner Aufführung waren eindrucksvoll und entsetzlich zugleich. Eine Peitsche, ein Rad, ein Beil. Blut. Und Milch. Milchsblut.

Er hatte sein Publikum an der Nase herumgeführt, sich nach dem Schlussakt aus dem Staub gemacht und wartete nun in irgendeinem Versteck auf den Applaus. Doch die Zuschauer saßen weiterhin wie gelähmt auf ihren Plätzen und versuchten, sämtliche Fäden der Tragödie zusammenzufügen. Selbst die Polizei tappte noch immer im Dunkeln.

Elvira riss die Augen auf und versuchte ihre Gedanken zu bremsen, weil sie spürte, dass sie in die falsche Richtung davoneilten. Sie hatte etwas Wichtiges außer Acht gelassen.

Wer sagte ihr eigentlich, dass der Schlussvorhang schon gefallen war? Woher wollte sie wissen, dass Simon Zauner für immer verschwunden war? Vielleicht gab es in seinem blutigen Stück noch zwei weitere Rollen zu besetzen, die sein kranker Geist ihr und ihrem Sohn zugedacht hatte …

Eine furchtbare Ahnung beschlich sie. Sie starrte an die kahle Zimmerdecke und begann auf dem Schreibtischstuhl zu wippen wie ein Kind, das eine unheimliche Angst zu besiegen versucht.

Es war noch nicht vorbei. Der Täter hatte sein schauriges Werk noch nicht vollendet. Er würde zurückkommen. Das Haus, in das er eingedrungen war, war nicht nur sein gut geschütztes Versteck gewesen. Hier, im Innern dieser sicheren Behausung, wollte er seine Sache zu Ende bringen.

Panisch schoss Elvira von dem Stuhl hinter Simons Schreibtisch hoch. Wie viel Zeit blieb ihr, bis er zurückkam? Es war jetzt kurz vor fünf, und er hatte gegen zwölf das Haus verlassen. Glaubte er sich noch unentdeckt, oder wusste er bereits, dass Elvira das Mosaik zusammengefügt hatte? Von der Antwort auf diese Frage hing alles ab.

Er hatte den Umschlag mit den Fotos aus dem Nachtschränkchen ihres Vaters genommen. Hatte er bemerkt, dass Elvira sie zuvor betrachtet hatte? Was hatte ihm der Pfarrer erzählt? Von der heiligen Katharina, von der armen Katharina im See und ihrem unehelichen Kind? Hatte er mitbekommen, dass der Pfarrer gestern Nachmittag noch einmal angerufen und Elvira von Katharinas Sohn berichtet hatte?

Eine Gänsehaut kroch ihre Wirbelsäule hinauf, als sie sich an das Knacken in der Telefonleitung erinnerte. Im Arbeitszimmer stand ein zweites Telefon. Wenn man den Hörer abnahm, während unten im Flur jemand telefonierte, konnte man mithören. Simon hatte ihr Gespräch belauscht.

Ihr Herz begann wild zu schlagen. Was war mit Matthias? Was hatte Simon mit ihm vor? War ihr Sohn gleich nach ihr an der Reihe?

Sie stürmte aus dem Arbeitszimmer und stand minutenlang im Flur, ohne einen klaren Gedanken fassen zu können.

Was war als Nächstes zu tun? Ganz klar, sie musste die Polizei rufen. Aber mit welcher Begründung? Sollte sie etwa sagen, dass die Beamten den Falschen verhaftet hatten und der wahre Mörder noch frei herumlief? Dass der Täter sich als Elviras Ehemann ausgab und ihr jetzt, nach fast dreißig Ehejahren, aufgefallen war, dass der Mann, der in ihrem Bett schlief, gar nicht der Mann war, den sie einst geheiratet hatte? Dass dieser falsche Gatte im Namen der heiligen Katharina eine Serie von Morden beging und dass sie selbst womöglich ebenfalls auf seiner Liste stand?

Nein, in den Augen der Polizei war sie ohnehin nur eine arme Verrückte. Das hatte ihr Lothar Gruber erst unlängst zu verstehen gegeben. Sie würden ihr zuhören und versuchen, sie zu beruhigen. Aber niemand würde ihr glauben.

Wahrscheinlich wäre es besser, zuerst den Pfarrer zu benachrichtigen. Aber wozu? Der Kirchenmann wäre weder in der Lage, Simon Zauner aufzuhalten, noch, Lothar Gruber von seiner Fehlentscheidung zu überzeugen. Er hatte keinen guten Stand bei der Polizei. Nein, als Erstes musste sie Matthias anrufen. Um ihn zu warnen.

Schon auf der Treppe hinunter ins Erdgeschoss sah sie, dass der Anrufbeantworter blinkte. Jemand hatte angerufen, sicherlich als sie oben auf dem Speicher gewesen war, wo sie das Klingeln nicht hören konnte. Der Anrufer hatte eine Nachricht hinterlassen. Elvira drückte den Abspielknopf. Ein sirrendes Brummen ertönte, und erst als eine laute Stimme es durchdrang, begriff sie, dass im Hintergrund lärmendes Gebrabbel zu hören war. Der Anrufer wirkte angeheitert und war etwas heiser, so dass Elvira einen Moment brauchte, um herauszuhören, dass es Matthias war.

»Es wird ein bisschen später, Mutter«, brüllte er in den Hörer, in dem Versuch, die Umstehenden zu übertönen. »Wir sitzen hier noch ein Weilchen beisammen. Der Markus ist gestern Vater geworden und gibt einen aus. Wollte dir nur schnell Bescheid geben, damit du dich nicht sorgst. Bis später.« Seine letzten Worte gingen in ausgelassenem Gejohle unter.

Mit zittrigen Fingern wählte Elvira die Handynummer ihres Sohnes, doch er ging nicht ran. Es tutete ein paarmal, dann sprang die Mailbox an.

»Ich bin's«, sagte sie kurz angebunden und mit drängender Stimme. »Ruf mich sofort zurück, es ist wichtig!«

Sie musste allerdings davon ausgehen, dass er das Handy weggesteckt hatte und es so schnell nicht mehr zur Hand nehmen würde. Hektisch suchte sie daher im Telefonbuch nach der Nummer des Schützenvereins. Endlich hatte sie den Eintrag gefunden, doch wieder nahm niemand ab. Wahrscheinlich wurde ordentlich getrunken und gefeiert, und keiner achtete auf das Läuten des Telefons. Elvira versuchte es fünfmal und ließ es jedes Mal lange klingeln, dann gab sie auf.

Ziellos blickte sie sich um. Was nun? Sie musste fliehen. Das Haus so schnell wie möglich verlassen. Aber wie sollte sie das anstellen? Sie hatte nicht mal ein Auto. Und was würde aus den Tieren? In spätestens einer Stunde mussten die Kühe gemolken werden.

Sie ging ein paar ziellose Schritte Richtung Waschküche und kehrte um. Sie musste sich regelrecht zwingen, stehen zu bleiben und nachzudenken. Frische Luft! Sie brauchte frische Luft, um endlich wieder einen klaren Gedanken fassen zu können. Sie stürmte aus dem Haus, lief ein paar Schritte über den Hof und atmete die befreiende Kühle ein.

Im Grunde hatte sie nur eine Möglichkeit. Sie musste sich in Sicherheit bringen, zur Polizei gehen und den Beamten Beweise liefern, die diese überzeugten. Danach konnte sie sich immer noch um die Tiere kümmern. Sie überlegte. Der einzige echte Beweis, den sie hatte, war das Kinderfoto von Simon Zauner. Würde das genügen?

Die restlichen Fotos und die Briefe bewiesen letztendlich nur, wie anfällig sie und ihr Vater für die Täuschung des Eindringlings gewesen waren. Sie musste ein Taxi rufen, das Foto holen und hoffen, dass der Wagen nicht allzu lange bis hier rauf brauchte. Sie fürchtete, dass ihr nicht mehr viel Zeit blieb.

Sie drehte sich um und wollte zurück ins Haus, als von hinten, einem schwarzen Blitz gleich, ein kniehoher Schatten an ihr vorbeischoss. Wie aus dem Nichts war er um die Garagenecke herangesaust. Elvira schrie auf und erstarrte. Da war der schwarze Pfeil bereits fauchend an ihr vorbeigezischt, geradewegs durch die offene Haustür in den Flur.

Am liebsten wäre sie draußen stehen geblieben. Langsam schlich sie hinein und spähte in alle Ecken. Es war eine schwarze Katze gewesen, so viel hatte sie gesehen. Offenbar hatte das Tier draußen auf der Lauer gelegen und nur auf eine günstige Gelegenheit gewartet, um ins Haus zu stürmen. Obwohl Elvira wieder im Warmen stand, begann sie zu zittern. Dabei ängstigte sie nicht etwa die Tatsache, dass ein wilder ungebetener Gast in ihr verwundetes Zuhause eingedrungen war, sondern die Erkenntnis, dass sie diesen Gast kannte. Es war Resis Kater.

Elvira fiel ein, dass das pechschwarze Tier vor einer Woche wie eine wild gewordene Furie aus Resis Haus gestürzt war, als sie zusammen mit Ludwig die Tür geöffnet hatte. Inzwischen wusste sie, dass an jenem Tag Simon Zauner im Haus gewesen war, wo er die ahnungslose Resi überwältigt und in ihren Keller geschleift hatte. Der Kater musste den brutalen Überfall miterlebt haben, woraufhin er voller Panik die erste Möglichkeit zur Flucht ins Freie ergriffen hatte.

Vermutlich hatte er die ganze letzte Woche unter freiem Himmel verbracht, denn eine Katzenklappe gab es nirgends in Resis Haus. Er musste am Ende seiner Kräfte sein, schließlich hatte der verwöhnte Stubentiger sein bisheriges Leben träge vor dem Ofen auf dem Sofa verbracht. Nun hoffte er sicherlich, von Elvira etwas zu fressen zu bekommen. Vielleicht schlich er ja schon seit Tagen ums Haus und hatte erst jetzt, da Ludwig nicht mehr da war, seine Chance ergriffen. Es war ihm geglückt. Nur wo steckte er jetzt?

Sie ging in die Küche, um dem Kater eine Schüssel mit Milch hinzustellen, bevor sie das Taxi rief. Da hörte sie ihn. Anfangs war es nur ein leises Miauen, das sich zu einem verzweifelten Jammern und schließlich zu unbändigem Klagegeschrei steigerte. Die durchdringenden Laute kamen von unten, aus dem Keller.

Offenbar hatte Elvira vorhin, als sie die Taschenlampe aus dem Sicherungskasten geholt hatte, die Tür nur angelehnt. Sie dachte an die widerwärtige Ratte, die seit Tagen dort unten ihr Unwesen trieb. Der Kater hatte sie wohl gewittert, sie war ihm entwischt, und nun setzte er alles daran, sie dingfest zu machen.

Elvira nahm die Taschenlampe vom Garderobenschränkchen und stieg die Steintreppe hinab. Sie folgte dem Miauen.

Der Kater stand vor dem hinteren Kellerraum, genau dort, wo der dunkle Gang einen Knick nach links machte, und kratzte wie ein Besessener an der Tür.

Es war die Tür zu einem vergessenen Raum, einem Verschlag, in dem früher der Käse gemacht worden war. Außerdem stand ein alter hölzerner Wildschrank darin, in den nach der Jagd das Fleisch der erlegten Tiere zum Abhängen gekommen war, erinnerte sich Elvira. Sie war seit Jahren nicht mehr hinter dieser Tür gewesen.

Der aufgebrachte Kater hatte sie anscheinend nicht gehört, denn als das Licht der Taschenlampe ihn streifte, machte er einen Buckel und stellte fauchend das Fell auf. Er fuhr herum, gelbe Pupillenschlitze funkelten Elvira entgegen. Sie wich abrupt einen Schritt zurück. Doch der Kater scherte sich nicht weiter um sie, sondern nahm seinen aussichtslosen Kampf gegen die Kellertür wieder auf. Sein Fell war stumpf und mittlerweile eher grau als schwarz, er hatte deutlich an Gewicht verloren. Obwohl ihm die letzten Tage augenscheinlich zugesetzt hatten, kratzte und miaute er aus Leibeskräften.

Elvira holte tief Luft und drückte die rostige Klinke. Es knarrte zwar, aber die Tür gab nicht nach. Der Raum war verschlossen.

Wo war der Schlüssel? Die Kellerräume waren, seit sie denken konnte, nie abgesperrt gewesen. Hektisch lief sie hinauf in den Flur und kam völlig außer Atem an. Am Brett neben der Garderobe hingen die Schlüssel fürs Haus, einer für die Scheune, drei einzelne für die Ferienwohnungen und Resis Ersatzschlüssel. Einer für den Keller war nicht darunter. Um

Himmels willen, hatte Simon Zauner ihn womöglich mitgenommen?

Ein Gedanke durchzuckte Elvira, eine letzte Möglichkeit. Sie eilte ins Schlafzimmer und durchwühlte im Schrank die Kleider ihres falschen Gatten. Bei seinen Socken wurde sie fündig. In einem Paar zusammengerollter Strümpfe ertastete Elvira etwas Hartes und zog tatsächlich einen langen Schlüssel heraus. Er war dunkel angelaufen und leicht verrostet.

Es bestand kein Zweifel. Dies war der Schlüssel, der in sämtliche Kellertüren passen musste. Elvira hatte ihn nie benutzt, hätte nicht einmal sagen können, wo er früher gelegen hatte. Wahrscheinlich hatte Simon ihn irgendwann entdeckt, im Heizungskeller oder sonst wo, und ihn heimlich an sich genommen. Sie schlug die Schranktür zu und hastete zurück in den Keller.

Mit einem lauten Zischen verscheuchte sie den Kater von der Tür und führte mit zittriger Hand den Schlüssel ins Schloss.

Drinnen war es stockfinster und still. Nichts regte sich. Nach dem ersten Schritt hinein drang ein übler Gestank in Elviras Nase und verschlug ihr den Atem. Es war ein abgestandener Schwall aus Schweiß und Exkrementen, der die Essenz sämtlicher menschlichen Qualen in sich trug. Sie roch Tränen und Angst, Schmerz und Trauer, Verzweiflung und Todessehnsucht.

Ein schwaches Stöhnen war zu hören. Es kam von rechts. Der Lichtkegel der Taschenlampe glitt über den Wildschrank, einen Kupferkessel und riesige Holztröge am Boden, streifte ein mit weiterem Käsegeschirr und ausrangierten Haushaltsutensilien überfülltes Regal. Dann erst erblickte Elvira, wonach sie die ganze Zeit gesucht hatte und worauf sie dennoch nicht gefasst war. Vor ihr lag der Körper ihrer Freundin Resi, oder vielmehr das, was davon übrig war.

Sie lag auf einem ausrangierten Bett, das Elvira gut kannte. Es war aus Jochens Jugendzimmer. Simon Zauner musste es in einer unbeobachteten Stunde vom Dachboden in den Keller transportiert haben, während er die Inszenierung seines grausamen Schauspiels plante.

Resis Augen lagen in tiefen, dunklen Höhlen. Sie waren geschlossen. Die dünnen Lider flatterten wie Schmetterlingsflügel. Aschfahl war ihre Gesichtshaut, durchscheinend und brüchig wie Pergament. Auf der farblosen Stirn klebten fettige Haarsträhnen. Sie war gezeichnet von einer schlecht verheilten, verschorften Platzwunde. Die Wangen waren faltig und eingefallen. Überdeutlich traten die Wangenknochen hervor, die Nase ragte spitz auf wie der Schnabel eines hilflosen Vogels. In der Mitte des Gesichts prangte etwas, das dort nicht hingehörte. Ein breiter Streifen verdeckte Resis Lippen und machte sie zu einem völlig hilflosen Wesen. Simon Zauner hatte ihr den Mund mit Klebeband verschlossen.

»Gütiger Gott, steh mir bei«, entfuhr es Elvira.

Resi öffnete die Augen. Sie waren blutunterlaufen. Ihr Blick war ängstlich und kraftlos zugleich. Er war völlig matt, ohne den leisesten Schimmer von Hoffnung.

Das Licht der Taschenlampe blendete sie. Sie riss ihren Kopf zur Seite und stöhnte schwach. Die kurze Bewegung schien sie fürchterlich zu schmerzen. Hastig drehte Elvira die Taschenlampe zur Seite.

Selbst die verschmutzten Kleider ihrer Freundin wirkten fadenscheinig und abgenutzt. Bluse und Rock waren durch und durch grau, voller Flecken und Schlieren. Schuhe und Strümpfe trug die Resi keine mehr. Sie war barfuß.

Ihre Füße und Hände waren mit einem Seil umwickelt und an vier Haken festgebunden, die ihr Peiniger in das Bett und die Kellerwand gehauen hatte. Die Finger der linken Hand waren mit getrocknetem Blut verklebt, die Nägel abgebrochen, teilweise bis auf das Nagelbett abgewetzt. Dunkle Blutlinien überzogen die Wand neben Resis Lager.

Sie hatte versucht, sich bemerkbar zu machen! Elviras Herz setzte einen Schlag aus, als sie an das anhaltende Kratzen und Schaben zurückdachte, das sie mehr als einmal gehört hatte. Ängstlich, wie sie war, hatte sie es einer Ratte zugeschrieben und sich fortan nicht mehr in den Keller getraut. Und Simon hatte alles dafür getan, ihre Angst zu nähren.

Resis erschlaffter, magerer Körper wirkte geschrumpft. Sie war nur noch ein Schatten ihrer selbst. Mit brutaler Gewalt fühlte sich Elvira an das Bild des ermordeten Peter erinnert. Mit ihren gefesselten Gliedmaßen, ihrem geschundenen Körper und ihrem gequälten Gesichtsausdruck sah seine Schwester ihm in diesem Moment erschreckend ähnlich. Nur war sie noch nicht tot, sie lebte.

Elvira trat zu ihr. So vorsichtig, wie sie nur konnte, zog sie ihr das Klebeband ab. Vor Schmerzen kniff Resi die Augen zusammen. Statt eines Schreis drang nur ein heiseres Krächzen aus ihrer Kehle.

Über ihrem Mund blieb eine kreideweiße Stelle zurück. Die schmalen Lippen waren rissig und aufgeplatzt, von einem Kranz aus winzigen Fältchen umgeben. Die ausgezehrte Frau glich einer welken Pflanze. Inständig betete Elvira, dass noch genügend Leben in ihr war. Dass sie noch ein Weilchen durchhielt.

»Du musst was trinken«, sagte sie mit bebender Stimme. »Warte kurz! Ich geh schnell rauf und bin sofort wieder da.«

»Nein«, hauchte die Resi.

Elvira hätte sie fast überhört. Sie wollte sich schon zur Tür umdrehen, als sie das tonlose Flehen vernahm. Erst verstand sie die Freundin nicht, nur die Panik, die aus ihr sprach. Dann erst begriff sie den Sinn der Worte, die Resis ausgedörrte Lippen geformt hatten: »Lass mich nicht allein!«

»Hab keine Angst, ich bin gleich wieder da. Ich hol dir nur schnell ein Glas Wasser und ein Messer, um dich loszubinden.«

»Der Hans … der Simon«, keuchte die Resi. »Sei vorsichtig!«

Sofort blitzte ein Bild in Elviras Kopf auf. Ein Paar Wollhandschuhe und ein Schirm auf Resis Garderobenablage, daneben ein brauner Filzhut. Am Montag, als ihr Haus offen gestanden hatte und der Braten noch im Ofen gewesen war. Es war nicht der Hut von Resis verstorbenem Mann gewesen. Wie hatten Elviras Augen nur darüber hinweggleiten können? Auch wenn sich die Kopfbedeckungen der Männer hier oben meist ähnelten, hätte sie erkennen müssen, dass es der Hut ihres eigenen Mannes gewesen war. Oder vielmehr des Mannes, der sich als der ihre ausgegeben hatte. Wahrscheinlich hatte er höflich an Resis Tür geklopft, und sie hatte ihn arglos hereingebeten. Wie es sich in einem fremden Haus gehörte, hatte er seinen Hut an der Garderobe abgelegt.

»Ich weiß«, versuchte Elvira ihre Freundin zu beruhigen. »Ich weiß Bescheid. Er hat uns viel zu lange getäuscht. Aber hab keine Angst, ich hol dich aus diesem Kerker raus.«

Im Geiste hörte Elvira noch einmal die Stimme des Architekten auf dem Anrufbeantworter. »Da wir bisher nur die Bauruine und die Kellerräume besichtigt haben …« Erst jetzt wurde ihr die Bedeutung dieser Worte bewusst. Simon Zauner hatte tatsächlich mit dem Gedanken gespielt, die Resi auf dem ausgebrannten Hof zu verstecken. Am Ende hatte er sich dagegen entschieden. Vielleicht, weil der Weg zu Elviras Haus kürzer war. Vielleicht aber auch, weil diese widerliche Idee einen besonderen Reiz für ihn besaß.

»Am Anfang hat er mir noch ab und zu ein Glas Wasser gebracht …«

Wieder verstand Elvira Resis Worte nicht gleich. Sie trat dicht an sie heran, strich ihr behutsam übers Haar und hörte sie heiser flüstern: »… wenn ich ihm von meiner Schwester erzählt hab.«

»Du hast gehofft, dass er dich gehen lässt, wenn du ihm nur alles erzählst …«

Ein raues Kratzen kam aus Resis Kehle. »Welches Datum haben wir heute? Ist es Tag oder Nacht?« Jedes Zeitgefühl war ihr abhandengekommen. In dem finsteren, feuchtkalten Keller hatte Simon Zauner sie verrotten lassen wie einen fauligen Apfel.

Elvira bemühte sich, ruhig zu bleiben und sich nichts von dem Entsetzen anmerken zu lassen, das sie innerlich aufwühlte. Aus dem Mund der völlig verängstigten Resi hatte Simon von der tragischen Vergangenheit seiner Mutter erfahren. Den Peter hatte er vermutlich auf ähnliche Weise verhört, bevor er ihn umgebracht hatte.

»Ich war doch noch keine zehn Jahre alt«, hauchte Resi jetzt, wobei sie die Augen vor Anstrengung geschlossen hielt. »›Du hast sie in den Tod getrieben‹, hat er gesagt. ›Zusammen mit dem Rest deiner sündigen Familie.‹« Ihre Stimme brach. Ein Hustenkrampf erfasste den dürren Körper.

Sie durfte sich auf keinen Fall weiter aufregen. Elvira musste dafür sorgen, dass ihre letzten Kräfte reichten, bis Rettung kam.

»Es ist vorbei, Resi, es ist vorbei!«, beschwor Elvira sie. »Sag jetzt nichts mehr. Ich geh schnell hoch und hol dir ein Glas Wasser. Hab keine Angst, ich lass dich nicht im Dunkeln. Ich mach dir Licht und bin sofort zurück.« Noch immer fuhr sie mit der Hand über Resis Kopf und ihr strähniges Haar.

Resi begann zu weinen, tränenlos. Ihre Augen verrieten ihre Furcht vor der endlosen Dunkelheit.

Elvira sah sich um. Neben der Tür war ein Lichtschalter. Sie drückte darauf, und das nackte Licht einer Glühbirne erhellte den Raum.

Resi stöhnte laut, und Elvira löschte das erbarmungslose Licht sofort wieder.

»Ich lass die Tür auf und leg dir die Taschenlampe auf den Boden. Es dauert nicht lange.« Damit rannte sie los und wäre fast über den Kater gestolpert, der völlig verstört im Türrahmen hockte.

Sie stürmte hinauf in die Küche, füllte ein Glas mit Wasser und kramte hektisch in der Schublade nach einem scharfen Messer. Endlich fand sie etwas Geeignetes und hastete zurück in den Keller.

Der Kater hatte sich inzwischen etwas weiter in den Raum hineingetraut und saß neben dem Bett seiner Herrin. Verunsichert rieb er seinen Kopf am Bettpfosten und wechselte dabei zwischen glücklichem Schnurren und hohem Gejammer.

Elvira machte sich daran, die Fesseln zu zerschneiden. Es schien ewig zu dauern, und sie hatte bei jeder Bewegung Angst, ihrer abgemagerten Freundin die Knochen zu brechen. Schweißperlen traten auf ihre Stirn, und sie redete der Gefangenen fortwährend gut zu.

»Manchmal haben meine Eltern laut wegen ihr gestritten«,

unterbrach die Resi sie mit schwacher Stimme. »Oder sie haben sie angeschrien. Die Barbara hat sich rausgehalten, die war ja schon auf den Holzer-Hof gezogen. Aber der Peter und der Josef, die haben sie zum Teufel gewünscht.«

»Du meinst die Katharina?«, fragte Elvira und fügte hinzu: »Bitte, du musst dich schonen ...«

Doch die Resi war nicht vom Weiterreden abzubringen. »Alle wollten, dass sie das Kind wegmachen lässt. Als sie unserer Mutter gesagt hat, dass sie schwanger ist, wollte die nur wissen, wie groß der Balg in ihrem Bauch schon ist. Dann hat sie die Katharina ausgeschimpft. Dass es schon zu spät ist. Dass man das Kind nicht mehr wegmachen kann. Was für eine dämliche Gans sie doch ist.«

»Schon gut.« Endlich hatte Elvira die Fesseln gelöst.

Resi war noch nicht fertig und berichtete in abgehackten Sätzen weiter. »Bei uns hat es ein großes Feuer gegeben. Die Scheune ist abgebrannt und alle unsere Gerätschaften mit. Auch der Schweinestall, sämtliche Tiere waren tot. Alle mussten Geld herbeischaffen, auch die Katharina. Da hat man sie auf den Hof eines Freundes geschickt, der seine Unterstützung anbot.« Sie verschluckte einige Wörter, und Elvira beugte sich weiter hinab, um sie besser verstehen zu können. »Nur hat sie dann ein Verhältnis mit dem Bauern angefangen. Wie das halt so geht. Völlig schockiert war sie, als sie gemerkt hat, dass sie schwanger ist. Sie wollte das Kind behalten. Er nicht. Trotzdem hat sie ihn geliebt. Das hat sie mir damals gesagt: ›Ich lieb ihn halt.‹«

»Wen?«, fragte Elvira.

Ein Hustenanfall schüttelte Resis geschwächten Körper. Sie riss die Augen auf, rang keuchend nach Luft.

Elvira versuchte, ihr das Wasser zu reichen, was sich als unmöglich herausstellte. Resis Hände, die so lange gefesselt und zur Untätigkeit verdammt gewesen waren, wollten ihr nicht gehorchen. Als es ihr irgendwann gelang, das Glas zu umfassen, zitterten sie so sehr, dass sie die Hälfte verschüttete. Ihr Husten tat sein Übriges.

Elvira führte ihr daraufhin das Glas zum Mund und stützte gleichzeitig ihren Nacken. Angestrengt versuchte die völlig Geschwächte den Husten zu unterdrücken und einen Schluck zu nehmen, doch der Großteil des Wassers schwappte wieder heraus und rann ihr über Lippen und Kinn. Das bisschen, was sie im Mund behielt, wollte nicht in ihren Magen. Sie verschluckte sich heftig und musste würgen.

Sobald sie sich einigermaßen beruhigt hatte, wagte Elvira einen zweiten Versuch, der nicht wesentlich besser verlief. Danach war Resi so entkräftet, dass sie den Kopf zurücklegte und die Augen schloss.

Elvira konnte nichts weiter für sie tun, als nach oben zu eilen, um den Notarzt zu rufen.

Auf der Treppe kehrte die Panik zurück. Was, wenn Simon Zauner zurückkam, bevor der Rettungswagen eintraf? Es war schon gegen halb sechs, und sie wusste nicht, wo er steckte. Jederzeit konnte er zurückkommen. Sie rannte zum Telefon.

Doch schon im nächsten Moment verwandelte sich ihre Befürchtung in schreckliche Gewissheit. Gedämpftes Motorengeräusch war zu hören. Versteinert blieb sie vor dem Telefonschränkchen stehen und hörte, wie knirschende Winterreifen über die Schneereste in der Einfahrt rollten.

Vielleicht war es ja die Polizei! Elvira sah einen Hoffnungsschimmer aufblitzen. Hatte Lothar Gruber nicht angekündigt, dass ein Beamter vorbeikommen würde, um die Hinterlassenschaften ihres verhafteten Feriengastes abzuholen?

Sie lief ein paar Schritte weiter, nicht ganz bis zum Flurfenster, und spähte ängstlich in den Hof hinaus. Keine gute Idee, wie ihr sofort klar wurde, denn die Scheibe warf lediglich ihr Spiegelbild in den erleuchteten Raum zurück. Dahinter glänzte die undurchdringliche Schwärze des angebrochenen Abends. Nur die grellen Scheinwerfer bohrten sich kurz hindurch und blendeten Elvira.

Als hätte ihr jemand einen Schlag versetzt, wich sie zurück. War es ein Streifenwagen gewesen? Bis auf die gelben Lichter hatte sie nichts von dem Auto erkennen können, geschweige denn denjenigen, der hinterm Steuer saß. Das Einzige, was sie mit dieser unüberlegten Handlung erreicht hatte, war, dass der Fahrer höchstwahrscheinlich sie gesehen hatte.

Wenn es Simon war, der da gerade auf dem Hof parkte, dann wusste er jetzt, dass sie im Haus war. Dann wäre es sinnlos, sich zu verstecken. Er würde sie so lange suchen, bis er sie fand.

Mit hängenden Armen, fast leblos, stand Elvira einen Augenblick da. So lange, bis die Angst ihre Schultern packte und sie wachrüttelte. Sie hatte eine letzte Chance.

Sie hastete die Treppe hinauf in das Zimmer ihres Sohnes. Mit wenigen Schritten war sie an der Wand, wo das Jagdgewehr lehnte, und griff danach.

Unten im Hof wurde eine Autotür zugeworfen.

Sie schlich aus dem Zimmer, sah sich kurz um und stellte sich vor der Tür auf. Auf dem oberen Treppenabsatz harrte sie aus, verborgen hinter der Biegung des Geländers. Sie wartete.

Um ihren Puls zu kontrollieren, atmete sie tief ein und langsam aus. In der Pause dazwischen hörte sie seine Schritte im Hof, die immer näher kamen.

Vor der Tür endete der anschwellende Rhythmus abrupt. Mit den Füßen trat er kräftig gegen die steinerne Eingangsstufe, um den Schnee von den Schuhsohlen abzuklopfen. Dann gab die Klinke ein leises Knirschen von sich, die Tür wurde aufgedrückt. Es war ganz sicher kein Polizist. Der Besucher hatte nicht angeklopft oder geklingelt.

Nachdem der Eindringling die Haustür hinter sich geschlossen hatte, blieb ihr nicht viel Zeit. Aus ihrem Versteck im ersten Stock hörte sie, wie er sich die Schneeflocken von der Jacke klopfte. Sie hatte ihn erwartet.

Während er den Reißverschluss öffnete, spannte sie den Hahn und legte das Jagdgewehr an. Er zog die Jacke aus und schüttelte sie kurz, bevor er sie an die Garderobe hängte. Sie roch die Kälte, die er mit hereinbrachte. Klar und scharf kroch sie ihre Nase hinauf.

Die Stiefel musste er bereits vor der Tür ausgezogen haben, denn beinah lautlos schlüpfte er in die Hausschuhe neben dem Läufer. Sie hörte den Filz an seinen Füßen über den Boden gleiten. Die untersten Stufen der Holztreppe knarzten, als er zu ihr heraufstieg. Viel zu laut für diesen Abend, an dem das Haus auf einer Insel der Stille gefangen schien. Nicht einmal die Bäume draußen im Wald rauschten jetzt noch.

Ihre Sinne waren hellwach, alles in ihr war darauf ausgerichtet, diesem Geräusch ein Ende zu bereiten. Als sie hörte, wie der Eindringling die oberste Stufe erreichte, spähte sie mit angehaltenem Atem, ohne einen Laut von sich zu geben, um die Ecke. Ihr Blick fiel auf seine grauen verschlissenen Filzhausschuhe. Sie wartete nicht länger, trat aus ihrem Versteck und hielt ihm das Gewehr vor den Kopf.

Das Gesicht, in das sie blickte, war ihr fremd. Doch sie wusste, wen sie vor sich hatte, und zögerte nicht.

Mit einem einzigen Schuss tötete Elvira ihren Mann. Als sein massiver Körper zusammensackte und rückwärts die Treppe hinunterpolterte, wollte sie nur, dass der Lärm verstummte. Dass der Schrecken der vergangenen Tage vorbei war. Dass endlich Ruhe einkehrte.

Doch die Stille in dem großen, leeren Haus währte nur einen Augenblick. Sie wurde von einem stummen Aufschrei in ihrem Herzen beendet. Langsam ging sie die Stufen hinab, suchte mit tastenden Fußspitzen Halt. Panik stieg in ihr auf, wurde größer mit jedem Schritt, den sie sich die Treppe hinabschob. Das Gewehr glitt ihr aus der Hand und blieb vor ihren Füßen liegen. Ihr wurde übel, sie musste sich am Geländer festhalten.

Ihre Tat musste das Bewusstsein des Toten noch gestreift haben. Denn nicht nur seine Augen waren aufgerissen, auch der Mund war weit geöffnet. Wie der eines ungläubig Staunenden.

Mit einem Mal verstand sie die stumme Frage des Sterbenden, und sie erkannte ihren Fehler, der sie zu einer Verbrecherin gemacht hatte. Und zu einer ewig Trauernden.

Falls der Mann, der in Kürze ihr Haus betreten würde, ihr die Zeit dazu ließ.

Elviras Beine gaben nach, und sie sackte in sich zusammen.

Sie kauerte auf dem Boden und hielt das Gesicht des Toten umfasst, wie um mit den Händen zu begreifen, was ihr mit den Augen nicht gelang. Um zu begreifen, was sie soeben getan hatte. Sie hatte ihren Sohn getötet, ihr eigen Fleisch und Blut.

Sie umfasste seine Schultern und schüttelte ihn, doch in ihm war kein Leben mehr. Die Kugel war glatt in seine Stirn eingedrungen, unter dem Haaransatz klaffte eine tiefe Wunde. Ihr Blick blieb an seinen entgeistert aufgerissenen Augen hängen und an seinem Mund, der wie zu einem stummen Schrei geöffnet war. Blut hatte die weißen Zähne rot gefärbt.

Sie schaffte es nicht, die Augen davon abzuwenden, denn der abgebrochene linke Schneidezahn des Toten ließ eine Erinnerung wiederaufleben. Elvira sah vor sich, wie der neunjährige Jochen vor lauter Übermut in den knorrigen Apfelbaum kletterte und mitsamt einem morschen Ast auf die Schubkarre stürzte, bevor sie ihn vom Küchenfenster aus zurückrufen konnte.

Mit aller Kraft kniff sie die Lider zusammen und hoffte verzweifelt, in der dunklen Ewigkeit zu versinken. Ihr Wunsch war vergebens. Sie blieb, wo sie war, kniend in einer Lache aus Blut, und wiegte den Oberkörper vor und zurück.

Minuten vergingen, wurden zu Stunden, zu Tagen, zu Jahren. Elvira verlor jegliches Zeitgefühl. Doch der Unbarmherzigkeit des Bewusstseins war nicht beizukommen. Die qualvollen Gedanken ließen sich nicht abschütteln, zusammen mit der Übelkeit und dem kalten Schweiß dehnten sie sich unaufhaltsam aus. Gleichzeitig schwoll ein dumpfes Klagen an. Es kam aus dem Stall, aber Elvira kümmerte sich nicht darum.

Die Frage nach dem Warum ihrer unfassbaren Tat ließ sie nicht los. Die Antwort allerdings war so banal wie grausam. Elvira wurde schwindlig. Sie lehnte sich gegen die Wand, drückte ihre Schläfe gegen die kühle Mauer. Erst gestern noch hatte sie mit Jochen telefoniert, hatte ihm vom Tod seines Großvaters berichtet. Offenbar hatte er nicht bis zur Beerdigung warten wollen und beschlossen, gleich am nächsten Tag hier oben vorbeizuschauen. Er hatte seine nassen Stiefel vor der Tür abgestellt und war im Haus in das erste Paar Pantoffeln geschlüpft, das hinter der Tür gestanden hatte. So, wie Elvira es einst dem kleinen Jungen eingetrichtert hatte. Von bestimmten Gewohnheiten trennte der Mensch sich offenbar nie. Es waren die Hausschuhe von Hans gewesen. Oder vielmehr die von Simon Zauner.

Im Moment der Todesangst, in dem Elviras Sinne ausschließlich auf die Verteidigung ihres eigenen Lebens ausgerichtet gewesen waren, hatte sie ihre Fehlbarkeit aus den Augen verloren. Stattdessen hatte sie auf ein vertrautes Muster zurückgegriffen. Das grußlose Eintreten des Mannes, sein zielstrebiger Gang ins Arbeitszimmer, die Schuhe – das allein waren für sie die Anhaltspunkte gewesen, um den Menschen zu bestimmen, den sie vor sich hatte. Sie stieß mit dem Kopf gegen die Wand, doch der äußere Schmerz konnte nichts gegen den in ihrem Innern ausrichten. Sie war darin gefangen wie in den morastigen Schlingen auf dem Grund eines Sees.

Das laute Muhen zog sie in das Hier und Jetzt zurück. Sie schnappte nach Luft. Mit letzter Mühe tauchte sie aus der schwarzen Tiefe auf. Sie streckte ihre steifen, kraftlosen Beine und stützte sich an der Wand ab, wo ihre Handflächen schmutzig rote Abdrücke hinterließen. Sie registrierte es kaum und wischte sich nur fahrig die blutigen Hände an ihrem Rock ab.

Es drängte sie zum Telefon. Sie musste einen Arzt rufen! Aber nein, ihre Hand krallte sich in ihren Dutt, jede Hilfe kam ja zu spät.

Erst da schoss ihr ein anderer Name durch den Kopf: Resi! Noch immer lag ihre Freundin im Keller und brauchte dringend medizinische Hilfe. Mechanisch griff sie zum Telefonhörer und wählte den Notruf. Mit einer monotonen Stimme, die nicht ihr zu gehören schien, nannte sie ihren Namen und ihre Adresse. Dann berichtete sie, dass in ihrem Flur ein Toter liege und in ihrem Keller eine entkräftete Frau, die möglichst schnell versorgt werden müsse. Keine Sekunde später versagte ihre Stimme, und sie legte auf.

Mit beiden Händen stützte sie sich auf das Telefonschränkchen und verharrte so mit geschlossenen Augen.

Ein schrilles Läuten durchbrach die Mauern ihres Schmerzes, überfiel sie wie ein weiterer Eindringling. Sie zuckte zusammen und riss die Augen auf.

War das die Polizei? Der Notarzt musste die Beamten umgehend verständigt haben. Sie nahm ab.

»Beeindruckende Vorstellung …«

Elvira vergaß zu atmen. Sie wusste sofort, wem die Stimme gehörte.

»Wobei du mir irgendwann mal in Ruhe erklären musst, warum du das getan hast. Kann es sein, dass du den Falschen erwischt hast?« Er gluckste unüberhörbar.

Der Schrei, der über ihre Lippen wollte, blieb ihr im Hals stecken. Panisch sah sie sich um. »Du kommst zu spät«, presste sie hervor. »Die Polizei wird jeden Moment hier sein.«

Seine Stimme wurde ernst. »Das mag sein, aber wenn du willst, dass wenigstens einer deiner Söhne überlebt, dann komm zum See.«

Er hatte Matthias in seiner Gewalt! Was hatte er mit ihm vor? Elvira umkrampfte den Hörer mit der rechten Hand.

»An deiner Stelle würde ich sofort losgehen. Du findest ihn

auf der Lichtung am Steg. Wenn du willst, dass es ihm nicht langsam zu nass und zu kalt wird, solltest du dich sputen. Aber lass das Gewehr daheim.«

Wo war er? War er irgendwo im Haus, oder hatte er sie von draußen beobachtet?

»Hast du mich verstanden?«

Sie nickte, bevor sie schließlich ein Ja herausbrachte. Schon hatte er aufgelegt, und sie starrte in den Hörer, als könnte sie darin erkennen, wo er sich verborgen hielt.

Aber was stand sie hier noch länger herum – sie musste los! Es ging um das Leben von Matthias.

Während sie sich anzog, überkam sie ein Moment des Zweifels. Was, wenn es eine Falle war? Wenn Simon Zauner nur bluffte?

Aber sie hatte keine Wahl. Und welche Rolle spielte das jetzt überhaupt noch? Sie musste es schaffen, ihn davon zu überzeugen, dass Matthias unschuldig war. Im Gegenzug würde sie ihm ihr Leben anbieten. Ihr Leben gegen das ihres jüngsten Sohnes. Elvira hatte nichts mehr zu verlieren. Sie hatte ihren ältesten Sohn eigenhändig erschossen, er lag tot zu ihren Füßen. Sie würde verhaftet werden und für immer mit dieser Schuld leben müssen.

Sie dachte wieder an die Resi, doch sie konnte unmöglich noch einmal in den Keller. Wenn sie Glück hatten, dann hatte Simon noch gar nicht mitbekommen, dass Elvira sie gefunden hatte. Ihre Freundin musste nur noch ein paar Minuten durchhalten, bis der Notarzt eintraf.

Das Einzige, was jetzt noch zählte, war Matthias. Auch wenn Elvira dafür dem Teufel gegenübertreten musste, der gewillt war, ihr Leben zu zerstören.

Als sie den Wald verließ und auf die Lichtung trat, gab eine nachtgraue Wolke den Mond frei, und sein Schein fiel auf die verschneite Wiese und den undurchdringlichen See dahinter. Dünne gelbe Wellen kräuselten sich auf dem Wasser. Doch schon drängte sich die nächste Wolke vor die Mondscheibe und schluckte alles Licht.

Sie hatte eine halbe Ewigkeit gebraucht. Der angetaute Schnee war hart und immer noch furchtbar tief. Sie hatte gekeucht und gestöhnt, war mehr als einmal am Ende ihrer Kräfte gewesen. Schweiß strömte ihr den Rücken hinab. Immer wieder war sie stehen geblieben, die Hände in die Hüften gestemmt, um das Seitenstechen abzumildern. Ihr Puls hatte in ihren Ohren gedröhnt und alle anderen Geräusche übertönt. Nur einmal hatte sie kurz Motorenlärm und anschwellendes Sirenengeheul gehört.

Sie ging auf den Steg zu und blickte sich um, ohne dass sie jedoch viel erkennen konnte. Von Matthias war nichts zu sehen. Genauso wenig wie von Simon Zauner.

Sobald sie stehen blieb, umfing sie Stille. Zuvor hatte sie das Knirschen des Schnees gehört und ihr eigenes angestrengtes Schnaufen. Jetzt waren nur noch das Rauschen des Windes in den Bäumen und das leise Plätschern des Wassers zu vernehmen.

Plötzlich erkannte sie schemenhaft, wie neben dem Steg ein Ruderboot auf dem See schaukelte. Mit einem Seil war es an einem der Pfähle befestigt, die tief in den Seegrund getrieben waren. Jemand saß in dem Boot.

»Matthias?«, rief sie in die Stille.

Abrupt kam noch mehr Bewegung in das Boot, und es schwankte heftig. Die Gestalt darin war herumgeschossen und begann lauthals zu bellen.

Elvira traute ihren Ohren nicht und hastete auf das Boot zu. Aus der Dunkelheit schälten sich Ludwigs Umrisse. Völlig außer sich blaffte er ihr entgegen. Sein Bellen klang freudig und ängstlich zugleich und hatte einen bedrohlichen Unterton. Er wollte zu ihr, doch etwas hielt ihn zurück. Sie sah, dass eine Schnur um seinen Hals gebunden und mit der Sitzplanke des Boots vertäut war.

Auch Elvira hätte nicht sagen können, ob in ihrem Innern Freude oder Entsetzen überwog. »Um Himmels willen, Ludwig«, stammelte sie, »was machst du denn hier?«

Sein Bellen wurde zu einem Winseln, als sie näher kam. Ihre Stiefel patschten durch den aufgeweichten Schnee am Seeufer. Es war nicht genau auszumachen, wo der feste Boden endete und das Wasser anfing. Beim letzten Schritt sank Elvira bis zum Knöchel ein und versuchte mit einem beherzten Sprung, in das trockene Boot zu gelangen.

Mit Müh und Not landete sie in dem Ruderboot, das den Aufprall ihres schweren Körpers mit einem Ächzen abfederte. Es wackelte gefährlich, und sie musste sich am Rand festhalten, um nicht das Gleichgewicht zu verlieren. Ludwig war völlig außer sich und bellte erneut. Das Wasser machte ihm Angst.

Sobald das Boot nicht mehr so wild schaukelte, drehte sich Elvira zu ihrem Hund um und tätschelte ihm beruhigend den Kopf. Sie wollte die Schnur von seinem Hals lösen, aber der

Knoten war zu fest. Rasch zog sie die Handschuhe aus und versuchte es weiter, doch die kalte Abendluft setzte sofort ihren Fingern zu. Schon nach kurzer Zeit fühlten sie sich steif und taub an.

»Das würde ich lassen«, sagte da jemand am Ufer. »Es sei denn, du möchtest deine letzte Reise mutterseelenallein antreten.«

Elvira fuhr herum und richtete sich langsam auf. Am Ufer stand Simon Zauner. Er war allein.

»Na, erkennst du mich überhaupt?«, fragte er freundlich. »In fremder Umgebung fällt es dir gewiss nicht leicht, zu sagen, wen du vor dir hast.« Fast mitleidig legte er den Kopf schief. »Aber wir haben ja eine Verabredung. Daher weißt du bestimmt, wer ich bin.«

Am Himmel stahl sich eine große Wolke davon und gab den Mond frei. Das Licht erhellte das fremde Gesicht. Doch Elvira war nicht darauf angewiesen. Ihr reichten der Klang seiner Stimme und der Blick auf das Gewehr in seiner rechten Hand, um zu wissen, wer er war.

»Du warst so nett, die geladene Waffe für mich stehen zu lassen«, sagte er.

Für einen Moment war sie verwirrt. Dann verstand sie. Er musste nach ihr noch mal im Haus gewesen sein. Um Gottes willen, dachte sie, die Resi! Hoffentlich hatte er nicht gemerkt, dass die Kellertür offen stand. Ihre Hände verkrampften sich ineinander.

»Ich weiß zwar nicht, ob ich ein ebenso sicherer Schütze bin wie du … Bei deinem Ältesten hast du jedenfalls ganze Arbeit geleistet«, meinte er voller boshafter Anerkennung. »Aber ganz ungeübt bin auch ich nicht. Du solltest es also besser nicht drauf ankommen lassen.« Er lächelte.

»Wo ist Matthias?«, wollte sie wissen.

Er grinste. »Du hast doch nicht ernsthaft geglaubt, dass ich mir die Mühe mache, deinen Sohn bis zum See zu schleppen? Nicht doch, mit ihm werde ich mich später beschäftigen. Jetzt und hier gilt meine Aufmerksamkeit ausschließlich dir.«

Sie kämpfte ihre Verzweiflung nieder. »Was hast du vor?«

Ludwig sprang im Boot hin und her. Sein Bellen war zu einem hohen Winseln geworden.

»Langsam, langsam.« Simon Zauner lachte laut auf. »Warum so ungeduldig? Gerechtigkeit ist nichts, was sich erzwingen lässt. Wenn ich eines in meinem Leben gelernt habe, dann dass man warten können muss. Wie du weißt«, er schien ihr zuzuzwinkern, »musste ich viele Jahre warten, bis mir das Schicksal die Gelegenheit bot, für Gerechtigkeit zu sorgen.«

»Du meinst, dich zu rächen«, sagte sie mit unsicherer Stimme und zog sich ihre Handschuhe wieder über.

»Vorsicht, Elvira!« Warnend kniff er die Augen zusammen. »Es steht dir nicht zu, über andere zu richten.« Sein Ton hatte sich verschärft, die Freundlichkeit war wie weggefegt.

»Weil du glaubst, dass auch ich schuld bin am Tod deiner Mutter?« Ihre Frage klang nicht wirklich wie eine Frage.

Doch er hörte ihr gar nicht zu. Er hatte das Gesicht abgewandt und starrte irgendwohin. In die Finsternis. Ins Leere.

Der Wind pfiff die Berghänge hinab, über die Lichtung hinweg und blies Elvira mit eisiger Kraft ins Gesicht. Das Boot unter ihren Füßen setzte sich in Bewegung und trieb ein kurzes Stück auf den See hinaus, bis sich das Tau straffte und es zurückhielt.

Simon schien aus einem Traum zu erwachen. Sein Kopf schnellte wieder nach vorn. Langsam kam er auf Elvira zu.

»Ihr alle habt sie in den Tod getrieben. Ihr habt sie vor die

Wahl gestellt, entweder ihr Kind wegzugeben oder für immer den Hof zu verlassen. Wo sollte sie denn hin? Eine junge Frau, fast selbst noch ein Kind … Wen kannte sie schon, außer ihrer herzlosen Sippe?«

Er war nur noch wenige Schritte entfernt, und sie konnte ihm in die Augen sehen. Nichts spiegelte sich darin. Er hatte sich abgeschottet, blickte nach innen, in eine andere Welt.

»Aber sie war ja selbst schuld, nicht wahr? Sich den Mann einer anderen zu nehmen und dann auch noch darauf zu hoffen, dass er einen Bastard durchfüttert. Nein, Elvira, das hatte der Bauer vom Nachbarhof ganz gewiss nicht vor. Keinen einzigen Gedanken verschwendete er mehr an die junge Frau, die gut genug gewesen war, die Beine für ihn breit zu machen, sobald die Gelegenheit günstig war. Ohne mit der Wimper zu zucken, hat er ihr die Tür vor der Nase zugeschlagen. Er hat sein Heim lieber sauber gehalten und seine Frau nur das eigene Kind durchfüttern lassen.« Simon hatte sich in Rage geredet. Seine Stimme war hoch, die Worte stürzten nur so aus seinem Mund, überschlugen sich.

Reglos stand Elvira im Boot und brachte kein Wort hervor. Selbst Ludwig war in der Zwischenzeit verstummt, doch er ließ den Mann mit dem Gewehr keinen Moment aus den wachsamen Augen.

»Er hatte sie zu Dingen gedrängt, die in ihren Augen eine Sünde waren. Trotzdem hat sie schließlich nachgegeben, weil der alte Geizkragen ihren Lohn erhöhte. Ihre Eltern stellten keine Fragen, sondern sperrten gierig den Rachen auf. Als meine Mutter ihnen dann von dem Kind erzählte, das sie erwartete, waren sie wie vom Donner gerührt und sagten sich von ihr los. Sie hatten ihre Tochter wie ein Kuh gemolken und zögerten keine Sekunde, sie zum Schlachter zu bringen.«

Ein Hustenanfall unterbrach ihn, er wurde leiser. »Aber weißt du, Elvira, was das Schlimmste ist? Was mir einfach nicht in den Kopf will?« Er senkte die Stimme zu einem Flüstern und grinste sie verschwörerisch an. »Meine Mutter hat diesen Kerl geliebt. Dieses Schwein, das sie und seinen eigenen Sohn verstoßen hat. Sie hat ihm verziehen, was er uns angetan hat.« Seine Maske brach entzwei. Das steinerne Lächeln zerbarst, und darunter kam die wutverzerrte Fratze eines verzweifelten Kindes zum Vorschein.

Elvira wich ein Stück zurück und stieß dabei mit den Kniekehlen gegen die Sitzplanke. Sie strauchelte und wäre fast aus dem schwankenden Boot gestürzt. Nur indem sie heftig mit den Armen ruderte, konnte sie ihr Gleichgewicht wiedergewinnen.

»Habe ich dich etwa erschreckt?« Er hatte sich wieder in der Gewalt. »Habe ich dir Angst gemacht mit dem, was ich dir über deinen Vater erzählt habe?«

Einen Moment war Elvira wie gelähmt, dann schoss das Blut durch ihre Adern. Die Erkenntnis traf sie mit voller Wucht. Ein Bild tauchte vor ihr auf, und endlich begriff sie. Sie dachte an das Foto, das immer noch auf Simons Schreibtisch lag. An das Mädchen neben Simon Zauner. Erst jetzt wurde für sie das Offensichtliche sichtbar. Für jedermanns Augen wäre es längst klar und deutlich zu erkennen gewesen, doch Elviras Augen sahen und erkannten nicht genug.

Sobald sie verstand, brauchte sie das Foto nicht mehr, um sich an sämtliche Details darauf zu erinnern. Um das kleine Mädchen in seinem Sommerkleid vor sich zu sehen. Mit leuchtend roten Kirschen war es bestickt, rundherum an Kragen und Saum. Vorhin hatte Elvira es noch in der Hand gehalten, hatte es auf dem Speicher aus der Truhe gezogen, in der sie auch die Briefe gefunden hatte. Genauso wenig musste sie das Foto umdrehen, um zu wissen, was auf der Rückseite stand. Die drei Wörter hatten sich in ihr Gedächtnis eingebrannt. Doch erst jetzt erhielten sie eine ganz besondere, eine schreckliche Bedeutung: *Bruder und Schwester.*

Das Mädchen mit den schulterlangen Haaren und dem schüchternen Lächeln war niemand anders als sie selbst!

Ein heftiger Schwindel drohte Elvira zu übermannen. Nicht nur ihre Augen waren blind, vor allem ihr Geist war es. Die Wahrheit lag die ganze Zeit auf der Hand, und Elvira hatte alles getan, um nur nicht hinzuschauen.

Sie war nicht das einzige Kind ihres Vaters gewesen. Er war auch Simons Vater. Vor einem halben Jahrhundert hatte die junge Katharina Zauner ein uneheliches Kind zur Welt gebracht, und mit Sicherheit hatte jeder im Ort gewusst, wer der Erzeuger war. Er wohnte nur einen Steinwurf entfernt und bekam mit seiner Frau fast zur selben Zeit eine Tochter. Er hatte mit der jungen Katharina eine große Sünde begangen, doch die Folgen musste sie alleine tragen. Für ihren Sohn gab es keinen Platz in der Gemeinschaft, er wurde verstoßen. Und sie war fortan mit einem Makel behaftet.

»Du hast es nicht gewusst!« Simon lachte schallend auf und zeigte mit dem Finger auf Elvira. »Du hast bis eben nicht gewusst, dass du einen so talentierten Bruder hast.« Amüsiert schüttelte er den Kopf. »Du musst zugeben, dass ich ein begnadeter Schauspieler bin. Auch wenn du eine einfältige Kulturbanausin bist und von der großen Bühnenkunst keine Ahnung hast, wirst du dir eingestehen müssen, dass ich zu Großem bestimmt bin. Ganz anders als du. Du bist bloß ein blindes Huhn, das sich in einem Nest breitgemacht hat, das ihm nicht zustand. Aus mir hätte durchaus etwas werden können, aber dein engstirniger Vater hat es vorgezogen, dich zu mästen, anstatt mir unter die Arme zu greifen. Ob er es jemals bereut hat, eine so dämliche Glucke durchgefüttert zu haben? Wahrscheinlich nicht, denn er war ja genauso beschränkt wie du.« Seine Worte klangen beiläufig, fast plaudernd, doch darunter verbarg sich eine kaum beherrschbare Wut. »Immerhin sollte ich ihm dankbar sein, dass er diese degenerierten Gene nur dir vererbt hat.«

»Es war gar kein Unfall. Er ist die Treppe nicht runtergefallen. Du hast ihn gestoßen«, sagte Elvira und bemühte sich, ihre Angst vor ihm zu verbergen. Wie Lichtblitze leuchteten in ihrem Gedächtnis die Vorfälle der vergangenen Tage auf und bekamen einen neuen, einen grausamen Sinn.

Ihr Vater musste Verdacht geschöpft haben, er musste irgendetwas von dem falschen Spiel geahnt haben. Seine unablässigen Sticheleien, die misstrauischen Blicke, die bohrenden Fragen. Trotzdem war vieles in seinem wirren Kopf durcheinandergeraten – ein Umstand seines Alters, der Simon zupassgekommen war.

Sie dachte an die Nacht, als der Alte in der Küche panisch den Umschlag mit den Fotos und dem kleinen Schlüssel gesucht hatte. In jener Nacht hatte er etwas von einem Heim gefaselt. Jetzt erst begriff Elvira, dass er damit kein Altenheim gemeint hatte. Er hatte sich an das Kinderheim erinnert.

Auch seine plötzliche Geschäftigkeit, als er in den oberen Stockwerken zugange gewesen war, war keineswegs seiner fortschreitenden Demenz zuzuschreiben gewesen. Er war nicht nach oben gegangen, um den Ofen in der leerstehenden Ferienwohnung zu säubern, sondern hatte im Arbeitszimmer gestöbert. Elvira erinnerte sich an die Schritte, die langsam die Treppe herabgekommen und vor der Küchentür verstummt waren, während der falsche Hans ihr seine Beichte vorgetäuscht hatte. Der Alte hatte gelauscht.

Gestern Morgen war er noch einmal in das Arbeitszimmer seines vermeintlichen Schwiegersohnes geschlichen. Vielleicht hatte auch er herausgefunden, dass in diesem Raum gar nicht gearbeitet wurde, zumindest nicht am Bau einer neuen Klinik. Doch Simon überraschte ihn, und dem Alten blieb nur noch die Flucht nach vorn. Er stellte seinen Sohn zur Rede.

Spätestens da musste er alles begriffen haben. Er hatte den grausigen Rachefeldzug seines Sohns durchschaut und versucht, ihm ins Gewissen zu reden. Der Pfarrer hatte Elvira später berichtet, wie der Alte lautstark die Einhaltung des vierten Gebotes von Hans eingefordert hatte.

»Du sollst Vater und Mutter ehren«, hatte er Simon in seinen letzten Minuten beschworen. Pfarrer Wilms hatte sich nicht verhört. Nur bezog sich die eindringliche Mahnung des Alten nicht auf die toten Eltern von Hans. Er hatte sie vielmehr auf sich selbst gemünzt und auf Katharina. Ihm war in aller schrecklichen Deutlichkeit aufgegangen, dass der Mann, den er vor sich hatte, nicht nur sein eigener Sohn war, sondern darüber hinaus jener kaltblütige Mörder, nach dem alle Welt suchte. Auch wenn sein Ansinnen völlig sinnlos war, versuchte der Vater dem Sohn klarzumachen, dass er gerade das Andenken seiner geliebten Mutter beschmutzte. Und dass es völlig vergeblich war.

Dumpf hallten seine letzten Worte in Elviras Kopf nach: »Junge, das bringt sie auch nicht wieder.«

Pfarrer Wilms hatte sie gehört, bevor ihr Vater die Treppe hinuntergefallen war. Sie hatten den Satz alle beide völlig falsch gedeutet.

»Du hast … ihn … umgebracht«, stammelte Elvira.

»Ja, da hast du wohl recht. Ich habe *unseren* Vater die Treppe runtergestoßen. Es tut mir übrigens entsetzlich leid«, sagte Simon voller Spott. »Ich bedaure es zutiefst, weil er einen solchen Tod nicht verdient hat. Der Tod hat ihn viel zu schnell getroffen und war viel zu gnädig. Wie du dir vorstellen kannst, hatte ich andere Pläne mit ihm. Mit euch.« Sein Lächeln war zurückgekehrt. »Am Ende steht die Hölle. Vor allem auf diejenigen, die gesündigt haben, wartet ein mächtiges Feuer. Es ist vernichtend, aber es reinigt auch und schafft Platz für Neues. Flammen haben die Kraft, ein ganzes Haus zu verschlingen. Sie verschlingen die böse Brut mitsamt ihrem widerlichen Nest. Doch für ein so mächtiges Feuer muss man Vorkehrungen treffen, wie du sicher ahnst. Es genügt nicht, einen Ballen Stroh in Brand zu stecken und darauf zu vertrauen, dass die Flammen sich ausbreiten und ihren Weg finden. Ein Feuer ist eine Naturgewalt, die kontrolliert und geplant werden muss. Dafür braucht man Materialien und einen kühlen Verstand. Und im besten Fall ein gewisses Maß an Erfahrung.«

Elvira überhörte den Stolz in seinen Worten nicht, und sie wusste intuitiv, wo er ausreichend Erfahrung gesammelt hatte. Das Elternhaus von Hans, der Holzer-Hof, war seinerzeit so schnell in Flammen aufgegangen, dass die beiden Alten nicht die geringste Chance gehabt hatten, zu fliehen. Simon Zauner hatte schon damals ganze Arbeit geleistet.

»Dummerweise gibt es noch ein paar andere Naturgewalten, die so gut wie nicht kontrollierbar sind. Gegenüber Wind und Schnee bin selbst ich machtlos.«

Sie verstand, dass der Stromausfall seine Pläne durchkreuzt hatte. In seinem Größenwahn hatte ihn dieses unvorhersehbare Ereignis geradezu gekränkt. Kurz fragte sie sich, warum er ihr davon erzählte. Doch dann wurde ihr klar, dass ein enttäuschter Künstler aus ihm sprach, der darum gebracht worden war, sein Werk zu vollenden. Seine Inszenierung war bis hierher zwar durchaus gelungen, aber sie war nicht perfekt.

Elvira erinnerte sich daran, wie sie zusammen mit dem Pfarrer überlegt hatte, warum die Reihenfolge der Morde nicht dem zeitlichen Ablauf des Leidenswegs der heiligen Katharina entsprach. Pfarrer Wilms hatte vermutet, dass es dem Mörder nicht so sehr auf die richtige Abfolge ankam, solange der rote Faden der Legende erkennbar war. Mit dieser These hatte er jedoch völlig falschgelegen. Für einen Mann wie Simon Zauner war die Chronologie des Dramas kein vernachlässigbares Detail. Ihm war ein unumstößliches Hindernis in die Quere gekommen.

Sie dachte zurück an die Woche vor dem Kathreinstag, und ihr fiel ein, was Simon Zauners Pläne durchkreuzt haben musste. Er war schlicht und ergreifend mehrere Tage mit hohem Fieber ans Bett gefesselt gewesen. Die heftige Erkältung, die auch ihren Vater niedergestreckt hatte, war ihm dazwischengekommen. Sein Zeitplan war durcheinandergeraten, denn für sein schauriges Spektakel hatte er ganz sicher einen festen Rahmen abgesteckt. Es musste mehr oder minder in der Woche stattfinden, in der Joachim Lindner im Haus war, und der Vorhang sollte rund um den Gedenktag der heiligen Katharina fallen.

Das nächste Hindernis war der Stromausfall gewesen, weshalb es ihm nicht rechtzeitig gelungen war, jene notwendigen »Materialien«, wie er es nannte, für sein großes Abschlussfeuerwerk zu beschaffen.

Nur eines war ihr immer noch nicht begreiflich, nämlich die Rolle, die der Knecht in dem Ganzen gespielt hatte. »Und der Michael?«, fragte sie. »Was hat er dir getan, dass er so grausam sterben musste?«

»Ach, der Idiot …« Simon winkte gelangweilt ab. »Kommt irgendwann auf die Idee, dass er an dem Montag anscheinend doch nicht die Resi gesehen hat, wie sie in Peters Haus gegangen ist. Hat wohl im Flur meinen grauen Mantel hängen sehen und ist ins Grübeln gekommen. Anstatt zur Polizei zu gehen, schnüffelt der Einfaltspinsel in meinem Zimmer rum und versucht, mich zu erpressen.«

»Du bist ein kaltherziger und gewissenloser Mörder«, sagte Elvira, ohne zu wissen, woher sie den Mut dazu nahm. »Was hat der Vater vom Hans dir angetan, dass du seinen Hof anzündest und er elend verbrennt? Auch seine Frau, die Barbara, hat doch damals gar nichts von dem mitbekommen, was deiner Mutter und dir zugestoßen ist. Genauso wenig wie die Resi und die Gabi und die Elisabeth …«

Sie hätte erwartet, dass sie ihn mit ihren Worten bis aufs Blut reizte, doch statt Wut erntete sie nur ein mitleidiges Lächeln. »Ach, Elvira, kein einziges Mitglied dieser verfluchten Sippschaft ist ohne Schuld.« Er schob die Unterlippe vor und schaute niedergeschlagen drein. »Es ehrt dich, dass du für den armen Alten Partei ergreifst, jetzt, da du demselben Schicksal sozusagen durch höhere Gewalt entkommen bist.«

Irgendetwas an dem Gedanken amüsierte ihn, denn er fing an zu lachen. »Wobei du natürlich nicht weißt, was dich stattdessen erwartet.« Mit einem Schlag wurde er wieder ernst. »Vielleicht hast du ja schon einmal gehört, dass der Feuertod und das Ertrinken einander sehr ähnlich sind. Beim einen wie beim anderen wird das Blut irgendwann nicht mehr mit Sauerstoff versorgt, und das Herz hört auf zu schlagen. Letztlich erstickt man dabei. Meine Mutter ist damals ertrunken. Sie ist ins Wasser gesprungen, obwohl sie nicht schwimmen konnte. In eurem brennenden Haus hättet ihr nachfühlen können, wie es ihr in ihren letzten qualvollen Minuten ergangen ist. Doch das Schicksal wollte es nicht so. Es hat mir einen anderen Weg aufgezeigt. Einen viel naheliegenderen.«

Elvira begriff, dass sie dafür bezahlen sollte, dass ihm der Mord an ihrem Vater missglückt war. »Du willst, dass ich wie deine Mutter ertrinke«, sagte sie.

»Du siehst den Dingen buchstäblich auf den Grund. Und das, obwohl du nicht in der Lage bist zu sehen, ob dir Freund oder Feind gegenübersteht. Was für ein tragisches Schicksal! Ich hätte nie gedacht, dass es so einfach wäre, dich zu täuschen, aber es ist fast, wie einem Blinden gegenüberzutreten. Als wäre das eigene Gesicht ein unbeschriebenes Blatt Papier, auf dem man sämtliche Linien und Striche nach Belieben neu zeichnen und immer wieder ausradieren kann.« Er grinste. »Es war wirklich leicht, leichter, als ich jemals gewagt hätte zu hoffen. Mehr als einmal habe ich im Vorfeld gezweifelt, ob mein Plan aufgehen würde. Ich hab von euren geistigen Unzulänglichkeiten gewusst, doch ich konnte nicht glauben, dass es tatsächlich Menschen gibt, die mit einer so großen Unfähigkeit gestraft sind. Egal, ich musste es einfach versuchen. Ich hatte keinen Plan B.«

Seine Kaltherzigkeit erschreckte Elvira aufs Neue. Eingeschüchtert versuchte sie, an seine Vernunft zu appellieren. »Du kannst sie nicht zurückholen, Simon. Auch wenn ich wie deine Mutter ertrinken muss, wird sie das nicht zurückbringen.«

»Du redest genauso dummes Zeug wie dein alter Herr.« Belustigt schüttelte er den Kopf. »Wenn er nicht so senil gewesen wäre, hätte er mir noch gefährlich werden können. Anfangs habe ich noch ein wenig nachgeholfen. Dass sein Hut des Öfteren verschwunden war oder seine Gummistiefel, dass das Scheunentor über Nacht aufstand – dafür konnte der arme Kerl meistens gar nichts. Bald habt ihr akzeptiert, dass er alt wird, und auch er selbst hat immer mehr an sich gezweifelt. Damit habe ich seinen Zerfallsprozess, sagen wir, ein wenig beschleunigt. Am Ende hatte er dann tatsächlich den Verstand verloren.«

Elvira war entsetzt. Mit jedem Wort, das Simon von sich gab, wurde ihr immer deutlicher bewusst, wie krank sein Geist war. Trotzdem wollte sie die Hoffnung noch nicht aufgeben, dass irgendwo in einer hinteren Ecke seines Verstandes ein kleiner Funke Vernunft glomm.

»Glaubst du denn wirklich, dass du in ihrem Sinne handelst?«, startete sie einen neuen Versuch. »Ich kann mir nicht vorstellen, dass deine Mutter all das gewollt hätte …«

Simon Zauner explodierte förmlich. Seine hasserfüllten Augen verengten sich gefährlich, und sein offener Mund verzerrte sich zu einer schwarzen Höhle, aus der im nächsten Moment Gift und Galle schossen. »Fünfzig Jahre hat keiner von euch auch nur einen einzigen Gedanken an sie verschwendet, und jetzt glaubst du zu wissen, was sie wollte! Deine Geburt hat dazu beigetragen, dass hier oben die nächste Generation an Ignoranten Einzug gehalten hat. Ihr vermehrt euch und gebt eure blinden Gene an die nächsten kümmerlichen Existenzen weiter. Ihr seid eine durch und durch krankhafte Sippschaft, die nichts sehen und nichts wissen will. Das Schicksal hat euch rückwirkend dafür bestraft. Aber erst ich habe dafür gesorgt, dass meine Mutter nie mehr vergessen wird. Bald wird ihr Name in aller Munde sein, und jedes Jahr am Tag der heiligen Katharina wird man künftig an die tote Katharina

Zauner denken. Und daran, dass Gott das Vergessen straft.« Seine Lippen glänzten vor Speichel.

Simon Zauner war nicht gläubig, so viel hatte Elvira längst begriffen. Er wollte bloß ein Zeichen setzen und bediente sich dazu einer Sprache, die alle hier kannten. Der Sprache des Glaubens. Der Glaube gab den Menschen vor, wie sie zu leben hatten, und sagte ihnen, was gut war und was schlecht. Er bestand aus Wörtern, Bildern und Geschichten. Simon benutzte sie, um die Menschen das Fürchten zu lehren und ihnen seine eigene Wahrheit für immer ins Herz zu brennen.

»Der Vater hat sie sicher niemals ganz vergessen können«, meinte Elvira eindringlich und versuchte, seine unruhigen Pupillen einzufangen, die wie schwarz glänzende Irrlichter umherwanderten. »Allein deshalb, weil du da warst. Selbst wenn er dich nicht großziehen konnte, hat er doch an dich gedacht und dich im Heim besucht.«

»Ach so«, spottete Simon. »Das Foto!« Verächtlich schnaubte er durch die Nase. »Hast du es auch genau betrachtet? Was hast du darauf erkannt? Wahrscheinlich hast du ein gesundes, hübsch gekleidetes Mädchen gesehen, das neben einem verdreckten, eingeschüchterten kleinen Jungen steht. Irgendwo dahinter hast du vielleicht noch den zerzausten Straßenköter entdeckt, der genauso schmutzig aussieht wie der Junge.« Seine Stimme wurde lauter: »Dieser Köter, meine Liebe, war das einzige Wesen, das sich je um mich gekümmert hat. Er ist mir auf Schritt und Tritt gefolgt. Eine der Schwestern hatte ihn aufgelesen, irgendwo in der Stadt. Er hat immer genug zu essen und zu trinken bekommen und ausgiebige Streicheleinheiten dazu. All das, was sie uns verwehrt haben, die alten Weiber. Denn wer nicht gehorchte, für den fiel der wässrige Fraß am Mittag einfach aus, oder er wurde abends ohne den üblichen steinharten Kanten Brot und den stinkenden Käse ins Bett geschickt.«

Er schien sich seine gesamte Wut aus dem Leib reden zu wollen. Doch sie war zu groß, hatte sich über Jahrzehnte hinweg in ihm angestaut.

»Jeden Abend um acht ging das Licht aus, dann hatte Ruhe zu herrschen. Selbst Lesen war verboten. Studiert wurde tagsüber, am liebsten natürlich die Schrift Gottes. Um sechs Uhr früh haben sie uns aus den harten Doppelstockbetten gejagt, rechtzeitig zum Morgengebet. Zum Frühstück wurden uns dann die Geschichten sämtlicher Heiliger serviert, jeden Morgen eine neue, je nachdem, welcher Gedenktag im Heiligenkalender stand. Bis sie uns zu den Ohren rauskamen. Nur bei der Legende der Katharina hab ich immer genau hingehört. Vermutlich auch deshalb, weil die alten Vetteln mir jedes Mal auf die Nase binden mussten, dass meine Mutter im Gegensatz zu ihrer heiligen Namensschwester eine verachtenswerte Sünderin gewesen war.«

Er war heiser geworden, doch davon ließ er sich nicht beirren. Er spuckte seine Erinnerungen aus wie giftigen Schleim.

»Wer tagsüber nicht spurte, musste zweihundert Rosenkränze beten oder wurde einfach eine Stunde in den finsteren Keller gesperrt. Anscheinend besaßen die frommen Schwestern trotz allem ein Herz. Nur schlug es halt für einen dahergelaufenen Hund und nicht für die armen Seelen in ihrer Obhut. Wen wundert's, dass ihre Trauer groß war, als der Hund eines Nachmittags vom Holzlieferanten überfahren wurde. Aber sie war nichts im Vergleich zu meiner Verzweiflung.«

Elvira verstand, warum er Ludwig bisher verschont hatte.

»Dein Vater hat sich genau einmal im Jahr blicken lassen«,

fuhr Simon fort, »an meinem Geburtstag. Aber bald hatten die Besuche ein Ende, und irgendwann ist er ganz aus meinem Leben verschwunden. Ich habe nie wieder etwas von ihm gehört. Damals, als ich noch klein war und keine unbequemen Fragen stellte, spielte er einmal im Jahr den gutherzigen Onkel. Ich musste ihn tatsächlich Onkel nennen! Er brachte mir ein Geschenk vorbei und spendete dem Heim gönnerhaft ein paar Kröten. Nicht viel, da bin ich mir sicher, aber doch genug, um sein Gewissen für ein ganzes Jahr zu erleichtern.«

Er hustete, als hätte er etwas Widerwärtiges verschluckt. Als er sich wieder beruhigt hatte, redete er weiter. Es war, als wäre Elvira gar nicht da.

»Für den Rest des Jahres hat er mich einfach in diesem freudlosen Kerker verrotten lassen. In dem feuchtkalten Loch ist mir schon als kleines Kind das Rheuma in die Knochen gekrochen, ständig waren meine Gliedmaßen entzündet, meine Gelenke geschwollen. Gebrannt hat das wie Feuer. Dein scheinheiliger Vater aber hat vor alldem die Augen verschlossen und im Stillen gottgefällig für mein Wohl gebetet.«

Natürlich, schoss es Elvira durch den Kopf, sein Knie! Die Fehlstellung des linken Beins, die sich ihr schon bei ihrer ersten Begegnung ins Gedächtnis gegraben hatte, war die Folge einer rheumatischen Erkrankung in jungen Jahren. Elvira konnte sich nicht mehr an ihren damaligen Besuch im Heim erinnern, obwohl der kleine Junge ihr Mitgefühl erregt haben musste. Sonst hätte sich ihr diese Eigenheit wohl kaum so nachhaltig eingeprägt. Nur hatte sie die vage Erinnerung später fatalerweise mit der falschen Person verknüpft.

Simon Zauner hatte eine schlimme Kindheit gehabt. Anders als sie war er vernachlässigt und misshandelt worden. Die Jahre im Heim mussten eine Tortur für ihn gewesen sein.

Mit einem Mal verstand Elvira, dass es ihm gar nicht um seine Mutter, sondern zuallererst um sich selbst ging. Er war noch immer der verstoßene, verletzte kleine Junge, der im finsteren, kalten Schlafsaal von seiner Rettung träumte. Davon, dass die Menschen ihn beachteten und ihn ernst nahmen. Er war noch immer der kleine Simon, der unter seiner dünnen Decke lag und sich ausmalte, wie er sich eines Tages in dieser ungerechten Welt behaupten und es allen zeigen würde.

Da machte er einen weiteren Schritt auf sie zu, und sie fürchtete, dass nun ihre Stunde geschlagen hatte. Krampfhaft suchte sie nach einer Frage, die ihn noch ein Weilchen aufhielt. Sie musste Zeit gewinnen. Vielleicht hatte sich ja irgendwer schon auf die Suche nach ihr gemacht, Matthias oder die Polizei. Allerdings musste sie sich davor hüten, ihn noch mehr aufzubringen. Sie entschied sich, ihn bei seinem Stolz zu packen.

Sie tätschelte Ludwig am Kopf, ohne Simon aus den Augen zu lassen, und fragte beinah beiläufig: »Wie hast du es nur geschafft, ihn aus dem Haus zu schaffen, ohne dass er die ganze Gegend zusammenbellt?«

»Das hat er ja, und nicht gerade leise.«

Sie hatte richtig vermutet, er gefiel sich in der Rolle des klugen Strategen und entspannte sich prompt ein wenig. Er prahlte einfach zu gern und genoss es, eine willige Zuhörerin zu haben.

»Für einen Moment hab ich befürchtet, dass mir der umtriebige Lindner dazwischenfunkt, doch zum Glück hatte der Einfaltspinsel das Bellen falsch geortet. Vielleicht hat mir auch der Wind einen Dienst erwiesen. Der Hund war jedenfalls nicht bei euch im Haus, sondern in der Schlafstube vom alten Peter. Ich musste deinen Sohn bei unserer Suchaktion erst in die falsche Richtung schicken, ehe ich den Hund woanders unterbringen konnte. Weiter weg, damit keiner mehr was hört.«

»Aber aus Resis Haus hast du ihn auch wieder fortgeschafft. Die Spuren haben in den Wald geführt …«

»Dein treuer Freund hat so laut gebellt, dass er womöglich noch den neugierigen Pfaffen erschreckt hätte«, meinte Simon nur.

Elvira hatte panische Angst davor, dass das Gespräch abriss. Obwohl sie die Antwort schon kannte und obwohl sie schon völlig ausgekühlt war, zwang sie sich, in interessiertem Ton weiterzufragen. »Warum hast du ihn überhaupt von uns weggeschafft? Hatte er etwas entdeckt?«

Gelangweilt winkte Simon ab. »Bloß eine eklige Ratte.« Allmählich schien er die Lust an diesem Frage-Antwort-Spiel zu verlieren. »Lass uns lieber wieder von dir reden. Von dem, was dich erwartet. Meinst du nicht?«

Ihr Hals schnürte sich zu. Es war vorbei. Vielleicht war ihm ebenfalls kalt, vielleicht lief ihm die Zeit davon, vielleicht war Elvira ihm nur noch lästig. Sie wusste nicht mehr, wie sie ihn noch länger aufhalten sollte. Auch wenn sie sich noch so sehr anstrengte, die rettende Idee wollte ihr nicht kommen.

Ohne eine Regung, wie eine seelenlose Marionette stand er ihr gegenüber. Sein rechter Arm mit dem Gewehr hing schlaff herab. Nur in seinen Augen blitzte es. Er hatte Elvira genau beobachtet.

»In deinem eingeschränkt arbeitenden Kopf rumort es, wie ich sehe …«

»Was, wenn ich die Resi gefunden hätte?«, fragte Elvira mit dem letzten bisschen Stimme, das sie noch hatte. »Wenn ich sie gefunden und aus unserem Keller befreit hätte? Wäre dein perfekter Plan dann gescheitert? Wäre dein ganzes Werk dann wertlos?«

Seine Miene wurde zu Stein. »Weißt du, wie es ist, unter Wasser zu sterben? Wie es sich anfühlt, zu ertrinken?« Mit einem mitleidigen Kopfschütteln beantwortete er die Fragen selbst. »Nein, noch hast du keine Ahnung davon. Meine Mutter dagegen hat es am eigenen Leib erfahren. In einer kalten Nacht ist sie ins Wasser gegangen. Es war die letzte Erfahrung, die sie in ihrem jungen Leben gemacht hat.«

Wie glanzlose Kiesel waren seine toten Augen auf sie gerichtet, während er weitersprach. Er schien nicht einmal mehr zu blinzeln.

»Schon bei einer Wassertemperatur von unter achtundzwanzig Grad kann der Mensch seine Körperwärme nicht dauerhaft aufrechterhalten. Bei weniger als zwanzig Grad wird's noch kritischer und ab fünfzehn Grad sogar richtig bedrohlich. Kälteschock nennt man das. So kalt, wie es heute ist, dauert es höchstens zwei Minuten. Erst atmest du schneller, bis du irgendwann anfängst zu hyperventilieren. Und du kannst nichts dagegen tun. Gar nichts. Dein Puls spielt verrückt, dein Herz rast, du spürst nur noch Panik. Kontrollierte Schwimmbewegungen kannst du in dem Zustand keine mehr machen.«

Langsam wanderte sein Blick nach unten, bis zu ihren Füßen.

»Dein Wintermantel und deine Stiefel werden ihr Übriges tun, wie Blei werden sie dich nach unten ziehen. Du wirst senkrecht im Wasser treiben, ohne dass deine Füße Halt finden. Du wirst ins Leere treten und dabei krampfhaft versuchen, den Kopf über Wasser zu bekommen. Als Erstes wird das Wasser in deine Luftröhre strömen, danach in deine Lunge. Du wirst heftig husten, was nur dazu führt, dass du noch mehr Wasser schluckst. Wenn du es trotz allem schaffen solltest, nicht unterzugehen, wirst du spätestens nach einer halben Stunde völlig unterkühlt sein. Du wirst bewusstlos, zuckst vielleicht noch ein letztes Mal …«

Gelähmt vor Angst hatte Elvira ihm gelauscht und die schrecklichen Bilder, die er heraufbeschworen hatte, in sich aufgenommen. Sie konnte das eisige Wasser schon auf ihrer Haut spüren.

Erst als sie seinem Blick nach unten folgte, bemerkte sie, dass sie knöcheltief im Wasser stand. Ihre Stiefel waren bis über die dicken Sohlen nass, das Leder durchweicht. Das Wasser saugte sich bereits an ihrer Wollstrumpfhose empor. Auch Ludwig hatte nasse Pfoten bekommen und sprang unruhig hin und her, soweit es das Seil um seinen Hals zuließ. Das Boot musste ein Leck haben. Schleichend und still drang das Wasser ein.

»Ertrinken ist ein leiser Tod, Elvira«, raunte Simon. »Wenn ein Mensch ertrinkt, ist er mit anderen Dingen beschäftigt als damit, laut um Hilfe zu rufen. Dafür fehlen ihm der Atem und die Kraft.«

Sie hob ihre nassen Füße und patschte ein Stück zur Seite, doch es gab keine einzige trockene Stelle mehr auf den Planken des Ruderboots.

Sofort straffte sich sein Körper, er nahm das Gewehr hoch und richtete es auf sie. Während er auf ihren Oberkörper zielte, machte er ein paar Schritte rückwärts. Elvira war irritiert, bis sie sah, dass er auf den Steg trat und zu dem Pfahl ging, um den das Bootstau geschlungen war. Dabei ließ er sie keine Sekunde aus den Augen, die Mündung der Waffe deutete die ganze Zeit auf sie. Mit einem schnellen Griff packte seine linke Hand das Tau, das mit einem lockeren Knoten um den Pfahl geschlungen war, zog es nach oben ab und schleuderte es zu Ludwig und Elvira hinüber.

Das Boot schwankte. Sogleich griff der Wind danach, der noch immer kräftig von den Bergen über die Lichtung auf den See zuwehte, und schob es vom Ufer hinaus aufs Wasser. Elvira musste nicht nach unten blicken, um zu wissen, dass keine Ruder im Boot lagen.

Ludwig bekam es mit der Angst zu tun. Er knurrte und zog die Lefzen bis über die Eckzähne zurück. Sein Grollen ging über in ein lautstarkes Bellen. Der große Hund bäumte sich auf. Mit der Kraft der Verzweiflung riss er den Hals zurück, der an der Sitzplanke festgebunden war. Das morsche Holzbrett brach durch. Gleichzeitig lösten sich die verrosteten Nägel aus der Bootswand, so dass die Planke nur noch in der Seilschlaufe hing. Durch die Wucht wurde das Brett aus dem Boot geschleudert. Es glitt durch die Schlaufe und platschte in den See.

Die Angst des Hundes hatte sich in Wut verwandelt. Er drängte an Elvira vorbei zum Bootsheck und wollte Simon Zauner anspringen. Doch lag mittlerweile zu viel Wasser zwischen ihnen und dem Land. Er blieb stehen, die Vorderpfoten auf dem Bootsrand, und bellte den Mann mit dem Gewehr an.

Elvira wäre fast aus dem Boot gefallen. Durch Ludwigs ungestümes Verhalten hatte sie das Gleichgewicht verloren und sich in letzter Sekunde abfangen können. Nun kauerte sie am Boden und stützte sich mit beiden Händen in der kalten Wasserlache ab. Ihre Wollhandschuhe waren sofort durch und durch nass. Umständlich schälte sie sie von ihren Fingern und stopfte sie in ihre Manteltasche. Mit wackeligen Knien richtete sie sich wieder auf und starrte Simon an, der am Ende des

Stegs wie eine furchterregende Galionsfigur vor dem nachtblauen Himmel aufragte.

Die Mündung des Gewehrs deutete noch immer auf sie. Wahrscheinlich befürchtete er, dass sie im flachen Wasser die Flucht wagen könnte. Doch Elvira legte es nicht darauf an, ins Gewehrfeuer zu springen. Dagegen kam ihr jeder Meter, den das Boot auf den See hinaustrieb, wie ein Schritt in die Freiheit vor, auch wenn das eisige Wasser weiter unaufhaltsam ins Bootsinnere drang.

»Wusstest du, dass die heilige Katharina um Hilfe angefleht wird, wenn die Leute nach jemandem suchen, der ertrunken ist? Ist das nicht komisch?«, rief der Mann am Ufer ihr nach.

Er ließ das Gewehr sinken und hob die Hand zum Gruß. Der Wind trug eine leise Melodie übers Wasser. Es war unglaublich, aber er summte.

Mit jeder Minute, die verstrich, wurde seine Gestalt ein Stück kleiner und weniger bedrohlich. Die Bedrohung kam jetzt von unten. Das Boot lief weiter voll. Das Wasser reichte inzwischen schon eine Handbreit über Elviras Knöchel. Sie musste handeln. Obwohl sie noch immer nicht außerhalb von Simons Schussweite waren, begann Elvira das Wasser mit beiden Händen aus dem Boot zu schöpfen.

Es war sinnlos. Ihre Hände waren taube Eispfropfen, die gegen das einströmende Wasser nichts ausrichten konnten. Nach kurzer Zeit gab sie auf. Ludwig stakste unruhig hin und her, und Elvira löste das gelockerte Seil von seinem Hals. Er sah sich nach allen Seiten um. Doch um sie herum war nichts als Schwärze. Zwischendurch beugte er sich hinab und trank gierig von dem kalten Nass, das sie bedrängte. Er hatte Durst.

Nicht nur ihre Hände waren taub, auch ihre Füße waren halb gefrorene Klumpen. Ihre Stiefel hatten sich inzwischen ebenso wie ihr langer Rock komplett vollgesogen. Nur ihr Mantel war halbwegs trocken geblieben.

Aber es war nur eine Frage der Zeit, bis auch er mit der eisigen Nässe in Berührung käme. Elvira hatte keine Ahnung, wie lange das Boot sie noch tragen würde. Wann es so weit wäre, dass es auf den Seegrund glitt und ihre Füße ins Leere traten. Wann der See sie erbarmungslos nach unten ziehen würde. Sie zitterte, vor Kälte, vor Furcht, vor Verzweiflung.

Sollte sie sich wehren und gegen das Unmögliche ankämpfen? Oder sollte sie sich ihrem Schicksal ergeben? War das überhaupt denkbar? War nicht jede Zelle des menschlichen Körpers aufs Überleben programmiert?

Ludwig nahm seinen eingeschränkten Rundgang wieder auf. Hektisch drehte er sich im Kreis, legte immer wieder die Vorderpfoten auf den Bootsrand und spähte in sämtliche Himmelsrichtungen. Sein ganzer Körper stand unter Spannung. Was würde er tun, wenn das Boot sank? Würde er ihr beistehen? Oder würde ihn sein Überlebensinstinkt zum Ufer schwimmen lassen? Bestimmt gelang ihm, was sie unmöglich schaffen konnte, denn sicherlich war er dem kalten Wasser weniger wehrlos ausgeliefert.

Der Wind fauchte mit aller Kraft über sie hinweg, und Elvira begann in ihren nassen Kleidern zu schlottern. Nein, dachte sie, es würde in der Tat nicht lange dauern, bis ihr Lebenswille brach. Noch einmal wanderte ihr Blick zu Simon Zauner, der es sich garantiert nicht nehmen ließ, mit Genugtuung vom Steg aus zu verfolgen, wie er mit seinem nächsten Schachzug triumphierte. Auch wenn sie sich inzwischen ein großes Stück von ihm entfernt hatten, war seine dunkle Silhouette noch immer gut sichtbar.

Da entdeckte Elvira, dass die Lichtung mit dem Badesteg von ihnen aus gesehen gar nicht mehr das nächstgelegene Stück Land war. Von links war ein bewaldeter Ufervorsprung herangerückt. Der Wind musste seine Richtung geändert haben. Anstatt das lecke Boot weiter hinaus auf den See zu treiben, blies er es allmählich auf die kleine Landzunge zu.

Ein dumpfes Klopfen war zu hören, als ein langer Gegenstand gegen das Boot stieß. Es war die Sitzplanke, die Ludwig vorhin ungestüm herausgerissen und weggeschleudert hatte. Der Wind hatte sie zurück zum Boot getrieben. Vorsichtig beugte sich Elvira hinab und zog das Brett aus dem Wasser.

Eine neue Bö erfasste den Kahn, der kaum noch einer war. Sein hölzerner Rand ragte nur noch wenige Handbreit aus dem Wasser heraus. Der heftige Windstoß beförderte das Boot dennoch ein gutes Stück weiter nach links. Elvira blickte noch einmal in Simons Richtung und sah, dass sie bei anhaltendem Wind bald aus seinem Sichtfeld gleiten würden. Die Bäume des Ufervorsprungs würden sich jeden Moment zwischen den Mann auf dem Steg und das sinkende Boot schieben.

Zugleich wusste sie, dass ihnen nicht mehr die Zeit blieb, auf den Wind zu vertrauen. Sie musste die Gefahr ausblenden, dass ihr Peiniger sie im Visier hatte. Selbst wenn seine Umrisse kaum mehr größer waren als Elviras Daumen, befand sie sich nach wie vor in Schussweite. Mit beiden Händen umfasste sie das lange, breite Brett und begann wie eine Besessene zu paddeln. Jetzt konnte sie nur noch beten, dass Simon Zauner geblufft hatte, als er vorhin behauptet hatte, ein guter Schütze zu sein.

Der Wind schob eine mächtige Wolke vor den hellen Mond, und im nächsten Augenblick herrschte völlige Dunkelheit. Sie wurde zerrissen von einem ohrenbetäubenden Knall. Er traf auf die Gebirgswände ringsum, die ihn wütend abschmetterten. Elviras Herzschlag setzte einen Moment aus, während ihre Arme unbeirrt weiterarbeiteten. Zwei kräftige Züge links, danach zwei Züge rechts und wieder von vorn. Durch ihr entschlossenes Paddeln gelang es ihr sogar, dem Boot ein wenig Auftrieb zu verschaffen. Der Schütze hatte sie verfehlt. Die Schwärze der Nacht hatte ihm die Sicht genommen.

Ein weiterer Schuss ertönte. Sein Widerhall dröhnte Elvira

aus allen Himmelsrichtungen entgegen. Sie hätte nicht sagen können, ob die Kugel nur knapp an ihr vorbeigesaust war oder in weiter Entfernung. Panik erfasste ihren ganzen Körper. Immer schneller hieb sie mit dem Brett ins Wasser. Sie ruderte um ihr Leben. Bis sie nicht mehr konnte. Ihre Oberarme brannten, in die Handflächen hatten sich Holzsplitter gebohrt.

Elvira blickte auf wie ein gehetztes Tier. Sie hatte keine Orientierung mehr, nahm nichts mehr wahr als schimmernde Schwärze. Plötzlich tauchte aus der Finsternis eine Reihe breiter Striche mit zahlreichen Verästelungen auf, wie Linien einer Kohlezeichnung. Sie kniff die Augen zusammen, um die Dunkelheit zu durchdringen. Es waren die Bäume am nahen Ufer.

Sie mobilisierte ihre letzten Kräfte und stieß noch ein paarmal kräftig mit der Planke ins Wasser. Einige wenige Züge kamen sie so noch voran, bevor das Ruder wirkungslos wurde. Das Boot war zu weit eingesunken.

Wasser strömte über den Rand und zog den Kahn unaufhaltsam nach unten. Eine große Luftblase schwappte an die Oberfläche, als das Boot mit dem Heck voran auf den Seegrund schlingerte.

Ludwig war längst ins Wasser gesprungen, als Elvira begriff, dass hier ihre Fahrt endete. In letzter Sekunde stieß sie sich instinktiv mit beiden Füßen von den Holzplanken ab, um wenigstens einen halben Meter zu gewinnen und um nicht von dem Sog des sinkenden Boots mitgerissen zu werden. Kurz ragte ihre Brust aus dem Wasser, bevor sie bis zum Kinn in den eisigen See sank.

Im ersten Moment vergaß sie, sich gegen das Untergehen zu stemmen. Sie bewegte sich nicht, so groß war der Schock über die unerträgliche Kälte, die sie sogleich in ihre Umklammerung nahm. Wie tausend Messerspitzen stach sie in ihre Haut, wie eine Würgeschlange wickelte sie sich um ihren Körper und hielt sie so fest, dass der Atem aus ihrer Lunge entwich. Selbst als Elvira im nächsten Augenblick reflexartig mit den Beinen schlug, ließ ihr das Wasser keinen Ausweg. Es hatte die Fasern ihres langen Wollmantels durchdrungen und ihn in ein zentnerschweres Kettenhemd verwandelt. Sie konnte den Kopf kaum noch über Wasser halten. Pfeifend tat sie einen letzten Atemzug, der nicht mehr durch die zugeschnürte Luftröhre zu passen schien.

Da war Ludwig zur Stelle. Er verbiss sich in ihren Mantelkragen und schleifte das unförmige Bündel Mensch die wenigen verbliebenen Meter zum Land. Wie eine verhedderte Marionette strampelte Elvira wild mit Armen und Beinen. Sie hatte jegliche Kontrolle über ihren Körper verloren. Obwohl sie nicht mehr als ein zappelnder Eisklumpen war, der in dem wogenden und spritzenden Wasser verzweifelt den Mund nach Luft aufriss, bekam sie irgendwie noch mit, dass ihre Stiefel gegen etwas Hartes stießen.

Im selben Moment gab Ludwig auf, und seine Zähne lösten sich aus ihrem nassen Mantel. Seine Kräfte mussten erschöpft sein, er überließ sie ihrem Schicksal. Elvira stellte sich darauf ein, im nächsten Moment zu versinken, und war überrascht, als ihre Füße festen Grund fanden. Obwohl sie noch etwa zehn Meter vom Ufer entfernt waren, war der See nicht mehr tief. In ihren bleischweren Stiefeln rutschte sie über glatte Steine, bis lange, dichte Pflanzen ihre Beine umschlangen. Sie wollten sich um ihre Oberschenkel knoten, und Elvira musste sich ruckartig nach vorne werfen, um ihrem Griff zu entkommen.

Keuchend schleppte sie sich die letzten Meter an Land. Mit

gebeugtem Oberkörper durchpflügte sie ausgedörrtes, stacheliges Gestrüpp. Gleich dahinter – ihre Stiefelsohlen steckten noch im Wasser – brach sie zusammen.

Wellenförmig stieß die Kälte in ihren Körper vor. Sie nahm Besitz von Kopf und Gliedmaßen, lähmte sie, bis sie kaum noch Widerstand leisten konnten, und drang erbarmungslos bis ins Körperinnere vor. Elvira kauerte auf dem schlammigen Boden. So fest sie noch konnte, schlang sie die verkrampften Arme um ihre Knie, die sie schlotternd an ihre Brust drückte. Obwohl es fast unmöglich war, sich in dem triefenden, vollgesogenen Mantel zu rühren. Es war die einzige Haltung, die momentan denkbar schien. Sie konnte sich beileibe nicht vorstellen, jemals wieder aufzustehen. Das Letzte, worauf sie noch hoffte, war, dass das Zittern endlich nachließ und sie sich hinlegen konnte. Jede Pore ihres Körpers verlangte nach Ruhe und Schlaf.

Doch Ludwig ließ sie nicht gewähren. Als würde er ihren gefährlichen Wunsch spüren, drängte er sie mit Gewalt aufzustehen. Er bellte und knurrte sie an und stieß immer wieder so heftig mit seinem Kopf gegen ihre Schulter, bis sie zur Seite kippte. Am Ende gehorchte sie und rappelte sich auf. Sogleich begann der Hund an ihrem Mantelsaum zu ziehen, doch es war ihr unmöglich, sich auch nur einen Schritt fortzubewegen. Wenn sie es irgendwie aus dem Wald schaffen wollte, ohne vorher zu erfrieren, musste sie sofort den triefenden Mantel ausziehen.

Ihr Körper sträubte sich mit aller Macht gegen die Gesetze der Vernunft, aber irgendwann gelang es ihr, ihren klammen Fingern zu befehlen, den Mantel aufzuknöpfen. Es dauerte eine halbe Ewigkeit, bis sie sich aus dem schweren Umhang geschält hatte. Ihre Finger schmerzten, und sie schlotterte so sehr, dass sie ihre Arm- und Beinmuskeln kaum noch unter Kontrolle hatte.

Aber der Hund trieb sie weiter an und stieß ihr mit der Schnauze immer wieder in die Kniekehlen. Er hatte ja recht, sie musste sich bewegen. Schnell bewegen. Denn sie musste hier weg. Zu erfrieren war nicht die einzige Gefahr, die ihr hier draußen drohte. Es gab eine weitaus schnellere und brutalere Gewalt, die darauf aus war, sie zu überwältigen und zu töten.

Im Wald, der sich vor ihr wie eine undurchdringliche schwarze Höhle auftat, ertönte ein lautes Knacken im Unterholz. Da wusste sie, dass sich nicht weit entfernt ein Mann mit einem Gewehr auf den Weg gemacht hatte, um seine unheilvolle Mission zu Ende zu bringen.

Sie ließ den Wintermantel in den Uferschlamm sinken und setzte sich in Bewegung. Der tiefe Schnee bremste ihre schweren Schritte, doch die Angst war stärker und trieb sie voran. Irgendwie schaffte sie es, einen Fuß vor den anderen zu setzen. Sie wankte über den unebenen Waldboden und tastete sich mit ausgestreckten Armen durch die Finsternis voran. Ludwig gab die Richtung vor, und es blieb ihr nichts anderes, als seinem Instinkt zu trauen. Allein wäre sie völlig verloren gewesen in diesem Labyrinth aus hoch aufragenden Baumstämmen.

Doch sie konnte nicht lange mit ihrem Hund Schritt halten. Mehrmals eckte sie schmerzhaft an breiten Baumstämmen an, stieß sich Schulter und Hüfte, stolperte über Baumwurzeln, trat in Bodensenken, taumelte in Schneelöcher, fiel hin und rappelte sich mühsam wieder auf. Als ihr Kopf die aufgeplatzte Rinde eines Baumstamms streifte, riss sie sich ein Büschel Haare aus und schrie vor Schmerz auf. Ihre Hände waren zerkratzt, Blut rann ihre Wange hinab.

Nahezu blind irrte sie durch die feindselige Nacht. Nur hin

und wieder drang für einen kurzen Augenblick ein Streifen Mondlicht durch das dichte Geäst der Fichten und Tannen, und Elvira folgte dem hellen Schein.

Irgendwann allerdings verließen sie ihre Kräfte. Auch wenn im Wald der kalte Wind nicht mehr zu spüren war, klebten der triefende Rock, die durchweichte Strumpfhose und die nasse Bluse wie eine eisige zweite Haut an ihrem Leib. Sie zogen schwer an ihr und spannten bei jedem Schritt. Erschöpft lehnte sie sich gegen einen Baumstamm und schloss die Augen. Ludwig war schon weit davongeschossen, nichts war mehr von ihm zu hören. Für einen Moment war es ganz still.

Elviras Rücken rutschte den Stamm entlang nach unten. Sie konnte einfach nicht mehr. Taub vor Kälte ließ sie sich auf den Schnee sinken. Gerne hätte sie sich die Arme gerieben, aber selbst dazu fehlte ihr die Kraft. Was hätte sie dafür gegeben, sich einen Augenblick ausruhen zu können. Doch die erhoffte Ruhe wollte sich nicht einstellen, im Gegenteil, ein heftiges Muskelzittern überfiel sie. Ihr Oberkörper bebte, Arme und Beine schlotterten so sehr, dass es wehtat. Ihr Unterkiefer klappte wie von selbst herab, und sie konnte gerade noch verhindern, dass ihre klappernden Zähne ihre Zunge zerbissen. Gleichzeitig war sie nicht mehr in der Lage, irgendeinen klaren Gedanken zu fassen, sie war ein einziges zuckendes Nervenbündel, das keinerlei Willen mehr besaß.

Minuten vergingen, bevor das Schlottern etwas nachließ. Sie kamen Elvira wie eine Ewigkeit vor. Nur allmählich entspannte sich ihr Körper. Allerdings wusste sie nicht, ob das ein gutes Zeichen war. Ihr war klar, dass sie erfrieren würde, wenn sie hier sitzen blieb. Als der Mond den verschneiten Wald erneut für einen Moment in stumpfem Grau erhellte, versuchte sie sich zu orientieren. Doch ihre Augen begannen zu flimmern, der Wald wurde zu einem wilden Flackern. Seine blassen Kontraste kehrten sich um, Elvira nahm das Grau als Schwarz wahr, die finsteren Schatten wurden zu gleißendem Weiß. Sie presste die Lider zusammen, um dem Spuk ein Ende zu bereiten. Rote Pünktchen tanzten auf ihrer Netzhaut.

Als sie die Augen wieder öffnete, blickte sie in die hässlichste Fratze, die sie je zu Gesicht bekommen hatte. Entsetzt wollte sie zurückweichen und stieß mit dem Hinterkopf gegen die harte Baumrinde. Die Fratze schien über ihr im Nichts zu schweben. Sie wirkte völlig körperlos. Das schreckliche Antlitz war weiß wie Schnee und hatte keinerlei Konturen. Es war so platt und rund wie der Mond, dabei auf seltsame Weise winzig und gedrungen. Nur die pechschwarzen, bohrenden Augen machten die starre Scheibe zu einem Gesicht. Zwei weit auseinanderstehende Perlen ohne Lider. Die lange Nase keilte sich wie ein spitzes Dreieck dazwischen und war fast unkenntlich, bedeckt von einem weißen Flaum. Das Erschreckendste allerdings war, dass der Mund darunter zugenäht war, er war wie ausradiert.

Während Elviras Blick sich schärfte, drehte das Wesen steif den Kopf, so dass die Fratze fast bis auf den Rücken wanderte. Auf dem Ast blieb ein halsloser, gefiederter Rumpf zurück. Die Schleiereule saß am Rand einer Lichtung und wartete auf Beute.

Irgendwo, nicht weit entfernt, zerbrach ein morscher Ast. Ein erneutes Knacken, dann ein Rascheln. Etwas oder jemand bewegte sich durch den Wald auf Elvira zu. Ein großes, schweres Tier oder ein Mensch, der um die Bäume schlich.

Sie konnte ihn keuchen hören. Langsam kroch sie um den Baum herum, weg von der Lichtung, hinein in die völlige Dunkelheit.

Er war ihr zu dicht auf den Fersen. Sie würde es nicht schaffen, vor ihm zu fliehen. Ihr fehlte die Kraft. Die einzige Chance, die ihr blieb, war, sich vor ihm zu verstecken. Und zu hoffen, dass er irgendwann aufgab. Bevor sie erfror. Sie schlang die tauben Arme um den ausgekühlten Leib und hielt den Atem an.

Das Knacken kam näher. Sie war versucht, den Kopf zu drehen und um den Baumstamm zu spähen. Aber sie ahnte, dass jedes Geräusch sie verraten konnte. Daher zwang sie sich, still hocken zu bleiben und das Zittern, so gut es ging, zu unterdrücken.

Seine Schritte waren ganz nah, nur noch wenige Meter entfernt. Er musste auf die Lichtung getreten sein. Der Schnee knirschte unter seinen Stiefeln, feine Äste zerbrachen unter seinen derben Sohlen. Er blieb stehen und schnaufte. Elvira sah förmlich den dunstigen Atem, der aus seiner Nase und seinem geöffneten Mund strömte.

Leise bewegte er sich weiter. Immer dichter kamen seine Schritte. Sie atmete flach. Er schien sie riechen zu können. Wie ein Raubtier, das die Angst seines Opfers wittert.

Plötzlich wurde es laut. Das Hecheln eines Tieres war zu hören, das zwischen den Bäumen auf die Lichtung hetzte. Dann ein wildes Bellen. Wie Donnerschläge hallte Ludwigs Gebell durch den nächtlichen Wald.

Voller Panik fuhr Elvira herum und verließ ihr schützendes Versteck. Der Mann auf der Lichtung drehte ihr den Rücken zu und richtete sein Gewehr auf den Hund. Das Tier setzte zum Sprung an, und ein Knall zerfetzte die Dunkelheit. Im selben Moment, als der Mann den Schuss abfeuerte, verstummte der Hund.

Ein Schmerzensschrei entwich Elviras zugeschnürter Kehle. Sie kroch zu Ludwig hinüber. Auf allen vieren blickte sie auf den verwundeten Körper ihres Hundes, der sich winselnd im Schnee wand. Voller Verzweiflung stöhnte sie auf, ihr Herz hämmerte heiß in der eisigen Brust.

»Die Treffsicherheit scheint, wie gesagt, in der Familie zu liegen«, brummte eine raue Stimme. »Eigentlich schade, dass du es mir nun so leicht machst. Jetzt, wo ich mich gerade erst aufgewärmt habe.« Er seufzte und fügte voller Bedauern hinzu: »Um den armen Kerl tut es mir wirklich leid, aber er hätte mir einfach nicht in den Rücken fallen dürfen.«

Elvira löste sich von dem Anblick des angeschossenen Tiers und betrachtete das dunkle Paar Stiefel neben sich.

Simon Zauner machte einen Schritt auf sie zu. »Die beiden Fehlschüsse von vorhin laufen außerhalb der Wertung. Gegen einen derart heftigen Wind, noch dazu bei der Dunkelheit, ist eine so alte Flinte machtlos.«

Sie kam auf die Knie und richtete den Oberkörper auf. Ihr Blick wanderte an Simon Zauner hinauf, bis ihre Augen die seinen trafen. Ihr Mund öffnete sich, wollte ihn ein letztes Mal um Gnade anflehen.

Doch er ließ sie nicht zu Wort kommen. Durch die geschlossenen Zähne zischte er: »Dabei stünde mir eigentlich die doppelte Punktzahl für meinen Treffer zu. Du konntest deinem Ältesten schließlich in aller Ruhe auflauern, und Matthias hatte mit dem Keiler mehr als leichtes Spiel.« Lachend schüttelte er den Kopf. »Der Lindner hatte im Grunde gar nicht so unrecht – den hätte man auch mit einer Mistgabel vertreiben können. Aber gut, dein missratener Sohn wollte sich eben auch mal wie ein echter Mann fühlen und abdrücken. Wo er doch sonst öfter mal mit Ladehemmungen zu kämpfen hat.« Er legte den Kopf schief und zwinkerte Elvira komplizenhaft zu. »Mach dir keine Sorgen. Sobald du hier friedlich schläfst, werde ich mich um ihn kümmern und ihm klarmachen, dass er nicht zum Helden taugt.«

Elviras Lippen schlossen sich wieder. Sie blieb stumm. Ihre Worte würden ihn nicht erreichen. Niemals würde er sich von seinem Vorhaben abbringen lassen. Er würde sie töten. Jetzt. Hier. Sofort. Danach würde er sich auf die Suche nach Matthias machen. Die Kälte, die längst bis in ihr Innerstes vorgedrungen war, versteinerte ihr Herz.

»Du solltest deinem Gott dafür danken, dass er dir diesen schnellen Tod schenkt.« Seine Miene wurde ernst, und seine Augen begannen ungeduldig zu flackern. Er legte die Waffe an und zielte auf ihre Stirn. Fast berührte der Gewehrlauf ihre Haut. Seine Kiefermuskeln spannten sich, sein rechter Zeigefinger lag sicher am Abzug. Er kostete den Moment aus.

Elvira regte sich nicht und schloss die Augen. Sie fühlte nichts mehr. Sie wartete nur noch auf das Nichts, das hoffentlich gefüllt war mit Wärme und Ruhe.

Aber Simon Zauner war nicht gefasst auf die Fratze des Todes, die plötzlich nur eine Flügelspanne entfernt vor ihm auftauchte. Er zuckte zusammen, Elvira sah auf. Seine Augen weiteten sich vor Entsetzen. Lautlos glitt die Schleiereule durch die Luft auf ihn zu. Ausgehungert hatte sie einem Nager im Schnee aufgelauert. Kein bisschen war sie gewillt, sich die Beute entgehenlassen. Davon konnten sie auch nicht die beiden Menschen abhalten, die reglos auf der Lichtung ausharrten.

Ihr gespenstisch heller Gesichtsschleier stürzte direkt auf ihn zu, und er wich ein Stück zurück. Da stürzte sich die teuflische Erscheinung auch schon auf die Maus im Schnee. Erbarmungslos krallten sich die Eulenklauen in ihren Rücken, bevor sie das zappelnde todgeweihte Tier vom Boden aufhoben und ins schwarze Nichts schleppten.

Unwillkürlich hatte Simon den Griff um das Gewehr gelockert, und die Waffe schwankte, während er den gefiederten Jäger erschreckt anstarrte.

Seine Verwirrung währte nur einen kurzen Moment. Doch dieser winzige Augenblick reichte Elvira, um eine Entscheidung zu treffen. Eine Entscheidung, die eher einem Reflex glich.

Noch immer auf den Knien, schoss sie nach vorn, und ihre rechte Hand umschloss einen eiskalten losen Ast, der schräg vor ihr im Schnee lag. Auch wenn ihr Arm fast taub war und sie nicht richtig ausholen konnte, verlieh ihr die Gewissheit, nur diese eine Chance zu haben, eine ungeahnte Kraft.

Mit dem ersten Schlag schleuderte sie ihrem Halbbruder das Gewehr aus der Hand. Er hatte gerade erst den Blick von der Schleiereule gelöst und taumelte verdutzt nach hinten. Elvira kam auf die geschwächten Beine und rammte ihm den Ast in die Magengrube. Er stöhnte laut, und sein Oberkörper krampfte sich zusammen.

Elvira fand die Kraft für einen letzten Schlag. Darin bündelte sie all ihre Angst, Verzweiflung und Wut. Vor ihrem inneren Auge tauchten die Gestalten ihrer Söhne auf. Zum ersten Mal glaubte sie, die beiden wirklich sehen zu können, selbst ihre Gesichter.

Dieser Mann hatte sie dazu gebracht, Jochen zu töten. Jetzt musste sie dafür sorgen, dass er Matthias nichts antun konnte. Fast verhalten waren die beiden vorherigen Hiebe gewesen, im Vergleich zu der Wucht, mit der sie diesmal zuschlug. Erbarmungslos schmetterte sie ihm den Ast gegen die Schläfe.

Ohne jeden Laut sackte Simon zusammen und blieb reglos im Schnee liegen. Blut sickerte aus seinem Kopf. Dampfend brannte es sich in den Schnee. Elvira stand über ihm, scheinbar leblos wie eine Statue aus Eis. Nur allmählich kam sie zur Besinnung. Sie erwachte wie aus einem Rausch. Ihr schwindelte, ihr Oberkörper neigte sich zur Seite, und sie kippte fast um. Doch irgendwie schaffte sie es, das Gleichgewicht zu halten.

Der scharfe eisenhaltige Geruch des warmen Bluts stach ihr in die Nase. Eine heftige Übelkeit überkam sie, Speichel schoss in ihren Mund, und sie schluckte angestrengt. Sie keuchte vor Erschöpfung, und das heftige Zittern setzte wieder ein. Wie ein Schraubstock hielt sie mit der rechten Hand noch immer den Ast umklammert. Mit ganzem Willen konzentrierte sie sich darauf, die Finger davon zu lösen. Als das krumme Stück Holz in den Schnee fiel, sah sie das Blut darauf.

Sie musste weg von diesem Ort. Sofort. Irgendwie musste sie es schaffen, diese unselige Lichtung zu verlassen. Auch wenn es ihr nicht mehr gelingen würde, sich bis nach Hause zu retten. Sie war mit ihren Kräften endgültig am Ende. Und sie hatte keinen Begleiter mehr, der ihr den Weg weisen konnte.

Ihr Blick glitt über den verwundeten Körper ihres Hundes. Ludwigs Winseln war verstummt. Für einen Moment war sie sich sicher, dass er tot war. Doch dann meinte sie zu bemerken, wie sich sein Brustkorb kaum merklich hob. Er schien noch zu atmen.

»Halt durch, mein Freund«, sagte sie heiser. »Wenn ich es hier raus schaffe, werden wir kommen und dich holen. Das verspreche ich dir.«

Sie hätte sich gern zu ihm hinabgebeugt, um ihm übers Fell

zu streichen, doch sie wusste, dass sie dann nicht wieder auf die Beine gekommen wäre.

»Mach's gut«, flüsterte sie und ging los. Ihr letzter Blick galt Ludwig, während sie es vermied, auf Simon Zauner hinabzusehen.

Wie eine hundertjährige Frau stakste sie über die mondhelle Lichtung zurück in den Wald. Völlig willkürlich schlug sie eine Richtung ein, ihr Schicksal lag schon lange nicht mehr in den eigenen Händen.

Wieder irrte sie durch das Labyrinth aus hohen Bäumen. Ihre Füße, die anfangs noch höllisch schmerzten, wurden nach einiger Zeit völlig taub. Sie konnte sie nicht mehr spüren. Sie lief und lief. Stundenlang. Oder waren es nur wenige Minuten? Sie schien keinen Meter voranzukommen. Nach jedem Baum lauerte stets nur der nächste.

Mittlerweile war sie kaum mehr in der Lage, aufrecht zu gehen. Die Übelkeit wollte nicht nachlassen, wie eine Seekranke wankte sie immer weiter, stolperte mit gebeugtem Oberkörper Schritt um Schritt voran. Bis sie nicht mehr konnte.

Als sich ein Wall aus Schnee vor ihr auftat, war es ihr unmöglich darüberzuklettern. Er war nicht allzu hoch, doch Elvira gab auf. Mit einem Stöhnen ließ sie sich zu Boden sinken, plumpste auf den harten Schnee. Der Kopf fiel ihr auf die Brust. Für einen Moment schlossen sich ihre Lider, und sie glitt hinab in die Welt des Schlafs. Mit Gewalt riss sie sich am eigenen Schopf zurück.

Doch sie schaffte es nicht, aufrecht sitzen zu bleiben, ihre Schultern sackten nach hinten, wollten sich an dem hohen Schnee anlehnen. Zwar nahm sie aus dem Augenwinkel die dunkle Kante noch wahr, doch ihre Reflexe funktionierten nicht mehr richtig, und sie schaffte es nicht auszuweichen.

Mit voller Wucht prallte ihr Hinterkopf gegen ein Stück Holz. Blitze zuckten vor ihren Augen auf, dann ebbte der Schmerz ab. So wie alle Schmerzen mit einem Mal ihren Körper verließen.

Erleichtert ließ sie den Kopf neben dem Brett in den verharschten Schnee sinken. Über ihr tat sich der Sternenhimmel auf. Funkelnde Edelsteine auf schwarzem Samt.

Nach der Enge des Waldes war die Weite, in die sie blickte, eine Erlösung. Elvira sog die Unendlichkeit in sich auf. In diesem Augenblick war sie nur dankbar, nicht länger kämpfen zu müssen. Sie bestaunte die Schönheit des nächtlichen Gebirgshimmels. Hier unten war der Mensch eingesperrt, dort oben war er frei.

Dann fielen ihre schweren Lider zu.

Epilog

Der See war warm. Angenehm warm. Elvira stand bis zu den Schultern in dem Wasser, das gar kein Wasser war. Sie blickte auf eine durchscheinende weiße Flüssigkeit, durchsetzt mit fettigen gelblichen Schlieren.

Frisch gemolkene Milch, wusste sie, ohne es denken zu müssen. Fasziniert und gleichzeitig leicht angewidert hob sie die Arme aus dem dickflüssigen Nass und breitete sie aus. Als wäre sie ein Vogel, der über dem See kreiste. Sie sah sich um und erfasste die gesamte Weite des Sees. Seine trübe Oberfläche schaffte es kaum, die fahlen Sonnenstrahlen zurückzuwerfen. Ganz glatt war sie und konnte dennoch keine Bilder reflektieren. Wie ein blinder Spiegel.

Ein Schatten kam unter der Wasseroberfläche herangekrochen. Elvira erwartete einen Fisch, der rechtzeitig vor ihr abdrehen würde. Doch das dunkle Etwas wich nicht vor ihr zurück. Stattdessen schlang es sich immer enger um ihre Beine. Jetzt sah sie, dass weitere Schatten folgten. Es waren Schwaden aus dunkelrotem Blut, die durch den Milchsee waberten. Warme Strömungen in einem warmen See. Frisches Blut in frischer Milch.

Elvira brüllte vor Ekel und wollte ans Ufer rennen. Doch das dickflüssige Gemisch hielt sie umfangen, ließ sie nicht los. Panisch trat sie auf der Stelle. Und schrie.

Sie riss die Augen auf. Ein Gesicht tauchte vor ihr auf. Es war ganz nah. War es ihr eigenes? Schaute sie in einen Spiegel?

Sie versuchte, ihren Blick zu schärfen, und starrte das Gesicht weiter an. Der Mund begann sich zu bewegen. Elvira wunderte sich, da sie nicht spürte, wie sich ihre Lippen öffneten. Ängstlich warf sie den Kopf hin und her, während sich das Gesicht vor ihr nicht vom Fleck rührte.

Dann spürte sie etwas Weiches unter ihrem Kopf und bemerkte erst jetzt, dass sie auf einem Kissen lag. Nun verstand sie auch, dass das Gesicht nicht vor, sondern über ihr war. Der Mund war ein fremder Mund, der sich bewegte, weil er redete. Allmählich drangen die Worte bis zu ihr durch.

»Ganz ruhig, mein Mädchen … Alles wird gut … Du bist über den Berg. Der Herrgott hat entschieden, dass er noch ein Weilchen auf dich verzichten kann.«

Was machte Pfarrer Wilms hier? Mitten auf dem See?

Aber nein, das Weiß um sie herum war kein See aus schmutziger Milch. War es Schnee?

»Elvira, hörst du mich? Bist du wach? Gib mir ein Zeichen, damit ich weiß, dass du wieder im Diesseits angekommen bist.«

Sie lag in ihrem Schlafzimmer, gebettet auf ein weißes Kissen, unter einer weißen Decke. Vollzog der Pfarrer an ihr die Letzte Ölung? Salbte er sie, damit sie beruhigt seinem Gott gegenübertreten konnte?

»Hier, trink einen Schluck.« Er hielt ihr ein Glas Wasser vors Gesicht, und Elvira stützte sich auf die Ellbogen. Gierig trank sie, während Pfarrer Wilms das Kissen aufklopfte und es ihr als Stütze zurechtrückte.

Als sie fertig war, schnaufte sie angestrengt. Kalte Tropfen rannen ihr übers Kinn. »Was ist passiert?«, fragte sie mit belegter Stimme. »Was machen Sie hier? Wie spät ist es?«

Der Pfarrer nahm ihr das Glas ab. »Es ist halb sieben Uhr

morgens. Dein Sohn hat dich gestern Abend am Waldrand gefunden, direkt an der Hangstraße. Auf einem Schneewall hast du gelegen, den Kopf an einen Wegweiser gelehnt. Du warst schlimm zugerichtet, völlig durchnässt und unterkühlt. Nicht einmal einen Mantel hattest du an. Deine Kleider waren blutverschmiert. Matthias hat dich hergetragen, dir trockene Sachen angezogen und dich ins Bett gelegt.«

Elvira griff sich an die Stirn, auf der Schweißperlen klebten. An ihrem Hinterkopf pochte eine dicke Beule. Sie befühlte ihre heißen Wangen, hielt an den verschorften Kratzern inne und fuhr sich durch die strähnigen, verklebten Haare. Wie eine Blinde, die ein Gesicht ertastet. Mit brutaler Gewalt kehrte ihr Erinnerungsvermögen zurück und mit ihm eine Welle schauerlicher Bilder. Jochens toter Körper, Simon Zauner, ihre Flucht durch den Wald.

Aufmunternd tätschelte der Pfarrer ihre Hand. »Als ich heute in aller Früh erfahren habe, was bei euch los ist, bin ich sofort in mein Auto gestiegen. Matthias kümmert sich gerade um die Kühe, er kommt gleich wieder.«

»Wie geht es der Resi?«, stieß Elvira voller Angst hervor.

»Keine Sorge, mein Kind, sie ist über den Berg. Sie wird wohl noch einige Zeit im Krankenhaus bleiben müssen, aber das Schlimmste ist überstanden.« Mit seinem Stuhl rückte er ein Stück näher an Elviras Bett heran. »Der Simon war's, nicht wahr? Der Lindner war nur sein Bauernopfer«, raunte er, als hätte er es die ganze Zeit gewusst.

Elvira setzte sich steif auf. »Aber Sie waren doch auch davon überzeugt, dass Joachim Lindner der Mörder ist …«

»Ja, das kann schon sein«, gab der Alte leicht zerknirscht, aber auch mit Ungeduld zu. »Ich glaubte mich eben zu erinnern, dass ich ihn vor langer Zeit schon einmal hier oben gesehen hatte. Erst später fiel mir wieder ein, dass der Mann von damals Jürgen Lindner und nicht Joachim heißt.« Kleinlaut gestand er seine irreführende Wichtigtuerei ein. »Man möge es mir nachsehen, dass ich die beiden Namen durcheinandergebracht habe.« Doch sogleich wandte er sich wieder der eigentlichen Neuigkeit zu: »Simon Zauner war also hier oben, und du hast ihn gesehen.« Aufgeregt krallte er seine runzligen Finger in die Bettdecke. »Der uneheliche Sohn unserer heiligen Katharina lebt! Wie sieht er aus? Wo steckt er? Ist er geflohen? Wie hat er es geschafft, den Jochen zu überwältigen? Und wo hatte er sich die ganze Zeit über versteckt?«

Elvira starrte ins Leere. Es war eine schwarze Leere, ein grauenhafter Abgrund, dessen Anblick ihr noch einmal eine Welle der Todesangst durch den gesamten Körper jagte. »Lassen Sie uns auf Matthias warten«, bremste sie den Alten in seiner Neugier. »Ich muss weiter ausholen. Das Unheil, das uns hier oben ereilt hat, hat seinen Anfang schon vor langer Zeit genommen. Vor mehr als fünfzig Jahren. Sie kennen einen Großteil der Wahrheit. Aber eben nicht die ganze Wahrheit.«

Dein Vater«, erklärte Elvira stockend ihrem Sohn, »ist nie in dieses Haus zurückgekehrt.«

Sie hatte den beleidigten Pfarrer einen Moment vor die Tür geschickt, nachdem sie ihn und Matthias über Simon Zauner, sein tragisches Schicksal und seinen Rachefeldzug ins Bild gesetzt hatte. Was sie jetzt zu berichten hatte, ging dagegen nur ihren Sohn etwas an.

Schweigend saß er am Fußende auf der Kante ihres Betts, sein Unterkiefer bebte.

Mit teilnahmsloser Stimme erzählte ihm Elvira von den Briefen und Fotos, von der seltsamen Blindheit, die wie ein Fluch auf der Familie lastete, und von ihrem Halbbruder, der davon gewusst und dieses Wissen zu seiner gefährlichsten, hinterhältigsten Waffe gemacht hatte.

»Dieses Schwein«, presste Matthias schließlich hervor. »Von vorne bis hinten hat er uns belogen und getäuscht. Er hat sie alle umgebracht. Einen nach dem anderen. Aber das hat ihm nicht gereicht. Gestern dann hat er auch noch das Gewehr auf den Jochen gerichtet und versucht, dich zu töten! In die Hölle soll er kommen und dort tausend Tode sterben!«

»Nein, Matthias, er war's nicht«, schluchzte Elvira auf.

»Wie meinst du das?« Er wirkte wie vor den Kopf gestoßen.

Heiße Tränen liefen über ihre gefühllosen Wangen, und ihre Stimme brach, als sie beichtete, wie sie ihren ältesten Sohn eigenhändig erschossen hatte. Niemals würde sie von dieser Schuld erlöst werden. »Sie werden mich verhaften, Matthias«, sagte sie weinend. »Und das Urteil für eine Mutter, die den eigenen Sohn getötet hat, wird gewiss nicht milde ausfallen. Aber das ist nur gerecht.«

»Nein, Mutter, er ist nicht tot!«, rief Matthias und dämpfte seine Stimme sofort. »Vor einer Stunde hat das Krankenhaus angerufen, sein Zustand ist stabil.«

Mit offenem Mund starrte Elvira ihn an. Sie glaubte, sich verhört zu haben. »Das ist unmöglich ... Der Schuss ... Ich habe ihn doch ... Mitten in die Stirn ... Das kann nicht sein«, stotterte sie heiser.

Matthias nahm ihre Hände in die seinen, um seinen Worten Nachdruck zu verleihen. »Ja, du hast recht. Die Kugel ist in die Stirn eingetreten, aber so schräg, dass sie gleich über dem linken Ohr wieder ausgetreten ist. Der Schusskanal ist schmal, haben die Ärzte gesagt, deshalb hat die Kugel keinen größeren Schaden hinterlassen. Der Jochen hat keine inneren Blutungen und auch keine Gehirnschwellung. Lebenswichtige Funktionen sind nicht beeinträchtigt, sagen sie. Das Atemzentrum ist unversehrt. Große Gefäße sind nicht verletzt.« Ein zaghaftes Lächeln stahl sich in sein Gesicht. »Ich habe es mir zweimal erzählen lassen, um mir alles zu merken.«

»Das ist ... ein Wunder«, stammelte Elvira, noch immer völlig verstört. Diese Schicksalswende kam zu plötzlich, als dass sie sich darüber freuen konnte. Sie traute dem unerwarteten Glück nicht über den Weg.

»Ja, ein Wunder. Das haben die vom Krankenhaus auch gesagt.« Mit einem Mal wurde Matthias ernst. Er beugte sich vor und flüsterte eindringlich: »Komm bloß nicht auf die Idee, dem Gruber zu erzählen, dass *du* auf den Jochen geschossen hast. Nach allem, was die Resi der Polizei gestern noch über diesen Unmenschen berichtet hat, gehen alle davon aus, dass er es war.«

Überrascht nickte Elvira und versprach, den Mund zu halten.

Matthias dachte nach. »Sag ihnen, dass der Zauner zuerst auf den Jochen geschossen und dich dann in den Wald geschleppt hat.«

Sie versprach auch dies.

»Obwohl, wenn das Gewehr auftaucht und darauf nur deine und meine Fingerabdrücke zu sehen sind …«, überlegte er. »Wo ist es überhaupt?«

Elvira schilderte, wie Simon Zauner sie zum See gelockt hatte, wie er nach ihr ins Haus gegangen war und das Jagdgewehr genommen hatte, bevor er ihr gefolgt war. Danach lehnte sie sich erschöpft in ihr Kissen zurück.

Die Miene ihres Sohnes hatte sich erneut verfinstert. »Ich bring ihn um! Ich werd ihm jeden Knochen einzeln brechen«, zischte er.

»Matthias«, stöhnte Elvira leise, »er ist schon tot. Er liegt im Wald und kann sich nicht mehr regen. Neben unserem armen Ludwig, der als Letzter seinen blinden Zorn zu spüren bekommen hat.«

Er sah sie zweifelnd an. Bist du dir wirklich sicher?, besagte sein Blick. Neben der Ungläubigkeit glomm auch eine wütende Hoffnung darin.

Elvira nahm nichts davon wahr. Sie war mit ihren Gedanken auf einmal ganz woanders. Unvermittelt rief sie: »Wie konnte ich nur?« Ruckartig richtete sie sich auf. »Vielleicht ist er noch am Leben! Er hat noch geatmet! Du musst ihn retten!«

Aus dem Blick ihres Sohns sprach Unverständnis.

»Ich hab ihm versprochen, dass wir ihn holen kommen. Wie spät ist es jetzt? Wie lange liegt er schon im Wald?

Matthias reagierte noch immer nicht.

»Verstehst du denn nicht?«, schrie Elvira ihn beinahe an. »Du musst den Ludwig holen! Ich hab's ihm versprochen!«

»Ja, natürlich«, entgegnete ihr Sohn verunsichert und erhob sich, während er auf seine Armbanduhr sah, »aber jetzt ist es schon nach sieben, das heißt, er liegt seit mehr oder weniger zwölf Stunden schwer verletzt in der Kälte …«

»Bitte, Matthias«, Elvira sah ihn flehend an, »geh ihn suchen! Selbst wenn er schon tot sein sollte«, sagte sie, und ein feuchter Schleier legte sich über ihre Augen, »können wir ihn nicht an diesem grausigen Ort zurücklassen.«

Matthias sah hinaus in die Dunkelheit. Noch war es finster, aber die Morgendämmerung würde bald über die Berge kriechen. »Schon gut, ich gehe. Er wird ja nicht allzu weit von der Stelle entfernt liegen, wo ich dich gestern gefunden habe.« Seine Miene wurde hart. »Aber den verfluchten Mörder zerre ich nicht aus dem Wald. Um den kann sich die Polizei kümmern. Von mir aus soll er da draußen verrotten, während ihm die Krähen die Augen aushacken und die Würmer in seine Gedärme kriechen.«

Keine fünf Minuten nachdem Matthias aus dem Haus war, klopfte es an der Schlafzimmertür, und Lothar Gruber streckte den Kopf herein. Er fragte, wie es ihr gehe, und bat sie ernst, aber freundlich um ein Gespräch. Jetzt war es so weit. Die Wahrheit sollte ans Licht.

Elvira wollte nicht in ihrem Schlafzimmer mit ihm reden, außerdem wollte sie sich vorher umziehen. Sie hatte das Gefühl, sich rüsten zu müssen.

Während Gruber in der Küche auf sie wartete, schwang sie vorsichtig die Beine aus dem Bett, holte saubere Kleider aus dem Schrank und zog sich an. Immer wieder musste sie sich abstützen, weil ihr schwarz vor Augen wurde.

Auf dem Weg in die Küche war sie darauf bedacht, nicht auf die braunen Blutschlieren zu achten, die sich im Flur überall auf Boden und Wänden fanden.

Vier Polizisten saßen um den Esstisch, von denen Elvira nur Lothar Gruber an seinem Schnauzbart erkannte und den langen Hageren mit der randlosen Brille. Sie grummelten ihr einen unverständlichen Gruß entgegen.

»Wo ist Pfarrer Wilms?«, fragte sie etwas eingeschüchtert, bevor sie sich auf den Stuhl setzte, den der Polizist ihr hinschob.

»Den habe ich nach Hause geschickt, auch wenn er Ihnen seelischen Beistand leisten wollte. Keine Sorge, dafür haben wir hervorragend ausgebildete Psychologen.« Gruber seufzte. »Davon abgesehen hatte er inzwischen ausreichend Gelegenheit, uns über die Legende der heiligen Katharina ins Bild zu setzen. Wir werden an dem Punkt natürlich weiterrecherchieren und uns intensiv damit auseinandersetzen.« Eine gewisse Demut war aus seinen Worten herauszuhören.

Dann war Elvira an der Reihe. Die Beamten ließen sie einfach reden. Sie ließen ihr die Zeit, all die schlimmen Erlebnisse noch einmal in Worte zu fassen. Dabei lief ein Band mit, und die Finger des Hageren flogen über die Tastatur seines Computers.

Sie bemühte sich, nichts zu vergessen oder zu verschweigen. Nur ein einziges Mal wich sie von der Wahrheit ab, als sie zu dem Mordversuch an Jochen kam.

Anschließend musste sie eine ganze Reihe von Fragen über sich ergehen lassen. Die meisten davon betrafen die Morde an Michael und an ihrem Vater, den gestrigen Tag, Simon Zauner und seinen Tod.

Lothar Gruber informierte sofort per Handy seine Kollegen, damit sie am See nach der Leiche suchten. Danach musste Elvira ihm noch einmal in allen Einzelheiten die Störung schildern, unter der sie litt. Ein Psychologe sollte in den kommenden Tagen mit ihr sprechen und ein Gutachten erstellen.

Die Beamten gingen zurückhaltend und behutsam mit ihr um, wahrscheinlich vor allem deshalb, wie Elvira vermutete, weil die Polizei bei ihren Ermittlungen mehr als einen groben Fehler begangen hatte. Anstatt den Dingen auf den Grund zu gehen, hatten sich die Ermittler in die Irre führen lassen und den Falschen verhaftet. Sie hatten sich auf gefälschte Spuren verlassen. Auf den Handschuh in der Kapelle, auf den Vorschlaghammer in Lindners Kofferraum, auf das Beil, auf Resis Kleider. All diese Dinge hatte Simon in einem günstigen Moment dort versteckt, womöglich als er den Gast im Soierntal aufgelesen hatte. Er hatte an alles gedacht, sogar Resis Kleider hatte er bereits im Sommer von der Wäscheleine gestohlen, weil er gewusst hatte, dass Joachim Lindner Ende November zurückkommen würde.

Irgendwann war das Verhör vorbei. Die Beamten ließen sie in Ruhe.

»Keine weiteren Fragen, jedenfalls vorerst«, beendete Gruber das recht einseitige Gespräch.

Elvira blieb unschlüssig sitzen. Durfte sie jetzt gehen? Wohin sie wollte?

Lothar Gruber schien ihre Gedanken lesen zu können. »Nur zu! Sie sind entlassen«, ermutigte er sie. »Ich möchte Sie lediglich bitten, in Ihrem Haus vorerst nichts aufzuräumen oder zu säubern, damit die Kollegen von der Spurensicherung ihre Arbeit machen können.«

Elvira nickte.

»Das gilt auch für Ihren Sohn.«

Wieder nickte sie und erhob sich. Sie sah auf die Wanduhr und erschrak. Mehr als zweieinhalb Stunden waren vergangen. War Matthias schon zurück? Was war mit Ludwig?

Als sie in den Flur trat, schien das ganze Haus mit einem Mal voll von Polizisten. Überall hörte man Schritte und Gerumpel, auf den Treppen, in den Gästezimmern, im Arbeitszimmer, auf dem Speicher, sogar im Keller. Der Mann mit den kurzen Haaren und dem Igelgesicht machte Fotos im Flur. Elvira schob sich an ihm vorbei zur Eingangstür. Ihr großes, stilles Haus glich einem Ameisenbau.

Sie ging auf den Hof, um dem hektischen Treiben für einen Moment zu entkommen. Ob ihr Sohn noch immer im Wald war? Erst jetzt fiel ihr auf, dass sein Auto fehlte. Sie sah sich um, als könnte sie ihn vielleicht irgendwo entdecken. In der Ferne brummte ein Motor und wurde mit jedem Moment lauter. Endlich, da vorne kam er angefahren!

Kaum hatte er den Wagen geparkt, rannte sie ihm entgegen. »Wo warst du so lange? Hast du Ludwig gefunden?«, rief sie, noch bevor er die Fahrertür geöffnet hatte.

Wortlos stieg er aus. Er wirkte angespannt und auch ein wenig gehetzt.

Ein Polizist kam aus dem Haus und lief an ihnen vorbei zu einem der Streifenwagen.

Matthias trat dicht an seine Mutter heran. »Ludwig kann es schaffen«, sagte er mit gesenkter Stimme. »Ich hab ihn runter zum Tierarzt gefahren. Der Mann tut alles dafür, dass sich sein Zustand stabilisiert.«

»Er lebt? Ludwig hat die letzte Nacht überlebt?« Elvira konnte es nicht glauben.

Matthias nickte. »Er hat noch geatmet, als ich ihn gefunden habe. Zum Glück hab ich nicht allzu lange gebraucht, bis ich bei ihm war. Ich bin einfach deinen Fußabdrücken zurück in den Wald gefolgt. Der Bursche ist ganz schön schwer. Als er über meiner Schulter lag, hab ich gemerkt, dass er unter seinem dicken Fell noch recht warm war.«

»Wie hat er es nur geschafft, so lange in dieser Eiseskälte auszuharren?« Es war unfassbar. Elvira konnte sich beim besten Willen nicht vorstellen, wie ein Lebewesen eine ganze Nacht verletzt im Schnee überleben konnte.

»Er ist eben kein verweichlichter Zweibeiner«, antwortete ihr Sohn nüchtern. »Der Tierarzt meinte nur, dass er einer robusten Winterrasse mit einem ziemlich dichten Fell angehört und daher nicht so schnell friert.« Er zog die Mütze vom Kopf und kratzte sich im Nacken. »Einen Schutzengel hat er aber auch gehabt. Der Arzt hat mir erklärt, dass der Schuss zum Glück nicht lebensgefährlich war.«

Das Wunder vom Morgen hatte sich wiederholt! Am liebsten wäre Elvira ihrem Sohn um den Hals gefallen. Nach all den Toten um sie herum war es für sie schier unbegreiflich, dass nach Jochen auch Ludwig am Leben geblieben war.

Doch die frohe Botschaft wollte nicht zur bedrückten Miene ihres Sohnes passen. Über seinem Nasenbein hatte sich eine steile Furche gebildet, seine Augenbrauen bildeten eine bedrohliche Linie.

»Was ist los, Matthias? Du verschweigst mir doch was! Du hast mir bloß die halbe Wahrheit gesagt, nicht wahr?«

»Bist du dir wirklich sicher, dass du Simon Zauner getötet hast?«, antwortete er mit einer Gegenfrage.

Seine Worte trafen Elvira wie ein Schlag. Entsetzt starrte sie ihn an.

Er wich ihrem entschlossenen Blick aus.

»Was soll das?«, hakte sie beinah zornig nach. »Glaubst du, ich hab mir das alles bloß eingebildet? Dass er mit blutendem Kopf im Schnee lag und sich nicht mehr gerührt hat? Glaubst du wirklich, er hätte mich gehen lassen, wenn er es irgendwie hätte verhindern können?«

»Das will ich dir alles gerne glauben, nur … im Wald lag er jedenfalls nicht mehr«, erwiderte Matthias, während er sich nervös durch die Haare fuhr.

»Was, wenn du ihn übersehen hast?«, überlegte Elvira panisch. »Andererseits … er hat gleich neben Ludwig gelegen, keine fünf Meter von ihm entfernt.«

»Glaub mir, da war niemand.«

»Vielleicht ist Schnee auf die Leiche gefallen.«

Mit einer ungehaltenen Handbewegung wischte Matthias ihren Einwand fort. »Es hat die ganze Nacht nicht mehr geschneit!«

Auferstanden von den Toten, schoss es Elvira durch den Kopf, und sie erschauderte. War es möglich, dass dieser Teufel mehr als ein Leben besaß? Nein, sie musste vernünftig bleiben, durfte sich nicht wieder von ihrer Angst überwältigen lassen. Ganz sicher gab eine logische Erklärung für Simons Verschwinden.

»Das ist unmöglich, Matthias. Ich habe mich nicht getäuscht. Du musst ihn übersehen haben.«

»Ach ja?« Ihr Sohn bekam einen Hustenanfall. »Und warum«, fragte er, nachdem er sich wieder beruhigt hatte, »war da keine drei Schritte neben Ludwig ein dunkelroter Fleck im Schnee?«

Elvira verstand die Welt nicht mehr.

»Mutter, du musst dich getäuscht haben … zumindest teilweise«, sagte er eindringlich. »Du hast ihn zwar niedergeschlagen, aber nicht getötet. Vermutlich hat er sich später aufgerappelt und ist geflohen.«

Sie war sprachlos. Sie hatte doch förmlich gespürt, wie Simon Zauner sein Leben ausgehaucht hatte.

»Na ja, er wird wohl eher gekrochen als geflohen sein«, fügte Matthias hinzu. »Im Schnee war eine breite Schleifspur zu sehen. Ich bin ihr ein Stück in den Wald hinein gefolgt, dann aber umgekehrt. Schließlich musste ich mich um Ludwig kümmern.« Seine Stimme wurde lauter. »Aber nachher gehe ich noch mal los und suche nach ihm. Ich hoffe, der Scheißkerl ist inzwischen krepiert! Wenn nicht, werde ich persönlich nachhelfen.«

Bei der Vorstellung, dass Simon Zauner noch irgendwo da draußen herumschlich und ihrem Sohn mit dem Gewehr auflauerte, bekam Elvira es mit der Angst zu tun.

Da wurde die Haustür aufgerissen, und Lothar Gruber stürmte heraus. Sein Gesicht war wutverzerrt.

»Herr Holzer, wo waren Sie? Was haben Sie vorhin im Wald gemacht?«

Der völlig verdutzte Matthias blieb stumm.

»Erzählen Sie mir jetzt bloß keine Lügengeschichten. Einer meiner Kollegen hat Sie vorhin aus dem Wald kommen sehen. Mit einem toten Hund über der Schulter. Wo sind Sie mit dem Tier hingefahren?« Grubers Schnauzer bebte bis in die Bartspitzen.

Matthias klärte den Polizisten auf.

»Warum haben Sie uns nichts von dem verletzten Hund erzählt?«, blaffte Gruber. »Sie können doch nicht einfach allein an einen Tatort marschieren und wertvolle Spuren verwischen. Noch dazu, wo dort die Leiche eines Mehrfachmörders liegt, den meine Kollegen seit einer Stunde suchen.«

Matthias wandte ein, dass am Tatort gar keine Leiche liege.

»Was?« Lothar Gruber war puterrot angelaufen. »Was sagen Sie da?« Er atmete mehrmals tief durch, um sich einigermaßen zu beruhigen. »Sie zeigen uns unverzüglich die Stelle im Wald, wo Ihre Mutter den Gesuchten erschlagen hat.« Er zückte sein Handy und wies seine Kollegen an, zum Haus zu kommen. Drohend blickte er Matthias an. »Sie haben uns in unserer Arbeit behindert. Ab jetzt gibt es keine Alleingänge mehr! Oder Sie lernen mich kennen.«

Schweigend gingen sie ins Haus und warteten im Flur, bis der Suchtrupp auf den Hof zurückkehrte. Matthias und der Polizist vermieden es geflissentlich, einander in die Augen zu blicken.

Gruber telefonierte noch ein paarmal, und Elvira und Matthias bekamen mit, dass die Männer in der Zwischenzeit den Heuschober entdeckt hatten, in dem Ludwig eingesperrt gewesen war, sowie ganz in der Nähe Simons Wagen. Im Kofferraum hatten sie mehrere Kanister mit Brandbeschleuniger gefunden, die er gestern jenseits der Alpen besorgt hatte. Darauf deutete eine Tankquittung auf dem Beifahrersitz hin.

Elviras Knie wurden weich. Simon hatte tatsächlich geplant, sie alle bei lebendigem Leib zu verbrennen. Als er dann jedoch von draußen beobachtet hatte, wie sie auf Jochen geschossen und danach zum Telefon gegriffen hatte, hatte er sich umentschieden und sie zum See gelockt. Er war nach ihr ins Haus, hatte sich das Gewehr geschnappt und war mit dem Wagen rauf zum Heuschober gefahren, um den Hund zu holen. Mit dem Ruderboot war er schneller am Steg gewesen, als sie es durch den tiefen aufgeweichten Schnee im Wald geschafft hatte.

Sobald der Suchtrupp eingetroffen war, drängte Gruber

zum Aufbruch. Weitere Beamte mit Hunden waren schon auf dem Weg, nachdem er Verstärkung angefordert hatte. Er selbst musste zurück ins Präsidium. Als er sich von Elvira verabschiedete, erklärte er ihr, dass er zu ihrer Sicherheit zwei Polizisten abgestellt habe, die im Streifenwagen auf dem Hof Wache hielten. Zwei weitere Beamte von der Spurensicherung seien darüber hinaus im ersten Stock in Simon Zauners ehemaligem Reich beschäftigt.

Elvira ging in die Küche und versuchte, ihren Magen mit zwei Scheiben trockenem Brot zu beruhigen. Mehr brachte sie momentan nicht herunter. Danach blieb sie sitzen und wartete.

Irgendwann hielt sie es nicht mehr aus und fing an zu putzen. Ob Lothar Gruber auch dagegen etwas gehabt hätte? Ehe sie darüber nachgedacht hatte, glänzte alles, und ihre Hände waren feuerrot.

Ein schwarzes Tier kam aus der Stube angeschlichen, und Elvira zuckte zusammen. Bittend sah Resis Kater sie an und maunzte. Sie gab ihm eine Schüssel mit Milch und etwas von Ludwigs Futter, das der entkräftete Kater mit Appetit verschlang. Schon bald würde er hoffentlich zu seiner Besitzerin zurückkehren können.

»Man ist der einsamste Mensch auf der Welt, wenn einem niemand glaubt«, sagte Joachim Lindner und starrte auf die Kreise, die die Milch in seinen Kaffee zeichnete.

Der stets gut gelaunte Mann hatte sich in den letzten zwei Tagen stark verändert, wirkte traurig und verbittert. Niemand hatte dem Fremden aus dem Norden geglaubt, sie alle hatten sich mit dem Offensichtlichen zufriedengegeben.

Er war aus der Untersuchungshaft entlassen worden und vorbeigekommen, um seine Sachen zu holen und die Rechnung zu begleichen. Mit gesenktem Kopf saßen er und Elvira in der Küche über einer Tasse Kaffee.

Sie verstand Lindner nur zu gut und nickte, obwohl sie merkte, dass er sie gar nicht beachtete. »Dürfte ich Ihnen noch eine Frage stellen?«, meinte sie vorsichtig.

Lindner blickte gespannt über den Rand seiner Tasse. »Bitte, nur zu.«

»Warum haben Sie damals am Wegkreuz die Vase mit den Blumen mitgenommen und bei uns in den Müll geworfen?«

Lindner sah sie irritiert an. Dann jedoch verlor sein Blick an Kraft und wurde matt, als hätte er beschlossen, sich über nichts mehr zu wundern.

»Ich fand, dass die grellen Blumen nicht in die herbstliche Bergwelt passen. Wie ein Fremdkörper haben sie gewirkt, fast schon künstlich. Außerdem habe ich mich gefragt, ob sie vielleicht sogar giftig sind für die Tiere im Wald. Wenn es auf den Winter zugeht, ist das Nahrungsangebot ziemlich eingeschränkt, und ich hatte Angst, die Tiere könnten in ihrer Not etwas fressen, das ihnen nicht bekommt.«

Wieder nickte Elvira. Solche Überlegungen entsprachen dem Joachim Lindner, den sie kannte. Es waren die Gedanken eines überbesorgten Städters, der sich für die Umwelt in besonderem Maße verantwortlich fühlte und deshalb den Drang verspürte, in die Natur einzugreifen. Dabei verwechselte er hin und wieder Tiere mit Menschen.

Simon Zauner musste ihn dabei beobachtet haben, wie er die Blumen und die Vase entsorgt hatte, und beides anschließend wieder aus dem Müll gefischt haben. Womöglich hatte er befürchtet, dass die Polizisten die Tonnen durchsuchen könnten. Da er nicht wissen konnte, wie weit sie mit ihren Ermittlungen waren, wollte er ausschließen, dass irgendein Verdacht auf ihr Haus fiel.

Nachdem der Spitzbart abgereist war, hieß es für Elvira wieder warten.

Eine weitere Stunde verging. Es war längst Mittagszeit, doch sie verspürte keinen Appetit. Das Warten machte sie fast verrückt. Die Vorstellung, noch länger tatenlos herumzusitzen, Gedanken zu wälzen und sich dabei doch nur im Kreis zu drehen, war unerträglich.

In jedem Schritt, den sie in dem großen Haus tat, hallte das Unglück wider, das sich innerhalb dieser vier Wände ereignet hatte. Der Treppensturz ihres Vaters, der ohrenbetäubende Schuss, der Jochen fast getötet hatte, Resis stumme Schreie, die der Keller einfach verschluckt hatte. Eine ganze Woche hatte ihre Freundin dort unten zugebracht und dem Tod ins Auge geblickt, während Elvira und die anderen über ihr nichtsahnend gearbeitet und geschlafen, gegessen und getrunken hatten. Eine grauenhafte Vorstellung, die Simon Zauner in jeder Sekunde genossen haben musste.

Elvira zog sich warm an und begann den Hof zu fegen. Dort, wo der Schnee bereits komplett weggetaut war, bedeckten schwarzbraune Laubklumpen den Asphalt. Das eintönige Schaben des Besens lullte sie angenehm ein. Als sie aus den Augenwinkeln eine Bewegung wahrnahm, hielt sie inne und hob den Kopf. Das Warten hatte ein Ende.

Matthias kam zusammen mit mehreren Polizisten auf das Haus zu. Mit hängenden Schultern trottete er voran.

Elvira trat ihrem Sohn hoffnungsvoll entgegen, doch er schüttelte nur den Kopf.

Sie hatten Simon Zauner nicht gefunden. Der Mann, der all das unfassbare Unheil verschuldet hatte, blieb verschwunden.

Elvira hatte in weiser Voraussicht eine Stärkung für Matthias und die Polizisten vorbereitet. Ausgehungert verschlangen die Männer die belegten Brote und warteten auf Lothar Gruber, der die Suche nach dem verschwundenen Mörder koordinierte. Als er eintraf, erfuhren sie, dass zwei weitere Suchtrupps im Einsatz waren und die Gegend durchkämmten. Er gehe davon aus, dass Simon Zauner nicht allzu weit gekommen sei, erklärte er. Schließlich sei er verletzt und habe kein Auto.

Jetzt wartete Gruber auf den zuständigen Förster aus dem Dorf. Zusammen mit ihm wollten er und seine Männer das Gebiet um den See ein weiteres Mal absuchen. Matthias als Ortskundiger sollte sie zwar noch einmal begleiten, sich aber ebenso wie der Förster im Hintergrund halten. Immerhin war der flüchtige Mörder bewaffnet und kannte keinerlei Skrupel.

Als die Männer erneut aufbrachen, bat Gruber Elvira, ihn zu seinem Wagen zu begleiten. Auf dem Weg über den Hof teilte er ihr kurz und sachlich mit, wie ihr Vater ums Leben gekommen war. Die Obduktion hatte ergeben, dass Simon Zauner ihm mit einem Holzscheit einen Schlag auf den Hinterkopf versetzt hatte, woraufhin er die Treppe hinabgestürzt war.

Elvira nickte betroffen. Sie erinnerte sich an den Korb, der im Flur gestanden hatte, und an das Holzscheit neben ihrem toten Vater. Der Alte war nicht darüber gestolpert, Simon hatte das Stück Holz aus dem Korb genommen, als er mitbekam, wie der Alte in seinem Arbeitszimmer herumstöberte. Obwohl Elvira einen Teil dieser furchtbaren Geschichte schon aus Simons Mund erfahren hatte, war der Schmerz in diesem Moment kein bisschen geringer.

Mitfühlend und ein wenig ungelenk klopfte Lothar Gruber ihr auf die Schulter. Dann öffnete er den Kofferraum seines Dienstfahrzeugs.

»Hier wäre noch was«, sagte er, erleichtert über den Themenwechsel, und zog ein Tuch von einem großen Karton. Ein halbrunder bronzener Gegenstand mit einer breiten Krone wurde sichtbar. Der Polizist hob eine Glocke in die Höhe. »Die haben wir in Michael Hofers Bleibe gefunden. Sie scheint aus der Kapelle zu stammen. Die Familie Zauner hat sie vor ein paar Jahren als gestohlen gemeldet.« Ein Grinsen zuckte um seine Mundwinkel. »Der Knecht hat sie wohl an sich gebracht, um sie zu verkaufen. So ein schönes Stück ist durchaus mehrere Hundert Euro wert. Offenbar ist ihm der Handel jedoch zu heikel geworden, nachdem er die Inschrift gelesen hatte.«

Mit beiden Händen umfasste er die Glocke und hielt sie Elvira hin, damit sie die Beschriftung lesen konnte. Vier Zeilen schmückten den Bronzekörper wie ein umlaufendes Band.

Elvira nahm die Glocke entgegen, um sie beim Lesen drehen zu können. Sie befühlte die glatte Oberfläche, die erhabenen Lettern darauf, und war erstaunt über das Gewicht – bestimmt gute fünf Kilo. Die eckigen, sperrigen Buchstaben der alten Zierschrift hatten etwas Ernstes, genauso wie die Worte, die sie bildeten:

St.-Katharinen-Kapelle
Und vergib uns unsere Schuld
In ewiger Trauer und Zuneigung
Meiner geliebten Tochter und ihrem verlorenen Sohn

Elviras Herz zog sich zusammen. Unbändige Verzweiflung hatte sich in das Metall gefressen, die Verzweiflung eines gebrochenen Menschen. Die Worte waren die reumütige Bekundung eines trauernden Vaters.

Natürlich, dachte sie, Anton Zauner hatte die Kapelle kurz vor seinem Tod eigenhändig errichtet. Für seine Tochter Katharina. Die Glocke, die er hatte fertigen lassen, war der Beweis. Wahrscheinlich hatte niemand von der Inschrift gewusst. Sie war das heimliche Zeugnis seines Schmerzes.

Als er einst seine Tochter verstoßen hatte, hatte er so gehandelt, wie es ihm seine Vernunft und die ungeschriebenen Gesetze der Dorfgemeinschaft befahlen. Doch seine Seele entschied sich anders. Sie zerbrach an dem harten Urteil, das er über sein eigenes Kind gesprochen hatte.

Elviras Hände wurden schwer. Das Gewicht der Glocke schien sich verzehnfacht zu haben. Fragend blickte sie Lothar Gruber an.

»Vielleicht kann Ihr Sohn die Glocke wieder in dem Turm auf der Kapelle anbringen«, schlug der Polizist freundlich vor.

Elvira nickte. »Gewiss. Bis dahin werde ich sie sorgsam verwahren.«

Gruber bedankte sich und eilte seinen Männern hinterher, die längst aus der Hofeinfahrt hinaus waren.

»Drücken Sie uns die Daumen, dass wir diesen Verbrecher bald finden«, rief er Elvira noch über die Schulter zu. Dann war auch er verschwunden.

Mit der schweren Leihgabe ging sie zurück zum Haus. Der Klöppel schlug dumpf gegen den Glockenbauch.

Simon hatte keineswegs recht gehabt. Er hatte behauptet, die Existenz seiner Mutter sei mit ihrem Tod in Vergessenheit geraten, niemand habe je ihrer gedacht, ihre Familie und all die anderen hätten ihr Schicksal verdrängt und totgeschwiegen. Doch er hatte sich geirrt. Sein Großvater hatte Katharinas Tod nie verwunden und zeitlebens unter seiner Schuld gelitten. Mit dem Bau der Kapelle hatte er seiner Tochter und seinem Enkel ein Denkmal gesetzt.

Kurz vor der Eingangstür überlegte Elvira es sich anders. Sie wollte dieses Symbol der Trauer nicht in ihrem Haus beherbergen, dort, wo sich in den letzten Tagen so viel Furchtbares ereignet hatte. Es kam ihr vor, als wäre alles Unglück greifbar in dem eiskalten Metall, das gegen ihr Herz gedrückt war.

Sie fror erbärmlich. Als sie Lothar Gruber zu seinem Wagen gefolgt war, hatte sie keinen Mantel angezogen. Daher ging sie jetzt nur den kurzen Weg zu der Bank unter dem Küchenfenster und stellte die Glocke darauf ab. Sie würde sie in die Scheune bringen, sobald sie sich aufgewärmt hatte.

Kaum hatte Elvira wenig später die benutzten Teller und Kaffeetassen in der Küche verräumt, hörte sie ein Auto auf den Hof rollen. Sie spähte hinaus und erkannte den weinroten Ford sofort. So schnell wurde sie den Pfarrer nicht mehr los.

Wie erwartet erkundigte sich der Kirchenmann nur kurz nach ihrem Befinden und fragte dann nach Simon Zauner. Er brannte darauf zu erfahren, ob der Flüchtige mittlerweile gefasst worden war. Das ganze Dorf redete von nichts anderem.

Elvira schüttelte den Kopf. Der Gedanke an ihren Peiniger jagte ihr einen Schauer über den Rücken und ließ das Blut in ihren Adern gefrieren.

Doch Pfarrer Wilms war nicht nur aus Sensationslust vorbeigekommen. Er hatte pikante Neuigkeiten im Gepäck, die er keinen Tag länger für sich behalten konnte. Dass er damit das Beichtgeheimnis verletzte, interessierte ihn nicht sonderlich.

»Stell dir vor, mein Kind«, setzte er an und machte es sich in einem Sessel in der eingeheizten Stube gemütlich, »dein falscher Gatte war dir in der kurzen Zeit auch noch untreu.«

Elvira blieb verblüfft stehen. Nicht, dass sie in diesem Moment den Stachel der Eifersucht verspürt hätte. Im Gegenteil, im Rückblick ekelte sie jeder einzelne Moment, den sie mit diesem Monster im Bett verbracht hatte. Es war vielmehr die Erkenntnis, dass sie seine Maske noch immer nicht durchschaut hatte, die sie schockierte. Jederzeit musste sie damit rechnen, neue Ungeheuerlichkeiten über ihn zu erfahren.

Sie dachte angestrengt nach, fand aber keinerlei Anhaltspunkte, die darauf hindeuteten, dass Simon eine Affäre gehabt hätte. Mit wem sollte das gewesen sein? Und wie hatte er es vor ihnen geheim halten können?

Elviras überraschter Blick verriet dem Pfarrer, dass sie von Simons Treiben tatsächlich nichts mitbekommen hatte.

»Kurz vor Mittag klingelt die Monika bei mir an und nötigt mich in den Beichtstuhl. Ganz dringend hat sie's gehabt. Die Niedermayer-Monika, du weißt schon, die euch hin und wieder bei der Arbeit zur Hand gegangen ist.«

Elviras Überraschung verwandelte sich in Verwirrung. Sie dachte an Matthias und daran, wie sie ihn in seinem Zimmer mit der deutlich älteren, verheirateten Frau überrascht hatte. Plötzlich verstand sie gar nichts mehr.

»Die Neuigkeiten waren inzwischen auch bis zu ihr vorgedrungen, und sie war völlig aufgelöst, hat nur geschluchzt und gejammert. Ich musste sie erst mal beruhigen und sie bitten, mir alles von vorne zu erzählen. Heulend sitzt sie also vor mir und beichtet, dass sie es mit dem Teufel getrieben hat. Ich will sie schon mitleidig von ihrer Schuld freisprechen, da begreife ich erst, dass sie den Zauner-Simon meint.« Der Alte räusperte sich. »Ich wollte natürlich von ihr wissen, wo sich die beiden getroffen haben und ob der Kerl tatsächlich die Frechheit besessen hat, unter deinem Dach Ehebruch zu begehen.«

Erwartungsvoll sah er Elvira an, der jedoch nicht danach war, die richtige Antwort zu erraten.

»Was soll ich sagen, liebe Elvira, er hat sie besessen. Nur eines habe ich nicht ganz verstanden. Das einfältige Weib hat behauptet, dass er das Zimmer deines Sohnes für seine schmutzigen Spielchen benutzt hat … und dass er vorher meist eine Stallhose angezogen hat. Seltsam, nicht wahr? Sonst hat man ihn doch nie in Arbeitskleidung gesehen …«

Elvira ahnte, dass es sich um die dunkelgrüne Stallhose ihres Sohnes gehandelt hatte. Sie sah die Szene genau vor sich. Aber noch deutlicher sah sie den triumphierenden Blick des Mannes, der es genoss, dass sie ihn nicht erkannte. Schließlich wusste er ganz genau, dass sie sich aufgrund ihrer Gesichtsblindheit nur am Zimmer und an seiner Kleidung orientieren konnte, um zu bestimmen, wen sie vor sich hatte. Elvira hatte damals davon ausgehen müssen, dass sie die Monika mit ihrem Sohn überraschte. Sein hinterhältiges Spiel hatte Simon Zauner offenbar einen besonderen Kitzel verschafft. Darüber hinaus hatte es ihm bewiesen, dass er nicht einmal eine Maske brauchte, um vor Elviras Augen in die Haut eines anderen zu schlüpfen.

Angewidert schüttelte sie den Kopf, um die hässlichen Bilder zu verscheuchen und zugleich dem Pfarrer zu verstehen zu geben, dass das Thema sie nicht weiter interessierte.

Zum Glück brach der Alte gleich darauf wieder ins Tal auf,

denn auch für ihn gab es viel zu tun. Die Toten wollten beerdigt werden.

Als er mit seinem weinroten Ford davonfuhr, stand Elvira am Fenster und blickte über die Wälder und Berge, die den Weiler umrahmten. Irgendwo da draußen suchten Scharen von Männern nach einem einzigen Mann. Fieberhaft folgten sie seiner Spur, kreisten ihn ein. Ihre Hunde hatten seine Fährte aufgenommen.

Elvira hoffte mit jeder Faser ihres Körpers, dass sie ihn fanden. Dass er niemandem mehr schaden würde. Dass sie ihm nie wieder begegnen musste. Sie schickte ein kurzes Gebet zum Himmel, auch wenn sie ahnte, dass von dort oben kaum Beistand zu erwarten war.

Im ersten Stock rumpelte es. Die Beamten von der Spurensicherung gingen ihrer Arbeit anscheinend sehr gründlich nach. Erst jetzt kam ihr die Glocke wieder in den Sinn. Sie hatte sogar vergessen, dem Pfarrer davon zu erzählen. Wie auch immer, dachte sie, er würde ohnehin bald wieder vorbeischauen.

Im Mantel ging sie aus dem Haus. Die Glocke stand noch immer auf der Bank, wo Elvira sie zurückgelassen hatte, traurig und anklagend zugleich. Sie war angelaufen, Tautropfen, die vom Dachgiebel gefallen sein mussten, rannen wie Tränen ihren bronzenen Bauch hinab.

Elvira presste sie gegen ihre Brust und ging damit über den Hof zur Scheune. Das Tor stand einen Spaltbreit offen. Noch ehe sie sich wirklich darüber wunderte, hatte sie die Glocke auch schon abgestellt, das hohe Tor mit beiden Händen weiter aufgeschoben und einen Fuß in die finstere Halle gesetzt.

Das Erste, was sie von ihm sah, waren seine Augen. Sie reflektierten das Tageslicht, das von draußen hereinfiel, und funkelten wie die Augen eines tollwütigen Tiers. Die Raserei hatte sie zu schmalen, blitzenden Öffnungen verengt, sie waren blutunterlaufen.

Bis Elvira begriff, dass da ein Mensch neben dem Traktor kauerte, war er auch schon aufgesprungen und kam mit einem Satz auf sie zu.

Sie stieß einen spitzen Schrei aus.

Er hatte auf der Lauer gelegen, das Gewehr im Anschlag. Dass er nicht gleich schoss, lag wohl nur daran, dass er selbst überrascht war. Vielleicht war er auch einen Moment weggedämmert. Jetzt stand er schwankend vor ihr und konnte sich kaum auf den Beinen halten. Doch Elvira zweifelte keinen Augenblick an seiner Entschlossenheit. Simon Zauner hatte sich seine letzten Kräfte für einen einzigen Zweck aufgespart: Er wollte sie töten.

»Du kommst aus freien Stücken«, sagte er mit schiefem Mund, fast ohne Stimme. »Umso besser. Dann muss ich nicht noch mal in dein stinkendes Haus.«

Die große, verkrustete Wunde an seiner rechten Schläfe machte ihn auch äußerlich zu einem Monster. Sein Gesicht war verzerrt, vor Schmerz und vor Hass. Sein Mantel war völlig verdreckt und mit Stroh übersät. Elvira spürte, dass er nicht mehr lange durchhalten würde, allein sein Wahnsinn trieb ihn noch an.

Sie griff nach der letzten Chance, die ihr blieb. »Warte!«, befahl sie ihm mit fester Stimme.

Er war so erstaunt, dass er tatsächlich gehorchte.

»Es gibt noch etwas, das du wissen musst.« Sie blickte ihn fest an, ohne zu blinzeln. »Deine Familie hatte dich und deine Mutter nicht vergessen.«

Zur Antwort spuckte er nur angewidert auf den Boden. Doch er sah sie aufmerksam an, während das Gewehr immer stärker in seinen Händen bebte. Er hatte den Griff etwas gelockert.

»Dein Großvater hat euch geliebt, und er hat zutiefst bereut, was geschehen ist. Deshalb hat er die Kapelle an der Hangstraße gebaut und sie nach deiner Mutter benannt.«

Simon Zauner schnaubte verächtlich. »Was sind das für Märchen?«

»Du glaubst mir nicht?«, fragte Elvira herausfordernd. »Hier steht der Beweis.« Sie zeigte auf die Glocke schräg hinter ihr auf dem Boden. »Diese Kapellenglocke hat er eigens fertigen und mit einer Inschrift versehen lassen, die deiner Mutter und dir gewidmet ist.«

Er taumelte einen Schritt auf Elvira zu und starrte auf die Glocke. Ihr wurde übel von dem elenden Gestank, den er verströmte. Unsicher schwankte er vor und zurück, und Elvira merkte, dass er ihr nicht traute.

»Ich werde sie dir vorlesen«, meinte sie und bückte sich langsam, wobei sie ihn nicht aus den Augen ließ. Sie ging in die Hocke und richtete sich mit der Glocke in beiden Händen wieder auf.

Wie ein zum Sprung bereites Raubtier verfolgte er jede ihrer Bewegungen, während seine Arme vor Anspannung zuckten.

Elvira hielt die Glocke vor die Gewehrmündung und trug ihm den Text Zeile für Zeile vor. Dabei musste sie die Buchstabenbänder auf der Glocke gar nicht ablesen. Die Worte hatten sich ihr beim ersten Lesen für immer ins Gedächtnis gebrannt: *»St.-Katharinen-Kapelle – Und vergib uns unsere Schuld – In ewiger Trauer und Zuneigung – Meiner geliebten Tochter und ihrem verlorenen Sohn.«*

Er reagierte nicht.

Mit allem hatte Elvira gerechnet, aber nicht damit, dass er

einfach nur dastand und sie anglotzte wie ein toter Fisch. Wie angewurzelt harrte er vor ihr aus, nur sein Oberkörper schien leicht zu flattern, gleich einem Segel im Wind. Elvira fragte sich, ob er ihr überhaupt zugehört hatte oder ob er längst in seiner eigenen Welt versunken war. Sie schloss die Augen und presste die Glocke wie einen Schutzschild vor die Brust.

Da spürte sie, wie er einen Schritt zurückwich. Sie riss die Augen auf und erstarrte. Stumme Tränen flossen ihm über die Wangen. Der Mann, der so viel Leid über die Menschen ringsum gebracht hatte, stand da und weinte. Es war ein seltsamer Anblick. Als würde Schmelzwasser einen Bachlauf hinabstürzen, der vor langen Jahren ausgetrocknet war.

Aber Elvira empfand keinerlei Mitleid. Vielmehr machte sich eine unbändige Wut in ihr breit. Sie strömte aus ihrem Herzen in ihre Seele und von dort durch alle Gliedmaßen hindurch bis in ihre Zehen- und Fingerspitzen. Sie hob die Glocke an und schleuderte sie mit voller Wucht auf Simon Zauner.

Doch der Impuls, der sie so überhastet handeln ließ, machte ihren Wurf ungenau. Sie traf ihn nur an der rechten Schulter. Er taumelte rückwärts, und dabei löste sich ein Schuss aus dem Gewehr. Krachend schlug die Kugel in die Scheunendecke ein.

Elvira wollte nur noch hinaus ins Licht und wandte sich um. Doch bevor sie zur Flucht ansetzen konnte, hatte sich Simon Zauner wieder gefangen. Beide Füße fest in den Boden gestemmt stand er da, das Gewehr erneut auf sie gerichtet. Dann drückte er ab, und sie spürte das Projektil förmlich auf sich zusausen.

Diesmal war der Knall weit weniger laut. Elvira sackte zusammen.

Im selben Moment fiel Simon Zauner rücklings in die Dunkelheit. Die Kugel hatte sein Herz zerfetzt.

Noch schien die Sonne über den Bergen, getrübt nur von ein paar dünnen Schleierwolken. Bald jedoch würde sie sich aus dem Tag zurückziehen. Elvira wanderte im letzten Tageslicht die geräumte Hangstraße hinauf, vorbei an der Kapelle, den Blick starr geradeaus gerichtet.

Sie war noch immer geschwächt, doch sie hatte es drinnen nicht länger ausgehalten. Sie hatte dringend frische Luft gebraucht. Um zu sich zu kommen. Um zu begreifen, dass sie noch am Leben war. Um wenigstens für ein paar Minuten dem schrecklichen Trubel zu entfliehen, der im Haus und auf dem Hof herrschte. Sie wusste nicht, wann sie zuletzt so viele fremde Gesichter gesehen hatte. Das dringende Bedürfnis, eine Weile allein zu sein, um ihre Gedanken ordnen zu können, hatte sie nach draußen getrieben. Ihr Kopf schien zu klein für all die Dinge, die dieser Tag für sie bereitgehalten hatte.

Vor Resis verwaistem Haus bog sie nach rechts in den Waldweg ein und lief durch den Forst. Dahinter lag die verschneite Wiese mit dem Heuschober, in dem Ludwig gestern noch eingesperrt gewesen war. Nach ein paar weiteren Metern war der Weg zu Ende. In der Ausbuchtung vor ihr hatte das Räumfahrzeug gewendet, und Elvira stand nicht der Sinn danach, schon wieder durch den tiefen Schnee zu stapfen. Aus sicherer Entfernung überblickte sie den See. Nebel waberte über das stille Wasser, dessen Oberfläche starr und grau wie Quecksilber war.

Sie konnte noch immer kaum glauben, was Lothar Gruber ihr vorhin im Vertrauen mitgeteilt hatte. Elvira hatte ihn gefragt, was aus ihrem wirklichen Mann geworden war, dem echten Hans Holzer. Der Polizist hatte einen Moment gezögert, dann aber beschlossen, dass sie als Ehefrau und nach allem, was sie durchlitten hatte, ein Recht auf die Informationen besaß. Sicher war er auch ein wenig stolz auf die Ermittlungsergebnisse seines Teams, das seit Resis Erklärungen am Vorabend auf Hochtouren gearbeitet hatte. So als hätten die Beamten sämtliche Versäumnisse der letzten Tage dadurch wettmachen wollen.

Sie hatten herausgefunden, dass Hans Holzer vor einem Jahr überraschend seine Stelle als Oberarzt der Neurologie am Universitätsklinikum gekündigt hatte. Er war sozusagen über Nacht nicht mehr zum Dienst erschienen. Als Grund hatte er einen Burnout und schwere Depressionen angeführt. Kurz und sachlich hatte er seinen Vorgesetzten schriftlich mitgeteilt, dass er sich eine Auszeit gönnen werde und schon am nächsten Tag für längere Zeit verreisen wolle.

Tatsächlich war für das Datum des folgenden Tages ein Ticket einer großen Fluggesellschaft nach Rio de Janeiro auf den Namen Hans Holzer ausgestellt worden, wie die Polizei mittlerweile nachweisen konnte. Die Reise war auch angetreten worden, nur war es fraglich, von wem.

Im Krankenhaus hatte man damals nur verärgert den Kopf geschüttelt, aber nicht weiter nachgeforscht. Genauso wenig war Hans Holzers Vermieter tätig geworden, der weiterhin jeden Monat pünktlich die Miete erhalten hatte. Dass die Zahlungseingänge seit mehreren Monaten von einem anderen Konto erfolgt waren, hatte den Empfänger nicht weiter interessiert. Auch die Abschlagszahlungen für den Strom, die im letzten Jahr deutlich gestiegen waren, waren regelmäßig geleistet worden.

Daher hatte sich die Polizei erst an diesem Morgen Zugang zur Wohnung von Hans Holzer verschafft. Die Männer waren auf das Schlimmste gefasst gewesen, und nicht weniger als das hatte sie erwartet. Die Räume waren in einem ordentlichen und gepflegten Zustand, nichts erschien auf den ersten Blick ungewöhnlich. Nichts, bis auf die für einen Einpersonenhaushalt völlig überdimensionierte, neuwertige Kühltruhe. Hans Holzer hatte sie sich einen Tag vor seiner Abreise nach Brasilien liefern lassen.

Der Inhalt der Truhe hatte niemanden mehr überrascht. In mehr als dreißig Gefriertüten waren, fein säuberlich zerlegt und portionsweise aufgeteilt, die Einzelteile eines menschlichen Körpers eingeschweißt.

Zurückzuverfolgen, wo sich Hans Holzers und Simon Zauners Wege zum ersten Mal gekreuzt hatten, war für die Beamten hingegen ein Kinderspiel gewesen. Vier Jahre lang war Simon Zauner am Universitätsklinikum als Krankenpfleger angestellt gewesen, drei davon in der Neurologie. Zwischen Hans Holzer und ihm hatte sich im Laufe der Zeit eine Art Männerfreundschaft entwickelt. Vor gut einem Jahr hatte Simon Zauner fristgerecht gekündigt, kurz bevor Hans Holzer sich auf und davon gemacht hatte.

Beim Vergleich verschiedener Fotos war den Beamten eine frappierende Ähnlichkeit zwischen den beiden Männern aufgefallen, die sich nur dadurch erklären ließ, dass sie Vettern gewesen waren. Fast wie Brüder hatten sie einander geglichen. Auf die Frage, ob Hans Holzer nicht über Simons Nachnamen gestolpert sei, der immerhin der Mädchenname seiner Mutter gewesen war, hatten die meisten der befragten Kollegen nur mit den Schultern gezuckt – Zauners gebe es in den Bergen doch so viele wie Tannennadeln im Wald.

Simon Zauner hatte nicht von Haus aus den medizinischen Berufsweg eingeschlagen, sondern sich davor als Immobilienmakler, Barbetreiber, Versicherungsvertreter, Wachmann und Finanzberater durchs Leben geschlagen. Direkt nach seinem Schulabschluss hatte er sich sogar als Schauspieler an verschiedenen Provinztheatern versucht, doch Erfolg und Ruhm waren ihm verwehrt geblieben. Seither musste er sich als verkanntes Genie gefühlt haben. Simon Zauner, so stellte sich heraus, war ein Tausendsassa und Hochstapler gewesen.

Elvira begriff, dass sich dieser Mann systematisch das Vertrauen von Hans erschlichen hatte. Dass er ihn genauestens beobachtet und studiert hatte. Seine Art, sich zu kleiden, sich auszudrücken, zu reden. Das verkannte Schauspielgenie hatte Hans geradezu perfekt imitiert, wie er aussah, wie er redete, sogar wie er roch. Ihr Magen krampfte sich zusammen, als sie an das würzige Rasierwasser dachte, mit dem er sie auf so einfache Weise getäuscht hatte.

Nicht zuletzt begriff Elvira, dass Hans Simon seine Geschichte erzählt haben musste, von seiner gescheiterten Ehe ebenso wie von seiner Flucht. So hatte Simon Zauner von Elviras Störung erfahren, lange bevor er ihr Haus betreten hatte. Er hatte gewusst, was in den Briefen ihres Mannes stand, ohne sie lesen zu müssen.

Ihr Blick war über den See zum anderen Ufer gewandert. Da sah sie ihn, mitten auf dem Steg. Er stand an derselben Stelle, an der er auch am Vorabend ausgeharrt hatte, während sie mit Ludwig in dem Boot auf den See hinausgetrieben war. Er trug seinen teuren Kaschmirmantel und war bereit aufzubrechen. Sie sah ihn winken, während er ihr einen höhnischen Abschiedsgruß zurief.

Als Elvira blinzelte, verschwand die Gestalt. Der Steg war viel zu weit weg, von hier aus wäre Simon Zauner höchstens als schmutziger Fleck auszumachen gewesen. Ihr Gehirn hatte ihr einen Streich gespielt. Schuld war die Angst. Sie saß noch immer tief und verbreitete ihr Gift, wie der Stachel einer toten Biene.

Simon Zauner war tot. Einer der Polizisten, die vor Elviras Haus Wache gehalten hatten, hatte ihn erschossen. Die Männer hatten sie schreien gehört, als sie die Scheue betreten hatte. Allerdings waren sie zuerst ins Haus gestürmt und hatten dort nach ihr gesucht. Fast wären sie zu spät gekommen. Nur ein Wimpernschlag hatte Elvira vom Tod getrennt.

Tief atmete sie die klare Bergluft ein. Ließ den Blick über Wasser, Wald und Berge gleiten. Ein Bussard segelte über den See, die Möwen waren weitergezogen. Hinter ihm ließ die Abenddämmerung die Berge in rotem Licht erstrahlen. Es war ein eisiges Rot, und Elvira bemerkte zum ersten Mal, wie kalt Rot sein konnte.

Ihre Augen wanderten höher hinauf, bis zum Himmel, zur Heimat der Sterne, die scheinbar bis in alle Ewigkeit dort leuchteten, ob die Menschen sie gerade sahen oder nicht.

Sie glaubte schon lange nicht mehr, dass von dort oben ein wohlwollender Gott über sie wachte. Er hatte, so hieß es, die Welt in einer Woche erschaffen, der Teufel hingegen hatte kaum mehr als eine Woche gebraucht, um Elviras Welt zu zerstören.

Ihr war, als wollten die Berge sie erdrücken. Für einen letzten Augenblick funkelte glühendes Rot auf den Gipfeln, und Elvira begriff. Sie selbst hatte es in der Hand. Sie selbst musste entscheiden, wie viel dieser Teufel vernichtet hatte und wie viel sie noch retten konnte.

Sie drehte sich um und machte sich auf den Heimweg. Gleich morgen würde sie in die Stadt fahren. Sie würde sich an Jochens Krankenbett setzen und ihn um Vergebung bitten. Danach würde sie ihrer Freundin Resi einen Besuch im Krankenhaus abstatten. Und sie würde ein neues Tagebuch kaufen.

Ein neues Jahr stand bevor, und es mussten Pläne gemacht werden.